Contemporánea

Jorge Volpi

Tiempo de cenizas
(No será la Tierra)

Novela en tres actos

Versión definitiva
2016

DEBOLS!LLO

Tiempo de cenizas
(No será la Tierra)
Novela en tres actos
Versión definitiva
2016

Primera edición en Debolsillo: noviembre, 2016

D. R. © 2006, Jorge Volpi

D. R. © 2016, derechos de edición mundiales en lengua castellana:
Penguin Random House Grupo Editorial, S. A. de C. V.
Blvd. Miguel de Cervantes Saavedra núm. 301, 1er piso,
colonia Granada, delegación Miguel Hidalgo, C. P. 11520,
Ciudad de México

www.megustaleer.com.mx

ISBN: 978-607-314-942-6

Printed in Mexico – Impreso en México

El papel utilizado para la impresión de este libro ha sido fabricado a partir de madera procedente
de bosques y plantaciones gestionadas con los más altos estándares ambientales, garantizando
una explotación de los recursos sostenible con el medio ambiente y beneficiosa para las personas.

Penguin
Random House
Grupo Editorial

Para ellas he tejido este vasto sudario
con las tristes palabras que de ellas oí.

ANNA AJMÁTOVA, *Réquiem*

Hay mujeres que nacieron en una húmeda tierra.
Cada uno de sus pasos es un sollozo sonoro,
y su vocación, acompañar a los muertos
y ser las primeras en saludar a los que resucitan.

OSIP MANDELSTAM, *Cuadernos de Voronezh*

PROGRAMA

TERCER ACTO. LA ESENCIA DE LO HUMANO (1991-2000)

PERSONAJES

I. CHERNÓBIL

Olexandr Akímov, *jefe del equipo*
Borís Stoliarchuk, *asistente*
Víktor Pétrovich Briujánov, *director de la central*
Borís Chénina, *jefe de la Comisión del gobierno*
Nicolái Fomín, *director adjunto e ingeniero en jefe*
Anatoli Diátlov, *ingeniero en jefe adjunto*
Borís Rogoikín, *responsable de la guardia nocturna*
Olexandre Kovalenko, *responsable del segundo
y el tercer reactor*
Yuri Lauchkín, *inspector de Gosatomnadzor*

II. LOS SOVIÉTICOS

Irina Nikoláievna Gránina, *née* Sudáieva, *bióloga*
Arkadi Ivánovich Granin, *biólogo y disidente, esposo de Irina*
Oksana Arkádievna Gránina, *su hija, cantante y poeta*
Iván Tijónovich Granin, *padre de Arkadi*
Yelena Pávlovna Gránina, *madre de Arkadi*
Nikolái Serguéievich Sudáiev, *padre de Irina*
Yevguenia Timófeia, *madre de Irina*
Vsevolod Andrónovich Birstein, *amigo de Arkadi
en la universidad*

Yevgueni Kostantínovich Ponomariov, *primer esposo de Irina*
Olga Serguéievna Kárpova, *amante de Arkadi*
Mstislav Alexándrovich Slávnikov, *maestro de Irina*

Trofim Denísovich Lysenko, *biólogo, protegido de Stalin*
Nikolái Ivánovich Vávilov, *biólogo, asesinado por Stalin*
Aleksander Jvat, *torturador del* NKVD

Piotr Burgásov, *jefe de Arkadi*
Aleksandr Ajutín, *compañero de celda de Arkadi*
Andréi Sájarov, *padre de la bomba de hidrógeno soviética, disidente*
Sofiya Kalistrátova, *defensora de los derechos humanos*
Kira Gorchakova, *defensora de los derechos humanos*
Serguéi Kovaliov, *disidente*

III. LOS ESTADOUNIDENSES

Jennifer Wells, née Moore, *funcionaria del* FMI
Jack Wells, *su esposo, empresario en biotecnología*
Allison Moore, *su hermana, activista antiglobalización*
Jacob Moore, *hijo de Allison*
Edgar J. Moore, *padre de Jennifer y Allison*
Ellen Moore, *madre de Jennifer y Allison*
Mary Ann Moore, *primera esposa del senador Moore*
Theodore Wells, *padre de Jack*
Cameron Tilly, *primer novio de Allison*
Susan Anderson, *amiga de Allison*
Christina Sanders, *empresaria y socia de Jack*

IV. LOS AMANTES

Éva Horváth, *directora informática de Celera*
Klára Horváth, *madre de Éva*
Philip Putnam, *primer esposo de Éva*
Andrew O'Connor, *segundo esposo de Éva*
İsmet Dayali, *amante turco de Éva*

Yuri Mijáilovich Chernishevski, *escritor*
Zarifa Chernishévskaia, *ex esposa de Yuri*
Ramiz y Farman, *hermanos de Zarifa.*

V. EN HUNGRÍA

Ferenc Horváth, *padre de Éva*

VI. LOS CIENTÍFICOS

Marvin Minski, *experto en inteligencia artificial*
John Conway, *experto en vida artificial*
Alan Turing, *matemático*
Hans Bethe, *físico*

VII. EN WALL STREET

Gerry Tsai, *experto en fondos de inversión*
Andy Krieger, *experto en opciones*
Arthur Lowell, *corredor de bolsa de Jack Wells*
Frank Quattrone, *estratega financiero, encargado
de la* OPI *de* DNAW

VIII. LOS ECONOMISTAS

John Kenneth Galbraith
Jacques de Larrosière, *director-gerente del* FMI
Michel Camdessus, *director-gerente del* FMI
James Baker, *secretario del Tesoro de Estados Unidos*

IX. LOS ECOLOGISTAS

Jane, Albert, Susan, Marie-Pierre, Davy y Pete, *tripulación
del Rainbow Warrior*
Fernando Pereira, *fotógrafo de Greenpeace*
Dave Foreman y Mark Rosselle, *fundadores de Earth First!*
Edward Abbey, *ecologista radical, autor de la novela*
The Monkey Wrench
Zakary Twain, *miembro de Earth First!*

X. EN ZAIRE

Mobutu Sésé Seko Nkuku Wa Za Banga, *dictador de Zaire*
Jean-Baptiste Mukengeshayi, *asistente de Jennifer en Zaire*
Erwin Blumenthal, *jefe de la misión del* FMI *en Zaire*

XI. EN SAN FRANCISCO

Teddy, Sonia, Ge y Victoria, *amigas de Jennifer*

XII. LA INICIATIVA DE DEFENSA ESTRATÉGICA

James A. Abrahmson, *director del proyecto*
Fred S. Hoffman, *colaborador, jefe de Éva*
James C. Fletcher, *colaborador*

XIII. LOS CONJURADOS

Guennadi Yanaiev, *vicepresidente de la* URSS
Óleg Baklánov, *subdirector del Consejo de Defensa*
Anatoli Lukianov, *presidente del Soviet Supremo*
Vladímir Kriuchkov, *director del* KGB
Valentín Pávlov, *el primer ministro*
Borís Pugo, *ministro del Interior*

XIV. LOS NUEVOS RUSOS

Borís Nikoláievich Yeltsin, *presidente de Rusia*
Aleksandr Rutskói, *vicepresidente de Rusia*
Anatoli Chubáis, *encargado de la privatización,*
viceprimer ministro, oligarca
Yegor Gaidar, *primer ministro ruso, liberal*
Víktor Chernomirdin, *primer ministro ruso*
Borís Nemtsov, *alcalde de Nizhni Novgorod*
Aleksandr Korzhákov, *jefe de seguridad de Yeltsin*
Guennadi Ziugánov, *líder del nuevo Partido Comunista*
Ígor Malashenko, *director de* NTV *y luego asesor*
de imagen de Yeltsin

XV. LOS OLIGARCAS

Vladímir Guzinski, *oligarca, dueño de Banca Most y* NTV
Mijaíl Jodorkovski, *oligarca, dueño de* YUKOS
Vladímir Potanin, *oligarca, dueño de Uneximbank*
y Norílsk Níkel
Borís Berezovski, *oligarca, dueño de Sibneft*
Serguéi Mavrodi, *dueño de* MMM
Boris Jordan y Bill Browder, *inversionistas*

XVI. LOS POETAS

Anna Ajmátova
Marina Tsvetáieva
Vella Ajmadúlina
Polina Ivánova
Yunna Moritz
Natalia Gorbanyévskaya
Alexandr Kúsher
Yanka Diaguileva, *cantante de rock*
Víktor Tsoi, *cantante de rock, líder de Kino*
Borís Grebénshikov, *cantante de rock, líder de Akvárium*
Yuri Shevchuk, *cantante de rock, líder de DDT*

XVII. LOS ACTIVISTAS

Henri Soldain, *cooperante*
Gesine Müller, *cooperante*
Ruth Jenkins, *cooperante*

XVIII. LOS NIÑOS DE YENÍN

Salim, Alaa, Walid, Yehya, Rami

XIX. EL GENOMA

Oswald Avery, Colin MacLeod y Maclyn McCarty,
descubridores del ADN
James Watson y Francis Crick, *premios Nobel,*
descubridores de la estructura del ADN
J. Craig Venter, *fundador de Celera Genomics*
Claire Fraser, *esposa de Venter*
Francis Collins, *director del Proyecto Genoma Humano*
James Bartholdy, *biólogo, creador del C225*

James Weber, *director de la Fundación Médica*
Marshfield de Wisconsin
Eugene Myers, *director de bioinformática de Celera*
William Haseltine, *director de Human Genome Sciences*
Hamilton Smith, *premio Nobel, director científico de Celera*
Eric Lander, *del Instituto Whitehead*
Ari Patrinos, *director del programa genético*
del Departamento de Energía

XX. EN VLADIVOSTOK

El coreano
Kornei Ivánovich, *dueño del bar*

PRELUDIO

RUINAS
(1986)

«Basta de podredumbre», aulló Anatoli Diátlov.

La alarma se encendió a la una veintinueve de la mañana. Desplazándose a trescientos mil kilómetros por segundo, los fotones traspasaron la pantalla (el polvo la volvía color ladrillo), atravesaron el aire saturado de cigarros turcos y, siguiendo una trayectoria rectilínea a través de la sala de controles, se precipitaron en sus pupilas poco antes de que el zumbido de una sirena, a sólo mil doscientos treinta y cinco kilómetros por hora, llegase hasta sus tímpanos. Incapaz de distinguir los dos estímulos, sus neuronas produjeron un torbellino eléctrico que se extendió a lo largo de su cuerpo. Mientras sus ojos se concentraban en el titileo escarlata y sus oídos eran azotados por las ondas sonoras, los músculos de su cuello se contrajeron hasta el límite, las glándulas de su frente y sus axilas aceleraron la producción de sudor, sus miembros se tensaron y, sin que el asistente del ingeniero en jefe se percatase, la droga se infiltró en su torrente sanguíneo. Pese a sus diez años de experiencia, Anatoli Mijáilovich Diátlov se moría de miedo. A unos cuantos metros, otra reacción en cadena seguía un curso paralelo. En uno de los paneles laterales el mercurio ascendía a toda prisa por el tubo de un viejo termómetro mientras las partículas de yodo y cesio se volvían inestables. Era como si esos inofensivos elementos hubiesen tramado una revuelta y, en vez de desconfiar unos de otros, se uniesen para destrozar las rejas y torturar a los custodios. La criatura no tardó en apoderarse del reactor número cuatro en abierto desafío a las leyes de emergencia. Clamaba una venganza sin excusas, la ejecución de sus captores, un reino sólo para ella. Cada vez más poderosa, se lanzó a la conquista de la planta: si los humanos no tomaban medidas urgentes, la masacre se volvería incontenible. Habría miles de muertos. Y Ucrania, Bielorrusia y acaso toda Europa quedarían devastadas para siempre.

Las llamas consumían el horizonte. A lo lejos, los pastores de Prípiat, acostumbrados a la severidad de los meteoros, confundían las columnas de humo con pruebas de artillería o la celebración de una victoria. A Makar Bazdáiev, cuidador de rebaños, se le enredaba la lengua al mirar el cielo (un regusto de vodka en la garganta), sin saber que era el anuncio de su muerte. Más cerca del incendio, ingenieros y químicos reconocían la naturaleza del cataclismo. Tras decenios de alarmas y recelos había ocurrido lo impensable, la maldición tantas veces aplazada, el temido ataque por sorpresa. Los ancianos aún soñaban con los tanques alemanes, los niños empalados y las hileras de tumbas: el enemigo arrasaría de nuevo con los bosques, incendiaría las chozas y bañaría los altares con la sangre de sus hijos.

A la una y media de la mañana, Diátlov decidió actuar. La primavera siempre le había disgustado, odiaba los girasoles y las canciones de los aldeanos, la necesidad de sonreír sin motivo. Por eso permanecía en la planta a salvo de la euforia: sólo soportaba los días de asueto con vodka y trabajo suplementario. ¡Y ahora esto! Los sabios de Kiev y de Moscú habían jurado que algo así jamás sucedería. «Las fallas son improcedentes», lo reprendió en cierta ocasión un jerarca del partido, allí tiene el manual, basta con seguir las instrucciones.

Ahora ninguna instrucción servía de nada. Las agujas enloquecían como aspas de helicópteros y las almenas levantadas gracias a la infatigable voluntad del socialismo (miles de obreros habían edificado la secreta ciudadela) caían en pedazos. Así debió lucir Sodoma: la noche encrespada por los gritos, el olor a carne chamuscada, perros jadeantes bloqueando las callejas, el humo negro que los campesinos confunden con el ángel de la muerte. Y todo por culpa de un capricho: probar la resistencia de la planta, superar las previsiones, sorprender al Ministerio.

Hacía apenas unas horas, Diátlov había ordenado desconectar el sistema de enfriamiento. Simple rutina. A los pocos segundos el reactor se había sumido en un sueño perezoso. ¿Quién iba a sospechar que fingía? Su respiración se volvió más lenta y su pulso apenas perceptible: menos de treinta megavatios. Al final cerró los ojos. Temiendo un coma irreversible, Diátlov perdió la cordura.

Hay que aumentar de nuevo la potencia.

Los operadores replegaron el carburo de bario que servía como moderador y la bestia recuperó sus funciones. Sus signos se estabilizaron. Volvió a respirar. Los técnicos festejaron sin saber que aquellas barras eran el último escudo capaz de protegerlos: el manual fijaba en quince el mínimo aceptable y ahora sólo quedaban ocho de ellas. ¡Qué tontería! Aquel desliz habría de costar miles de bajas en las filas de los hombres. Los latidos del monstruo no tardaron en alcanzar los seiscientos megavatios y en un santiamén tuvo fuerzas suficientes para destrozar los muros de su celda. Sus rugidos cimbraban los abetos de Prípiat como si mil lobos aullasen al unísono. La arena crepitaba y el acero se cubría de pústulas. El núcleo del reactor número cuatro rozaba el ardor de las estrellas (el magma se derramaba por su belfos) pero Diátlov se empeñó en flotar sobre el vacío.

«Sigamos adelante con la prueba.»

La bestia no tuvo piedad de él ni de los suyos. Atacó a sus guardianes y devoró sus vísceras; luego, cada vez más iracunda, inició su peregrinaje a través de las galerías de la planta, esparciendo su furia a través de los ductos de ventilación. Desoyendo las indicaciones superiores, Vladímir Kriachuk, operador de treinta y cinco años, pulsó la tecla AZ-5 a fin de detener todo el proceso. Doscientas barras de carburo de bario se precipitaron sobre el cuerpo de la intrusa, en vano. En lugar de sucumbir, ésta revirtió la ofensiva y se tornó aún más peligrosa.

«¡Está fuera de control!» Olexandr Akímov, jefe del equipo, no mentía: el monstruo había vencido. A Yuri Ivánov le arrancó los ojos y a Leonid Gordesian le fracturó el cráneo como una cáscara de almendra. Dos estallidos señalaron su victoria. El reactor número cuatro había dejado de existir.

La planta era uno de los orgullos de la patria. En secreto, a lo largo de meses fatigosos, un ejército de trabajadores supervisado por cientos de funcionarios del Ministerio y distintos cuerpos de seguridad se había encargado de construir los reactores, los despachos oficiales y las salas de control; la red de tuberías, los transformadores eléctricos, los distribuidores de agua, las líneas telefónicas; las casas de los trabajadores, las escuelas para sus hijos, los centros comunitarios; la estación de bomberos y las sedes locales del partido y del servicio secreto. Una ciudad en miniatura, ejemplo de orden y progreso, que podía valerse por sí misma; un sistema perfecto levantado en un lugar que ni siquiera aparecía en los mapas (auténtica utopía), prueba del vigor del comunismo.

Sitiado en mitad de los escombros, Diátlov ordenó encender el enfriamiento de emergencia (sus manos temblaban como espigas). Creía que, como en eras ancestrales, el agua derrotaría al fuego.

«Camarada, las bombas están fuera de servicio». Era la voz de Borís Stoliarchuk. Diátlov recordó que el día anterior él mismo había ordenado desconectarlas. «¿Cuál es el nivel de radiación?»

«Los instrumentos sólo alcanzan a marcar un *milirem*, y hace horas que lo hemos sobrepasado». Era cien veces la norma permitida. Diátlov frunció el ceño y entrevió un cortejo de cadáveres.

Víktor Pétrovich Briujánov, director de la central, tenía el sueño pegajoso. Todas las noches se revolvía de un lado a otro de la cama sin llegar a despertarse: su conciencia era mullida como un almohadón de plumas. Cuando sonó el teléfono, soñaba con una ambulancia de juguete y sólo al tercer pitido se levantó y descolgó el auricular, pero no escuchó a nadie al otro lado de la línea. Por fin surgió la voz de Diátlov, tartamuda, justificando sus errores. ¿Cómo explicar que había abierto las puertas del infierno?

Briujánov se abotonó la camisa. Pensó: no puede ser tan grave. Y: tiene que haber un modo de arreglarlo. Al salir de casa perdió todo optimismo. Las columnas de humo, altas como rascacielos, amenazaban con caerle encima y el viento le arañaba los pulmones. Recorrió los tres kilómetros desde Prípiat hasta la planta pensando que habitaba una pesadilla; sólo el calor, ese calor que a la postre habría de matarlo, le impedía extraviarse del camino.

Diátlov lo esperaba en el puesto de mando con el rostro cubierto de hollín y de vergüenza. Olexandr Akímov y Borís Stoliarchuk, sus asistentes, le arrebataron la palabra: la catástrofe era irreversible.

Confirmados los estragos, Briujánov se precipitó hacia el teléfono y marcó el número del Ministerio, después llamó al comité regional y al comité central del partido. Balbució una y otra vez las mismas frases, los mismos saludos de rigor, las mismas disculpas, las mismas súplicas: «Necesitamos ayuda, ha ocurrido algo terrible en Chernóbil».

Mientras el combustible nuclear se consumía, los burócratas del Ministerio se limitaban a repetirse la noticia unos a otros. Briujánov se dirigió a sus subalternos y, sin creer en sus palabras, les exigió calma, fortaleza y fe en el destino socialista. Alguien en Moscú sabría cómo frenar el desperfecto. (En el otro extremo de la planta, en la sala de turbinas, media docena de empleados luchaba contra el fuego. Protegidos con mallas y cascos inservibles, defendían los depósitos de gasolina para mantenerlos a salvo de las llamas. Los dedos se les caían a pedazos). Briujánov se mordía los labios: su ciudad se hundía. Por alguna razón se acordó de una tonada de su infancia y se puso a tararearla. Indeciso, aguardó varias horas antes de autorizar el desalojo; cuando los relojes marcaron las tres de la tarde y la radiación ya se había infiltrado en las células de sus subalternos, al fin dio la instrucción de abandonar el edificio. A su lado sólo resistieron Diátlov, Akímov y Stoliarchuk, resignados a que sus madres recogiesen sus medallas de héroes de la URSS.

Desde Prípiat la planta parecía envuelta en un festejo. Un haz azul surgía de su centro como un mástil. Sólo hacían falta las banderas encarnadas, los saludos militares, las hoces y martillos.

Muy lejos de allí, en una apacible estación meteorológica en Suecia, un grupo de científicos confirmaba las lecturas de los medidores. No había duda, la radiación que invadía los bosques escandinavos no procedía de sus reactores. Una desgracia debía haberse consumado tras el telón de acero.

Aquel día Paisi Kaisárov supo que conocería la guerra. Se escapó de las sábanas sin hacer ruido para no perturbar a su mujer: pronto sería el padre de una niña. Hasta entonces el trabajo le había parecido lento y aburrido; sus compañeros se alegraban cada vez que extinguían una fogata. Pero ahora el enemigo los tomaba por sorpresa. ¿Qué podía esperarse si la propia central de bomberos de Prípiat había sido arrasada por el fuego?

Al cabo de unas horas los once miembros de su escuadra se batían cuerpo a cuerpo con las llamaradas en las inmediaciones de la planta. Para entonces el reactor número cuatro era un espejismo y en su lugar sólo quedaba un escorzo de cielo encapotado. ¡Tendrían que pelear hasta la muerte para defender el reactor número tres! Condenados de antemano a la derrota, Kaisárov y los suyos dispararon sus cañones contra la bestia, pero ni toda el agua de los mares hubiese podido apaciguarla. Cada vez que las flamas se apagaban, una astilla de grafito bastaba para reanimar su furia. Los bomberos bebían el humo y sus venas se hinchaban como serpientes. Todos se desplomaron en el campo de batalla.

Los refuerzos de las repúblicas vecinas tardaron en concentrarse en las zonas aledañas, incapaces de comunicarse entre sí como si una maldición hubiese embrujado sus aparatos de radio. Dos regimientos de zapadores ucranianos se asentaron en los alrededores de Prípiat. ¡Quién iba a imaginarlos peleando contra el viento cuando habían sido entrenados para combatir en las trincheras! Sus comandantes fijaban los planes de ataque, evaluaban los mapas y calculaban las pérdidas. Las refriegas se sucedieron a lo largo de la tarde (las escuadras vencidas por manos invisibles) hasta que el incendio al fin pareció quedar bajo control.

Matvréi Plátov, oficial del Séptimo Ejército del Aire, sobrevolaba los alrededores de la planta sin saber quién era el enemigo; pese a su insistencia, el comandante se había rehusado a revelarle su misión. Plátov palpaba las nubes y no se hacía más preguntas, fascinado por las llanuras ucranianas (ese océano amarillo), sin imaginar la plaga que se esparcía sobre ellas. Esta vez su misión no consistiría en espiar a los aviones de la OTAN o en amedrentar a los japoneses o a los chinos (su nave cargaba arena suficiente para construir una empalizada), sino en derrotar unos flujos impalpables. Matvréi Ivánovich dejó caer una tormenta de guijarros sobre la piel incandescente de la bestia. Cientos de pilotos deslizaron sus cazas por el aire con idéntica misión.

En su improvisado cuartel a tres kilómetros de distancia, el coronel Liubomir Mimka dibujaba una estrella cada vez que la carga de uno de los mil pilotos que participaban en la maniobra daba en el blanco. El 27 de abril a media tarde, Mimka le comunicó al responsable del gobierno el éxito total de la ofensiva. La radiación había disminuido a niveles tolerables. Pero la algarabía no duró demasiado. Un mensajero anunció la mala nueva: el monstruo ha sido acorralado, pero vive. Y herido es aún más peligroso.

El reactor número cuatro era un volcán adormecido; todos sabían que en su vientre aún se almacenaban ciento noventa toneladas de uranio-235, suficientes para generar un *big bang* en miniatura.

La radio transmitía soflamas semejantes a las que Stalin lanzaba contra Hitler: ancianos, niños y mujeres debían movilizarse en defensa de la patria. Mientras, la fuerza aérea proseguía los bombardeos, añadiendo bórax y plomo en sus descargas. Tras barrer sus objetivos, los pilotos volvían a sus bases para ser desinfectados. A diferencia de los aldeanos, al menos ellos disponían de una tintura de yodo que atenuaba los efectos de la radiación.

Prípiat se convirtió en un hospital de campaña. Los cadáveres se apilaban en bolsas de plástico (relucientes mortajas comunistas) y los heridos aguardaban en silencio, privados de noticias, la llegada de los helicópteros que habrían de conducirlos a Leningrado y a Moscú. La mayoría tenía el estómago corroído, el pecho en carne viva y llagas en las manos. Ninguno sobreviviría más de unas semanas. En Poláskaye, a ciento cincuenta kilómetros de allí, a las madres y a las viudas ni siquiera se les permitía ver los rostros de sus hijos y sus esposos; los militares encerraban los cadáveres en ataúdes de zinc y los sepultaban en secreto.

La rutina se instaló en Prípiat y su comarca. Sus habitantes se levantaban antes del alba, se enfundaban en trajes de asbesto y, después de desayunar pan y leche (el único alimento que soportaban sus estómagos), cumplían su jornada de trabajo. Sus familias, expulsadas a los arrabales de Kiev y otras ciudades, se distraían llenando crucigramas o mirando por televisión funciones de ballet en blanco y negro.

En Moscú los hombres del partido acallaban los rumores. Ha ocurrido una fuga sin consecuencias, repetían a los medios internacionales, no hay razón para la alarma. Incluso el vigoroso secretario general cruzó los brazos cuando una periodista austriaca se atrevió a interrogarlo sobre el número de muertos.

El 9 de mayo de 1986, trece días después de la fuga, el monstruo parecía liquidado. ¡Un triunfo más del comunismo! Los hombres del partido ordenaron colmar los almacenes con botellas de vodka y vino georgiano para que pilotos, bomberos y liquidadores pudiesen adormecer un poco sus conciencias. Las copas estallaban en el aire entre hurras y vivas demenciales para ocultar la ausencia de los caídos. «¡Salud, camaradas!», brindó Borís Chénina, jefe de la Comisión del gobierno encargada de resolver la catástrofe.

De pronto nada había pasado. En las inmediaciones de Prípiat los pájaros volvían a deslizarse por el cielo y los montes presumían sus arbustos y sus árboles mientras un sol rojo apaciguaba la angustia de los ciervos. De no ser por las ruinas humeantes del reactor número cuatro (y la misteriosa ausencia de voces y de cantos), uno hubiese podido imaginar el paraíso.

El 14 de mayo al mediodía, el secretario general volvió a comparecer ante la prensa: la situación está bajo control, no hay nada que temer. Y luego, empleando el mismo lenguaje de verdugos y traidores, atribuyó los rumores de una tragedia a las oscuras fuerzas del capitalismo. Pero la victoria era una ilusión; aunque la bestia había sido encadenada, su veneno se esparcía por la tierra. El viento y la lluvia transportaban sus humores rumbo a Europa y el Pacífico, sus heces se sedimentaban en los lagos y su semen se filtraba por los mantos freáticos. El monstruo no tenía prisa, tramaba su venganza con paciencia: cada recién nacido sin piernas o sin páncreas, cada oveja estéril y cada vaca moribunda, cada pulmón oxidado, cada tumor maligno y cada cerebro carcomido celebrarían su revancha. Su maldición se prolongaría por los siglos de los siglos. Al final, la explosión dejaría trescientas mil hectáreas de terreno putrefacto, setenta pueblos vaciados por la fuerza, ciento veinte mil personas expulsadas de sus casas y un número incalculable de hombres, mujeres y niños contaminados.

Mijaíl Mijáilovich Speranski acababa de incorporarse a la armada. Impedido para las matemáticas y la ortografía, propenso a hostigar a sus hermanos, celebró su reclutamiento: tenía diecisiete años y sólo le importaban el dinero y las mujeres (quienes lo consideraban bello y malvado como un ángel). Cuando un sargento le propuso sumarse a las labores especiales que se llevaban a cabo en Ucrania y Bielorrusia con la promesa de muchos rublos semanales, abandonó a la joven de anchos pómulos con quien compartía la cama y partió en busca de aventura.

Movilizado en oscuros trenes militares, al cabo de tres días alcanzó su objetivo, un improvisado campamento en la planicie ucraniana. Centenares de voluntarios soñaban ya con largas horas de combate. Un sargento alto y escuálido le daba las indicaciones a su escuadra. A las cinco de la madrugada un camión del ejército los condujo a él y a cuatro de sus compañeros a un paraje a siete kilómetros de Prípiat. La luna refulgía entre los árboles. Sus órdenes eran contundentes: debían matar a todos los animales de la zona y desbrozar la tierra (sí, toda la tierra) para librarla de la peste. Más que militares serían matarifes. No sin razón los campesinos de la zona los habían apodado liquidadores.

A Speranski casi le escurrieron las lágrimas al abatir a su primer ciervo, una hembra de pocos meses de nacida, pero al cabo de unas semanas, cuando su rifle ya había sido vaciado sin descanso, apenas se fijaba en sus víctimas. Los cadáveres de ovejas, vacas, gatos, cabras, gallinas, patos y liebres tapizaban la ensenada antes de ser rociados con gasolina e inmolados como herejes. Los liquidadores debían arrasar todo lo que el monstruo no había devorado. En un radio de diez kilómetros las ciudades y pueblos fueron demolidos, los troncos talados, la fauna diezmada, la hierba removida. La única forma de asegurar la supervivencia de la raza humana era convirtiendo las llanuras en desiertos. Mijaíl Mijáilovich acometió su tarea con la misma inercia empleada por los verdugos que ajusticiaron a sus abuelos en los campos del Kolymá. Después de contribuir con tanta fe a la masacre, a Speranski la vida dejó de parecerle atractiva. Tras la disolución de la Unión Soviética sería ejecutado por un robo a mano armada.

Piotr Ivánovich Kagánov, oriundo de una aldea de Bielorrusia, recibió el encargo de remover los escombros abandonados en el techo del reactor número tres. Enfundado en su rudimentario traje de astronauta fue alzado por un helicóptero de combate y abandonado en aquella ciénaga tapizada con bolas de grafito incandescente (cada una debía de pesar diez o doce kilos). Su tarea consistiría en arrancar el mayor número posible, pues al cabo de unos segundos las botas reventaban y la piel se resquebrajaba como arcilla. El ejército había intentado ejecutar la maniobra con la ayuda de pequeños autómatas japoneses pero sus circuitos se habían fundido de inmediato.

Piotr Ivánovich se armó de valor y se dejó caer sobre el techo como un niño que se desliza por un tobogán. Pese a sus precauciones (había colocado láminas de plomo en sus calcetines), las plantas de los pies le ardían como si caminase sobre brasas. Su aliento se apagaba y, atrapado en el interior del casco, apenas distinguía el contorno de sus manos. Consumió su tiempo antes de mover una sola bola de grafito. El helicóptero accionó el cable que lo ataba y Kagánov subió al cielo, derrotado y medio muerto. Por fortuna cientos de conscriptos hacían fila para reemplazarlo.

Después de semanas de quebrarse la cabeza, los sabios moscovitas al fin imaginaron cómo frenar el desastre. Un equipo de ingenieros dibujó los planos a lo largo de cuatro noches con sus días antes de someter el proyecto a las instancias superiores. Arquitectos, físicos, geógrafos y otros peritos bendijeron la estrategia: la única forma de vencer a la bestia sería sepultándola. Diseñado a toda prisa, el edificio se parecería a una caja de zapatos. Las dificultades para levantarlo no eran desdeñables, pues tendría que ser armado a la distancia (la radiación hacía imposible aproximarse), con la ayuda de andamios, grúas y otros artefactos. Tres fábricas se dedicaron a modelar enormes planchas de cemento de ochenta metros de alto y treinta centímetros de ancho. Buldóceres, grúas y tractores arribaron a Prípiat provenientes de todos los rincones de la patria, al tiempo que más de veintidós mil liquidadores se hacían cargo de las maniobras de ensamblaje. Así dio inicio una nueva etapa de la guerra: para cumplir las promesas del secretario general y del partido, la fortaleza debía quedar concluida en sólo unas semanas.

Valeri Lágasov había entregado su vida a los átomos. De niño se había enamorado de aquellos universos diminutos y durante años no hizo otra cosa sino dibujar modelos a escala. Convertido en miembro del Instituto Kurchátov, había alabado sin tregua las virtudes de la energía atómica y convenció a sus jefes de construir más y más plantas nucleares. En vez de utilizarla para el mal, como los aliados en Hiroshima y Nagasaki, repetía, la URSS tenía la obligación de iluminar cientos de ciudades. Gracias a su tesón, decenas de reactores aparecieron en los mapas.

Al enterarse de lo ocurrido en Chernóbil, Lágasov concedió una entrevista a *Pravda*: aceptó la seriedad de los daños pero se mostró convencido de que la industria soviética saldría engrandecida de la catástrofe. Justo un año después de la explosión, el 27 de abril de 1987, el científico redactó un documento titulado «Mi deber es hablar», donde contradecía estas declaraciones. Se había equivocado: la industria nuclear no sólo era un peligro para la URSS, sino para el planeta en su conjunto. Luego de firmarlo, Lágasov se voló la tapa de los sesos.

La comisión gubernamental ordenó una rápida investigación de los hechos. Tras acumular cientos de pruebas, un grupo especial del KGB arrestó a Víktor Briujánov, director de la central; Nicolái Fomín, director adjunto e ingeniero en jefe; Anatoli Diátlov, ingeniero en jefe adjunto; Borís Rogoikín, responsable de la guardia nocturna; Olexandre Kovalenko, responsable del segundo y el tercer reactor; y Yuri Lauchkín, inspector de Gosatomnadzor, la empresa responsable de la explotación de las plantas ucranianas. Los seis fueron procesados en secreto, acusados de no recabar la autorización de Moscú para realizar las pruebas que desencadenaron el desastre, de no tomar las medidas necesarias para frenarlo y de demorarse en prevenir a los cuerpos de rescate. Los antiguos directivos ofrecieron su testimonio, pero los jueces ni siquiera necesitaron escucharlos. Briujánov, Fomín y Diátlov fueron condenados a diez años de cárcel, Rogoikín a cinco, Kovalenko a tres y Lauchkín a dos. Para los hombres del partido ellos eran los únicos culpables.

A la teniente Mavra Kuzmínishna, experta en demoliciones, le parecía que los escombros del reactor número cuatro, circundados por las grúas, tenían la forma de una tarántula. Sus altísimas patas se plegaban sobre su boca, proporcionándole bórax como único alimento. Escaladora aficionada y miembro del equipo de halterofilia del Octavo Ejército de Tierra, había llegado a Prípiat para supervisar la labor de los obreros. Cerca de la planta se erigía poco a poco la gigantesca muralla: más de cien mil metros cúbicos de cemento. El proyecto avanzaba conforme a lo planeado. Pronto nadie se acordaría de los muertos, la explosión sería olvidada y familias provenientes de Siberia o el Cáucaso repoblarían los alrededores de Prípiat. Mavra Kuzmínishna pensó que, si el mundo fuese otro, a ella también le gustaría mudarse a la comarca. Los bloques prefabricados se acumulaban como piezas de mecano; las grúas los elevaban por los aires (péndulos de sesenta toneladas) y los depositaban sobre los restos del reactor número cuatro. La teniente Kuzmínishna pensó en un templo antiguo. Las fotografías tomadas por los satélites mostraban una imagen muy distinta: un sarcófago de ochenta metros de alto.

PRIMER ACTO

TIEMPO DE GUERRA
(1929-1985)

TRES MUJERES

1

Moscú, Federación Rusa, 30 de diciembre de 2000

«No son sus ojos.» Helada como los mosaicos del recinto, su voz no admite réplicas. ¿Quién se atrevería a rebatirla? Difícil saber lo que piensa o lo que siente: he aquí uno de los misterios de nuestra raza. Irina Nikoláievna Gránina persevera en su mutismo, devora a los médicos con sus ojos negros y memoriza sus nombres para luego denunciarlos. ¿Por qué se han atrevido a importunarla así, con esta urgencia, obligándola a salir a medianoche? El fin del comunismo no los ha hecho cambiar, piensa (yo creo que piensa): si bien ahora llevan uniformes y guantes impolutos, son los mismos verdugos que escupieron sobre Arkadi Ivánovich en el pasado, los mismos cobardes que lo clasificaron como insano y peligroso, los mismos infelices que lo atiborraron con sedantes. «Aún tienen alma de policías», musita y se enfurece.

Irina aferra su bolso como un salvoconducto. Quisiera marcharse cuanto antes, regresar a la blancura de sus sábanas y al silencio de la madrugada, a ese sueño que la consume a diario: un mar denso y sin orillas. Desde que se separó de Arkadi Ivánovich (o, para decirlo con claridad, desde que ella lo abandonó luego de treinta años de vida en común) ya nadie la protege de las sombras, ahora debe escudriñarlas a solas, con esa resolución que en el pasado le permitió subsistir y rescatarlo.

«Mírela otra vez, Irina Nikoláievna, por favor.»

La mujer retrocede unos pasos, su pulso se acelera, mientras alguien levanta la tela blanca como el resto del mobiliario. Bajo el halógeno la piel humana adquiere una tonalidad verdosa, pero Irina Nikoláievna no alza la vista, no necesita hacerlo. Una madre nunca se equivoca.

«No son sus ojos.» Le gustaría gritarlo una y otra vez: no son sus ojos, no son sus ojos, obligarlos a callarse y a pedirle perdón, convencida de que esa mirada glauca no es la que ella tanto amó, pero las palabras no salen de sus labios. La temperatura asciende a ritmo vertiginoso. ¡Un poco de aire, por favor! Afuera la lluvia golpea las contraventanas. Los practicantes le ofrecen un vaso de agua, que Irina rechaza con displicencia. Al cabo, se desploma en una silla de plástico.

«Sabemos lo doloroso que es para usted, Irina Nikoláievna.»

El muchachito de ojeras violáceas no sabe con quién trata: gracias a ella, a su tesón y fortaleza, ahora los rusos son libres de decir lo que les plazca; ahora pueden comprarse corbatas italianas o acostarse con adolescentes tailandesas; ahora viven sin temor a ser arrestados, ¿cómo se atreve a dudar de su palabra?

«Quizás sea mejor esperar al doctor Granin.»

¿A Arkadi Ivánovich? ¿También a él van a importunarlo? En el rostro de Irina se dibuja una sonrisa amarga. ¡Durante los últimos meses ella no ha tenido derecho a molestarlo y en cambio estos mequetrefes lo convocan de madrugada a causa de un yerro burocrático! Casi le complace que alguien perturbe la tranquilidad de Arkadi Ivánovich Granin, ilustre miembro de la Academia de Ciencias de Rusia, alguna vez candidato al Nobel de la Paz, y lo devuelva al reino de los mortales. Ella lo imagina en pijama, obeso y ridículo, preparándose para salir a la ventisca; quizás valga la pena quedarse un poco para contemplar su rostro abotagado.

«¿Arkadi Ivánovich?»

«Acabamos de comunicarnos con él, vendrá en unos minutos.»

Qué ingenuos, piensa Irina, o acaso lo murmura. Se nota que no lo conocen: como todas las víctimas, Arkadi se siente obligado a exhibir su martirio, acepta todas las invitaciones y homenajes, se presenta en todos los foros y celebra cualquier elogio a su persona, pero al final siempre impone su voluntad. ¿Hace cuánto que Irina no lo ve? ¿Seis meses, siete? Se pondrá furioso al comprobar el equívoco y no descansará hasta castigar a los culpables.

Irina no teme por su hija. No tiene idea de dónde se encuentra, hace meses que no recibe una carta suya, pero no se preocupa: digan lo que digan, su cuerpo no yace en esa plancha. Luego de tantas peleas y reconciliaciones, casi se ha acostumbrado a su ausencia, a esa mezcla de rencor y cobardía que la mantiene en el otro extremo del planeta. Confía en que el destino que la tornó frágil y violenta también la protegerá de los peligros. La infeliz no merece morir tan joven.

Irina Nikoláievna se ve a sí misma años atrás, acariciando el rostro ensangrentado de su hija. Oksana, entonces de siete años, acababa de caerse de un segundo piso, pero, por obra de un milagro (e Irina por supuesto no cree en los milagros), no se rompió ningún hueso, sólo sufrió raspones en la frente y las rodillas. Como buena científica, la científica socialista que estaba obligada a ser, rechazó las explicaciones sobrenaturales y se convenció de la fortaleza de su estirpe: los genes de la niña, ya presentes en su madre y en su abuela, habrían de tornarla invulnerable.

«¿Puedo irme?» Uno de los patólogos mueve la cabeza en señal de negativa. «Ya nada tengo qué hacer aquí.»

«Aguardemos la llegada del doctor Granin.»

La vida de Irina Nikoláievna parece marcada por la espera: durante años aguardó a que Arkadi regresase del exilio, ¿qué pueden importarle unos minutos? Sus dedos amarillentos hurgan en su bolso hasta encontrar un paquete de cigarrillos; extrae uno, lo enciende y lo inhala con esmero (extraña ceremonia). La nicotina acentúa su tristeza. Repite la maniobra otra vez, y luego otra.

«¿Dónde está?»

Irina reconoce la voz de su marido. La ceniza resbala entre sus dedos.

«¿Dónde está mi hija?»

Arkadi no está más gordo ni más envejecido y se muestra dueño de la situación, sólido y majestuoso con su barba recortada con cuidado. Ni siquiera hoy se permite una falta de elegancia, viste traje oscuro y una camisa bien planchada, nadie imaginaría que durante años usó un solo tafetán y los mismos calzones percudidos. Irina oculta su despecho y cede ante el aplomo de su marido (sí, todavía es su marido). Arkadi Ivánovich Granin no es un hombre común, es un referente moral. Un símbolo. O al menos lo era hasta que estalló el escándalo. El escándalo que ella misma provocó.

Él ni siquiera la saluda y sigue a los médicos que le muestran el cadáver con la deferencia que antes sólo concedían a los jerarcas del partido. Arkadi no tolera el espectáculo y asiente con presteza. Espera resolver el asunto cuanto antes, para él esta muerte no es más que un hecho ineludible. No está triste ni sorprendido, apenas resignado. Su hija era presa de una violencia irrefrenable, de un delirio que le impedía ser normal. Oksana falleció tiempo atrás (al menos en su corazón), cuando abandonó Moscú y se perdió, en compañía de otros malvivientes, en las sombrías calles de Vladivostok, dársena fantasma.

Arkadi le susurra unas palabras al responsable de la morgue y se dispone a marcharse. Irina le bloquea el paso. Como si temiese la irrupción de los reporteros que lo acosan desde que se hizo público el fraude de DNAW-Rus, él cede y la abraza. Irina Nikoláievna se aferra a su cuerpo. Arkadi descubre con asco que ella se ha teñido el cabello de rubio y se marea con su perfume azucarado.

«¿Verdad que no es ella, verdad que no es nuestra Oksana?»

Arkadi guarda silencio; siempre ha temido los exabruptos de su mujer, conoce su determinación y su osadía, su valor para romper las reglas, y no desea un melodrama. Los buitres de la prensa no tardarán en presentarse, la autopsia y el entierro deben celebrarse sin demora.

«¿La causa?», pregunta Arkadi al patólogo jefe. Éste lo conduce a la plancha y le muestra las heridas.

«Haremos lo necesario para disimularlo.»

Oksana al fin consiguió lo que quería, piensa Arkadi. Irina, en cambio, trastabilla. Ninguno llora, aunque por motivos diferentes: él sólo quiere irse, mientras ella permanece incrédula.

«No son sus ojos, ¿verdad? Dime que no son sus ojos, que no son los ojos de nuestra Oksana. Dímelo, Arkadi Ivánovich.»

«Ten calma, Irina, era inevitable.»

Sus palabras lo condenan. La mujer lo mira con rabia y luego se precipita hacia el cadáver de su hija. Irina se aproxima a la plancha y, venciendo sus resistencias, palpa el cuerpo exangüe: no se atreve a destapar su rostro y se contenta con acariciarle el cuello por encima de la tela. Luego apresa su mano derecha, pequeña y cubierta de costras, su mano de niña. Cuando se da cuenta de que no la ha tocado en años, la besa una y otra vez. Al final se hinca y se santigua.

Arkadi Ivánovich apresura el papeleo. No está dispuesto a quebrarse ahora, después de lo que ha sufrido. Tras contribuir a liberar a doscientos millones de personas no puede permitirse llorar por una sola. Hace mucho, cuando sus disputas con Oksana se volvieron insufribles, él tomó una determinación: la muerte de su hija no sería su muerte. Así de simple. Aun así estrella los puños contra el muro, su única muestra de ira o de congoja. Más sosegado, decide esperar a que Irina termine de rezar ante el cuerpo inerte de Oksana, esa parte de sí mismo que lo desafió toda la vida y que ahora le ha infligido la más cruel de las venganzas.

2

Nueva York, Estados Unidos de América,
30 de diciembre de 2000

Jennifer abre y cierra las alacenas, fascinada con el ruido de las puertas: la palpitación de la madera apacigua sus sentidos. Con esa falda negra y esa blusa de cuello redondo parece una colegiala; no ha tenido tiempo de maquillarse o ha preferido evitarlo para acentuar el dramatismo de su gesto. Los mosaicos de la cocina relumbran con el sol que se filtra por los ventanales. A lo lejos, los rascacielos forman un laberinto grisáceo que contrasta con la placidez del cielo. Hace mucho que la ciudad no luce tan clara, tan inmóvil, piensa Jennifer (yo quiero que lo piense), mientras abre el grifo y se enjuga las manos por enésima ocasión. Siempre ha adorado la limpieza (en los entrepaños se acumulan estopas, trapos, detergentes, jabones, desinfectantes, insecticidas, blanqueadores, desodorantes, decenas de rollos de papel higiénico, servilletas y productos para desmanchar), pero hoy no tolera el mínimo rastro de suciedad en su casa o en su piel, así que no se cansa de sacudir ni de restregar sus palmas bajo el agua.

Por fin Jennifer se deja caer en uno de los sillones de la estancia, una figura sin pliegues, de color púrpura, que a Wells debió costarle una fortuna, y contempla el vacío que se extiende ante sus ojos. Desde ese observatorio en el vigésimo piso de Park Avenue el mundo no parece un campo de batalla, no hay tanques en las calles ni cadáveres descompuestos en las aceras, no hay minas en los vertederos ni se escuchan zumbidos de metrallas o cargas de dinamita. Pero la guerra está allí, en todas partes.

Para Jennifer, la paz es sólo una apariencia (como la economía mundial en su conjunto), un engaño en el que sólo creen los desinformados o los indigentes; basta remover un poco ese hormiguero, desmenuzar sus mecanismos y resortes, para revelar la crueldad de sus batallas. La mayoría prefiere disimular, convencerse de que nada ocurre, de que aquí, en el corazón de América, es posible estar a salvo, lejos de las balas perdidas que asesinan a niños y ancianos en otras partes del planeta. Se equivocan, hay combates por doquier, incluso en esta torre a unos pasos de Central Park.

Sentada así, con las piernas cruzadas, descalza, Jennifer apenas se distingue de los irresponsables que pululan allá abajo; su aparente indiferencia le asemeja a las modelos que tapizan con sus cuerpos semidesnudos las cornisas de Manhattan. Como tantas mujeres de su edad y posición, podría conformarse con ser otra víctima de la moda y la pereza. Casi le gustaría ser tan ignorante, tan pura, como esas mujeres: así no tendría que mostrarse encantadora, le estaría permitido masajearse los pies sin límite de tiempo, contemplar seriales televisivos, hacer gimnasia o yoga (o pagarse un psicoanalista) sin temor a resultar frívola. No es éste su destino, ella eligió pertenecer al exclusivo club de los que guían, de los que ordenan. De los que *saben*.

En el Fondo Monetario Internacional, Jennifer aprendió a figurarse comandante de un ejército, sólo que sus soldados no portan armas, no sitian ciudades ni se enfrentan con guerrilleros o terroristas, pero su tarea de pacificación no se distingue de las realizadas por los tanques o las divisiones de infantería. Sus conquistas son más sutiles pero no menos violentas (ni, según ella, menos necesarias). Nunca ha dudado de la bondad de sus metas; aun si el suyo es un trabajo sucio (luchar contra quienes perturban la libertad de los mercados), está convencida de que alguien debe realizarlo.

Jennifer se muere por encender un cigarrillo (hace veinte años que no fuma), pero desiste y se conforma con abrir otra botella de agua mineral, le da un sorbo y la deposita sobre la mesa junto al celular. Hace más de media hora que no suena. La verdad no sabe qué hacer o cómo comportarse. O, más bien, no sabe cómo darle la noticia a Jacob. ¿Debería explicarle que se trató de un accidente y acaso usar el término *tragedia*? ¿O sería mejor evitar los pormenores y perorar sobre la existencia del cielo y de los ángeles? ¿Y si le dice la verdad, que Allison era una estúpida, que desde hace años se arriesgaba sin sentido, que siempre fue una irresponsable y una cínica? ¿Cómo revelarle a un niño de diez años que su madre no regresará y, lo más difícil, cómo hacerle ver que es lo mejor que ha podido ocurrirle? Jennifer necesitará toda su habilidad diplomática para persuadirlo, no por nada es la estrella negociadora del Fondo. Jacob es listo y ya ha comenzado a exhibir los desplantes de los Moore.

Por primera vez desde que se enteró de la suerte de su hermana (aún retumba en sus oídos la voz del embajador), Jennifer vacila. ¿Qué sensación es más poderosa, el dolor o el alivio? Su temperamento puritano la obliga a borrar la disyuntiva. Nunca admitirá que las dos no eran hermanas modelo, como presumían, sino una pareja de rivales. Una parte de ella siempre quiso hacer a un lado a Allison: esa niña llorona era un fastidio permanente, un estorbo en sus planes de independencia. Jennifer necesitaba liberarse del yugo de su padre, el senador Moore (así lo llamaban ambas), sin poner en riesgo sus privilegios, y para ello se inventó una rebeldía íntima, apenas perceptible, que Allison ponía en riesgo. Por eso prefería tenerla lejos, detestaba hacerse cargo de ella, mimarla, vigilarla o reprenderla. Tenía bastante ocupándose de sí misma.

Jennifer se encierra en el baño y el espejo le devuelve su rostro devastado. Tal vez si de joven hubiese sido menos hermosa, menos perfecta… Se acomoda el cabello como todas las mañanas, desenreda sus largas mechas rubias, se restriega los ojos y vuelve a lavarse las manos. Al final constata con espanto que le ha salido otra arruga en la comisura de los labios. ¿Cuánto tiempo pasará antes de que el telediario transmita la noticia? Tendrá que explicárselo a Jacob antes de que suene el timbre y los vecinos irrumpan con sus condolencias.

Jennifer toma el teléfono y marca el número de Jack Wells. Suena varias veces antes de que éste responda.

«¿Qué quieres?» Al fondo se escucha un ruido de motores.

«¿Dónde estás? Ha pasado algo… ¿No puedes moverte a un sitio más tranquilo?» El estruendo continúa inalterable. «Allison está muerta.»

«¿Cómo?»

«Que está muerta, Jack. La muy estúpida.»

«¿Qué dices, Jennifer?»

«*Muerta*, ¿me escuchas?»

«Voy para allá.»

Jennifer le da otro sorbo a su agua mineral y descubre los ojos de Jacob en el otro extremo de la cocina. ¿La habrá escuchado? El pequeño tiene el rostro legañoso y el pelo revuelto. Se aproxima a él, sin tocarlo.

«Quiero un chocolate caliente.»

Jennifer suspira.

«¿Un chocolate a esta hora?»

Con su pijama a rayas verdes y naranjas Jacob parece un dibujo animado. Se muerde el pulgar izquierdo.

«¡Te he dicho mil veces que no andes descalzo por la casa!»

Con sus pantuflas adornadas con osos de colores, Jacob vuelve a plantarse en la cocina. Más que tímido es prudente y a estas alturas ya intuye cómo manejar los exabruptos de su tía. Jennifer le entrega el chocolate. Entonces timbra el celular y ella da un salto. Y si es un periodista ¿qué debería decirle: sí, soy la hermana mayor de Allison Moore, sí, estoy muy consternada, sí, una horrible tragedia? Le tiemblan las rodillas.

«Estoy a punto de llegar», le dice Wells, «¿alguna novedad?»

Jennifer suspira.

«No. Tengo a Jacob a mi lado.»

«¿Se lo has dicho?»

«Aún no.»

«Quizás sea mejor que se vayan a Filadelfia.»

«Parecería que huimos. ¿Te imaginas lo que diría la gente, después de todo lo que ha pasado?»

«Siempre puedes decir que estás muy afectada.»

Wells no concibe el mundo sin un orden, una jerarquía, un plan de ataque. Jennifer está convencida de que debió calcular incluso la muerte de sus padres. Se equivocan quienes piensan que sólo le interesa el dinero: su único objetivo en la vida ha sido predecir el futuro y controlar a sus semejantes. No es casual que a últimas fechas sus enemigos se hayan multiplicado, demasiada gente quisiera verlo en desgracia. Y están a punto de lograrlo.

«¿Estás llorando, Jen?»

Jacob no busca interrogarla o exponerla, pero Jennifer estalla.

«No. Y ahora vete a tu cuarto, no salgas hasta que te llame, ¿entendido?»

El niño se marcha sin rezongar, acostumbrado a los cambios de humor de su tía. Jennifer mide sus opciones. Demasiados frentes abiertos. La muerte de Allison. Jack. El escándalo de DNAW. La prensa. Las condolencias de amigos y políticos. Los trámites para repatriar el cuerpo. Las exequias. ¿Y si creara una fundación humanitaria con el nombre de su hermana? Unos cuantos miles de dólares bastarían para contentar a la opinión pública… No, no logra concentrarse.

Tras abrir con su propia llave (el miserable prometió devolverla hace meses), Wells entra en la casa y le impone a Jennifer un beso en la mejilla.

«He hablado con todo el mundo», le dice, «¿me sirves un whisky?»

Jennifer casi admira su insolencia.

«Arthur prometió hacer lo que pueda… Empaca unas cuantas cosas y llévate e Jacob.»

«Ya te dije que no pienso irme.»

«No seas terca, Jen. Piensa en el niño.»

«Por Dios, Jack, mi hermana está muerta, no puedo marcharme. No ahora, tú lo sabes… Con las acusaciones en tu contra sería perjudicial para *los dos*.»

«No sabes cómo va a disfrutar la gente viéndote en televisión, deshecha por culpa de tu hermana.»

A Jennifer la sangre se le agolpa en las mejillas. Si Wells se queda un segundo más, estallará.

«Será mejor que te vayas.»

Wells consulta su reloj y se marcha sin abrazarla.

Los mismos padres, las mismas escuelas, los mismos amigos, ¿cómo pudieron seguir caminos tan opuestos? ¿Cómo se volvieron tan distintas? ¿Por qué su hermana se empeñó en convertirse en su reverso? ¿Le tendría tanta envidia como Jennifer a ella? ¿En qué momento se separaron? ¿Cuándo inició su guerra?

Ahora que Jack se ha ido, Jennifer se da cuenta de que en realidad le preocupa muy poco lo que pase con el cuerpo de Allison, su trabajo en el Fondo, los negocios fraudulentos de Jack, el genoma humano, la bolsa o con la crisis económica que azota al Tercer Mundo. Porque ahora tiene lo que siempre anheló, lo que siempre quiso, lo único que le importa.

Jacob.

Rockville, Maryland, Estados Unidos de América,
30 de diciembre de 2000

Una madrugada, después de hacer el amor, Éva me dijo que los sentimientos eran un rescoldo evolutivo, una patología de la inteligencia, un manual de conservación. Continuó su retahíla, ebria y desnuda: el amor es el engrudo de la reproducción, la ira un detonador frente al peligro, el miedo un sucedáneo del dolor y acaso de la muerte. No se cansaba de repetir estas frases como si fuesen afrodisíacos. Disfrutaba al importunarme así, irrumpiendo en mis zonas privadas, violentando mi pasividad o mi mutismo, y luego reía sin tregua y se lanzaba sobre mis costillas y mi sexo, víctima de esa euforia que la arrebataba después de cada fase de melancolía. Yo detestaba sus bravatas, sus provocaciones me resultaban pueriles o irrelevantes, en su falta de sutileza (de malicia) se notaba que proveníamos de culturas enfrentadas.

Mientras permanezco en el banquillo, al margen del espectáculo (las cámaras y los micrófonos no me dan tregua), asediado por esa turba que me vitupera o compadece en un idioma extranjero, sus bravuconadas casi me hacen gracia. En mi interior reina una argamasa indefinible, ajena a mi voluntad o mi deseo. Quizás Éva acertaba: ahora no sabría decir qué me agobia, cuánto sufro o cuánto me arrepiento. Mi razón se ha extinguido. Cuando estábamos juntos ambos nos mostrábamos orgullosos de nuestro coeficiente intelectual (lo único que nos asemeja, me aguijoneaba), de nuestra sensatez y nuestra cordura, pero al final nuestra astucia sin límites no sirvió de nada.

¿Quién soy? Un mamífero de sangre caliente, terrestre, bípedo, macho, omnívoro, con una corteza cerebral bastante compleja para el volumen de mi cráneo. Mi sistema nervioso recuerda a una red eléctrica (me sobresalto a la menor provocación) mientras que, al menos en teoría, mis sentidos han alcanzado un alto grado de sutileza. Mis pupilas se dilatan, mi corazón bombea sin tregua y mis glándulas sudoríparas trabajan con frenesí. Una potente dosis de hormonas irriga mis órganos y mis tejidos. En resumen: soy un animal acorralado, triste, enfermo. Un animal que, pese a los infinitos progresos de la ciencia (esos progresos a los que Éva contribuía) no logra comprenderse a sí mismo.

¡Extraña lógica! ¿En realidad existe alguien en mi interior? ¿Por qué los humanos nos obstinamos con ser únicos, asumiendo una personalidad que nos ancla para siempre? La idea de ser muchos, de ser legión, nos aterra. Reconocer las distintas voces que nos habitan significaría aceptar un desvarío cotidiano, y eso no se nos permite. Para ser admitidos en sociedad debemos mostrarnos siempre lúcidos, dueños de una lógica impecable, capaces de moderar nuestros impulsos. Por ello nos dicen que la conciencia carece de límites precisos, que es sólo una rutina informática compleja, el producto de un algoritmo ejecutado en el cerebro. Yo jamás me conformé con esta hipótesis. Durante meses no hice sino oponerme a ella.

Yo *no* soy una máquina, le grité mil veces a Éva. Yo estaba convencido de que el espíritu no era producto de las conexiones nerviosas; emanaba de otra parte, acaso no de Dios pero sí de una fuerza cósmica que especificaba la esencia de lo humano. La mente no podía ser explicada por el mero concurso de la biología y de la química.

Apenas me han liberado de los grilletes y ya me muestro desafiante. Desoyendo los consejos de abogados y psiquiatras me he negado a declarar una locura pasajera. Sigo convencido de que en ese instante, cuando ocurrió lo que ocurrió (la provocación, la ceguera, el accidente), yo era yo y no otro. Esta certeza me aterra y me perturba, y me confiere una última razón para la vida: entender, entenderme, descifrarme. Me revuelvo en la silla, miro hacia abajo y me topo con el fulgor de mis zapatos. Cruzo las piernas. Un dibujante traza mi perfil, resalta mis ojeras y sombrea mi barba de semanas. El ujier anuncia la llegada de la juez, una mujer robusta, vestida de púrpura y negro, con un rictus amargo. La concurrencia se pone de pie, pero yo no me levanto hasta que uno de los guardianes me aprieta el brazo con fuerza. Me arden las muñecas. El personal del juzgado alista las actas.

Éva no se levantará de entre los muertos. Hace semanas que su cadáver yace bajo tierra, profanado por las manos de los forenses. El Tribunal desestimó mi petición para asistir al sepelio, Klára movió todas sus influencias para evitarlo, no iba a permitir que el asesino de su hija corrompiese su duelo. Casi la comprendo, el dolor de una madre es sagrado. Y también la aborrezco. Siempre sentí celos de esa parte de Éva conservada por su madre que yo nunca alcancé a poseer. Madre e hija mantenían una complicidad a toda prueba, se habían inventado un lenguaje secreto cuyo sentido estaba vetado a los demás mortales. Ninguno de los otros hombres que pasaron por la vida de Éva (y fueron muchos) logró separarlas, formaban un dúo inquebrantable, poderosísimo, que el resto del mundo debía respetar y obedecer. Con razón Klára me maldice y se prepara para apelar la sentencia: yo nunca fui parte de su familia, jamás aprobó mi unión con su hija, no merezco su misericordia.

«Un accidente.»

Ésas fueron mis palabras, las únicas que acerté a pronunciar, las únicas que eran (y aún son) verdaderas. ¿Qué es un accidente sino la actualización de lo improbable, un hecho no buscado ni querido, el desorden que se introduce en la tranquilidad cotidiana, una prueba de la irracionalidad del devenir, el nombre que los humanos damos a la entropía?

«Un accidente», me repito.

¡Mentira! Los accidentes no existen, sólo las coincidencias, la fatalidad, la mala suerte… Un cuarto casi vacío. Las mentes nubladas por el alcohol y quién sabe qué otras sustancias.

Demasiadas palabras. Las voces del pasado. Luego, la noche y la fiebre. Los celos. Una corriente de aire. Un aullido en el bosque. Y después nada. *Nada...* Aquí están todos los elementos del drama, no omito ninguno, pero no bastan: la explicación se queda en los márgenes, en el silencio, en los intersticios. Éva había perdido la conciencia, no reaccionaba a mis caricias, era sólo un cuerpo, un cuerpo desprovisto de alma (de esa alma en la que ella no creía) con las piernas torcidas y sangre en los pómulos y en los labios. El algoritmo de su mente se había detenido, algo había fallado en el programa informático que la mantenía viva.

Vuelvo a mi asiento. Me sudan las manos. Lo que ocurre ante mis ojos me parece tan ajeno, tan banal como una película. ¿Es ésta la justicia? Los leguleyos se limitan a seguir un guión preestablecido, conformes con aplicar unas leyes inútiles y sordas. ¿Qué castigo podrían imponerme? ¿La silla eléctrica, la horca, la guillotina? Ninguna pena repararía lo que he hecho, nada podrá jamás rehabilitarme. ¿Entonces? En mi caso el crimen y el castigo son idénticos.

La voz monocorde del secretario de acuerdos desgrana el resumen del caso. Sollozo cuando pronuncia el nombre de mi amada.

«Éva Horváth, nacida en Budapest en 1956, con domicilio en el 34 de la calle George Washington, en Rockville, Maryland, subjefa de bioinformática de Celera, muerta a causa de un derrame cerebral el 27 de junio de 2000 provocado por...»

No atiendo al resto del sumario, no quiero escuchar el recuento de mis propios actos, no lo necesito.

Cuando recupero la conciencia, la juez pide el veredicto a los miembros del jurado. Un hombre robusto y calvo (novelista al fin y al cabo, lo imagino panadero) le entrega un papel al actuario, quien a su vez se lo ofrece a la juez. Ésta lo lee y lo devuelve al oficial, quien lo pone en manos del primero. Nadie espera una sorpresa. Y yo menos que nadie.

«Que el presidente del jurado lea la sentencia» escucho.

Lo que faltaba: convertirme en personaje de novela policíaca, esa escoria de la imaginación, ese virus literario, cuando siempre me empeñé en denostar ese género espurio e irrelevante. Yo amaba a Éva y Éva me amaba a mí. Ambos lo sabíamos. Ambos habíamos dejado todo para estar juntos. Ésta es la verdad incontrovertible, la única verdad que cuenta. Pero ahora Éva está muerta. Muerta porque yo, Yuri Mijáilovich Chernishevski, así lo quise sin quererlo.

Un accidente.

El presidente del jurado tiene otra opinión.

«Encontramos al acusado culpable de homicidio en segundo grado.»

Ninguna novedad: aun así me descubro llorando, enternecido por una ráfaga de arrepentimiento que yo mismo no comprendo. No me importa mi suerte (mi destino se decidió aquella noche) y tampoco me preocupa el futuro (mi ausencia de futuro), pero aun así gimoteo.

Me levanto para escuchar la sentencia. El público me mira con horror, alguno resalta la contradicción entre mi fama pública y mi brutalidad íntima. Afuera, abarrotando la plaza del tribunal, una multitud de reporteros, curiosos y militantes de organizaciones contra la violencia de género se prepara para abuchearme. Yo, que fui un héroe para esa izquierda vehemente y radical, me he convertido en símbolo de la infamia: el escritor independiente que se enfrentó a Yeltsin y a los oligarcas, el defensor de las causas justas, el azote de los poderosos y los corruptos era sólo un macho taimado y perverso como tantos.

La juez me observa con aire severo. Quién podría simpatizar con un hombre celoso, alcohólico, violento. Nadie perdona a quien golpea y asesina a una mujer, y menos a una mujer como Éva Horváth, una de las científicas más reputadas de su patria, una de las responsables de ensamblar esa quimera, el genoma humano.

«Quince años.»

Klára salta y se felicita. Mis defensores tratan de aliviarme con sus rostros devastados y sus patrañas jurídicas. «Apelaremos», me susurran. Yo sólo quiero volver a mi celda. Casi me alegra la sentencia. Quince años para comprender lo sucedido en esas horas. Quince años dedicados a Éva y a lo que Éva perseguía. Quince años para reconstruir su historia y la historia que nos condujo a la cabaña del río. Quince años para desovillar la madeja que me unió a ella y a las mujeres que la rodearon. Quince años para escribir un libro, el único libro que valdría la pena, no una novela ni un reportaje, tampoco una confesión o unas memorias, sino un ajuste de cuentas. Quince años para escribir *Tiempo de cenizas*.

IRINA NIKOLÁIEVNA SUDÁIEVA

Unión de Repúblicas Socialistas Soviéticas, 1929-1953

Los atacantes inician el asedio dispuestos a perecer en el combate. Sólo uno de ellos se alzará con la victoria, y eso en el mejor de los casos, pero aún así se lanzan con determinación a la batalla. No dudan ni se inquietan, son nerviosas máquinas de guerra desprovistas de razón y de sentido común. Uno tras otro son repelidos por la fuerza (ángeles caídos) sin que el número de bajas haga mella en su arrebato. Tras horas de escaramuzas, uno de los intrusos se escabulle en el recinto; desgarra la malla protectora y, sin reparar en la magnitud de su delito, se funde con su víctima en un combate interminable. Así fue concebida Irina Nikoláievna Sudáieva (y así somos concebidos todos los humanos), mediante este puro acto de violencia. Por más que hombres y mujeres finjan amarse, en su interior no hay acuerdo alguno: los genes masculinos y femeninos habrán de traicionarse hasta la muerte.

Irina nació en Leningrado (antes llamada San Petersburgo, luego Petrogrado, y otra vez San Petersburgo), a orillas del mar Báltico, el 15 de mayo de 1932. Su padre, Nikolái Serguéievich Sudáiev, antiguo comisario político, había sido fusilado en un campo de detención en Perm semanas antes. Irina pesó apenas un kilo y seiscientos gramos y su madre la hizo bautizar por un *bátuschka* alcohólico conforme al ritual de la Iglesia Ortodoxa. Para señalar el ambiente de la época, un novelista escribiría: corrían tiempos difíciles. Pero como yo ya no soy novelista (me resisto a la farsa), no pretendo camuflar las detenciones, juicios sumarios y fusilamientos que entonces se producían a diario sólo porque el amo y señor de todas las Rusias, un georgiano de nombre Iósif Dzhugashvili, pero a quien le gustaba ser llamado Gran Líder y Maestro (o Padrecito de los Pueblos), pensaba que sólo conservaría su autoridad si liquidaba a millones de enemigos.

La diminuta Irina Nikoláievna no murió de pulmonía ni de anemia; sus células, esas células que tanto la fascinarían de adulta, continuaron multiplicándose sin tregua, guiadas por la ciega voluntad que anima al universo, y con el paso del tiempo se convirtió en una niña delgaducha, de mirada severa y algo esquiva; no era hermosa aunque poseía cierta languidez no exenta de atractivo. Aunque Irina siempre negó la autenticidad de la anécdota (sólo su abuela se empeñaba en repetirla), su encanto llamó la atención del propio Stalin, quien sin imaginar que se trataba de la hija del traidor Sudáiev le restregó una mejilla durante una visita que los alumnos de su escuela realizaron al Kremlin en 1946. Irina jamás confirmó el episodio pero cuando alguien lo mencionaba sentía un picor en el pómulo derecho, como si el zarpazo impreso en su piel por el Padrecito no hubiera aún cicatrizado.

Como todos los hijos de criminales, conspiradores y enemigos del pueblo, Irina Nikoláievna fue arrancada de los brazos de su madre a los cuatro años, cuando se inició la sorpresiva invasión alemana de la Unión Soviética, y fue transferida a una escuela elemental en Sverdlovsk, antes y después llamada Yekaterinburgo, en Siberia occidental. Su madre, Yevguenia Timófeia, no fue autorizada a emigrar y permaneció en Leningrado mientras la ciudad padecía uno de los asedios más sangrientos de la guerra. Famosa por su belleza (ojos verdes y un perfil de líneas agudas), quedó convertida en un fantasma de mirada gacha, brazos como hilos y voz quebrada. Irina sólo volvió a verla en una ocasión, cuando fue convocada a su lecho de muerte en 1947. Por un residuo de bondad filial que no llegó a ser borrado por el frío, Irina cerró los párpados de esa extraña con un vago movimiento de la mano: las yemas de sus dedos siguieron impregnadas con su olor por semanas.

Irina Nikoláievna fue una estudiante modelo, ejemplo para la niñez comunista. Su habilidad con los números (hacía operaciones de siete cifras de memoria) y su delicadeza con los animales le auguraban las mejores notas en una *semiletka* científica. Ella hubiese preferido dedicarse a la filosofía o a la literatura, pero ambas disciplinas resultaban poco atractivas cuando urgía convertir al país en una potencia tecnológica. Irina jamás expresó sus deseos. Obligada a servir a una causa superior (el bienestar de la humanidad), se limitó a obedecer a sus preceptores en silencio. La mayor virtud soviética, le habían dicho, consistía en reprimir todo egoísmo.

Ya adolescente, Irina tampoco se interesó por la política. Si alguien le hubiese dicho que el mundo podía ser distinto, o que al otro lado del océano la gente lo veía distinto, habría pensado que su interlocutor se burlaba de ella. Jamás fue una rebelde, su historia la hacía huir de cualquier predicamento. Por ejemplo: aunque contaba ya con diecinueve años cuando las tropas soviéticas invadieron Hungría en 1956, Irina no se enteró del episodio, aunque tampoco creía en la propaganda oficial que insistía en la amistad entre los pueblos. A los quince años se inscribió en el Komsomol, la agrupación juvenil del Partido Comunista, auspiciada sólo por sus notas. El mundo exterior sólo le causaba indiferencia.

Esa tarde, al mirarse en el espejo, Irina distinguió una pequeña marca en su frente. Después de rascarse y comprobar que la señal no desaparecía, ocultó la llaga con un mechón, continuó sus actividades cotidianas (realizaba un experimento con ratones) y no volvió a examinarse hasta el día siguiente, bajo la ducha. Para entonces la herida había crecido al doble.

Irina siempre había tenido pánico a los doctores; en su universo infantil éstos encarnaban el mismo papel que la policía o el servicio secreto para los adultos. Los médicos soviéticos, como todos los médicos del mundo, no tenían pudor ni tacto, la obligaban a desnudarse sin motivo, la tocaban con una frialdad que le erizaba la piel y le hacían realizar los actos más vergonzosos, orinar, defecar, exhibir sus partes íntimas, como si fuesen capataces de una fábrica. Tres días más tarde la roncha se había convertido en una bola de medio centímetro de diámetro. Irina al fin acudió a la enfermería de la *semiletka*, donde un desaliñado practicante tardó horas en atenderla.

Si bien la afección estaba en su frente y no en su trasero, el residente la obligó a quitarse toda la ropa, no evitó mirarle los pechos, o más bien esas sutiles protuberancias que no tardarían en convertirse en sus pechos, y le ordenó recostarse en la camilla. Tomó una lupa y analizó su frente. El médico dictaminó un sarpullido, le recetó un poco de aceite de cocina (en la URSS las pomadas se reservaban para las quemaduras graves) y la envió de vuelta a clase. No pasaron ni veinticuatro horas antes de que el falso sarpullido se extendiese como plaga. Irina sintió una repentina comezón en un tobillo, luego en el muslo derecho y pronto su vientre quedó invadido por marcas encarnadas; su ombligo estaba cercado, igual que su espalda, sus hombros y su nuca. Asustada, se encerró en el baño. Para entonces su carne estaba cubierta de pústulas y sentía una pesantez en piernas y brazos, como si hubiese ganado diez kilos; un torpor en las articulaciones le impedía moverse. No se le ocurrió nada mejor que recostarse junto a las letrinas.

Sus compañeras la denunciaron: algo le pasa a Irina Nikoláievna, está tirada en el baño, hecha un ovillo. La directora de la escuela le dio una bofetada, no tanto para reanimarla como para sancionarla, y la condujo a la enfermería. Había sido irresponsable y egoísta: por temor, por pereza o por descuido había arriesgado la salud de todos en la escuela, no sólo merecía aquel dolor, sino el castigo que tendría reservado para cuando se recuperase. El joven médico tampoco dudó en reprenderla. Irina deliraba, los regaños le reventaban los oídos; cada movimiento del practicante le parecía una represalia, como cuando la desnudó por la fuerza o le introdujo una aguja en el antebrazo. Tras varias horas de tormento, una enfermera la trasladó a la parte posterior del dispensario, una habitación desolada y amarillenta, y la encerró con llave. Tenía prohibido salir, en estricta cuarentena, hasta que hubiese una prognosis segura. Irina siempre había escuchado hablar de los espías que se infiltraban en la sociedad soviética con la misión de carcomerla (fuerzas ocultas, virus): sólo ahora comprendía la realidad de sus temores. Ella misma se había convertido en un elemento pernicioso, un cuerpo infectado. Se merecía el aislamiento y el castigo.

A la mañana siguiente, o acaso a la noche siguiente porque Irina había perdido la noción del tiempo (la habitación carecía de ventanas), el joven médico fue sustituido por un facultativo de mayor edad, un hombre alto y severo, de cejas enormes y voz terrosa, no más amable que su colega. Le hizo a Irina una larga serie de preguntas, la mayor parte absurdas o impertinentes (quiénes eran sus amigas, qué había comido en la última semana, cuáles eran sus hábitos higiénicos, incluso si había tenido la regla o relaciones sexuales), la obligó a reconstruir su pasado y a revelarle sus secretos. Irina no entendía de qué podría servir para curarla. Sólo más adelante se daría cuenta de que el médico no buscaba aliviarla o prevenir la extensión de la epidemia, sino conocerla y dominarla. Mientras su cuerpo era atiborrado con medicamentos, su mente era absorbida por ese guardián de la salud.

«¿Varicela?»

El viejo continuó revisándole las piernas.

«Aquí el médico soy yo.»

Ni siquiera necesitó elevar la voz, en sus palabras suaves y concisas Irina descubrió un matiz terrible, más frío que las agujas.

Cuando volvió a quedarse sola, amortajada bajo unas sábanas de color indescifrable, se puso a llorar. Primero en silencio, casi con vergüenza, y luego víctima de un ataque histérico; en ese cuarto nadie oiría sus quejidos, nadie acudiría a consolarla. Imaginaba lo peor, un ejército formado por microbios, bacterias y gérmenes atacando sus tejidos, destruyéndola poco a poco, devorándola. Aquello sucedía sin que ella pudiese defenderse, en un mundo invisible y paralelo: el mal anidaba en sus entrañas. Irina sólo advertía las consecuencias de la lucha (la fiebre, las llagas, el cansancio), no las causas del mal. Se sentía culpable y abatida. Tal vez ella no fuese responsable de su padecimiento, pero tampoco había logrado resistirlo. El enemigo la había derrotado.

Los humanos somos seres ambiguos, modelados a partir de la doble hélice sembrada en nuestras células. Por eso las parejas nos parecen tan obvias, tan necesarias, y por eso fabricamos esa estúpida creencia (esa superchería) que nos hace vernos como seres incompletos obligados a perseguir nuestra mitad perdida. Aunque mereció la atención de otros hombres, Irina Nikoláievna siempre se creyó una parte (tal vez la menos atractiva, sin duda la más firme) de Arkadi Ivánovich Granin. Comparado con ella, él tuvo una infancia casi normal. Puntualicemos que la normalidad es una de esas invenciones que no poseen vínculo alguno con los hechos, una generalización cuyo objetivo es disminuir el pavor frente a las diferencias. En la URSS, la normalidad resultaba aún más precaria, incluso bajo criterios estadísticos. Arkadi nació en octubre de 1929, sus primeros años coincidieron con el auge del estalinismo, presenció o al menos fue contemporáneo de las grandes purgas de 1936-1938, debió escuchar por la radio las noticias sobre la visita a Moscú del ministro nazi Joachim von Ribbentropp en 1939, se vio obligado a huir de la capital al inicio de la gran guerra patriótica, en 1941, y por fin se sumó al Ejército Rojo en las postrimerías de 1944, a los quince años. Atrapada en la

Historia, su niñez nada tendría de común, pero si se considera que su padre, Iván Tijónovich Granin, jamás perdió su posición como adjunto de Lavrenti Beria, todopoderoso comisario del NKVD, podrá entenderse mejor por qué Arkadi disfrutó de un sinfín de privilegios (ropa, alimentos, instrucción) negados a sus coetáneos.

Iván Tijónovich Granin no era un hombre rudo ni salvaje. Ruso étnico, había pasado la mayor parte de su vida en Georgia, donde trabajó para una compañía minera desde los doce. Cuando estalló la Revolución, se incorporó a los bolcheviques, luchó contra los nacionalistas durante la guerra civil y se convirtió en asistente de Beria. Su carrera no fue la de un verdugo o un matarife, sino la del perfecto burócrata, el modelo a partir del cual serían cortados los futuros *apparátchiki*: una figura severa, poco majestuosa, siempre de gris, oculta detrás de unos espejuelos que le conferían el aspecto de un mapache. Jamás presenció un interrogatorio en los sótanos del NKVD, jamás se manchó las manos de sangre, jamás quiso enterarse de la suerte o el infortunio de los miles o millones de rusos, ucranianos, georgianos, moldavos, bálticos o alemanes ejecutados en las mazmorras de su jefe. Iván Tijónovich firmaba órdenes y memorandos, compilaba archivos, respondía cartas, tomaba recados telefónicos o glosaba informes con meticulosidad de artesano. Si su firma implicaba la ejecución de un enemigo, o de decenas o de miles, él no se daba por enterado o al menos lo fingía. Lavrenti Beria creía que su asistente no tenía demasiadas luces (o de plano padecía cierta torpeza de espíritu) pero nunca dudó de su fidelidad, conservándolo a su lado incluso en la época en que, obligado por Stalin, ordenó asesinar a la mitad de sus colaboradores.

En sus memorias, Arkadi Ivánovich dibuja a su padre como una sombra hueca e inexpresiva, enclaustrada en su voluntad de perfección. Alto, sobrio, inmaculado, Iván Tijónovich sobrevivió a sus compañeros gracias a su invisibilidad y a su silencio, e incluso cuando su protector fue acusado de traición y ejecutado por órdenes del Politburó, él no tuvo que responder por sus actos y fue licenciado con una pensión que le permitió continuar su vida de sombra o de cadáver. Iván Tijónovich jamás habló de su trabajo, o más bien jamás habló de nada. Por años Arkadi pensó que su padre era un enigma lleno de secretos: muy tarde descubrió que detrás de su máscara mortuoria, sus belfos enormes, su mirada opaca y sus movimientos cansinos no se ocultaba ninguna lucha interna y ninguna contradicción, sólo una criatura muerta de miedo, dispuesta a hacer cualquier cosa con tal de sobrevivir. Iván Tijónovich demostró ser más hábil que sus colegas, pero su éxito no dependió de su inteligencia o de su suerte, sino de su capacidad para adaptarse. El anciano burócrata murió cuando Arkadi tenía treinta años, en 1959. Su desaparición fue tan metódica como su existencia: ese día se levantó de la cama, se acicaló y, cuando se disponía a tomar el desayuno, se quedó dormido y se apagó para siempre.

Si el padre de Arkadi era un visitante que pasaba horas escuchando la radio u hojeando el periódico, la madre, Yelena Pávlovna, era su reverso: locuaz y atrabiliaria, de enormes ojos negros, más joven que su marido, víctima de largos periodos de abulia o de tristeza que la postraban por semanas. Arkadi siempre supo que su madre era una «mujer enferma»: así la calificaba su marido y así la definían vecinos y familiares. Cuando se sumía en sus estados depresivos, Yelena Pávlovna se transmutaba. Los rasgos que la tornaban alegre y vivaz se revertían: en vez de parlanchina se volvía impertinente, su entusiasmo rayaba en el delirio y la intensidad de su carácter se diluía en los gritos y pataletas de una impúber. Lo peor, al menos para quienes convivían con ella, era su paranoia: se encerraba en su habitación o en el baño, convencida de que alguien quería violarla o asesinarla. No había poder humano que la hiciese entrar en razón, a menos que uno estuviese dispuesto a pelear con ella cuerpo a cuerpo, misión nada recomendable ante su fuerte dentadura. Según el diagnóstico que los médicos del Kremlin le ofrecieron a Iván Tijónovich, sus ataques se debían a una infección contraída durante su infancia en el Daguestán.

Iván Tijónovich se comportaba con ella como si nada ocurriese, acostumbrado a los cambios de humor de Beria y de Stalin. Cuando su esposa se pertrechaba bajo las sábanas o se guarecía en un armario, él permanecía al margen, ajeno a un contratiempo cuya solución no le incumbía. Para sus tres hijos era el infierno: obligados a cumplir la odiosa disciplina de su padre, debían realizar las labores domésticas abandonadas por Yelena. Desde los cinco años Arkadi se hizo cargo de sus dos hermanos; habituado a dirigir a su grupo de pioneros, resolvía él mismo todos los conflictos, siempre actuaba de modo racional y no se permitía un instante de duda. Ninguna situación escapaba a su control: sólo él podía lograr que su familia no se fuese por la borda.

En secreto, Arkadi vivía destrozado. Podía negarse a escuchar los aullidos de su madre y olvidar la indiferencia de su padre, confiado en sus dotes de actor y en su disciplina militar, pero acumulaba un creciente resentimiento contra ambos. Los dos eran responsables de su rabia, ella por acción y él por omisión, y se veía incapaz de perdonarlos. Su idea de convertirse en médico fue un puro acto de venganza. Arkadi estaba decidido a vencer la enfermedad, cualquier enfermedad, como si se tratase de un enemigo personal. Como soldado, el soldado comunista que debía ser, se interesó en vacunas, drogas, fármacos y medicamentos a fin de entrenarse con las armas necesarias para enfrentarla. Al contrario de Irina, para Arkadi la ciencia era un campo bélico.

Iván Tijónovich Granin educó a sus tres hijos conforme a los dictados del partido: Arkadi estaba destinado a ser el perfecto *homo sovieticus*. Según los pedagogos y científicos oficiales, el comunismo construiría un nuevo tipo de ser humano, alejado de los yerros, la torpeza, la avaricia y la mezquindad propias de nuestra especie. Al tiempo que los arquitectos remodelaban las ciudades bombardeadas y los políticos reformaban el entramado social, los educadores soviéticos templaban a sus jóvenes. La disciplina que regía sus propósitos no era la biología ni la sociología, como se asumía en Occidente, sino la ingeniería. Los ideólogos del partido concebían al hombre como una máquina dotada de poleas, tuercas, motores y tornillos que era necesario estudiar y reformar. Así como se levanta un puente o se construye una presa (Stalin ordenó realizar cientos de obras como éstas, sin importar el costo en vidas humanas), también era posible edificar una sociedad donde no quedase lugar para el egoísmo capitalista. El *homo sovieticus* sería un paso adelante, una prueba de nuestra capacidad para superarnos.

Igual que millones de niños, Arkadi Ivánovich fue un conejillo de indias al servicio de un gigantesco experimento. A diferencia de la mayoría, padeció menos carencias gracias a los privilegios concedidos a su padre. La familia de Iván Tijónovich disponía de un pequeño apartamento, jamás un *bárak*, y nunca tuvo que compartir el baño o la cocina con quince o veinte desconocidos. Si no puede decirse que su familia fuese rica (la riqueza en la Unión Soviética consistía en huir de la desgracia), los Granin disponían de carne y leche incluso en los periodos de escasez. En la sociedad sin clases que pretendía ser la URSS, pertenecían a una diminuta élite cuyos miembros, como rezaban los chistes de la época, eran más iguales que el resto. Cuando su padre le ordenó no presumir sus ventajas, Arkadi avistó las fisuras del sistema. A los ocho años entró a los pioneros y a los trece se convirtió en miembro del Komsomol; tal como le había inculcado su padre, el partido lo acogería como su único y verdadero hogar. Muchos años después, obligado a defenderse de las acusaciones de la prensa, Arkadi terminaría por reconocer esta militancia juvenil; en su descargo aduciría que entonces sólo era posible prosperar en el interior de las estructuras del partido.

Movido por el ejemplo de su padre o buscando contrariar-lo en secreto, Arkadi se propuso una sola meta: ser el mejor. El mejor *en todo*. O al menos en todo lo que fuera posible. El mejor pionero. El mejor alumno. El mejor científico. Recordemos la escena: Arkadi lleva puesto su uniforme de pionero y luce orgulloso sus insignias mientras se desplaza a través de una llanura amarillenta. Contempla el horizonte y, como en una película de Eisenstein, de pronto se siente iluminado por la grandeza de su entorno, la enormidad rusa que lo sobrepasa, lo envuelve y lo devora. El joven se arrodilla, pero no para rezar (la existencia de Dios no le preocupa), sino para tomar una brizna de hierba soviética entre sus dedos. La escudriña con cuidado y al fin se dice, en voz baja, que algún día comprenderá su misterio y su silencio, el silencio del mundo. El episodio proviene de las memorias escritas por Arkadi medio siglo después y, si bien el pasaje se halla impregnado de romanticismo, transmite un rasgo central de su carácter: su ambición. Arkadi se sentía distinto, algo lo separaba del resto de los hombres y, contradiciendo su fe en el socialismo, lo volvía irremplazable. Era un elegido. Debía cumplir una alta tarea, aunque todavía no supiese cuál. La Historia habría de llamarlo por su nombre.

Como Irina, Arkadi Ivánovich nunca dejó de ser un *otlíchnik,* un alumno de 5, el mejor estudiante de su generación. Sus compañeros solían burlarse de su soberbia, por más que él se esforzase en resultar simpático y generoso. Arkadi se aprovechaba además de otra circunstancia favorable: su éxito con las mujeres. El joven pionero no sólo era brillante, sensible y tenaz, sino hermoso: desde niño sus rizos rubios y sus ojos helados (los genes de su madre) fascinaban a sus primas, y muy pronto empezó a sufrir el asedio de chicas mayores que él. Arkadi aparentaba no tomar en serio los halagos, pero él mismo los procuraba. Los historiadores occidentales dibujan el mundo socialista como una caverna húmeda, llena de miseria y podredumbre, sin apenas un rayo de luz, pero incluso en esa caverna la naturaleza humana era capaz de prosperar.

Arkadi recordaba sus primeros años con nostalgia, no por las cosas que tenía, sino por las posibilidades que se abrían ante él. Arkadi Ivánovich fue un *homo sovieticus* feliz.

Cuando Arkadi Ivánovich conoció a Vsevolod Andrónovich Birstein, un joven desgarbado que también se había inscrito en la carrera de medicina en la Universidad Central de Moscú, lo consideró su alma gemela. Un líder nato necesita un brazo derecho, un adlátere, una sombra, y Vsevolod parecía diseñado para ocupar esta posición. Miembro de una familia campesina, había llegado a Moscú meses atrás debido a sus buenas notas. A diferencia de Arkadi, sus motivos para estudiar esa carrera eran más altruistas, se interesaba por la salud de sus vecinos y estaba decidido a prolongar la vida de los suyos.

Arkadi y Vsevolod se volvieron inseparables. Pasaban largas horas charlando, preparando exámenes o disecando y clasificando huesos y tejidos, su pasatiempo favorito. Decir que charlaban sería simplificar: Arkadi se lanzaba en interminables peroratas y Vsevolod lo escuchaba con una sonrisa, dispuesto a intercalar de vez en cuando alguna acotación. El contraste de temperamentos resultaba ideal: Arkadi era extrovertido, intenso, tiránico; Vsevolod, astuto, taimado, sardónico. Juntos podrían conquistar el mundo, o así lo pensaba Arkadi.

«¿Por qué quieres ser médico, Arkadi Ivánovich? No entiendo. Podías haber estudiado matemáticas, física, ingeniería, filosofía, cualquier cosa, ¿por qué medicina?»

La pregunta de su amigo, con quien pasaba unos días en la dacha de su padre, lo puso contra la pared.

«¿Y por qué no?»

«Ésa no es una respuesta, Arkadi Ivánovich.»

«Entonces porque sí.» A los diecisiete años cualquier discusión se volvía trascendente.

«O para salvar a la humanidad.»

Vsevolod esbozó otra de sus muecas sardónicas. Una frase típica de Arkadi, que reflejaba la diferencia entre ambos: él quería estudiar medicina para salvar a unos pocos individuos de carne y hueso mientras que Arkadi sólo podía soñar con salvar al género humano.

En 1948, el mismo año que Arkadi ingresó a la Universidad Estatal de Moscú, se produjo un acontecimiento de consecuencias inesperadas, por no decir trágicas o terribles, para el futuro de la medicina, la biología y en general la ciencia en la URSS. Y, sin saberlo, Arkadi se hallaba ligado a la catástrofe. Entre el 31 de julio y el 7 de agosto se llevó a cabo un congreso extraordinario de la Academia de Ciencias Agrícolas de la Unión, convertida a partir de entonces en propiedad exclusiva de un hombre que ni siquiera se dignó asistir a las reuniones aunque las controlase desde su sitial vacío: Trofim Denísovich Lysenko. Pese a los disturbios provocados por unos cuantos adeptos de la genética formal, el pleno de la Academia impuso como credo para biólogos, botánicos, zoólogos y agrónomos del país las teorías (es un decir) del venerable académico. La orden era inapelable: a lo largo y ancho de su territorio, la biología debería ser enseñada con criterios *michurianos*, el nombre que Lysenko daba a sus delirios.

Mustio, correoso, privado de la facultad de sonreír, Lysenko llevaba veinte años madurando su victoria. Un artículo publicado en *Pravda* en 1927, «Los campos en invierno», lo había sacado de la sombra. Según esta publicación, que incluía una imagen de su rostro, Lysenko había cultivado variedades de trigo capaces de crecer antes de las primeras heladas, lo cual aseguraría el sustento a millones de campesinos. Según le confesaba al reportero, al principio Trofim Denísovich había aplicado las teorías de Gregor Mendel, pero su espíritu inconforme le hizo ver que el poder de genes y cromosomas era una mentira burguesa. Mendel y sus seguidores occidentales sostenían que las características de los seres vivos se basaban en la herencia, olvidando el medio ambiente. ¡Farsantes! ¡Formalistas! Él en cambio afirmaba que la herencia era un factor secundario y que las condiciones externas determinaban la pervivencia o extinción de plantas y animales. Lamarck tenía razón: las características aprendidas podían transmitirse de padres a hijos.

El método de Lysenko, conocido como *vernalización*, consistía en aplicar distintas dosis de calor a las semillas hasta lograr que las variedades de invierno se volviesen de primavera. A diferencia de los biólogos capitalistas, él, un pobre técnico agrícola, había desentrañado los secretos de la evolución. Su celebridad fue inmediata. Combinando el materialismo dialéctico, o ese conglomerado de clichés que el infeliz confundía con el materialismo dialéctico, con las ideas del olvidado agrobotánico ruso Iván Michurín, Lysenko había descubierto (eso creía) la gran falla del darwinismo: no había competencia en el interior de las especies. Sólo los científicos imperialistas podían asegurar que la naturaleza era un campo de batalla (de allí las perversiones del nazismo) cuando era un terreno fértil para la cooperación.

Como director del Instituto Genético de Odessa, desde 1929 Lysenko inició su cruzada a favor de la biología proletaria. Uno de los primeros en darse cuenta de su genialidad (otro decir) fue el académico Isaac Prezent, quien se convirtió en vocero y filósofo oficial del Darwinismo Creativo, como rebautizó a los disparates de Lysenko. Mientras tanto éste proclamaba sus nuevos actos de fe: nadie sabe lo que es una especie. O: las condiciones ambientales son el factor crucial de la vida. O: en el interior de una especie no existe la lucha de clases. Según él, las especies se transformaban a grandes saltos, gracias a las condiciones externas y a su capacidad de adaptación, no a la modificación paulatina de sus genes (lo cual implicaba, como subrayó uno de sus críticos, que a la larga un gato doméstico podría engendrar un tigre de bengala).

En 1935 el Padrecito de los Pueblos asistió a una de las conferencias de Lysenko. Sin contener su entusiasmo, al final de la plática gritó: «¡Bravo, camarada, bravo!», lo cual equivalía a recibir la más alta condecoración de la URSS. Ahora Lysenko ya no sólo tenía poder para regir la vida científica soviética, sino para determinar *las vidas de los científicos soviéticos*. En 1937 sus partidarios cancelaron el Congreso Internacional de Genética que debía celebrarse en Moscú y pronto cualquier argumento cercano a la genética occidental fue considerado una traición a la patria y al partido. Los arrestos de los rivales de Lysenko se sucedieron a partir de 1938, luego de que el patriarca de la biología proletaria fuese ungido como presidente de la Academia de Ciencias Agrícolas. Y aquí es donde esta historia se entrelaza con la de Arkadi Ivánovich.

El 16 de julio de 1939, meses antes del inicio de la Segunda Guerra Mundial, Beria turna un memorando a Iván Tijónovich para que éste a su vez lo transmita a Stalin, donde solicita la detención de Nikolái Ivánovich Vávilov, director del Instituto de Cultivo de Plantas y del Instituto de Genética, acérrimo enemigo de Lysenko. Iván Tijónovich emplea un estilo áspero y frío:

> El NKVD ha revisado los materiales sobre la designación de T. D. Lysenko como presidente de la Academia de Ciencias Agrícolas, N. I. Vávilov y los burgueses de la llamada escuela de «genética formal» que dirige organizan una campaña sistemática para desacreditar a Lysenko como científico.
>
> Por eso pido su aprobación para arrestar a N. I. Vávilov.

Demostrando su eficacia, los servicios de seguridad secuestran a Vávilov horas antes de que Beria estampe siquiera su firma en el documento. Sin adivinar la trama en su contra, éste se halla de excursión en los Cárpatos en busca de plantas y hongos raros para la colección de su Instituto. Imaginémoslo así, solo e indefenso, clasificando las distintas hierbas, cuando dos sujetos con trajes lustrosos y seño adusto (estereotipos del NKVD) lo rodean y amenazan. Los esbirros lo golpean en el pecho y la nuca y, aprovechándose de su debilidad o de su miedo, lo acarrean como un bulto hasta el vehículo que habrá de conducirlo a la prisión.

Vávilov es interrogado y torturado por los agentes locales del NKVD durante lo que resta del año. En agosto de 1940 es trasladado a la Lubianka. Por órdenes de Beria, de nuevo preparadas y transcritas por Iván Tijónovich Granin, el teniente Aleksander Jvat, famoso por su brutalidad, se hace cargo de su caso.

Jvat no siente ningún respeto por el profesor de biología: el militar ha pasado los últimos años destazando un sospechoso tras otro sin apenas fijarse en sus rostros o sus pasados. Como confesará cuarenta años después, los rasgos devastados de Vávilov jamás se registraron en su memoria. Jvat realiza su trabajo con precisión, movido por una saña innata. De ser experto en bacterias, Vávilov se convierte en una. Jvat está entrenado para dejarlo con vida, pero busca aplastar su resistencia. Cada noche un agente arranca a Vávilov de su celda, lo conduce al cuarto de torturas (la *Kamera*), y lo deposita en brazos de su verdugo. Cuando el biólogo distingue el rostro de Jvat, piensa que se trata de una criatura más fuerte que él y con mayores posibilidades de sobrevivir, carente de esa virtud, la compasión, que hace humanos a los humanos. Jvat no es sádico, no disfruta, no se regocija. Tuerce la piel y rompe las articulaciones hasta que su víctima vacila, duda, se retrae. Cuando ya lo ha transformado en un despojo, cuando ya no salen de sus entrañas más palabras ni más bilis ni más sangre, cuando se encuentra en el límite del desfallecimiento, Jvat devuelve a Vávilov a su mazmorra, donde el biólogo se recupera con hogazas y unos tragos de sopa, sólo para que a las siete de la tarde se reinicie la tortura.

Jvat es sistemático: en su libreta deja constancia de los doscientos quince interrogatorios de Vávilov, las doscientas quince veces que lo ha arrinconado con preguntas, las doscientas quince veces que lo ha abofeteado, las doscientas quince veces que lo ha golpeado en los testículos, los tobillos y las muñecas, las doscientas quince veces que lo ha acusado de traidor, de perro, de cobarde, de alfeñique, de agente imperialista, de renegado, de monárquico, de cómplice de Bujarin, de rata, de gusano. Vávilov cede, se lo exige su cuerpo, ese cuerpo que ahora es un hilacho, un saco de mierda, un pellejo, y repite una a una las palabras de su acusador. Vávilov dice: soy una basura. Dice: merezco la muerte y más que la muerte. Dice: soy la más vil de las criaturas, la más miserable, la más indigna. Dice: ya no soy el académico Vávilov, sino Vávilov el renegado, el conspirador, el impío. El biólogo lo confiesa todo, incluso ser fundador o simpatizante del Partido de Trabajadores y Campesinos aunque éste ni siquiera exista. Al final Vávilov ya no es Vávilov, es el remedo de Vávilov, el residuo de Vávilov, las heces de Vávilov.

Si bien la mayor parte de sus colegas y amigos ha dejado de pronunciar su nombre o de plano ha confirmado su traición, uno de sus viejos profesores, el académico Príshniakov, no ha olvidado a su alumno estrella y, poniendo en riesgo su propia vida, exige que sea liberado. En dos ocasiones visita a Beria en la Lubianka, donde lo recibe Iván Tijónovich Granin. Gracias a sus esfuerzos, o acaso porque Stalin y Beria piensan usarlo como ejemplo, a principios de 1940 instalan una comisión científica que evaluará sus aportes científicos. ¿Y quién es el encargado de nombrar a sus integrantes? Lysenko, por supuesto. Pese a las protestas de algunos académicos, en la comisión sólo quedan quienes se asumen *minchurianos*.

El 9 de mayo (la invasión alemana ha comenzado), el Colegio Militar de la Suprema Corte de la URSS somete a Vávilov a un juicio sumario. El 4 de julio Vávilov firma su confesión, preparada por los empleados de la NKVD bajo la supervisión de Iván Tijónovich Granin. El acusado es declarado culpable y se le condena a la pena capital. El sistema sigue su marcha y se le permite a Vávilov apelar una y otra vez, como si no se le quisiera dejar en paz, como si el objetivo de Beria y Stalin no fuese ejecutarlo sino quemarlo a fuego lento. La guerra altera la vida cotidiana, no anula juicios ni condenas. Ante el avance de las tropas alemanas, los prisioneros de la Lubianka son trasladados a la cárcel de Saratov.

Vávilov ya no recuerda quién es, qué ha hecho o quién ha sido: la fiebre lo devora. Sólo cuando Iván Granin le informa que el biólogo se halla en un estado terminal, Beria ordena detener la tortura y, con infinita magnanimidad, dicta a su asistente una nueva orden, conmutando la pena capital por cadena perpetua. Esta vez la eficiencia del NKVD deja mucho que desear: el mensaje llega a la prisión de Saratov cuando el académico Vávilov, o más bien la bacteria Vávilov, ha muerto de distrofia. Los médicos de la prisión asientan como causa del deceso una repentina infección de los pulmones.

Arkadi sólo conoció esta historia mucho después, cuando él mismo ya se había convertido en disidente, pero la labor subterránea de su padre llegó a influirlo o contaminarlo como si Lysenko hubiese tenido razón y las características adquiridas por Iván Tijónovich (su maldad pasiva y su talento para sobrevivir) le hubiesen sido transmitidas a su hijo. A fines de 1952, Arkadi y Vsevolod cursaban sus últimas asignaturas antes de ser enviados como residentes a un hospital rural. Ambos habían obtenido las mejores notas y pensaban solicitar un traslado conjunto. Pese al ambiente opresivo de la época (en sus últimos años Stalin reconcentraba su paranoia), los dos confiaban en seguir juntos su carrera.

«¡Perro judío!»

Arkadi escuchó esta frase en los pasillos de la universidad cuando se disponía a encontrarse con Vsevolod. El insulto lo tomó por sorpresa: él nunca había pensado en su amigo como judío, incluso dudaba que lo fuera, estaba seguro de que su madre era ucraniana… Días más tarde, en una clase de patología, observó que el profesor, un médico tartamudo de apellido Márkov, permitía que todos sus alumnos realizasen prácticas con cadáveres con excepción de Vsevolod.

«¿Por qué Márkov te ignora así?»

«¿Y por qué iba a ser, Arkadi Ivánovich? No me apellido Petrov ni Popov ni Granin, sino Birstein.»

Los signos ominosos se acumulaban. Primero la muerte del actor Salomón Mijoels en enero de 1948, luego la disolución del Comité Judío Antifascista y por fin la campaña contra los «cosmopolitas». Como en casi toda Europa, el antisemitismo era un sentimiento corriente entre los rusos, pero las ideas de igualdad propagadas por el comunismo (e inventadas por un judío) impedían su expresión pública. Después de lo ocurrido en la Alemania nazi, la URSS sólo podía permitirse ser antisemita. Pero en secreto las autoridades soviéticas eliminaban todos los vestigios de cultura judía de la vida pública: cerraron sus escuelas, sus teatros y grupos musicales, amenazaron o encarcelaron a sus periodistas, prohibieron sus asociaciones y hostigaron a sus líderes. Por órdenes directas del Padrecito de los Pueblos, cientos de judíos fueron expulsados del servicio público, el ejército, los institutos científicos y las universidades y, en agosto de 1952, veinticuatro escritores judíos fueron ejecutados en la Lubianka. La desconfianza del Gran Líder y Maestro hacia los judíos contaminó a sus subordinados y pronto la orden de licenciar o encarcelar judíos circuló a través de las líneas de comando del partido. Su eco llegó a las células de la Universidad Estatal de Moscú.

No tiene raíces. Flirtea con Occidente. Es un traidor.

Las acusaciones no iban dirigidas contra Vsevolod, sino contra el propio Arkadi Ivánovich. Sus camaradas lo acorralaban, imitándose unos a otros como simios. Aquellos estudiantes que hasta hacía poco parecían más preocupados por los exámenes que por la política se convertían en chacales. Arkadi sentía sus ojillos inquisitivos y severos escudriñando sus movimientos, tratando de averiguar si él también era un cosmopolita como Vsevolod: sólo los traidores eran amigos de los traidores. Si pretendía continuar su ascenso, no le quedaba más que renegar de su amistad.

«Yo ya había reparado en las inclinaciones cosmopolitas de Vsevolod Andréievich. No es un mal comunista, pero necesita emprender una autocrítica, reconocer que se ha equivocado.»

Si las palabras de Arkadi buscaban salvar a Vsevolod de un destino más aciago (la tortura, el exilio, la muerte), tuvieron el peso de una denuncia. Las hienas del partido sólo esperaban un trozo de carroña para lanzarse sobre ella. Arkadi acababa de vender a su amigo. Vsevolod Andréievich Birstein fue expulsado de la Universidad Estatal de Moscú cuando le faltaba un año para concluir la carrera de medicina. Arkadi ni siquiera lo acompañó a la estación de tren hacia Gorka, la ciudad de sus ancestros.

A miles de kilómetros de allí, en el Instituto Politécnico de los Urales, en Sverdlovsk, Irina Nikoláievna Sudáieva se aburría. La facultad de Bioquímica no era lo que había imaginado: sus compañeros de clase, el noventa y cinco por ciento varones (había otra mujer pero nunca intimó con ella), sólo se interesaban en la vida práctica, en conseguir un título para trabajar en alguna empresa de la ciudad, y no en la ciencia. Para ellos la bioquímica era un pretexto, un paso más en su camino de funcionarios o gerentes, o en el mejor de los casos de directores de empresa; entre sus miras no estaba la investigación y no sentían amor alguno por los organismos que estudiaban. Los profesores no eran más atractivos: si bien el Instituto Politécnico de los Urales tenía fama de ser uno de los mejores del país, padecía una inercia o un sonambulismo intolerables. Irina no quería una carrera mediocre y acomodaticia, sino profundizar en su exploración de la vida. Tal vez si hubiese contado con las influencias necesarias para inscribirse en las facultades de Moscú o Leningrado sus inquietudes se hubiesen visto recompensadas, pero su condición de hija de un traidor la obligaba a permanecer en Sverdlovsk.

Fundada por Pedro el Grande con el nombre de Yekaterimburgo, la ciudad siempre estuvo ligada a la guerra; de sus montañas se extrajo el cobre para construir los cañones requeridos por el zar para derrotar a los suecos. Desde entonces sus habitantes se habían impuesto un estilo de vida severo y minucioso, muy alejado de la soberbia moscovita o la elegancia peterburguesa. Rebautizada en honor de un viejo camarada de Lenin, desde antes de la Gran Guerra Patriótica la ciudad se había convertido en asiento de la industria bélica del país. Asentada en una de las regiones minerales más ricas del planeta (sus habitantes se jactaban de pisar un suelo en donde podía hallarse la tabla periódica de Mendeléiev), parecía el lugar perfecto para desarrollar nuevos armamentos. Hacia 1950 era la tercera región más productiva de la URSS y cientos de empresas militares y civiles crecían en sus suburbios. Sverdlovsk permanecía cerrada para los visitantes extranjeros, mientras que sus propios habitantes debían pasar innumerables controles para salir al exterior. Era una suerte de Unión Soviética en miniatura, acodada en los Urales, donde se exacerbaban sus virtudes y sus vicios.

Allí, Irina se sentía prisionera. Su introversión la salvaba de meterse en problemas, pues de haberse atrevido a expresar sus pensamientos jamás hubiese podido salir de Sverdlovsk. Aunque sus compañeros la consideraban rara o excéntrica, varios de ellos intentaron conquistarla. Entre sus pretendientes figuraba un rinoceronte vanidoso y desmedido, capitán del equipo de voleibol, con quien ella volvería a encontrarse en el futuro: Borís Yeltsin. Pero, como la mayor parte de sus enamorados, el voluminoso deportista no satisfacía sus ansias de saber.

Irina acababa de cumplir veinte años (corría el año 1952) y nunca había besado a un hombre; se consideraba una sustancia pura, enclaustrada en su hábitat microscópico, alejada de la sociedad. Por paradójico que suene, su mayor campo de interés era la reproducción: bastaba que sus bacterias tuviesen un poco de alimento para que comenzasen a multiplicarse, abarrotando las cajas de Petri donde Irina las conservaba como mascotas. ¡Con qué avidez y brío se partían, con qué elegancia se separaban, con qué eficacia reanudaban el proceso! A Irina le hubiese gustado que la reproducción humana fuese igual de sencilla y ordenada. ¿Qué fuerza o energía tornaba la vida frágil y ubicua? Entonces a Irina no se le hubiese ocurrido contradecir los postulados de Lysenko, pero no le cabía duda de que los genes gobernaban la evolución.

Si Irina Nikoláievna era tan libre, tan apasionada, tan excéntrica según los patrones de la época, y si había logrado librarse de los hombres durante tantos años, ¿por qué se enamoró de manera tan absurda de Yevgueni Kostantínovich Ponomariov? ¿Qué sintió al descubrir a ese ingeniero industrial, ocho años mayor que ella, profesor adjunto de la universidad, guapo, luminoso y algo retorcido, como para renunciar a sus demás pretendientes? Difícil saberlo. Uno de los mayores enigmas de nuestra especie radica en nuestro abstruso apareamiento: al elegir pareja (es decir, al buscar la otra mitad de ADN necesaria para replicarnos) no seguimos criterios biológicos ni racionales. El enamoramiento es como una ceguera voluntaria, una tara o una fiebre que se apodera de nuestras mentes y nos convierte en zombis o guiñapos. Para justificarse, Irina se decía que una bióloga jamás podría entender la mitosis si no exploraba por sí misma el significado del deseo carnal.

Buscando una explicación menos enrevesada, me atrevo a proponer que Irina se enamoró de Yevgueni Kostantínovich porque éste no se interesaba en absoluto en ella. A diferencia de otros chicos (Yeltsin incluido), Yevgueni sólo se preocupaba de sí mismo. Era altanero, brusco, vanidoso, e Irina encontraba estos rasgos atractivos; la apabullante seguridad del joven ingeniero la desarmaba. Fue ella quien se le acercó por primera vez.

«Me presento, soy Irina Nikoláievna Sudáieva», le dijo.

Él le contesto con su nombre, intercambiaron unas cuantas frases de compromiso (ella detestaba esa palabrería hueca, la *baltovnia*), y se despidieron sin más.

Irina se dedicó a espiar a Yevgueni con el mismo detenimiento con que supervisaba sus bacterias. Pronto descubrió que él salía con varias chicas, las más populares o hermosas de la universidad. Al observar su ritual de apareamiento, Irina pensaba que pronto podría determinar sus reacciones futuras. Yevgueni nunca sospechó que se había convertido en el conejillo de indias de su compañera; demasiado preocupado por sí mismo, carecía de la intuición para saberse vigilado. Irina acumuló un sinfín de notas sobre su *homo sapiens*, en las cuales daba cuenta de su vida diaria, sus horarios y desplazamientos, sus gustos, defectos y obsesiones (él adoraba los espejos, disimulaba una leve cojera y se emborrachaba los viernes por la tarde), así como de sus múltiples escarceos amorosos. De pronto Yevgueni ya no le pareció tan inalcanzable, sino uno de esos temperamentos débiles que se disfrazan de fuertes (como esos insectos que desarrollan punzones sin veneno), un muchacho bastante común, dotado incluso de cierta dulzura, que no tenía el valor de hurgar en sí mismo. Al cabo de unos meses, Irina decidió que había llegado la hora de poner a prueba sus teorías.

Yevgueni cayó en la trampa, si bien el paso de observador a participante activo resultó más arduo de lo que Irina imaginaba: él era incontenible, ardoroso y torpe. Irina dejó de ser virgen (la experiencia le resultó más dolorosa que interesante) y a fines de 1952 Yevgueni le pidió que se casara con él. Ella aceptó su propuesta sin pensarlo, convencida de que era la conclusión natural de sus pesquisas. Resuelto este problema, podría volver en paz a sus microbios.

Si Irina se comportaba como una asceta al servicio de la ciencia, Arkadi era su reverso: un científico de extraordinario talento que no necesitaba esforzarse para destacar. Con unas cuantas horas de estudio y de trabajo en el laboratorio obtenía resultados más valiosos y espectaculares que cualquiera. Bendecido por su militancia en el partido, su talante conciliador y una parsimonia casi ritual, Arkadi se daba el lujo de llevar una vida paralela, no opuesta pero sí complementaria de la que ostentaba en público. En el Moscú de mediados del siglo xx había pocas maneras de divertirse con libertad, incluso para alguien perteneciente a la *nomenklatura*, pero Arkadi se las ingeniaba para aprovechar las oportunidades que se le ofrecían. Mientras la mayor parte de los ciudadanos se consumían entre el miedo, el aburrimiento o el alcoholismo, él se dejaba conducir por el azar y la pasión, seguro de ser un elegido de los dioses.

Esa noche Arkadi sintió un golpe en la pierna. El profesor Kárpov, su anfitrión y preceptor, ofrecía sus mejores viandas, incluido un poco de caviar, y los invitados sonreían con sus anécdotas, más melancólicas que graciosas. La vodka exacerbaba la sensiblería rusa (sé de lo que hablo) y, al cabo de unos segundos, Arkadi volvió a sentir el roce subterráneo: el grueso muslo de Olga Kárpova se acomodaba sobre el suyo. La esposa del ilustre profesor era bastante más joven que su marido, tenía los ojos azul cobalto y poseía una frente amplia y despejada. Cuando los demás comensales abandonaron el comedor, ella deslizó la mano por la mejilla de Arkadi. ¡Qué gusto por el riesgo!

«Ilárion Bogdánovich se encierra en su laboratorio los martes de ocho a cinco», le dijo al oído.

La prostitución no existía en la Unión Soviética (al menos según las autoridades), la homosexualidad había vuelto a ser un delito a partir de 1932 y una ley dictada por Stalin en 1935 prohibía la publicación, circulación y lectura de pornografía. La férrea moral del Gran Líder y Maestro debía ser imitada por sus súbditos: la liviandad se consideraba un vicio burgués y era castigada con rigor. Pero en esos intersticios que se abren en los sistemas más cerrados, el libertinaje surgía en medio del silencio. Alejados de la religión, los jóvenes tenían relaciones sexuales desde los trece o catorce (el resultado: un sinfín de embarazos o abortos), mientras que el adulterio se consideraba una regla no escrita de la vida social.

Arkadi miró a Olga con aplomo y regresó a la afectada seriedad que lo caracterizaba: los demás invitados creyeron que se aburría. El martes siguiente, a las dos de la tarde, el joven médico se fugó de la universidad, se precipitó hacia la casa del profesor Kárpov, subió las escaleras del edificio y tocó a la puerta. Olga Serguéievna lo recibió con una taza de té y lo condujo a su habitación. Cada martes Arkadi repetiría esta ceremonia con el mismo celo que le asignaba a la farmacología o a las reuniones del partido. *Madame* Kárpova se convirtió en su mejor asignatura: aprendió más de ella, de la sutileza de su voz y el calor de sus mejillas, de sus abrazos lánguidos y sus ruegos amorosos, que en todas las clases de su marido.

¿La amaba? A Arkadi esta palabra no le pasaba por la mente. En 1953 la Unión Soviética no toleraba romanticismos (años después una chica admitiría: en la Unión Soviética el sexo no existe). Pero estaba obsesionado con el olor de sus manos, su voz, las tenues conversaciones que sostenían antes y después de la cópula. Ella lo escuchaba con interés y sus réplicas jamás resultaban condescendientes, inseguras o mezquinas; a sus treinta y ocho años, Olga Serguéievna poseía una paz interior que Arkadi jamás llegaría a sentir. ¿Qué determinaba el carácter de las personas?, se preguntaba. ¿Por qué algunas están preparadas para enfrentarse a las dificultades exteriores, como Olga, mientras que otras parecen condenadas a errar sin fin? ¿Era el medio, la voluntad, la educación? ¿O allí, en el interior del cuerpo, en las células, se inscribía la verdad de cada uno?

Permanecían recostados uno junto al otro, o más bien uno sobre el otro, Arkadi sobre el vientre de Olga, Olga recibiendo el cuerpo de Arkadi, cuando ella le dijo con su voz suave e implacable: «No podemos vernos más».

Arkadi se irguió.

«Lo siento, Arkadi Ivánovich, ya no es posible.»

Él la miró circunspecto, sin cuestionar su decisión ni adivinar si las sospechas del profesor Kárpov se habían incrementado o si ella ya no lo deseaba. Extenuada y triste, Olga no lo acompañó a la puerta. Se dijeron adiós y no hasta pronto. Entonces, cuando Arkadi bajó las escaleras del edificio por última vez, tomó conciencia de dos cosas: primero, de que no podía vivir sin ella y luego de que estaba equivocado, de que sin duda podría vivir sin ella. No supo cuál de estas dos certezas le resultó más dolorosa.

Durante el tiempo que permaneció en el Instituto Politécnico de los Urales, Irina Nikoláieva jamás escuchó a sus profesores interesarse por los genes y desde luego ninguno le habló del ácido desoxirribonucleico (identificado a mediados de 1941 por Oswald Avery, Colin MacLeod y Maclyn McCarty como depósito de la herencia), o al menos no con el celo debido. Irina no era tonta, así que no tardó en perseguir a uno de sus profesores, Mstislav Alexándrovich Slávnikov, antiguo alumno de Vávilov, para que la iniciara en los secretos de la nueva ciencia. Aunque Slávnikov huía de cualquier polémica, se mantenía al tanto de lo que ocurría en Estados Unidos y Alemania y sólo aguardaba el deceso de Lysenko para hacer públicos sus hallazgos.

Irina lo persiguió hasta que el biólogo, entonces de setenta y un años, al fin la aceptó como estudiante. Slávnikov le habló horas y horas de Vávilov.

«De entre todas las mezclas químicas posibles, la más explosiva y peligrosa consiste en unir la ciencia con la política», la previno el viejo.

Fiel a sus principios comunistas, Irina no comprendía cómo la ciencia podía devenir ideología: ésta representaba lo contrario, un espacio neutro y prístino al margen de las disputas cotidianas. Para ella, el marxismo-leninismo reposaba sobre una base científica y no toleraba las felonías de Lysenko. De seguro el camarada Stalin estaba mal informado, de otro modo jamás hubiese apoyado a un mal científico.

Por consejo de Slávnikov, Irina se especializó en microbiología. Cuando se encerraba en su laboratorio, el mundo exterior dejaba de existir y las células se convertían en su única vida. Yevgueni Konstantínovich, su prometido, no comprendía este aislamiento (en realidad no comprendía nada), pensaba que tras el matrimonio Irina se volvería como las demás. El enlace entre ambos quedó fijado para el 10 de marzo de 1953. Ni Irina ni Yevgueni podían adivinar que un hecho terrible y ominoso (un infortunio, una catástrofe) obligaría a retrasar la boda hasta abril.

Habían pasado seis horas desde la última señal y Gori Zautashvili temía por su vida. Desde que empezó a trabajar para el Kremlin supo que podía ocurrir algo semejante: hiciera lo que hiciese, al final sería culpado, amonestado y acaso ajusticiado. Se mordió los labios. La alternativa era simple, irrumpir en las habitaciones interiores, sin una orden superior, o limitarse a esperar. Cualquier decisión podía conducirlo a una corte marcial. Si se atrevía a interrumpir a su jefe, que no era un jefe como otros, arrancándolo del sueño o perturbando su lectura, el castigo sería atroz; si por el contrario no hacía nada y se mantenía paralizado y a la expectativa, tal vez ocurriría algo terrible o irreparable (Zautashvili ni siquiera se atrevía a pensarlo), y entonces no sólo perdería su trabajo, sino que terminaría sus días en el Gulag o el paredón. Nadie le ayudaría a elegir la opción correcta: si tomaba el teléfono para solicitar la opinión del coronel Statírov, éste se lavaría las manos. ¿Quién querría cargar con un peso semejante?

Zautashvili miró el panel de controles: un resplandor verdoso iluminó su rostro. ¡Qué alivio!, pensó, todo en orden, el jefe al fin se ha levantado, vaya susto, y se preparó para continuar con su rutina. Pero algo no marchaba bien; pasaban los segundos y la maldita fosforescencia no desaparecía. El sistema de seguridad instalado en Kuntsevo permitía vigilar en todo momento las puertas de acero que protegían a su morador; un bulbo señalaba cuando éstas se abrían y luego se apagaba de manera automática. Pero ahora la señal no disminuía.

Zautashvili no dudó más y se comunicó con Statírov. ¿Estás seguro de que no es un problema técnico?, le preguntó éste. ¿Sabes cuáles son las consecuencias de molestar al jefe sin motivo? Statírov temblaba. Esperemos un tiempo prudente, añadió, luego veremos qué hacer. Y agregó, como un ruego: quizás no sea nada.

Zautashvili vivió la hora más larga de su vida, abrumado por aquel reflejo verdoso. Transcurrido el tiempo de prueba, llamó de nuevo a Statírov, quien le ordenó entrar en la dacha por la fuerza. «Coronel, usted tiene mayor jerarquía», se disculpó. Statírov prometió acudir de inmediato (le dolía el vientre), pero entre tanto Zautashvili tendría que acceder a la cámara del líder. El ujier se aproximó a la habitación sagrada, al *sancta sanctorum* de la Unión Soviética, y abrió la puerta con un puntapié. Sus piernas se negaron a avanzar, como si sus músculos se hubiesen atrofiado. A unos pasos yacía Stalin, o lo que quedaba de Stalin, una versión enferma y enclenque de Stalin, extendido en el piso, inconsciente, acaso muerto… El Maestro permanecía abrazado a sus piernas, con el rostro hundido en las rodillas. Statírov llegó en ese momento. Tras comprobar que aún respiraba, ambos arrastraron el cuerpo y lo depositaron en un diván en medio de la sala. Entonces Statírov se comunicó con Semion Ingnátiev, el ministro de Seguridad del Estado, quien le ordenó informar de lo ocurrido a Beria. Éste apenas disimuló su alegría. Sus órdenes fueron explícitas: nadie más debía saberlo.

Beria hizo su aparición en la dacha de Kuntsevo a las tres de la madrugada del 2 de marzo de 1953. Al contemplar a su antiguo camarada, a su jefe y enemigo, a ese hombre que regía los destinos de millones y que desde hacía meses pensaba en destruirlo, sintió alivio. Quizás el destino había cambiado y no sólo eludiría la prisión o la muerte, sino que podría ocupar el sitial dejado por Stalin o al menos conservar una posición de fuerza en el nuevo gobierno. Beria debía mover sus fichas cuanto antes, a fin de recuperar el control del KGB y asegurarse el respeto del Presídium. Los doctores que mandó llamar con urgencia de Moscú (la mayor parte del cuerpo médico del Kremlin permanecía en la Lubianka) llegaron a Kuntsevo a las nueve de la mañana. Al reconocer a Stalin, o lo que quedaba de Stalin, los facultativos se pusieron a temblar. Uno de ellos se acercó para tomarle el pulso, tropezó con la alfombra y rompió su baumanómetro; el otro descubrió que, al iniciar el reconocimiento de rutina, sus manos no le respondían. Tras una rápida inspección anunciaron su veredicto: el Gran Líder y Maestro había sufrido una hemorragia en el hemisferio cerebral izquierdo, muy grave, sí, muy grave, no creemos que se recupere, qué desgracia... Beria exultaba.

Mientras los jerarcas del partido eran informados de la gravedad de Stalin, Beria recuperaba el control del aparato. Instalado en Kuntsevo, era el único que hablaba, el único que decidía, dueño de una energía incombustible (atizada con buenas cantidades de alcohol). Jruschov y Málenkov visitaron al Maestro por la tarde: este último se quitó los zapatos para no perturbar su sueño y se acercó a él de puntillas, como si fuese un crío. Entretanto, Beria desarticulaba las últimas medidas dictadas por el tirano, la detención de los médicos judíos y el arresto de sus hombres. Ante un grupo de militares recién liberado de la Lubianka, Beria no vaciló: ¡el pederasta está casi muerto! Le resultaba incomprensible que los demás no compartiesen su júbilo. Le bastó llegar a su casa, donde su mujer lloraba a mares, para darse cuenta del embrujo que el Padrecito ejercía entre sus súbditos. «De verdad eres extraña, mujer», le reprochó, «¡si ese miserable desaparece tú y yo nos salvaremos!» El miedo se había incrustado en los corazones, vaciándolos de fuerza y de coraje. Sólo él, Beria, otro georgiano, se daba cuenta del carácter vicioso de aquel duelo. Si sus planes se cumplían, Málenkov se convertiría en presidente y él se aseguraría de reformar la economía soviética, borraría el culto a la personalidad e incluso sacaría al Ejército Rojo de Alemania. Bajo su mando la URSS al fin sería una nación moderna. Y nadie hablaría nunca más de Stalin, ese perro.

Beria volvió a Kuntsevo por la tarde. Lo acompañaba el doctor Lukomski, especialista en vías respiratorias. Beria no paró de hablar mientras el experto realizaba sus exámenes. «¿Me asegura la vida del camarada Stalin?», le preguntó. Lukomski murmuró a su oído: «Este hombre ya no tiene salvación». Beria convocó al doctor Nogovsky y a su esposa, la doctora Chesnokova. Ambos habían fundado la ciencia de la reanimación y eran considerados expertos en casos terminales. Sus artes sirvieron de poco: Stalin se extinguía.

Cuando Beria realizó su siguiente visita, encontró a Svetlana Aliuyeva postrada a los pies de su padre. Qué escena más enternecedora, pensó, la hija amorosa que, pese a las infinitas vejaciones que ha sufrido, al final se reconcilia con su padre. Si algo podía decirse a favor de Stalin era que su brutalidad no distinguía parentescos: su familia había sufrido como cualquier otra, decenas de parientes suyos permanecían en la cárcel o el exilio y otros tantos habían sido fusilados. ¿Su crimen? Conocer de cerca al Padrecito de los Pueblos.

Stalin ya no se parecía a Stalin, había vuelto a ser un seminarista georgiano viejo y agonizante, putrefacto. Sus labios habían tomado un color negruzco, llenos de cuarteadoras; el estado de su piel no era mejor, los pómulos y el cuello con pústulas y costras, las venas hinchadas trazando un laberinto, el sudor cubriéndole la frente. Su pelo encanecido dejaba grandes áreas del cráneo al descubierto. Pero lo más penoso era su respiración: el aire se resistía a entrar en sus pulmones. Sus bufidos recordaban un fuelle en mal estado, no era un sonido humano sino mecánico, como si en su interior se derrumbase un puente y se escuchase el estrépito de rondanas y tornillos.

Cuando Vasili, el hijo tonto o borracho de Stalin, irrumpió en la habitación de su padre dando gritos, la escena se volvió grotesca. «Esos bastardos mataron a mi padre», gritaba. Beria hizo una señal y las fuerzas de seguridad lo apartaron de allí. Justo en ese momento, los labios del Gran Líder y Maestro se abrieron de repente, pero de su boca no salió un discurso ni una meditación económica ni una reflexión sobre lingüística eslava ni una disertación sobre el materialismo histórico, ni siquiera unas palabras que pudiesen servirle de testamento o epitafio, sino un torrente de sangre y bilis. Los relojes marcaban el mediodía. Para Beria se trataba del signo esperado, la prueba de que ya no habría marcha atrás.

El círculo íntimo de Stalin se congregó en torno a su lecho de muerte. Desde las doce del día hasta las nueve de la noche el Padrecito de los Pueblos se mantuvo en agonía. Su rostro pardo, casi negro, demostraba que la descomposición había empezado incluso antes de su muerte, como si los microbios y gusanos que habitaban sus entrañas no quisiesen aguardar un segundo más para devorarlo. Movido por un espasmo o un último destello de voluntad (una fiera seguía escondida en la piltrafa), Stalin abrió los ojos y miró uno a uno a los presentes, los contempló con rabia y miedo, sobre todo con miedo. Luego levantó su brazo izquierdo y los maldijo. Su mano se desplomó. Su respiración se detuvo. Uno de los médicos saltó sobre la cama, se apresuró a darle un masaje cardíaco y, como si ese médico fuese la muerte, le abrió la boca y lo besó en los labios. Nikita Jruschov, furioso, lanzó un aullido: «¡Déjelo en paz!»

Eran las 9:40 del 5 de marzo de 1953.

Mientras en los corredores del Kremlin los jerarcas conspiraban unos contra otros para hacerse con el poder (al final Beria terminaría fusilado y Jruschov ocuparía el sillón de Stalin), las vidas de Arkadi e Irina también se revolvían. El 2 de abril Irina Nikoláievna y Yevgueni Kostantínovich acudieron al Zags, el omnipresente Registro de Estadísticas Vitales, para validar su matrimonio. Celebraron una fiesta a la que acudieron decenas de familiares y amigos del novio, parientes venidos de Moscú e incluso uno de Vilnius (en cambio no hubo nadie del lado de la novia). Irina y Yevgueni bailaron toda la noche, se emborracharon y se quedaron dormidos sin haber hecho el amor en lados opuestos de la cama. Irina aceptó acomodarse en la casa de los padres de Yevgueni mientras las autoridades les asignaban un departamento (en Sverdlovsk el proceso duraba menos que en Moscú). Irina no se adaptó al nuevo ambiente, pero trataba de ser cortés, saludaba por las mañanas y el resto del día se exiliaba en su laboratorio, obsesionada con una vida (la de los microbios) quizás no muy distinta de la suya.

Para entonces, Arkadi ya se había graduado y se preparaba para realizar el examen de residencia cuando un hombre grueso y expansivo, de manos correosas y mirada inequívoca, lo visitó en la universidad.

«Camarada Granin.»

«¿Sí?»

La piel del visitante parecía de plástico.

«Qué alegría, camarada. Todo el mundo habla de usted.»

¿Todo el mundo? Arkadi no necesitaba ser muy listo para intuir quién era aquel sujeto.

«No me andaré con rodeos, Arkadi Ivánovich… Hemos revisado su expediente y estamos convencidos de que usted es perfecto. Extraordinario. Justo el tipo de persona, de carácter quiero decir, que buscamos. No me gusta la palabrería, Arkadi Ivánovich, así que voy a hablarle sin rodeos, ¿de acuerdo? Me presento: teniente coronel Guennadi Isaácovich Petrenko. Soy militar pero, aunque no lo parezca, también soy médico. Quiero invitarlo a trabajar con nosotros, el salario será más alto de lo que pueda usted imaginar, pero desde luego a un verdadero comunista no le importa el dinero, sino servir a su patria, ¿verdad? Tendrá a su disposición los mejores laboratorios, podrá desarrollar sus investigaciones como en ninguna parte. La ciencia al servicio del comunismo, camarada, ¿qué más se puede pedir? Sabía que podríamos contar con usted, Arkadi Ivánovich. El único inconveniente es que no podrá hablar de esto con nadie, ni siquiera con su familia. ¿Tiene mujer, Arkadi Ivánovich?»

«No.»

«Mejor, mucho mejor. Pronto le haremos llegar los papeles pertinentes, y en unas cuantas semanas su nombramiento estará listo. Aguarde nuestras instrucciones. ¿De acuerdo?»

Arkadi no esperó a que su interlocutor repitiese la pregunta. Así, sin pensarlo, sin meditarlo ni un segundo, Arkadi Ivánovich torció su destino. Muchos años después reconocería, en un acto de contrición pública, que en ese momento vendió su alma. Y lo peor: sin esperar a cambio la inmortalidad o la eterna juventud. Se consideraba un buen soldado y un hombre del partido. Dos semanas más tarde partió rumbo a Sverdlovsk.

JENNIFER MOORE

Estados Unidos de América, 1929-1970

«Ya ha cerrado, señor.»

«¿Y?»

«Nos hemos recuperado un poco, señor.» La voz telefónica de Jeremy Hammer se volvía escuálida como su cuerpo. «No podemos cantar victoria, pero al final saldremos de ésta, lo peor ha pasado ya.»

«¿Estás seguro, Hammer?»

A cientos de kilómetros de distancia, Eddie se mordía los carrillos. «Sí, señor Moore», respondió y, como si después de consultar el teletipo él tampoco lo creyese, añadió: «Sobreviviremos».

Era el mediodía del 26 de octubre de 1929 y Eddie Moore, bautizado como Edgar J. Moore Jr. pero conocido por sus enemigos como *Mad* Eddie, no cesaba de hablar por teléfono desde su casa de campo, en las afueras de Filadelfia. Edgar había realizado sus estudios en Cornell, había sido soldado en Francia durante la Gran Guerra y sólo le preocupaba una cosa: el futuro. Y ahora el futuro, *su* futuro, estaba a punto de desaparecer. La Moore Utility Investment Company (MUIC), el amor de su vida, corría peligro de extinguirse.

Edgar acababa de cumplir treinta y cuatro años y, como todos sus ancestros, era rico. Muy rico. Así lo creían los empleados y operadores de su empresa, sus amigos en Wall Street y el gobierno, los reporteros de sociales y los analistas financieros, y desde luego Mary Ann, su mujer. Pero tal vez esa riqueza fuese una ilusión, tal vez su mansión de Filadelfia, su yate, sus diez automóviles, las plantas de la MUIC esparcidas a lo largo del país y la propia finca donde ahora bebía un martini para calmar su taquicardia fuesen un espejismo, una charada. Porque, si se confirmaban sus temores (los signos ominosos se remontaban a 1926 pero, como miles de inversores, él también los había ignorado), estaba en riesgo de perderlo todo en unas cuantas horas.

Moore era más bien robusto, aunque su espina dorsal todavía no soportaba los ciento veinte kilos que pesaría en su vejez; lucía una barba rojiza e, incluso en tiempos de calor, usaba trajes de *cashmere* escocés. Más que miedo, lo invadía la impotencia: el mercado se había recuperado por la mañana pero nadie podía adivinar lo que pasaría cuando la bolsa reabriese sus puertas el lunes. Al contrario de lo que sugería Hammer, el cierre podría ser un interregno; Moore conocía la naturaleza humana y temía que la desesperación, la fatiga o la angustia de los inversionistas se reconcentrasen durante el fin de semana. Sus congéneres solían ser avariciosos y egoístas, incluso cuando el egoísmo los conducía hacia la ruina; confrontados con la posibilidad de resarcir sus pérdidas, eran capaces de enloquecer y cavar sus propias tumbas.

Moore encendió un habano con la misma habilidad de su padre; a él no le gustaban los cigarros, pero representaban esa mezcla de poder y dandismo que definía a los Moore desde hacía generaciones. ¡Imbéciles!, pensó, ¿cómo llegamos a esto? ¿Cómo nadie lo previó, cómo nadie tuvo los cojones para frenarlo? Preguntas estúpidas: las personas bien informadas sabían que el esplendor del mercado no podía durar, conocían las artimañas de corredores y analistas, o al menos las intuían y, en vez de preocuparse por las consecuencias (el infame peso del futuro), se habían aprovechado de la bonanza hasta el último segundo, ordeñando las ubres del capitalismo hasta que no dejaron una sola gota de leche. Nadie en el gobierno o en Wall Street había tenido el valor de combatir los vicios del sistema financiero. Los sacrosantos principios liberales prescribían que los mercados se regulasen a sí mismos, el Estado jamás debía intervenir, limitándose a contemplar la debacle. Si había errores, desproporciones o abusos, el mercado debía corregirlos por sí mismo. ¡El problema era que no quedaba tiempo! ¡El futuro no existía, sólo existía el lunes de apertura!

Mary Ann entró de puntillas en la biblioteca, donde Edgar revisaba cuentas y recibía teletipos. En vez de andar, se deslizaba sobre la duela con el sigilo de una serpiente. Su único deseo consistía en agradar a los demás (así lo proclamaba), en especial a su marido. Todos los domingos a las cuatro de la tarde se introducía en su santuario, le colocaba las pantuflas y le ofrecía una taza de té: la esposa perfecta. Edgar la quería aun si sospechaba que su mujer fingía una felicidad que jamás llegaría a experimentar.

«¿Todo bien, Eddie?»

No, estamos hundidos en la mierda, querida, pensó en responderle, pero en vez de ello le dijo: «Sí, cariño».

«¿Un poco más de té, amor?» «No, gracias.» ¿Una galletita? ¿Abro un poco las cortinas?»

«Estoy bien, Mary Ann.»

«¿Estás seguro?»

«¡Con un demonio! ¿No ves que estoy ocupado?»

Mary Ann se retiró: ahora Edgar tendría que dedicar varias horas a consolarla. Más tarde: por lo pronto debía concentrarse en los estados financieros de la Moore Utility Investment. De acuerdo con las estadísticas, se trataba de la octava empresa eléctrica de Estados Unidos. Los números estaban allí, pero algo no cuadraba y Edgar lo sabía. La Bolsa de Nueva York había crecido sin parar desde el fin de la guerra (la Computing-Tabulating-Recording Company quintuplicó sus ganancias en diez años, por ejemplo), pero la mesura y caballerosidad que habían regulado la vida financiera en otras épocas se había desvanecido. El imbécil de Thomas Cochran, analista estrella de Wall Street y orgulloso amigo de J. P. Morgan, había iniciado la burbuja el 2 de agosto de 1926. En vez de callarse la boca, declaró que General Electric era un ejemplo de solidez y ese mismo día sus acciones aumentaron once puntos y medio. ¡Seis por ciento de su valor! Las palabras obraban milagros. ¡Era tan fácil hacerse millonario! Sólo los imbéciles no se habían enriquecido en esos meses.

Moore, quien para entonces había fundado ya varias compañías, había creado la MUIC a fines de 1924. Sus números crecieron con rapidez y cuando por fin cotizó en la Bolsa de Nueva York, sus acciones subieron siete por ciento en un mes. Mientras tanto miles de médicos, ingenieros, abogados, profesores universitarios y amas de casa, que hasta entonces se habían mantenido al margen de la especulación por considerarla riesgosa o perversa, se apresuraron a invertir sus ahorros. Furioso, Edgar tarareó la estúpida tonada que George Olsen había puesto de moda en esos días:

> I'll have to see my broker
> Find out what he can do.
> 'Cause I'm in the market for you.
>
> There won't be any joker,
> With margin I'm all through.
> 'Cause I want you outright it's true.
>
> You're going up, up, up in my estimation.
> I want a thousand shares of your caresses too.
>
> We'll count the hugs and kisses,
> When dividends are due,
> 'Cause I'm in the market for you.

La canción describía el espíritu de la época, los años del jazz, de Rodolfo Valentino, Greta Garbo, Douglas Fairbanks y Al Jolson: todo estaba permitido, en especial hacer dinero. El pequeño inconveniente era que aquel paraíso no encajaba con las cifras. En el otoño de 1928, Hammer le presentó a Edgar el informe preliminar de la MUIC y sus pérdidas monstruosas.

«Temo que estamos en números rojos, señor. Pero no se preocupe, he encontrado un modo de arreglarlo. Este año no ha sido bueno, pero ello no nos obliga a comprometer el futuro de una empresa tan brillante como ésta, ¿no cree? Si usted lo autoriza, podemos hacer un pequeño ajuste en las hojas contables.»

Si no ilegales, aquellas manipulaciones resultaban sospechosas: Edgar no se engañaba, pero él había nacido para conquistar el futuro, no para perderlo todo en un día. Como sostuvo en una conferencia en la Universidad de Nueva York, la riqueza de una empresa no debía buscarse en la frialdad de los números sino en los hombres que la dirigían. Al final, aceptó las sugerencias de Hammer. Sobre el papel la trampa lucía casi inofensiva. Se trataba de diferir algunas deudas a largo plazo, asumiendo que serían compensadas por las ganancias del año próximo, y señalar como ingresos los recursos obtenidos por las ventas de algunas propiedades inmobiliarias: las viejas oficinas de la compañía en Columbus, Daytona y Albany. Muchas empresas, como Nacional City o Electric Power & Light, manejaban sus cuentas de manera semejante, nadie tenía por qué sospechar de la maniobra.

Pero Edgar no dormía en paz. Poseía un sexto sentido para los negocios y sentía vibraciones negativas. Cuando el jueves 24 de octubre de 1929 los inversores perdieron la razón al unísono y más de doce millones de acciones cambiaron de manos en unas horas, Moore supo que sus temores se habían confirmado. La bolsa se convirtió en zoológico, en jungla: los chillidos de los corredores inundaban la sala y los teletipos se bloqueaban, rebasados por una avidez que excedía toda previsión. Los directivos de la bolsa cerraron las galerías para evitar que la turba se abalanzase sobre el salón de remates. Una palabra describía lo ocurrido: pánico. Pánico a la quiebra, pánico a perder los ahorros de una vida, a la pobreza, a la indigencia, a las reclamaciones de esposas e hijos, a la cárcel. Pánico al abismo.

A la hora del almuerzo las pérdidas disminuyeron un poco, como si el cadáver de la economía estadounidense fuese capaz de revivir. Las acciones de la MUIC, que antes de ese jueves valían 35 dólares, cayeron a 13 al mediodía y cerraron a 28: quizás fuese una falsa alarma. El viernes, el volumen de acciones negociado disminuyó a seis millones y al final del día las aguas volvieron a su cauce; la crisis había sido conjurada por obra y gracia del mercado, como prescribían los teóricos. Durante el escaso tiempo que permaneció abierta el sábado, la bolsa se comportó sin exabruptos y durmió casi con dulzura. Edgar no quedó tranquilo: su instinto le indicaba que ése no era el final, que la situación se volvería peor, mucho peor.

La tarde del sábado y la mañana del domingo Moore se rindió a la evidencia: como buen metodista, aceptaba que sucediese lo que tenía que suceder. Se disculpó con Mary Ann, leyó a Emerson, paseó por el pueblo y durante unos minutos, mientras jugaba una partida de póker con los Jenkins, casi se olvidó de su infortunio. Luego de asistir a la iglesia y degustar un almuerzo de sopa de betabel y pavo al horno, Edgar llamó a su coche para volver a Nueva York; necesitaba estar allí el lunes a primera hora para atestiguar su salvación. O su caída.

Hammer lo esperaba en las oficinas de la MUIC desde las seis de la mañana; sus largas ojeras y sus pómulos esmirriados no presagiaban nada bueno. El teletipo no paró desde la apertura de las operaciones. Como Edgar temía, el volumen de acciones negociadas volvió a ser altísimo, más de nueve millones. Al final del día la debacle lucía irrefrenable. Portentosa. A diferencia de lo ocurrido el jueves, esta vez no hubo recuperación, sólo pérdidas. Pérdidas, pérdidas y más pérdidas. Las acciones de la MUIC cerraron a 12 dólares, uno menos que el jueves previo. Edgar pensó en emborracharse o suicidarse, inaugurando la epidemia que se prolongaría durante los siguientes cuatro años, pero no era su estilo. Miró el crepúsculo en compañía de Hammer, quien no dejaba de bosquejar números en su libreta. Moore se fue a dormir a las nueve con una copa de brandy, su única concesión a la melancolía. El futuro le tenía sin cuidado.

El martes 29 de octubre se negociaron más de 16 millones de acciones. Las historias de llantos, crisis nerviosas, locuras instantáneas y suicidios se volvieron cotidianas, sumiendo al país y al mundo entero en la desesperanza, la pobreza y el miedo. Incapaz de cumplir sus obligaciones crediticias, la Moore Utility Investment Company solicitó la quiebra en diciembre. Edgar J. Moore no se volvió pobre (o al menos no tan pobre como la mayor parte de sus contemporáneos), conservó su casa de Filadelfia y su abultada cuenta de banco, pero sus sueños de gloria se esfumaron.

Pretextando una incompatibilidad de caracteres, Mary Ann lo abandonó en marzo. En 1932, cuando se iniciaron las audiencias del Congreso para determinar las responsabilidades del colapso, Jeremy Hammer se confesó culpable de malversación y pasó dos años en la cárcel; aunque se especuló sobre el posible arresto de Moore, nadie presentó cargos en su contra. Si bien su historia con la MUIC y el llamado *martes negro* marcarían su carácter de por vida (su brío se transformaría en acrimonia y su prudencia en duro conservadurismo), Edgar no tardó en rehacerse: fundó una fábrica de golosinas (que más tarde vendió a un *holding* por una jugosa suma de dinero), se incorporó al Partido Republicano en 1939, poco antes de Pearl Harbor, fue elegido congresista en 1946 y senador en 1954.

Pese a su experiencia durante el *crash*, siempre mantuvo buenos lazos con la comunidad financiera y Wall Street. Cuando ya estaba por convertirse en una figura de relieve nacional, contrajo matrimonio con su asistente, Ellen Bancroft. En 1945 nació su primera hija, Jennifer, y en 1948 la segunda,

Allison. Aunque solía aleccionarlas con anécdotas y moralejas, jamás les dijo una palabra sobre la MUIC, la bancarrota del 29 o su primera esposa.

El senador Edgar J. Moore falleció en 1969, a los setenta y cuatro años de edad, en un accidente automovilístico mientras viajaba de Nueva York a su casa de campo en Pennsylvania. Además de varias cuentas de banco, acciones en distintas empresas, fondos de inversión y propiedades inmobiliarias en tres estados, el senador Moore heredó a sus hijas su carácter violento e ingobernable, su autocontención y su furia, y un egoísmo a toda prueba. Aunque él desapareció, sus genes codiciosos y salvajes permanecieron más activos que nunca, atrapados en los espigados cuerpos de sus hijas.

«Odio salvarla, odio resolver sus problemas, odio que se aproveche de mí.» Jennifer vociferaba mientras Wells conducía a toda prisa. El viento revolvía su melena aunque ella insistía en dejar abierta la ventana. «Me sofoco», le gritaba, «no tolero sentirme encerrada, me importa un bledo si tú te mueres de frío». Con esa dejadez aprendida con los años, su novio se rendía a su capricho. «Siempre hace lo mismo, Jack», proseguía ella sin darse cuenta de que él había dejado de escucharla, «Allison se escuda porque es la pequeña, le echa la culpa de todos sus problemas a mi padre, amparada en no sé qué tontería psicoanalítica, y al final yo pago los platos rotos. ¿No crees que ya es suficiente?»

Jennifer le había hecho esta pregunta otras veces, pero necesitaba reafirmar su opinión. Cualquier otro hubiese huido ante semejante alud de energía y dudas simultáneas, pero John H. Wells (todos lo llamaban Jack) era distinto: no había persona más firme (ni hipócrita), y no le perturbaba que Jennifer fuese tan hermosa como disparatada, tan inteligente como insegura. Desde su primera cita (él aún estudiaba en Wharton) supo que quería acostarse con ella, casarse con ella, tener hijos con ella, pasar el resto de su vida con ella. ¿De dónde le venía esta certeza? Le atraía la mirada seca de Jennifer, sus piernas de deportista, su magnetismo, su temperamento frágil y violento, sus ataques de celos, su espíritu infatigable y su apellido (sobre todo su apellido). Ella era un torbellino y él sentía especial debilidad por los retos: Wells detestaba el tedio y con Jennifer podía desgarrarse, herirse, matarse o reconciliarse, pero jamás aburrirse.

«Allison tiene edad suficiente para hacerse responsable de sus actos. Antes no era así, de niña era dulce y apacible.»

Wells sabía que era falso: la señora Moore le había contado suficientes anécdotas que revelaban el temperamento indomesticable de las dos hermanas. Sólo las unía la admiración y el temor hacia su padre y esa fuerza interior, ese tesón o persistencia que hacía imposible discutir con ellas. Cuando creían tener la razón, se dejaban llevar por sus ansias de justicia o de venganza sin tomar en cuenta a nadie.

«¿Me estás oyendo, Jack?» Wells se concentraba en sortear los vados del camino; obsequioso, colocó su mano sobre el muslo de Jennifer. «Si no regresamos antes de las diez, el senador te mata.» El humor de Jennifer parecía regido por alguna fuerza oculta; a ratos se creía tigre y a ratos avestruz.

La nieve caía en copos diminutos y homogéneos, casi falsos. Jennifer bajó del automóvil y se precipitó en el interior de la comisaría; sus tacones se hundían en el lodo mientras Wells la seguía a unos metros de distancia.

Allison llevaba más de siete horas detenida tras participar en una marcha de protesta contra la guerra de Vietnam. Aparentaba menos de sus diecinueve años: su cabello era rubio como el de su hermana, un poco más delgado y lacio, cortado a la altura de las orejas. En cuanto Jennifer entró en aquella sala mortecina distinguió a su hermana flanqueada por un par de putas (así las calificó de entrada); su rostro no revelaba contrición, se comportaba como las guerreras mitológicas que solía dibujar en sus libretas: amazonas estilizadas y hermosísimas, con armaduras de oro y plata, siempre listas para combatir monstruos roñosos, siempre masculinos. Antes de que su hermana la reprendiese, Allison le dio un beso a Wells en la comisura de los labios.

Mientras Jennifer concluía los trámites (el jefe de sección tembló al escuchar el apellido Moore), Allison incordiaba a Wells con comentarios de índole sexual.

Jennifer tomó a su hermana del brazo y la arrastró hacia la salida. Ya en el coche, cuando se disponía a lanzarle otra perorata, Allison rugió: «Sólo te pido una cosa, hermanita, no más sermones».

«Si nuestro padre supiera lo que has hecho…», la reprendió Jennifer.

«Pero no se va a enterar de nada, a menos que se lo digas tú, y en ese caso tendrías que explicarle qué hacías a estas horas con Jack.»

«Tu hermana tiene razón», intervino Wells, «los tres debemos tranquilizarnos, escuchemos un poco de música.»

La radio transmitía una canción de The Temptations:

> *I've got so much honey,*
> *The bees envy me.*
> *I've got a sweeter song*
> *Than the birds in the trees.*
> *Well, I guess you'll say*
> *What can make me feel this way?*
> *My girl.*
> *Talkin' 'bout my girl.*
> *Ooooh,*
> *Hoooo.*

De niñas, ambas se sometían a los dictados paternos, fingiendo ser las educadas rivales que él quería modelar. Por ser la mayor, a Jennifer le había correspondido iniciar la carrera (según Allison su padre las trataba como caballos) y desde el principio satisfizo las exigencias del senador: durante el primer año obtuvo A+ en todas sus asignaturas, ganó el concurso de deletreo, quedó segunda en matemáticas, actuó de princesa en la representación de fin de curso y se convirtió en la consentida de la señorita Connolly, la directora. Para entonces Jennifer ya tendía a la hiperactividad y se excitaba a la menor provocación, incapaz de controlar sus accesos de rabia (en una ocasión casi le sacó un ojo a una compañera que se burló de su vestido), aunque intentaba mostrarse encantadora.

Las fotos del anuario la dibujaban lánguida y hermosa, muy consciente de su atractivo, y al mismo tiempo exhibían un sesgo de terror o de sorpresa, mientras sus largos rizos, peinados con esmero, le cubrían media cara. Su día favorito era el primero de cada mes, cuando regresaba a casa y presumía sus premios y menciones; entonces el senador abandonaba su trabajo y la abrazaba hasta el desmayo. Unos pasos atrás, su madre asentía. Y, escondida debajo de la mesa, la pequeña Allison admiraba a su hermana con sus enormes ojos violetas. Cuando comenzaron a ir juntas a la escuela (las separaban unos pocos años), dio inicio la verdadera competencia. El senador Moore insistía en pintarles el mundo como un juego a muerte. Jennifer pensaba que su hermana le robaba el protagonismo ganado con los años; Allison le parecía más lista, más bonita y más simpática, y temía no ser tan buena como ella. Ésta, en cambio, no se imaginaba a la altura de Jennifer, la percibía lejana e inalcanzable, y sólo aspiraba a imitarla. Su objetivo no era desbancar a su hermana mayor, sino que ésta se enorgulleciese de su esfuerzo.

Al término del cuarto año de primaria se cumplió la pesadilla de Jennifer: su hermana obtuvo el primer lugar en el escalafón, arrebatándole su cetro. El senador ni siquiera reparó en las décimas que separaban a sus hijas; envanecido con el éxito de ambas, festejó su triunfo con un par de muñecas idénticas. «Nunca hice distinciones», habría de decirle años después a Allison, durante una de sus reyertas. Y en verdad lo creía. Siempre les hizo los mismos regalos, les dio el mismo número de besos, celebró sus cumpleaños con fiestas semejantes, las alabó o castigó con equilibrio. Así lo proclamaba a quien quería oírlo, así se lo repetía a Ellen y a sus amigos y así lo escribió en su diario. No era una creencia, sino un dogma de fe, una norma impuesta desde el nacimiento de Allison.

Pero no era verdad. O lo era para él, pues todos los demás sabían que Jennifer era la favorita. Aquella disparidad no respondía a una decisión consciente del senador, sino a una debilidad íntima, conformada por guiños mínimos, frases aisladas y esos deslices que sólo los miembros de una familia saben descifrar. El nacimiento de Jennifer cambió su vida y le confirió la fuerza para superar el cáncer de colon que lo había desahuciado: las diminutas manos de su primogénita le arrancaban lágrimas. En cambio, cuando Ellen dio a luz por segunda vez, él ya conocía el significado de la paternidad y no experimentó la misma alegría (además de que soñaba con un varón), aunque siempre procuró ocultar sus sentimientos.

A partir del segundo año escolar, la situación volvió a su cauce; Jennifer se mantuvo unas décimas por encima de su hermana, acaso porque ésta prefería la serenidad del segundo puesto a las confrontaciones del primero: Allison no buscaba ser admirada sino amada. Mientras tanto, Jennifer había dado inicio a la paulatina remodelación de su carácter. Aunque siempre dijo recordar una infancia pletórica, se convirtió en una adolescente esquiva e irresoluta. Sentía como si alguien la obligase a cometer actos imprudentes o a lastimar a los demás sin motivo, herencia típica del clan Moore. Atormentada por sus propios miedos, Jennifer mantenía a Allison al margen de su entorno; ésta, sin comprender, sólo sufría.

A los dieciséis años Jennifer se encerró en su habitación y se dedicó a leer, pasmada y sorprendida, y algo horrorizada, los diarios que escribió a los diez. El mundo que recordaba no aparecía por ningún lado: en vez del ambiente idílico, lleno de cariño y bienestar que había querido dibujar, descubrió a una niña solitaria, voluble, banal, escurridiza… y ambiciosa.

Su padre la había convencido de que lo más importante en la vida era acumular ganancias, físicas y sentimentales, como si fuesen los puntos en una partida de póker. Pasó una semana escondida entre las sábanas (pretextó un resfriado y violentos dolores de cabeza), más irritable que nunca. Allison la escudriñaba desde el vano de la puerta, sin atreverse a molestarla; la vez que intentó hablar con ella, ésta le arrojó sus muñecas en la cara y le gritó *puta*, una palabra que la pequeña no conocía (y que no tardaría en obsesionarla). Esa vez ni siquiera el senador Moore se atrevió a reprender a su hija, amilanado ante sus improperios.

La ira de Jennifer se esfumó con la misma rapidez con que había aparecido. Al cabo de cinco días, la joven se levantó, se acicaló durante una hora y se dirigió a la escuela como si nada. Había tomado una determinación: no seguiría sufriendo. Así de simple. Y en alguna medida lo logró, pues si bien sus arranques no disminuyeron, al menos comenzó a disfrutarlos. Poco a poco aprendió a controlarse. Sólo que para lograrlo (para sobrevivir) pagó un precio: renunció a su familia. Amaba a sus padres y a su hermana, pero ellos eran los culpables de su dolor; sólo apartándose de ellos podría sentirse en paz. A los dieciocho, Jennifer ya era un témpano.

«¿Tú crees que esa riquilla va a hacerte caso?»

Theodore Wells levantó la cabeza del escritorio: una tortuga. Tenía los ojos enrojecidos y la piel cubierta de verrugas, aunque Jack no pudiese saber si eran producto de los desvelos o el alcohol. La pluma temblaba en su mano izquierda (ambos eran zurdos), manchada de tinta. Aunque pasaba todo el día en su despacho de Moravian Street, el viejo solía volver a casa cargado con facturas, estados de cuenta y formas fiscales que revisaba hasta el amanecer.

«Olvídate de ella.» Theodore le dio un trago a su bourbon. «Te va a utilizar, hijo mío. No eres de su clase.»

Jack hervía: «Me voy a casar con ella».

«¿De veras piensas que una mujer como ella querría casarse contigo?»

«Oye lo que te digo, papá: voy a casarme con Jennifer Moore.»

Theodore se levantó del escritorio y se sirvió otra copa.

«¿Quieres una? No te vendría mal.»

«Sabes que yo no bebo, papá.»

«¿Hace cuánto que sales con ella?»

«Tres semanas.»

«¿Y qué edad tiene, si se puede saber?»

«Diecisiete.»

«¿Y crees que el senador Moore va a permitir que su hija se case a los diecisiete años con un… con un… contigo?»

«No tengo prisa, me casaré con ella en cinco años, cinco años justos, ¿quieres apostar?»

«Diviértete si quieres, sólo te recomiendo una cosa: no te enamores.»

Theodore Wells nunca había sido expansivo ni abierto, pero desde la muerte de su esposa se comportaba como un topo. Por su culpa Jack odiaba los números: esos bichos devoraban las neuronas. Él había comprobado cómo habían carcomido el cerebro de su padre, cómo le habían arrancado las emociones, cómo lo habían dejado inválido. Días, semanas, meses, años resolviendo las mismas operaciones, anotando las mismas cifras, perdiendo la vista y la razón. Los niños soñaban con ser bomberos o médicos, incluso abogados, jamás contadores… A Jack la palabra le producía arcadas, y lo peor era que su padre ni siquiera sacaba lo suficiente para comprarse una corbata decente. Si contar dinero era lamentable, contar dinero ajeno rayaba en la impudicia.

Después de años de ser el último de la clase (y de recibir las amargas burlas de su padre), un buen día Jack decidió que ya no podía continuar así. Poco a poco mejoró sus notas hasta alcanzar un promedio digno y al terminar el colegio envió solicitudes a las mejores universidades del país. Cuando tras varias negativas recibió una beca para Wharton, la escuela de negocios de la Universidad de Pennsylvania, se hizo un juramento: estudiaría para hacerse rico (y para conquistar a Jennifer Moore, y a todas las mujeres que se cruzaran en su camino), pero jamás se ensuciaría las manos con el dinero ajeno.

«Preséntame a esa chica», le pidió a uno de sus compañeros durante una fiesta de bienvenida. «Es la hija del senador Moore», lo previno éste. La frase de su amigo se repetiría hasta el cansancio a lo largo de su vida, convirtiéndolo primero en novio de la hija del senador Moore, luego en prometido de la hija del senador Moore y por fin en yerno del senador Moore. Pero a él eso nunca habría de importarle.

De cerca, Jennifer no le pareció tan imponente.

«¿No te aburres?»

«Hasta hace un segundo, no.»

«¿Quieres que te diga algo para que te diviertas el resto de la noche?»

La joven lucía un vestido blanco con los hombros escotados. Como siempre que se sentía amenazada, se mordió el labio superior.

«Te escucho.»

«Pensarás que estoy loco, pero hoy, 23 de noviembre de 1961, quiero decirte que terminarás casándote conmigo.»

«Tienes razón: estás loco.»

«Déjame terminar: en unos años tú y yo seremos esposos, tendremos hijos y seremos felices, muy felices.»

La hija del senador Moore le dio la espalda y procuró evitarlo el resto de la velada. Jack no se amilanó (hay que reconocerlo: el infeliz era perseverante) y a partir de ese día hizo hasta lo imposible para coincidir con ella, la cubrió de rosas y cartas, la persiguió a la salida del colegio y por fin la arrinconó en otra fiesta. Ella no tuvo más valor o más ganas de negarse a hablar con él.

«Eres inagotable», le dijo, «pasa por mí el viernes. Pero que te quede claro, no será una cita.»

«¿Entonces?»

«Cenaremos y punto.»

«¿Y qué diferencia hay entre una cita y una cita que no es una cita?»

«De verdad que eres idiota, Jack Wells. A las siete. Y no toques el timbre, estaré en el porche.»

Jack la esperó cuarenta minutos hasta que ella se dignó a salir, enfundada en un horrible vestido magenta.

«Lo que diferencia una cita de una cita que no es una cita es que al final no podrás besarme», le aclaró ella.

Wells la llevó a un restaurante francés, dispuesto a gastarse todos sus ahorros. La inversión valdría la pena. Wells devoró un enorme filete mientras Jennifer rumiaba las hojas de su ensalada. Antes de entrar de nuevo en su casa, ella lo besó.

«Tú no podías hacerlo, pero yo sí, y esto sigue sin ser una cita.»

Jack Wells se quedó varios minutos delante de la mansión de los Moore, extasiado ante las columnas frigias, el dintel triangular de la puerta y su esmerado jardín francés. Y, sin pudor alguno, se dijo: «Algún día todo esto será mío».

Allison no buscaba divertirse sino cambiar el mundo. Desde hacía semanas devoraba los libros que Susan le había prestado: *La función del orgasmo*, de Wilhelm Reich, *La tragedia de la emancipación de la mujer*, de Emma Goldman, y *Pan sobre las aguas*, de Rose Pesotta. Luego escuchó por la radio un discurso de Noam Chomsky contra la guerra y pensó que ella tampoco podía quedarse cruzada de brazos. A Susan le fascinó su plan: se convertirían en revolucionarias. Ambas se imaginaban como reencarnaciones femeninas de Sacco y Vanzetti, responsables de despertar la conciencia revolucionaria entre las alumnas de la Escuela Secundaria para Señoritas de Filadelfia, la institución que desde 1848 formaba con orgullo a las madres y esposas de la ciudad.

El senador Moore siempre quiso que sus hijas se educaran allí. Como su esposa olvidó la fecha de las inscripciones, él mismo intervino para que la directora, la señorita Connolly, permitiese el ingreso tardío de Jennifer. Con Allison no hubo necesidad: la Secundaria para Señoritas de Filadelfia estaba inscrita en su destino. Para la más joven de las Moore fue una pesadilla: además de ser la sombra de su hermana, debía soportar unas reglas de conducta heredadas del siglo XIX. Al principio su timidez le impidió confrontar a sus maestras (le gustaba acercarse a los límites pero sin arriesgar sus notas), pero al final ya no contenía su rebeldía. Hasta ese momento sus profesoras habían deplorado que careciese del tesón de su familia, si bien apreciaban su carácter sincero y expansivo, menos agreste que el de Jennifer.

Susan eliminó su timidez. Adoptada por una familia de comerciantes, su amiga no se parecía a las demás chicas de su clase. Era gorda, malencarada y ruda, no se preocupaba por su apariencia y no hacía más que leer gruesos volúmenes de autores inverosímiles (adquiridos en una oscura librería del centro). Allison superó la repugnancia que le causaban sus zapatos lodosos y sus uñas mordisqueadas: aquella extraterrestre le intrigaba. «Soy anarquista», le dijo Susan a modo de presentación y a continuación le entregó una de sus obras favoritas, una recopilación de discursos de Lucy Parsons publicada en 1910.

Allison descubrió en aquellas páginas biliosas una nueva forma de ver el mundo. De inmediato adoró a su autora, la turbulenta sindicalista de Chicago cuyo verdadero nombre era Lucy Ella González. Y su admiración no hizo sino acrecentarse cuando descubrió, en una vieja enciclopedia sepultada en el sótano de la biblioteca pública, que el marido de Lucy había sido condenado a muerte por colocar una bomba en Haymarket, en 1886. Allison memorizó la carta de despedida que Albert le escribió a Lucy desde su celda.

Mi querida esposa:

El veredicto de esta mañana alegra los corazones de los tiranos alrededor del mundo, y el resultado será celebrado por el Rey Capital en su fiesta de borrachos flotando en vino desde Chicago hasta San Petersburgo. Pero nuestra infausta muerte es la escritura sobre la pared que señalará la caída del odio, la malicia, la hipocresía, el asesinato judicial, la opresión y la dominación del hombre por sus semejantes. Los oprimidos de la tierra sufren en sus cadenas legales. El Gigante del Trabajo está despertando. Las masas, levantadas con estupor, romperán sus cadenas como carrizos en un torbellino.

Lo que más le gustaba era el final: «Ah, esposa, vivos o muertos, somos como uno. Para mí tu afecto es eterno. Para el pueblo, humanidad. Lloro una y otra vez en la fatídica celda de las víctimas: ¡Libertad! ¡Justicia! ¡Igualdad!» Allison lloraba cada vez que repetía estas palabras. ¡La batalla de Lucy para defender los ideales de su amante le parecía tan romántica! Al comparar el destino de Lucy y Albert con el suyo (el heroísmo y el compromiso de esa pareja frente a la frivolidad que la rodeaba), se sentía obtusa y mezquina. Qué ciega, qué tonta, qué egoísta: mientras ella se regodeaba en el lujo, millones de personas padecían la miseria.

Además de estudiar las obras que Susan le recomendaba (el anarquismo se convirtió en su secreto), Allison comenzó a revisar los periódicos y a interesarse por los noticieros de la radio. Las dos amigas convirtieron la Biblioteca Pública de Filadelfia en su cuartel; a la salida del colegio se instalaban en sus largas galerías y se dedicaban a memorizar historias de héroes y villanos. Mientras sus compañeras admiraban a los Beatles o se regocijaban con *Hechizada*, ellas se creían continuadoras de Tom Paine, de Bakunin y del *Che*. No tardaron en darse cuenta de que, si en verdad querían cambiar el mundo, tenían que oponerse a la guerra de Vietnam (Allison en ningún momento recordó su condición de hija del senador Moore, uno de los principales instigadores de la intervención en el sudeste asiático).

Hurgando en la biblioteca se toparon con un desgastado panfleto con las instrucciones para construir una bomba molotov. Harían explotar uno de esos artefactos en la Escuela Secundaria para Señoritas de Filadelfia, modelo del poder autoritario. Ensamblar el artefacto resultó tan entretenido como un *puzzle* (ambas recordarían ese invierno como el más emocionante de sus vidas), pero no eran tan ingenuas como para pasar por alto las consecuencias de su desafío. En una meticulosa ceremonia, que tuvo tanto de ritual iniciático como de juramento *scout*, las dos se prometieron lealtad eterna.

Siguiendo una rigurosa logística, el 15 de abril de 1965 pusieron en marcha su reto contra el complejo bélico-industrial (en su caso más bien académico). A las seis y media de la mañana, cuando la escuela aún permanecía desierta, lanzaron cuatro bombas desde una azotea. El incendio se propagó por el campo de azaleas y tulipanes de las alumnas de tercero. El conserje extinguió el fuego y no hubo pérdidas materiales de importancia (salvo las desdichadas flores) ni heridos, pero el escándalo fue mayúsculo. La directora ordenó suspender las clases. En los pasillos se rumoraba que los culpables del atentado eran comunistas infiltrados, pero Allison y Susan sabían que su acto carecería de sentido si pasaba como una broma o una provocación. Obligadas a reivindicarlo, enviaron a la directora un *Manifiesto contra la guerra*, donde resumían sus anhelos de paz y su oposición a la barbarie cometida en Vietnam «por jóvenes como nosotras».

Al reconocer la caligrafía, a la señorita Connolly casi le dio un desmayo: una de las autoras del atentado era la hija menor del senador Moore. Ahora no sólo debería preocuparse por el buen nombre de la institución, sino por la reacción del irascible político.

«Ha sido culpa de esa compañera suya, Susan Anderson. Nunca nos gustó esa muchacha, el Estado nos obliga a aceptar todo tipo de personas», se disculpó.

Moore la escuchó en silencio.

«¿Qué sugiere, señorita Connolly?»

La profesora llevaba veinte años al frente de la escuela y nunca había ocurrido algo semejante. «Allison es una buena chica que se ha dejado llevar por las malas influencias, no quisiéramos que este incidente empañara su expediente. Pero tampoco es posible olvidar una falta tan grave. Estará usted de acuerdo conmigo, senador: su hija debe recapacitar. No podemos permitir que eche su futuro por la borda. Si Allison ofrece una disculpa pública a sus maestros y a sus compañeras, me comprometo a readmitirla. Es la única salida, senador.»

«Así será.»

«Sabíamos que comprendería, senador.»

Moore se levantó de su asiento.

«¿Y su amiga?»

«Esa muchacha no tiene remedio.»

Allison esperaba los gritos, los regaños, incluso los golpes de su padre. Pero el senador lucía fatigado: dos ojeras sombreaban su rostro. En su mirada no había cólera, sólo decepción.

«Tendrás que disculparte, Allison.»

«¡Jamás!»

«No es una pregunta. Reconocerás tu error y eso será todo.»

«¿Y Susan?»

«Susan tendrá que encontrar otro sitio donde estudiar.»

«¡Pues yo me iré con ella!»

«Lo lamento, hija, pero eso no voy a permitirlo.»

Allison no comprendía la insólita calma de su padre; nunca lo había visto tan solo, tan triste. Al final, no se atrevió a desafiar al senador; se había preparado para resistir sus amenazas, no para enfrentar su melancolía. Esa noche, la más larga de su vida, trató de convencerse de que no traicionaría a Susan, pero al día siguiente el desvelo o el miedo la hicieron a claudicar.

Sí, confieso. Sí, confieso. Sí, confieso.

Allison se tragó sus palabras y, frente a la asamblea de profesores, aplastada por la fatiga y por la culpa, pidió perdón. Humillada, aún soportó la reprimenda de sus maestros. Pero el peor castigo la aguardaba en casa, en los ojos de su padre. Ese día se quebró el lazo que los unía: Allison no perdió el cariño del senador, sino algo más valioso e indefinible. Él siempre le dijo que la había perdonado, pero nunca volvió a mirarla como antes (nunca volvió a mirarla como a Jennifer). Incapaz de soportar esta callada decepción, Allison se las ingenió para que la señorita Connolly la expulsase unos meses después de modo irreversible. La Escuela Secundaria para Señoritas de Filadelfia quedó a sus espaldas y esta vez a su padre ni siquiera se le ocurrió intervenir a su favor.

«Claro que te amo», le dijo.

Jack Wells aún no había aprendido las artes del cinismo. Mientras acariciaba los pies de Lynn, la camarera con la que salía desde hacía poco, y concentraba la mirada en su pubis, en verdad creía en su dicho. Si alguien le hubiese preguntado qué sentía por Jennifer, con quien se había comprometido tres meses atrás, hubiese respondido sin dudarlo: «La amo». Cuando estaba con Lynn, o más bien encima o adentro de Lynn, no pensaba en nadie más; el resto de tiempo, cuando se duchaba o desayunaba, asistía a clases de finanzas o estadística, iba al cine o escribía sus alambicadas cartas semanales, Wells sólo pensaba en Jennifer, la mujer con la que se casaría en cuanto terminase sus estudios en Wharton.

Lynn se abalanzó sobre Wells. Cada vez que se acostaba con ella se sentía liberado, como si en vez de atraparlo entre sus muslos aquella rubia de diecisiete años rompiese sus cadenas. Con ella el sexo era un juego, mera rotación de posiciones. Acostarse con Lynn era el mejor negocio posible:

dócil, vibrante, atolondrada, ella lo hacía gozar a cambio de muy poco. Una inversión muy baja (una cena en Harry's, un par de cervezas, unos cuantos halagos) le permitía apoderarse de su cuerpo sin reservas. Jennifer, en cambio, era una inversión de alto riesgo: quizás fuera más excitante (desnudarla, un desafío), pero los resultados variaban de acuerdo con su humor.

Aunque al principio Jennifer resistió cualquier contacto físico, a partir de su compromiso se esforzó por complacer los deseos de su novio. En la cama Jennifer se comportaba como fuera de ella: ansiosa, imperativa, un poco torpe. Pero su cuerpo firme, sin un gramo de grasa, enloquecía a Wells. Ella lo besaba con dulzura y se dejaba acariciar con violencia, aunque sufría con la penetración. Como directora de orquesta, no paraba de indicarle a su amante el ritmo y el *tempo* de sus movimientos, y al final sus orgasmos, si llegaba a tenerlos, la dejaban semidormida, indiferente a lo que ocurría con él. Si hacerle el amor a Jennifer se parecía a comprar acciones de una *start-up*, Lynn se comportaba como un bono del gobierno. Siguiendo las enseñanzas de Wharton, Wells procuraba diversificar su portafolio: si bajaba la cotización de la primera siempre podía compensar las pérdidas con la segunda. Aquella vida doble no le producía cargos de conciencia: Jennifer jamás se enteraría de sus deslices, ésa era la prueba de su amor. Podía acostarse con Lynn, con Maylis, con Samantha o con quien fuera, siempre y cuando perteneciesen a otra clase social: así no había posibilidades de que su novia lo descubriese.

Además, ahora Jennifer ni siquiera vivía en la misma ciudad. Aunque hubiese podido quedarse en la Universidad de Pennsylvania o en Penn State para estar cerca de él y de su familia, había solicitado su ingreso en cuatro universidades de la Ivy League, las cuatro la aceptaron, y al final optó por Harvard, donde, pese a las reservas de su padre, esperaba convertirse en alumna de John K. Galbraith. Jennifer quería cimentar su futuro como si construyese una empalizada o un castillo;

amaba a Jack, pero jamás sacrificaría su vida profesional por un hombre. Los unía una ambición paralela: Jennifer también lo quería *todo*: una familia feliz y un éxito profesional a toda prueba.

Wells dijo lamentar la separación pero aprovechó sus ventajas. Viajaba a Boston una vez al mes y el resto del tiempo se consagraba a su único anhelo: reunir el capital necesario para establecer su propia empresa. Todas sus energías se concentraban en la bolsa. En esa época Wells tenía un héroe, Gerry Tsai, antiguo ejecutivo estrella de Fidelity Fund y desde 1965 director de Manhattan Fund, líder del ramo. Nacido en Shanghái, Gerry era un taumaturgo, según sus clientes, y acaso quien mejor manejaba los fondos de inversión. Se había hecho famoso no sólo por sus ganancias (siempre apostaba por empresas glamorosas, como Polaroid o Xerox), sino por su apego a los deportes de riesgo y su manía de conducir helicópteros, al menos hasta que un aterrizaje forzoso en el río Hudson lo obligó a retirarse.

Como miles de pequeños inversionistas, Wells confiaba a ciegas en Tsai. Más que ganar dinero, le interesaba descubrir la lógica que le permitía ganarlo. En el medio financiero se decía que Tsai era inescrutable y, en cuanto compraba o vendía una acción, sus competidores se apresuraban a imitarlo. Wells conocía de memoria *Security Analysis* y *The Theory of Investment Value*, los manuales clásicos sobre la materia, y llevaba años estudiando la valoración de las acciones, convencido de que tarde o temprano encontraría la forma de descifrar el éxito de su corredor. Tsai intuía que los mercados no eran eficientes, o por lo menos no tan eficientes como decían los expertos. Impulsados por su fe en el capital, los economistas sostenían que las acciones siempre terminaban por adquirir su valor *real*; conforme a este esquema, ningún individuo en solitario era capaz de vencer la inteligencia de millones de accionistas. En cambio, Tsai creía que tal vez en un mundo perfecto los mercados también fuesen perfectos, pero en el mundo que le había tocado vivir (un mundo de desigualdades, donde unos cuantos tenían mucho y la mayoría casi nada), la información no se distribuía de manera equitativa y en ciertos momentos algunas personas podían saber más que otras. Era entonces cuando los inversores más astutos (los más aptos en términos evolutivos) obtenían ganancias inusitadas. El problema consistía en adivinar el instante preciso para comprar o vender, antes de que la mano invisible del mercado corrigiese las inequidades de la información. Como en el sexo, ganar en la bolsa era sólo cuestión de tiempo.

A principios de 1966, mientras preparaba sus exámenes finales en Wharton, Wells logró reunir quince mil dólares gracias a un préstamo del padre de Jennifer y decidió poner a prueba lo que creía haber aprendido de Tsai. Si sus pronósticos eran correctos, la industria tecnológica tendría ese año un crecimiento espectacular. Al senador Moore no le convencieron sus explicaciones, acaso porque se parecían mucho a las que él había empleado antes del *Crash* del 29, pero aceptó apoyar al prometido de su hija. Jack no le parecía un buen partido, pero al menos hablaban el mismo idioma.

El 9 de febrero sus profecías parecieron verificarse: el Dow Jones alcanzó los 1001.11 puntos y las acciones de Ling-Temco-Vought, la empresa donde Wells había invertido, subieron casi un dólar. L-T-V era uno de los primeros conglomerados surgidos en Estados Unidos y James Ling, su director general (Chief Executive Officer o CEO, en el argot financiero) se había convertido en el ejecutivo de moda: acababa de comprarse una mansión de tres millones de dólares en Dallas, con una bañera de catorce mil dólares incluida, admiraba al mariscal Rommel y su nombre aparecía más veces en la prensa rosa que en el *Wall Street Journal*. Pero el optimismo de Wells se vino abajo muy pronto: el ciclo económico alcanzó su cumbre en 1965 y había iniciado su descenso. El Dow Jones bajó 20 por ciento en unos meses, apenas se recuperó en 1967 y volvió a descender 30 por ciento en 1968. Quizás el mercado no fuese eficiente ni perfecto, pero tampoco era un juego de niños. Tras pagarle el préstamo al senador Moore, las pérdidas de Wells no eran escandalosas, sí reveladoras: su soñada empresa tecnológica tendría que esperar tiempos mejores.

Obligado por las circunstancias, en el otoño de 1968 Wells aceptó el puesto de jefe de compras de Lockhead Pharmaceuticals, una empresa especializada en la fabricación de estetoscopios, baumanómetros y otras herramientas médicas, con sede en Trenton, Nueva Jersey. Semanas antes de ocupar su puesto, el 14 de septiembre de 1968, celebró su enlace matrimonial con Jennifer en la residencia de los Moore, a la cual asistieron más de dos mil invitados. Su inversión más arriesgada había rendido frutos.

«Abre la boca.»

«No quiero.»

«Confía en mí.» Cameron se aproximó a sus labios como si fuera a besarla de nuevo: «Muy bien, buena chica».

Allison sintió un regusto amargo en la boca y procuró tragar la píldora cuanto antes, temerosa de vomitar. En las tres semanas que llevaba en el colegio estatal había aprendido más sobre la realidad que en todos sus años en la Escuela Secundaria para Señoritas. La vida no era como la pintaban aquellas profesoras estrictas y amargadas ni, por supuesto, como la dibujaba el senador: había en ella más variedad y riqueza, conflictos y disturbios de los que jamás imaginó en esa cárcel. Su padre la veía como rebelde, pero en su nuevo entorno era casi una oveja.

Allison experimentó un violento mareo y luego una sensación de ausencia, como si se hubiese quedado sola y los objetos danzaran a toda velocidad. Se atemorizó. Lo que veía y oía y palpaba no tenía equivalente en las experiencias descritas por sus compañeros, no distinguía formas sicodélicas, los colores no se hacían más luminosos ni el tacto más intenso y tampoco experimentaba felicidad alguna. Cameron le había advertido que, para disfrutar la experiencia, debía relajarse y tener calma: un mal viaje podía ser espantoso. *Un mal viaje*. Aturdida y espantada, ella misma se dirigía hacia esa meta y ya no sabía cómo volver.

Cameron tomó su mano, la abrazó, le acarició el cabello y por fin la besó. A Allison le daba lo mismo, su cuerpo vivía una existencia propia y ella sólo la contemplaba a la distancia. Apenas escuchaba las palabras de su amigo: «No te preocupes, preciosa, estoy aquí». Tampoco se dio cuenta de cuando él le abrió la blusa, luchando para alcanzar sus senos, ni cuando él por fin la desnudó. Una parte de ella, acaso la más poderosa, disfrutaba los manoseos. Cameron le arrancó los zapatos y los calcetines y luego batalló para quitarle los pantalones. Allison apenas distinguía la piel lechosa de su amigo, difuminada como una mancha. Sintió dolor, un dolor que no se localizaba en ninguna parte, en su sexo o en su vientre, sino que se difuminaba desde sus pies hasta su nuca. Algo se removía en su interior, obligándola a sacudirse. Cameron gemía.

Cuando volvió en sí (eran las tres de la mañana), le ardían las articulaciones, el vientre, los pezones. Se vistió a toda prisa y llamó un taxi. Cameron no se despertó o fingió no despertarse y la dejó partir en medio de la noche. El senador la esperaba en la puerta, vestido con una ridícula bata carmesí; la recibió con una bofetada: de nuevo ese dolor, ese mismo dolor. No quería que su padre se detuviese, esperaba que la golpease hasta el cansancio, hasta el desfallecimiento, hasta el olvido. Pero el senador se detuvo. Miró su mano hinchada y un par de lágrimas iluminaron sus córneas. Allison temblaba: por el frío, por el miedo, por el llanto de su madre, pertrechada en el otro lado del salón.

«¿Por qué, Allison?»

Ella no respondió, él ni siquiera se atrevía a mirarla a los ojos. Corrió escaleras arriba. Jennifer la observaba en el vano de la puerta. Allison se encerró en su cuarto y se tumbó. ¿Qué le pasaba? No lo sabía, no *quería* saberlo. Su padre la había obligado a abandonar el universo protegido de su infancia, él tenía la culpa de su extravío. Ahora no le quedaba otro remedio que comportarse como sus nuevos compañeros, volverse más rebelde, agresiva e insolente que ellos: sólo así lograría sobrevivir. Jennifer y su madre estaban muy equivocadas si creían que ahora iba a detenerse; nunca volvería a pedir perdón. El senador la había educado para ser la mejor y ahora ella sería la mejor de las peores, olvidaría los frenos del pasado, se dejaría llevar por Cameron y sus amigos y por cualquiera que la guiase en ese infierno que ahora consideraba suyo, sólo suyo.

A la mañana siguiente el senador decretó que Allison no podría salir de casa. Ella ni siquiera pensó obedecerlo. Ella necesitaba romper las últimas cadenas que la ataban al senador, a su madre y a Jen. Sólo así podría ser ella misma. Esa noche llegó a casa después de la medianoche: su padre reconoció el desafío. Pero esta vez él no la esperaba. Despechada, Allison subió a su habitación.

«¿Por qué lo haces?», le preguntó Jennifer. «Sabes que nuestro padre no está bien de salud, ¿no tienes consideración?»

Allison le cerró la puerta en la cara. De inmediato se arrepintió, pero ya era tarde. Las consecuencias de sus actos no fueron visibles hasta el día siguiente. A la hora de la comida, el senador la reprendió. Sin alterarse, con voz exquisita y palabras como dardos, el viejo se limitó a exhibir su decepción. Si Allison seguía comportándose así, nunca sería nadie. Ése sería su destino: *ser nadie*. A continuación le informó que a partir del lunes visitaría al Dr. Faber, un psicólogo especializado en adolescentes problemáticos. Y eso fue todo, luego siguió adelante con la conversación, alabó el pastel de manzana de Ellen y bendijo el buen clima de septiembre.

El Dr. Faber resultó ser un californiano obeso y lampiño que no se parecía a Sigmund Freud. El psicoanalista se limitaba a escucharla, le pedía que precisara algunos detalles de su relato (en especial de contenido sexual) y la despedía con un abrazo poco ortodoxo. Ella nunca percibió mejoría alguna, su carácter continuó tan impulsivo como de costumbre y las tensiones con su padre no disminuyeron. Acaso lo único significativo fue la paulatina erosión de su timidez; si algo podía agradecerle al Dr. Faber era haberle proporcionado el valor para decir lo que pensaba, como si aquellas sesiones en realidad hubiesen sido un curso de expresión oral.

Allison logró graduarse en 1967. Pese a su fe revolucionaria, siguió los pasos de su hermana y envió solicitudes a varias universidades, aunque su promedio no le daba esperanzas de ser admitida en la Ivy League. Gracias a la secreta intervención del senador, fue admitida en la Universidad Estatal de Pennsylvania. Movida por la inercia, centró sus estudios en el área de negocios. Su madre, siempre temerosa de que desperdiciase su vida, la convenció de que así tendría el futuro asegurado. Allison resistió dos años antes de que su activismo contra la guerra de Vietnam la obligase a abandonar la institución, junto con media docena de militantes, tras convertirse en una de las organizadoras de una gran marcha de protesta a principios de 1970. Para entonces su padre llevaba un año muerto. Nadie lo lloró tanto como ella.

ÉVA HORVÁTH

Hungría-Estados Unidos de América, 1956-1980

«Sí, acepto», se escuchó decir: las sílabas permanecían allí, sólidas e indelebles, su cerebro se cargó de serotonina y un torbellino cimbró su útero. Éva se sintió vibrante, atónita y tal
vez feliz. Interesante, pensó. Odiaba comportarse como esas
científicas histéricas que incluso en los momentos más emo-
tivos (y el matrimonio debía ser uno de ellos) se estudian a sí
mismas como ratas de laboratorio enfrentadas a un nuevo *test*,
así que procuró eliminar su autoconciencia y concentrarse en
las figuras del altar. Mientras los labios de Philip se posaban
en los suyos (aquello no era un beso, un beso de verdad, sino
un simulacro para goce de los invitados), Éva palpaba la ar-
golla de oro que le estrangulaba el dedo e intentaba no trope-
zar con su ridículo vestido blanco (otra incongruencia, pensó,
debí usar el rojo). Un alud de imágenes enturbió su mirada:
fotos de su madre y de su abuela con sus atuendos magiares,
escenas de las películas románticas que le fascinaban de niña,
retazos de las insufribles bodas a las que había asistido. Los
recuerdos le impedían apoyarse en el brazo de Philip, quien
la invitaba a avanzar hacia las puertas del templo bajo las ho-
rrísonas notas de la *Marcha nupcial*. Curioso, pensó Éva: bastaron unas simples palabras, sí acepto, para dejar de ser yo
misma, para que Éva Horváth se haya convertido de pronto

en Éva Putnam, aun si Éva Putnam no existe o sólo existe en la imaginación de los demás.

¿Quién era ese hombre que la escoltaba por la alfombra roja? Éva apenas se atrevía a preguntárselo. ¿Por qué me caso? ¿Y por qué con *él*? Qué locura, se amonestó. No sentía miedo ni arrepentimiento (curioso, pensó de nuevo), apenas una suerte de embriaguez. El alcohol la obligaba a casarse con Philip, era la única explicación a su desatino, aunque no recordaba haber bebido y tampoco sentía la pesantez de la resaca; quizás sólo se había casado porque sí, porque esa avalancha de memorias la ofuscaba y la constreñía a repetir el destino de sus ancestros por más que ella no quisiera casarse y menos con Philip.

A Éva el amor (no había palabra más empalagosa) le tenía sin cuidado: una máscara para disfrazar una necesidad evolutiva: el deseo de atrapar a un hombre para siempre, o al menos durante algunos años, a fin de convertirlo en proveedor de genes y alimentos. Luego Éva pensó que tal vez su escepticismo, su falta de vínculos sentimentales, fuese la razón de su matrimonio; se unía a Philip porque sí: un capricho, un exabrupto. Mera voluntad de emparejarse, de no ir sola al cine, de tener con quien compartir la cuenta de la electricidad y los gastos del supermercado.

El repicar de las campanas destruyó su soliloquio. Sus nuevas primas estadounidenses le arrojaban arroz en la cabeza, sus parientes húngaros hacían cola para felicitarla, Klára (con una espantosa pamela rosada) la miraba a lo lejos con desaprobación. Como último elemento del decorado, distinguió el Cadillac que habría de conducirla al salón de banquetes. «Gracias, gracias, gracias», se oía repetir a diestra y siniestra con un nudo en la garganta. Luces muy hermosa, qué linda ceremonia, es guapo el novio, qué lindo vestido, un poco pasada de peso, ¿cuántos años tendrá ella?, salud, salud, ¡*salud*! Estas frases le horadaban los oídos, distrayéndola de su misión: convertirse en la mujer más feliz sobre la Tierra. Éva se apresuró a subir al coche, al menos allí tendría unos instantes de calma (¿con Philip al lado?) antes de presentarse en el infierno de la recepción. Si aceptó casarse, al menos debió pelear para que las cosas fuesen a su modo: sin boato, en una capilla campestre, con treinta invitados y un vestido rojo. Concentrada en mil proyectos, no tuvo el ánimo para derrotar a su madre (la cual ni siquiera aprobaba al novio), a los padres de Philip y acaso al propio Philip, quien se presentaba como agnóstico pero a quien veía encantado con la ceremonia.

Tienes que hacerlo todo antes de tiempo, se recriminó Éva: aprendiste a leer a los dos años, a multiplicar a los tres y a hacer raíces cuadradas a los cinco, leíste a Attila József, a Sándor Petőfi, a Lászlo Kalnóki, a Endre Ady y a János Arany a los siete, terminaste la primaria a los ocho y la secundaria a los doce, entraste a la universidad a los catorce, te graduaste con honores a los quince y obtuviste tu doctorado a los diecisiete, aprendiste húngaro a los dos, inglés a los tres, alemán a los diez y ruso a los trece: ésa es la única razón de casarte a los diecisiete, claro que sí. Eres la típica niña prodigio, Éva, se aguijoneaba mientras Philip acariciaba su mano: la joven más inteligente del planeta y también la más estúpida, madura para atisbar los meandros de la inteligencia pero inepta para escoger una pareja, para meditar tus decisiones o alcanzar cierta serenidad.

«Te amo», le dijo Philip.

«Yo también», respondió ella: a él le hacían falta estas dosis de reafirmación y de cariño. No era una mala persona, aunque a Éva en ocasiones le pareciese estúpido y por tanto intolerable.

El salón de fiestas resultó más triste de lo que había imaginado y lo había imaginado sórdido y decadente: moños rosados pendían de falsas columnas de mármol, las mesas lucían mastodónticos arreglos de petunias o de nardos, en la pista de baile colgaba una de esas esferas con espejos propias de las discotecas (en su cabeza resonaron los acordes de *Love to Love You Baby*, de Donna Summer) y a la entrada alguien repartía tacitas de porcelana con la inscripción *Eva & Philip* (sin el acento en la *E*). La escena resultaba tan grotesca que casi la disfrutaba: un par de copas de champaña y dos buenos vasos de Tokái (Klára había insistido en el color local) y por fin la Éva crítica y mordaz se haría a un lado y daría paso a esa otra Éva juguetona, irresistible.

El alcohol le dio energías para bailar sin fatigarse, se aventuró con unas *csárdás*, lo único que faltaba, y no se deprimió hasta muy avanzada la noche, cuando su madre ya se había marchado. Entonces Éva volvió a ser la de antes, la Éva que abrumaba o despedazaba a sus parejas (la excepción, por ahora, era Philip).

El genio tenía sus desventajas: la melancolía, el *spleen*, la *saudade*, la acedia, la *búskomorság* que solía azotarla después de la euforia. Cuando el desánimo invadía su cuerpo y su espíritu, o no su espíritu sino su corteza cerebral, Éva se tumbaba en la cama durante días o semanas sin que nadie lograse arrancarla de allí. Por fortuna esta vez la tristeza no parecía abismal e incontrolable, sería más una gripe que una pulmonía y no tardaría mucho en recuperase.

«Sácame de aquí», le rogó a Philip.

«Todavía quedan algunos invitados.»

«Te lo suplico.»

Philip no era tonto, al menos para la vida práctica: conocía ese tono enérgico y sabía identificar las señales de alarma. Philip amaba a Éva (él jamás se preguntó por el contenido semántico del término) y siempre que ella se desvencijaba como una muñeca él se convertía en su enfermero y la cuidaba noche y día.

«Sí, cariño, vámonos», accedió, y la pareja inició la ronda de despedidas: es tarde, viajaremos mañana temprano, por favor, sigan disfrutando.

Al llegar al hotel, un cuarto impersonal y anodino como los de todos los hoteles, Philip le ayudó a quitarse el vestido, tarea más complicada de lo que imaginó. La comicidad de la escena (ella permanecía semidesnuda y él se enredaba con sus ligueros y sus medias) logró hacerla reír. Philip pensó que aquella noche, su noche de bodas, no culminaría con un acostón soberbio sino con un tierno abrazo, pero Éva no pensaba dejarse vencer, no esa noche. Se abalanzó sobre Philip, lo besó y lo mordió, lo mordió mil veces como si le fuese la vida en ello, decidida a perder la conciencia, a ya no saber más de sí, a festejar su locura y su estupidez. Lo estrujó, lo arañó y no descansó hasta que vio escurrir un hilo de sangre de sus labios y un moretón violáceo en su cuello. Esas marcas le recordarían que esa noche había triunfado, que por una vez había vencido su *búskomorság*.

Al verlo ahí, extendido y frágil, a su merced, Éva reconoció que ésa era la belleza que perseguía: no había nada como contemplar a un hombre desnudo, de hombros anchos y vientre tonificado por el ejercicio, un atleta griego o un gladiador romano convertido, así, en un cachorro. Éva no lo hacía a propósito, al distinguir a un posible amante jamás pensaba en utilizarlo o lastimarlo, y además no era ella quien los buscaba, eran esos mismos sujetos quienes se le acercaban creyéndola una presa fácil. Éva no se sentía responsable de sus deseos o sus frustraciones: en el juego del amor (porque, ay, para ella el amor fue siempre un juego) los contrincantes entraban en la arena por propia voluntad, conscientes de los riesgos: culpa de ellos, y sólo de ellos, si al final resultaban heridos o incluso muertos.

Su estrategia era simple: dejarlos actuar, apasionarlos hasta el límite y luego abandonarlos. A algunos, a los más afortunados (o a los más miserables, según se vea), no sólo llegaba a apreciarlos y a enloquecerlos, sino a necesitarlos (era lo más cerca que se hallaba del cariño). Pero la mayoría eran experiencias de una noche o unas pocas semanas a lo sumo, idénticas e intercambiables. El sexo era la única pasión de su vida al lado de la ciencia; la ciencia y el sexo se confundían al grado de no distinguir el placer de controlar otro cuerpo del orgullo de ensamblar otro artefacto cibernético.

«¿También te acuestas con Philip?»

La delgadísima voz de Steve no parecía surgir de su enorme pecho; su tono delataba celos y un ápice de ira, no porque le pareciese imposible que Éva, cuya fama de mujer fácil corría por la universidad, hubiese tenido relaciones sexuales con su mejor amigo, sino porque ésta se lo confesaba después de hacer el amor como si fuera un comentario sobre el clima.

«Desde el principio te advertí dos cosas», le replicó ella: «*primo*, que mi vida personal sólo es mía y, *secundo*, que nunca te voy a mentir. Y ambas cosas las he cumplido. En cambio tú me dijiste que no eras celoso, y mírate nada más».

Steve permanecía en la cama, tenso y sudoroso (y, en opinión de Éva, bellísimo) sin saber cómo reaccionar. Éva se paseaba delante de él, apenas cubierta con un sostén rosado (Steve siempre fantaseó con su carácter de dominadora y descubrió que usaba ropa interior de adolescente), exhibiendo sus nalgas con desfachatez.

«Pero… pero…», tartamudeó Steve, tratando de controlar el efecto que le provocaba la desnudez de Éva, «¿por qué tenías que decírmelo? ¿Y justo ahora, después de lo que ha pasado entre nosotros?»

«¿Y qué ha pasado entre nosotros?»

«No soy ningún ingenuo, sé que tú también lo disfrutaste.»

«Tienes razón, Steve, me encantó estar contigo.»

«¿Y entonces? ¿No fue especial?»

Un tanto exasperada, Éva se puso su blusa naranja y comenzó a abotonarla. ¿Cómo Steve podía ser *tan* guapo y *tan* tonto?

«Especial no es lo mismo que único.»

Steve se irguió y se cubrió el sexo con la mano.

«Ahora veo que es cierto lo que dicen.»

«¿Y qué dicen? ¿Qué soy una puta? Pues sí, lo soy. Tú ya lo sabías, Steve.»

«Sabía que eras una puta», le gritó él, «no una perra.»

Por primera vez Steve mostraba algo de brío. Éva casi lo disfrutó.

«Steve, Stevie, no es necesario ponernos así. Sabes bien que soy más lista que tú y puedo decirte cosas más ofensivas. Me gustas. Me gustas *mucho*. Nada más. ¿Es tan difícil de aceptar?» Éva se sentó a su lado y le acarició la entrepierna. «Yo pensé que era el sueño de todos los hombres: una mujer que hace todo lo que ustedes quieren sin compromisos. ¿Por qué te quejas?»

Steve puso sus enormes manos sobre los muslos de Éva.

«A todos nos gusta ser exclusivos.»

«A mí, no», confesó ella. «Yo nunca te pedí que fueras fiel. A ver, dime: ¿en estas semanas te has acostado con alguien más? ¿Con Eliza, tal vez?»

Éva lo miró con tal energía, que Steve se sonrojó.

«Lo lamento, no fue importante…»

«No lo lamentes», concluyó Éva. «Disfrútalo.»

Ambos recogieron su ropa y terminaron de vestirse en silencio.

«Mira, Stevie, las redes sexuales funcionan como cualquier otra red. Un mismo principio regula las conexiones neuronales, los contactos sociales, los sistemas eléctricos y telefónicos, los circuitos de las computadoras y, en fin, hasta los equipos de futbol. Para funcionar, las redes requieren que la mayor parte de sus elementos estén ligados sólo con uno o dos de su especie y que haya unos cuantos que concentren un número mucho más amplio de conexiones, ¿me sigues?»

«La verdad es que no.»

«Ay, Steve, te digo que eres tonto. Existen dos tipos de personas: las que son fieles o más o menos fieles, la inmensa y aburrida mayoría, y las que funcionan como conectores. Yo soy uno de estos últimos. Un conector. Mi misión en la vida es acostarme con el mayor número posible de hombres a fin de unir círculos que de otra manera jamás se encontrarían… ¿Ya?»

Steve había dejado de escucharla, concentrado en sus propios pensamientos (acaso el marcador del partido de futbol entre los Acereros de Pittsburgh y los Jets de Nueva York). A Éva siempre le ocurría lo mismo: nadie valoraba su sofisticado sentido del humor y menos aún su talento como divulgadora de la ciencia. Ofuscado, Steve se anudó los zapatos y abrió la puerta. Le incomodaba no saber cómo se sentía, si humillado y triste (*omne animal triste post coitum*, le había recitado Éva) o sólo aturdido. Dejó la llave en la recepción del hotel y se dirigió a su coche. Éva lo seguía unos pasos atrás, sin saber si él la dejaría allí o si la llevaría de vuelta a la universidad. Steve se consideraba un caballero, otro rasgo que a Éva le divertía en aquel mastodonte, y no dudó en acompañarla.

«¿Nos vemos el jueves?», le preguntó Éva al despedirse. Aturdido, Steve asintió.

Éva recordaba haber escuchado la historia cientos de veces, desde que tuvo uso de razón, narrada por su padre con una mezcla de orgullo y de coraje, y en los últimos años con cierta nostalgia, como si al final reconociese en aquel episodio la única parte valiosa de su vida. Entonces Ferenc Horváth tenía sólo veintitrés años (había nacido en Kőlcse, un pueblo cercano a la frontera con Ucrania, en la zona de los Cárpatos, en 1933) y era un modesto estudiante de ingeniería en la Universidad Técnica de Budapest, donde su familia se había trasladado al final de la guerra, pues su padre había participado en las milicias del general Béla Miklós.

Un tanto lento y disipado, a Ferenc le preocupaban más sus exámenes que la situación política y le hubiese costado trabajo reconocer la fotografía de Mátyas Raskósi, el todopoderoso primer secretario del Partido de los Trabajadores Húngaros (MDP, el nombre que habían tomado los comunistas con el beneplácito de Moscú) o la de András Hegendüs, el primer ministro nombrado en sustitución del revoltoso Imre Nagy en 1954, y desde luego no hubiese podido explicar las maniobras y malentendidos suscitados entre los diversos hombres del partido en el último lustro. Cada día cruzaba la ciudad de lado a lado para asistir a clases desde la miserable habitación que compartía con su familia en la calle Tűzoltó, de modo que no le quedaba tiempo para la vida social; no participaba en ningún grupo de estudio y tampoco se había afiliado a las juventudes comunistas. Éva pensaba que su padre debió ser una de esas sombras que pasan por las aulas sin pena ni gloria, un individuo solitario cuyos únicos placeres consistían en dar largos paseos por el campo o bailar en las fiestas pueblerinas.

El breve interludio reformista que atravesó el país en 1953 bajo la guía de Imre Nagy pasó casi inadvertido para Ferenc; por más que sus compañeros no hiciesen otra cosa que hablar de eso, él nunca atisbó el alcance de los proyectos de Nagy, no entendía a qué se refería la Nueva Vía, no estaba al tanto de la atmósfera refrescante que había surgido tras la muerte de Stalin ni se había preocupado por la renuncia forzada de Rákosi, por su exilio a Moscú o por su regreso, en una nueva época de endurecimiento soviético a finales de 1954. Como a todo el mundo, Nagy le parecía honesto y valiente, más humano o menos salvaje que otros, pero sentía hacia él la misma desconfianza que le provocaban todos los políticos. Mientras a él lo dejaran continuar sus estudios, encontrar trabajo en una fábrica, una buena esposa y la posibilidad de regresar al campo, a Ferenc no le interesaba nada más. No compartía el entusiasmo de sus compañeros por la revolución, jamás había leído los poemas libertarios que Sándor Czoóri o Istvan Örkény ni tenía idea de qué era la Unión de Escritores o quiénes eran los miembros del Círculo Petöfi.

Para él, haber asistido a una de las representaciones de *Ricardo III* en el Teatro Nacional en 1955 no fue ningún acto político y jamás se detuvo a pensar en las similitudes entre Rakósi y el rey inglés, demasiado concentrado con acariciarle la mano a Klára, la joven estudiante de enfermería que acababa de conocer y de la cual se había enamorado. Y desde luego no entendía ese ir y venir de Rakósi, un personaje que sólo le inspiraba miedo, el cual volvería a ser destituido en julio de 1956. Para entonces su relación con Klára no sólo había prosperado sino que, con desconcierto y cierta dosis de alegría, ésta le comunicó a principios de enero que estaba embarazada. La situación no resultaba conveniente, ambos carecían de dinero y expectativas, el futuro no parecía luminoso sino negro, pero decidieron seguir adelante: la inesperada aparición de ese niño (que sería niña) los colmó de esperanza. Se casaron en Kőlcse el 8 de septiembre en una de las fiestas campesinas que tanto le gustaban a Ferenc, indiferentes a la lucha por el poder que cimbraba al Comité Central del MDP y a las torpezas autoritarias cometidas por el nuevo hombre fuerte del país, el amarillento Ernő Gerő. Tres semanas después, el 29 de septiembre, Klára dio a luz a Éva.

Cuando Ferenc volvió a la universidad, la encontró transformada en un hervidero: los estudiantes organizaban manifestaciones y asambleas sin recabar la aprobación de las autoridades. Ferenc hubiese preferido tomar sus clases como de costumbre, pero pronto se vio asistiendo a aquellos foros en los que escuchó cosas que no pensó que pudiesen decirse en público. Los oradores no sólo pedían la reinstalación de Nagy: recordando la trágica revolución de 1848, exigían elecciones democráticas y un sistema multipartidista, la salida del ejército soviético y la retirada del Pacto de Varsovia. Aunque Ferenc no comprendía del todo sus arengas, decidió participar en la protesta contra la represión en Polonia (al parecer había habido una matanza en Poznań unas semanas atrás) el 22 de octubre.

Mientras Klára amamantaba a Éva, la radio transmitía la voz del ministro del Interior, quien desautorizó la marcha nacionalista convocada por los estudiantes, acusándolos de estar manipulados por el imperialismo. Ferenc se convenció de la probidad de su acto y, resistiendo los ruegos de su esposa, se presentó ante la embajada polaca con sus amigos. La revuelta había contagiado a la ciudad, se formaban corros en todas las esquinas y Ferenc no tardó en enterarse de que una columna avanzaba desde la facultad de Artes hacia el monumento a Petőfi.

Cerca de las siete de la tarde los manifestantes se congregaron frente al parlamento y unieron sus voces en coro: «Nagy, Nagy, Nagy...» Ferenc levantaba los puños, agitaba banderas tricolores y también gritaba «Nagy, Nagy, Nagy», como si ese apellido fuese un rezo antiguo. A las ocho de la noche el antiguo primer ministro, convertido en cara de la revuelta, se presentó ante la multitud, asombrado y distante. Nagy era valiente, pero no dejaba de ser un comunista.

«¡Camaradas!», gritó. El ánimo de los manifestantes se vino al suelo: no estaban allí para escuchar aquella retórica comunista, sino para oír el futuro. «¡Camaradas!» Pero Nagy llamó a los estudiantes a la calma y trató de convencerlos de la necesidad de reiniciar el programa de reformas planteadas por la Nueva Vía en 1953. Los asistentes se sintieron traicionados y la manifestación se disolvió en medio del desánimo. Unos cuantos prefirieron dirigirse al monumento a Stalin con la idea de derrumbarlo. Ferenc fue de los primeros en arrojar piedras al abdomen del Padrecito de los Pueblos; pronto llegó un par de grúas y, en medio de cánticos y brindis, los estudiantes le aplastaron la nariz y el bigote e hicieron rodar su cabeza por los suelos.

En otro rincón de la ciudad, Gerő tomaba el teléfono negro que lo comunicaba con la embajada soviética y, sin cuidar las formas, le exigió al embajador Yuri Andrópov el urgente envío de tropas a la capital húngara. En Moscú, la situación tampoco parecía fácil: tras los acontecimientos de Polonia, Jruschov se resistía a enviar fuerzas militares a menos que hubiese una solicitud formal del gobierno húngaro; además, no sentía simpatía alguna por Gerő, como tampoco por Rakósi, dos estalinistas de la peor calaña. Tras varias horas de discusión, el Comité Central del PCUS tomó una decisión salomónica:

enviarían tropas a Hungría y removerían a Gerő, aunque sin arrebatarle su condición de primer secretario del MDP. Nagy se convertiría en primer ministro.

Mientras los tanques soviéticos atravesaban las calles de Budapest, estudiantes, profesionistas y trabajadores organizaron la resistencia. El 24 de octubre Ferenc se sumó a las fuerzas de Per Olaf Csongovay, cuyo comando se hallaba en la calle Tűzoltó, cerca de su casa, donde Klára se moría del miedo y Éva aprendía a distinguir colores y sonidos. El 25, más de cien manifestantes congregados en las afueras del parlamento caían asesinados por las tropas soviéticas y las fuerzas de seguridad húngaras sin que Nagy pudiese evitarlo.

Temeroso de provocar una revuelta, el Kremlin aprobó la renuncia de Gerő y János Kádár asumió el cargo de primer secretario del MPD. Ascendido a una posición de fuerza, Nagy negoció el retiro del ejército soviético y la salida de los estalinistas del partido: los estudiantes habían obtenido la victoria. Una gloriosa y efímera victoria. Hungría se convirtió en un país rebelde, parte de un planeta distinto, donde podía hablarse con libertad. El 28 de octubre Nagy decretó el fin de la ocupación; el 30 aceptó la creación de un sistema de partidos y ordenó liberar a los presos políticos, y el 31 anunció el retiro de Hungría del Pacto de Varsovia y la petición de su gobierno a Naciones Unidas para que el país fuese considerado neutral. Los huelguistas volvieron al trabajo y los líderes políticos resucitaron los partidos existentes en 1946.

El 1 de noviembre un avión despegó en secreto del aeropuerto militar de Budapest rumbo a Moscú; en su interior viajaban dos viejos políticos que sólo unos días antes se habían incorporado al nuevo Partido Socialista Húngaro de los Trabajadores, fundado por Nagy: János Kádár y Ferenc Münnich. Aturdidos por la rapidez de la Historia (estaban dispuestos a reformar al país, no a entregarlo a los burgueses), se disponían a hacer lo que todo buen comunista: pedir consejo al Kremlin. Jruschov parecía harto de aquel experimento democrático en los confines de su imperio, así que aceptó cumplir las peticiones de sus invitados; volvería a enviar su ejército a Hungría, pero esta vez no saldría de allí hasta que el orden comunista reinase de nuevo en cada casa.

El 4 de agosto, mientras el avión con los cuerpos helados de Kádár y Münnich aterrizaba en una pista cerca de Budapest, dieciséis divisiones del Ejército Rojo iniciaron su marcha por las avenidas de la capital, quebrando los adoquines, haciendo estallar las bombas de agua y desmantelando el tendido eléctrico. Los tanques se parapetaban en las esquinas y disparaban contra quien se atreviese a desafiarlos. Ferenc vio cómo las balas pasaban a su costado, cómo caían sus compañeros de batalla, cómo niños y mujeres resultaban heridos en medio del humo, cómo los invasores no sólo destruían sus plazas y sus torres sino también su orgullo, cómo la resistencia era vencida, y entonces volvió el rostro hacia Éva, y pensó que Éva se había quedado sin futuro, que ahora Éva sería la hija de un prisionero o un contrarrevolucionario muerto. Y así, mientras Imre Nagy y los miembros de su gobierno pedían asilo en la embajada yugoslava en Budapest, sin imaginar que el mariscal Tito pronto los entregaría a Jruschov, Ferenc y Klára empacaron sus escasas pertenencias y huyeron hacia la frontera austriaca.

Primero en coche, luego en carretas alquiladas y por fin a pie se internaron por las montañas y las llanuras de Hungría, atravesaron sus ríos y cruzaron sus bosques, a la buena de Dios, ayudados por los campesinos, hambrientos y con frío, burlando los controles policíacos y escapando de las patrullas en busca de ese futuro que les había sido arrebatado. Klára llevaba a Éva en brazos, la amamantaba pese a que casi ya no tenía leche y le hacía papillas con pan viejo y leche bronca.

El 20 de noviembre, dos días antes de que Nagy y sus colaboradores fueran traicionados por los yugoslavos y enviados al poblado rumano de Snajov para ser entregados a Kádár, Ferenc, Klára y Éva atravesaron un páramo que los llevó a territorio austriaco y a la salvación y a la vida. Gracias a un primo de Klára que había emigrado a Boston en los años treinta, los tres pudieron embarcarse rumbo a América, donde Ferenc encontraría trabajo en una pequeña empresa de refrigeración en donde trabajaría hasta su muerte en 1970. Nagy no tuvo la misma suerte: después de un juicio sumario, Kádár ordenó su ejecución el 16 de junio de 1958. Sus últimas palabras fueron: «No pido clemencia».

A los diez años, cuando comprobó que le resultaba imposible comunicarse con los niños de su edad y cayó por primera vez en un largo periodo de llanto, Éva descubrió que su inteligencia, la brillantez que la diferenciaba de los otros y la volvía especial, no era una bendición o un milagro, sino una condena. ¿De qué le servía ser la más lista, como presumía su madre? Ella no había pedido esa gracia: de buena gana se hubiese desecho de ella con tal de ser normal, feliz. «Quiero ser tonta», le gritó un día a Klára, «tonta, tonta, tonta», y estrelló la cabeza contra un muro. Su madre hizo lo mismo de siempre: llamar al Dr. Farber, escuchar sus consejos y quejarse en silencio.

A los catorce o quince años Éva al fin conoció la naturaleza de su padecimiento: la inteligencia era una especie de hombrecito incrustado en su cabeza que la obligaba a pensar en cosas que no le concernían, a recordar datos banales, a realizar operaciones matemáticas absurdas. Cuando descubrió que para explicar el funcionamiento de la conciencia teorías recientes mencionaban la existencia de un *homúnculo* (el término provenía de la alquimia y de Descartes), Éva se sintió horrorizada: de seguro la habitaba ese bicho o ese quiste, ese parásito. Gracias a la *Cibernética* de Weiner, se convenció de que, si quería entenderse a sí misma, si deseaba cazar al homúnculo que la habitaba, debía estudiar computación.

Éva no había cumplido dieciséis años cuando se presentó en el Laboratorio de Inteligencia Artificial del MIT, fundado en 1958 por John McCarthy y Marvin Minski. Con el cabello cortado a la altura de las orejas y un vestido de tirantes parecía una niña de párvulos. El Viejo Minski le preguntó por su madre.

«Me llamo Éva Horváth, profesor. Estoy inscrita en el Instituto. Y quiero aprender todo lo que pueda sobre inteligencia artificial.»

Minski la observó con desconfianza: conocía (y detestaba) a esos niños prodigio, fanáticos de las computadoras, que solían incordiarlo. Él ya no tenía paciencia para tratar con adolescentes.

«Acabo de leer la *Cibernética* de Weiner», presumió ella.

Minski ladeó la cabeza.

«Temo decirte que estás muy atrasada, hija. El camino abierto por Weiner fue importante, pero no lleva a ninguna parte. La investigación actual camina en otra dirección. ¿Y tus matemáticas?»

Éva detalló sus progresos: el Viejo quedó impresionado.

«Puedes asistir a mi clase el martes próximo. Así sabremos si estás a la altura.»

Éva dio un salto: además de ser uno de los fundadores de la disciplina, Minski era famoso por haber asesorado a Stanley Kubrick durante la filmación de *2001, Odisea del espacio* (durante la cual sufrió un accidente que casi le costó la vida), y se contaban mil anécdotas sobre él. El Viejo también se vanagloriaba de ser un polemista cáustico: cuidado de aquel que pusiese en duda sus teorías. En el MIT era considerado el papa de la inteligencia artificial.

Una semana más tarde, Éva escuchaba su clase con devoción.

«El verdadero fundador de la inteligencia artificial no fue un matemático ni un psicólogo, sino un filósofo, nuestro buen amigo Thomas Hobbes», recitó Minski. «Él fue el primero en decir…»

El resto del grupo, con la excepción de Éva, respondió a coro: «*El raciocinio es igual a la computación*».

«¡Exacto! ¿Y qué es entonces una computadora?»

«Un sistema formal.»

«¿Y qué es un sistema formal?»

«Un conjunto de procedimientos y reglas.»

«Seamos más precisos», protestó Minski y lanzó una mirada de burla a sus alumnos. «Un sistema formal es un juego. Como el ajedrez o las damas. Es decir, un juego con jugadores, piezas, un conjunto de reglas y, aunque ustedes no siempre lo vean, un árbitro.»

A Éva aquello le resultaba desconocido y fascinante.

«Y ahora anoten. Se dice que dos sistemas formales son equivalentes cuando: *a)* por cada posición de una pieza en el primer sistema hay otra pieza colocada en el segundo; *b)* a cada movimiento en el primer sistema le corresponde uno en el segundo; y *c)* las posiciones de inicio son correspondientes.» Minski tragó saliva. «A ver, señorita Horváth, denos un ejemplo de dos sistemas formales equivalentes.»

«¿El cerebro y las computadoras?», se animó.

«¡Espléndida respuesta, señorita Horváth! Sólo le faltó añadir un detalle *casi* insignificante. Al menos hasta el día de hoy, no estamos seguros de que la mente y las computadoras sean equivalentes. Habría que decir, más bien, que nuestro cerebro y las computadoras… *quizá*…»

«Quizá…», repitió Éva.

«Quizá sean sistemas formales equivalentes. Si estudiamos a fondo uno de ellos tal vez podamos comprender el otro. En otros términos: si logramos programar una computadora para que sea inteligente, tal vez podamos comprender algo de nuestra propia inteligencia.»

Justo lo que Éva había ido a escuchar.

«Lo siento, Éva, de verdad lo siento.»

Ella contemplaba su rostro legañoso sin creerle una palabra, sin dejar de sospechar que su dolor era una actuación, un último detalle de cortesía o de amabilidad, la última gracia que se concede a los reos en el cadalso. Éva consideraba esa expresión, «lo siento», como la peor de las disculpas: sentir algo, sin especificar qué, no bastaba para eliminar la responsabilidad, igual que un conjuro no era capaz de limpiar el alma. ¿Qué diablos sentía Philip? ¿Culpa, remordimiento, vergüenza? Él acababa de revelarle que ya no la amaba, que ya no quería estar con ella, que prefería huir (aunque, con su típica propensión a los eufemismos, en realidad le dijera que necesitaba tiempo, que las cosas no habían resultado, que quizás fuera mejor separarse), y sólo esperaba que ella no se enfadase ni montase una escena en aquel restaurante de falsa comida francesa.

¡Imbécil! Éva no tenía intención de desplomarse y había aprendido a controlar sus impulsos, de modo que tampoco le daría una bofetada como una mala actriz ni le arrojaría el vino en el rostro ante el azoro de los comensales. No. A Éva le interesaba calibrar lo que ocurría en su cerebro. Curioso, se dijo como de costumbre: Éva sentía un ahogo que no llegaba a cristalizar, como si sólo fuese la sombra o el anuncio de ese dolor y de ese ahogo. Las cosas no iban bien entre ellos desde hacía mucho (para qué engañarse: nunca fueron compatibles), su matrimonio se aproximaba al final, pero Éva pensaba que la responsable de terminarlo habría de ser ella. ¡Y el miserable se le había adelantado! Ella siempre pensó que abandonaría a Philip, jamás que podría ser abandonada por él.

«No entiendo», se escuchó balbucir.

Philip acentuó el patetismo de su mueca, insinuando que su ruptura obedecía a una ley irrevocable. Pobre Philip, pensó Éva, ni siquiera tiene el valor para responsabilizarse de sus decisiones. ¿Por qué se había casado con él, por qué había dicho ese *sí acepto*, por qué se había mudado a su casa, por qué se había rendido? Durante once meses y tres días había evadido la respuesta, asumiendo que la vida con otra persona, con cualquier persona, era un despropósito, y en tal caso no había otro remedio sino enmascarar la rutina rindiéndose al poder de los genes y a su necia voluntad de perpetuarse.

A diferencia de los demás hombres con los que se había acostado (para entonces sumaban treinta, tal vez treinta y uno), Philip era el único que no había cuestionado su vida sexual, el único que no le había echado en cara su pasado, el único que no la bombardeaba con preguntas sobre otros amantes, el único que se decía dispuesto a soportarla. Era el único hombre, de los treinta y dos o treinta y tres cuyos cuerpos conocía (apenas soporto escribirlo), que le había permitido ser libre. Y ahora Éva descubría que su generosidad y su desprendimiento (su aparente falta de egoísmo) no eran virtudes sino vicios, manifestaciones de la apatía que Philip mostraba hacia todo lo que no fueran el futbol y los negocios. Si las lágrimas comenzaron a correr por sus mejillas no fue por decepción, tampoco porque se sintiese traicionada, ni siquiera por ver quebrantado su orgullo, sino por darse cuenta de que ella era la estúpida, no Philip. Él era como era: guapo, soso, intrascendente. Ella había querido transformarlo. Qué idiotez, Éva Pigmalión.

«Éva, no llores.»

Tal vez ella lo había elegido porque decía las frases más banales con plena convicción.

«Eres hermosa, inteligente, joven… Tienes el futuro por delante.»

Los dos permanecieron en silencio, con los dedos entrelazados y las miradas fijas, como en su primera cita: dos novios que aprenden a amarse y no dos esposos que negocian su divorcio.

«¿Cómo se llama, Philip?»

«¿Quién?»

«Ella, la otra.»

«Debra.»

«¿La conozco?»

«No.»

«Menos mal. ¿Y cómo es?»

«No es necesario hacer esto más doloroso.»

«Cuéntame, Philip. ¿Cómo la conociste?»

Éva levantó el brazo para llamar a un camarero y ordenó una botella de champaña. Al principio Philip se resistió a hablarle de Debra, pero el alcohol le ayudó a revelarle su historia como si no se dirigiese a su esposa sino a un compañero de juergas. Le contó que era rubia y alta, de la misma edad que Éva; trabajaba como dependienta en una tienda de muebles y soñaba con convertirse en actriz. Philip la había conocido en un bar una de las tantas noches en que Éva se había quedado en el laboratorio del MIT. Ella siempre predijo que su mayor virtud consistía en saber escuchar, y lo demostró. No dudó en pedirle a Philip detalles sobre su rival, sobre el tamaño de sus senos, su manera de hacer el amor o sus expectativas.

Éva y Philip regresaron a casa bastante ebrios, se besaron y desnudaron con una avidez y un deseo que hacía mucho no sentían, como si otras mentes usurpasen sus cuerpos y no hubiesen consumado su ruptura, como si Philip no estuviese enamorado de Debra, como si Éva no lo despreciase. Después de bañarse juntos, Philip incluso le ayudó a hacer sus maletas. «Buena suerte», se dijeron al unísono, poco antes de que Éva abordase el taxi que habría de conducirla a un nuevo amante.

Ningún alumno de Minski había avanzado tan rápido en su exploración de la inteligencia como Éva; aunque ella lo había prevenido sobre sus dotes matemáticas y su memoria, el Viejo siempre se sorprendía ante su rigor, su voluntad de trabajo, su necesidad de mostrarse digna de su laboratorio. Minski se daba cuenta de que la obsesión de Éva obedecía a razones secretas, a cierto desvalimiento o anarquía de carácter, aunque nunca se atrevió a hacerle ninguna pregunta personal. Su relación se mantenía en un plano abstracto, dos mentes comunicándose a través de un cable, dos cerebros que establecen una conexión empática desprovistos de vidas íntimas o necesidades corporales.

«¿Cómo podemos saber si hemos construido una máquina inteligente?», le preguntó al Viejo. «Durante siglos filósofos y científicos han sido incapaces de ponerse de acuerdo sobre qué es la inteligencia. Unos dicen una cosa, otros la contraria.»

«Cuando era estudiante graduado aquí en el MIT en los años veinte», le dijo Minski, «el malogrado Alan Turing imaginó una prueba para definir la inteligencia que no recurre ni a teorías metafísicas ni a conceptos abstractos. Turing la llamó el juego de la imitación.»

Éva escuchaba a Minski y al mismo tiempo se imaginaba a Turing, quien se había vuelto célebre por descifrar los códigos nazis durante la Segunda Guerra, recorriendo los pasillos del Tecnológico de Massachussets, fascinado por los cuerpos de sus compañeros mientras elaboraba sus teorías. Sin duda el juego de la imitación era ingenioso. Para llevarlo a cabo se requerían tres jugadores: dos detrás de una cortina y un tercero capaz de comunicarse con ellos. Así de simple. El primer jugador debía ser una máquina y el segundo un humano. A continuación un tercero, el juez, podía plantearles todo tipo de preguntas, las más elevadas o las más absurdas o nimias (las respuestas debían transmitirse por escrito). Una computadora podía ser considerada inteligente si el juez no era capaz de adivinar cuál era la persona y cuál la máquina.

«Eso quiere decir que las diferencias físicas, biológicas, químicas o de simple ingeniería no importan», concluyó Éva.

El Viejo asintió: «Lo que parece inteligencia *es* inteligencia. En nuestro campo no hace falta probar nada más».

«Sí, acepto», se escuchó decir Éva de nuevo, aunque ahora las palabras sonaran tan distintas, como si hubiesen nacido apenas, limpias de memoria. «Sí, acepto», repitió, corroborando su sentido, imprimiéndoles una permanencia que a esas alturas de su vida ya le parecía lejana o imposible. No habían transcurrido ni dos años desde que las pronunció por primera vez, en otro lugar y ante otro hombre, y ahora volvía a estar en la misma situación, o al menos en una muy semejante, aunque ella hacía lo imposible por no compararlas, tratando de olvidar las flores desvencijadas, la *Marcha nupcial* de Mendelssohn y el vestido blanco que llevaba entonces para concentrarse en el elegante vestido color hueso (otra vez no se atrevió a usar el rojo), la decoración minimalista y el silencio de esta vez. No, no era lo mismo casarse con Philip Putnam, el pobre e inmaduro Philip Putnam (el cual por cierto estaba sentado en primera fila acompañado por su lamentable esposa), sino con Andrew O'Connor. En silencio Éva se repetía: verás que va a ser distinto, no cometerás los mismos errores, serás más paciente y menos voluble, la experiencia ha de servirte para algo.

Su matrimonio con Philip, o el fracaso de su matrimonio con Philip, le habían enseñado algo: no quería permanecer sola, quería compartir sus días con alguien. Pese al fiasco previo, Éva seguía siendo una firme defensora del matrimonio: el rito había sido inventado por una razón, las personas que permanecían solteras corrían el riesgo de volverse locas. El matrimonio era una pesadilla, un crimen, sí, pero valía la pena: legitimaba una trasgresión, sancionaba que un individuo se entrometiese en el decisiones de otro, que le robase su espacio y su libertad. ¿Qué desafío existía en el sexo esporádico? ¿Qué conocimiento podía extraerse del mero contacto físico o de las relaciones a distancia?

Andrew no podía parecerle más distinto de su primer marido: entre Andrew y ella existía una complicidad intelectual idéntica a su sincronía física. Él también era científico, doctor en matemáticas por Harvard, doce años mayor que ella, sensible y hermoso, tal vez no tan hermoso como Philip pero sin duda más atractivo que los enclenques matemáticos que había conocido en la universidad. Su pasión era el remo y sus bíceps denunciaban años de entrenamiento. «Las regatas y las matemáticas son muy parecidas», le explicó a Éva en una ocasión: «juegos sin fin preciso, donde lo único importante es ser más rápido que tus rivales». Un poco engreído sí lo era, pero a Éva le daba confianza tratarse de tú a tú con un igual.

Éva lo besó y el sabor un poco ácido de su saliva recorrió su boca, activó sus nervios y muy pronto sintió que su sexo se mojaba bajo el vestido color hueso. Buen signo, se dijo. Lo abrazó y ambos salieron del juzgado: merecía una ovación por casarse por segunda vez, como si fuera una atleta que ha superado su marca.

En esta ocasión ella misma había supervisado los pormenores del festejo: no había petunias ni azaleas, sólo un girasol en cada mesa, y la música de baile nada tenía que ver con las melodías elegidas por Klára o los padres de Philip. Cada detalle tenía su toque personal. A Andrew aquel repentino interés por los *souvenirs*, la comida y las flores le pareció divertido, siempre pensó que Éva detestaba la vida práctica, pero al final había resultado más terrenal que él.

La relación entre Éva y Andrew fue como ella anticipaba: no perfecta, porque la perfección resulta desquiciante, sí animada y simple. Los dos pasaban horas contándose sus respectivos temas de estudio (teoremas e hipótesis, paradojas y anomalías, axiomas y algoritmos), y pasaban al sexo como una consecuencia natural de sus ideas. Andrew no era tan apasionado como Philip, pero a su lado Éva se sentía sosegada.

Los problemas, los inevitables problemas, comenzaron a los tres o cuatro años de casados, de la manera más imprevisible (Klára le había advertido que Andrew tampoco le convenía). Si bien Éva se había esforzado en no repetir los altercados que había tenido con Philip, de pronto encarnaba el mismo papel de siempre. Cuando se casaron, Andrew apenas la conocía y se mostraba firme y juicioso, pero en cuanto se vio arrastrado por sus cambios de humor, sus delirios y su angustia, y los constantes vuelcos de su mente (su *búskomorság*), se volvió casi tan estúpido como Philip. Empezó a comportarse como un padre, un enfermero o un sacerdote, siempre preocupado por su cordura.

Ésta se sintió espiada y abrumada y no tardó en buscar un escape. Hasta entonces no había sentido la necesidad de otros hombres, pero ahora se enredó en una larga serie de relaciones esporádicas. Andrew no tardó en sospechar. Pero su reacción escapó a sus previsiones: en vez de enfadarse o morirse de celos, él sólo pareció interesarse por los amantes de Éva.

«¿Qué te ocurre? Cuéntame. Sabes que a mí puedes decírmelo todo.» Ella siempre había soñado con un hombre que la amase y la dejase en libertad, pero ahora sentía escalofríos. «Sé que ves a otros hombres, Éva. No es un reproche. Siempre supe que pasaría, me lo advertiste desde que te conocí. Y lo acepto. Siempre y cuando me ames a mí, lo acepto. Lo que existe entre nosotros es más poderoso. Hay personas que se conforman con una sola pareja, como yo, y otras que necesitan, no sé cómo decirlo, varias. Te amo, Éva. Y te respeto. Por eso quiero…»

«De ningún modo, Andy.»

«Por eso necesito que me lo cuentes todo. De otra manera no podría vivir.»

Éva se levantó de la cama.

«Me parece un trato justo. Tú me exiges que tolere tus aventuras, yo sólo te pido que me las cuentes.»

A Éva aquella petición le sonó absurda, asquerosa. Pero al mismo tiempo el argumento de Andrew parecía racional: *quid pro quo*. Cómo hacer que las palabras no pesen, que no nos hieran, que no nos destruyan. Esto es lo peor que te ha ocurrido, se dijo a sí misma: será terrible, tienes que hacérselo entender.

Al principio, a Éva le costó un enorme trabajo confesarle sus conquistas a su marido, y más aún describírselas con detalle, pero él no descansó hasta arrancarle poco a poco sus historias. Sus infidelidades no bloqueaban su vida sexual con él, la tornaban más lánguida y patética. A ojos de los demás conformaban una pareja modelo, envidia de amigos y vecinos, cómplices ideales en aquella comunidad de científicos divorciados y neuróticos. El matrimonio de Éva Horváth y Andrew O'Connor se prolongó así, en ese oculto vaivén de traiciones consentidas, inseguridad y voyerismo, durante casi diez años, hasta bien entrado 1987.

He hablado de Irina Nikoláievna Sudáieva, Arkadi Ivánovich Granin y su hija Oksana; de Jennifer Moore y su hermana Allison; de Jack Wells y de Éva Horváth (los hilos de esta turbia madeja). No me queda, pues, sino llegar a mí. Detesto trazar las letras de mi nombre, Yuri Mijáilovich Chernishevski, casi tanto como la primera persona del singular o esa insulsa partícula, *yo*, que delata mi presencia en estas páginas. ¡Cómo desearía no ser el narrador de esta historia, de este cúmulo de historias (de accidentes), y desvanecerme sin dejar vestigios de mi paso sobre la Tierra! Imposible. Sólo podré expiar mi culpa o al menos olvidarla unos segundos si desbrozo estas vidas y atisbo sus fuerzas. Alguna vez Éva me confirmó que bastan seis vínculos para unir a cualquier persona con cualquier otra. Este fenómeno no obedece a un capricho o una coincidencia, me explicó, sino a la topología de la humanidad, a eso que podríamos llamar su *forma*. Sólo ahora lo comprendo: yo persigo esa arquitectura, me obstino en discernirla aquí, en esta fosa al margen del presente. Irina Nikoláievna Sudáieva, Arkadi Ivánovich Granin y su hija Oksana, Jennifer Moore y su hermana Allison, Jack Wells y Éva Horváth forman una red inmaterial: son puntos en un plano cartesiano. Y yo soy el desdichado cartógrafo que ha de entrelazarlos.

Nací en el puerto de Bakú, en la antigua Unión Soviética, a orillas del mar Caspio (un mar que no es un mar), el 10 de julio de 1958. Mis padres eran rusos étnicos y apenas balbuceaban alguna palabra de azerí. Él, Mijaíl Petróvich, trabajaba como técnico en una planta petrolífera desde principios de los cincuenta y ella, Sofiya, era maestra de primaria. Una típica familia soviética, tan desafortunada como tantas. Ninguno de mis abuelos, mis tíos o mis familiares cercanos fueron víctimas de la Revolución o del horror estalinista, ninguno fue juzgado por traición o enviado al Gulag, o al menos nadie me habló de ello. Ingresé al Komsomol a los diez años, pero nunca me afilié al partido. Empecé a estudiar en la Universidad Estatal de Bakú; ingeniería, por supuesto, pues la ciudad siempre estuvo sometida a los dictados del petróleo: fue allí donde Alfred Nobel amasó la fortuna que le permitiría financiar los premios bautizados con su nombre. La ingeniería, aclaro, nunca me gustó. Para ser sinceros, la odié desde el primer contacto, pero entonces ni siquiera me daba cuenta de ello, tan arraigada estaba la profesión en mi entorno y en mis expectativas. A los diecinueve fui obligado a prestar servicio activo en el ejército y, cuando la Unión Soviética invadió Afganistán el 24 de diciembre de 1979, yo figuraba en la primera línea que atravesó la frontera.

Permanecí allí dos años y medio, hasta agosto de 1982. Fui herido dos veces, primero en una pierna y luego en el ojo izquierdo, lo cual determinó el fin de mi carrera militar. Fui condecorado con la Medalla de la Amistad Afgano-Soviética, que en su reverso rezaba: «Con la gratitud del pueblo afgano» (aunque ese pueblo fue quien me disparó). Las peores secuelas de mi estancia en el frente no fueron la pérdida parcial de la vista ni las esquirlas de metralla que se insertaron en mis músculos, sino mi gusto irreprimible por el alcohol y el opio, y esa sorda inclinación por la violencia que yo intentaría acallar, en vano, durante el resto de mis días.

De vuelta a Bakú me incorporé a Azmorneft, la industria estatal que explotaba el campo de Neft Dashlari, uno de los más ricos del mundo. Para combatir el tedio comencé a llevar un diario y luego barrunté algunas historias que hice circular en *samizdat*. En 1984 me casé con una joven de origen azerí, Zarifa, vecina de mis padres desde la infancia; mi matrimonio con ella, lastrado por los conflictos étnicos que asolaron la zona (y por mi frustración y por mi rabia), concluyó de manera abrupta en 1988, en plena perestroika. Continué escribiendo sin cesar hasta que abandoné Bakú cuando se inició el conflicto entre Armenia y Azerbaiyán. Me trasladé entonces a Moscú, donde encontré trabajo en la revista ilustrada *Ogoniok*, una de las primeras en aprovechar la libertad de expresión auspiciada por Gorbachov. En ella publiqué numerosos reportajes sobre las fuerzas que desgarraban a la Unión Soviética y terminarían por sepultarla. Fui víctima de un atentado que me obligó a permanecer varias semanas en un hospital, poco antes del golpe de Estado de agosto de 1991, cuyo fracaso contemplé desde la primera línea.

La publicación de mis recuerdos de Afganistán acentuó la hostilidad en mi contra, tanto por parte del gobierno como de los veteranos de guerra (uno de los grupos más reaccionarios del país). En 1995 apareció mi segundo libro, una denuncia de la desecación del mar de Aral y la corrupción que impregnaba la privatización de las empresas estatales. De nuevo fui insultado y perseguido, ahora por cuenta de Borís Yeltsin y los oligarcas que se adueñaron de las antiguas fábricas soviéticas. Hastiado, pergeñé una novela, *En busca de Kaminski*, un *thriller* político sobre los nuevos empresarios rusos (Kaminski era el nombre clave de Mijaíl Jodorkovski, propietario de Yukos, la mayor empresa petrolera rusa). Recibí decenas de amenazas, el libro vendió miles de ejemplares y se tradujo a veinte idiomas. De la noche a la mañana me convertí en un escritor célebre, ¡a causa de una maldita novela! Mi rostro apareció en la prensa y la televisión, di conferencias en universidades y ferias del libro, viajé de un lado a otro como si alguien me persiguiese (alguien me perseguía) y mi voz se convirtió en una referencia para los ecologistas y los críticos del neoliberalismo. No logré escribir una sola línea en años, acorralado por mi fama, mi pequeña y tosca fama, y los espectros del alcohol. Fue entonces cuando, empeñado en escapar de esa ciénaga, y cada vez más hundido en ella, viajé a Nueva York en el otoño de 1999 y me topé con Éva Horváth.

LA LUCHA POR LA SUPERVIVENCIA

Unión de Repúblicas Socialistas Soviéticas, 1953-1985

Impulsados por el viento de la tarde, los agentes infecciosos se esparcían por la planta; nadie se percató de su huida, nadie los vio introducirse en los conductos de ventilación, romper los filtros o dispersarse por la atmósfera. Mala suerte. Mientras tanto, ellos asaltaban su primer blanco sin piedad: una fábrica de cerámica al otro lado de la calle. Ajenos a la amenaza, los trabajadores del turno de noche giraban los tornos, modelaban la arcilla, calentaban los fogones o dibujaban flores y grecas sobre la porcelana sin percatarse de que las esporas invadían sus bocas, narices y oídos. La estrategia era vil pero efectiva: el virus se dejaba atrapar por las defensas del sistema inmunológico (un caballo de Troya en miniatura) y, una vez en su interior, explotaba como bomba de tiempo. Entonces saqueaba los nutrientes de sus anfitriones y se reproducía por millares. Agotadas, las células humanas ardían sin remedio.

Los ceramistas se marcharon a sus casas con dolores de garganta, convencidos de ser presas de un resfrío; a las pocas horas sus síntomas se agravaron: tos seca y compulsiva, ojos llorosos, vías respiratorias congestionadas, fiebre altísima. En su interior, los bacilos secretaban proteínas venenosas; primero causaban un edema y luego obligaban a los anticuerpos naturales a producir cachectina (o TNFα) e interleucina-1-β, dos sustancias que sirven para inducir reacciones inflamatorias pero cuya acumulación en la pleura y los pulmones provoca un choque séptico.

A partir del domingo 1 de abril de 1976, los trabajadores de la planta de cerámica ingresaron uno a uno en los hospitales de la zona. Diagnóstico: una aguda infección de *bacillus anthracis*, bacteria grampositiva de 1 a 6 micras, descubierta por Robert Koch en 1877, causante del ántrax, enfermedad propia de los herbívoros menores pero que en ocasiones, sobre todo cuando hay una planta de armas bacteriológicas al otro lado de la calle, puede infectar a los humanos.

Lo primero que Arkadi Ivánovich Granin pensó al enterarse del brote (recibió la noticia a las cinco de la mañana) fue: quiera Dios que yo no sea el culpable. Por suerte no lo era pero, en su calidad de director científico de la Instalación Número 19, sabía que cualquier pretexto bastaría para desatar una purga o sacrificar a un chivo expiatorio.

Aunque tenía prohibido hablar de su trabajo con Irina (no hacía ni dos semanas que ella había dado a luz), el pánico le descomponía el rostro: debo irme, le dijo sin más. Ella permanecía en cama y, con más torpeza que ternura, llevaba la boca de Oksana a su pezón. No sentía ningún placer al amamantarla, luego los pechos le ardían por horas. Aún le quedaban tres semanas de permiso y ya no toleraba quedarse en casa; incluso allí, en su habitación, interrumpida por el llanto de su hija, no hacía sino imaginar las técnicas que pronto habría de probar en su laboratorio.

«¿Pasa algo?», le preguntó a su esposo.

«Nada grave», balbució Arkadi, «vuelvo más tarde.» Ni siquiera se acercó a ella para despedirse: le repugnaba aquel acto mamífero.

Bulliciosa, la ciudad permanecía ajena al brote de ántrax. A las once de la mañana se produjo la primera muerte: un bedel de la planta de cerámica. Arkadi visitó una clínica tras otra para observar de cerca a los pacientes, después se trasladó a la Instalación Número 19 y la encontró resguardada por las fuerzas especiales. La frustración y el miedo, el miedo doble a la epidemia y a las represalias, flotaban en el ambiente con la misma acrimonia del virus.

La Instalación Número 19 (nombre clave del Instituto Militar de Problemas Técnicos, dependiente del Decimoquinto Directorado de Ministerio de Defensa) se encargaba de producir ántrax con objetivos militares. Arkadi Ivánovich Granin había empezado a trabajar para Biopreparat, su industria matriz, desde finales de los años sesenta, invitado por el general Piotr Burgásov, quien ahora se desempeñaba como jefe del servicio médico del Ministerio de Salud. Como otros científicos involucrados en el programa de armas bacteriológicas, había aceptado el puesto con el argumento de crear nuevas vacunas y encontrar formas de responder a eventuales ataques enemigos, aunque en realidad producía virus cada vez más potentes (ántrax, tularemia, melioidosis, muermo) y agentes capaces de dispersarlos sin disminuir su eficacia. Durante mucho tiempo hizo lo imposible por minimizar el carácter perverso de sus investigaciones (adormecía su conciencia por la fuerza) pero, conforme aumentaba el número de víctimas, ya no escondía su arrepentimiento.

Tal como ocurriría en Chernóbil nueve años más tarde, la fuga de bacterias en Sverdlovsk había sido un accidente. ¡Un maldito accidente, como todo lo que ocurre en esta historia! Para que el ántrax pudiese ser empleado como arma, era preciso someterlo a una riesgosa manipulación conducida por tres equipos técnicos que se rotaban a lo largo del día, cada uno de los cuales debía desecar y pulverizar los cultivos para esparcirlos por medio de aerosoles. Al terminar el proceso era inevitable que algunas esporas quedasen en el aire y por ello el personal se mantenía vacunado y los sistemas de ventilación se hallaban protegidos con gruesos filtros. Aquella tarde, al desconectar las máquinas refinadoras, un técnico descubrió que uno de éstos se había desgarrado; consciente del peligro, informó del desperfecto al coronel Nikolái Chernishov, del equipo vespertino. Chernishov olvidó anotar la falla en el libro de incidencias y el responsable del siguiente turno encendió las máquinas sin imaginar el desperfecto. Miles de esporas escaparon de la Instalación Número 19, cruzaron la acera y se precipitaron en la fábrica de cerámica. Al cabo de unas horas se habían expandido en un radio de kilómetros.

Todas las unidades vinculadas con el Proyecto Ferment (o Proyecto F) fueron trasladadas a la ciudad aun a riesgo de despertar las sospechas de los satélites espía. Arkadi Ivánovich se encargó de organizar la descontaminación de la planta, implementó un programa de vacunación de emergencia, supervisó a los enfermos más delicados e informó a sus superiores de los decesos. Cada vez que se producía una muerte, una unidad especial de Biopreparat recogía el cadáver, el cual de inmediato era sometido a una autopsia, resguardado en un féretro de plomo y enterrado con sigilo.

Arkadi no volvió a casa hasta las cinco de la mañana para darse un baño y descansar unos minutos. Irina lo esperaba despierta y asustada. Él comprendía su inquietud: ¿y si algo le ocurría a Oksana? A su edad resultaba imposible vacunarla.

«Ha habido un brote de ántrax», le confirmó a su esposa, anticipando las versiones oficiales. «Al parecer se debe a un embarque de carne contaminada.»

«¿Qué tan grave, Arkadi Ivánovich?»

«No salgas de casa y sobre todo no vayas al centro.»

Arkadi podía engañar a los legos (numerosos epidemiólogos occidentales se tragarían la mentira), no a su esposa. Ella también era bioquímica y, amparada en su desconfianza hacia las instituciones soviéticas, siempre sospechó cuál era la verdadera función de la planta donde trabajaba su marido; estaba segura de que su propio laboratorio, encargado de fabricar sulfas, dependía de algún modo del complejo militar-industrial.

El número de casos aumentó en proporciones alarmantes: el peor estallido de ántrax pulmonar jamás registrado en los anales. Para colmo, en la Unión Soviética no existían estadísticas confiables y ni siquiera Arkadi Granin, quien ocupaba un importante puesto en el programa bacteriológico, podía confiar en las estimaciones oficiales. Conforme a las cifras del Ministerio de Salud, noventa y seis personas habían sido infectadas y sesenta y seis habían fallecido. De acuerdo con sus propios cálculos, Arkadi elevaba la cifra a ciento quince.

Una delegación formada por el coronel Yefim Smírnov, comandante del Decimoquinto Directorado del Ministerio de Salud, y Piotr Burgásov, el antiguo jefe de Arkadi, se trasladó a la ciudad una semana después del accidente. Los recibió Borís Yeltsin, el grueso y puntilloso primer secretario del *oblast* de Sverdlovsk. La sala de juntas del partido se transformó en su cuartel de guerra.

«Sin rodeos, doctor», le espetó Yeltsin, «¿qué recomienda?»

«Analizar el informe de las muertes, determinar el tipo y desarrollo de cada infección, realizar un estudio completo de las víctimas y de los contaminantes.»

«¿Lo ven, camaradas?», vociferó el primer secretario, erguido como un oso. «Con todo respeto, el Ministerio de Defensa no está cooperando con nosotros para resolver esta crisis de la manera más adecuada.»

«Estoy en desacuerdo con usted», intervino Smírnov, «pero no podemos permitir que se conozca lo ocurrido; lo más importante es actuar con eficacia y discreción. Gracias por sus palabras, doctor Granin, puede retirarse.»

A Arkadi le hubiese gustado apuntalar los argumentos de Yeltsin; Smírnov se lo impidió. Desde ese momento le impresionó la firmeza y sinceridad del primer secretario, virtudes poco comunes en los burócratas soviéticos. Haciendo honor a su fama, a la mañana siguiente Yeltsin se presentó con sus guardaespaldas en la Instalación Número 19 y exigió que le permitiesen entrar. No iba a tolerar la falta de apoyo de los militares. Sverdlovsk era su responsabilidad. «No pienso moverme de aquí», tronó.

Un soldado le entregó un mensaje: por órdenes del general Dmitri Ustinov, ministro de Defensa de la URSS, ningún civil está autorizado a franquear las puertas de la planta, y eso lo incluía a él, camarada primer secretario del *oblast* de Sverdlovsk.

Dos semanas más tarde, el propio Ustinov se apersonó en la ciudad para que no quedaran dudas sobre su mando. Mientras, la televisión informaba que varios tablajeros y distribuidores de carne habían sido arrestados por no supervisar la calidad de sus productos.

«¿Y ahora, Arkadi Ivánovich?», le preguntó Irina.

«Tal vez no pase nada, como de costumbre, o tal vez hayamos aprendido la lección», contestó Arkadi.

No fue así.

En octubre de 1979, un periódico en lengua rusa publicado en Alemania por un grupo de exiliados dio a conocer el brote de ántrax ocurrido en Sverdlovsk. «¿Cómo obtuvieron la información esos perros?», gritaron los oficiales del KGB adscritos a Biopreparat, señalando al equipo científico de la planta. Al final no fueron capaces de hallar al culpable de la filtración. En enero de 1980, el mismo diario publicó nuevos detalles del caso y aseguró que la explosión había provocado una epidemia. El *Daily Telegraph* de Londres y el *Bild Zeitung* de Hamburgo reprodujeron la historia y Estados Unidos redirigió sus satélites hacia la zona. Ronald Reagan, entonces candidato a la presidencia de Estados Unidos, declaró que la URSS era, sin duda, el imperio del mal.

El 24 de marzo de 1980, Arkadi leyó en *Pravda* un artículo de la agencia TASS, «El germen de la mentira», que volvía a dar por cierta la versión del envenenamiento de carne y acusaba a los agentes imperialistas de calumniar a la Unión Soviética.

Ante la imposibilidad de continuar utilizando la Instalación Número 19 (la ciudad se había vuelto objeto permanente del espionaje occidental), en 1981 Leonid Brézhnev ordenó su cierre definitivo y el traslado de todos los investigadores relacionados con el programa bacteriológico a una pequeña central de Biopreparat en las solitarias llanuras de Kazajistán, no lejos de Stepnogorsk.

«¡Stepnogorsk!», exclamó Irina Nikoláievna. «¿Cuándo tendríamos que marcharnos?»

«No pienso aceptar.» Arkadi pronunció esas palabras con una firmeza que ella no reconoció. «Lo he pensado mucho, Irina, no iremos a Stepnogorsk.»

«Quizás puedas solicitar que te trasladen a otra planta…»

«No me has entendido, no pienso ir a ninguna parte», le dijo Arkadi. Y añadió: «Voy a renunciar».

Era una locura, jamás se lo permitirían.

«Lo que he hecho hasta ahora es indigno de un científico.»

«Vendrán por ti, Arkadi Ivánovich, no te dejarán en paz.»

«Sólo quiero que me dejen trabajar en un laboratorio civil, no me importa dónde, así sea en Siberia. Quiero que mi trabajo sea útil, salvar vidas, no acabar con ellas.»

A la mañana siguiente Arkadi volvió al tema.

«He pedido una cita con Yeltsin, tal vez él pueda ayudarnos.»

El primer secretario simpatizó con su causa, pero tenía las manos atadas. Arkadi sabía demasiado y el KGB jamás le permitiría abandonar Biopreparat. Pese a los consejos de éste, tanto Arkadi como Irina acordaron afrontar las consecuencias, las terribles consecuencias que habrían de desprenderse de su decisión. Oksana acababa de cumplir cinco años: no querían que se avergonzase de ellos en el futuro.

El general Piotr Burgásov se llevó las manos a la cabeza con más incomprensión que furia. Arkadi había ido a visitarlo al Ministerio de Salud, en Moscú. Aunque su puesto dependía del Decimoquinto Directorado del Ministerio de Defensa, había preferido comunicar su renuncia a su antiguo jefe; a fin de cuentas él lo había invitado al Instituto Militar de Problemas Técnicos de Sverdlovsk.

«Quiero dedicarme a la investigación pura. Tengo una familia, general. Y una responsabilidad como científico.»

«Nadie lo entenderá así, camarada.»

«Estoy dispuesto a dar explicaciones, a justificarme; me considero un buen comunista, general. Sólo le pido que me traslade a un laboratorio civil.»

«Haga como guste, Arkadi Ivánovich, pero no regrese por aquí.»

Ésa fue la primera de muchas reprimendas, acusaciones y amenazas en su contra. Ni siquiera sus amigos o sus compañeros de trabajo simpatizaban con su causa.

«Fue un accidente», quiso tranquilizarlo Vadim Krementsov, a quien Arkadi conocía desde la universidad, «no debes sentirte culpable.»

Arkadi Ivánovich no renunciaba al Programa Ferment por los cien muertos de Sverdlovsk, sino por una razón más íntima, más profunda, que acaso ni él mismo alcanzaba a barruntar. Había llegado a un punto de no retorno. Aconsejado por Krementsov, accedió a esperar hasta el final del verano. En agosto partió con Irina y Oksana a su dacha; el calor y la humedad no calmaron sus nervios. Permanecía sólo, indiferente a los deseos de su familia, encerrado en su despacho.

«¿Juegas con nosotros, papá?», le repetía Oksana cada mediodía.

Nunca lo hacía. Necesitaba encontrar una forma de conciliar su deber y su conciencia, una tarea demasiado ardua como para distraerla con rondas y acertijos.

La familia regresó a Sverdlovsk el 28 de agosto. Arkadi debía presentarse en Stepnogorsk el 1 de septiembre. Ese día se encerró en su habitación, bebiendo té y vodka hasta bien entrada la noche. Nadie vino a arrestarlo y tampoco recibió ninguna llamada de sus superiores. Sólo silencio.

El 7 de septiembre Oksana vio a tres hombres armados frente a su casa, los cuales desaparecieron sin dejar rastro. El 13, Arkadi recibió la orden de presentarse en las oficinas del KGB adscritas al Instituto Militar de Problemas Técnicos. Le dio un beso a su hija en la frente, como si ya no fuese a verla nunca más. Irina lo acompañó a la puerta y le susurró palabras de aliento. Arkadi no se sentía como un héroe, sólo era incapaz de trasladarse a Kazajistán. Quizás eso fuera todo: apatía, desencanto.

El oficial del KGB no se anduvo con rodeos: «Camarada, usted tiene una obligación con el Estado, no puede incumplirla, su responsabilidad es enorme, camarada, si quiere tómese otros días de descanso, una semana tal vez, camarada, pero no se coloque en una situación incómoda, su renuncia podría ser interpretada como un acto de rebeldía o de traición, camarada». Y le extendió una mano firme y glacial.

A partir del 25 de septiembre fue convocado a declarar todos los días, de ocho a dos, como si ésa fuera su nueva ocupación. Sus interlocutores se alternaban de manera regular, a veces eran militares, otras agentes del KGB, científicos, funcionarios y miembros del gobierno o del partido. Él apenas distinguía sus rangos, todos le parecían variantes de una misma persona, de un solo fiscal. Al principio los interrogatorios se desenvolvían con cierta cortesía, aún nadie había formulado una acusación formal en su contra; luego la amabilidad dio paso a la suspicacia, a la hostilidad y por fin a la violencia. Aquellos hombres no escuchaban sus motivos, sólo querían averiguar sus planes o quebrantar su espíritu (el recuerdo de su padre se hizo más vivo que nunca). Arkadi no sólo tenía que explicar su decisión de abandonar Biopreparat, sino que debía justificar cada acto de su vida, realizar un inventario de su carrera, manifestar su carácter y sus manías, revelar todos sus secretos.

«No puedo más, Irina, quizás nada de esto valga la pena…»

«Ahora no puedes retroceder, Arkadi Ivánovich, tienes que ser fuerte.»

El procurador general firmó la orden de arresto el 3 de noviembre de 1982; no sólo se le acusaba de abandonar su puesto, sino de actividades antisoviéticas. En el acta se asentaba que, al realizar una diligencia en su dacha, la policía había encontrado documentos sustraídos de manera ilegal del Instituto Militar de Problemas Técnicos, así como un escrito que ponía en riesgo secretos de Estado (las notas que Arkadi había tomado en el verano). Tal como cuenta en sus *Memorias*, ese mismo día fue arrestado y conducido a una prisión militar. Oksana lo vio marcharse desde la ventana. La pequeña nunca olvidaría esa imagen: su padre, hasta entonces protegido de la *nomenklatura*, detenido como un criminal.

Encerrado en una mazmorra con otros dos internos, Arkadi seguía sin estar convencido de su decisión; él no quería hacerle daño a su patria o al comunismo, no era un revoltoso ni un disidente como Sájarov (siempre había desconfiado de los científicos que se involucraban en política), y mucho menos un enemigo de la URSS como Solzhenitsin, sólo tenía principios y no estaba dispuesto a aplastarlos ni un día más. Durante quince años había contribuido a producir armas bacteriológicas, armas que podrían costarle la vida a miles o millones de personas, y no quería volver a hacerlo. En su acto no había resistencia al sistema, o al menos él no la percibía, sólo un desafío ético. Estaba dispuesto a defender su postura hasta el final. ¿Hasta el final? Arkadi ni siquiera sabía lo que ello podía significar.

Mientras tanto, Irina rumiaba su propia angustia: ella había impulsado a su esposo a desafiar al sistema, ella lo había sostenido, ella lo había animado. Si durante aquel verano en la dacha se hubiese quedado callada, tal vez Arkadi se habría olvidado de sus pretensiones y ahora estaría al lado de ella y de su hija. Pero en vez de guardar silencio había enfocado su rebeldía a través de él, lo había convertido en un instrumento de su frustración y de su rabia (una rabia que, debía reconocerlo, también se dirigía hacia el propio Arkadi). Durante sus doce años de matrimonio jamás habían tenido una pelea, jamás se habían levantado la voz; su vida en común había sido, al menos hacia el exterior, perfecta.

Cuando su amiga Svetlana Dubinskaya se lo presentó en 1965, hacía ya cinco años que ella se había separado de Yevgueni Konstantínovich. Por su parte, Arkadi llevaba tres años de matrimonio con una ingeniera del ejército, también empleada del Instituto Militar de Problemas Técnicos. Su enamoramiento fue instantáneo: Irina no sabía qué reacciones químicas desataba Arkadi en su cuerpo. Ese mismo día se acostaron y a partir de entonces ella lo evadió: no quería enamorarse de un hombre casado. Pero Arkadi no se arredró y, obedeciendo el dictado de sus genes, hizo cuanto pudo para conquistarla: le envió cartas inflamadas, casi pornográficas, le juró amor eterno, la persiguió día y noche, la provocó y la incordió sin tregua.

Comenzaron a verse en secreto dos o tres veces por semana. Al final de cada cita ella no se olvidaba de decirle: «Ésta será la última vez, Arkadi Ivánovich». Pese a las ventajas de la situación (ella disfrutaba de una libertad sin límites, podía pasar horas y horas en el laboratorio sin que nadie la recriminase), no se conformaba con ser su amante; cada noche se prometía dejarlo y cada noche reincidía. Al cabo de un año, la esposa de Arkadi se hartó de sus engaños y le exigió el divorcio. Él le rogó que lo reconsiderase, no era bien visto en el partido que un científico tan prometedor (ya había presentado su examen doctoral y acababa de ser ascendido en el Instituto) se separase tan pronto de su esposa. La ingeniera no cedió.

Irina Nikoláievna y Arkadi Ivánovich acudieron al Zags para formalizar su unión en febrero de 1969. Para ese momento él ya era otro, como si después de haber alcanzado su objetivo hubiese perdido todo su interés por Irina (así suelen comportarse los genes masculinos). O, más que olvidarse de ella, volvió a concentrarse en lo único que le interesaba: él mismo. Irina aceptó la nueva situación sin rechistar: su amor por Arkadi y su admiración por Arkadi y su devoción a Arkadi eran tan intensos en aquella época que no le importaba convertirse en su esposa, asistente, secretaria, amante y sirvienta. Podía pasar horas escuchándolo (si hablaba de biología), oírlo desglosar todos los tópicos posibles, fantasear con hipótesis y teorías. No le incomodaba este papel subordinado; siempre y cuando él le hablase de ciencia, ella se sentía feliz de resolver todas las cuestiones prácticas. Irina estaba tan segura de la grandeza de Arkadi como él mismo: su marido estaba destinado a ocupar un lugar de honor en la ciencia soviética.

Los años no minaron esta convicción compartida, sólo la moderaron; si bien Arkadi era considerado un bioquímico brillante, su puesto en Biopreparat limitaba sus perspectivas. No estaba autorizado a escribir ningún artículo relacionado con sus investigaciones y sólo de vez en cuando, tras someterse al arbitrio de un sinfín de instancias burocráticas, sus jefes le permitían publicar algunas notas marginales sin relación con el programa bacteriológico. Los beneficios de su posición eran evidentes (su salario era altísimo para los estándares soviéticos y pronto recibiría una casa en el centro de Sverdlovsk), pero la gloria se bosquejaba muy lejana. ¿Hasta dónde esta falta de oportunidades, de visibilidad y de reconocimiento influyó en su renuncia a la Instalación Número 19? Irina no ponía en duda la repentina toma de conciencia de su marido, pero creía que su frustración profesional también había resultado determinante. Para Arkadi, el anonimato era la peor de las condenas.

La admiración sin reservas, el cariño, la confianza y la fe que Irina sentía por Arkadi se tambalearon cuando nació su hija. La creación de una vida auténtica, distinta de sus bacterias y protozoarios, la había tomado por sorpresa, pero desde que el médico le anunció su embarazo una serie de abstrusos procesos bioquímicos alteró su personalidad. La ciencia dejó de interesarle o sólo le interesaba si le ayudaba a explicar cómo las células que se multiplicaban en su vientre habrían de convertirse en un ser humano distinto a ella. Irina odiaba el cliché que consideraba la vida como un milagro (no era un acto de magia, sino una brillante serie de casualidades) pero cuando imaginaba a la criatura que comenzaba a habitarla, cuando pensaba en que ya no era una sino dos, su resistencia al sentimentalismo se desvanecía.

A Arkadi tanto la preñez como el parto le resultaron inconvenientes cuando no aborrecibles. Percibía algo monstruoso en el cuerpo inflamado de su esposa y la idea de que su hija portaba la mitad de sus genes no lo reconfortaba ni le provocaba orgullo. O, como llegó a pensar Irina, quizá sólo estuviese celoso. En cuanto Irina cumplió cinco meses de embarazo, él dejó de tocarla (el sexo había dejado de ser una de sus pasiones) y se limitó a preguntar por su salud con tono aséptico. Su desapego empeoró cuando Irina dio a luz. Arkadi no sabía cómo comportarse con su hija, desde el primer día se resistió a sostenerla, soportaba con pésimo humor sus lloriqueos y se mantenía a distancia cuando su esposa la arrullaba o la limpiaba. Él ni siquiera se daba cuenta de su distanciamiento, le gustaba exhibirse como buen padre y no perdía oportunidad de mostrar la foto de su hija aunque no tolerase su olor ni sus caricias.

El accidente de la Instalación Número 19 lo alejó aún más de su familia. Si bien Irina se apresuró a demostrarle su solidaridad y lo animó a ahondar en su revuelta, le parecía que Arkadi había hallado el mejor pretexto para olvidarse de Oksana. Frente a la amenaza que se cernía sobre él, todo lo demás resultaba irrelevante. La paternidad tendría que esperar tiempos mejores. El arresto clausuró la relación de Arkadi con su hija. Irina se veía atrapada entre dos sensaciones contrapuestas, la necesidad de sostener a su marido y el rencor que le provocaba su negligencia. En prisión éste tendría que soportar un sinfín de pruebas, pero ella y Oksana tampoco lo tendrían fácil allá afuera.

El mismo día que se llevaron preso a Arkadi, Irina salió en busca de ayuda; desafiando las indicaciones de su marido trabó contacto con algunos activistas del movimiento por los derechos humanos. Según Arkadi, la alianza con los disidentes resultaría nociva para su causa. Irina ya no se sentía obligada a cumplir sus órdenes. Gracias a los buenos oficios de una amiga entró en contacto con Sofiya Kalistrátova, una abogada amiga de Andréi Sájarov, conocida por haber defendido a varios disidentes, como el general Piotr Grigorenko (despojado de la ciudadanía soviética en 1977), la poeta Natalia Gorbanévskaya (exiliada en París desde 1975) y el activista Iván Yajímovich (encerrado en un psiquiátrico).

Si bien Kalistrátova había sido privada de su derecho a asistir a prisioneros políticos desde 1970 (ahora era una correosa anciana de setenta y cuatro años), continuaba ligada al movimiento y formaba parte de la sección moscovita de los Observadores de los Acuerdos de Helsinki. Ella le mostró a Irina el lado desconocido de la realidad soviética: tras el deshielo de Jruschov, el número de disidentes y prisioneros políticos no había hecho sino aumentar.

«Me temo que Arkadi Ivánovich engrosará la larga lista de científicos que el gobierno mantiene en la cárcel, en el exilio interno o en hospitales psiquiátricos», le dijo a Irina. «¿Conoce el caso de Serguéi Kovaliov? Fue arrestado en 1975, enviado a la cárcel de Perm, luego a Cristopol y en la actualidad permanece en un pueblo de Siberia donde la temperatura habitual es de cincuenta bajo cero. No quiero asustarla, Irina Nikoláievna, pero debe conocer las posibilidades. Si quiere documentarse, ojee un poco la *Crónica de los acontecimientos actuales* del propio Kovaliov.»

Sofiya rebuscó en el doble fondo de un cajón y le mostró un ejemplar en *samizdat* de ese anuario donde se registraban todas las violaciones a los derechos humanos registradas en la URSS en la última década.

«El régimen pasa por periodos de relativa tolerancia», le explicó la abogada, «luego la represión aumenta con crudeza. Ahora nos hallamos en una fase crítica, iniciada con el arresto de Sájarov en 1980. Desde entonces todo ha empeorado… Su marido escogió el peor momento para rebelarse. Andrópov se presenta como un reformista, pero no podemos olvidar sus años como director del KGB ni que fue él quien calificó a Sájarov como enemigo público número uno del país.»

Como Arkadi temía, los contactos de Irina con los activistas aumentaron las presiones en su contra; si antes no había pruebas de sus actividades antisoviéticas, ahora a los fiscales no les costaría trabajo demostrar su traición. Los cargos en su contra resultaban tan viles y disparatados que al final Arkadi dejó de obstaculizar la estrategia de su esposa: aunque seguía desconfiando del movimiento por los derechos humanos, para todos los efectos él ya era un disidente.

A mediados de febrero de 1982, Arkadi Ivánovich le escribió una larga carta a Leonid Brézhnev, con copia a la Academia de Ciencias y a los ministros de Defensa y Salud, instándolos a clausurar el programa de armas bacteriológicas de la URSS y a ceñirse a la Convención sobre Armas Biológicas de 1972. Nunca obtuvo respuesta. Su caso apareció en el número de mayo de 1982 de la *Crónica de acontecimientos actuales*:

> Del 13 al 25 de marzo, la Corte de Sverdlovsk, presidida por A. Shalayev, escuchó el caso de Arkadi Ivánovich Granin (nacido en 1929; arrestado el 3 de noviembre de 1981), y fue juzgado conforme a los artículos 70 y 190-I del Código Penal de la Federación de Repúblicas Socialistas Soviéticas Rusas. El fiscal fue K. Zhiriánov, el abogado defensor V. Shvirinsky. Veredicto: se declara a Arkadi Ivánovich Granin culpable de todos los cargos.

En abril de 1983 se ordenó su traslado al Campo Especial para Prisioneros Número 35 en el *oblast* de Perm. Si bien Arkadi se creía preparado para afrontar la trágica y gloriosa suerte que le aguardaba, muy pronto descubrió que su cuerpo no toleraría aquel encierro. Nada en su vida previa lo había preparado para el maltrato, el olvido o la desesperanza. A diferencia de la mayor parte de los internos, él se había beneficiado de los privilegios de la élite, había disfrutado de una vida llena de comodidades y ni siquiera había sufrido las penurias del estalinismo.

Obligado a usar el mismo uniforme grisáceo de todos los presos, Arkadi compartía celda con otro recluso, Aleksandr Ajutín, un joven vicioso y enloquecido que insistía en presentarse como luchador por los derechos civiles desde la primera hora. El espacio común no tenía más de nueve metros cuadrados, donde apenas cabían dos catres, una mesita y un minúsculo lavabo; los baños se encontraban a la intemperie y sólo era posible visitarlos con permiso de los celadores. Aleksandr había pasado los últimos cinco años entrando y saliendo del campo y trató de mostrarse hospitalario, pero Arkadi no toleraba su presencia. Había imaginado la cárcel como un sitio lúgubre y atroz, pero sobre todo solitario, donde al menos podría sumirse en sus propios pensamientos, reconocerse, descubrir su verdad interior. La presencia de otro prisionero arruinaba sus planes. El sistema le arrebataba lo más preciado que le quedaba: su intimidad.

Las primeras semanas en Perm fueron las peores. Aleksandr no dejaba de hablar y, cuando al fin callaba, se entretenía acariciándose los dedos de los pies, hurgándose la nariz o tarareando canciones ruidosas e incomprensibles. Arkadi no podía dejar de oírlo y observarlo, obsesionado con sus tics y sus manías. Las noches heladas adormecieron un poco su intolerancia. Aleksandr nunca le simpatizó (o nunca llegó a comprenderlo). Para una mente científica como la suya, lo peor del campo era su falta de novedades: los días eran idénticos como si el tiempo fuese una esfera densa y amorfa, inerte.

En sus *Memorias*, Arkadi hace un detallado relato de su rutina: a las seis de la mañana se encendían las luces, Aleksandr bostezaba y maldecía su suerte; luego un carcelero los conducía a la sala de comidas para el desayuno, al término del cual se veían obligados a realizar dos horas de ejercicio; a continuación venían seis horas de trabajos forzados (había que lograr las cuotas prometidas por los directores del campo); por la tarde Arkadi se deslizaba a la biblioteca, donde sólo se almacenaban viejos manuales de marxismo, las obras completas de

Lenin y dos o tres novelas de Jack London que él releía con esmero; a las ocho de la noche se apagaban las luces. Y así, semana tras semana, mes tras mes…

Para enero de 1983, Arkadi, de cincuenta y cuatro años, lucía de setenta: su cabello había encanecido, su piel había adquirido una consistencia rugosa y sus ojos habían perdido su resplandor. Odiaba mirarse al espejo: no soportaba verse tan viejo, en menos de un año se había transformado en una piltrafa, cuando había escuchado tantas historias de prisioneros que habían resistido condiciones más severas en Tomsk o el Magadán. Asqueado ante su falta de voluntad («yo era un cadáver ambulante», escribiría después), durante su segundo año en el Campo Especial para Prisioneros Número 35 acaudilló una revuelta para exigir una mejora en los alimentos, pues los presos sólo tenían derecho a un caldo grasiento e insípido.

El resultado de sus quejas fue que tanto él como Aleksandr fueron enviados a la *Kamera*. Arrojado a un suelo congelado, Arkadi Ivánovich comprobó otra vez su exceso de orgullo; en aquel espacio de sólo cuatro metros cuadrados no había cama ni mesa, tenía prohibido introducir papel y lápiz, toda la luz provenía de un foco que apenas formaba un halo mortecino y en una esquina se abría un hueco maloliente que hacía las veces de letrina. Eso era todo. El mundo se había reducido a ese sepulcro, a esa caja negra. Al principio Arkadi trató de ordenar su mente, repasar su vida, observar su camino, pero la humedad y el frío aletargaban sus ideas; la soledad, las tinieblas y el hedor lo transformaban en un animal. Al borde del delirio, comprendió que ahora su único objetivo sería no enloquecer.

Para escapar de ese tiempo sin tiempo, donde la mañana y la noche no se diferenciaban, Arkadi se inventó una nueva rutina: hacía ejercicio por la mañana (daba cientos de vueltas alrededor de sí mismo), rasguñaba las piedras y orificios de los muros en busca de un trozo de papel o un cigarrillo (siempre en vano), esperaba el caldo del mediodía y, por la tarde (o lo que imaginaba era la tarde), divagaba sobre temas científicos, la evolución y la lucha por la existencia, la vitalidad de los genes, los mecanismos de la herencia, la labor de las proteínas, la astucia de los ácidos nucleicos, la memoria de las mitocondrias, la muerte celular, la supervivencia del más fuerte…

Cuando el guardián lo arrastró fuera de la *Kamera*, Arkadi ya no era Arkadi: aquella inmersión en la nada le había arrancado algo, no sabía qué, su humanidad, su orgullo, su carácter, ya no se sentía el mismo, ya no podía ser el mismo. Su desafío se le revelaba como una apuesta fallida, un malentendido, una estupidez. Ya no quería estar allí, ya no quería rebelarse, ya no quería ser un disidente ni un prisionero ni un héroe ni un mártir, ansiaba volver a casa, recuperar los ojos de Irina, la risa de Oksana, su pasado. Imposible: había franqueado un límite y, como él mismo había dicho, no había marcha atrás. Permanecería allí quién sabe cuántos años, envejecería y acaso moriría en ese podridero, al margen de la Historia, evocado como un número, una cita a pie de página en la *Crónica de acontecimientos actuales*.

Extendido en su camastro (¡cómo añoró ese colchón mohoso!), Arkadi tardó en descubrir que ahora estaba solo en su celda. ¿Y Aleksandr? ¿Seguiría en la *Kamera*? Ni ese día ni el siguiente apareció y los guardias se negaron a informarle sobre su paradero. ¿Estaría enfermo? A veces la tuberculosis o la pulmonía eran buenas noticias, la clínica del campo ofrecía ciertas ventajas, comida caliente, luz, destellos de atención. Otro interno le reveló la verdad: Aleksandr, el inestable, febril y maniático Aleksandr, había encontrado un alambre en su celda de castigo y se había ahorcado con él. Arkadi escuchó la noticia con indiferencia, acaso porque el suicidio parecía la consecuencia natural del temperamento de su compañero. Al cabo de unas horas, no podía dejar de llorar. Él había convencido a ese joven lerdo y tartamudo de secundar su protesta, él lo había arrastrado hasta la muerte. Aquella noche Arkadi Ivánovich se descubrió vencido, quebrado, muerto. Por fin había sido derrotado.

Irina Nikoláievna se enteró de la crisis de Arkadi gracias a Kira Gorchakova, otra militante del movimiento por los derechos humanos. En junio de 1984, el biólogo fue trasladado del Campo Especial para Prisioneros Número 35 a un hospital psiquiátrico en las afueras de Sverdlovsk. ¿El motivo? Según Gorchakova, Arkadi había iniciado una huelga de hambre tras la muerte de un compañero de celda; preocupados por su salud y las repercusiones políticas de su acto, el director del campo decidió someterlo a una revisión psicológica cuyo resultado fue un diagnóstico de paranoia delusiva (o algo semejante): un pretexto para sacarlo del campo y someterlo a la autoridad del KGB.

En los últimos meses Irina apenas había mantenido contacto con su esposo; dos agentes la seguían a todas partes, su correspondencia era abierta y revisada, y su teléfono se hallaba intervenido. En más de una ocasión había sido obligada a declarar en las oficinas del KGB y no dejaba de recibir amenazas anónimas. Oksana apenas tenía siete años y se había convertido en una niña nerviosa e hipersensible, incapaz de soportar el acoso y las burlas de sus compañeros y profesores, quienes la humillaban en público o se entretenían detallándole los castigos a que se hacían acreedores los enemigos del comunismo. Por más que Irina trataba de convencerla de que su padre tenía razón y de que debía enorgullecerse de él, la influencia del exterior se volvía demasiado poderosa. Oksana se negaba a aceptar su dolor y hablaba de su padre como de un fantasma. Morena y delgada, con sus enormes ojos negros, Oksana era un fantasma, siempre extraviada en sus ensoñaciones. Cuando Irina intentaba explicarle las razones de Arkadi, ella se tapaba los oídos o cantaba en voz alta. Demasiado absorbida por sus propios combates, se limitaba a observar cómo la pequeña se hundía cada vez más en sí misma: una extraña con quien le resultaba penoso convivir.

Poco después de enterarse del confinamiento psiquiátrico de Arkadi, Irina recibió una llamada de la escuela de su hija:

«Tiene que presentarse aquí ahora mismo, camarada», la amonestó la directora con voz cortante. Cuando llegó a su oficina, Oksana permanecía en una silla, callada y firme.

«Siéntese», le ordenó la camarada Smolenska.

La directora la miró con el rostro avinagrado.

«Su hija siempre ha tenido comportamientos extraños, pero asumíamos que se debía a su, ¿cómo decirlo, camarada?, a su situación familiar. Pero lo que ha pasado hoy es intolerable.»

«¿Y qué ha pasado?»

«¿Por qué no se lo pregunta usted misma, camarada?»

Irina se volvió hacia su hija y ésta desvió la mirada.

«Oksana…»

La niña permanecía en silencio, o más bien musitando frases inaudibles, acaso fragmentos de las canciones que tanto le gustaban.

«Entendemos que las niñas peleen de vez en cuando, camarada, es normal. Pero no es normal (la directora convirtió esta palabra en un estilete) que una niña envíe a otra al hospital. Oksana golpeó a Olga Makanínova contra un muro hasta hacerla perder el conocimiento. Hubo que darle quince puntos, camarada. ¡Quince puntos! ¿Le parece *normal*? Lo siento, camarada, pero mi deber es expulsar a su hija y enviar un reporte al Ministerio. Necesita ayuda psicológica; espero que tome las medidas pertinentes, camarada, porque de otro modo tendré que hacerlo yo.»

Irina tomó a Oksana de la mano y se apresuró a salir.

Su hija había hecho algo terrible, sí, pero la directora la utilizaba para acentuar la persecución que sufría su familia. ¿Querían enviar a su hija a un hospital psiquiátrico igual que a su marido? ¿Hasta dónde llegarían?

«¿Por qué?», le preguntó a Oksana al llegar a casa. «¿Por qué golpeaste a esa niña?»

Oksana silbaba, indiferente.

«Oksana, por favor, necesito que me ayudes. Juntas podemos salir adelante.»

La niña no se inmutó. ¿Cómo adivinar lo que ocurría en su interior? ¿Cómo horadar esa muralla? A veces le daban ganas de abofetearla o zarandearla para que entrase en razón, para que abandonase su apatía y se entregase a ella, a ella que la amaba tanto, a ella que sólo quería su bien.

Pero Irina tenía otras cosas de qué preocuparse: tras el arresto de Arkadi sus compañeros de trabajo le habían demostrado, si no solidaridad, al menos cierta comprensión; en cambio ahora los directivos de la empresa sembraban una atmósfera de recelo en su contra. Incluso en su laboratorio había dejado de ser vista con simpatía. Pronto recibió la orden de abandonar sus investigaciones personales (su proyecto de vida artificial) y fue obligada a concentrarse en preparaciones rutinarias y mecánicas.

En diciembre recibió la primera noticia alentadora en muchos meses: pese a su delicada salud, Andréi Sájarov había encontrado el tiempo para escribirle una carta a Brézhnev, titulada «En defensa de Arkadi Granin», la cual había comenzado a circular en Occidente. Era la primera vez que el nombre de Arkadi era mencionado fuera de la Unión Soviética. Pero el alegato sirvió de poco y 1984 inició de modo espantoso. Era la fecha elegida por el disidente Andréi Almarik en su libro ¿*Sobrevivirá la* URSS *hasta 1984?* para señalar el fin del comunismo, pero entonces nadie en su sano juicio pensaba que el final de la Unión Soviética pudiese estar a la vuelta de la esquina.

El 13 de febrero, luego de permanecer poco más de un año como secretario general del Partido Comunista y presidente de la URSS, Yuri Andrópov sucumbió a causa de un mal hepático y fue sustituido por el no menos agónico pero más gris Konstantín Chernenko, viejo favorito de Brézhnev y partidario de la inmovilidad. Las reformas emprendidas por su predecesor fueron olvidadas y la maquinaria soviética continuó movida sólo por la inercia. El ascenso del anciano *apparátchik* representó un nuevo golpe para el movimiento por los derechos humanos. El 6 de mayo de 1984, Sájarov emprendió una nueva huelga de hambre para protestar por el arresto de su esposa y el recrudecimiento de la represión.

En esas fechas Irina al fin recibió permiso para visitar a Arkadi en el hospital. Apenas lo reconoció: un sesgo en su mirada recordaba al vigoroso hombre con quien se había casado, pero el resto de su cuerpo era una mala copia, su tórax delgadísimo y sus manos temblorosas eran en efecto los de un cadáver. No obstante, Arkadi Ivánovich había comenzado a recuperar su coraje; el suicidio de Aleksandr lo había hecho tocar fondo y desde entonces había iniciado su lento camino hacia la luz. Ahora ya no se sentía vencido sino fatigado y, tal como le dijo a Irina, pronto estaría en condiciones de volver a la lucha. Una lucha nueva, más vehemente que nunca.

«¿Cómo está Oksana?»

«No puedo mentirte, Arkadi, ha tenido muchos problemas en la escuela. No sé qué hacer, apenas logro comunicarme con ella, a veces no la reconozco, todo esto la ha afectado muchísimo.»

«Esto no puede durar, Irina, pronto estaremos juntos.»

«¿Supiste lo de Sájarov?»

«¿La huelga de hambre?», preguntó Arkadi. «Espero que alguien lo convenza de no llegar hasta el final, sería lo peor que podría pasarnos.»

Irina dejó de sollozar. Ella no podía quebrarse.

Entonces ninguno de los dos podía adivinar que en menos de un año Chernenko también fallecería ni que su lugar sería ocupado por un miembro del partido de tan sólo cincuenta y cuatro años (casi la misma edad de Arkadi), cuyo destino sería no sólo reformar la Unión Soviética, sino conducirla hacia su destrucción.

LA RIQUEZA DE LAS NACIONES

Estados Unidos de América-Zaire, 1970-1985

A pesar del caos, el hedor y el lodo, de los embotellamientos de horas e incluso de sus zafias construcciones y sus oscuros habitantes (aunque esto no pudiera compartirlo con nadie), Jennifer no deseaba estar en ningún otro lugar. En cuanto aterrizó en el aeropuerto internacional de Kinshasa y divisó sus chabolas, sus tabiques despintados y sus vías sin asfalto, supo que hacía lo correcto: aceptar la invitación del doctor Blumenthal sin siquiera la anuencia de Jack. Aun si esta decisión implicaba separarse de su marido por tiempo indefinido, uno de sus acuerdos esenciales consistía en respetar las oportunidades laborales de cada uno por encima de cualquier otra consideración.

«¿De verdad crees que será un avance en tu carrera, Jen?», se burló Wells al enterarse. «¿África? ¿El Congo? ¿Mobutu?»

«Es una ocasión única, ¿piensas que de otra manera estaría tan loca como para aceptar? Blumenthal es uno de los mayores economistas de nuestro tiempo y me ha pedido que lo acompañe, y no como asistente sino en un puesto directivo, en la práctica me convertiré en vicegerente de la Banca Nacional de Zaire, sé que a ti no te impresiona pero para mí representa un reto formidable, civilizar a esos salvajes, la tarea es grandiosa, imagina la experiencia, dirigir un país...»

«¿Podrás acostumbrarte a Kinshasa sin Bloomingdale's y sin Saks? Por Dios, Jen, piénsalo, ¿existe un lugar más espantoso?»

Jennifer ya había reservado su boleto de avión y en las siguientes semanas se dedicó a empacar lo necesario (incluida su colección de zapatos de tacón de aguja) para no sentirse abandonada o miserable en África. *África*. Jennifer se repetía esta palabra una y otra vez, convencida de que iniciaría su viaje al corazón de las tinieblas.

Conforme se acercaba la partida, Wells se volvía más insoportable. Noche tras noche le preguntaba a Jennifer si se había vacunado contra esta o aquella espantosa enfermedad (y le describía sus efectos) y no paraba de aleccionarla como si él fuese un explorador consumado y no un vulgar ejecutivo cuya mayor cercanía con el Tercer Mundo se había producido en las playas de Acapulco.

«¿Cuánto tiempo estarás fuera?»

«No tengo pensado quedarme a vivir en Zaire», replicó Jennifer, «y en todo caso tú puedes visitarme cuando quieras, te sentaría bien un poco de aventura.»

Aventura era lo que menos le faltaba al miserable: no sólo había iniciado una agitada relación con Laura, su obsesiva secretaria, sino que Merck parecía interesado en adquirir Lockhead Pharmaceuticals. La fusión era casi un hecho, pero él no podía saber lo que pasaría después; la idea de perder su puesto de jefe de compras le provocaba más descargas de adrenalina que la posibilidad de luchar cuerpo a cuerpo con un león.

«Iré lo antes posible», mintió él, «quizás podríamos hacer un safari.»

¡Un safari! Por más hábil que fuera para los negocios, a veces Jack era *tan* infantil. Jennifer estaba a punto de alcanzar el rango de viceministra de finanzas de Zaire (¡sí, de Zaire!), y a él lo único que le pasaba por la cabeza era cazar animales por deporte. El esnobismo y la banalidad de su marido pasaron a segundo plano en cuanto Jennifer se instaló en Kinshasa;

mientras él supervisaba el número de jeringuillas que se distribuían en Nueva Jersey, ella ocupaba una faraónica suite en el Gran Hotel, cuyos amplios ventanales le permitían divisar la corriente telúrica del Congo, símbolo del torrente vital que la arrastraba.

Jennifer se sumergió en la bañera, abrió una botella de champaña y procuró tranquilizar sus nervios. Despertó a las cuatro de la mañana; se le ocurrían tantos proyectos que prefirió levantarse, pedir un *ristretto* y poner en orden las notas que debía presentarle a Blumenthal por la mañana.

A las siete volvió a bañarse, se pintó, maquilló y seleccionó el vestido ideal para la ocasión, algo formal pero sexy que mostrase su autoridad sin perder frescura. Jennifer pasaba horas seleccionando la falda y la blusa perfectas: prefería los negros, azules o grises a los marrones o pajizos (colores de empleaduchos, decía), pero al final jamás quedaba complacida, segura de que siempre podría lucir mejor.

Erwin Blumenthal, alemán frío y escrupuloso, perfecto ejemplo del alto ejecutivo bancario (había sido presidente del Deutsche Bundesbank), no la recibió hasta las siete de la tarde, cuando el calor ya había deshecho su peinado.

«Profesor», le dijo con su sofisticado acento de Nueva Inglaterra, «antes de comenzar quiero que me asegure una cosa...»

Blumenthal se quedó de hielo: aquella mujer le hablaba como si fuese su subordinado.

«Dígame, Jennifer.»

«De nada sirve que yo esté aquí si no voy a trabajar con libertad; necesito que me asegure que apoyará todas mis propuestas y que siempre podré decirle lo que pienso.»

El alemán reprimió una carcajada; ya le habían advertido sobre el carácter de la hija del senador Moore, aunque no la imaginó tan determinada, tan irreverente... ni tan guapa.

«Estoy seguro de que nos entenderemos», la apaciguó, «a mí también me gusta hablar claro.»

«Agradezco su confianza, profesor, no voy a decepcionarlo.»

«¿Ya se ha instalado? ¿Puedo hacer algo para que se sienta más cómoda en este país tan poco afecto a las comodidades?»

«A decir verdad, sí», Jennifer volvió a la carga, «mi oficina es intolerable, ni siquiera tiene ventilación, y necesito otra secretaria, la pobre señora que me asiste no tiene dos dedos de frente…»

«Veré que la trasladen a un despacho más aireado pero me temo que, en lo que respecta a la secretaria, tendrá que conformarse.»

Durante sus últimas semanas en Estados Unidos, Jennifer se había encerrado en la biblioteca de Harvard para estudiar o más bien a disecar a ese bicho repugnante que era la economía zaireña, así como a su principal operador, dueño y beneficiario, el no menos nauseabundo general Mobutu. Ese horrible personaje, que en todas las fotografías aparecía ataviado con un gorro de piel de leopardo (el colmo del *kitsch*), había sido responsable en 1961 del arresto y la ejecución de Patrice Lumumba, el artífice de la independencia, y cuatro años más tarde se había entronizado como amo de la nación. Afecto al boato y la espectacularidad, un buen día se le ocurrió cambiar el nombre del país y buscó africanizar todos los nombres propios. Él mismo se rebautizó como Mobutu Sésé Seko Nkuku Wa Za Banga, cuyo significado era algo así como: El Guerrero Todopoderoso que por Su Perseverancia e Inflexible Voluntad de Triunfo Irá de Conquista en Conquista Dejando Fuego en su Despertar.

Gracias al apoyo de la CIA, que entonces se empeñaba en contrarrestar la peste comunista en África, Mobutu transformó la otrora próspera finca del rey Leopoldo de Bélgica (el Congo no sólo era una de las naciones más grandes del planeta, sino una de las más ricas en recursos naturales) en su coto privado. A instancias del Fondo Monetario Internacional introdujo una nueva moneda, el zaire, para reemplazar al franco congolés y se comprometió a mantener el equilibrio en la balanza de pagos. Estas maniobras sólo ocultaban un objetivo: enriquecerse sin medida. A mediados de los setenta, el ingreso per cápita del país era de unos 200 dólares, uno de los más bajos del mundo, y la mayor parte de la población se hallaba en la miseria.

El *matabiche* era la ley: había que pagar por cualquier servicio o trámite, y el pillaje auspiciado por su clan se extendía como epidemia. La corrupción no sólo era conspicua, sino que el propio Mobutu había construido una red criminal que le permitía beneficiarse de todos los capitales que fluían rumbo a la zona. Un ejemplo: la Sociedad Zaireña de Comercialización de Minerales dependía del presidente sin que el Congreso o sus propios administradores tuviesen ni la más remota idea de las transacciones que éste llevaba a cabo. Lo mismo ocurría con el Banco Central, la caja de ahorros del presidente, quien disponía con plena libertad de sus reservas. Con ese dinero se hizo construir una réplica del castillo de Versalles en Gbadolite, su pueblo natal, adquirió decenas de leopardos y chitas para adornar sus jardines y se empeñó en organizar el Campeonato Mundial de Boxeo de 1974 (Jennifer recordaba la crónica de Norman Mailer sobre la pelea entre Muhammad Ali y George Foreman). Según los servicios de inteligencia, su fortuna personal, depositada en decenas de cuentas en el extranjero, ascendía a más de 4 mil millones de dólares.

Semejante derroche significó la bancarrota del país y en 1975 Zaire ya no pudo pagar su deuda externa. Tras nuevas presiones del FMI, Mobutu se vio obligado a devaluar el zaire un 46 por ciento. Un año más tarde, el Club de París aprobó la reestructuración de sus créditos y las instituciones financieras internacionales obligaron al presidente a introducir drásticas reformas. Consciente de su fuerza (Estados Unidos lo apoyaba sin miramientos), Mobutu decía que sí sin cumplir nada. O cumplía en teoría, pero en la práctica continuaba repartiendo la riqueza entre sus burócratas. A principios de 1978, el FMI y el Banco Mundial se hartaron de sus evasivas y le dirigieron un ultimátum: o iniciaba una rápida ola de privatizaciones, devaluaba el zaire y se comprometía a ajustar el gasto, o las sanciones serían inmediatas.

A estas alturas del relato, Jennifer ya preveía la reacción que tuvo Mobutu: el líder volvió a decir que sí, aceptó la presencia de asesores e inspectores extranjeros y se comprometió a privatizar empresas estratégicas, que así dejaron de pertenecerle al Estado (es decir, a él mismo) y pasaron a manos de empresarios privados (es decir, de sus parientes y amigos). Fue la gota que derramó el vaso. Estados Unidos amenazó con un recorte militar si Mobutu volvía a incumplir su palabra. Para asegurar el éxito de las medidas, la banca central dejaría de estar bajo el control del presidente y se convertiría en responsabilidad directa del FMI y el Banco Mundial. Fue así fue como el 17 de agosto de 1978 Erwin Blumenthal fue nombrado presidente *de facto* de la Banque du Zaïre con Jennifer Moore a su lado.

Tras la ríspida entrevista con su jefe, Jennifer Wells convocó a su equipo, formado por unas diez personas, incluida la inepta secretaria. Eran las diez de la noche.

«Les agradezco que se hayan quedado hasta esta hora. Lo primero que tienen que saber es que soy una mujer de trabajo: no tolero la pereza. Mucho menos la negligencia o la traición. Pero sé escuchar y reconocer mis errores. Quiero que esta oficina se convierta en un ejemplo para el país. Zaire ha cambiado, y nosotros seremos la punta de lanza de ese cambio. Recuérdenlo: para mí, la mediocridad es un pecado imperdonable.»

Los colaboradores de Jennifer festejaron sus palabras. La mayoría eran jóvenes que anhelaban la modernización.

«Puede contar con nosotros, doctora», le respondió Jean-Baptiste Mukengeshayi, su jefe de asesores, un chico alto y delgado que había estudiado economía en Bruselas. «No la decepcionaremos. Si me permite…»

«Así me gusta», lo interrumpió Jennifer, poco dispuesta a perder el protagonismo, «necesitamos ese entusiasmo. ¡Entusiasmo y honestidad! En fin, pueden buscarme cuando quieran, yo siempre estaré dispuesta a escucharlos, buenas noches.»

Mientras los demás se retiraban, Jennifer le hizo una señal a Mukengeshayi para que se quedase.

«Jean-Baptiste, debo pedirte un favor. Mañana a primera hora tienes que entregarme un informe sobre el desempeño de cada uno de tus compañeros. Si es necesario echarlos a todos, no me importa, sólo me preocupa la eficiencia y la lealtad, ¿entendiste?»

«Sí, doctora, pero…»

«Hasta mañana, Jean-Baptiste.»

A Jennifer se le acusaba de ser demasiado ruda o directa; ella creía poseer dos virtudes capitales: sinceridad y tesón. Aun si esos zaireños melindrosos se quejaban de su carácter, al final agradecerían su firmeza.

«Esto no es un país sino un casino», se quejó con Blumenthal durante su segunda entrevista. «No puedo creer lo que el clan de Mobutu hace con su pueblo, sus miembros se creen dueños absolutos de todas las riquezas, mientras que millones se hallan al borde de la inanición.»

«Sabíamos que nuestra tarea sería ingrata, Jennifer.»

«Es peor de lo que pensé. ¿Por qué no se levantan en armas contra el tirano?»

«A lo largo de mi carrera he visto infinidad de casos semejantes. Aunque tienes razón en una cosa: éste es el peor. Aquí se concentran todas las taras de la colonización y la barbarie; igual que tú, pienso que no debemos tolerar los engaños de Mobutu, así que voy a encargarte una misión especial. Necesito un informe detallado de sus cuentas en el extranjero y de todas las empresas que posee de manera directa o indirecta.»

«Me encargaré de ello, profesor. Hay que sacudir a este mastodonte por la fuerza.»

Esa noche Jennifer telefoneó a Jack y le contó, exultante, que Blumenthal empezaba a confiar en ella.

«No te imaginas lo que es este lugar. Un marasmo, qué digo, una ciénaga... Te echo de menos.»

«Yo también.» Wells esperaba otra llamada y no quería entretenerse. «Merck acababa de anunciar la compra de Lockhead Pharmaceuticals.»

«¿Cuándo vienes, cariño?»

«En cuanto me sea posible, Jen, esto está al rojo vivo.»

«¡Jack!»

«¿Qué?»

«¿Ya quieres colgar?»

«Estoy ocupado...»

«¡Siempre es lo mismo contigo! En fin, adiós.»

Ni siquiera a miles de kilómetros se ponían de acuerdo; meses atrás, durante otra de sus peleas, ella había llegado a considerar el divorcio. Al final había desistido: estaba convencida de que ninguno de los dos lograría sobrevivir solo.

Jennifer lidió con sus asistentes, los increpó por su ineficiencia, los obligó a trabajar doce horas diarias y los atormentó con sarcasmos y amenazas (te voy a despedir ahora mismo, le espetaba a cada uno) hasta conseguir lo que quería. Al cabo de dos semanas le presentó su informe a Blumenthal. Éste la escuchaba en presencia de otros miembros de su equipo y los enviados del Departamento de Estado y de la CIA.

«El noventa por ciento de las exportaciones de Zaire, y por tanto de las divisas extranjeras derivadas de ellas, se concentran en manos de cincuenta compañías, todas las cuales pertenecen al presidente Mobutu o a su clan», explicó Jennifer.

Durante la siguiente hora recitó una lista exhaustiva de empresas, señalando sus ganancias y las ligas que las unían con el poder.

«Mientras un pequeño grupo siga manteniendo el control sobre los recursos naturales será imposible avanzar en el proceso de modernización», concluyó. «Este régimen no es una democracia, ni siquiera una oligarquía, sino una cleptocracia. Los altos funcionarios, sin excepción alguna, se dedican al robo y al saqueo. Ésta es la desconsoladora y triste realidad.»

Blumenthal asintió.

«Caballeros, es hora de hacer algo drástico.»

Al día siguiente, la Banque du Zaïre, apoyada por el FMI, el Banco Mundial y el gobierno de Estados Unidos, decretó que las cincuenta empresas inventariadas por Jennifer serían inhabilitadas para recibir préstamos estatales y vetadas para el comercio internacional. La medida tomó por sorpresa a Mobutu y destempló a sus familiares. De la noche a la mañana eran despojados de sus negocios más lucrativos sin que se les ofreciese nada a cambio: una declaración de guerra.

Horas más tarde, Litho Moboti, primo del presidente y cabeza de su clan, se presentó en las oficinas de la Banque du Zaïre (hasta entonces su trastienda) e irrumpió en el despacho de Blumenthal sin anunciarse. Moboti era un gorila grueso y torvo, enfundado en una blusa de colores chillantes, tocado con un gorro idéntico al de su ilustre pariente.

«¡Un ultraje!», chilló en pésimo inglés, «¡un atentado! La soberanía de Zaire, ¿dónde quedó? Usted no comprende. Despoja al pueblo de sus recursos. Ignominioso. Ignominioso. No lo permitiré.»

Frío y sereno, el viejo alemán clavó su mirada en el intruso y con un ademán impaciente le señaló la salida. Antes de retirarse, Moboti lo maldijo una y otra vez en su lengua pastosa y amanerada. Blumenthal le confesó a Jennifer que en ese momento le temblaron las piernas: aquel hombre no era un negociante sino un criminal. Esa tarde ambos acordaron que los últimos detalles del plan se ejecutarían por la madrugada: decenas de cuentas a nombre de Mobutu y sus prestanombres, con valor de 5 millones de dólares, serían incautadas de manera simultánea en Europa y Estados Unidos.

Jennifer descorchó dos botellas de champaña con sus subordinados para celebrar el golpe. Ellos también se sentían orgullosos de sabotear a la cleptocracia, aunque no dejaran de deplorar la propia tiranía de su jefa.

«¿Qué les pasa, Jean-Baptiste? ¿Por qué son tan apáticos? No los entiendo, de verdad, por eso no salen de la miseria, no tienen agallas.»

Mukengeshayi cumplía con eficacia las disposiciones de Jennifer, hacia la cual sentía una mezcla de respeto y lástima («la pobre vive atormentada», les explicaba a sus compañeros, «no tiene vida personal, o más bien no tiene vida, y ahora sospecha que su marido la engaña»), pero a veces lo sacaba de quicio. Jennifer ni siquiera advertía el odio que cosechaba, convencida de que realizaba un gran trabajo. Ella bien podría estar en América, paseando por Central Park o comprando vestidos en Saks, alimentando su colección de joyas y pieles, despreocupada de la miseria, y en cambio prefería el calor, la inseguridad y los mosquitos de Kinshasa con el único sueño de ayudar a sus habitantes. Lo menos que esperaba era que se mostrasen comprensivos con sus cambios de humor.

Mukengeshayi acertaba: quizá esta vez su jefa mereciese más compasión que acrimonia. Cada vez que Jennifer regresaba a su suite del Gran Hotel Kinshasa (había renunciado a mudarse al barrio diplomático) encendía el televisor para fingir compañía, pasaba horas untándose cremas, procuraba hacer cien abdominales al día («con esta comida me voy a convertir en un cerdo», se repetía), y se atiborraba con calmantes y somníferos. Su relación con Blumenthal no era del todo mala, pero sospechaba que éste la evadía, harto de sus caprichos; carecía de amigos y no confiaba en nadie en ese país de mierda. Jamás le pasó por la cabeza cenar con Mukengeshayi; apreciaba su eficiencia, su carácter pausado e introvertido y su disposición a resolver cualquier conflicto, pero pertenecía a otro mundo. Nunca serían iguales, ésa era la verdad, y Jennifer prefería no darle vueltas. No buscaba que sus empleados simpatizasen con sus propuestas, sólo que no la traicionasen, que no hablasen mal de ella a sus espaldas, que la respetasen o al menos le temiesen.

Un día en que se sentía particularmente dolida, Jennifer le confesó a Jean-Baptiste que Jack la engañaba. En siete años de matrimonio no era la primera vez que presentía la intromisión de otra mujer en las sábanas de su marido, pero ahora su desventaja era patente: Wells atravesaba una época de tensión y ella se encontraba a miles de kilómetros. ¿Cómo competir a la distancia, cómo luchar por su amor o aniquilar a su adversaria? Las llamadas de Jack se hacían cada vez más escuetas y esporádicas: sonaban como informes. Aun así, ella no estaba dispuesta a renunciar a su puesto en Zaire para vigilar a su esposo, nunca lo había hecho y ésta no sería la excepción. Como su angustia no disminuía, le presentó un ultimátum.

«O vienes a pasar conmigo el fin de año, Jack, o no quiero volver a verte.»

«Tú fuiste quien se marchó al fin del mundo, no yo», se defendió él.

«Sabes que no puedo dejar mi trabajo un solo día, un descuido podría destruir todos mis esfuerzos; en cambio tú sí puedes tomarte unas vacaciones.»

«Merck apenas acaba de concretarse, Jen.»

«Por favor», se rebajó ella, «te necesito aquí.»

Wells no tenía salida: estaba obligado a volar quién sabe cuántas horas para calmar a su esposa, la cual amenazaba con una nueva crisis matrimonial. El trato con Merck se había hecho público y, tras entrevistarse con Roy Vangelos, su nuevo director de investigación, éste no sólo le confirmó su puesto sino que prometió ascenderlo a gerente administrativo. Su carrera profesional recibía el impulso anhelado. Su esposa tenía razón, quizás pudiese ausentarse unos días para festejar su ascenso y así escapar de Laura, la cual ya se veía ocupando el lugar de su mujer.

El avión de Wells aterrizó en Kinshasa el 23 de diciembre. Jennifer lo recibió más elegante que nunca. Se dieron un largo beso, símbolo de reconciliación definitiva, y se trasladaron al Gran Hotel. Hicieron el amor con esa meticulosa urgencia que Jennifer tanto disfrutaba y a la que Jack se había acostumbrado, y se dieron un largo baño entre velas, champaña, ungüentos y sales aromáticas. Una noche perfecta, pensó él con amargura, tratando de arrancar de su mente la desorbitada juventud de Laura. Él sólo contaba las horas para volver a Rahway, sede de las oficinas corporativas de Merck. Los esposos Wells permanecían frente a frente en la bañera, separados como islas; a Jennifer le tenían sin cuidado Vangelos, la estreptomicina o la cortisona (Wells se llenaba la boca con estas palabrejas), del mismo modo que a él le aburrían Mobutu, Blumenthal o la balanza comercial de Zaire.

Jack cambió de tema.

«Comí con ella hace un par de semanas.»

«¿En San Francisco?»

«Fui un solo día, de negocios. La llevé a un restaurante japonés. Sigue tan loca como siempre, no entiendo cómo ustedes pueden ser hermanas. Ya sabes, atuendo hippy, clases de meditación y arengas anticapitalistas. Estaba muy emocionada organizando una marcha, Tomemos la Noche, o algo así, para protestar por el maltrato a las mujeres.»

«Así que ahora va de feminista. Pues sigue sin responder a mis cartas.»

Jennifer dio un respingo y salió del agua mientras Wells admiraba la fuerza de voluntad que la mantenía tan atlética.

«Al menos podría ser más responsable, mira que desperdiciar así su inteligencia…» Jennifer se envolvió en la toalla. «¿Sabes si sale con alguien?»

«Por lo que pude entresacar, con muchas personas, hombres y mujeres.»

«¡Jack!»

«Allison siempre tuvo gustos muy amplios.»

Jennifer se dirigió al lavabo e inició su lento ritual previo al sueño; frente a ella se extendía una hilera de cremas.

«Quiero un hijo», dijo sin más.

«Ya hemos hablado de eso. El riesgo es demasiado alto.»

Jennifer no pensaba darle tregua.

«Entonces adoptemos. Lo digo en serio.»

«No quiero discutir ahora, Jen, por favor.»

«Acabo de cumplir cuarenta y cuatro años, no quiero ser una madre vieja, quiero tener fuerzas para jugar con él, para educarlo. Un niño, ¿te imaginas?»

«La verdad, no.»

«¿Quieres ser un anciano solitario? ¿Qué vamos a hacer tú y yo en veinte años en una casa gigantesca y muda? Hagamos la solicitud ahora mismo.»

«Son las tres de la madrugada, Jen.»

Ella continuó su perorata hasta que su esposo se levantó de la cama, tomó una almohada y se dirigió al salón.

La misma dinámica de siempre: ella iniciaba el tema, él replicaba, ella se enfadaba, él la contradecía, y así hasta que se iniciaban los insultos y los gritos. Para Jennifer la maternidad era una obsesión y para Wells una tortura. Cuando se casaron ninguno habló de hijos (ambos le concedían una prioridad a sus carreras) hasta que un buen día Jennifer se convenció de que sus genes se lo exigían: aquél no era un deseo como cualquier otro, uno de esos caprichos momentáneos e incontrolables que la asaltaban de vez en cuando, sino una urgencia incontenible.

A principios de 1974 Jennifer quiso embarazarse, pero pasaban las semanas y su menstruación volvía, amenazante y ominosa. A instancias suyas los dos se sometieron a exámenes médicos que revelaron su infertilidad: los mismos genes que la obligaban a desear un hijo le impedían procrearlo. Una falla hereditaria impedía al óvulo asentarse en la matriz. Sus posibilidades de quedar encinta eran mínimas. Jennifer no se dio por vencida y, tras dos años de administrarse hormonas, logró su objetivo. El ginecólogo confirmó el milagro.

El embarazo no fue sencillo. Jennifer debía cuidarse al máximo, no podía alterarse ni exponerse a emociones fuertes, tarea casi irrealizable teniendo en cuenta su ansiedad. Durante los últimos meses solicitó una licencia en el Fondo, pasaba el día encerrada, convertida en el ama de casa que siempre había detestado ser. Primero intentó tejer chambritas y luego se entretuvo decorando la habitación de Edgar o de Cynthia (ya había elegido los nombres) con dibujos de barcos, olas y sirenas. Mientras dibujaba un pez vela en miniatura, sintió un mareo y luego una rasgadura. Despertó en el hospital, seis horas más tarde, y lo primero que vio fue el rostro de Wells teñido con una compasión insoportable. No necesitó que él se lo confirmase.

«Quiero intentarlo de nuevo, ¡quiero un hijo!»

Las enfermeras le administraron un sedante. Una vez recuperada, Jennifer se concentró todavía más en su trabajo; volvió al FMI y ascendió en el escalafón a velocidad inusitada; si no podía ser una mujer completa, al menos sería una mujer exitosa.

Aun así, no pudo soportar el ultraje (así lo definió ella) que su hermana le infligió en la primavera de 1978. Tras abandonar sus estudios de mercadotecnia, Allison se había convertido en una de esas jóvenes desaforadas que se dejan llevar de un lado a otro, de una idea a otra, sin voluntad ni concierto. Se desempeñó como camarera, telefonista, agente de seguros, encargada de relaciones públicas en una empresa eléctrica, archivista y secretaria; duraba dos meses en cada lugar, cobraba lo necesario para sobrevivir unas semanas, se aburría y entonces renunciaba, confiando en su buena suerte y su belleza para encontrar un nuevo empleo. Jennifer no comprendía qué fallaba en Allison, qué error o vericueto la volvía tan libre y desvalida, tan lejos de la realidad.

«El mundo no existe, hermanita», se burlaba Allison, «sólo las cárceles que nos construimos. Y tú eres experta en habitarlas.»

Jennifer trataba de hacerla entrar en razón: «Necesitas escoger tu propio camino, el tiempo se acaba, un buen día descubrirás que has agotado tus talentos».

«Yo no quiero *triunfar*, yo quiero sobrevivir.»

«No seas tonta, Allison, lo tienes todo.»

«Ése es el problema, el senador siempre nos dio todo, por eso ahora no busco nada. Óyeme bien, Jennifer: nada.»

Si Allison transitaba de un trabajo a otro, su paso de un hombre a otro era todavía más veloz. Jennifer llegó a contarle más de veinte novios en un año, y estaba convencida de que se acostaba con muchos más.

«Igual que la ropa, los cuerpos masculinos son intercambiables», le explicaba Allison. «¿No eres tú la mayor defensora del libre mercado?»

Habitaban dimensiones opuestas, con mínimos puntos de contacto, pero las pocas veces en que coincidían (como cuando rememoraban su infancia, por ejemplo), eran capaces de restablecer su infalible complicidad. A Jennifer le gustaba pensar que no eran tan distintas, sólo que Allison se atrevía hacer lo que ella pensaba, y viceversa. Vivían existencias equívocas, cada una obsesionada con el destino de la otra.

En 1976 Allison se mudó a San Francisco, la única ciudad más o menos liberal en ese país de gorilas.

«Al menos allí puedes atreverte a ser distinta sin que nadie te denuncie, te escupa o te asesine», le dijo a Jennifer.

«¿Y qué piensas hacer en San Francisco? Ya sé, ya sé, protestar, ¿no? Es tan fácil quejarse de todo y no hacer nada para resolverlo. ¿Y ahora contra qué? ¿La discriminación homosexual? ¿Vietnam? ¿La caza de ballenas? Siempre hay un buen motivo. O debería decir: un pretexto.»

Allison se instaló en el número 10 de la calle Blanche, un callejón a unas cuadras del Mission Dolores Park. Entre sus compañeras de piso figuraban una pareja de lesbianas, Teddy y Sonia, la primera neoyorquina y la segunda proveniente de una familia evangélica del Medio Oeste, Ge (Allison nunca supo su nombre verdadero), bellísimo o bellísima transexual de ojos negros, y Victoria, una lesbiana rotunda y elegante que de día trabajaba como abogada en un despacho *chic* y de noche perseguía jovencitas en los bares de la zona.

¿Era Allison homosexual? Nadie lo sabía con certeza. Había tenido breves aventuras con mujeres, disfrutaba el sexo con ellas, pero no las toleraba mucho tiempo; en cambio los hombres le producían cierta repulsión (demasiado violentos incluso cuando querían parecer tiernos), aunque al menos eran predecibles. Tras varios años de torturarse, de soportar las burlas de sus amigos y la suspicacia de su hermana, Allison tomó una decisión: no tendría que decidir. Se dejaría llevar por sus impulsos, el deseo de cada momento, olvidándose del límite ilusorio y autoritario de la diferenciación sexual. Estaba decidida a luchar contra todas las fronteras, políticas, económicas, sociales, genéricas; tal vez no supiese qué hacer con su vida, como le reprochaba Jennifer, pero al menos reconocía a sus enemigos.

La vida en el número 10 de la calle Blanche confirmó sus expectativas. San Francisco le permitía olvidar que había sido educada en el ambiente carcelario de Nueva Inglaterra. Cada mañana se levantaba con el ánimo de buscar nuevas aventuras e iniciar nuevos proyectos y cada noche se dormía convencida de que un mundo mejor era posible. La relación con sus compañeras de casa era casi perfecta y, en cuanto le aclaró a Victoria que no estaba interesada en ella («nunca me acuesto con mis amigas», le mintió), las tensiones desaparecieron. Ge se convirtió en su confidente, capaz de desdoblarse para aconsejarla como hombre o como mujer. Allison adoraba pasear con él o ella por el barrio, detenerse a comprar flores y artesanías o compartir un poco de marihuana mientras conversaban sobre los astros o la predestinación.

Al cabo de unas semanas, Victoria le presentó a Tresa, una de sus antiguas amantes, una joven de origen chino de piel casi traslúcida, suave y silenciosa, y Allison se enamoró de ella sin saber por qué. A unas semanas de pasión incombustible (Tresa se convertía en dragón al desnudarse), siguió un paulatino e incurable aburrimiento. Cuando Allison terminó con ella, su lánguida amiga se introdujo en su dormitorio y con paciencia oriental rompió cada uno de sus papeles, cartas, fotografías y facturas.

Allison se concentró en sí misma, por más que cada noche Ge y Victoria la animasen a salir. Encontró trabajo en una biblioteca (seguía adorándolas desde su época en la Escuela para Señoritas de Filadelfia) y en sus horas libres coordinaba los esfuerzos de un grupo que, tal como imaginaba su hermana, se dedicaba a protestar. ¿Contra qué? Contra todo. Por ejemplo, ahora se oponían a la decisión de la Suprema Corte del 20 de junio de 1977 que consideraba que los estados no estaban obligados a pagar los abortos voluntarios con fondos de la seguridad social.

Nada en la rutina de Allison parecía conducirla a una nueva relación amorosa, y menos hacia un hombre. Su ordenada vida de bibliotecaria y militante feminista dio un vuelco cuando conoció a Kevin, si es que ése era su nombre real. Cuando habló con él por primera vez (era un asiduo lector) a Allison le pareció un marciano: treinta y cinco años, rubio, de manos enormes y ademanes pausados, siempre vestido con traje y corbata. Desde que abandonó la universidad no había vuelto a toparse con los remilgados estudiantes que había frecuentado de joven. Había algo espontáneo y tierno en Kevin que no coincidía con su atuendo o sus modales, una especie de fractura psíquica, cierto desvalimiento que a Allison le fascinaba. Él intentó ligar con ella desde el principio, pero con una serenidad que ningún *yuppie* poseía. Kevin no mostraba prisa ni urgencia, no la atiborraba con palabras de amor, no la amenazaba con piropos y no la hostigaba con insinuaciones o regalitos estúpidos. Sólo estaba allí a diario, preguntándole cómo había sido su día e interesándose por su militancia. Un día Allison lo invitó a tomar una copa, caminaron por el barrio hasta la medianoche e hicieron el amor en un hotel de paso (ella jamás se hubiese atrevido a llevarlo al 10 de la calle Blanche).

Por primera vez en años, tal vez por primera vez en su vida, Allison se sentía cómoda con un hombre; no extática, pero sí sosegada y, ¿por qué no decirlo?, feliz. Todos los miércoles repitieron la cita, siempre con la misma quietud y la misma delicadeza, como si en lugar de amarse se anudasen. Kevin nunca le preguntó nada, con excepción de su nombre (incluso esa muestra de curiosidad le parecía una intrusión), y ella tampoco quiso indagar más. Tal vez sea mejor así, pensaba, sin sombras, sin ecos, en puro presente. Empezaba a amar a Kevin porque él no buscaba poseerla, ¿por qué querría más? Pero Allison quería más. Siempre que regresaba al número 10 de la calle Blanche se cuestionaba si no sería posible, si acaso no sería mejor, si no valdría la pena… En fin: dudaba. Como a cualquier burguesa, le hubiese gustado saber quién era Kevin, qué hacía en realidad (él le insinuó que era médico o veterinario o algo relacionado con la salud), y fantaseaba con un porvenir a su lado, un porvenir amplio y sin fronteras, como a ella le gustaba: un porvenir a fin de cuentas.

A fines de marzo de 1978, mientras su grupo preparaba una protesta contra el fallo de la Suprema Corte por el caso *Stump vs. Sparkman* (cinco ministros decidieron concederle inmunidad a un juez de Indiana que ordenó la esterilización forzosa de una joven retardada), Allison descubrió que estaba encinta. ¡Las malditas pastillas la habían traicionado! ¿Y ahora qué? ¿Debía decírselo a Kevin o era mejor callar? Ése era su único dilema, pues jamás consideró la posibilidad de *no* abortar: traer una criatura a este mundo le parecía un crimen. Su sentido de la honestidad prevaleció sobre su miedo.

«¡Tengámoslo!», le dijo él. «Yo te amo, Alli. No había tenido el valor para decírtelo. No me importa dejarlo todo, dejarlo todo por ti, por nosotros tres.»

Allison lo miró con horror. ¿Se habría vuelto loco? ¿Qué era lo que él debía dejar? Kevin le confesó que estaba casado, que tenía un hijo de doce y una hija de diez, y que era muy infeliz.

«¿Por qué me dices esto, Kevin? ¡Qué hijo de puta! ¿No podías quedarte callado? ¡Lo has echado todo a perder!»

Ella no contenía su rabia: él no era un hombre comprensivo y sereno, sino un cobarde como todos.

«No me importa que estés casado ni que tengas tres hijos o cinco amantes... ¡Cabrón! Yo no quiero nada de ti, ¿me oyes? ¡Nunca quise nada, nunca te pedí nada! *Nada.* ¿Por qué me haces esto?»

Kevin seguía sin comprender.

«Ahora sólo te pido que me dejes en paz. No quiero volver a verte.»

«Allison, cálmate, podemos superar esto juntos.»

«Tú y yo no estamos *juntos*, esa puta palabra no existe, Kevin. Yo estoy aquí, con un parásito en mi vientre, y tú allí. Nada nos une, no hay hilos ni cables ni tubos, así que no te atrevas a decirme lo que tengo que hacer.»

Allison le acarició el rostro antes de salir corriendo. Ese mismo día pidió cita en una clínica y a la mañana siguiente el parásito había sido desalojado de su útero. Nunca volvió a la biblioteca, el único lugar donde Kevin podía localizarla. Se encerró en el 10 de la calle Blanche, donde Teddy, Sonia, Ge y Victoria la consolaron como si hubiese sufrido un accidente (su versión de los hechos). Nunca volvió a saber de Kevin.

En cuanto se enteró de lo ocurrido (ambas celebraban la Navidad en Filadelfia), Jennifer enloqueció. Allison no esperaba comprensión ni afecto, tampoco aquella furia; nunca había visto así a su hermana, quien la acusaba de haber abortado con el único fin de lastimarla: «¡No sólo eres una puta sino también una asesina!» Allison dio media vuelta y se marchó. Para ella, su hermana mayor había dejado de existir. En cambio Jennifer nunca comprendió el alejamiento de su hermana menor; llevaban toda la vida peleando y al final siempre se reconciliaban, ésa era la única amistad que ellas conocían, era absurdo que se lo tomase tan a pecho, al grado de devolverle sus cartas o colgarle el teléfono. En su opinión, la ofendida debía ser ella: Allison había sido insensible y cruel al no reparar en su dolor. ¿Cómo había sacrificado a un ser vivo, a una criatura del Señor, cuando a ella le hacía tanta falta?

Jennifer odiaba o más bien despreciaba a los liberales como su hermana por su doble moral. Se presentaban como defensores de los débiles y los desheredados, pero eran incapaces de buscar soluciones reales a sus problemas. Ella, republicana orgullosa («conservadora compasiva», se definía a sí misma), no se creía mejor que nadie, no pensaba en guiar a los pobres, los enfermos o los lisiados, pero hacía más por ellos que todos esos progresistas de salón...

En cuanto Wells tomó su avión de vuelta a Nueva York, se sintió liberada. Había logrado su objetivo, torcer la voluntad de su esposo, era hora de concentrarse de nuevo en su labor. El primer semestre de 1979 fue una época de combates; pasaba día y noche en la oficina, escoltada por su fiel Mukengeshayi, planeando la campaña para vencer a los militares corruptos y a los agentes aduanales corruptos y a los empresarios corruptos y a los funcionarios corruptos y a los ciudadanos corruptos del corrupto Zaire.

En abril, Blumenthal recibió un informe confidencial con los primeros resultados de su batalla contra el *matabiche*: si bien cada semana se descubrían nuevos negocios turbios y decenas de personas eran detenidas, ello no quedaba reflejado en los indicadores económicos. Las medidas draconianas impulsadas por ambos se diluían en una red de engaños y componendas, como si los hombres y mujeres del FMI y el Banco Mundial trabajasen en un mundo ideal, mientras que en la práctica sus decisiones carecían de repercusión. Zaire era un agujero. La falta de incentivos y el estancamiento económico, sumados al alejamiento cada vez más patente entre ella y su jefe, sumieron a Jennifer en un estado de ansiedad que la obligó a tomar tres clases distintas de ansiolíticos. Poco a poco perdía el apoyo de sus superiores, mientras sus subordinados se rebelaban en su contra de las maneras más sutiles y perversas.

«Todos conspiran contra mí», le dijo a Mukengeshayi. «No puedo confiar en nadie, Blumenthal es un blando que no quiere meterse en problemas, no sé si ha llegado a un acuerdo con Mobutu, no me extrañaría… Y los demás sólo esperan que me equivoque para lanzarse sobre mí, no toleran que una mujer guapa y exitosa sea mejor que ellos.»

Jean-Baptiste había aprendido a no criticar sus destellos de paranoia, pero esta vez no aguantó más.

«Lo que usted dice es falso, doctora. Llevamos un año matándonos para darle gusto, para hacer avanzar este proyecto, y usted jamás nos ha tomado en cuenta. ¿Cómo espera que la respetemos?»

«Ahora tú también estés contra mí, ¡también tú!»

«Su única enemiga es usted misma, doctora.»

Jennifer salió llorando de la oficina y se refugió en el baño. Al cabo de un rato volvió a llamar a Jean-Baptiste y le pidió perdón de mil maneras, le prometió cambiar, le dijo que necesitaba su apoyo, que era muy difícil ser mujer y tener un trabajo como aquél, tenía los nervios destrozados, necesitaba su ayuda, por favor.

Blumenthal la convocó de urgencia en su oficina.

«Jennifer, deposité mi confianza en ti desde el principio», le dijo. «He dejado pasar muchas cosas en estos meses, pero ya no puedo seguir tolerando tus sospechas ni tus insinuaciones.»

«Profesor, yo jamás…»

«Se lo dices a todo mundo, Jennifer. Lo gritas por teléfono, tus aullidos llegan hasta mi oficina. Si no estás contenta, márchate.»

Por segunda vez en el día Jennifer volvió a llorar, a explicar, a balbucir, a pedir perdón. Blumenthal no se ablandó.

El golpe definitivo contra la política del FMI se produjo a principios de agosto. Un nuevo informe certificaba que la Sociedad Zaireña de Comercialización de Minerales acababa de transferir 5 millones de dólares a la cuenta personal que Mobutu mantenía en Suiza. 5 millones: la misma cantidad descubierta por Jennifer meses atrás.

Blumenthal lucía derrotado.

«Esta tarea es imposible con Mobutu en nuestra contra. ¡Si me quitas de aquí lo tomo de allá!» «¿Y qué vamos a hacer?», chilló Jennifer, «¿renunciar así como así?»

«No hay más remedio», aceptó él.

Volvían a estar en el mismo equipo: el de la derrota.

«¿Y las promesas que hemos hecho?», gimió Jennifer. «¿Qué va a pasar con esta gente, con todos los ciudadanos comunes que padecen a este dictador?»

Blumenthal se quitó las gafas y guardó silencio.

«Lo siento», le confirmó Jennifer a Mukengeshayi. «Blumenthal ha tirado la toalla y yo debo volver a Estados Unidos.»

«Siempre pasa lo mismo», dijo él, «ustedes se van y nosotros nos quedamos.»

Jennifer limpiaba su escritorio mientras el resto de su equipo se congregaba a su alrededor. Algunos no ocultaban su alegría: por fin se desharían del ogro que los había esclavizado durante meses; otros, como Jean-Baptiste, comprendían que la renuncia de Jennifer representaba un acta de defunción para el país. Él insistió en acompañarla al aeropuerto. Venciendo sus resistencias, ella le dio un abrazo.

Con ayuda de Jennifer, Blumenthal redactó el balance final de su experiencia, titulado: *Zaire, informe sobre su credibilidad financiera internacional*, la crónica de su fracaso. Dos años después, en junio de 1981, los directivos del FMI hicieron caso omiso del texto y concedieron a Zaire un arreglo extendido por 912 millones de dólares. Para entonces Jennifer llevaba varios meses en Washington y, si bien se sintió traicionada, al enterarse del enredo prefirió callar.

DESTRUCCIÓN MUTUA ASEGURADA

Estados Unidos de América-Afganistán, 1970-1985

Aun si yo no estaba allí a su lado, haciéndome cargo de su dolor (faltaban diez años para nuestro encuentro), era como si pudiese mirar su semblante adormecido, su piel apenas enturbiada por la corriente de sus venas, sus ojeras y sus pestañas negrísimas, sus labios entreabiertos, la dureza de sus pómulos. Éva dormía sin sueños, con las manos sobre el vientre y los pies desnudos: una madona. Nada en su apariencia indicaba su estado, los minutos transcurridos entre la vida y la muerte, su drástica escapatoria. Abrió los ojos. Frente a ella se abría un espacio nebuloso; poco a poco reconoció algunas figuras, el perfil de las cortinas (blancas), una mesita y un jarro con flores (también blancas), unas sillas de metal, una cómoda y una puerta (todas blancas) y por fin, oculta tras las cortinas, una malla de hierro (blanca, siempre blanca), la prueba definitiva de que no se hallaba en un hospital como cualquier otro.

¿Por qué entonces y no cinco o diez años atrás? Esta urgencia por la muerte carecía de lógica. Éva renunciaba a la vida justo cuando las piezas de su destino comenzaban a encajar. Recibía ofertas de las mejores universidades y empresas de América y Europa, sus redes cibernéticas se volvían cada vez más inteligentes (más *humanas*) y, luego de tres años de colaborar con el gobierno, al fin disponía de tiempo para sí misma.

Por si no bastara, Andrew seguía a su lado; es más: Andrew aún la quería. Su vida era normal. ¿Entonces? Ella habitaba un yermo hostil e incomprensible, y eso no iba a cambiar con todos los reconocimientos del mundo.

El 12 de noviembre de 1985 había sido un día como cualquier otro. Por la mañana se despidió de Andrew, tomó su bicicleta y se dirigió al MIT por el camino de costumbre. Al llegar a su oficina se topó con una invitación para pasar un año sabático en Berlín, en el Instituto Conrad Zuse, que desechó de inmediato. Pasó tres horas evaluando los progresos alcanzados por su proyecto y luego almorzó con Michael Buxton, a quien le reveló su inquietud ante la comercialización de computadoras personales programadas con LISP, pues le parecía que su campo interpretativo era muy limitado. Se despidió de él no sin prometerle reanudar la conversación al día siguiente. De vuelta en casa, Éva leyó un rato y luego vio una serie de televisión (Andrew cenaría con sus alumnos graduados hasta tarde); se dirigió a la cocina, abrió el refrigerador y buscó unas hojas de lechuga y unos tomates para prepararse una ensalada. En vez de colocar los ingredientes en el platón, Éva, o lo que quedaba de Éva, se desplazó al baño, abrió el botiquín y lo escudriñó como una musaraña. Extendió las cajas y frascos de medicinas sobre el lavabo y las vació una a una, distribuyendo píldoras, grajeas y comprimidos de acuerdo con su color y su tamaño, formando una pirámide. Observó su composición, acaso esperando una señal o un aviso que nunca llegó, y engulló los comprimidos uno a uno.

Aletargada por la mezcla de diazepam, iproniazida, xanax, tegretol, ritrovil y ativan, restos de las drogas que le habían prescrito en el pasado, se dejó caer al piso, la espalda sobre los mosaicos. Su modorra duró apenas unos segundos. Entonces otra Éva, la Éva voluntariosa y firme, la Éva sensata y arrolladora, la Éva genial (la Éva que yo amaría mucho después), venció a su contraparte enferma y se arrastró hacia el teléfono. Antes de perder el conocimiento alcanzó a marcar el número de Klára. Los paramédicos la descubrieron en el suelo, lívida pero consciente. Éva se resistió a acompañarlos, le parecían sombras o cancerberos que la conducirían a un quirófano para extirparle la tristeza, moderna piedra de la locura. Pataleó e intentó morderlos: déjenme en paz, malditos, cómo se atreven a tocarme, cómo se atreven a ponerme las manos encima, yo misma los llamé, yo los hice venir, tengo derecho a despedirlos, toda mi vida he soportado estas crisis, puedo recuperarme sola, ¡fuera de aquí! Acostumbrados a lidiar con la demencia, los jóvenes aprisionaron sus muñecas y tobillos.

Éva siempre supo que algo así podía ocurrirle: su inteligencia era una mierda, sus neuronas o sus genes la condenaban a un fin temprano y una existencia hueca, sucesión de desmayos y falsas esperanzas. Su cerebro se comportaba como una máquina averiada, infestada de cortocircuitos. Tarde o temprano acabaría en un manicomio, como su abuelo húngaro: el miserable no le había legado riquezas ni tesoros, sólo una patria incógnita y esa tara hereditaria. Los enfermeros le clavaron una aguja en el antebrazo. Hacía años que la droga era su única compañía permanente: calmantes, tranquilizantes, analgésicos y sedativos para los periodos de excitación o furia, estimulantes, corticoides y cápsulas de litio para la aprensión, la inactividad o el hastío. Su ánimo viajaba en una montaña rusa, si ascendía a la cumbre era para luego despeñarse en el vacío; su conciencia habitaba alturas o barrancos, jamás llanuras o planicies. Pobrecita Éva: yo la vi así (o quizá no así, en ese estado de desolación, pero sí en circunstancias parecidas) y jamás me sobrepuse. A Éva la extrema lucidez le impedía soportar la realidad.

En algún momento yo también llegué a considerar el suicidio (el mundo me parecía un pozo hostil o despreciable): nunca tuve el coraje de intentarlo. Cuando volví a Bakú en 1982, tras dos años de combatir a mujaidines y guerrilleros en las agrestes colinas de Afganistán, mutilado de cuerpo y alma, mi vida se dibujaba como un barrizal sin sentido, idéntica a la de miles de soldados que habían ido a defender el comunismo sin saber que el comunismo era ya una máscara. En Bakú nadie me consideró un héroe. Pronto escuché noticias de otros soldados que volvían del frente: para olvidarse de Afganistán, nuestro Vietnam secreto, todos nos entregábamos al alcohol o a la desidia (y los más lúcidos, a la muerte), esperando un reconocimiento que no habría de llegar jamás. En teoría éramos titanes, pero el gobierno nos trataba como parias, incómodos testigos de nuestra debacle. A diferencia de Éva, yo nunca me atreví a suicidarme, o lo hice de la manera más taimada y más hipócrita (como todo en mi vida), dejando que el alcohol me destrozase poco a poco, que su lento veneno abotagase mi razón y mis reflejos hasta tornarme cruel y macilento.

En los meses previos a su crisis, Éva había trabajado para el gobierno como parte de la Iniciativa de Defensa Estratégica o, como la llamaban los legos, del escudo espacial estadounidense. Tras ganar las elecciones en 1980, Ronald Reagan prometió devolver a Estados Unidos al lugar que le correspondía en el mundo. En cuanto se instaló en la Casa Blanca quiso saber si la superioridad nuclear de la URSS era tan preocupante como creía. Los informes de la CIA, el Departamento de Estado y la Secretaría de Defensa confirmaron sus temores: la ventana de vulnerabilidad (la posibilidad de que los soviéticos lanzasen un ataque por sorpresa y obtuviesen una ventaja inmediata) era más amplia que nunca. El viejo actor quizás fuese inexperto en diplomacia o estrategia militar, pero sabía ser enérgico como los vaqueros que interpretó en el pasado: todas las ramas de su gobierno debían hallar la forma de revertir la desventaja. En pocos meses consiguió el apoyo del Congreso y multiplicó diez veces el presupuesto de defensa.

El 23 de marzo de 1983 compareció ante sus compatriotas por televisión para anunciar la puesta en marcha de la Iniciativa. Yuri Andrópov la consideró una provocación, los grupos pacifistas manifestaron sus temores y la Unión de Científicos Comprometidos la consideró inviable, pero Reagan no cedió a los ataques y nombró al teniente general James A. Abrahmson director del proyecto. A su vez, éste pidió a los científicos Fred S. Hoffman y James C. Fletcher que elaborasen dos estudios independientes que determinasen su viabilidad a mediano plazo.

Profesor de tecnología y recursos energéticos en la Universidad de Pittsburgh, Fletcher involucró en su equipo a físicos, matemáticos, ingenieros e informáticos provenientes de las mejores universidades. Desde el inicio le pareció que Éva era la persona ideal para desarrollar el sistema informático de la Iniciativa. Al principio ella se negó; al cabo de una noche en vela, se comunicó con Fletcher y le dijo que, como antigua víctima del comunismo, su obligación era contribuir a la defensa de su patria.

La IDE implicaba un esfuerzo técnico colosal: se requería articular un vasto conjunto de satélites que, colocados a 36,200 kilómetros sobre el ecuador, mantuviesen la superficie terrestre bajo constante supervisión, para lo cual tendrían que estar dotados con sensores infrarrojos que se activasen con el despegue de un misil intercontinental. La información obtenida por ellos sería transmitida a satélites dotados con plataformas defensivas y a una flota de satélites-sensores. Estas plataformas desplegarían armas capaces de interceptar a los misiles enemigos antes de que completasen su ascenso. En caso de que algunos superasen la primera fase de vuelo, sensores colocados en órbitas inferiores enviarían los datos a plataformas terrestres que lanzarían proyectiles para destruirlos durante su descenso. Por último, cohetes terrestres dotados con un sistema de dirección autónomo podrían atacar a los misiles que aún permaneciesen activos antes de su ingreso en la atmósfera.

Para lograr que esta tecnología resultase funcional, se requería ensamblar una compleja red de computadoras, así como el sistema informático capaz de controlarla. Fletcher le encomendó a Éva el área conocida como C3 (comando, control y comunicaciones), cuya función sería coordinar el proceso y crear componentes cibernéticos que reaccionasen a los estímulos externos en fracciones de segundo. Si bien los ingenieros militares de la IDE consideraban que bastaba articular la tecnología preexistente, Éva se empeñó en diseñar un verdadero cerebro artificial: las computadoras interconectadas entre la Tierra y el espacio se convertirían en una gigantesca mente, un simulacro de Dios.

La reunión final del Grupo de Estudio del Sistema de Defensa Tecnológica encabezada por Fletcher resultó tan estimulante como caótica; algunos de sus integrantes creían que el programa resultaría demasiado costoso, incluso para una economía como la estadounidense, y otros pensaban que los medios técnicos aún eran demasiado rudimentarios para garantizar su éxito. Al final, todos convinieron en presentar al presidente un informe esperanzador.

«Los avances de las dos décadas pasadas abren grandes promesas para una defensa de misiles balísticos», le resumió Fletcher a Reagan.

Pese al entusiasmo del presidente, las reacciones contra la IDE se volvían cada vez más ácidas. En un artículo publicado en *Science,* Hans Bethe y otros científicos desestimaban las conclusiones de Fletcher y Hoffman. Más tarde la Unión de Científicos Comprometidos hizo público un estudio según el cual, para resultar confiable, la IDE tendría que poner en órbita ¡2,400 satélites! Los científicos asociados al proyecto insistieron en rebajar el número a mil, a quinientos o incluso a 45, sin que al final ni unos ni otros pudiesen justificar sus cifras.

«La idea es disparatada, Éva, tienes que reconocerlo», le dijo Andrew.

«¿Y tú qué sabes?», replicó ella, «cientos de personas nos dedicamos a estudiar sus posibilidades, no entiendo por qué la gente hace comentarios a la ligera.»

«No puedes pensar que una idea de Reagan pueda ser buena», insistió Andrew.

Ella nunca había simpatizado con el presidente, la política le parecía un tema lejano y abstruso, pero esta vez se sentía obligada a apoyarlo.

«Imagina lo que pasaría si pudiésemos eliminar el temor a una guerra nuclear... Los rusos dejarían de ser una amenaza.»

«O se convertirían en una peor», la interrumpió su esposo. «El equilibrio estratégico nos ha librado de la catástrofe. *Star Wars* puede romperlo, y entonces...»

«Es un acto de legítima defensa: en los últimos diez años los rusos han construido un misil tras otro, y nosotros seguimos cruzados de brazos.»

Andrew le mostró la sección editorial del periódico, donde figuraban dos caricaturas. En la primera, titulada «Buck Ronald & su Súper Cañón Láser», el presidente aparecía vestido como el personaje de las historietas de ciencia ficción; tras disparar su pistola, él mismo desaparecía, incinerado.

«Y ahora mira ésta.»

Éva leyó el título: «La investigación sobre la IDE». En ella aparecía un mago Merlín rodeado de sacos llenos de ojos de ranas, filtros mágicos y retortas alquímicas, concentrado en remover el contenido de un gran caldero con la inscripción «Iniciativa de Defensa Estratégica».

«Te has convertido en aprendiz de brujo, Éva», le dijo su marido.

Las críticas de Andrew no irritaron a Éva, minaron su ánimo. Si bien seguía considerando que la IDE era posible y justa y necesaria, ya no era capaz de abordar sus desafíos con plena libertad, se sentía observada o vigilada, como si su marido y sus críticos sólo esperasen un mínimo fallo, una equivocación o error para lanzársele al cuello. Para 1985, cuando el enemigo soviético estaba a punto de iniciar una drástica etapa de modernización (y su imprevisto e inexorable camino hacia la nada), el interés de Éva por la IDE se había difuminado conforme a esa lógica que la llevaba de la exaltación a los piélagos, y no tardó en abandonar el grupo de trabajo de Fletcher con el pretexto de retomar sus redes neuronales.

Tres semanas después de reincorporarse al MIT, Éva, mi frágil y abatida Éva, vació el botiquín del baño y se atiborró con tranquilizantes y antidepresivos. Tras dos semanas de convalecencia en la clínica de Vermont, los médicos recomendaron una terapia electroconvulsiva. Éva trató de resistirse (tenía demasiado presentes las escenas de *Alguien voló sobre el nido del cucú*). El psiquiatra le explicó que el procedimiento podría resultar efectivo en casos como el suyo. Como me contó años después con forzado desparpajo (apenas resisto la imagen), primero le administraron un relajante muscular, luego la anestesiaron y por fin colocaron un electrodo en su sien izquierda y otro en su frente. La corriente recorrió los cables y cimbró el cerebro de Éva.

En cuanto le permitieron volver a casa, tomó la decisión de aceptar la invitación que le había formulado el Centro Konrad Zuse de Técnicas de la Información para pasar un año sabático en Berlín. Andrew escuchó sus razones en silencio: quiero alejarme de todo, no soporto más mi oficina ni este país, necesito un lugar frío y sereno como Berlín. Aunque a Andrew la oferta no le pareció demasiado atractiva, le dio el pretexto perfecto para separarse de Éva sin remordimientos. Porque, mientras su esposa se veía sometida a una terapia electroconvulsiva en Vermont, él se había enamorado de otra mujer.

SEGUNDO ACTO

MUTACIONES
(1985-1991)

1985

1

Moscú, Unión de Repúblicas Socialistas Soviéticas,
10 de marzo

Eran las 19:24 cuando sonó el teléfono en el número 12 de la calle Alexéi Tolstói. Raísa Maxímovna levantó el auricular y se lo entregó a su marido: quería ser la portadora de buenas noticias. A Mijaíl Serguéievich apenas le temblaban las manos; llevaba demasiadas noches repitiendo la escena en su mente y su nerviosismo se había desvanecido. El oficial lo saludó con la voz marcial de costumbre; él percibió algo distinto en su tono, una mínima inflexión o acaso cierta oscuridad. Ni siquiera necesitaba escuchar los detalles. ¿El anciano habría sufrido? Poco importaba. Luego de una semana en coma (por no hablar de los meses de agonía) era lo mejor que podía sucederle: ya no se sostenía, al final era una estatua de sal y no una hiena, con los ojos hundidos y el semblante amoratado, insulsa caricatura de sí mismo. Ni en sus mejores épocas Konstantín Ustínovich Chernenko había sido un dechado de arresto o agudeza, aunque a veces mostrase una frialdad que algunos confundían con bravura. Al final apenas podía engullir una papilla o levantarse al baño (los médicos del Kremlin lo auxiliaban incluso en estas maniobras).

¡Pobre Konstantín Ustínovich! Cuando lo único que le preocupaba era respirar, Víktor Grishin lo había obligado a posar ante las cámaras, maquillado como una figura de cera, creyendo que así se convertiría en su heredero. ¡Retratarse con un cadáver! Sólo a un imbécil como Grishin podía ocurrírsele una estrategia tan burda. Pero no valía la pena detenerse en recordar las penas del viejo, era hora de actuar. Mijaíl Serguéievich se volvió hacia su esposa y susurró: «Ha muerto». Más drástica o menos hipócrita, Raísa Maxímovna abrazó a su marido: «Tienes que convocar una reunión del Politburó esta misma noche», lo conminó.

Dos horas más tarde, Gorbachov abordó su automóvil rumbo a la sede del Comité Central, en la Plaza Vieja. Raísa Maxímovna no lo despidió con un beso en la mejilla, sino con un apretón de manos. Los miembros del Politburó no tardaron en llegar. Después de Mijaíl Serguéievich, el primero fue Grishin, secretario general del *oblast* de Moscú. Tan apagado y sórdido como Chernenko (acababa de cumplir setenta), era la quintaesencia de la inmovilidad: seco, corrupto, venal. Justo lo que la Unión Soviética no requería en esos momentos. Mijaíl Serguéievich lo recibió con un abrazo y ambos intercambiaron pésames y sentencias fúnebres.

«Camarada Grishin», le dijo Gorbachov, zalamero, «ahora lo importante es organizar el homenaje de nuestro difunto secretario general, y yo creo que usted es la persona idónea, camarada.»

«No, no y mil veces no, camarada Gorbachov», repuso éste, «la tradición indica que las exequias sean coordinadas por un secretario del Comité Central y no por un secretario regional como yo; a mí me parece que el indicado para el cargo es usted, Mijaíl Serguéievich.»

¡Cuánta cortesía!

Poco a poco arribaron los demás miembros del Politburó. Si uno sumara sus años llegaríamos a la prehistoria, pensó Mijaíl Serguéievich, y de inmediato se reprochó su sarcasmo:

aquellos viejos le inspiraban tanto respeto como temor. Se acordó del chiste que le contaron cuando viajó a Gran Bretaña en 1984. Tras regresar de los funerales de Andrópov, Margaret Thatcher le llama por teléfono a Ronald Reagan y le dice: «Ronnie, la verdad estos rusos cada vez lo hacen mejor, te aseguro que volveré el año próximo». Pero Gorbachov no podía reír, no todavía.

Una vez abierta la sesión del Comité Central, Víktor Grishin pidió la palabra y, cumpliendo su compromiso (o acaso buscando una salida digna), propuso que Mijaíl Serguéievich Gorbachov fuese el encargado de organizar los funerales del camarada Chernenko. Alguien trató de oponerse, argumentando que Grishin sería mejor candidato; al final nadie secundó su propuesta. Todo sale a pedir de boca, pensó Gorbachov. Pero, si bien en las dos ocasiones anteriores el responsable de organizar las pompas fúnebres había sido entronizado como secretario general, tampoco se trataba de una ley inexorable. La reunión definitiva del Politburó quedó fijada para el día siguiente, 11 de enero, a las 15:00 horas.

Mijaíl Serguéievich regresó al número 12 de la calle Alexéi Tolstói a las 11:24. Raísa Maxímovna lo esperaba en la puerta, vestida con una larga bata negra. Apenas contenía su impaciencia. Su esposo la besó y ambos subieron a su habitación. Él se quitó la chaqueta y se desanudó la corbata.

«Me han encargado la organización del funeral», le dijo a su esposa.

Raísa Maxímovna aplaudió.

«Eso no quiere decir nada, es sólo un signo.»

«No, Mijaíl Serguéievich, es un hecho.»

«La votación del Politburó es mañana a las tres. Cuento con Ligachev y Rizhkov y, por lo que vi hoy, también con Gromiko y con Chebrikov.»

«Estamos muy cerca», murmuró Raísa Maxímovna.

Como ella vaticinó, durante la reunión del Politburó el astuto Andréi Gromiko defendió con fogosidad la candidatura del camarada Mijaíl Serguéievich Gorbachov, un líder joven e impetuoso, educado y abierto, con sonrisa de niño y dientes de acero.

2

Nueva York, Estados Unidos de América,
12 de marzo

«Ésta es la palabra que debemos recordar: opciones», le dijo a Jennifer mientras desayunaban. «No vale la pena ocuparse de la realidad, de los objetos seguros y tangibles, sino del infinito reino de las posibilidades. Debemos concentrarnos en el futuro», continuó Wells, dándole un sorbo a su café. «Es un cambio conceptual que ahora muy pocos comprenden.»

«¿Tu amigo Andy Krieger es uno de ellos?», le preguntó ella.

«Tienes que conocerlo, Jen, no sólo es muy rico, sino que está interesado en la filosofía oriental, ha estado varias veces en la India e incluso sabe sánscrito.»

Hacía semanas que Wells no hablaba de otra cosa; de pronto había olvidado la admiración que le profesaba a Roy Vangelos y a Gerry Tsai, y ahora sólo cantaba las virtudes de Andy Krieger. Así era Jack Wells: se dejaba llevar por sus primeras impresiones y, si bien procuraba mostrarse seguro de sí mismo, en realidad era el hombre más influenciable del planeta. En cambio Krieger podía haber protagonizado una película: hablaba con ese tono suave y melodioso de quienes se consideran espirituales, sostenía que su mayor preocupación eran los niños de Calcuta y en sus ratos de ocio repasaba los Vedas en versión original; era vegetariano compulsivo y, por si fuera poco, había sido campeón universitario de tenis. En menos de dos años se había hecho rico sin que ello disminuyese su misticismo.

Wells se topó con él durante una fiesta en el Upper East Side y, en cuanto descubrieron que los dos habían estudiado en Wharton, pasaron toda la noche intercambiando anécdotas sobre profesores y alumnos. Al final de la velada coincidieron en una cosa: el dinero es tan asqueroso que hay que ganarlo cuanto antes. Durante su siguiente encuentro en una cafetería en la calle 57, Andy le confió a Wells la palabra mágica que habría de hacerlos *muy* ricos: opciones. Poca gente en Wall Street se preocupaba en esa época por estos instrumentos financieros, y la mayor parte de los economistas los despreciaban o ignoraban, pero en opinión de Andy simbolizaban el porvenir.

Durante sus años en Wharton, Andy había desmenuzado los entresijos del modelo Black-Scholes (la fórmula desarrollada en 1973 por Fisher Black, Robert Merton y Myron Scholes para calcular el valor de una opción), y él mismo había desarrollado un programa informático que la mejoraba. Igual que Wells, pensaba que el mercado no era perfecto ni eficiente. En Solomon Brothers, Andy trabajaba desde el alba hasta el anochecer, animado por esa fe que antes lo ligaba al hinduismo; para él no existía deidad más venerada que Ganesha, dios del bienestar material. Por la noche, en vez de descansar o celebrar sus triunfos, no paraba de hacer llamadas telefónicas para operar en la Bolsa de Tokio, y a veces todavía le dedicaba una o dos horas a la meditación. Durante su primer año en Solomon Brothers obtuvo más de 30 millones de dólares para la firma, y no dejó de decepcionarle que al término del año sus jefes sólo le adjudicasen 170 mil dólares de prima, más que a cualquier otro operador de la empresa (aunque mucho menos de lo que le hubiese correspondido de acuerdo con su índice de ganancias). Pero ahora la frustración de Andy había quedado atrás. 1985 se iniciaba con grandes perspectivas: ganaría más que cualquier otro ejecutivo en la historia de Wall Street.

«¿Conoces el chiste del economista y el billete, Jack?», le preguntó Andy mientras engullía su primera hamburguesa con queso y tocino en un lustro. «Un economista clásico encuentra un billete de cien dólares en el piso y decide no levantarlo. ¿Sabes por qué? Porque según la teoría de los mercados eficientes ese billete no existe, pues en tal caso ya alguien lo habría levantado…»

Andy lanzó una estridente carcajada.

«Por fortuna nosotros no somos economistas clásicos, así que podemos recoger los billetes sin temor.»

Así terminó aquel almuerzo. Quince días después, Wells se preparaba a invertir miles de dólares en opciones que serían manejadas por su amigo Andy. Por eso aquella mañana lucía rozagante; si las cosas salían bien, podría renunciar a Merck y cumplir el sueño de fundar su propia empresa. Wells terminó su café y le dio un beso a su esposa antes de marcharse. Ese mismo día Andy Krieger colocó 30 millones de dólares en opciones de moneda equivalentes a mil millones en otras divisas. Un testimonio de los tiempos: un solo hombre, provisto con un programa informático y un poco de intuición, podía controlar cantidades estratosféricas (al menos en teoría). Wells podía estar tranquilo: su dinero estaba en buenas manos, la economía mantenía su ascenso y él, con su cargo ejecutivo en Merck, no tenía prisa. Todo salía conforme a sus planes. La década de los ochenta sería el reino de lo posible.

3

Sverdlovsk, Unión de Repúblicas Socialistas Soviéticas, 13 de abril

Oksana se prometió no llorar. La camarada Smolenska se enervaba más a cada segundo, le gritaba y la insultaba, pero ella resistía; en un arranque de ira, le asestó una bofetada. Una especie de comezón invadió su mejilla, pero la niña cumplió su promesa y no soltó siquiera un gemido, apretó los puños y tensó los labios, y unas lágrimas escurrieron por sus mejillas. Sólo eso. Ni una palabra, ni un lamento, ni un sonido. La camarada Smolenska era una mujer alta y desastrada, con un pronunciado estrabismo y modales militares (no se diferenciaba de otras profesoras). A Oksana nunca le simpatizó, y el sentimiento era mutuo. Llevaba más de una hora en su oficina. Furiosa ante este nuevo reto, la camarada Smolenska continuó vociferando.

«No me dejas otro remedio, tendré que hacer venir a tu madre, ella tiene la culpa de todo, esos padres que tienes no han sabido educarte, eres una rebelde como ellos, así que ahora todos tendrán que pagar, ¿me escuchas, Oksana Arkádievna?»

Hacía siete horas y quince minutos que Oksana había tomado una determinación inquebrantable: no volvería a hablar. Cuando decía algo nadie le creía, los profesores la tachaban de mentirosa, aseguraban que se inventaba cosas, que sólo buscaba hacerse notar, y su madre estaba todo el día en el trabajo y luego en reuniones y juntas, siempre pendiente del destino de su padre (ese espectro), así que lo mejor que podía hacer era callar. Mantenerse muda y expectante. Oksana no pensaba las cosas con esta claridad, su decisión había sido más vaga y natural, producto del miedo y del horror más que de un plan estratégico. Para ella el silencio no era un capricho ni un escudo: un refugio.

En clase desobedecía todas las indicaciones, olvidaba sus tareas y respondía con brusquedad a las preguntas no porque quisiese rebelarse, como tantas niñas de su clase, sino porque así lo dictaba su naturaleza. Alguien la había inoculado con un virus que la hacía ser cruel con los animales y grosera con los humanos. A veces trataba de portarse bien, harta de recibir un castigo tras otro; al final, no lograba contenerse. Odiaba al mundo. Odiaba la escuela y a los profesores. Odiaba a la camarada Smolenska. Odiaba a su madre. Y en especial odiaba a su padre, Arkadi Ivánovich Granin, el traidor que la había abandonado, que nunca la había querido, que nunca se había interesado por ella. Lo único que le gustaba en la vida (lo único que la relajaba o por lo menos le permitía olvidarse de sus problemas) era cantar. Podía pasar horas vocalizando o tarareando tonadas populares con una voz delicada y agudísima.

Su madre llegó a la oficina de la camarada Smolenska un par de horas después, ansiosa y despeinada. Oksana ni siquiera se volvió a mirarla, concentrada en las fotografías de Moscú y sus alrededores que colgaban de la pared junto a los diplomas que acreditaban la pericia pedagógica de la directora.

«Buenas tardes, Irina Nikoláievna», le dijo ésta, «no he tenido más remedio que hacerla venir de nuevo, no sabe cómo me incomoda, pero no veo otra salida. Oksana Arkádievna está peor que nunca, tiene un carácter imposible, dígame qué hacer con ella, qué hacer con una niña que se niega a hablar...»

Irina no comprendió muy bien las palabras de la directora.

«¡No ha dicho una sola palabra en todo el día, como si fuese muda!», se quejó la camarada Smolenska. «Inténtelo y verá.»

Irina se acercó a su hija. Al ver su rostro lívido y apagado adivinó que aquello no iba a resultar. Su hija lanzó un suspiro.

«¿Lo ve?», bufó la camarada Smolenska, «así ha sido toda la mañana, como si nuestras profesoras sólo tuvieran que ocuparse de su hija: qué egoísmo, qué falta de..., de..., de todo, Irina Nikoláievna.»

El semblante de la directora se congestionó como un globo.

«Lo siento, camarada», se disculpó Irina.

«¡Disculpas, disculpas!», aulló la camarada Smolenska. «Irina Nikoláievna, haga lo que pueda, pero le advierto que si esto sigue así tendremos que enviar a su hija a una institución especial, ¿me entiende?»

Irina tomó a Oksana de la mano y la arrastró fuera de la oficina; la pequeña no opuso resistencia. Una vez en casa, Irina le preparó un té y volvió a intentarlo.

«Oksana, mi amor, dime si te ha ocurrido algo, soy tu madre y te quiero, necesito saber qué piensas, las dos juntas podemos arreglar las cosas…»

En vano: Oksana se lavó la cara en silencio, se cambió de ropa en silencio y en silencio se acostó, aunque permaneció largo rato con los ojos abiertos, bien abiertos.

Cuando despertó por la mañana, Irina casi se había olvidado de la tarde anterior, pero no tardó en comprobar que Oksana continuaba con la misma actitud; tomó el desayuno sin decir palabra y luego se preparó para ir a la escuela sin darle los buenos días.

«Oksana, si continúas así no te permitirán seguir en esa escuela, te he cambiado tres veces en estos dos años, sé que toda esta época ha sido difícil para ti, pero tienes que hacer un esfuerzo…»

La niña fingía no escucharla, miraba a otras partes o se concentraba en el vacío. Irina no sabía qué hacer, así que la envió a la escuela con la esperanza de que cambiase de opinión. La llamada de teléfono que la interrumpió a las once de la mañana le demostró que se había equivocado.

«Oksana persevera con su desafío», le dijo la camarada Smolenska, «y debo suspenderla. Le doy una semana, Irina Nikoláievna, para que reconsidere su actitud, es todo lo que puedo hacer.»

Irina tuvo que pedir permiso en el laboratorio para ir a buscar a su hija y llevarla a casa. Esta vez no intentó convencerla de hablar, sabía que fallaría. Tal vez si la dejaba en paz unos días terminaría por aburrirse. ¡Nadie puede permanecer tanto tiempo callado!

Fuera de aquel silencio empecinado, Oksana parecía la de siempre. Nunca había sido una niña comunicativa, tenía un lado soñador o disperso, su atención siempre fluctuaba. Pero Irina Nikoláievna comenzaba a preocuparse. El arresto de Arkadi la había afectado más de lo que imaginó; debía reconocer que en los últimos meses apenas le había prestado atención, concentrada en la batalla para liberar a su marido. ¿Y ahora qué sería de ellas? Los siguientes días fueron una pesadilla para ambas. Ninguna quería hacerle daño a la otra, pero sus posiciones resultaban irreconciliables y no había manera de echarse atrás. Oksana permanecía en casa todo el día; cuando Irina llegaba por la tarde, ni siquiera intentaba hablar con ella, convencida de que no debía comportarse como la camarada Smolenska, y fingía que el silencio de su hija era normal. Esperaría un tiempo razonable antes de pedir ayuda profesional.

Oksana se sentía cada vez más aislada, más triste. Ahora ya no era que no quisiera hablar: no podía hacerlo. Las palabras se le atragantaban en la garganta. Cuando estaba a solas intentaba gritar o cantar, sin éxito; era como si una confesión impronunciable se resistiese a salir de su cuerpo, como si ya ni ella misma supiese lo que le ocurría. Perdió el apetito y a escondidas tiraba la comida que le dejaba su madre; no tardó en adelgazar y ser presa de la fiebre. Irina la llevó al médico, el cual diagnosticó una sencilla infección intestinal y le recetó unas píldoras sin detenerse a evaluar su estado psíquico. Irina no toleraba ver cómo su hija se consumía poco a poco.

Esa mañana Oksana sintió que ya no podía más. Comenzó a golpear las paredes con los puños y luego con la cabeza, como si necesitase romper su cuerpo. Luego corrió al baño y estrelló las manos contra el espejo, decidida a cancelar esa imagen de sí misma (esa Oksana fea y esmirriada) de una vez por todas. Casi con sorpresa vio que un hilo de sangre escurría entre sus dedos. No contenta con esa herida, con esa marca o esa señal, tomó una de las astillas del espejo y se hizo una rajada en el antebrazo. Por fin se escuchó gritar con todas sus fuerzas, con toda la energía que sus pulmones habían almacenado. Cuando Irina llegó horas más tarde y descubrió que Oksana tenía el brazo vendado, pensó en una tragedia, pero su hija la tranquilizó.

«No te preocupes, mami, estoy bien, fue un accidente.»

¡Oksana hablaba de nuevo! Irina la abrazó con todas sus fuerzas. Su hija se mostraba relajada, casi alegre. Había encontrado la manera de darle salida a su dolor.

4

Auckland, Nueva Zelanda, 10 de julio

Hacía meses que Allison no experimentaba aquella paz; llevaba demasiado tiempo incubando una rabia inmanejable: había visto morir uno a uno a varios de sus amigos más queridos, devorados por la plaga que transformaba a San Francisco en un moridero. Ge, su confidente y camarada, había sido de los primeros en desarrollar las llagas y al cabo de unas semanas había perdido su equívoca belleza; la última vez que fue a visitarla al hospital era un pellejo amarillento con los ojos como canicas. Allison no resistió el dolor y salió corriendo. No asistió a su entierro. Para entonces su alma ya se habría separado de su cuerpo, lista para reencarnar en otro ser vivo, tal vez en un fresno o en un clavel (su flor favorita) o en el feto que a la postre se convertiría en una mujer. Allison no resistió quedarse en San Francisco; en diciembre de 1984 renunció de nuevo a su trabajo, decidida a consagrarse a lo único que le importaba: los otros.

Mientras contemplaba la Bahía de Marsden iluminada por las luces invernales (el cielo y el agua confluyendo en la oscuridad, el ritmo de la marea, los mástiles como agujas, la ominosa ausencia de nubes), Allison se sentía transfigurada. Necesitaba deshacerse del pasado, olvidar sus reyertas con Jen y sus amores fatuos o inconclusos, alejarse de esa parte de sí misma que sólo perseguía batallas. Quién sabe, quizás su lugar estuviese en medio de las aguas (el océano despertaba en ella sentimientos encontrados, le quitaba el aliento y la hechizaba con sus rugidos), ese magma donde se inició la vida.

«Cuánta calma», exclamó más para sí que para los demás, aunque Fernando le respondió con una sonrisa afable, apenas irónica. Ese hombre le agradaba. Había algo fascinante en su manera de acercarse a los otros, en su mirada densa y minuciosa. En cuanto zarparon de Vancouver se acercó a ella y la invitó a tomar una cerveza en la cubierta; a fin de cuentas era la única nueva (su entrenamiento apenas había durado unas semanas), mientras que los demás se conocían desde hacía años y habían viajado juntos de un extremo a otro del planeta. Resultaba difícil involucrarse en la vida de un grupo acostumbrado a pasar tanto tiempo en altamar. Por más que Jane, Albert, Susan, Marie-Pierre, Davy o incluso Pete, el capitán, intentasen mostrarse abiertos y hospitalarios con Allison, se hallaban demasiado compenetrados como para hacerla partícipe de su complicidad.

A Allison la lejanía no le incomodaba; la soledad marina le servía como bálsamo para sus heridas. Y además estaba Fernando, quien solía bombardearla con preguntas, siempre con el afán de burlarse de su ingenuidad o sus contradicciones religiosas (ella insistía en presentarse como budista). A veces se quedaban toda la noche en la cubierta del *Rainbow Warrior* discutiendo sobre el destino, la trascendencia o la vida ultraterrena. Fernando era un ateo feroz, indiferente u opuesto a ese mundo espiritual que Allison perseguía con ahínco. «Yo no hago esto para salvar mi alma», le explicaba Fernando, «sino por mis hijos: es un puro acto de egoísmo; no sabes cómo me enervan quienes piensan que por ser buenos o altruistas merecen aplausos y alabanzas, a veces creo que no son muy distintos de los políticos que combatimos.»

Fernando llevaba muchos años como fotógrafo de Greenpeace; en una noche de tormenta, cerca de las costas de Samoa, le mostró a Allison algunas imágenes que había recogido: balleneros islandeses, cazadores de focas de las Orkney, empleados de las plantas nucleares de California y Nuevo México. También tenía fotos de los militares franceses que custodiaban el atolón de Moruroa, adonde se dirigían. Lo peor es constatar el parecido de todos esos hombres. «Fíjate en los rostros de los pescadores y en los ademanes de los marinos», le dijo Fernando, «y podrás reconocer la misma codicia, el mismo miedo, la misma estupidez ancestral; no piensan más que en sí mismos, en preservar ese orden absurdo y criminal en el que han nacido.»

Mientras vivía en San Francisco, Allison había participado en diversos grupos ecologistas (incluso había viajado a Nueva York para asistir a la histórica concentración contra las armas atómicas en Central Park del 12 de junio de 1982), y más adelante había sido una férrea adversaria del escudo espacial de Reagan, pero sólo había decidido incorporarse a Greenpeace tras la muerte de Ge. Desde su refundación en octubre de 1979, el grupo no había cesado de aparecer en la prensa debido a sus espectaculares protestas contra los ensayos atómicos, los desechos tóxicos, la caza de ballenas y la degradación del ambiente; sus activistas habían sido perseguidos o detenidos y sus embarcaciones multadas o confiscadas. Gracias a la visión de David McTaggart, empresario canadiense afincado en Nueva Zelanda, Greenpeace se había convertido en una red internacional con capacidad para movilizar decenas de efectivos a cualquier parte del mundo.

El *Rainbow Warrior*, llamado así en honor de una deidad de los indios americanos, era una antigua nave pesquera de 44 metros de eslora que había sido adquirida por Greenpeace en 1977 por 40,000 libras. Esta vez su misión consistiría en bloquear el ensayo nuclear que Francia se disponía a realizar en Moruroa. Allison se sentía orgullosa de haber sido aceptada como voluntaria pese a su reciente ingreso y a la rapidez con que había realizado su entrenamiento náutico.

«Verás que todo sale bien», la animó Fernando mientras caminaban de vuelta a la embarcación luego de cenar en una taberna del puerto.

«¿Han visto a Frédérique?», les preguntó Davy.

Frédérique era una joven rubia, de intensos ojos azules, que trabajaba en la sección neozelandesa de la organización.

Allison pensaba que Fernando se sentía atraído por ella (no le quitaba los ojos de encima), pero nunca se atrevió a preguntárselo.

«Hace un par de días que no la veo», respondió Fernando. Davy le dirigió una mirada incrédula. «A mí esa chica no me gusta.»

Los mástiles del *Rainbow Warrior* se alzaban altivos y serenos, y Allison pensó en los tótems de su culto. La noche era fresca y apacible. Todos estaban fatigados, deseosos de irse a dormir o a tomar una última cerveza en sus camarotes; poco a poco se introdujeron en la nave como hormigas entrando a su hormiguero. Allison y Fernando permanecieron en cubierta, charlando de todo y de nada.

«¿Extrañas a tus hijos?», le preguntó ella. «Qué tonta, desde luego que los extrañas.» Se quedaron un rato mirando las estrellas y luego Fernando le dijo que estaba un poco cansado, le dio dos besos y se fue a dormir. «Yo voy a quedarme un rato más», se despidió ella, «que duermas bien, Fernandinho.»

A las 11:48 Allison cayó al suelo, azotada por la violenta sacudida. Habituada a San Francisco, pensó en un terremoto. ¿Un terremoto en Nueva Zelanda, en plena bahía? Se tocó la frente y sintió la humedad de la sangre: se había golpeado con una de las salientes. El tiempo pareció condensarse. Escuchó gritos y aullidos, el crujir de la madera, y luego sintió cómo el barco se inclinaba hacia la izquierda. Sus amigos subieron a ver qué sucedía, algunos estaban desnudos. «¡Nos hundimos!», gritó Marie-Pierre.

Pete ordenó: «A tierra, rápido». Y preguntó: «¿Queda alguien en el cuarto de máquinas?»

Susan tomó a Allison del hombro y le ayudó a caminar hasta el muelle; la noche cerrada impedía distinguir la rabia y la sorpresa.

Una vez en tierra, todos vieron cómo el *Rainbow Warrior* se ladeaba como si fuera presa de un remolino. Pete volvió a la superficie, empapado, dando grandes bocanadas.

«Hay un hueco del tamaño de un coche en el cuarto de máquinas, el agua entra a borbotones.»

Fernando salió disparado hacia el interior de la nave.

«Debo recuperar mis cámaras.»

Allison no consiguió detenerlo. Ahora el tiempo se volvía lento, miserable, y el barco se hundía como plomo. Davy saltó para alcanzarlo, pero el agua ya devoraba la cubierta. Marie-Pierre y Jane se tiraron al agua, en vano. Entonces se produjo otra explosión, aún más violenta.

Cuando arribaron los cuerpos de rescate, el *Rainbow Warrior* era una brizna de madera en medio de las aguas. Marie-Pierre lloraba; Pete, Davy, Albert, Allison, Susan y el resto de la tripulación daban gritos. El cadáver de Fernando Pereira fue rescatado poco después de la medianoche. Allison se acercó a su rostro y le dio un beso frío. «Sus cámaras», fue lo único que alcanzó a balbucir. Una muerte tan tonta. Tan inútil.

Gracias a la presión internacional, la policía de Nueva Zelanda descubriría que los dos submarinistas que colocaron las bombas en el *Rainbow Warrior*, al igual que la lánguida Frédérique Bonlieu (cuyo verdadero nombre era Christine Cabon) y varios de sus amigos eran agentes encubiertos del servicio secreto francés bajo el mando del coronel Louis Pierre Dillais. Los neozelandeses arrestaron a dos de sus hombres, pero los demás escaparon en un yate, el *Ouvéa*, y se refugiaron en Nueva Caledonia. Al cabo de los años el gobierno francés reconocería su responsabilidad en el atentado y aceptaría indemnizar a Greenpeace con 8.16 millones de dólares, pero ello no serviría para resucitar a Fernando Pereira, quien no creía en el mundo ultraterreno ni en la reencarnación.

5

Milton, Massachussets, Estados Unidos de América,
9 de septiembre, 1985

Éva Horváth volvía a ser libre. Si bien Andrew y ella habían convenido no divorciarse (necesitamos pensarlo, frase típica) ambos sabían que su relación había terminado. Éva no podía echarle en cara haberla abandonado en el peor momento, pues Andrew esperó a que el médico la diese de alta para confesarle su pasión por Bea, una de sus alumnas graduadas. En cierto sentido comprendía a su marido: ¿quién querría convivir con una mujer que pasa de la euforia al pasmo cada tres meses? ¿Quién en su sano juicio querría permanecer al lado de una suicida potencial? No es un santo, se decía Éva, no puedo exigirle que se quede conmigo, soy demasiado difícil. Demasiado. Aun así, detestaba la idea de que, mientras ella permanecía en el hospital, Bea hubiese dormido en su cama, usado su ducha y sus toallas, acaso utilizado su pasta de dientes o su jabón. ¿Por qué Andrew no se la había llevado a un motel? ¿Acaso la universidad no le pagaba suficiente?

Éva le dejó la casa a Andrew y se instaló en una cabaña en el campo, cerca del río Neponset, a una hora de Boston. Su licencia del MIT había entrado en vigor y aun faltaban varios meses para que se iniciase su encargo en Alemania, así que prefería evitar la urbe y permanecer en este santuario donde podía dedicarse a lo que mejor sabía: pensar. Si en verdad hubiese querido matarse, lo habría hecho. Su madre también había insistido en mudarse con ella unas semanas; Éva se rehusó de manera terminante. Klára refunfuñó, pero al cabo de unas semanas dejó de insistir. Después de los meses que había trabajado en la Iniciativa de Defensa Estratégica, esa quimera que ahora nadie se atrevía a domeñar, a Éva le urgía reconocer sus prioridades.

Desde que era adolescente se había planteado el objetivo de construir máquinas inteligentes; en los últimos años se había alejado de su sueño. Quizás ahora, en medio del bosque, animada por el rumor constante del Neponset, podría imaginarlo sin límites ni prisas, sin indicaciones superiores ni problemas de financiamiento. Hacía mucho que la definición de inteligencia empleada por los expertos en IA le parecía insuficiente: la prueba de Turing se transformaba en un callejón sin salida. Igual que ella, el matemático inglés era una criatura atormentada, y acaso por ello su forma de evaluar la inteligencia resultaba tan sagaz como tramposa. Durante toda su vida Turing procuró ocultar su vida íntima (acusado de ser homosexual, fue obligado a seguir un tratamiento para disminuir su libido que lo llevó a suicidarse en 1954), y quizás por ello le otorgaba tanta importancia a las apariencias. Su «juego de la imitación» presuponía que los científicos se olvidasen del sustrato oculto y misterioso de la inteligencia (lo que ocurre en el interior del cerebro o de los chips) para concentrarse en sus manifestaciones externas. Pero Turing había formulado su sistema hacía décadas, y aún nadie había logrado construir una computadora que imitase las respuestas de un humano.

A Éva las tentativas que más cerca habían estado de aprobar la prueba de Turing no le parecían prometedoras. Eliza, el programa informático desarrollado en 1966 por Joseph Weizenbaum, en el MIT, en realidad había sido una mala broma. Lo único que Eliza podía hacer era parodiar a un psicoterapeuta, respondiendo a las preguntas que se le formulaban con más preguntas.

PACIENTE: Tengo problemas con mi esposa.
ELIZA: Hábleme un poco de su esposa.
PACIENTE: Es muy obstinada.
ELIZA: ¿Por qué dice usted que es obstinada?
PACIENTE: Siempre quiere hacer su voluntad.
ELIZA: ¿Podría ser más específico?

PACIENTE: El otro día yo quería ir al cine y ella se negó.

ELIZA: ¿Por qué cree que ella se negó?

Y así *ad infinitum*. Después de tantos años de lidiar con toda suerte de psiquiatras y psicólogos, a Éva no le impresionaba. O tal vez para ser psicoanalista no se requería ser inteligente. SHRDLU, desarrollado por Terry Winograd entre 1968 y 1970, parecía más interesante. Con él una computadora podía expresarse en inglés con cierta corrección y era capaz de responder a cualquier pregunta… siempre y cuando se refiriese a un mundo virtual de bloques de colores. El mundo de SHRDLU estaba compuesto por cubos, conos y paralelepípedos y el usuario podía interactuar con él usando verbos como «mueve», «desplaza» o «toma», y adjetivos como «grande», «pequeño», «rojo» o «azul». (El sistema sólo permitía realizar aquellos movimientos permitidos por las leyes de la física). El efecto era maravilloso: decenas de programadores creyeron que, si se ampliaba el mundo de SHRDLU, incorporándole patrones cada vez más complicados, poco a poco se asemejaría al mundo real. No ocurrió así: en los quince años transcurridos desde su creación había sido imposible ampliar su estructura a universos más complejos. Como el propio Winograd aceptaba, SHRDLU también llevaba a un callejón sin salida. Pese a la invención del microchip o la alta velocidad alcanzada por los nuevos procesadores, la prueba de Turing continuaba sin ser superada.

Mientras paseaba por la ribera cenagosa del Neponset, Éva pensó que quizás se debiese a que la prueba de Turing estaba mal formulada. Se recostó sobre el césped y miró el cielo entre las ramas de los árboles; vio pasar un par de grajos y luego un avión dejó su estela entre dos enjambres de nubes. Y entonces tuvo una iluminación (así la llamaría después): allí, tendida en el bosque, comprendió que Turing se había equivocado o que, al simplificar la definición de inteligencia, se había concentrado en su parte menos atractiva. Al contrario de lo que pensaba el matemático inglés, la inteligencia no podía medirse sólo por sus manifestaciones externas. Éva podía quedarse allí, inmóvil, muda, sola, sin por ello dejar de ser inteligente: en el interior de su cerebro seguían produciéndose descargas químicas y eléctricas que generaban ideas, reflexiones, dudas. Uno no necesitaba hablar o moverse para *pensar*.

Ese día de otoño de 1985 Éva se sintió abrasada por un chispazo de lucidez. Aquella idea no sólo era contundente (y, como todas las grandes ideas, un tanto obvia), sino perturbadora. Si en verdad deseaba construir una máquina inteligente, debía preocuparse más por la relación entre la mente y la realidad que en lograr que las computadoras imitasen a los humanos. Aún no se le ocurría cómo aplicar este enfoque, pero al menos ahora sabía cuál había sido el yerro de sus predecesores.

6

Washington, D. C., Estados Unidos de América,
19 de noviembre

Mientras ordenaba decenas de papeles en su portafolios (debía tener todo listo para viajar al día siguiente), Jennifer no se apartaba de la televisión. Allí aparecían Ronald Reagan y Mijaíl Gorbachov dándose un apretón de manos entre muecas y sonrisas fingidas al final de su primera entrevista en Ginebra. Jennifer aún no sabía qué pensar del nuevo líder soviético: sin duda era más joven y carismático que sus predecesores, pero esa aura de modernidad y energía acaso fuese un disfraz, la cara bonita de un régimen que jamás se abriría por las buenas. Como militante republicana aplaudía que por fin un líder firme despachase en la Casa Blanca. Por más críticas que pudieran hacérsele, Reagan era de una sola pieza.

A Jennifer su polémica Iniciativa de Defensa Estratégica (*Star Wars*, la llamaba el populacho) le había parecido una jugada maestra. Daba igual que el maldito escudo fuese impráctico o costoso o no pudiese concluirse hasta mediados del siglo XXI: su importancia no radicaba en su capacidad operativa, sino en su carácter simbólico. Todos en Washington sabían que la economía soviética se hallaba en uno de sus peores momentos (sólo el petróleo les había permitido sobrevivir durante la última década y ahora los precios caían a pique) y, pese a las declaraciones de sus militares, su gobierno jamás podría igualar la inversión tecnológica estadounidense. La estrategia de Reagan había sido brillante: sofocar a los rusos, pero no por medio de su arma secreta, sino obligándolos a gastar millones en un programa armamentístico que ya no podían sufragar.

Jennifer sabía que Gorbachov estaba al tanto de la trampa. Por eso había acudido a Ginebra: no para conocer de cerca a su enemigo, sino para medir si la IDE era un señuelo, un caballo de Troya o una posibilidad real. Reagan lo intranquilizaría con sus palabras tranquilizadoras: la IDE es sólo un proyecto defensivo, no tenemos intenciones de alterar el equilibrio, tampoco la convertiremos en un arma ofensiva, no tenemos la capacidad técnica ni la intención de desencadenar una ofensiva nuclear, bla, bla, bla... Y, detrás de la palabrería, mantendría la amenaza: nosotros tenemos los recursos y la capacidad tecnológica para poner en marcha este proyecto, mientras que ustedes...

La televisión transmitía imágenes de la conferencia de prensa posterior a su reunión de cinco horas en el Château Fleur d'Eau. Cuando Jennifer volvió a prestar atención, Reagan se andaba por las ramas, en tanto Gorbachov iba a lo único que le importaba: la economía. A Jennifer aquel intercambio le parecía sorprendente: mientras el presidente de Estados Unidos hablaba de seguridad y de defensa, el líder soviético se llenaba la boca con la frase «lazos económicos». ¡Claro! ¡Ésa era su única prioridad! Enfrentado a una economía en bancarrota, a la corrupción de la *nomenklatura* y a la rigidez de su sistema, su única salvación era la economía. ¡El *nuevo pensamiento* no significaba una apertura política, como cacareaba Gorbachov, sino un último esfuerzo para sobrevivir! Jennifer apagó la televisión. El sol desaparecía de su ventana y ella necesitaba empacar. Su vuelo a México despegaría en unas cuantas horas.

En las últimas semanas la situación de la deuda de los países del Tercer Mundo se había vuelto crítica; el peligro de la suspensión de pagos era real. En su nuevo carácter de negociadora del Fondo para América Latina, Jennifer había negociado con los bancos acreedores y los ministros de Economía o Finanzas de los países deudores (burócratas cultos y melifluos) para reestructurar créditos y programas de ajuste. La tarea no era sencilla: como había comprobado en Zaire, a veces los desequilibrios resultaban tan grandes (y los sistemas legales tan rígidos) que se necesitaban auténticos milagros para enderezar las balanzas de pagos. El 6 de octubre, Jennifer había asistido a la reunión en el Hotel Milton de Seúl en donde James Baker, secretario del Tesoro de Reagan, había esbozado su nueva estrategia para resolver el problema de la deuda. En una sesión que duró toda la mañana, Baker propuso (más bien ordenó) que el Fondo Monetario impusiese mayores controles a los países deudores en sus programas de ajuste: sólo así las entidades bancarias estarían dispuestas a otorgar nuevos préstamos. Como Jennifer le dijo a su nuevo jefe, Jacques de Larrosière, director-gerente del Fondo, el discurso de Baker era una bofetada con guante blanco; en su opinión, el Tesoro estadounidense cobraba demasiado protagonismo, relegando al FMI a una posición secundaria. De Larrosière concordó con ella y le pidió elaborar una proyección de los países más endeudados a mediano y largo plazo. Los resultados fueron alarmantes: si no se llegaba a un acuerdo, la deuda del Tercer Mundo se volvería inmanejable.

El 13 de noviembre, durante una reunión que De Larrosière calificó como histórica, el FMI apoyó el Plan Baker. Menos de una semana después, el director-gerente citó a Jennifer en su despacho; y tras agradecerle su entusiasmo y su tesón, le pidió ayuda. Dada su experiencia en situaciones extremas (el caso de Zaire había sido ejemplar), le correspondería encargarse de una nación cuya economía se hallaba al borde del colapso. Jennifer cerró sus maletas (le cobrarían el sobrepeso), revisó su armario y los cajones de la cómoda, dio un último trago a su agua mineral y apagó las luces. «México», se repitió. Unos años atrás ella y Jack habían pasado unas vacaciones en Acapulco (adoró las playas y odió la comida). Jamás imaginó que volvería a ese país en circunstancias tan distintas. Un gran reto. Se adentraría en el reino de lo imposible.

1986

1

Isla Merritt, Estados Unidos de América,
28 de enero

Sin saberlo, sin imaginarlo siquiera, los cuatro miraban aquellas imágenes, espantados o asombrados o impotentes, cada uno asociándolas con sus propios terrores o vacíos. Allison llevaba varios meses de vuelta en Estados Unidos, en Filadelfia, adonde se había instalado tras la explosión del *Rainbow Warrior*, aún sobrecogida y mutilada por la muerte de Fernando Pereira; Jennifer acababa de regresar de su primer viaje de trabajo a México, un país tan hospitalario como opaco; Éva permanecía en su voluntario encierro junto al río Neponset, desmadejando la inteligencia y anticipando su próxima estancia en Berlín, isla rodeada de caníbales; y Wells conducía una reunión de trabajo en sus relucientes oficinas de Merck, en Rahway.

El despegue había sido espectacular, pero ni Allison ni Jennifer ni Éva ni Jack se hallaban frente a un televisor a las 11:38 de la mañana y no lo contemplaron en directo. Tampoco escucharon la cuenta regresiva, no se vieron sorprendidos por la flama y la detonación y no compartieron el orgullo de conquistar el espacio. Horas más tarde, en cambio, los cuatro se horrorizaron con las escenas transmitidas por el noticiario de la tarde. Cuando apenas habían transcurrido 0.678 segundos de la ignición, un esputo gris apareció en el cielo; a los 0.836 segundos, la mancha se tornó negra y por fin se produjo un estallido, denso y sobrecogedor, a los 2.733 segundos. El color del humo indicaba que los anillos elásticos que sellaban las junturas del propulsor ardían sin remedio, demostrando que las fallas detectadas desde 1984 en los cohetes Morton Thiokol debieron atenderse con más celo. Una luz en el cielo señaló el final de la empresa: cuando se hallaba a catorce kilómetros de altura y viajaba a Mach 1.92, el trasbordador espacial *Challenger*, orgullo de la NASA, fue víctima de una explosión hipergólica (los átomos de hidrógeno y oxígeno se incineraron al tocarse) y se desintegró en un suspiro. Los ojos de Allison se llenaron de lágrimas, como si aquella luz hubiese rasgado su córnea o su retina; Jennifer vislumbró las consecuencias económicas de la catástrofe (los rusos se alegrarían); Éva trató de imaginar sus causas (hizo un rápido cálculo); y Wells sólo pensó en las pérdidas que la bolsa arrojaría al día siguiente.

2

Rahway, N. J. y Washington, D. C., Estados Unidos de América, 20 de marzo

Aquella noche no quedaba nadie más en las instalaciones de Merck. Wells siempre era el primero en llegar y el último en marcharse. Hacía apenas unas semanas que el consejo de administración había nombrado a Roy Vangelos como director general, y éste ya le había ofrecido el puesto de jefe financiero: el sueldo era generoso y las posibilidades de ascenso óptimas. No parecía bastarle. Estaba harto de ser un empleado. Su carrera en Merck se mostraba larga y venturosa, pero él no quería envejecer allí, dominado por la inercia; llevaba el tiempo suficiente involucrado en la industria biomédica como para conocer sus posibilidades: el futuro estaba allí, esperándolo, aunque no dentro de un gigante como Merck, sino en alguna de las pequeñas *start-ups* que surgían como hongos en California y Nueva Inglaterra. No quería ser parte de una enorme estructura burocrática, sino crear una empresa profesional y moderna (y sobre todo *suya*). Éste era el sueño que Jack Wells quería compartir y cada día, cada minuto dedicado a otras labores representaba una pérdida de tiempo y de dinero; aún era momento de subirse a la cresta de la ola. Gracias a la audacia de Andy Kruger ahora poseía los medios suficientes para iniciar su aventura; su trabajo en Lockhead y Merck, por su parte, le había proporcionado los contactos científicos que antes le hacían falta. Ya no dudaba: se lanzaría al vacío.

Wells empacó sus carpetas personales, se aflojó la corbata y se preparó para conducir hasta Washington para reunirse con Jennifer. Mientras conducía a toda velocidad su Mercedes Benz 560 con la radio a todo volumen (era fanático de Velvet Underground), calibraba sus próximas jugadas: le llamaría a Harry Kleist, un bioquímico de Stanford que había trabajado con Boyer y con quien había hecho buenas migas, y a Walter Mattews, su abogado, para organizar una reunión de trabajo lo antes posible. Desde hacía meses se había preocupado por registrar, por tan sólo cinco dólares, el nombre de DNAW: la combinación de «ácido desoxirribonucleico» y la inicial de su apellido (pronunciada *Di-Now*) y había iniciado los trámites para darle vida a su criatura. Fundar una empresa era como conquistar a una mujer: un proceso tortuoso y apasionante. Sólo alguien con un temple de acero (y un cinismo idéntico) podía arriesgarse a abandonar un empleo seguro para lanzarse al vacío.

Cuando llegó a su casa en Washington, Jennifer miraba la repetición de un capítulo de *Dinastía*. Jack le dio un beso en la frente y se apresuró a hacer sus llamadas, sin importarle que fuera medianoche. Kleist no estaba en casa (era fanático de los clubes nocturnos), así que se limitó a dejarle un mensaje, y sólo pudo hablar unos minutos con Mattews, a quien interrumpió en medio de una velada romántica. A ambos les dio cita para el domingo a primera hora. Jennifer, entretanto, terminaba de untarse su arsenal de cremas; a su marido no dejaba de sorprenderle que hubiese una pomada distinta para las piernas, los dedos de los pies, las arrugas de la frente, el contorno de los párpados, las manos y las estrías que había descubierto (horrorizada) en la parte alta de sus muslos. Wells se desnudó y, como si se tratase de un comentario banal, dijo: «El lunes hablaré con Roy. Voy a renunciar a Merck». Ella lo contempló perpleja, demasiado aturdida como para desanimarlo. «Voy a echar a andar DNAW aunque me cueste la vida… Con la ayuda de Harry y de Walter lograré reunir cuatro millones para empezar. ¿Y sabes qué? A diferencia de esos ex *hippies* de California, he decidido montar la empresa en Manhattan. Algún día apareceré en la portada de *Fortune*, ya verás: La biotecnología se muda al SoHo.

«Necesitarás más capital», le dijo ella. «¿Por qué no convences a Roy Vangelos e intentas una *joint venture* con Merck?»

«Roy es un gran tipo», repuso él, «pero las empresas biotecnológicas no le interesan; he visto desfilar a decenas de científicos tratando de sacarle unas monedas sin éxito.»

«¿Y si al menos pidieras una licencia?»

Wells se encerró en el baño y azotó la puerta. Jennifer dejó las cremas en la mesita de noche, apagó la lámpara y cerró los ojos. La esperaba otra noche de insomnio.

3

Berlín Oeste, 6 de abril

Éva se despertó con un dolor en la nuca, magulladuras en los muslos, los hombros y el cuello; le ardían los labios, los pezones y el sexo. Tardó varios segundos en recordar dónde se hallaba. Miró el reloj: las once de la mañana, y luego observó su cuerpo, torcido y desnudo sobre las sábanas revueltas. Necesitaba orinar. Se irguió de prisa y se miró en el espejo. Apenas podía reconocerse: el cabello alborotado, restos de pintura azul y negra en las mejillas, una enorme huella de dientes (sin duda eran dientes) en su clavícula izquierda. Por fin reunió las fuerzas necesarias para caminar hasta el baño. Oyó el agua de la ducha y no tardó en discernir una figura masculina bañándose con displicencia. Sólo entonces recuperó algunas imágenes de la noche anterior. No tenía memoria de sus rasgos (apenas lo había entrevisto bajo las luces de colores), pero sí de su olor y de su sexo. ¿İsmet? Sí, sí, estaba segura. Con cierta timidez se apoyó en el excusado y dejó que su orina resbalara sin hacer ruido.

«¿Éva?», le preguntó él, asomándose tras la cortinilla, con un rasposo acento alemán; «pensé que nunca despertarías.»

Éva se fijó en su miembro adormecido y en los vellos negros que lo recubrían.

«Qué noche», le dijo él, enjabonándose.

«Tómate el tiempo que quieras», le dijo ella, aturdida, «yo necesito un café.»

No era la primera vez que vivía algo así, pero desde su salida del hospital no había vuelto a desmadrarse. Éva se puso una camiseta y se dirigió a la cocina; colocó los granos en la cafetera y buscó un analgésico. Los médicos se los tenían prohibidos. İsmet se le acercó por la espalda y la besó en el cuello; a ella le dolió la herida.

«Un poco salvaje, ¿no?», le dijo mientras servía dos tazas de café.

«¿Y qué me dices de ti?», le respondió él, mostrándole las llagas que tenía en las nalgas y en el pecho. Éva no recordaba nada. İsmet permanecía sin ropa, con una sonrisa entre labios. Al observarlo con detenimiento (su torso atlético, su vientre firme, sus labios rojísimos), Éva comprendió por qué se había dejado llevar: aquel hombre no era hermoso pero despedía un atractivo animal.

«¿Y a qué te dedicas, İsmet?», le preguntó para romper el silencio.

«Te lo dije ayer, estudio comercio en la Freie Universität.»

«¿Y de dónde me dijiste que eras?»

«¿De verdad no te acuerdas de nada? Soy turco, pero nací aquí, en Berlín.»

Éva encendió el televisor: dibujos animados, un programa de cocina, un documental sobre los patos salvajes de Canadá, y tres canales transmitiendo las mismas imágenes borrosas. Aun si no alcanzaba a entender del todo a los comentaristas (su alemán renqueaba), algo grave debía haber ocurrido. Distinguió ambulancias, humo, rostros heridos o llorosos, y alcanzó a traducir: angustia, caos, supervivientes, muertos.

«¡İsmet, ven rápido!»

El turco regresó vestido con jeans y una camiseta negra. İsmet fijó su atención en la pantalla, en silencio, cada vez más nervioso. Su rostro se descompuso. «Yo he estado allí muchas veces», admitió; «es una discoteca que frecuentan los soldados de tu país, se llama *La Belle*, todo el mundo sabe que es el lugar de los marines, van mujeres muy guapas, tú sabes…»

«Tradúceme lo que dicen.» «Un atentado, con bombas… No saben quién puede ser responsable, los palestinos o Libia… Hay tres muertos: dos oficiales estadounidenses y una mujer turca…»

Vaya bienvenida a Berlín, pensó ella: una bomba en una discoteca y un refugiado en casa. Aún no había acabado de desempacar sus cosas, ni siquiera se había instalado en su despacho del Zuse, y ya se veía obligada a compartir su casa con un turco al que apenas conocía. Ésta soy yo, se dijo, no puedo dejar de meterme en problemas.

«De acuerdo, İsmet, puedes quedarte hoy, pero, ¿cómo decirte?, soy muy celosa de mi espacio, no me gusta que se entrometan con mis cosas, ¿entiendes?»

«No te preocupes, no tocaré nada.»

İsmet la besó. Ella intentó resistirse. En cuanto palpó su sexo, no pudo contenerse; si iba a tener un hombre en casa, al menos aprovecharía las ventajas. Pasaron todo el día en la cama, haciendo el amor y descansando para comer (Éva preparó una *omelette* y él lo mejoró con toda clase de especias) y ver las noticias. Había tres muertos confirmados y doscientos heridos. Por la noche todos los informativos coincidían en señalar como responsable al presidente libio, Muammar el Gaddafi.

«¿Lo ves?», dijo İsmet, «musulmanes, siempre musulmanes.»

Aunque no creía albergar prejuicios raciales (la presencia de İsmet lo demostraba), Éva sí pensaba que la mayor parte de los terroristas pertenecían a esa religión: en los últimos meses dos comandos palestinos habían secuestrado un vuelo de Egyptair y el buque italiano *Achille Lauro*. Tal como le contó a Klára por teléfono esa noche, mientras observaba a İsmet a su lado, apacible y frágil, se dio cuenta de que no tendría fuerzas para echarlo por la mañana. Y tampoco lo haría al día siguiente, ni al siguiente. Resignada, acarició el vientre de su nuevo amante (de su juguete) y se dispuso a dormir.

4

Bakú, Unión de Repúblicas Socialistas Soviéticas,
26 de abril

El temor se volvió carne. Incubado en los corazones durante cuatro décadas, el espanto encontró su razón en nuestra
tierra y delante de nuestros ojos. Pocos recibieron la noticia,
sólo unos cuantos supieron la verdad, pero la desgracia resultó incontenible: la podredumbre que heredaríamos a nuestros
hijos, los cadáveres sin nombre, los miembros amputados, la
sequedad, el olvido. Aquí mismo, en la URSS. Para derrotarnos
no fue necesaria una invasión enemiga o una fabulosa arma
espacial, bastó una gota de descuido, otra de improvisación
y una pizca de soberbia para forjar una catástrofe. Ése fue el
principio del derrumbe, la señal de que las cosas ya no funcionaban, de que vivíamos en la apatía y el rezago. El abismo
que separaba los hechos de las palabras se había vuelto tan
profundo que sólo los más necios negaban. Había que aceptarlo: entonces ya estábamos vencidos. Aquella nube radioactiva fue el anuncio de nuestra capitulación. Aunque nadie se
atreviese a decirlo o a susurrarlo, la herida era mortal. Nuestros líderes podían llenarse la boca hablando de nuevo pensamiento, de transformación, de apertura: en vano. La realidad
volvía estériles sus disculpas. El resto del mundo no tardaría
en darse cuenta de nuestra miseria: este día dejamos de ser
un imperio, una amenaza (un ogro diáfano), y nos converti-
mos en ropavejeros, recolectores de basura, pedigüeños. Parecía que seguíamos allí, controlando la mitad del mundo,
armando alharaca con nuestros exabruptos, sentándonos a la
mesa de la Historia, pero en realidad nos desplazábamos con
muletas, asistidos con marcapasos e inyecciones de insulina.
Quizás la escenificación todavía pudiese prolongarse unos
años, unas décadas incluso, pero el resultado sería el mismo:

una descomposición lenta y ominosa, paso obligado hacia la disolución.

Esta parte de la historia ya ha sido contada: la imprevisión, la soberbia, el incendio, la torpeza burocrática, el aire insalubre, la contaminación de media Europa, la niebla radioactiva empujada por el viento. Un accidente. En Bakú, *Pravda* apenas circuló la noticia, un pie de página inerte, sin consecuencias: un accidente en la planta de Chernóbil que nuestros valerosos bomberos ya han logrado controlar. Viva el comunismo. Viva Lenin. Viva la URSS. Era todo lo que necesitábamos saber. Según las versiones oficiales, a las pocas horas todo había vuelto a la normalidad. Pese a sus ansias reformistas y su deseo de romper décadas de engaño y de silencio, Gorbachov se comportó como sus antecesores: balbució dos o tres mentiras, negó los hechos, maldijo a los imperialistas. Bréznhev no lo hubiera hecho mejor. Había que ocultar el sol con un dedo. No hay peligro no hay peligro no hay peligro, la Unión Soviética es más fuerte que el átomo. Sólo que la gente empezó a dudar. Fue el primer signo. O quizás llevaba mucho tiempo dudando y sólo ahora, con el ruido de fondo de la explosión, las dudas se amplificaron. Incluso mis compañeros de Azmorneft, callados o sumisos o desconfiados, expresaban sus críticas en voz alta: nos ocultan la verdad, nos tratan como niños. Allí, en los ricos campos de Neft Dashlari, nosotros podíamos comprobar a diario la inexorable degradación de nuestra maquinaria. No nos extrañaba que en Chernóbil hubiese ocurrido la catástrofe: sobrevivíamos casi de milagro. La industria soviética (todo lo soviético) era un mastodonte apelmazado. Nada funcionaba, por más que los Planes Quinquenales describieran avances, logros, metas cumplidas. Palabrería. Frases suntuosas para colmar los oídos de los jefes (y acaso sus bolsillos). Chernóbil develó el secreto: la Unión Soviética era una ficción.

Ciudad de México, Distrito Federal, 8 de julio

Si México no era Zaire, se le parecía. Aunque Jennifer ya se había familiarizado con las gigantescas urbes del Tercer Mundo, esa ciudad de ruinas y maleantes la perturbó más que otras. Mientras una calle de su capital se asemejaba a Frankfurt o Manhattan (absurdos rascacielos en sitios imposibles), la siguiente era una copia de Kinshasa o de Calcuta: casuchas de lámina, basureros y mendigos. No había pasado ni un año desde que, el 19 de septiembre de 1985, un terremoto había arrasado cientos de edificios y provocado la muerte de unas diez mil personas (las cifras oficiales señalaban muchas menos). Barrios enteros permanecían devastados (a Jennifer le hacían pensar en las zonas bombardeadas del Líbano), y sus habitantes languidecían bajo los escombros en espera de la ayuda que los políticos se guardaban en los bolsillos.

La forma como el corrupto y ubicuo Partido Revolucionario Institucional, en el poder desde hacía más de cinco décadas, había afrontado la crisis era una muestra del estado del país: en vez de reconstruir las casas demolidas y de aliviar a las víctimas, sus dirigentes se habían ocultado, temerosos de que el sismo natural generase uno político. El presidente De la Madrid, tecnócrata gris y nebuloso, había preferido encerrarse en su residencia de Los Pinos en vez de participar en las tareas de rescate. Y, a los pocos minutos de la catástrofe, los reporteros de la televisión privada se precipitaron a comprobar que los estadios de futbol no hubiesen sufrido daños: México iba a organizar la Copa del Mundo en 1986 y lo único que inquietaba a sus élites era ver trastornados sus negocios. Así era la modernidad mexicana: una mezcla de lodo y acero inoxidable, telenovelas y frituras, joyerías de lujo y mendicantes. La imagen que mejor definía al país, según Jennifer, eran sus autobuses destartalados, violentos, sin control. En dos ocasiones estuvieron a punto de atropellarla y otras dos fue víctima de los carteristas que pululaban en la Zona Rosa. Lo peor era la comida: durante su primera estancia pasó tres días encerrada en el baño del hotel, lánguida y sin fuerzas, incapaz de concentrarse.

730 millones de dólares. Jennifer repitió la cifra en su mente: setecientos treinta millones. ¿Cómo era posible que esa cantidad de dinero se hubiese esfumado así como así, en unos meses? Sin duda la magnitud de los daños era formidable, pero nadie podía explicarle adónde habían ido a parar esos recursos, las cuentas que le ofrecían los funcionarios mexicanos eran laberintos o telarañas. Consciente de las pérdidas materiales y humanas causadas por el sismo, ella misma se había asegurado de que el Fondo aprobara un envío de 330 millones de su programa de desastres naturales, a los cuales se añadieron otros 400 del Banco Interamericano para la Reconstrucción y el Desarrollo, pero aun así la economía mexicana se precipitaba en un pozo sin fondo, en una gelatina tan espesa como el carácter de sus habitantes. La balanza comercial era un barullo de mil voces y la caída de los precios del petróleo postraba al país al borde de la quiebra. México era una quimera: rico y boyante en el papel, siempre a punto de ingresar en el Primer Mundo, y una ciénaga de trampas y medias verdades en los hechos. Igual que en África, la corrupción, la soberbia y el descuido de sus gobernantes era la principal causa del trance; aquí el *matabiche* se llamaba *mordida*, y también había que pagar por todo, los funcionarios sólo funcionaban *untados* con billetes, la Secretaría de Hacienda era una cueva de atildados barbajanes.

Aunque eran capaces de hablar con ella de perfumes, golf o automóviles de lujo, sus contrapartes mexicanas ignoraban los dictados del FMI. «Señores», les explicaba Jennifer, «si en verdad quieren salir adelante, necesitan contener las presiones inflacionarias y reducir el déficit externo. Un nuevo ajuste se vuelve *imprescindible*.» Y entonces ellos, luciendo sus trajes cortados en Londres o en Nueva York, la envolvían en burbujas de aire, incapaces de ir al grano. «También debemos mantener el crecimiento», replicaban, sin explicar cómo o por qué, deslizándose en las cifras como patinadores. ¡Esos educados y melifluos burócratas se burlaban de ella! «Si continúan como hasta ahora», les advirtió, «los bancos comerciales se negarán a financiarlos, ¿comprenden? *Cero acuerdo*», exclamó en español. Sólo entonces los mexicanos se volvieron razonables. Después de meses de estira y afloja, aceptaron que el nuevo programa del Fondo incluyese un plan de contingencia y tomase el combate a la inflación como indicador del ajuste. Al menos es un arranque, pensó Jennifer, previendo que en unos meses aquellos hombres le presentarían datos falsos o maquillados.

A partir de diciembre de 1985 el secretario de Hacienda, Jesús Silva Herzog, visitó una y otra vez las instalaciones del FMI, el Departamento del Tesoro y los grandes bancos comerciales, decidido a engatusar a sus funcionarios. Un seductor empedernido, masculló Jennifer al escuchar la voz de barítono de Silva Herzog, lástima que no sea mi tipo.

«Señor secretario, su país dice una cosa y hace otra; queremos resultados, no buenas intenciones. Medidas drásticas, no simple maquillaje.»

En marzo de 1986, México atravesó una nueva crisis de financiamiento: el 21 de ese mes se vencía un pagaré por 980 millones de dólares con una banca comercial y sus delegados no habían logrado reestructurarlo. A Jennifer no le quedó más remedio que intervenir con brutalidad (los mexicanos sólo hacían caso si ella gritaba y pataleaba), les envió una severa Carta de Intención y no tuvieron otro remedio que firmarla; sólo cuando vieron que México había doblado las manos, los bancos comerciales aplazaron la fecha de pago por otros seis meses.

Acompañando a su jefe inmediato, el español Joaquín Pujol, subdirector del departamento del Hemisferio Occidental, Jennifer viajó dos veces a México en abril de 1986 y se estrelló con los mismos eufemismos. Una nueva caída en los precios del petróleo, la inflación y la depreciación de la moneda hacían imposible llegar a las metas acordadas. Por más que los funcionarios mexicanos prometieron realizar severos recortes en las finanzas del gobierno (esa tortuga prehistórica) el déficit no hacía sino aumentar. «El asunto es serio, señores», les advirtió Jennifer, «o el déficit disminuye otro 5 o 6 por ciento, o esto va a estallar.» Pujol aprobó sus palabras. Una nueva amenaza, sí; la medicina era amarga, sí; pero México no tenía otra salida. Los negociadores mexicanos languidecieron y prometieron intentar («*intentar* no es una palabra que yo comprenda», tronó Jennifer) un recorte del 2.5 por ciento, la mitad de lo solicitado por el Fondo. Jennifer abandonó la sala, furibunda. «*¡El déficit es lo más importante, demonios, no el crecimiento!*»

En mayo, la delegación mexicana volvió a Washington («les encanta venir de compras», ironizó Jennifer), pero esta vez no quisieron entrevistarse con Pujol, y aún menos con ella, sino con el propio Jacques de Larrosière. Éste apoyó a sus subordinados: México tendrá que realizar un severo ajuste fiscal, de otro modo jamás reducirá su dependencia. Esta vez los mexicanos no se amilanaron: «Estamos dispuestos a iniciar negociaciones con los bancos acreedores con o sin la anuencia del Fondo», aseveraron. Otra bravata. Al final se marcharon de Washington con las manos vacías. Y para colmo agotaron su credibilidad. «México está cavando su propia tumba», le confió Pujol a Jennifer, «los inversores dejarán de confiar en el país y entonces correrán a suplicarnos.» Sus predicciones se confirmaron: a principios de junio, el Banco de México anunció que había perdido 500 millones de dólares de sus reservas y un total de 1500 millones durante la primera mitad del año: la señal de alarma se había activado. «Tenía usted razón», le dijo Jennifer a su jefe, «ahora se hincarán ante nosotros, o será su fin.»

El 9 de junio, Paul Volcker, nuevo secretario del Tesoro, realizó una visita secreta a México para convencer a Silva

Herzog de retomar las negociaciones con el Fondo. Presionado, éste llamó a De Larrosière y le prometió enviar un nuevo equipo negociador. Esta vez los mexicanos tampoco cumplieron su palabra. Silva Herzog prometió viajar a Washington, pero pospuso su viaje en el último momento por motivos que, una vez más, no resultaban claros.

«Hay una tormenta en México», le reveló Pujol a Jennifer, «con el fantasma de la suspensión de pagos, aquello debe ser la guerra.» Cada vez más alejado del centro del poder y bloqueado por el joven y ascendente secretario de Programación y Presupuesto, Carlos Salinas de Gortari, Silva Herzog renunció a su puesto el 17 de junio. Su lugar fue ocupado por otro tecnócrata, Gustavo Petricioli, quien viajó a Washington el 27 del mismo mes. A Jennifer le pareció más árido (y menos atractivo) que su predecesor: prefería los enemigos fuertes. Volvería a encontrarse con él para preparar su segunda visita al Fondo, el 11 de julio.

6

Sverdlovsk, Unión de Repúblicas Socialistas Soviéticas,
14 de septiembre

Oksana era otra. A sus diez años se había convertido en una niña alta y espigada, de mirada intensa, modales pausados y una perturbadora seguridad al hablar con los adultos: solían confundirla con una adolescente de trece o catorce. Las formas de su cuerpo eran de niña (sus senos nunca crecerían, confiriéndole esa aura andrógina de la que más tarde haría gala), pero había algo oscuro en sus ojos, cierta desilusión o cierta fatiga poco usuales en su edad. Su talante, en cambio, se había dulcificado o al menos había limado sus asperezas. La camarada Smolenska y las demás profesoras nunca le tomaron aprecio, pero al menos la dejaban en paz. En vez de parecerles una fuente de mortificación, ahora la consideraban rara e inofensiva: siempre sola con sus libros. Porque Oksana no sólo había descubierto el valor de cuchillos, punzones y navajas (la sacrílega alegría de la sangre), sino también la música oculta en las palabras.

Ahora que la glásnost permitía la resurrección de poetas satanizados durante la época de Brézhnev, Irina solía traer a casa los libros y revistas que le prestaban sus amigos del movimiento democrático y Oksana los leía en secreto, como una ladrona. Muchas veces no vislumbraba la sutileza de aquellos escritos, pero su armonía la ayudaba a salir de las tinieblas, otorgándole fugaces momentos de alegría. Oksana se aprendía los versos de memoria, como éstos de Marina Tsvetáieva:

> No sé dónde estás tú, dónde estoy yo.
> Las mismas canciones, las mismas labores.
> Tan amigas, tú y yo.
> Tan huérfanas, tú y yo.
>
> Estamos tan bien juntas,
> sin hogar, sin reposo, sin nadie…
> Dos pajaritas: al despertar, cantamos,
> dos peregrinas: nos alimentamos del mundo.

Esas sílabas aliviaban su sufrimiento, le permitían sobrevivir y seguir adelante. Cuando alguien se lo preguntaba, Oksana respondía que sí, que era feliz, más o menos feliz, y hasta llegaba a creerlo. No era como las demás chicas, nunca lo sería, pero al menos bordeaba la normalidad. Ahora tenía una amiga, la primera que se había atrevido a acercarse a ella sin prejuicios. Se llamaba Galina, no le interesaba la poesía pero tenía ocurrencias y desplantes que a Oksana le parecerían *muy* poéticos. Hija única de una familia campesina de Siberia occidental, Galina era una niña delgaducha y lenta que veía a Oksana como a una sibila o una maga; ésta disfrutaba de esa comparación inexplicable y se comportaba como si lo fuera. Iban juntas a todas partes, trabajaban en equipo y se visitaban los fines de semana. A diferencia de otras niñas, apenas jugaban y detestaban los deportes; preferían inventar pasatiempos sedentarios, casi estáticos. Tejieron un código secreto, lleno de guiños y frases en clave, y reían juntas como locas. Protegidas por su mutua complicidad, huían del mundo real y lo sustituían con un planeta acuático de su invención, poblado con sirenas, tritones y barcos hundidos. Ellas mismas se veían como soberanas en peligro, doncellas amenazadas que no aguardaban la llegada de ningún príncipe (los hombres eran tiburones) y preferían defenderse ellas mismas de los peligros del mar. La fantasía de Oksana debía ser tan apabullante que un día Galina le dijo: «Eres poeta». *Poeta*. Entonces Oksana no había escrito un solo verso: el epíteto endulzó sus oídos.

De pronto algo se rompió entre ellas. Oksana y Galina habían quedado de verse desde temprano, el clima de otoño aún era cálido e Irina había prometido llevarlas al campo. Cuando por fin avistaron un prado más o menos apacible, ésta les dijo que se quedaría a leer y las dos niñas se perdieron entre los abetos. La mujer permanecía concentrada en sus papeles (la amnistía general se hacía cada vez menos remota) cuando escuchó el llanto de Galina, quien corrió a abrazarla. «¿Qué te pasa?» La pequeña lloraba sin parar. Oksana no tardó en aparecer.

«¿Qué le ocurre a Galina?»

«No lo sé», respondió Oksana, severa.

«¿No sabes?»

«Quiero irme a casa», balbució Galina entre sollozos.

«¿Se han peleado? Muy bien», sentenció Irina, «vamos pues, pero tendrán que darme una explicación.»

Durante el trayecto a Sverdlovsk ninguna de las dos quiso hablar, ni siquiera se miraban. Irina volvió a exigirles una explicación, en vano. Peleas de niñas, pensó, de seguro mañana a esta hora se habrán reconciliado. No fue así. Oksana le dijo que no quería volver a ver a Galina nunca más. Su amistad se había quebrado para siempre. Irina lo lamentó: su hija le parecía demasiado solitaria, demasiado turbulenta, y la compañía de otras niñas moderaba su carácter. Oksana no permitió que nadie más se le acercase en mucho tiempo. «No necesito a nadie», le gritó a su madre cuando ésta se atrevió a cuestionarla. Y se hundió en sus libros.

7

Nueva York, Estados Unidos de América,
29 de septiembre

«No tengo ganas de ir a esa fiesta», dijo Jennifer mientras se probaba el décimo vestido de la noche (todos negros y todos idénticos), «esa amiga tuya es una esnob, plástico ambulante, neuronas cero.»

«Será lo que quieras, Jen, pero tiene mucho dinero y los mejores contactos de Nueva York; estará *todo* el mundo, y ya sabes que ahora más que nunca necesito relacionarme.»

Wells se acomodó la corbata y esperó a que su esposa terminara de arreglarse. De seguro fingía: ¿quién podría negarse a asistir a una velada de Christina Sanders? ¡Miles de personas pagarían por ir a casa de Christina Sanders, por saludar a Christina Sanders, por tener un autógrafo de Christina Sanders, por tocar o al menos rozar a Christina Sanders! Jennifer era demasiado orgullosa para reconocerlo, le fascinaba mostrarse ecuánime y sofisticada cuando era tan frívola como cualquier *socialité* del Upper East Side. Hacía unas semanas Wells la había descubierto ojeando *Cenas informales* y *La moda casual*, dos de los *best sellers* de Christina.

Wells había conocido a la celebridad en una de sus cenas de beneficencia; Christina se sentó unos minutos a su lado y él no perdió tiempo y le resumió de un tirón el origen y las metas de DNAW. Contra todo pronóstico, ella se mostró muy interesada en el tema, le preguntó si de verdad le parecía posible encontrar una vacuna contra el cáncer, y al final le pidió que fuese a visitarla a sus oficinas en la Quinta Avenida para hablar más del asunto. Christina Sanders era la encarnación del sueño americano: proveniente de una familia de emigrantes checos (su verdadero apellido era Škvorecký), se había ganado la vida como publicista y conductora de un programa de televisión; en unos cuantos años se había convertido en un icono femenil, y sus consejos sobre asuntos domésticos y de moda eran seguidos por millones de mujeres, quienes la veneraban como a una pitonisa. El éxito de Christina radicaba en su facilidad de palabra, su sencillez, la forma en que le susurraba a cada ama de casa: tú puedes ser como yo, no necesitas pertenecer a la aristocracia ni gastar mucho dinero para cocinar como un chef, lucir bella, joven, despampanante. Sus libros la habían hecho rica y ella se vio rodeada por la gente más influyente y *chic*: empresarios y periodistas, magnates y estrellas de cine, deportistas y políticos. Todos se disputaban su amistad y su cariño. Porque Christina era (así lo anunciaba su publicidad) la más comprensiva y dulce de las mujeres, la mejor de las amigas, la esposa ideal. Su preocupación por las especies en peligro, los niños con sida y las madres solteras (había media docena de fundaciones con su nombre) le granjeaba la simpatía del planeta.

Wells y ella descubrieron una afinidad insoslayable: ambos provenían de medios desfavorecidos, ambos habían querido hacerse ricos a toda costa, ambos trabajaban por los desprotegidos (o eso decían), ambos adoraban la sofisticación y el glamour. Además, Christina se hallaba en un momento bajo: Richard, su esposo por veinticinco años, acababa de dejarla por una víbora que podría ser su hija: el abandono la volvía aún más sensible y generosa. Y Wells lo que más necesitaba era ayuda, toda la ayuda posible. En julio había adquirido un destartalado *loft* en el SoHo y el coste de acondicionarlo como un laboratorio de alto nivel lo había dejado en la ruina.

Wells le confiaba a Christina sus sueños: su meta inmediata era producir nuevas vacunas y clonar citocinas. Tras oír su fabuloso retrato de posibles curas contra la diabetes, el sida, la osteoporosis o el cáncer, Christina Sanders aceptó colaborar con su nuevo amigo y no sólo le entregó un millón de dólares de su cuenta (a cambio de acciones de la futura empresa), sino que lo puso en contacto con varios de sus amigos, los cuales se ofrecieron a estudiar las propuestas de Jack. Por eso era tan importante que Jennifer y él fuesen a la fiesta: aunque no era bien visto hablar de negocios en eventos sociales, Wells tendría oportunidad de encontrarse con los hombres que podrían asegurar el porvenir de DNAW. Tenía que evitar que sucediese lo que a otras compañías, como Amgen o Chiron, y mantener su independencia en vez de pactar con las transnacionales. Él aspiraba a lo grande, su equipo encontraría y comercializaría una droga maravillosa, transformaría el futuro. Para lograrlo, y obtener los beneficios derivados de su éxito, necesitaba un buen impulso financiero.

«¿No me veo muy gorda?», le preguntó Jennifer.

«Estás divina, y ahora debemos irnos o llegaremos tardísimo.»

«Sólo déjame escoger unos pendientes.»

«Eso puede llevarte horas.»

Jennifer eligió unas arracadas de platino y ambos se apresuraron a abordar la limusina que los llevaría a la casa de Christina Sanders, un fastuoso apartamento, decorado conforme a los criterios de *Elegancia para todos*, en Park Avenue. Mientras subían por el elevador tapizado con espejos, Wells se tronaba los dedos. Era feliz.

8

Washington, D. C., Estados Unidos de América,
28 de noviembre

¿Cuánto hacía que no se veían? Allison trató de calcular: ¿once meses, tal vez un año? No: debió ser durante la Navidad de 1984. Casi dos años sin encontrarse, con anodinas llamadas telefónicas: sí, hola, ¿cómo estás?, bien, ¿y tú?, bien, y Jack, trabajando como siempre, ah, sí, ah, bueno, que sigas bien, igual tú, ojalá nos veamos pronto, sí, muy pronto… Se habían convertido en desconocidas. ¿Qué había sucedido para que sus mundos se volviesen tan ajenos, tan opuestos? Allison no podía dejar de enardecerse ante la soberbia y la vanidad de su hermana: Jennifer era como una marca en su piel, una navaja que le recordaba quién era y contra qué debía luchar. Incluso ante sus compañeros de Greenpeace sentía la necesidad de justificarse: «Sí, soy hermana de Jennifer Wells, pero somos muy distintas, casi no la veo, apenas tengo contacto con ella», como si los lazos con su hermana fueran un ancla.

No la odiaba: por más necia, engreída, frívola y conservadora que Jennifer se hubiese vuelto con los años, era su hermana y esta palabra bastaba para apaciguarla. Podían pelear, insultarse, herirse con las más poderosas armas verbales (los genes Moore en plena forma), pero jamás se separarían del todo, unidas por una cadena invisible. Muchas veces se descubría pensando: ¿qué haría Jen en este caso?, como si estuviese obligada a compararse con ella o a recibir su anuencia. Allison había rechazado decenas de invitaciones previas hasta que aceptó tomar una copa en casa de su hermana para firmar la paz por enésima vez (y poder iniciar una nueva pelea). Ambas habían aprendido a moderarse o a seleccionar sus disputas, ya no combatían por insignificancias, sólo por asuntos trascendentes, casi siempre políticos o religiosos. Allison no entendía que su hermana, una mujer inteligente y lúcida, dotada con una voluntad de acero, fungiese como portavoz del gran capital.

Eran las ocho de la noche: por una vez Allison llegó puntual. Tocó el timbre y esperó. Jennifer le abrió la puerta, tan guapa como siempre y tan nerviosa como siempre, vestida como si fuera a un baile (eso pensó su hermana), con un vestido negro escotado y un collar de oro, y de inmediato le ofreció una copa de champaña.

«¡Bienvenida, hermanita!», la abrazó (o más bien le dio medio abrazo, preocupada de no arrugar su vestido), «qué alegría, me debías esta visita.»

Allison se dejó caer sobre un gigantesco sofá de cuero negro, impresionada por la luminosidad (y el mal gusto) de la habitación. Nunca había estado en esa casa, pero la pomposidad de sus ocupantes se reflejaba en cada detalle. El refinamiento había dado lugar a cierta vulgaridad teatral: enormes pinturas multicolores en los muros (de seguro valuadas en miles de dólares), muebles blanquísimos, piso color maple, cocina de diseño, iluminación minimalista: una clínica.

Jennifer se sentó en el brazo de otro sillón (¿por qué allí?, ¿para demostrar cuán cómoda se hallaba?) y se puso a hablar con desparpajo, como si se hubiesen visto el día anterior, del clima, de la carestía, de la tía Susan y sus achaques, de Jack y su nueva empresa. Allison se mordía las uñas: era la espectadora de un monólogo. Se había prometido tener paciencia, así que continuó escuchando a su hermana o fingiendo que la escuchaba, más pendiente de la decoración que de sus frases. Luego se sirvió otra copa y la bebió de un trago; las burbujas lograron relajarla. Pero cuando Jennifer empezó a hablar de su trabajo (su irritante experiencia mexicana trufada con estereotipos y quejas), Allison no soportó más.

Otra vez sería la guerra: ambas prepararon sus estrategias y se lanzaron a la batalla; los argumentos de su hermana eran tan previsibles que Allison casi sintió vergüenza. Jennifer sostenía que el único modo de ayudar a «esa gente» (la del Tercer

Mundo) era obligándola a acatar las disposiciones del Fondo. Allison esgrimió lo contrario: era posible hallar otros caminos para el desarrollo y la equidad. A continuación vinieron los arrebatos verbales, la susceptibilidad, la ironía y las bromas ancestrales. Para entonces el tema de discusión había dejado de importarles y sólo buscaban derrotarse. Jennifer descorchó otra botella de champaña, confiada en su victoria. Allison cambió de tema.

«¿Cómo le va Jack?»

Jennifer fingió una carcajada (sólo ella era capaz de reír así, como en las películas).

«Somos un matrimonio de conveniencia, hermanita; cada quien hace lo que quiere, como quiere, cuando quiere. Te lo recomiendo.»

«No puedo creerte.»

Jennifer se recostó sobre el sofá con la postura de Paulina Bonaparte.

«Supongo que Jack ha de andar por ahí, en Nueva York, con otra de sus putas. ¿Y eso me duele o me afecta o me lastima? No, Alli, he decidido ya no sufrir por culpa de los hombres. Jack puede salir con quien le plazca. Lo que importa en nuestro matrimonio es eso, el matrimonio, la estabilidad, los contactos, la forma social. Nos usamos el uno al otro, como todos: la diferencia está en que nosotros lo reconocemos.»

¡Vaya!, pensó Allison, así que su hermana mayor se volvía cínica: en su discurso advirtió en cambio un sedimento de tristeza, tanto lucidez como resignación.

«¿Y tú te acuestas con alguien más?»

Jennifer rió de nuevo, menos segura, menos histriónica.

«Por supuesto, ¿qué te piensas?»

«Cuéntame.»

Jennifer se irguió y dejó su copa sobre la mesita de cristal. «Tú ganas: ahora no hay nadie más en mi vida, pero podría haberlo…»

«¿Y por qué no hay nadie?»

«Porque no he conocido a nadie interesante, a nadie que esté, ¿cómo decirlo?, a mi altura; ya no estoy para juegos. ¿Y tú, Alli? Bah, ni para qué te pregunto, has de tener decenas de amantes, como de costumbre.»

«Te equivocas», repuso Allison, «también estoy sola.»

Pese a la incipiente borrachera, las dos advirtieron su patetismo y guardaron silencio. Jennifer no resistió mucho, tenía que demostrar que tenía todo bajo control, y halló otro tema capaz de enfrentarlas, el escándalo Irán-Contras, el último episodio (según ella) del acoso de los liberales contra Reagan. En sus labios, Oliver North, responsable de vender armas al país islámico y financiar a los opositores al régimen sandinista en Nicaragua, lucía como un chivo expiatorio, un héroe en la batalla contra el comunismo. Para Allison, North era un mercenario, un criminal. Todo había vuelto a la normalidad. Se desgarraron con argumentos racionales que no tardaron en volverse insultos íntimos. Antes de partir, Allison se acercó a su hermana con un gesto de impotencia. Jennifer conocía esa mirada.

«¿Cuánto necesitas esta vez?», le preguntó.

«Cinco mil.»

Jennifer se dirigió a su recámara y volvió con el cheque. Su hermana menor lo dobló en dos, lo guardó en la bolsa trasera de sus jeans y se marchó sin despedirse.

9

Moscú, Unión de Repúblicas Socialistas Soviéticas,
22 de diciembre

«Hoy lo vi», le escribió Irina a su esposo esa misma noche, «vi a Sájarov, estuve allí, a las puertas de su casa, en la calle Chkálov, junto a decenas de reporteros, corresponsales, amigos y vecinos que celebraban su regreso, el regreso de un héroe, fue increíble, un milagro. Lo vi, Arkadi Ivánovich, hablé con él unos segundos, incluso lo abracé, y él me dio palabras de aliento, y al verlo te vi a ti, en sus ojos azules refulgían los tuyos, en su aliento descubrí tu aliento, y el olor de tu piel en su olor. Arkadi Ivánovich, sus arrugas me hicieron prefigurar las tuyas, se mostraba tan cansado (apenas llegó de Gorki ayer por la tarde, en compañía de Liusia, siempre tomados de la mano), lo vi tan tembloroso y tan flaco, pero con ese porte de príncipe o guerrero, la mirada firme y tierna, melancólica, y su voz metálica y firme. Oksana estaba conmigo, presenció ese momento histórico, la prefiguración de tu libertad, Arkadi Ivánovich. Por primera vez volví a sentir que la lucha había valido la pena, que habían valido la pena el dolor y el desvelo y tu tormento, y así se lo dije a tu hija, Arkadi Ivánovich, le dije: «Oksana, mira bien a ese hombre, memoriza sus palabras, jamás olvides este día, Oksana Arkádievna, jamás, pues es el primer día verdadero, el día que anuncia nuestra victoria». Ella me escuchaba aferrada a mi costado, las dos unidas para siempre, las dos anhelándote, las dos convencidas de que se hará justicia y de que pronto, muy pronto, estarás con nosotros. Lloré, lloré mucho, no de tristeza ni de alegría, sino de una mezcla de ambas; y no era la única, Arkadi Ivánovich, todos los miembros del movimiento lloraban, y lloraban algunos reporteros e incluso aprecié el llanto en los ojos de Andréi Dmítrievich y en los de Liusia: al fin regresaban a su casa, y no como prófugos sino como símbolos de una nueva era. Me estremecí cuando introdujeron la llave en la cerradura de la puerta y franquearon el umbral de su vieja casa. Ya adentro contaron lo siguiente, Arkadi Ivánovich: el mismísimo Gorbachov le llamó a Andréi Dmítrievich a Gorki para informarle que él y su esposa podían regresar a Moscú. Después de que Andropov lo acusara de ser el enemigo público número uno, de que Brézhnev y Chernenko lo enviaran al exilio, Gorbachov le permitiría regresar. Andréi Dmítrievich no se limitó a agradecer este gesto, sino que le exigió a Gorbachov la liberación de otros presos, le dijo que sólo así podría repararse la injusticia, que sólo así podría escaparse del oprobio. Y entonces Andréi Dmítrievich Sájarov mencionó tu nombre, se acordó de ti en esa charla histórica. Gorbachov prometió estudiar todos los casos, incluido el tuyo: tal vez no sea mucho, Arkadi Ivánovich, pero yo confío en él, creo que Gorbachov escuchará la voz de su conciencia, la voz de Sájarov, que cumplirá su promesa y te permitirá volver con nosotras. Te esperamos, Arkadi Ivánovich, Oksana y yo aguardamos tu regreso, el día en que anuncien tu rehabilitación, el día en que te devuelvan a nosotras. Ya no falta mucho, resiste un poco más, sé fuerte, ha pasado lo peor. Es la hora del cambio, Arkadi Ivánovich, la hora de la transformación, y de pronto todo es posible, amor mío.»

1987

1

*Sverdlovsk, Unión de Repúblicas Socialistas Soviéticas,
16 de abril*

Irina ni siquiera necesitó escuchar sus pasos para saber que
Arkadi se encontraba en el pasillo; dio un respingo, se levantó
de su silla y abrió la puerta de par en par. Allí estaba él o lo que
quedaba de él: atónito, flaco, más ausente que feliz, sorprendido, inmóvil. *Vivo*. Después de cinco años, cinco meses y trece
días de encierro (un infierno) Arkadi Ivánovich regresaba a
casa. Irina clavó sus ojos en los suyos, o en lo que quedaba de
los suyos, y se apresuró a abrazarlo; lo estrujó como si fuera
un roble en medio de una tormenta, un madero flotando en el
océano. Necesitaba palpar su cuerpo, la realidad de su cuerpo,
sentir su calor, su olor, comprobar que no era una ilusión ni
una trampa, que él había vuelto para siempre. Se aferró a su
espalda, recorrió sus omóplatos y su cuello, marcado por las
volutas de la tensión y acarició su cabello encanecido, tratando de ver su interior. Él apenas respondía a su urgencia. En
los ojos de Arkadi se abría un abismo, una negrura que a Irina la hizo estremecerse: esos brutos lo habían destrozado, lo
habían privado de todo, le habían arrancado lo más preciado

que tenía: la esperanza. No abrazaba a su marido, sino a su doble, un maniquí, un espantajo. Acarició su rostro, repasó sus rasgos con los dedos, sintió los pelos tiesos y cenicientos de su barba, palpó sus mejillas huecas, su nariz helada, sus párpados estragados por las arrugas, su frente. «Soy yo, Arkadi Ivánovich», le susurró, «estás de vuelta en casa, a salvo.» Él la apartó sin violencia: necesitaba mirar el interior de su casa, los muebles, las cortinas, las lámparas mugrientas, las ventanas. Más que a las personas, necesitaba recuperar ese escenario, esa cotidianidad perdida. Irina lo dejó avanzar: a partir de ahora ella sería su guía, su guardiana.

«Oksana, ven, acércate, aquí está es tu padre», le ordenó a su hija.

Sólo entonces Arkadi se fijó en ella; ambos se aproximaron con sigilo, silenciosos, tan asustados el uno como el otro, y se abrazaron sin entusiasmo.

«Soy yo», le dijo Arkadi, deseando que esa frase fuera cierta.

Oksana estudiaba sus rasgos, hacía un esfuerzo para discernir los rasgos del hombre que la abandonó cuando era pequeña. Irina se unió a ellos, llorando sin remedio, la vida se le iba en esas lágrimas, el dolor y la angustia de un lustro, el miedo y las amenazas, el escarnio, el olvido, todo escurría de sus párpados. Oksana también sollozaba, presa de esa enfermedad contagiosa: la compasión. Incluso Arkadi paladeó el gusto salobre de las lágrimas, sólo que él sí conocía el motivo: por más que lo intentara, por más que se esforzara, jamás podría resarcir aquel tiempo. Jamás podría ser el padre de esa hija. Quién sabe cuánto tiempo pasaron los tres así, entrelazados, temerosos de separarse y de confrontar sus diferencias. Oksana fue la primera en apartarse; caminó unos pasos hacia atrás, limpiándose el rostro con las mangas de su blusa. Arkadi observó su cabello negrísimo, sus calcetas blancas y sus zapatos marrones, sus uñas irregulares, sus dedos largos y afilados, su cuerpo ceñido y firme, sus ojos tristes. No, no sabía quién era esa niña. ¿Qué pensaría de él? Cuando se lo llevaron preso ella tenía poco más de cinco años y ya había cumplido once. Poco a poco se convertía en adolescente, en mujer: una desconocida. ¿Qué quedaría de él en su memoria? Irina trató de salvar la situación y de conducir la dolorosa escena hasta el final.

«Voy a traer un té», dijo, como si Arkadi fuese una visita inesperada.

Irina no se hacía a la idea de tener a su marido en casa otra vez. Lo miraba y no sabía qué decirle, cómo transmitirle su alegría y su dolor, las emociones sedimentadas en tantas noches de insomnio. ¿Y acaso él sería capaz de revelarle lo que había vivido? ¿Era posible resumir cinco años y medio de aislamiento y de terror? Ambos parecían condenados a esa ignorancia mutua, a esa impotencia. ¿Qué decirse? ¿Cómo confiar en las palabras?

Arkadi miró a su hija y le dijo: «Tienes los ojos de mi madre». Quizás no fuese cierto, quizás no recordaba ya ni unos ojos ni otros, pero necesitaba creerlo, tenderle un hilo a esa niña extraña, extranjera. Oksana sonrió sin alegría. Y el tiempo volvió a congelarse. Irina regresó con el té. Ya nada será igual, se dijo Arkadi. A Irina le sorprendieron sus movimientos lentos, entumecidos.

«Quiero que nos vayamos de aquí cuanto antes», anunció Arkadi, pronunciando cada sílaba con esmero; «esta casa es el pasado, un pasado que ya no nos pertenece.»

Irina coincidía: había que comenzar en otra parte. Arkadi se dirigió a su hija, empleando un tono pueril.

«¿Qué te parecería vivir en Moscú?»

Oksana apretó los dientes; ella no quería irse a ninguna parte, tenía miedo de perder su casa y sus escondites, de extraviar su universo, de vivir con ese traidor que decía ser su padre. Arkadi intentó posar la mano en la frente de su hija, pero ésta se escabulló en el baño. No quería oír nada más, quería estar sola, sola como antes, sola como siempre. Irina trató de justificarla.

«No te preocupes», le dijo a Arkadi, «los tres necesitamos tiempo para acostumbrarnos.»

En prisión el tiempo era interminable y en cambio ahora se le escapaba entre los dedos. Había tanto qué hacer (el país cambiaba día con día, las viejas estructuras chirriaban, los cimientos se estremecían), y él acudía tarde a su cita con la Historia. Sájarov y otros antiguos disidentes lo esperaban para proseguir la lucha contra el monstruo. El sistema lucía ahora una fachada benévola (la cara de Gorbachov, idealista impráctico), pero nada impedía que los ogros volviesen por sus fueros, como ocurrió tras el deshielo impulsado por Jruschov en los sesenta.

Irina y Arkadi se quedaron así durante horas, alternando sus ideas sobre el futuro o meditando silencio, atisbando sus coincidencias y conjurando sus rencores. Acaso porque era más ingenua o más agradecida, Irina confiaba en Gorbachov, en su capacidad de renovar el sistema desde dentro; Arkadi, en cambio, había perdido toda ilusión durante su encierro: nada le debía a ese hombre. Su detención había sido injusta, y su liberación también lo era: las autoridades lo habían obligado a firmar un papel en donde se comprometía a no hablar de sus actividades en Biopreparat. Jamás pensó romper este acuerdo, pero su sola existencia constituía un ultraje.

«Debemos irnos de Sverdlovsk», Irina Nikoláievna, «no hay que perder ni un minuto.»

Ella asintió: era el primer día libre de su marido, y siempre pensó que lo celebrarían como un renacimiento. Pero en el aire no se respiraba jovialidad alguna; Arkadi apenas la miraba, repasaba sus planes en voz alta, acostumbrado a la soledad de su celda, y pensaba en el modo de salvar a su patria. En ningún momento recordó que ella también había luchado, que ella también había resistido cientos de amenazas o que ella había buscado a Sájarov en primer lugar. La mirada de Arkadi se había tornado opaca y su cuerpo había perdido su fortaleza, pero algo no había cambiado: seguía convencido de que él, y sólo él, tenía una misión inaplazable, superior a todo.

2

Klamath, California, Estados Unidos de América,
1 de mayo

Allison no sentía curiosidad o morbo, sólo una excitación que recorría su piel con la sutileza de un ciempiés o una tarántula. A la luz de la luna, su larga túnica de algodón permitía entrever el tono rosado de sus pezones, la mancha oscura de su pubis, incluso la diminuta redondez de su ombligo, aunque ninguna de sus compañeras parecía interesada en estas nimias notas de sensualidad. Le habían contado que los miembros de otras ramas *wiccanas* solían celebrar la Beltana desnudos, pero no ocurría así con la variante diánica o feminista a la que ella se había afiliado; sus compañeras se mostraban más preocupadas por exacerbar su contacto con la Diosa que en exhibir sus cuerpos. Aun así, a Allison le excitaba aquel vago erotismo, esa liberación de los sentidos alentada por las hogueras y las danzas. No creía en la brujería o en la magia invocadas por sus amigas, pero había accedido a acompañarlas en su rito: el vacío incrustado en su pecho desde su regreso de Nueva Zelanda la impulsaba en busca de cualquier consuelo. Por más que la razón le impidiese involucrarse, se sentía fascinada por la mezcla de activismo, feminismo, lucha ecológica y acción directa que había encontrado en aquel grupo.

Había abandonado Greenpeace tras la muerte de Fernando Pereira, decepcionada ante la pasividad de sus protestas (sus dirigentes se resistían a aprobar la violencia, anclados en una burda defensa de la propiedad privada) y desde entonces había peregrinado de un grupo ecologista a otro hasta dar con Earth First!, el movimiento fundado por Dave Foreman a principios de los ochenta. A diferencia de otros colectivos, Earth First! no perdía su tiempo con palabrería, sino que pasaba a la acción. Inspirándose en los personajes de la novela

The Monkey Wrench de Edward Abbey, donde se cuenta la historia de un equipo formado por un mormón, un cirujano, una enfermera y un veterano de Vietnam que buscan destruir la presa Glen Canyon, sus miembros se atrevían a sabotear las empresas contaminantes y participaban en maniobras de resistencia activa (*monkeywrenching*) contra la policía. Uno de los lemas de Abbey, anarquista del desierto, era: «Un patriota siempre debe defender a su patria de su gobierno», y Earth First! había acuñado un grito de batalla: «¡Sin compromisos en defensa de la Madre Tierra!»

Allison llevaba diez meses asistiendo a las reuniones de Earth First! en el norte de California, se había hecho adicta a su periódico, el *Earth First! Journal*, e incluso había participado en el Round River Rendezvous de ese año, donde conoció a decenas de hombres y mujeres dispuestos a todo para defender la naturaleza. Algunas de ellas, como Jenna Sullivan y Marianne O'Connor, llevaban más de siete años en el grupo y habían participado en la célebre «resquebrajadura de la presa Glen Canyon». En la primavera de 1981, unos ochenta *Earth First!ers* se reunieron en lo alto de sus muros, sobre el río Colorado, y desplegaron una enorme manta de trescientos pies donde habían dibujado una enorme cuarteadura, imitando la novela de Abbey.

Para nosotras, le explicó Jenna, la Tierra es más importante que los humanos, y recitó el poema de Lord Byron que les servía de himno:

> *There is pleasure in the pathless woods,*
> *There is rapture on the lonely shore,*
> *There is society where none intrudes...*
> *I love not man the less, but nature more.*

Allison nunca imaginó que, además de entorpecer la construcción de presas, impedir la tala de árboles, bloquear la construcción de autopistas, discutir sobre anarquía o bioterrorismo, planear nuevas formas de protesta o burlarse de las autoridades, sus militantes también practicasen cultos mágicos o, como ellas decían, neopaganos. Jenna y Marianne pertenecían a una secta, la Cofradía Número 1 «Susan B. Anthony», fundada en California hacia 1973 por la hechicera de origen húngaro Zsuzsanna Budapest, y en su interior convivían feministas, ecologistas radicales y mujeres que afirmaban tener poderes secretos o visiones y ser devotas de Diana (de allí su nombre). Al principio Allison procuró alejarse de la vertiente esotérica de Earth First!, pero sus amigas no le dieron tregua hasta involucrarla en sus creencias.

Allison aceptó asistir a una de las sesiones de la Cofradía Número 1 a fines de 1986 y cinco meses después fue iniciada como miembro en una ceremonia en los alrededores de San Francisco. Y ahora asistía a su primera Beltana en un bosque en el norte de California. La cabeza le daba vueltas: si bien todos aquellos ritos le resultaban un tanto incomprensibles, la planeación y ejecución de pequeños actos de terrorismo (la destrucción de un transformador o una planta de gas, el derribo de una grúa) le proporcionaba una alegría más concreta. Al observar a aquellas mujeres semidesnudas cantando y bailando en torno al fuego, Allison pensó que quizás aquella escenificación no fuese una superchería ni una exhibición banal e histriónica, sino una auténtica comunión entre mujeres que, brujas o no, dejaban fluir sus emociones y se hermanaban sin temor. Tras varias horas de dar vueltas, de recitar y gritar y aullar, de ser abrazada y consentida, Allison abandonó sus prejuicios. Había encontrado su lugar.

3

Washington, D. C., Estados Unidos de América,
2 de junio

El portazo cimbró los muros. Jennifer volvía de la junta de evaluación del caso mexicano con el estómago revuelto: llevaba dos años lidiando con los funcionarios mexicanos, con su suavidad y cortesía, sus simulaciones y duplicidades, y estaba harta: recibía cada nueva excusa como una afrenta personal. Harriet, la apocada y torpe secretaria que le habían asignado hacía dos meses (Louise, la anterior, había solicitado baja por estrés), se introdujo en su oficina. Jennifer no soportaba su lentitud ni sus errores mecanográficos. Harriet tendría su misma edad, pero en vez de cuidar su figura usaba vestidos de flores (qué espanto) y se peinaba como abuela.

«¿Sí?», le preguntó Jennifer con ese tono que sólo ella no consideraba violento.

«Su marido ha llamado varias veces», respondió Harriet.

«¿Por qué no me avisaste antes?»

«No quise interrumpirla…»

«¿Así que ahora tú tomas las decisiones, Harriet?»

«Sólo pensé…»

«Sólo pensaste, sólo pensaste, es lo único que haces: pensar. Si en vez de ello trabajaras un poco. En fin, ¿qué te dijo?»

«Nada, le urgía hablar con usted.»

«Muy bien, puedes irte.»

Wells sólo la llamaba para darle malas noticias. ¿Por qué el mundo estaba en su contra? Los mexicanos la desairaban, esquilmaban los datos, maquillaban las cifras y aún tenían la desfachatez de cuestionar las recetas del Fondo; su propio equipo de trabajo festejaba sus fallos, unido en su contra; y de seguro su esposo le haría pasar otro mal rato. Jennifer marcó el número. ¿Qué diablos querría?

Wells aseguraba que se volvería famoso y millonario, y así lo divulgaba en cada una de las fiestas que organizaba en el departamento que acababa de adquirir en Park Avenue. Jennifer no comprendía sus finanzas: DNAW funcionaba bajo mínimos (aún no generaba un solo dólar), pero Wells no sólo había adquirido ese gigantesco inmueble en la zona más cara de Manhattan, sino que pedía limusinas para desplazarse unas calles, solía rentar una avioneta a nombre de la empresa e incluso le regalaba joyas sin motivo. Ella aceptó el nuevo estilo de vida con regocijo aunque le incomodaba no saber cómo su marido pagaba aquellos lujos. Su vida se asentaba en esta estúpida paradoja: de día negociaba las deudas de los países del Tercer Mundo y de noche intentaba averiguar cómo su marido manejaba las suyas.

Jennifer escuchó la tonta voz de la secretaria de Jack: «El señor Wells está atendiendo otra llamada, se reportará con usted cuando termine». Jennifer colgó, frenética. Había sido un mal día. En mayo, la Junta de Directores del FMI decidió concederle a México otros 510 millones de dólares pese a que no cumplía con los criterios exigidos: ella juzgó que se trataba de un grave precedente. Debido a ello, Citibank echó por la borda el programa de ajuste, añadiendo 3 mil millones de dólares a sus reservas. ¡Obvio!, arguyó Jennifer, mientras los países deudores no se ajusten el cinturón, la banca comercial se resistirá a pagar los platos rotos. México, en cambio, continuó su estrategia marrullera. Guillermo Ortiz, nuevo subsecretario de Hacienda, afirmó que se había hecho un gran esfuerzo para cumplir el programa de ajuste y dijo que sólo la avaricia de los bancos comerciales había arruinado sus objetivos. En el FMI, sus compañeros aceptaron el argumento de Ortiz. Jennifer no podía creerlo: ¡la idea no era regalar dinero a los países en desarrollo, sino convertirlos en economías responsables! Nadie la escuchó: luego de tantos pleitos todos querían celebrar, y al final de la sesión Michel Camdessus, el nuevo director-gerente, incluso vaticinó el próximo repunte de la economía mexicana. ¡Absurdo!

Sonó el teléfono y Harriet le pasó a su marido.

«¿Qué pasa, Jack?»

«¡Buenas noticias! Acabo de firmar dos acuerdos, el primero con una farmacéutica japonesa y el segundo con Schering-Plough, por veinte millones de dólares; además, Christina logró que uno de sus amigos nos adelantase otros cinco; por si fuera poco, he sellado un pacto con un investigador de Stanford para desarrollar neurotrofinas. Ha sido un día fantástico, Jen.»

Ésta apenas felicitó a su marido.

«Los mercados crecen como nunca, el *Wall Street Journal* celebra el repunte de las empresas tecnológicas, hay grandes expectativas sobre DNAW, contamos con los investigadores más destacados, algunas de las mejores mentes del país se han incorporado a nuestro consejo asesor y por fin tenemos liquidez», continuó Wells. «Así que hemos decidido salir a bolsa en octubre y quería conocer tu opinión.»

La noticia la sorprendió: suponía que la empresa de su marido apenas despegaba; Microsoft había sido lanzado el año anterior y desde entonces decenas de empresas tecnológicas lo habían imitado sin éxito.

«¿No te parece un poco precipitado?»

«Walter ya negoció que Solomon Brothers se encargue de la oferta pública inicial, nada puede fallar. Quiero que vengas a Nueva York este fin de semana, haremos una gran fiesta, te necesito conmigo.»

Jennifer detestaba las reuniones sociales de su esposo (o eso decía), pero no podía evadirlas. En contra de sus predicciones, el mundo parecía entrar en una nueva era de prosperidad y no le gustaba parecer aguafiestas.

«Allí estaré.»

4

Moscú, Unión de Repúblicas Socialistas Soviéticas,
29 de junio

Oksana odiaba la mañana en que su padre regresó a Sverd-lovsk tras de cinco años de ausencia; o tal vez sólo odiaba a su padre, ese hombre severo e inmaculado que le había arranca-do su vida. ¿De verdad sería su padre? Reconocía sus labios abultados, la manera en que alzaba los hombros o se acariciaba la barbilla, su olor rancio y sus manos macizas, pero sus ojos acuosos y lánguidos no eran los suyos, como si se los hubieran cambiado por otros, como si le hubiesen arrancado los origi-nales y le hubiesen trasplantado unas bolas de cristal. Oksana se resistía a mirarlo a la cara, su cercanía le infundía un miedo íntimo, oscuro. Si aquel hombre era su padre, también era un monstruo o un demonio. Cada vez que Arkadi se acercaba a ella o le hablaba al oído, cada vez que le contaba una historia o le hacía una broma, ella retrocedía.

Irina la regañaba: «Es tu padre, Oksana, y necesita tu cari-ño. Es un héroe, Oksana, un héroe». ¿Por eso habría de que-rerlo? No conservaba un solo recuerdo afectuoso de él, una caricia, una sonrisa, un juego compartido. Él tampoco pare-cía preocuparse por ella. Oksana lo veía dedicarse a mil cosas, escribir cartas y hacer llamadas, recibir a decenas de visitan-tes, todo era más importante y urgente que ella. Para colmo, su madre también la había olvidado: ocupada en ayudar a su marido (esa aparición que decía ser su marido), pasaba horas a su lado, ajena a lo que ocurría con su hija, sin hablarle, sin preguntarle nada, sin pedirle su opinión antes de emprender ese maldito viaje, su exilio. Oksana era la víctima, no su padre.

Durante los primeros días en Moscú, los tres compartie-ron una habitación en casa de unos parientes lejanos. «¿Cuán-to tiempo más tendremos que estar aquí, con esta gente?», le preguntaba a su madre, sin que ésta supiese responderle. Al cabo de tres meses se trasladaron a la casa de otros «amigos», gente rara que pasaba todo el día recortado periódicos o copiando manuscritos. Muchas veces le pidieron ayuda, pero Oksana siempre se resistió a colaborar con ellos: no quería ser parte de esa conjura. Su único consuelo eran sus poetas. Un día, mientras Oksana trataba de comprender un verso, sintió encima de su cabeza la mirada de Yulia Simeónovna, una amiga de su madre. Era una mujer mayor, de unos sesenta años, con el cabello grisáceo, una hermosa colección de pulseras de colores y una pierna tullida.

«¿Te gusta la poesía, Oksana Arkádievna?»

Oksana miró a Yulia con desazón.

«A mí me gusta mucho», le dijo, y se sentó a su lado. «Yo no escribo, nunca tuve la sensibilidad, ya me gustaría. Sí conozco a algunas poetas.»

«¿De verdad?» preguntó Oksana.

«Dos mujeres muy valiosas, muy valientes… Maravillosas poetas. ¿Quieres que te enseñe?»

Oksana asintió. Yulia se levantó con dificultad, se dirigió a su habitación y regresó con unas hojas maltrechas.

«Hasta hace poco sus poemas estaban prohibidos», le explicó, «circulaban sólo en *samizdat*. A los poderosos la poesía siempre les ha parecido peligrosa.»

«¿Peligrosa?»

«Sí, Oksana: la poesía puede ser un arma de combate, la poesía sirve para decir cosas que no pueden decirse de otro modo, y eso molesta. En otras épocas escribir poesía era castigado con la cárcel e incluso con la muerte.»

Oksana no podía creerlo, ¿qué daño podían hacer unas palabras?

«Escucha esto de mi amiga Nadezhna Poliakova:

Vienes hacia mí como todos los otros
A beber té como hacen todos los demás.

Es como si la nostalgia por un país perdido
fuera a roernos el corazón...

No, no te llamaré ni te reprocharé nada,
por ahora no somos amigos ni adversarios.
Qué tristes y miserables y solitarios
suenan tus pasos allá abajo.

»Y a ver qué opinas de éste, es de otra poeta joven, no creo que la conozcas, se llama Assia Veksler:

¿Para qué vivimos?
Después de descartar un cúmulo
de excusas e insultos,
aún se avecina esta última pregunta:

Allí, cuando la vida,
irrepetible, se termina,
¿qué dejaremos atrás
de la inseparable frontera?

Oksana ardía. No sólo por los poemas, que le habían encantado, sino porque había encontrado una nueva amiga, una cómplice, la primera persona con la que simpatizaba en mucho tiempo. Pasaron la tarde leyendo y recitando poemas de mujeres (de Vella Ajmadúlina y Polina Ivánova, de Marina Tsvetáieva y Yunna Moritz, de Natalia Gorbanyévskaya y de quien habría de convertirse en su favorita, su modelo, su alma gemela: Anna Ajmátova) como si fuera un rito de paso o una ceremonia. Oksana se sentía libre, renovada. Esa noche no le haría falta su purga de dolor.

5

Nueva York, Estados Unidos de América,
19 de octubre

«¡Toda es culpa de las malditas computadoras!» Ésta sería la explicación más frecuente del desastre, ¡como si las computadoras pudieran pensar y tomar decisiones y equivocarse y mandarlo todo al diablo! Wells se había levantado con un humor expansivo, los noticiarios televisivos se centraban en la represalia militar decretada por el presidente Reagan contra Irán, las previsiones del clima anunciaban un día soleado y, si bien los analistas expresaban cierta preocupación por el descenso de las bolsas europeas y asiáticas, no parecía haber motivos de alarma: apenas en octubre el Dow Jones había batido una marca histórica.

Wells terminó su té, le dio una última mordida a su *croissant* y se dirigió a su despacho. En la limusina le llamó a Arthur Lowell, su corredor, para tener un primer reporte de la mañana. Con voz temblorosa (así la recordaría Wells) Arthur le dijo que todo iba bien, bastante bien. Ese *bastante* lo dejó un tanto inquieto: la oferta pública inicial de DNAW estaba programada para la semana siguiente y nada debía enturbiarla. Wells miró su reloj: 9 de la mañana

Los problemas cotidianos lo entretuvieron un buen rato; pronto su incomodidad se tradujo en una viva desazón. Decidió llamarle a Walter.

«Malas noticias», le dijo éste, «el índice S&P 500 de la Bolsa de Chicago acaba de desplomarse un 20.75 por ciento y arrastra a los otros mercados; no sé cómo decírtelo, Jack, preveo una catástrofe.»

Wells no entendía por qué su amigo le hablaba con tal resignación. Volvió a comunicarse con Arthur, quien para entonces ya recibía decenas de llamadas de sus clientes, obsesionados con vender.

Wells encendió el televisor: en la Bolsa de Nueva York, a las 9:53 de la mañana, 273,700 acciones de Coca-Cola fueron negociadas a un precio 3½ más bajo que el viernes anterior; a las 10:40 a.m., 398,400 acciones de Eastman Kodak abrieron 13½ puntos por debajo de su última cotización; y a las 10:47 a.m., 1.38 millones de acciones de Exxon cayeron un 3½ por ciento. Walter tenía razón: una desbandada. Si las cosas no mejoraban antes del mediodía, no habría recuperación posible.

A las 11:00 a.m., el volumen de acciones negociadas había alcanzado los 154 millones, un récord absoluto; las pantallas y los *tickers* no alcanzaban a mostrar las transacciones recientes, los precios o los volúmenes, mientras que el piso de remates se convertía en una babel de gritos y lamentos. A las 11:50 a.m., el volumen de acciones negociadas alcanzó los 93 millones.

Wells golpeaba la mesa con el puño; para entonces su oficina se había llenado con el personal administrativo y científico de DNAW. A la 1:09 p.m., el sistema de noticias del Dow Jones emitió un ambiguo comunicado: el nuevo presidente de la Comisión de Valores y Seguros declaraba que *por el momento* no consideraba la posibilidad de suspender las operaciones. «¡Vaya imbécil!», exclamó Wells, «¡los corredores no esperarán ni un segundo para vender!» A los pocos minutos, el Dow Jones se desplomó de 2,018 puntos a 1,969. Para enmendar su error, a la 1:25 p.m. la SEC anunció que de ninguna manera consideraba la posibilidad de un cierre. Demasiado tarde.

De pronto se hizo la calma, el extraño silencio o la armonía que preceden al caos. A las 2:05 p.m. el Dow Jones regresó a la marca psicológica de los 2,000 puntos, pero a las 2:35 p.m. la esperanza de un alza se desvaneció. Las innumerables transacciones eran procesadas por el sistema informático de la bolsa, compuesto por doscientas microcomputadoras, cada una de las cuales debía ejecutar más de 500 mil transacciones. Las máquinas no se daban abasto para mostrar e imprimir las cotizaciones, provocando que la disparidad entre los datos que aparecían en las pantallas y la realidad se hiciese cada vez más amplia.

Cuando a las 4:00 p.m. al fin sonó la campana que señalaba el fin de las operaciones, el mercado lucía la mayor pérdida de su historia. Mucho mayor, comprobó Wells, que la del *Crash* del 29. El Dow Jones se derrumbó 508 puntos, perdiendo 23 por ciento de su valor en seis horas y media. Wells repitió la cifra para creerla: *¡veintitrés por ciento en un día!* Le dolió el estómago. El resto de los empleados de DNAW lo miraban estupefactos. ¿Y si ocurría una recesión? ¡El volumen total de acciones negociadas era de casi 604 millones! Nunca, *nunca*, había ocurrido algo semejante.

A las 4:26 p.m. Wells recibió la llamada de Jennifer.

«¿Has escuchado el mensaje de Reagan?», le preguntó ella. «Dice que la economía sigue fuerte... ¿Me oyes, Jack?»

Él no estaba de humor para pelear con su mujer tras perder cientos de miles de dólares. Una cosa era segura: la oferta pública inicial de DNAW tendría que aplazarse.

«Luego hablamos, Jen, ahora tengo demasiadas cosas en la cabeza», dijo y le colgó. Sólo entonces se fijó en el NASDAQ: la caída había sido un poco menor que la del Dow Jones, de apenas (rio al pronunciar esta palabra) un 11.35, frente al 12.7 del Amex y el 19.2 del NYSE. Quizás, sólo quizás, no todo estuviese perdido. Cuando Walter le llamó para ofrecerle un último balance de la situación, él se limitó a espetarle un *que te jodan*. Lo único que quería era un poco de silencio; volvería a su departamento de Park Avenue, se daría un baño caliente, abriría una botella de vino (una de sus mejores botellas) y se dejaría sumir en un letargo suave e indoloro.

6

Moscú, Unión de Repúblicas Socialistas Soviéticas,
21 de octubre

Arkadi era un rencor vivo. Aunque había comenzado a recuperar peso gracias a los cuidados de Irina, aún lucía unas enormes ojeras violáceas y sus brazos eran tan delgados como hilachos, pero ello no le impedía acumular una ira que contrastaba con su lasitud. Ni su esposa ni su hija ni sus pocos amigos lo reconocían: sus buenas maneras, su voluntad conciliadora y su prudencia habían desaparecido, dando lugar a un carácter venenoso y turbulento, incapaz de tolerar las opiniones en contra o cualquier crítica. Gritaba a la menor provocación, arrebatado por una furia imbatible.

«¿Y qué esperabas, Irina Nikoláievna?», exclamó durante uno de sus accesos de rabia, «¿que después de cinco años sepultado en un campo de concentración y en un hospital psiquiátrico estuviera en paz? No tienes idea de lo que es estar *allí*, convertido en un no-humano, en una bestia. Al cabo de unos meses terminas por creerlo y después de unos años ya no puedes recuperar tu forma humana.»

Ella casi se avergonzó: en efecto, no podía imaginar las torturas o las vejaciones que él había padecido. Pero tampoco podía amarlo: temía sus exabruptos y sus arranques de violencia, y sobre todo temía que perdiese los estribos con Oksana.

Los miembros del movimiento democrático huían de sus cambios de humor y deploraban su radicalismo. A diferencia del círculo de Sájarov, Arkadi Ivánovich no sentía el menor aprecio por Gorbachov. Si bien el secretario general había dictado la orden de liberarlo y le había permitido trasladarse a Moscú, a Arkadi esto le parecía un acto de justicia que no redimía al político: Gorbachov había iniciado la perestroika y la glásnost, pero desde hacía meses se hallaba atrapado en una telaraña burocrática que le impedía controlar a las alimañas del partido.

«La perestroika ha entrado en una fase de estancamiento», le decía Arkadi a quien aceptaba escucharlo: «las reformas no avanzan, los ancianos enquistados en el sistema sabotean las reformas, existe un verdadero peligro de volver al modelo anterior, a la represión generalizada, al totalitarismo. Y será culpa de Gorbachov, quien se ha convertido en un zar tan soberbio como sus predecesores; está enamorado de sí mismo, envanecido por los halagos que recibe de Occidente. Rusia (Arkadi evitaba decir Unión Soviética) no puede perder más tiempo.»

Irina coincidía con su diagnóstico y deploraba sus salidas de tono; hasta los miembros más apasionados del movimiento democrático se sentían intimidados en su presencia. Algo se había quebrado en él: no medía el veneno de sus palabras. Arkadi prefería identificarse con Borís Yeltsin, quien tan buena impresión le causara durante la crisis del ántrax en Sverdlovsk; ahora, en su papel de secretario general del *gorkom* de Moscú, se mostraba más receptivo a las exigencias democráticas que Gorbachov.

Arkadi se había topado con él en mayo, cuando una delegación del movimiento democrático (que más tarde tomaría el nombre de Memorial) se reunió con él para discutir la construcción de un monumento a las víctimas del Gulag. Aunque en esa ocasión Yeltsin esquivó cualquier compromiso, su talante afable, su modo directo y su carisma volvieron a impresionarle. Al término de la reunión Arkadi se acercó a charlar con él; Borís Nikoláievich le dio un par de besos y le expresó la alegría que había sentido con su liberación. A partir de ese momento se estableció entre ellos una complicidad inmediata.

Yeltsin hacía lo imposible para granjearse el favor de la *intelligentsia*, mientras que Arkadi quería influir en alguien con auténtico poder. Con su estilo franco y populista, el político comenzó a invitarlo a las giras que realizaba por la ciudad para que Arkadi comprobase su arrastre. En su doble calidad de secretario general del *gorkom* de Moscú y candidato al Comité Central, Yeltsin prodigaba discursos por doquier que, si bien reflejaban los puntos de vista de Arkadi, no escapaban a los cánones retóricos del partido. Por ello resultó tan desconcertante lo que ocurrió el 21 de octubre durante una reunión del Pleno del Comité Central del PCUS (en sus *Memorias*, Arkadi escribió que él fue uno de los instigadores de lo ocurrido).

Aunque estaba planeado que Gorbachov fuese el único orador, Yeltsin se obstinó en pedir la palabra. Borís Nikoláievich acostumbraba preparar sus discursos para mitigar su nerviosismo y sus errores, pero esta vez prefirió improvisar: iba de una idea a otra, se perdía y regresaba una y otra vez a los mismos argumentos. «La perestroika encuentra grandes dificultades», dijo con voz quebrada, «el partido ha creado expectativas demasiado amplias pero poco realistas, hay un ambiente de desilusión, los avances son muchos pero también son muchos los retrocesos…» Los miembros más conservadores del Comité Central no entendían adónde diablos quería llegar el secretario general del *gorkom* de Moscú, pero Yeltsin no se contenía: «Todo esto me tiene muy preocupado, y me parece inaceptable la actitud de algunos camaradas que impiden las reformas y frenan los cambios; en particular, siento una enorme falta de apoyo por parte del camarada Ligachev».

Todas las miradas convergieron hacia el segundo de Gorbachov, quien ya comenzaba a masticar su respuesta. Y entonces, sin que nadie lo imaginara, sin que hubiera un solo precedente, sin que quizás ni él mismo calculase sus palabras, Yeltsin concluyó: «En estas circunstancias, no puedo continuar con mi trabajo, así que presento mi renuncia como candidato al Comité Central, y sólo espero que el *gorkom* de Moscú determine si debo permanecer allí en mi calidad de secretario general».

La petición de Yeltsin sonó tan disparatada (nunca nadie había renunciado al Comité Central) que Gorbachov tardó en reaccionar. Cuando lo hizo sus palabras no fueron suaves.

«No sé si he entendido bien, Borís Nikoláievich, ¿pretende permanecer como secretario del *gorkom* de Moscú, dividir al partido en dos mitades, o sólo quiere luchar contra la autoridad del Comité Central?»

Yeltsin trató de responder, pero Gorbachov le ordenó guardar silencio.

Ligachev pidió la palabra e inició la batería de descalificaciones e insultos a que se haría acreedor Yeltsin aquella tarde. Lo llamó irresponsable, inmaduro, traidor. Después de él intervino una docena de oradores, y todos repitieron las mismas acusaciones, los mismos insultos. ¿Qué se pensaba el camarada Yeltsin? ¿Cómo se atrevía a romper la disciplina del partido? ¡Qué orgullo, qué egoísmo! ¡Yeltsin era inmoral, primitivo!

Acabada la ronda de reprobaciones, Gorbachov puso fin al debate. Yeltsin se empeñó en hablar de nuevo. Esta vez el oso se comportó como liebre, balbució dos o tres disculpas y se mostró arrepentido; Gorbachov, impertérrito, lo reconvino como a un niño malcriado. En eso se había convertido el camarada Yeltsin: una piltrafa, un monigote. Gorbachov se lanzó en otro de sus soliloquios, exhibiéndose como padre todopoderoso y clemente: «Tal vez no haya que concederle demasiada importancia a lo sucedido, en épocas de Lenin las discusiones eran más agrias, lo mejor es olvidarse del asunto y seguir trabajando por el éxito de las reformas».

Yeltsin sudaba, agobiado por una repentina opresión en el pecho. La maldición del secretario general no tardaría en alcanzarlo.

1988

1

Nueva York, Estados Unidos de América, 25 de febrero

Wells se frotó las manos: Frankie Quattrone había aceptado conducir la oferta pública inicial de DNAW. ¡Y pensar que unas semanas atrás se creía acabado! En contra de las predicciones apocalípticas de algunos, los cielos no se derrumbaron, las empresas tecnológicas no se dieron a la quiebra y el NASDAQ se mantuvo casi a salvo: el «lunes negro» apenas dio lugar a una severa recesión. Alan Greenspan, correoso presidente de la Reserva Federal, no se equivocó: la economía estadounidense se hallaba en una fase de crecimiento, por lo cual el *crash* provocó pérdidas por millones de dólares, causó el empobrecimiento de miles y atizó la histeria colectiva: no dio lugar a una catástrofe global. Nadie comprendía por qué un lunes como cualquier otro, sin tormentas políticas o desastres naturales, el Dow Jones había sufrido la peor debacle de su historia; algunos culpaban a los sistemas informáticos, otros enhebraban fenómenos esotéricos (los ciclos económicos ligados a las confluencias planetarias), y unos más se limitaban a aceptar la conjunción de múltiples factores, ninguno de los cuales había resultado tan poderoso como para anular la recuperación.

Wells había perdido fabulosas cantidades de dinero (su cuenta personal estaba en ceros), pero gracias a la ingeniería financiera desarrollada por él, DNAW no había sufrido daños irreparables; ni siquiera se atrevía a imaginar lo que habría sucedido si la compañía hubiese salido a bolsa en septiembre, como tenía previsto. Al final todo se arreglaría: Frank Quattrone, excéntrico mago de los números (siempre con sus suéteres rosas y anaranjados), era la persona indicada para inyectar dinero, mucho dinero, en la empresa. Tras graduarse de Wharton, Quattrone había estudiado una maestría en Stanford y luego obtuvo un empleo en Morgan Stanley como experto en inversiones tecnológicas. Desde entonces era el artífice de la salida a bolsa de las rutilantes *start-ups* de Sillicon Valley: en unos años había reunido millones de dólares para ellas, para sus jefes y para sí mismo.

Wells sabía que la oferta pública inicial representaba la fase más delicada para una empresa como DNAW: al fin podría pagar a los capitalistas que hasta entonces habían confiado en él, estabilizar sus finanzas y acaso recibir los primeros beneficios. Una OPI exitosa aseguraría su supervivencia en un medio tan competido como la industria farmacéutica. Convencido de la importancia de este paso, a Wells no le importó aumentar la comisión de Quattrone más allá del 7% establecido por la ley: tenerlo de su parte valía cualquier sacrificio. A diferencia de otros medios, la biotecnología requería largos plazos de tiempo antes de producir dividendos. Una compañía iniciaba sus operaciones comprando la patente de algún producto, proceso o teoría a alguna universidad o científico, confiando en sus posibles usos terapéuticos y luego debía seguir una intrincada serie de pasos técnicos y burocráticos hasta comercializarla. Por el momento todos los productos de DNAW se hallaban en fase de prueba, en espera de que los tests demostrasen su posible aplicación en campos tan variados (y lucrativos) como las vacunas, el tratamiento del cáncer o de la enfermedad de Huntington. Pero sólo si la Administración de Drogas y Alimentos concedía su aprobación (y raras veces lo hacía) un nuevo medicamento podía ser puesto a disposición del público.

Antes de volver a DNAW, Wells le pidió a su chofer que hiciesen un lento recorrido frente a la Bolsa de Valores: las columnas griegas que resguardaban el piso de remates le provocaban una ansiedad casi adictiva. Su destino iba a decidirse en ese sitio, donde a diario se cruzaba la frontera entre la riqueza y la pobreza, la suerte y la desgracia. Muy pronto, el 16 de mayo, según estimaciones de Quattrone, el futuro de DNAW quedaría fijado en sus pantallas; miles de personas estarían pendientes de sus iniciales, de sus alzas y bajas, de sus aciertos y errores. Wells veía el mercado como una galería o un museo: él expondría una obra de arte, DNAW, y los expertos la juzgarían con ojo crítico. O quizás la bolsa se pareciese más a un club de *streap-tease*, el escenario donde algunos exhibicionistas como él mostraban su desnudez a cambio de dinero. Alentado por esta metáfora, Wells le pidió a su chofer que cambiase el rumbo y se dirigiese a Chelsea, a esa dirección habitual y secreta que frecuentaba cuando requería una inyección de adrenalina: el *loft* de Erin Sanders, la hija de diecinueve años de Christina Sanders, con la cual había iniciado un rabioso romance. Para Wells el riesgo era el mayor afrodisíaco.

2

Moscú, Unión de Repúblicas Socialistas Soviéticas,
27 de febrero

«Lo odio, lo odio, lo odio.» Oksana murmuraba estas palabras frente al rostro dolorido de su madre. Al fin se había producido la catástrofe que Irina tanto había temido, y ni siquiera conocía la causa: la distancia entre su esposo y su hija se había vuelto irremediable. Demasiado obsesionado con su lucha, Arkadi no tenía paciencia para lidiar con la sensibilidad de Oksana. Una guerra de egoísmos: ambos querían que Irina dejase de servir de intermediaria y eligiese partido. Al final, sin saber bien por qué, por inercia o por miedo, o porque su vinculación con el movimiento democrático le impedía distanciarse de Arkadi, ella secundó a su marido; traicionada, Oksana hizo a un lado toda prudencia y se dedicó a provocarlos sin motivo.

Cuando Irina regresó a casa aquella tarde percibió el eco de las últimas injurias intercambiadas entre Arkadi y Oksana. Ninguno de los dos quiso narrarle la causa, pero bastaba mirar sus semblantes (las lágrimas secas de su hija, el rictus de su esposo) para intuir la gravedad de la disputa. Arkadi pretextó una reunión y Oksana volvió a mascullar: «Lo odio, lo odio, lo odio». Esta vez Irina no intentó razonar con ella; lo había intentado en tantas ocasiones y con tan malos resultados que ya no estaba dispuesta a dilapidar su cariño; fingió una serenidad que no sentía y se limitó a preparar algo de comer. Oksana apenas probó bocado, se levantó y se encerró en el baño.

Mientras su madre lavaba los platos, Oksana extendió una hoja de papel en el suelo: un poema de Aleksandr Kúsher, recién publicado en *Novy Mir*, que Yulia Simeónova acababa de prestarle.

Como un joven excitado que lee una nota de su novia,
así se leen los periódicos hoy en día:
como si el tiempo mismo
aireara los armarios y las habitaciones.

Noticias de Moscú… Si tan sólo supieras
cuán tenso Leningrado espera por ti.
Oh crujido de las páginas, eclipsas el crujido de las hojas.

¡Haz ruido, en el nombre de Dios!

Igual que Kúsher, Oksana detestaba las noticias del periódico, la agitación, las proclamas de su padre, la resistencia, la actividad, los cambios; en unas palabras: el presente. Ésa era su principal conflicto con Arkadi. Ella rehuía el movimiento, la prisa, la necesidad de transformarse; en resumen, aborrecía esa voz omnipresente, la perestroika. Así como Kúsher evocaba la vida cotidiana en Leningrado, ella también quería que le devolviesen su mundo infantil de Sverdlovsk, la paz y el silencio de sus calles, su frialdad y su anonimato, la protección que le brindaban su lejanía y su olvido. En cuanto llegaron a Moscú, le había dicho a su padre: «No quiero quedarme aquí, me da miedo esta ciudad, me aterra su gente, regresemos, por favor». Éste ni siquiera intentó razonar con ella sino que, paragonando a su hija de doce años con un comisario del partido, inició una violenta arenga en pro de los derechos humanos y el futuro de Rusia. Arkadi no toleraba que su hija se rindiese ni que juzgase su lucha irrelevante. Oksana tampoco aceptó la reprimenda: su añoranza de Sverdlovsk nada tenía que ver con la política, no buscaba rebelarse ni cuestionar el sacrificio de su padre, sólo aquella paz anónima. Si a él tanto le preocupaba la libertad de los otros, como repetía día y noche, tendría que dejarla ir.

Oksana se sentía tan frustrada, tan impotente, que tomó su lápiz y, casi sin darse cuenta, permitiendo que la ira o la amargura fluyesen por su mano, se enfrentó a la blancura de un papel; nada complicado, sólo unos cuantos versos, malas copias de los que leía y admiraba: su primer poema. Hablaba de su infancia, de la sequedad de Sverdlovsk, de la luna entre las montañas, y en secreto hablaba también de su dolor, de las heridas que se hacía en brazos y piernas, de la siniestra alegría que le proporcionaban. Eso era todo, sin moralejas ni detalles. Sólo unas líneas que la retrataban como una fotografía. Mareada, se reclinó sobre el lavabo y vomitó. Luego escudriñó el armario y encontró la navaja. Se subió la falda y realizó una incisión casi quirúrgica en la cara interior de su muslo derecho, donde las cicatrices se alineaban como heridas de guerra. Una gota carmesí se deslizó por su piel. Oksana contuvo un gemido y descubrió que esta vez no lo había hecho para expurgar su rabia o su tristeza, sino para celebrar su obra. Ese día se convirtió en poeta.

Y la poesía quedó ligada a su sangre.

3

Bakú, Unión de Repúblicas Socialistas Soviéticas,
29 de febrero

Entonces el pasado se volvió presente y dio inicio la guerra. La perestroika y la glásnost habían exacerbado las disputas y rencillas nacionales, aplacadas por la fuerza durante más de siete décadas. Las reformas de Gorbachov abrieron la caja de Pandora. En un ambiente cada vez más descompuesto, el rencor floreció como una epidemia que alcanzó los confines más alejados del imperio. Y fue justo en Azerbaiyán, en el barrio industrial de Sumgait, no muy lejos de mi casa, donde hizo eclosión la violencia durante tres días de febrero. El Cáucaso siempre había sido un laboratorio de fin de los tiempos: territorio en permanente disputa, sometido al poder de los grandes imperios y dividido en diminutas comunidades étnicas enfrentadas entre sí. La rivalidad entre armenios cristianos y azeríes musulmanes siempre desgarró la zona, sobre todo a partir de que Stalin le otorgase a Azerbaiyán el territorio autónomo de Nagorno-Karabaj. Tras el arribo de Gorbachov al poder, la Academia de Ciencias y el Soviet Supremo de Armenia dirigieron incontables peticiones a Moscú para reincorporar este territorio a su república, sin resultado alguno. Cansados de esperar, el 20 de febrero de 1988 los diputados armenios del Consejo Nacional de Nagorno-Karabaj votaron por su incorporación a Armenia, provocando la inmediata respuesta del Soviet Supremo de Azerbaiyán. Miles (aunque los armenios de la diáspora hablarían de un millón) se reunieron en Yerevan, su capital, para mostrar su apoyo al CNNK.

En mi calidad de ruso azerí, yo contemplaba las rencillas nacionalistas con espanto: la región se hallaba tan marcada por los conflictos pretéritos que poco importaba quién tuviese la razón, el hostigamiento de los armenios en Azerbaiyán y de los azeríes en Armenia era una tara cotidiana. Yo mismo pude contemplar las oleadas de refugiados azeríes que, escapando de Nagorno-Karabaj, se instalaban en desoladas casuchas a las afueras de Bakú, en especial en Sumgait, en la orilla norte del Caspio. Los llamados a la prudencia caían en el vacío. Incluso mi esposa Zarifa, azerí étnica, hasta entonces laica y moderada, mostraba una ruda hostilidad hacia los armenios: «Se quieren apoderar de nuestro país», me decía. Yo traté de explicarle que el odio sólo acarrearía más odio, pero ella se sumó a los manifestantes azeríes que se reunían a diario en el centro de Bakú para insultar a sus enemigos de Yerevan. Hacía más de medio siglo que no había manifestaciones públicas en la Unión Soviética y, cuando por fin aparecían, su objetivo no era exigir libertad o democracia, sino increpar a los vecinos.

Cuanto encendí el televisor el 27 de febrero supe que la guerra se volvería inevitable. Con tono rabioso, imposible de imaginar en épocas de Brézhnev, un presentador informaba del asesinato de tres jóvenes azeríes en Nagorno-Karabaj y exigía la aprehensión de los responsables. Si bien la cadena se abstuvo de mostrar imágenes de los muertos, el tono era una invitación a la venganza. Sin necesidad de organizarse, animados por el resentimiento, cientos de azeríes provistos con pistolas y cuchillos se lanzaron contra la minoría armenia de Sumgait ante la pasividad de las autoridades soviéticas, iniciando la orgía de conflictos étnicos que habría de asolar las postrimerías del siglo XX. Al final del día se hablaba de treinta y dos muertos, incluidos seis azeríes, aunque nadie confiaba en la veracidad de esas cifras. Esa noche anoté en mi diario:

29 de febrero, 1988

Los fantasmas pretéritos reaparecen, otra vez se instala aquí la muerte, otra vez entramos en la Historia. No hemos aprendido la lección. Armenios y azeríes ya no se consideran comunistas, ya no les importan los dictados de Moscú ni el internacionalismo, están dispuestos a la guerra, a matarse como lo han hecho desde hace siglos. El Estado se desvanece y los individuos exacerban sus diferencias. Como de pronto uno ya no es soviético, no queda sino elegir entre ser armenio o ruso o azerí. ¿Y si la Unión Soviética no fuese en el fondo sino una anomalía, un mal pasajero que al cabo de unos años nadie recordará con pena ni nostalgia? Quizás los humanos seamos una raza maldita: nada nos salva de la ciega voluntad de destruir inscrita en nuestros genes.

La Unión Soviética se dirigía al precipicio. La indiferencia criminal de la policía y el ejército no podía ser entendida sino como consecuencia de una parálisis general, de nuestra incapacidad para reaccionar frente a los demonios liberados día tras día. Gorbachov se pensaba invencible (su imagen refulgía en Occidente, donde la *gorbimanía* provocaba que máscaras y muñecos con su rostro se vendiesen por millares en Londres, París o Nueva York) y confiaba en que su autoridad como secretario general del PCUS le permitiría vencer a los enemigos de la perestroika y conducir al país hacia una democratización rápida y eficaz, pero él no convivía con la gente común de las provincias, no visitaba el Cáucaso, esa zona tan cercana a su propio lugar de nacimiento, al otro lado de las montañas. De haberlo hecho, de haber visto el miedo y la ira reconcentrados, de haber escuchado las arengas de los nacionalistas azeríes, acaso hubiese comprendido cuán cerca estaba la Unión Soviética de la extinción.

En cambio yo contemplaba el desmoronamiento a diario, en mi propio barrio, en mi propia casa. Mi matrimonio con Zarifa no había obedecido ni al amor ni a la pasión y ni siquiera a la amistad: ambos nos conocíamos desde hacía tanto que nuestra unión siempre pareció inevitable. En aquella época su familia no era religiosa (eso cambiaría muy pronto) y, si se opuso a nuestro enlace, fue más por razones económicas que étnicas. Zarifa era menuda y arisca, morena como un osezno. Y, a mi regreso de Afganistán, fue la única persona que toleró mi pavor y mi desconcierto, mis cambios de ánimo, mi alcoholismo, mi rabia contenida. Acaso sus genes la habían predispuesto a soportar machos imposibles. Durante los dos años que permanecimos casados apenas discutimos (yo hablaba y ella asentía), no sé si porque me tenía demasiado miedo o porque esperaba el momento justo para rebelarse. El estallido del conflicto de Nagorno-Karabaj alteró su espíritu: de la noche a la mañana dejó de ser la mujer sumisa que yo había conocido (o eso creía), como si el virus nacionalista hubiese solivantado cada una de sus células. De pronto los armenios se convirtieron en el objeto de su rabia, culpables de todos los males. Más tarde comprendí que para Zarifa aquellos seres anónimos, con los que había convivido a diario, eran sólo un pretexto. Al insultarlos insultaba a todos los hombres. Ese odio absurdo era el único que se permitía, el único que su familia y yo le concedíamos. Pero cuando al fin cobré conciencia de lo que pasaba en su interior era demasiado tarde: ambos habíamos tomado sendas opuestas (dos variedades del desencanto) y sólo volveríamos a encontrarnos, de manera fugaz, frente a las ruinas de nuestro mundo envejecido.

4

Berlín Oeste, 13 de marzo

Como le explicó a Klára en una de sus cotidianas conferencias telefónicas (solía demorarse con ella más de una hora), la vida de Éva se había vuelto tan quieta como la superficie del Wannsee: su ánimo se deslizaba a un estado de aparente reposo, casi podía decir de paz, imposible de imaginar en América. El primer responsable del cambio era İsmet, su juguete, de cuya mano paseaba ahora por los alrededores del lago. Aún hacía frío, aunque las florecillas, los árboles reverdecidos y las bandadas de patos presagiaban la primavera. El segundo causante de su bienestar era la compañía farmacéutica Eli Lilly, que acababa de comercializar una insólita droga, la fluoxetina (en Estados Unidos se conocía como *Prozac*), cuyos efectos obraban milagros en su ánimo. Desde que su psiquiatra le entregó algunas pastillas, recién desempacadas de Nueva York, Éva pudo contemplar la desaparición de su ansiedad y sus temores. Ese activador de la serotonina, simple manipulador químico, transfiguraba su existencia: hacía mucho que no se sentía sosegada, tan en paz; acaso su libido flaquease, pero su desinterés erótico le parecía casi una bendición: por fin había llegado a la edad en que un paseo o una taza de café le resultaban tan placenteros como el fragor de otros cuerpos.

No temía reconocerlo ante Klára: se sentía feliz, o al menos todo lo feliz que su maltrecho espíritu le permitía. Tanto, que solicitó la prolongación de su contrato en el Instituto Zuse por un año más. La tercera y última razón de su alegría era Berlín: enclavada en medio de la opacidad comunista, aquella ciudad o fragmento de ciudad servía como última frontera de la civilización, y eso se notaba en la libertad de su gente, su voluntad artística, su admirable egoísmo. «Si quieres que te diga la verdad», le confesó a su madre, «estoy más enamorada de esta ciudad que de Ismet: me fascina perderme por los barrios alternativos, rodeada de punks y *ocupas* desaforados, en las boutiques de la Ku'damm o en las callejas de Charlottenburg; cualquier noche puedes escuchar (o más bien mirar) a Herbert von Karajan al frente de la Filarmónica en la sinuosa sala de Hans Scharoun, avistar el delicioso yermo de la Potsdamer-platz o recorrer desde el alba los senderos del Tiergarten. Te encantaría, mamá, tendrías que venir.» Poco más de un año después de haber llegado, Éva se consideraba berlinesa, como Kennedy. Para ella Berlín no sólo era Berlín, sino una metáfora de la resistencia, una utopía, un laboratorio.

Éva apenas reparaba en los problemas de la ciudad, no percibía el creciente desempleo ni la corrupción de sus políticos (el Senado había derrochado millones de marcos para celebrar el 750 aniversario de su fundación), y por supuesto no se sentía aquejada por la *Mauerkrankheit*, como algunos de sus colegas extranjeros del Zuse. Tal vez porque se sentía a salvo en Occidente, Éva pasaba horas recorriendo la zona limítrofe del Muro, esa marca infamante. Le gustaba que estuviese allí, a unos metros, para recordarle cuál era su bando y quién era su enemigo. La fascinación que le despertaba era tan poderosa que se esmeraba en anotar sus *graffitis*:

LLAVES PERDIDAS, PREGUNTAR ADENTRO
MAMI, ¿QUÉ HACE ESA PARED ALLÍ?
«ÁBRETE SÉSAMO» ABRE EL MURO
MARX, ENGELS, LENIN, MAO, ¿Y LUEGO?
¿MARX, DÓNDE DIABLOS ESTÁS?
25 AÑOS SON SUFICIENTES
EL AMOR ES MÁS SÓLIDO QUE EL CONCRETO
TIREN EL MURO Y TODOS LOS DEMÁS CAERÁN

Y la que más le gustaba:

UN DÍA ESTO SERÁ SÓLO ARTE.

İsmet no compartía su entusiasmo; para él Berlín era una ilusión, un sucedáneo. «Esto no puede durar», decía, «este sitio tiene algo fantasmagórico, siniestro.» No se refería al pasado nazi, sino a la hostilidad de los sectores más conservadores hacia los inmigrantes. Aunque llevase más de la mitad de su vida en Berlín, y ni siquiera hablase bien el turco (su familia había llegado a principios de los sesenta, cuando él tenía ocho años), tampoco llegaba a sentirse alemán. «No *quiero* serlo», le dijo a Éva, «aun si consiguiera un pasaporte, no me dejarían serlo.» ¿Quiénes? Los políticos nacionalistas como Heinrich Lummer, quienes no se avergonzaban de decir: «Los moros ya hicieron su trabajo, es tiempo de que los moros se vayan a su casa». Tras la construcción del Muro, miles de turcos habían sido invitados por el Senado para suplir a los obreros del Este, pero en treinta años constituían el trece por ciento de la población. Si de por sí rabiaban cuando alguien les decía que Berlín era el manicomio de Alemania, sus provectos residentes se enfurecían al comprobar que los turcos les habían arrebatado su isla.

Al terminar su paseo por las riberas del Wannsee, Éva acompañó a İsmet a su casa, un diminuto departamento no lejos de la Oranienplatz, en Kreuzberg. Con razón ahora se conocía este barrio como Pequeña Estambul: sus calles atiborradas de hombres de tez oscura conversando o jugando barajas, sus balcones multicolores, sus tiendas de antigüedades, sus quioscos de *kebab* y su inconfundible olor a ajo y tomillo hacían pensar en un zoco de Oriente y no en un enclave capitalista. Pero lo más sorprendente era que, junto a aquel hervidero propio de las *Mil y una noches*, en Kreuzberg también se concentraba la juventud radical de la ciudad. Al estar exenta de servicio militar (en teoría era un protectorado aliado y no un *Bundesland*), Berlín servía de refugio a pacifistas, ecologistas, pintores, músicos, simples vagabundos y *Hausbesetzer* que se apoderaban de sus edificios en ruinas, como el antiguo Hospital Bethania, y los transformaban en centros de distribución de droga. Lo único que le fastidiaba a Éva de aquel circo era su odio hacia Estados Unidos

(enormes pancartas rezaban el típico *Yankees Go Home!*),
cuando Kennedy y sus compatriotas habían sido los verdaderos salvadores de la ciudad. Los punks, drogadictos y mendigos no buscaban pelea y se mostraban más solidarios con sus
vecinos musulmanes que la alta burguesía de Charlottenburg.

İsmet había comprado unos grasientos *kebabs* para la cena.
Su departamento no era bonito, pero la mezcla de colores y
aromas despertaba en Éva una vitalidad que no se percibía en
su casa en Schöneberg, no lejos de donde David Bowie se había establecido en los setenta. Como los protagonistas de *He-
roes*, esa noche Éva e İsmet comerían, beberían, se besarían,
harían el amor (o quizás no) y luego ella insistiría en llamar un
taxi. İsmet protestaría un poco, como de costumbre, y luego
la vería irse con su cara de perro triste. Para ella, Berlín, isla
rodeada de caníbales, era el paraíso.

5

Nueva York, Estados Unidos de América,
17 de mayo

Al final de la tarde Wells creía que una aplanadora había pasado por su espalda, pero no podía sentirse más feliz: sus previsiones habían quedado rebasadas gracias a la determinación de
Quattrone. Durante las últimas semanas éste lo había obligado
a recorrer el país de costa a costa (de Los Ángeles a Filadelfia,
de San Francisco a Washington, de Boston a Seattle) en el *road
show* que serviría para despertar el interés de los inversores.
Por doquier Wells repetía las mismas palabras, escogidas con
cautela por los asesores de Merrill Lynch: DNAW no era una
empresa biotecnológica más, era la empresa biotecnológica del
futuro. Y a continuación se ofrecía un panorama de los productos que podría llegar a producir, haciendo hincapié en sus

eventuales usos farmacéuticos y sus posibilidades comerciales. Si DNAW alcanzaba el éxito con sus compuestos contra la esclerosis múltiple, la diabetes o la osteoporosis (por no hablar del cáncer o el sida), las ganancias serían millonarias. Su obligación consistía en volver creíble el milagro, demostrando con cifras y datos duros (y una ilimitada confianza en sí mismo) que DNAW alcanzaría sus propósitos. A Wells le pasmaba la reacción del público: suponía que aquellos capitalistas habrían escuchado las mismas promesas en labios de otros ejecutivos, pero todos sus auditorios solían mostrarse entusiasmados, seducidos por la idea de hacerse ricos sirviendo a la humanidad. Su éxito fue absoluto: en dos semanas consiguió más de 60 millones de dólares y las acciones de DNAW, valoradas en 18 dólares, rondaron los 29 al cierre de las operaciones. De camino a casa, Wells ya sólo podía pensar en las dos fiestas con que celebraría su triunfo: la primera, privada, con Erin Sanders, y la segunda, multitudinaria, con Jennifer.

6

Río Kettle, Washington, Estados Unidos de América,
29 de junio

Mientras caminaba a solas por los alrededores del río Kettle, Allison volvía a poner en duda su destino. Incluso en un movimiento tan vivo y espontáneo como Earth First!, las peleas y envidias minaban las mejores intenciones. A lo lejos divisó el campamento, con sus antorchas encendidas, y percibió el eco de la guitarra de Sean, uno de los músicos *oficiales* del movimiento. Siguió andando en esa noche sin luna y tropezó con el cuerpo de un chico al que había visto en otras ocasiones. Zakary Twain permanecía recostado sobre un tronco, mirando el poderoso cielo de Washington y su avalancha de estrellas.

Los dos permanecieron allí un par de horas, sin decirse nada, sin rozarse. Eso era lo que Allison más disfrutaba de Earth First!: el vínculo inmediato entre sus miembros.

Si para Allison la idea de participar en otro Round River Rendezvous era motivo de alegría, el ánimo de los *Earth First!ers* nada tenía de festivo: no reinaba el entusiasmo ni la fe de otras ocasiones y los veteranos deploraban la hostilidad cada vez más abierta entre los seguidores de Dave Foreman y los de Mark Roselle. La batalla entre *apocalípticos* y *milenaristas* adquiría tonos cada vez más ásperos. Todos los participantes del Rendezvous sabían que Foreman y Roselle habían fundado el movimiento durante una excursión al desierto del Pinacate, en el norte de México, en abril de 1980, acompañados por otros amigos. Recostados sobre la tierra seca bajo un sol inclemente (o impulsados por el alcohol y las drogas), los cinco concibieron el grupo que habría de enfrentarse a quienes conducían a la Tierra hacia el desastre ambiental. Refugiados en un pueblo fantasma de Nuevo México, develaron una inscripción en honor del indio Victorio, quien según la leyenda local se había opuesto a los blancos que destruían la belleza del desierto. Pero las diferencias entre ambos eran enormes: mientras Foreman pensaba que la catástrofe ecológica era inevitable, Roselle creía que Earth First! debía educar a la sociedad para postergarla cuanto fuera posible.

Foreman era como un biocentrista radical: el destino humano le resultaba irrelevante comparado con el bienestar de la Tierra. Su visión animó la publicación de dos artículos en el *Journal*, firmados por una tal miss Ann Tropía, que despertaron la inmediata hostilidad de los sectores afines a Roselle. En el primero, miss Ann Tropía achacaba a la humanidad todos los males del planeta, mientras en el segundo llegaba a sostener que el sida era una defensa natural de la Tierra contra sus atacantes. Para Foreman la justicia social era una quimera: los *EarthFirst!ers* debían concentrarse en ayudar al planeta a exterminar esos parásitos que la atacaban, los humanos.

Allison respetaba a Foreman, apreciaba su inteligencia y su energía, pero ella había visto morir de sida a sus amigos de San Francisco y jamás podría aceptar que sus fallecimientos fuesen benéficos para el planeta. Aquellos días volvió a toparse con Zak una y otra vez; si no fuese porque se había prometido apartarse de las relaciones complicadas, habría reconocido que le gustaba y estaba segura de que él sentía lo mismo. Achispada por la música (era la último noche del Rendezvous) Allison abandonó a sus compañeras y se fue en busca de Zak. Lo encontró en un paraje solitario, a un par de millas del campamento: una cita. Al verlo, Allison se quitó la ropa y se abalanzó sobre él.

Por la mañana, Zak le explicó Allison que debía marcharse a Tucsón, sin darle más explicaciones. A ella no le extrañó demasiado su conducta (conocía bien a los hombres), pero al final del día se dio cuenta de que no dejaba de pensar en él. La sede central de Earth First! se hallaba justo allí y no le resultaría difícil encontrar un pretexto para volverlo a ver. ¿Enamorada? Allison paladeó un sabor metálico en la boca y luego estalló en una carcajada. ¡Después de todo lo que había vivido, aún se comportaba como adolescente! Sí, buscaría a Zak en Tucsón, qué remedio.

7

Washington, D. C., Estados Unidos de América,
8 de octubre

Jennifer despertó de pésimo humor; le dolía la cabeza (un martilleo en las sienes) y creía tener la presión baja. Desayunó un yogur y una manzana y se pesó en la báscula del baño: había ganado un kilo. Se miró al espejo para buscar esos gramos de más y se encontró gorda, avejentada. Si bien los hombres aún la perseguían, su cuerpo había ingresado en una imparable decadencia: acababa de cumplir cuarenta y tres. «¡Cuarenta y tres!», exclamó en voz alta. Se esforzaba por hacer al menos una hora diaria de ejercicio, primero bicicleta fija y luego un poco de gimnasia, llevaba una vida sana y ni siquiera fumaba; aun así, cada vez que dejaba la ciudad para pasar el fin de semana con Jack se atiborraba de carbohidratos y grasas saturadas: quesos y helados y pasteles, los únicos frenos a su ansiedad. Al volver padecía los estragos y, sintiéndose pecadora, se torturaba con ensaladas y vegetales hervidos.

Jennifer se sumergió en la bañera, preparada con sales y aceites tonificantes, cerró los ojos y procuró mantener la mente en blanco. En varias ocasiones había intentado seguir los consejos de sus amigas y se había inscrito en clases de yoga, pero siempre terminaba abandonándolas, fastidiada con tanto silencio. Trató de serenarse. Había decidido quedarse en Washington para disgustar a Jack, pero no lo disfrutaba. Salió de la bañera, se cubrió con una toalla y corrió al botiquín por unos tranquilizantes. ¿Qué le ocurría? ¿La menopausia? ¿La crisis de los cuarenta? Las pastillas no parecieron aliviarla. Se daría una ducha de agua fría y luego saldría de compras: la terapia perfecta. Después de vestirse, maquillarse y untarse su batería de cremas, subió al coche y condujo hasta un centro comercial. Permaneció allí toda la mañana, paseando de un escaparate a otro, aburrida, dudando entre una bolsa o un vestido, invirtiendo en sus compras la misma concentración que desplegaba en su trabajo. Siempre realizaba una investigación de mercado, comprobaba precios y calidad de los productos y se perdía en complejos cálculos antes de decidirse por un vestido de Chanel, unos zapatos de Gucci o una estola de Dior. Al término de la operación había gastado más de dos mil dólares y no se sentía menos insatisfecha.

Hambrienta, se dirigió a la zona de comida rápida y compró una hamburguesa y una leche malteada. Sabía que se arrepentiría, que ese capricho la obligaría a morirse de hambre durante semanas: las calorías la ayudarían a sobrevivir hasta el lunes. ¿En verdad Jack estaría pensando en dejarla? No lo creía tan estúpido: Erin Sanders podía ser muy joven, muy rica y *muy* guapa, pero no tenía un gramo de cerebro. ¿Qué diría la gente de un hombre que rompe su matrimonio por una adolescente? Jack jamás se atrevería, atemorizado frente al qué dirán. Él sólo salía con esa niñita por la novedad, el glamour y los contactos de su madre, pronto se aburriría y volvería con ella. Tragó el último bocado de hamburguesa, se chupó los dedos llenos pringados de kétchup y se preparó para marcharse. ¿Adónde? La tarde apenas empezaba y no tenía nada qué hacer. ¿A quién llamarle? ¿Quién querría verla un sábado? Sus amigas estaban con sus familias, asistían a los partidos de futbol de sus hijos o a los espectáculos de ballet de sus hijas, ninguna estaría libre para salir con ella. Quizás había sido un error gritarle a Jack y decirle que no iría a su maldita fiesta, en Nueva York al menos se habría entretenido peleando con él. Pensó en darse una vuelta por la oficina y de inmediato cambió de opinión: tenía que ser capaz de divertirse por su cuenta. Hacía años que no veía una película. Miró el reloj: las tres de la tarde. Se encaminó hacia el otro extremo del centro comercial, donde se apiñaban siete salas, y compró una entrada para *Relaciones peligrosas*.

Salió de allí aún más deprimida. La trama era demasiado artificial y exquisita, casi pornográfica. El vizconde de Valmont, el mezquino John Malkovich (un personaje tan parecido a Jack), era un donjuán empedernido y perverso que al final se enamoraba de su víctima, la sosa y abúlica princesa o marquesa interpretada por Michelle Pfeiffer. Al final, ésta moría por su culpa. La moraleja era evidente: para triunfar en la vida había que ser un hijo de puta. Jennifer volvió a su automóvil sin borrar de su mente la imagen de Glenn Close repudiada y silbada por el público del teatro. Así se sentía ella: traicionada, escarnecida. Jack y ella habían firmado un acuerdo, cada uno era libre de acostarse con quien quisiese, pero debían hacerlo en secreto, conservando incólume su lealtad. Jamás podían dejarse ver en público, obligados a huir de escándalos y rumores. ¡Y el imbécil había roto el pacto! Cada vez que iba a un restaurante con Erin Sanders era como si la abofeteasе. ¿Por qué se exhibía? ¿Y si el imbécil se había enamorado? ¿Y si, como Valmont, había perdido el control y de pronto echaba por la borda su matrimonio? Jennifer no podía permitirlo: haría cualquier cosa (cualquier cosa) con tal de evitarlo.

8

Moscú, Unión de Repúblicas Socialistas Soviéticas, 12 de noviembre

Desde que salió de prisión Arkadi era otro, su carácter se había agriado y su miedo se había petrificado como orgullo. Él mismo se daba cuenta del cambio: antes, en esa vida previa que ya casi no recordaba, Irina lo había acusado de ser demasiado prudente, demasiado reflexivo; tanto, que en ocasiones pensaba que su esposa lo tachaba de timorato, tal vez de cobarde. Arkadi sabía que la amargura estaba enquistada en su ánimo desde mucho antes de ser detenido pero sólo ahora, gracias a una especie de glásnost interna, se atrevía a despojarse de su máscara de civilización y cordura. Ya no tenía por qué contemporizar o mostrarse tolerante, ya no tenía por qué soportar la imbecilidad o los vicios o los errores de los otros. ¡Había perdido la paciencia! Ahora tenía el derecho a expresar sus opiniones sin temor. Éste era el motivo de que Irina se hubiese alejado de él y de que Oksana le temiese: Arkadi Ivánovich no podía ni quería contenerse, ya no podía volver atrás, la revolución de su mente y de su cuerpo eran irrefrenables. Sí, ahora era violento; sí, ahora era intransigente; sí, ahora era brutal. Había pagado el precio y no se conformaba con las migajas de libertad que le concedía Gorbachov.

Debido a su carácter tosco y directo, sus relaciones con otros miembros del movimiento democrático o con los dirigentes de *Memorial* se hacían cada vez más tensas; incluso Sájarov le parecía tibio. Arkadi quería cambios inmediatos, sin transición: quería un régimen de mercado, quería elecciones directas, quería una democracia multipartidista, quería los mismos derechos de los ciudadanos de Occidente, quería viajar, quería una casa para su familia, y un coche, y una cuenta de banco, y quería dinero, sí, también dinero, condición indispensable de la libertad individual. Y lo quería *ya*. Este radicalismo le granjeó el aprecio de Yeltsin, el más impaciente de los dirigentes rusos. Tras renunciar al Comité Central y recibir la reprimenda de Gorbachov, el antiguo pretendiente de Irina se había convertido en una figura paradójica: un *apparátchik* en desgracia, despojado de poder, entregado al alcohol y al olvido que, sin darse cuenta, era visto por miles de simpatizantes como uno de los pocos políticos capaces de hablar con la verdad; no pasaba un día en que Yeltsin o su esposa Naína recibiesen cartas que lo animaban a regresar a la vida pública. Durante esos meses, Arkadi se convirtió en uno de sus consejeros más cercanos. «La gente te necesita, Borís Ivánovich», le decía, «Gorbachov nunca se atreverá a demoler las viejas estructuras del partido, piensa que puede manejar sus hilos, pero los burócratas lo controlan a él.» Yeltsin se solazaba con los comentarios de su amigo sin atreverse a salir de su encierro: aún estaba demasiado dolido y se sentía demasiado débil. Prefería viajar con Naína, jugar al tenis.

Durante unas vacaciones en Estonia, Yeltsin por fin concedió una entrevista a un diario local; creyendo que muy poca gente leería sus palabras, habló con claridad y firmeza, como no lo había hecho durante su comparecencia ante el Comité Central, sobre todos los problemas que aquejaban a la URSS. Un año de calma, de estudio y de charlas con Arkadi lo habían hecho modificar su discurso hasta volverlo más lógico y sereno, no menos apasionado. La entrevista fue reproducida a lo largo y ancho del país y él volvió a recibir los reflectores, como si acabara de resucitar. Días después, aceptó la invitación del Komsomol para inaugurar una de sus reuniones en Moscú. Sus jóvenes miembros le devolvieron la confianza al invitarlo en contra de los dictados del partido, resistiendo censuras y amenazas, y al final de su discurso le tributaron una ovación. Yeltsin razonó, vociferó y electrizó a su audiencia durante tres horas.

Al final, un estudiante se dirigió a él.

«Usted no es menos popular que Gorbachov», le dijo, «¿estaría dispuesto a dirigir el partido y el Estado?»

Yeltsin no necesitó meditar su respuesta.

«Cuando tengamos elecciones con varios candidatos, participaré como cualquiera.»

Una salva de aplausos selló su intervención. En medio del público, Arkadi se frotaba las manos.

9

Tucsón, Arizona, Estados Unidos de América,
12 de noviembre

Después de varias semanas, Allison al fin se topó con Zak en la sede de Earth First! en Tucsón. Éste no se mostró muy entusiasta al verla, como si fuese la última de sus preocupaciones.

«¿Qué haces aquí?», le preguntó él sin más.

«Nada», le respondió ella, ofendida, «Peg me invitó a formar parte del grupo, espero que no te moleste.»

«Éste no es trabajo para principiantes», refunfuñó Zak. «¿Por qué no vuelves a California y te encargas de cosas más útiles?» Y, sin despedirse, le volteó la cara.

¿Quién se creía ese imbécil? Ella tenía tanto derecho a formar parte de EMETIC, uno de los sectores más agresivos de Earth First!, como cualquier militante. Al tanto de su experiencia en Greenpeace, Peg la había invitado a sumarse al grupo (las siglas significaban Conspiración Eco-terrorista Internacional Evan Meechan), el cual para entonces ya contaba en su expediente con el derribo de veintinueve torres eléctricas de la mina de uranio del Gran Cañón. Su nuevo objetivo: producir atentados simultáneos en Arizona, California y Nuevo México.

Zak continuó esquivándola. Allison no se dio por vencida. Ella reconocía el poder que ejercía sobre él y no pensaba dejarlo en paz hasta que le aclarase su cambio de actitud y volviesen a estar juntos como aquella noche junto al río Kettle. Además de destruir plantas eléctricas, se había impuesto una misión paralela: sepultar las resistencias que mantenían a Zak alejado de su cuerpo.

1989

1

Kabul, Afganistán, 2 de febrero

Un año milagroso, un año sorpresivo, un año memorable. Habría que pensar, quizás, en una avalancha: una diminuta piedra se desprende de lo alto de una colina y arrastra consigo partículas de polvo y hielo, luego fragmentos de roca; poco a poco su tamaño se multiplica y se convierte en un amasijo de lodo y nieve cuya velocidad se acelera con la caída, arrastrándolo todo a su paso, hasta que aquel pedrusco desdeñable y quebradizo da origen a un alud: toneladas y toneladas de materia que arrasan bosques o aldeas terminan con las vidas de animales y plantas y sepultan a los paseantes desprevenidos. El matemático ruso Vladímir I. Arnold escribió en 1983: «Las catástrofes son bruscos cambios que aparecen como reacciones imprevistas de un sistema sometido a una variación regular de las condiciones externas. Pequeñas causas capaces de generar efectos gigantescos». Así, de manera intempestiva, sin que nadie lo tema o lo prevea, un accidente, una decisión irracional, una vacilación, un descuido, incluso una idea (una revolución: un viraje tosco o destemplado) alteran el equilibrio de un sistema, de un tejido que se ha mantenido en orden durante años o décadas o siglos, y de la noche a la mañana todo cambia, todo se altera, y la vida cotidiana queda sepultada en el pasado, dando inicio a una era azarosa y desbocada. El supuesto resulta sobrecogedor: basta un solo acto, un solo impulso ejecutado en el instante preciso para cambiar el mundo, terminar con la opresión o desencadenar una masacre (o una epidemia). El último soldado soviético que dejó atrás las sangrientas colinas de Afganistán, un joven inexperto y derrotado que se limitaba a seguir órdenes que derivaban de otras órdenes en una cadena de mando que llegaba hasta el Ministerio de Defensa, el Politburó, el Comité Central y, tal vez, la pluma de Mijaíl Gorbachov, no tenía idea de que su partida era el punto de inflexión de un año glorioso, de un año único. Ese joven encerrado en un polvoriento carro de combate o en un tanque mohoso era el pedrusco que desató la avalancha, la causa de la causa del fin de la Guerra Fría, del fin de la Unión Soviética. Imaginémoslo: mientras observa el terreno que se extiende ante sus ojos y que, al cabo de diez días de marchas forzadas, habrá de conducirlo a la frontera, abandonando la doctrina Brézhnev, ese soldado raso, ese cabo o ese sargento sólo piensa en su familia en Moscú, Tashkent o Samarcanda, en recibir el justo reconocimiento por tantos años de peligro y cercanía de la muerte, por su combate en favor del comunismo. El miserable no sabe, no puede saber, que jamás llegará a su antiguo hogar sino a un país desconocido donde sus ilusiones, sus recuerdos y sus creencias (todas sus creencias), se derrumbarán en unos pocos meses. Cuando el 15 de febrero de 1989 por fin atraviese la garita militar que separa Afganistán de la República Soviética Socialista de Tayikistán, sin que ninguna autoridad oficial esté allí para recibirlo con una medalla o un abrazo, ese joven y anónimo soldado del Ejército Rojo habrá quebrado para siempre el orden del mundo.

2

Sverdlovsk, Unión de Repúblicas Socialistas Soviéticas,
27 de marzo

A Arkadi no le tomó más de un minuto aceptar la proposición de Yeltsin: sí, participaría como candidato en las primeras elecciones democráticas que habrían de celebrarse en la Unión Soviética. Ni siquiera necesitó consultarlo con Irina, era una decisión natural, consecuencia lógica de su batalla. Si no era posible destruir el sistema de un plumazo, habría que carcomerlo desde dentro. Arkadi se infiltraría en sus células corruptas como un virus y desde allí iniciaría su labor de destrucción. Así lo había entendido el propio Andréi Sájarov, quien también había anunciado su intención de participar en la contienda, convirtiéndose en el más respetado y visible de los candidatos al Congreso. Aunque las elecciones distaban de ser lo abiertas y justas que los demócratas deseaban (sólo un tercio de los miembros del Congreso de los Diputados del Pueblo sería elegido por votación directa, mientras que los otros dos sería nominados por el Partido Comunista, el Komsomol y sus grupos afines), Arkadi consideraba que el movimiento debía aprovechar la oportunidad de hacerse oír en vez de quedar al margen. Esa misma noche le comunicó su decisión a Irina; ésta se entusiasmó: significaba que Arkadi había decidido contener su rabia o al menos sublimarla, su marido volvería a la vida activa, apartándose del silencioso rencor que tanto daño le hacía a él y a su familia.

«Sólo hay un inconveniente», le explicó Arkadi. «Llevamos muy poco tiempo en Moscú, aquí nadie me votaría, lo lógico sería presentarme en Sverdlovsk.»

«¿Tendremos que mudarnos?»

«No», replicó Arkadi, «yo tendré que vivir a caballo entre las dos ciudades.»

Irina respiró: el cambio a la capital había sido demasiado traumático como para regresar a Siberia.

«No te preocupes», Arkadi Ivánovich, «trabajaremos en ambos frentes, desde aquí yo me ocuparé de trámites y preparativos. ¡Es una gran noticia! Estoy segura de que, si hablas con la gente, con nuestra gente, si les cuentas tu experiencia y les abres una esperanza, la victoria será tuya.»

Arkadi sonrió por primera vez en mucho tiempo; aunque le avergonzase reconocerlo, estaba entusiasmado, se sentía joven, dispuesto a viajar de un barrio a otro, convertido en un evangelista o un misionero democrático y (sí, ya se había decidido a hablar de ello), en un adalid del libre mercado.

Arkadi desplegó una actividad frenética para conseguir las firmas necesarias para inscribirse; el proceso no era sencillo, enturbiado por mil trabas burocráticas heredadas del pasado. Los hombres del partido no podían impedirle a nadie contender, pero disponían de recursos suficientes para disuadir al más entusiasta. Borís Yeltsin, que reunía todos los requisitos para registrarse en Moscú, había sufrido el bloqueo a su candidatura hasta que el apoyo popular a su nominación resultó tan apabullante que sus rivales prefirieron retirarse de la contienda. Arkadi no alcanzó un éxito tan fácil: a fin de cuentas sólo era un científico con un perfil poco claro (sus años en Biopreparat lo habían apartado de la escena pública), que había estado en la cárcel y, tras su liberación, había preferido irse a Moscú. Aun así, gracias al apoyo de Yeltsin, cuya influencia en Sverdlovsk aún era notable, logró ser postulado por cuatro organismos (incluido su antiguo laboratorio, ahora reconvertido en un centro civil) y, gracias a su oratoria enérgica y directa, se ganó la fama de reformista intransigente, lo cual le garantizó aparecer en las papeletas con posibilidades de triunfo.

De enero a mayo Arkadi no dejó de ir y venir entre Sverdlovsk y Moscú, donde Irina había abandonado sus demás actividades para consagrarse a la causa de su marido; una vez más ella había decidido olvidarse de sí misma (y de su hija) para convertirse en su directora de campaña. Casi sin recursos, empleando con sagacidad los contactos tramados en los últimos años, Irina consiguió que la corriente mayoritaria del movimiento democrático, incluida mucha gente de *Memorial*, perdonase a Arkadi sus excesos y lo acogiese como uno de los suyos. El propio Sájarov, dolido con algunas de sus declaraciones, atendió las súplicas de Irina y accedió a apoyarlo en público: una fotografía que los mostraba juntos, charlando en el salón del viejo físico, fue más importante para su victoria que sus alocuciones y discursos.

Arkadi insistió en que Irina y Oksana se trasladasen a Sverdlovsk el día de las votaciones. Hacía mucho que ninguna de las dos regresaba a su ciudad y la encontraron demudada, no tanto por la herrumbre que había caído sobre las antiguas fábricas e instalaciones militares, como por el ánimo de sus moradores. Aquél seguía siendo el feudo de Yeltsin, la gente citaba sus palabras de memoria y utilizaba sus fotografías como bandera. Gracias a él, Arkadi se hizo un lugar en su vida pública y también era reconocido y celebrado. Para Oksana, en cambio, la agitación electoral despedía un tufo a podrido; ella sólo deseaba visitar su casa, recuperar su memoria, regodearse con las imágenes de una infancia idílica surgida de su imaginación, no de los hechos. Mientras sus padres visitaban centros cívicos y organizaciones obreras, ella paseaba por su cuenta, dejándose corroer por una nostalgia ficticia aunque no menos angustiosa. El día de las elecciones bosquejó un sombrío poema sobre la infancia, en donde las chimeneas renegridas se convertían en ruinas de castillos, los bloques de cemento en almenas vacías y los puentes de acero en arcadas tumefactas.

Cuando se reunió de nuevo con sus padres, éstos permanecían tomados de la mano, como si fueran novios o amantes (qué asco, pensó), celebrando su triunfo. Las malditas elecciones habían confirmado los miedos de Oksana: ella había perdido la contienda. La joven ni siquiera se interesó por el desarrollo de la jornada, se resistió a felicitar a su padre y se encerró en su habitación (más bien en el desván que le habían asignado en casa de unos amigos), convencida de que la Tierra era un lugar inhóspito y depravado. Mientras el país festejaba la elección al Congreso de los Diputados del Pueblo de hombres como Sájarov, Yeltsin y Granin, y la derrota de los carcamales del partido, Oksana se sentía más sola que nunca: todo lo que ocurría afuera, en el odiado exterior, entre adultos, le parecía repugnante. Hastiada de sí misma, Oksana se entregó, por segunda vez en ese día, a esa purga o sacrificio, a su ceremonia del dolor.

3

Nueva York, Estados Unidos de América,
2 de abril

«No puedo creer que hagas caso a los rumores», exclamó Jack con un tono quebradizo que enfureció a su mujer. «Ha de haber sido la bruja de Gloria, ¿verdad?, como su esposo la engaña, inventa historias para sentirse mejor…»

Para entonces la ira de Jennifer se había trocado en llanto, y de nuevo en furia; abría y cerraba cajones, empacaba sus cosas en desorden y volvía a extenderlas sobre la cama, decidida a no olvidar sus pertenencias más valiosas (joyas, fotografías, documentos), fuera de control. Había tomado la determinación de marcharse, de abandonar ese maldito departamento de Park Avenue que de cualquier modo nunca le gustó y nunca consideró suyo (Wells lo había decorado con un gusto estrambótico y vulgar), pero no sin antes hacerle la vida imposible a ese miserable: le diría las cosas más hirientes, lo despedazaría, lo aplastaría, lo dejaría medio muerto, con palabras que fuesen como estiletes. ¿Cómo hundirlo, cómo castigarlo e infligirle mil veces aquella humillación? Esta vez no iba a refrenarse, no limitaría sus comentarios ni conservaría el decoro que les había permitido reconciliarse en el pasado; él había roto su acuerdo, la había deshonrado, no merecía clemencia. Lo que más encolerizaba a Jennifer era que Jack lo negase, que ni siquiera tuviese el coraje para reconocer su infamia. ¿Pensaba que era estúpida, que iba a engañarla con sus disculpas, que iba a convencerla de su inocencia cuando todo el mundo (*todo el mundo*) lo había visto abrazando y besando a esa niña estúpida, a la minúscula Erin Sanders, los dos casi desnudos en una playa de Cancún o de Jamaica, en la primera plana del *New York Post*? Había límites, y Jack los había rebasado. No le indignaba tanto su traición como su imprudencia: había vuelto público algo que debía guardarse en privado, y con ello había echado por la borda su matrimonio y su prestigio.

«Cálmate», insistía Wells, «tienes razón, fui un imbécil, un insensible, lo reconozco, ¿qué quieres que haga, que me hinque y te pida perdón? Estoy dispuesto a hacerlo. No quiero perderte, Jen, no por esta tontería.»

«¿Tontería?», gritó ella, «¿*tontería*?»

«Podemos superarlo, tú y yo somos socios, cómplices.»

Jennifer se irritaba consigo misma: aunque lo odiase, aunque quisiera verlo agonizante o torturado, lleno de heridas supurantes, en el fondo le creía. En efecto, Jack bien podría dejarla para quedarse con Erin Sanders, que tenía veinte años menos y muchos millones más, un cuerpo de anoréxica y el cerebro de una mosca (es decir: perfecta para él), y sin embargo insistía en retenerla. Sus súplicas le sonaban auténticas. Quizás él ya no la amase (Jen tampoco lo amaba a él), pero sin duda la necesitaba. Erin era una diversión, un capricho, una presa atractiva: Jack jamás la convertiría en su pareja, y menos en su esposa. Aun así, Jennifer decidió que no iba a perdonarlo. No con facilidad. Por lo pronto se alejaría de él, volvería a Washington y disfrutaría a la distancia de la comedia o el melodrama que habría de desarrollarse a continuación, cuando Christina Sanders se enterase de que Jack Wells *también* se acostaba con su hija.

Éste tampoco lo daba todo por perdido: no era la primera vez que, en un arranque de rabia o de celos, Jennifer había amenazado con dejarlo; en dos ocasiones había sacado las maletas de la casa, primero en Filadelfia y luego en Manhattan, y al final siempre se había arrepentido, dispuesta, eso sí, a hacerle la vida insoportable. Wells dejó de justificarse y se conformó con pedirle un mecánico perdón; confiaba en que, al cabo de unas semanas de pesadilla, todo volviese a la normalidad. Sólo así, con este frente en orden, podría invertir sus energías en tranquilizar a Christina y a Erin (sí: a la postre tendría que sacrificar a Erin) y llegar a una reconciliación más o menos amigable.

Sin poder encontrar las frases justas para destruir la autoestima de su marido, Jennifer cerró sus maletas.

«Ayúdame a cargarlas hasta la calle», le ordenó a Jack.

«Cariño, por favor...»

Ella aceleró el paso. Esta vez no daría marcha atrás, estaba harta de sentirse menospreciada, de tolerar sus engaños, de fingir que ambos disponían de la misma libertad sexual cuando ella nunca la había utilizado (por temor a un chantaje o a las enfermedades venéreas), de sentir que era el eslabón más débil de su matrimonio. Wells arrastró las maletas por el elevador y las depositó frente al atónito portero que no sabía cómo reaccionar al drama. Jennifer quería que todo el mundo se enterase de su desgracia, que todos sus vecinos y los transeúntes comprobasen cómo ella dejaba al empresario modelo, al supuesto benefactor de la humanidad que en realidad era un mentiroso y un hipócrita. Wells detuvo un taxi y acomodó los bultos de su esposa en el maletero. Jennifer no se contuvo y, sin pensarlo, sin entrever las consecuencias de su mentira, le dijo a su marido antes de partir: «Por cierto, Jack, quiero que sepas que, mientras tú te acostabas con Erin Sanders, yo hacía lo mismo con tu querido amigo Walter». Y le hizo una seña obscena con el dedo.

Moscú, Unión de Repúblicas Socialistas Soviéticas,
26 de mayo

Buena prueba del caos que amenazaba a la Unión Soviética en 1989 era la facilidad con que uno podía sobrepasar trámites burocráticos antes insalvables. En teoría sólo quien contaba con un permiso especial podía abandonar su región y trasladarse a Moscú, pero desde que se iniciaron los conflictos étnicos, miles de rusos de las provincias se instalaban en los saturados conjuntos habitacionales que se extendían por los suburbios de la capital, dando origen a un nuevo y anacrónico *lumpenproletariat*: de pronto era posible ver mendigos o desocupados errando por las principales avenidas de Moscú, rasgo inconfundible de la aparición de la economía de mercado.

Tras separarme de Zarifa, yo también me mudé a Moscú: quería contemplar los cambios de cerca, experimentar aquel ambiente de inminencia y de peligro desde el centro, palpar la excitación y el desafío, convertirme en testigo directo, en cronista de aquella mutación. No me resultó difícil convencer a unos primos de acogerme a cambio de buena parte de mis ahorros. Bajo el brazo cargaba el enorme manuscrito que había estado pergeñando en los últimos meses, mis memorias de Afganistán. Después de peregrinar por decenas de revistas, cuyos editores solían recibirme con gentileza sólo para dejarme ir sin más, aterricé en las destartaladas oficinas de *Ogoniok*, donde Artiom Borovik, un joven periodista educado en Estados Unidos e hijo de un alto jerarca del KGB, había publicado ya un largo reportaje sobre Afganistán. Vitali Korotich, su bilioso editor, leyó de un tirón el primer capítulo de mi manuscrito y, en uno de sus típicos arranques, me pidió que escribiese una crónica de la segunda sesión del Congreso de los Diputados del Pueblo que se llevaría a cabo al día siguiente:

me advirtió que lo más probable era que no la publicase (algunos de sus mejores periodistas ya cubrirían el evento), pero quería medir mi talento.

El Congreso había sido inaugurado el día anterior: dos mil doscientos cincuenta delegados provenientes de todas las regiones del país confluían en su sede, conscientes de su papel histórico. Nadie imaginaba lo que sería aquello; pese a los controles oficiales y la sobrecogedora mayoría de diputados provenientes de las filas del partido, cientos de escritores, artistas, antiguos disidentes, activistas y detractores del sistema tendrían la posibilidad de expresar sus opiniones en público, de ser escuchados, de convertirse por unos instantes en los protagonistas del cambio. Por primera vez el poder reconocía su existencia, por primera vez criticar a nuestros dirigentes se volvería *normal*. Por si no fuese suficiente, a instancias de Yeltsin las sesiones iban a ser transmitidas por televisión; tras décadas de oscuridad y silencio, cualquiera podría mirar cómo el partido perdía su aura sagrada, cómo sus líderes eran cuestionados o escarnecidos, cómo los ciudadanos comunes levantaban la voz sin temor a ser encarcelados.

El primer discurso del Congreso fue pronunciado por Sájarov. Como muestra del respeto que se había ganado, Gorbachov no sólo le concedió el honor de inaugurar los trabajos, sino que fue al único delegado a quien se dirigió por su nombre. Consciente del peso simbólico de sus palabras, el científico articuló un feroz alegato a favor de la democracia y los derechos humanos que también podía leerse como una devastadora crítica contra Gorbachov. Además, exigió que el Congreso se convirtiese en poder supremo de la Unión (una propuesta que sería vetada por los comunistas), y luego se explayó sobre la manera en que los cambios podrían generar una sociedad abierta. Las reflexiones de Sájarov se vieron seguidas por un alud de intervenciones, la mayor parte de miembros del partido que se limitaban a glosar las virtudes del secretario general y a alabar el camino seguido hasta el momento, pero los ciudadanos de la URSS también presenciamos lo imposible: Yuri Vlásov, campeón olímpico de halterofilia (el hombre más fuerte del mundo, según la propaganda oficial) le echó la culpa al KGB de la represión y el estancamiento; un delegado se atrevió a interrumpir a Gorbachov y otro lo amonestó por su costosísima dacha en Crimea; un historiador exigió que el cuerpo de Lenin fuese removido de la Plaza Roja y sepultado en un cementerio; decenas de delegados se quejaron de la pobreza de sus regiones, de la falta de insumos o alimentos, del abandono y la miseria que reinaban en sus aldeas; y, por fin, un delegado de Georgia denunció allí, frente a millones de espectadores, la masacre ocurrida en Tbilisi el 9 de abril, cuando el ejército soviético arremetió contra un grupo de manifestantes.

Era una novedad absoluta: ninguno de nosotros había visto jamás algo semejante. En el segundo día de sesiones la excitación era aún mayor, yo mismo me sentía desconcertado y ansioso, con la sensación de que todo podía ocurrir, de que todo estaba permitido. Sájarov pidió que el Congreso votase para elegir a su presidente, haciendo obvio que Gorbachov no tenía por qué ocupar esa posición sin el voto de los delegados. Tras unos minutos de revuelo, un delegado del norte de Rusia, Aleksandr Obolensky, se inscribió para competir contra el secretario general, y luego otro delegado, en esta ocasión de Sverdlovsk (luego me enteraría de que era Arkadi Ivánovich Granin, biólogo, antiguo disidente y miembro del ala más liberal de los demócratas), propuso a Borís Nikoláievich Yeltsin. ¿Una auténtica elección con varios candidatos en la URSS? Al final, Yeltsin retiró su candidatura y Gorbachov obtuvo el 95.6 por ciento de los votos, pero el precedente era innegable: la oposición ya no era una quimera. Por la tarde las intervenciones volvieron a alcanzar la euforia y la bravura del día previo: la política se convertía en espectáculo, en un bien general, y dejaba de ser un privilegio de la *nomenklatura*. Por más disparatados o erráticos o violentos o desdeñables que fuesen los discursos, su sola existencia cimbraba al país; quizás todavía no viviésemos en una democracia, quizás el partido aún detentase el control de las instituciones, pero la perestroika y la glásnost se habían vuelto reales, las palabras volvían a ser armas de combate y cualquiera podía identificarse con aquella gente que, como escribí en mi artículo con cierta cursilería, poco a poco aprendía a tartamudear la libertad.

Como era previsible, *Ogoniok* no publicó mi texto. Vitali me hizo ver que resultaba demasiado plano, incluso *naïf*: yo no había sido capaz de apartarme de los hechos, de contemplarlos con distancia, sino que había calcado el punto de vista de los liberales sin tomar en cuenta a nadie más (el peor error de un reportero, me advirtió); aún así alabó mi estilo y me dijo que a partir de entonces podía considerarme colaborador estable de la publicación.

5

Wenden, Arizona, Estados Unidos de América,
31 de mayo

«Regresa al pueblo, Allison, necesitamos ese taladro con urgencia», le gritó Zak, sin darle oportunidad de rezongar.

Ella no quería marcharse, había llegado hasta allí con los demás y no estaba dispuesta a quedar fuera de la jugada sólo porque él se lo ordenase. ¿Por qué se metía en su vida? Ya no era una adolescente. Acostarse con ella no le daba el derecho a regañarla o darle órdenes, no era su marido ni su novio ni su jefe, en Earth First! y en EMETIC no había jerarquías, todos eran iguales.

«Haz lo que Zak te dice, toma la camioneta y ve al pueblo, encuentra el taladro y alcánzanos aquí, mientras montamos los explosivos», le dijo Peg.

Allison no podía rehusarse sin parecer caprichosa o egoísta. ¡Llevaban más de tres meses planeando el golpe (por primera vez se atreverían a cortar las instalaciones eléctricas de una planta nuclear) y al final no habían sido capaces de eliminar los errores y las fallas! Desde el inicio del operativo, su relación con Zak, si es que podía llamarse así, se había reducido a cuatro o cinco acostones sin consecuencias, después de los cuales ninguno de los dos volvía a llamar al otro en varios días, como si sus encuentros sólo sirviesen para satisfacer una necesidad física. Así quedó asentado entre ellos desde el principio: sexo y puro sexo, intenso, apasionante, a veces más que eso, con el compromiso de que ninguno buscaría nada más.

Al principio Allison aprobó los términos, de hecho ella misma los formuló en voz alta, para liberarse de su miedo: se sabía víctima de esa enfermedad o esa fiebre, el enamoramiento. El sexo con Zak no se parecía a nada que hubiese experimentado con otro hombre: al final quedaba aniquilada, enfebrecida y, sí, también etérea. Y estaba convencida de que a él le ocurría algo semejante: podía verlo en sus ojos, olerlo en su piel, sentirlo cada vez que él abandonaba su semen en su cuerpo, pero no podía decirlo, significaría una traición, la ruptura de su pacto. Por eso en público se comportaban como enemigos, intercambiaban burlas e insultos, y los demás miembros del grupo estaban convencidos de que se detestaban, de que sólo el compromiso con la Tierra les impedía destrozarse a mordiscos.

Cuando se iniciaron los preparativos para realizar la gran maniobra de abril, con acciones simultáneas en Arizona, California y Colorado, Zak se tornó aún más antipático, empeñado en apartarla de la misión. Ella creyó descubrir en su amante esa misma dosis de machismo presente en otros militantes de Earth First! Por más radicales que fuesen en cuestiones ambientales, a la hora de lidiar con las mujeres no ocultaban su misoginia. Pero Allison no iba a permitir que él la dejase fuera: era su primera colaboración con EMETIC y no pensaba quedarse al margen. Allison corrió hacia la camioneta de Peg Millett y encendió el motor: en ese momento le hubiese gustado atropellar a su amante. Puso la radio a todo volumen (la ominosa letra de «You Are (the Goverment)» de Bad Religion, resonaba como un martillo) y se dejó conducir hasta Wenden, donde EMETIC había establecido su base de operaciones.

Se estacionó frente al motel, subió a la habitación de Zak, buscó el maldito taladro por todas partes (¿dónde diablos lo habrá metido?) y, sin saber qué más hacer, buscó una tienda de herramientas y compró uno nuevo. Cuando regresó a la Central Nuclear de Palo Verde encontró el paraje desierto, sin rastro de sus amigos. Los hijos de puta se fueron sin mí, se dijo, y volvió a la camioneta. ¿Adónde podrían haber ido? ¿Habrían caminado hasta el pueblo? Allison abandonó la camioneta en la parte posterior del motel y, cuidándose de ocultar el taladro debajo del asiento, subió a su habitación. Cuando estaba por abrir la puerta, un par de manos la detuvieron por la espalda. Dos policías la obligaron a darse vuelta, la cachearon y la esposaron. Un oficial procedió a leerle sus derechos (como en las películas), la hizo bajar las escaleras a trompicones y la depositó en la parte trasera de una patrulla. Minutos más tarde se encontraba en la cárcel del condado en compañía de Peg, Mark I y Mark II. ¿Y Zak?

Peg la abrazó con fuerza: «Zak está con ellos».

Al día siguiente, el FBI irrumpió en las oficinas de Earth First! en Tucsón y, como parte culminante de la Operación THERCOM, también detuvo a Dave Foreman, acusándolo de conspiración, sabotaje, daños en propiedad privada y terrorismo. Después de un rápido juicio (todos se reconocieron culpables de los cargos), Peg Millett, Mark Baker y Mark Davies fueron condenados a tres años de prisión, mientras que Allison recibió una condena de sólo un año y medio, pues el jurado tomó en cuenta que no había sido capturada en el lugar de los hechos. En la decisión también debió influir su estado. Porque para entonces tenía ya ocho semanas de embarazo.

6

Washington, D. C., Estados Unidos de América,
27 de agosto

«¿Te volviste loca?»

Jennifer vociferaba como si se hallase en el desierto y no en su despacho del FMI, como si sus vecinos fueran sordos o estuviesen muy interesados en su vida familiar. Solía gritar sus problemas sin el menor comedimiento (en el peor de los casos, para acusar a sus subordinados de ser flojos o ineptos), pero ni siquiera Emily, su fiel secretaria, se atrevía a reprochárselo. Cierto día intentó explicarle, con la mayor delicadeza, que sus historias se oían hasta el tercer piso; ella no le creyó e imaginó otra conjura en su contra, una nueva forma de incordiarla. Quizás por eso el personal de su oficina no duraba más que unos meses; pese a los salarios atractivos y al entusiasmo que Jennifer desplegaba en sus mejores momentos, muy pocos se volvían inmunes a sus aullidos telefónicos y a sus calumnias. Al final del día todos estaban al tanto de sus pesares y hasta el archivista sabía que su marido la engañaba con Erin Sanders, que ella acababa de dejarlo e incluso que ahora su hermana Allison estaba en la cárcel, sí, figúrate, en la cárcel.

«¿Cómo diablos se te ocurre tener un hijo en prisión?», gimió Jennifer.

Esta frase desconcertó incluso a los más veteranos: la familia de su jefa se parecía cada vez más a los protagonistas de *Dallas* o *Dinastía*. Para que no hubiese dudas, Jennifer repitió: «Allison, ¿de verdad quieres tener un hijo en prisión? La vez pasada dijiste… dijiste…»

Todos notaron que Jennifer sollozaba.

«Esta mujer está chalada», apuntó Bill Stuart, un graduado de Chicago que acababa de incorporarse al FMI como analista.

Emily se limitó a suspirar, como si dijese: y aún no has visto nada.

«Alli, por el amor de Dios, no es justo para ninguno de los dos, ¿quieres dejar a esa criatura sin un padre? ¿Y si algún día te dice que quiere conocerlo qué vas a decirle, que ese hijo de puta te metió en chirona?»

«Alguien tendría que internar a las dos en un manicomio», punteó Bill, el único que se atrevía a criticar a Jennifer sin reservas; recién contratado, desconocía la ley del silencio impuesta en la oficina. En cambio Emily vivía aterrorizada, a la espera de una reprimenda siempre mayor.

«Allison, te lo voy a decir una última vez», gruñó Jennifer, «¿qué destino piensas darle? ¿No te parece un puro acto de egoísmo? Alli, por favor… Alli…»

«Al parecer, Alli tiene menos paciencia que nosotros», rio Bill.

Jennifer abandonó su despacho y corrió al baño. Como de costumbre, Emily se apresuró a alcanzarla; viuda, con el cabello blanco aunque apenas rondaba la cincuentena, ocupaba la nada envidiable posición de consejera sentimental, asistente, secretaria y factótum de Jennifer, lo cual no le valía el menor respeto por parte de ésta, quien la regañaba a la menor oportunidad y no paraba de solicitar su traslado.

«¿Estás bien?», le preguntó Emily, tomándola de la mano.

Jennifer no toleraba que nadie la tocara, esta vez hizo un esfuerzo y, apartándose con suavidad, trató de recomponerse. Se restañó los ojos y, con el pañuelo que le ofreció su secretaria, se limpió las lágrimas oscurecidas por el rímel.

«Es uno de los peores momentos de mi vida», le confesó en tono neutro. «Primero el imbécil de mi marido se lía con Erin Sanders, luego me entero de que mi hermana está en la cárcel y ahora la estúpida me dice que quiere conservar al niño. No lo entiendo, Emily. Hace años abortó, tú lo sabes, y en cambio ahora se empeña en tener el hijo de un… policía. Dime, ¿tú tendrías un hijo de un hombre a quien odias?»

Emily no supo responder.

«En fin, volvamos al trabajo, nos aguardan asuntos más importantes. Una última cosa: te pido que seas discreta, no quiero que nadie se entere de esto.»

Emily contuvo una risa nerviosa. Mientras volvían a la oficina, Jennifer no podía borrar esta imagen de su mente: su hermana, embarazada, en una celda en Arizona.

7

Leipzig, República Democrática Alemana,
9 de octubre

Experta en redes informáticas, en vida artificial y en simulaciones por computadora, Éva creía que los movimientos democráticos que se extendían por Europa Central no tardarían en llegar a Alemania Democrática, y así se lo detalló a Klára en otra de sus larguísimas llamadas telefónicas. Allí, en Berlín Oeste, sus colegas del Instituto, sus escasos amigos locales e incluso Ismet no hablaban de otra cosa: Gorbachov dejaría de apoyar a la caduca burocracia comunista. Sólo Friedrich Hauser, su vecino, quien había escapado del Este unas semanas antes de la edificación del Muro en 1961, pensaba lo contrario: Honecker es un buitre astuto, no hay que albergar demasiadas esperanzas. Éva se resistía a creerle y todos los días leía la prensa o pasaba horas frente al televisor para detectar los primeros brotes de la revuelta. Conforme transcurrían las semanas desde el triunfo de Solidaridad en Polonia, y sin que ocurriese nada en Alemania del Este, Éva admitió que tal vez su vecino tuviese razón: las distintas naciones del bloque comunista no eran iguales, Hungría, Polonia y quizás Checoslovaquia contaban con poderosas tradiciones nacionales y una cultura católica opuesta a la ideología de sus líderes, mientras que Bulgaria era un misterio, Rumania seguía dominada por ese Stalin en miniatura que era Ceauşescu, y Alemania...

Y de pronto la flama del descontento se incendió en el lugar menos pensado, en Leipzig, antigua ciudad sajona convertida en un gigantesco bloque de cemento. Desde principios de mayo el reverendo Christian Führer, pastor de la Nikolaikirche, había comenzado a organizar unas plegarias por la paz que congregaban a creyentes y no creyentes, nacionalistas y anticomunistas (y agentes de la Stasi), conformando un grupo que no tardó en alcanzar la masa crítica para encabezar las protestas contra Honecker. El protestantismo se había iniciado en esa misma ciudad 450 años antes, y esta tradición de disidencia se había mantenido viva a pesar del nazismo y el comunismo. A principios de octubre, más de dos mil personas se reunieron en la Nikolaikirche y no sólo elevaron plegarias, sino que abrieron el camino para las primeras protestas multitudinarias en Berlín desde el levantamiento de 1953.

El 7 de octubre, durante los festejos por el cuadragésimo aniversario del surgimiento de la República Democrática Alemana, Mijaíl Gorbachov fue recibido como un salvador, un aliado cuyo desprecio hacia Honecker era evidente. Para evitar que el entusiasmo desatado por el líder soviético encendiese los ánimos democráticos, el partido y la Stasi habían desplegado a sus miembros en las principales ciudades del país, dispuestos no sólo a amenazar sino a arrestar a cualquier manifestante. Gorbachov se mostró impaciente ante la pasividad de su anfitrión, por más que tratase de ocultarlo tras una fachada de civilidad comunista. Sin criticar a su homólogo de modo directo, sí se atrevió a sugerirle el camino a seguir. «El peligro sólo amenaza a quienes no pueden reaccionar a los cambios», le dijo, dando una tácita señal para que los alemanes del Este se hicieran cargo de su destino. Cientos de personas fueron arrestadas en los días posteriores a la visita, pero la epidemia democrática ya se había infiltrado también en esa fortaleza totalitaria.

El 9 de octubre, al encender la televisión, Éva e İsmet vieron cómo miles de personas alzaban su voz en las calles y plazas de Leipzig, mientras que numerosos agentes de la Stasi y el partido rodeaban la Nikolaikirche, preparados para tomarla por asalto. Entonces ocurrió el milagro: el reverendo Führer hizo un nuevo llamado a la paz y luego, como un *deus ex machina*, hizo su aparición la robusta figura de Kurt Masur, director de la Orquesta de la Gewandhaus, acompañado por el teólogo Peter Zimmerman, y ambos pidieron serenidad a la multitud. Los seiscientos fieles que permanecían en el interior de la iglesia salieron al atrio, donde fueron recibidos con cantos, oraciones y velas encendidas. Aunque la policía estaba lista para intervenir, no lo hizo; aunque las fuerzas especiales tenían órdenes de arrestar a los revoltosos, permanecieron en sus lugares; y, aunque los miembros del partido y de la Stasi debían denunciar a los instigadores, esta vez callaron. *Wir sind das Volk*, se escuchó decir por primera vez: somos el pueblo. Un canto que se repetiría sin cesar en las siguientes semanas y no tardaría en transformarse en otro. *Wir sind ein Volk*: somos *un* pueblo.

«¿No te da miedo una Alemania reunificada? Después de lo ocurrido con los nazis, es difícil confiar en que el entusiasmo nacionalista no se transforme en una ordalía; ahora ya no hay judíos, pero estamos nosotros…»

Éva no compartía el pesimismo de İsmet; aunque había podido advertir el educado racismo de los berlineses, su odio al comunismo era mayor. El desmoronamiento del bloque soviético era una victoria de Estados Unidos, una victoria de su país, una victoria que también le pertenecía a ella. Por ahora lo único que importaba era evitar masacres como la de Tiananmen y asegurarse de que los nuevos gobiernos de esos países respetasen los principios democráticos. Éva estaba convencida de que, si la Historia seguía su curso, muy pronto Hungría, la patria de sus padres y sus abuelos, también sería contagiada por el virus de la democracia.

Moscú, Unión de Repúblicas Socialistas Soviéticas,
17 de octubre

«Hace más de tres semanas que nadie sabe de él», exclamó Arkadi Ivánovich, como si se tratase de la mejor noticia que hubiese recibido en años. «¿Entiendes lo que significa, Irina Nikoláievna? Vladímir les va a contar todo, *todo*, ¿entiendes? Y entonces tendrán que reconocer la verdad, y yo seré libre de contarlo al fin.»

Uno de los amigos que aún le quedaban a Arkadi en Biopreparat había revelado el secreto: Vladímir Pasechnik, director del Instituto de Biopreparados Ultrapuros de Leningrado (y uno de los científicos de más alto nivel involucrados en la producción de armas biológicas), se había desvanecido mientras realizaba un viaje de trabajo en Francia. Arkadi lo había conocido durante su época en Sverdlovsk, muchos años atrás, pero nunca imaginó que tuviese el valor para escapar a Occidente.

Pasechnik había sido invitado a visitar una fábrica de productos farmacéuticos en París y, en el desorden administrativo que reinaba en la urss, su jefe, Kanajtián Alibekov, no sólo le otorgó el permiso, sino que después se olvidó por completo de haberlo hecho. No fue sino hasta que recibió una imperiosa llamada del subdirector del Instituto de Biopreparados Ultrapuros cuando Alibekov se dio cuenta de que, en efecto, hacía varios días que el director no se reportaba con él. Al término de su visita oficial a la planta francesa, Pasechnik se había despedido de su compañero de viaje, otro científico del Instituto, y se había dirigido al aeropuerto (o eso dijo), aunque nunca tomó el vuelo a Leningrado: desde entonces nadie conocía su paradero. Para el Ministerio de Defensa y el kgb se trataba de la peor desgracia posible. A diferencia de Arkadi, quien a fin de cuentas siempre había permanecido confinado a la planta de Sverdlovsk, Pasechnik era uno de los pocos científicos que estaban al tanto de la gigantesca estructura de Biopreparat y contaba con información suficiente para provocar un escándalo internacional. Si su defección era auténtica, como Arkadi esperaba, pronto el mundo sabría que la URSS había roto todos los acuerdos sobre armas biológicas y que desde hacía veinte años había acelerado sus investigaciones sobre ántrax, peste y otras drogas con fines bélicos.

«La única condición que Gorbachov me impuso para liberarme fue que jamás hablase en público de mi labor en Biopreparat», le recordó Arkadi a Irina, «y yo he cumplido mi parte del acuerdo; no soy un traidor y tengo una responsabilidad moral con mi país. Pero si Vladímir habla, si hace público lo que sabe, entonces yo también podré relatar mi historia.»

Los recientes acontecimientos en Europa del Este mantenían a Arkadi en permanente vigilia; pasaba horas atendiendo peticiones espontáneas, pendiente de cada síntoma como un médico que sólo aguarda el último suspiro de un paciente. Por ejemplo, hacía ya más de tres meses que los mineros de la zona del Kuzbass habían iniciado una huelga que no se distinguía demasiado de las protestas en los astilleros polacos. Más que interesarse en cuestiones políticas, los mineros estaban hartos de la falta de alimentos y medicinas, del abandono y la miseria. Arkadi se había entrevistado con uno de sus líderes, un hombre de brazos como troncos y rostro de niño, y de inmediato accedió a servir como vocero de su causa.

A fines de junio, Arkadi se sumó al Grupo Interregional de Diputados, la primera oposición organizada en la Unión Soviética, al lado de Yeltsin y Sájarov. Aunque sólo contaba con 388 de los más de dos mil integrantes del Congreso de los Diputados del Pueblo, sus miembros percibían su carácter simbólico y ya barajaban las propuestas que habrían de presentar durante el segundo periodo de sesiones, en diciembre. Arkadi se reunía con ellos casi a diario: su idea era presentar un paquete de enmiendas a la Constitución que permitiese introducir cuanto antes la economía de mercado, definir la autonomía de las repúblicas y asentar un sistema multipartidista.

Mijaíl Gorbachov percibió la creación del Grupo como un desafío y, desde su aparición pública el 29 de junio en la Casa del Cine (el partido les negó el Kremlin), saboteó cada una de sus propuestas. En el Grupo destacaban varios líderes, además del venerable Sájarov: el moderado Gavriil Popov, el radical Yuri Afanasiev y el propio Yeltsin. Arkadi era fiel a este último, aunque sentía gran afinidad con las ideas de Afanasiev, un historiador formado en la Escuela de los Annales y antiguo responsable del Instituto de Archivos Históricos. Afanasiev actuaba con la intolerancia de un converso: no se cansaba de atacar al partido y a Gorbachov y defendía la necesidad de reescribir la historia, liberándola de las mentiras de Stalin y de Brézhnev. Arkadi se acercó a su círculo, sin descuidar su cercanía con Yeltsin, seguro de que tarde o temprano éste se convertiría en el líder de Rusia.

9

Berlín Oeste, 9 de noviembre

«Deambulan por Berlín como extraterrestres», le contó a Klára cuanto todo terminó. «Pasean por esas calles que alguna vez fueron suyas, que les pertenecen pero no han pisado en veintiocho años: hombres, mujeres y niños, más asombrados que conmovidos, caminando por la ciudad como si hicieran una excursión a un planeta soñado pero nunca visto.»

Gracias a un acto de debilidad o de benevolencia, o acaso a un simple error de cálculo, un vacío de poder o una falta de coordinación, las nuevas autoridades de Alemania del Este habían anunciado que a partir de ese día («Sí, desde hoy mismo», confirmó Günter Schabowski, primer secretario del Partido Socialista Democrático, a una reportera) «cualquier ciudadano tenía libertad, sí, completa libertad para viajar a cualquier parte, incluso a la República Federal, sí, camarada, incluso a Berlín Oeste, siempre y cuando presente su pasaporte válido». ¿Por qué Schabowski dijo lo que dijo? ¿Por qué con sus escuetas palabras (una insulsa precisión administrativa) echó por tierra más de cuarenta años de socialismo? El malentendido bastó para que decenas de ciudadanos de Berlín Oriental se congregasen frente a las garitas del Muro y exigiesen a los desconcertados guardias que los dejasen pasar. Nadie había prevenido a los esbirros, pero la muchedumbre se mostraba tan enfática que éstos abrieron las verjas como si estuviesen acostumbrados a un tránsito continuo, como si el Muro fuese una línea de tiza, como si las rocas y las alambrada no existieran, como si nadie hubiese muerto allí, como si los tránsfugas acribillados por las balas hubiesen sido espejismos. Las figuras esquivas atravesaron los puestos de control, sin saber que al hacerlo perdían su carácter de ciudadanos de la República Democrática Alemana, adentrándose en un territorio ignoto (el capitalismo), en la mitad olvidada de su país, esa porción que les había sido amputada hacía decenios. Al otro lado, las autoridades municipales entregaban unos pocos marcos occidentales a cada *visitante*, un pequeño obsequio para que no se conformasen con ver, para que no padeciesen la frustración de no comprar, para que al menos pudiesen adquirir una salchicha occidental o una cerveza occidental o una pasta de dientes occidental o una barra de chocolate occidental o una radio occidental. Cada vez que uno de aquellos *ossies* traspasaba los controles y entraba en la zona libre se les premiaba con una batería de aplausos (antes eran balas) y se les ensalzaba como superhombres.

A unos pasos de la Puerta de Brandemburgo, no lejos del antiguo Reichstag, Éva veía cómo la marea humana se diluía por las modernas avenidas, se internaba en sus barrios lujosos, se adentraba en el Tiergarten o de plano se detenía frente a las boutiques de la Ku'damm. Y Éva no paraba de llorar, como si ella también hubiese sido prisionera, como si también fuera parte de esa historia, como si también le perteneciese aquella fiesta. Se sentía abrumada, feliz, nostálgica (así se lo contó a Klára), e imaginaba que siempre habría de recordar ese momento, que jamás olvidaría los ojos de esa niña o el rostro arrugado de ese hombre o los gritos de alegría de esas jóvenes que por primera vez se sentían libres. Es una locura, pensó, y luego se corrigió: no, la verdadera locura consistió en dividir la ciudad, en construir una barrera para separar a las familias, en inventarse tantos enemigos.

En medio del estrépito y la confusión, de los brindis y la sorpresa, Éva caminó a lo largo del Muro: debían de ser las once de la noche y Berlín era una feria. Mientras la mayor parte de los habitantes del Este se preparaba para volver a casa (sólo unos cuantos se quedarían), cientos de jóvenes alegres y borrachos se apoderaban del Muro, bailaban y cantaban en sus lindes, profanaban esa zona prohibida ante el pasmo de los guardias fronterizos, incapaces de dispararles pero tampoco de unirse a sus festejos. En los alrededores del *checkpoint Charlie*, varios hombres golpeaban el cemento con martillos: la caída del Muro no sólo sería simbólica, sino real e irreversible. La multitud se abalanzaba sobre las rocas, algunos guardaban el cascajo en sus bolsillos y otros los mostraban a los fotógrafos y periodistas que narraban el espectáculo: el hormigón se convertía en reliquia. Éva recogió una de esas piedras y la guardó en su bolsillo: el amuleto que llevaría hasta la noche de su muerte.

Moscú, Unión de Repúblicas Socialistas Soviéticas,
9 de noviembre

«Querida Ánniushka», anotó Oksana en la primera página
de su cuaderno de pastas azules, «me disculpo por no haberte
escrito antes, aunque desde hace años me salvan tus poemas;
desgarrada, me sumerjo en ellos como en un pantano (recito
Réquiem cada vez que advierto el precipicio), pero no había
reunido el valor suficiente para agradecerte la iluminación que
me has concedido. Sé que nos separa un vacío (tu muerte, mi
agonía); ello no me impide sentirte a mi lado cada tarde, guian-
do mi mano y corrigiendo los versos que escurren de mi pluma. Te imagino cubierta por la fría luz de Petersburgo (ante
ti no me atrevería a balbucir el epíteto que le impuso la venganza), sentada en una mecedora, no lejos de la ventana, en
tu prisión del Fontanka, el viejo Palacio Sheremetiev, sola y
pensativa, imaginando las líneas que nunca te atreverás a escribir, y me transporto a tu regazo; me echo a tus pies, rozando
apenas el encaje de tu vestido como un animal de compañía, tu
vigilante, tu discípula. ¿Cómo tardé tanto en comprenderlo?
Compartimos un delirio semejante: voces alzadas en medio
del fragor o del silencio, mensajeras indeseadas que, desafiando la persecución o el olvido, se empeñan en decir lo que nadie
dice: estremecer a los vivos. Ahora que repaso tu itinerario
(tu juventud soñada, tu soledad, el asesinato de Gumiliov, la
persecución de tu hijo, tu carácter de paria y luego de emblema de tu ciudad sitiada, los años de hambre y de pobreza, los
celos y el odio del tirano, tu vejez y tu muerte) me descubro
atraída hacia ti como la polilla que gira en torno al cande-
lero. Ánniushka, déjame imitar tu desafío. Te necesito para
que me animes a rebelarme contra tanta hostilidad. Confía en
mí, cuéntame tus secretos y muéstrame qué vías he de tomar,

cuáles han de ser mis pasos, cómo transmutarme en escritora. No: en profeta. Cuéntame cómo hiciste tú. Leí una anécdota de tu adolescencia: debías de ser un poco mayor que yo, dieciséis o diecisiete años, y tu madre te llevó a Bolshói Fontán, tu casa natal en las cercanías de Odessa, y en cuanto volviste a ver aquel sitio idílico y casi olvidado, dijiste: algún día habrá una placa aquí con mi nombre. Así hablaste, sin pudor y sin vergüenza. Tu madre reprendió tu soberbia, qué mal te he educado, dijo, sin comprender que tu frase no representaba una muestra de orgullo o vanidad, sino la ascética aceptación de tu destino. La poesía no representa una bendición o un milagro, sino un castigo imposible de rehusar. Yo también lo he recibido, querida Ánniushka, yo también estoy maldita, siento en mi interior la misma furia y el mismo desconsuelo que he contemplado en tu vida y tus palabras; por eso te escribo, por eso perturbo tu sueño o tu letargo, por eso te invoco desde el reino de los vivos. Rescátame de esta soledad y de este hartazgo, de este dolor que invade mis poros y transmuta mi sangre, esa sangre que entrego a diario, en una voz que cimbre a mis contemporáneos, que me salve de la muerte, de esa muerte que siento tan cercana, tan placentera. Yo también quiero que algún día haya una placa en mi sucia casa de Sverdlovsk que cante mi nacimiento. Renuncio al mundo y a sus placeres y aspiro a convertirme en una vestal idéntica a ti, en sibila. Ánniushka, no me abandones por la noche, en el frío, prometo serte fiel, siempre.»

Al terminar, firmó: Oksana Gránina.

Insatisfecha, tachó el nombre de su padre y lo sustituyó por el seudónimo que habría de llevar adherido a su piel desde esa tarde: *Oksana Gorenko*

Moscú, Unión de Repúblicas Socialistas Soviéticas,
14 de diciembre

Arkadi e Irina habían visto a Andréi Dmítrievich Sájarov aquella mañana: enérgico y vital como de costumbre, aunque cada vez más enfadado con Gorbachov y su doble cara. Aunque su simpatía hacia el secretario general no se había roto por completo (había aceptado su invitación a formar parte del comité que elaboraría un proyecto de constitución pese a que no tenía posibilidad de hacer valer sus argumentos frente a la mayoría comunista), cada vez lo irritaban más sus soliloquios, su incapacidad para escuchar opiniones distintas de la suya, la educada soberbia con que rechazaba cualquier crítica. La última vez que lo llamó por teléfono había tenido que reprenderlo como a un hijo: basta de excusas, Mijaíl Serguéievich, le reclamó, te estás convirtiendo en el peor enemigo de ti mismo. Gorbachov desestimó sus quejas, como si el problema que el científico sometía a su consideración (la supervivencia de otro grupo étnico perseguido) fuese irrelevante comparado con el peso que cargaban sus espaldas. «Mijaíl Serguéievich está enfermo de vanidad», reconoció frente a sus compañeros del Grupo Interregional.

El segundo periodo de sesiones del Congreso de Diputados del Pueblo debía inaugurarse al día siguiente y Andréi Dmítrievich regresó temprano a casa para preparar su intervención. Almorzó sin apetito y se refugió en su estudio; antes de consagrarse a la política quería dar el último toque a sus memorias. Durante su exilio en Gorki había empezado a ordenar sus recuerdos, en Moscú apenas disponía de tiempo o ánimos para culminar esta labor. Prefería concentrarse en el presente o en el futuro o leer una nueva teoría física antes que repasar los años idos: había tantas guerras que librar (la URSS seguía siendo un régimen bárbaro) como para dejarse llevar por la nostalgia. Terminaría aquel mamotreto sólo para darle gusto a Liusia.

Andréi Dmítrievich se sentó ante su viejo escritorio y contempló el grueso manuscrito que resumía su existencia: ¿en verdad estaría allí él, en esas páginas? Nunca llegaría a saberlo, incapaz de mirarse a sí mismo con objetividad, incapaz de calibrar si era justo o injusto con sus contemporáneos. Su recuento rebozaba infamias y traiciones, pero no le guardaba rencor a ninguno de sus enemigos, no le deseaba mal a quienes lo habían perseguido o acusado. Sus colegas de la Academia de Ciencias, tan pusilánimes y tan miopes, no le parecían ahora sino ancianos inofensivos, vapuleados por el tiempo como él mismo. No: aquellas memorias no serían un ajuste de cuentas, sino el relato de su itinerario, de su pertinaz búsqueda de la verdad y el equilibrio.

Andréi Sájarov ojeó algunas de sus páginas y distinguió unos cuantos nombres, como si su camino se redujese a esa línea recta capaz de unir existencias y lugares separados. Imaginó que ese libro era su tumba, un monumento fúnebre labrado por él mismo, y casi se arrepintió de haberlo comenzado. No, a él no le interesaba la muerte, siempre había peleado contra ella, contra su irracionalidad y su estulticia, contra quienes pensaban tener derecho a infligírsela a los otros. Como padre de la bomba de hidrógeno sabía de lo que hablaba: su vida había sido una variedad del arrepentimiento, una plegaria para hacerse perdonar por su papel como artífice de la extinción. Exhausto, se llevó una mano a la frente: demasiadas emociones, demasiados planes. Necesitaba descansar. Tomó la pluma y, con pulso tembloroso, escribió en la segunda página:

Lo más importante es que mi querida y amada Liusia y yo estamos unidos: le dedico este libro a ella. La vida sigue. Estamos juntos.

Su paso por la tierra, con todas sus fallas y todos sus errores, tenía una sola justificación: Liusia. Ella era su teoría del todo.

Andréi Dmítrievich se quitó las gafas y las depositó sobre la mesa. Le ardían los ojos. Caminó hacia la otra habitación, donde su mujer trabajaba desde hacía horas. Se acercó a ella por la espalda, apoyó las manos en sus hombros y le susurró al oído: «Necesito una siesta, pero levántame en un par de horas, aún me queda mucho por hacer». Ella apoyó la mano en el dorso de su mano. Los minutos se dilataron, infinitos. La vida sigue, murmuró a su oído, y estamos juntos. Luego se dirigió a su habitación y se recostó. Cerró los ojos. No tardó ni un minuto en quedarse dormido. Al cabo de dos horas, Liusia acudió a despertarlo. Andréi Dmítrievich Sájarov no reaccionó. Murió en un sueño.

1990

1

Tucsón, Estados Unidos de América, 13 de enero

No se sentía mareada sino incómoda, las sábanas empapadas de sudor, la almohada hedionda bajo su cabello revuelto y, al menos en su imaginación, el vientre cubierto todavía por restos de sangre y tejidos. Allison trató de incorporarse; el vértigo la clavó en su camastro. Deseaba un baño, quedarse horas bajo el agua tibia, enjabonarse con lentitud, sentir la espuma en su piel, imaginarse limpia e intocada. Se alzó la bata y miró las vendas que cubrían la herida. Si se concentraba, incluso era capaz de percibir un hormigueo en las ingles. Seguía hinchada: antes de la operación había supuesto que al menos la gordura desaparecería tal como había venido: el exceso de grasa seguía recriminándola. Nunca volvería a ser la misma. Cuando los efectos de la anestesia se atenuaron, lamentó parecerse tanto a su hermana: se alarmaba ante la deformidad de su ombligo, el volumen de sus senos al llenarse de leche, las estrías en su pubis y sus muslos, la enorme cicatriz en el vientre. Allison se odió a sí misma, era otra burguesa como Jennifer, una niña bien empeñada en rebelarse, la típica oveja negra de una familia aristocrática. Los genes Moore la traicionaban:

justo cuando su vida adquiría valor, debía reconocerse como impostora.

¿Por qué esta decisión, por qué esta insania? Tras el aborto que le costó una descomunal pelea con su hermana, Allison había decidido no procrear jamás y en cambio ahora, con todos los factores en contra (el embarazo había sido producto de una falla y el padre era un hijo de puta que la había traicionado), había dicho que sí, que tendría a su hijo, que no le importaban las dificultades y que no iba a cambiar de opinión. Un acto de demencia. Jennifer tenían razón: era lo más estúpido que se le había ocurrido en una vida llena de estupideces. ¿Por qué? Si ahora quería ser madre, y tenía todo el derecho a quererlo, ¿por qué no esperar a salir de la cárcel y buscar a un hombre que la quisiera o que al menos no fuera un maldito policía? Así no se vería obligada a contarle a su hijo la aberrante historia de su procreación. Quizás fuese lo más prudente (incluso su abogado coincidía con ella). Allison estaba convencida de que ese hijo era la consecuencia natural de sus errores. Quería tenerlo, así de simple. Le daba igual que el padre fuese un asqueroso agente del FBI: el niño, porque siempre supo que sería un varón, sería sólo suyo (él estuvo de acuerdo: no tenía ningún interés en ser padre).

Allison cerró los ojos, la confusión y el espanto ahuyentaban su sueño. Pese a las presiones judiciales y familiares, y a la creciente hostilidad que sentía hacia esa criatura incrustada en su útero (a veces la soñaba muerta o mutilada), no se dio la oportunidad de claudicar. Como buena hija del senador Moore, podía equivocarse, jamás retroceder. Así, en un proceso que resultó más fácil de planear que de vivir, Allison aceptó su condición de madre. La sola palabra le causaba escalofríos. Siempre había sido insensata, aventurera, dominada por sus impulsos, ¿cómo podría criar a un niño? Y, si no era siquiera capaz de cuidarse a sí misma, ¿cómo protegería a Jacob?

Eligió el nombre desde que se supo encinta. No conocía a ningún Jacob e ignoraba la historia del profeta bíblico; la elección era fonética o producto de una asociación perdida en su inconsciente. Lo llamó así desde el primer día, en secreto, y, cuando se sentía más desesperada o más muerta, pronunciaba su nombre en voz alta, como una bendición o un conjuro. «Jacob», le decía, «tu madre está loca». O: «Jacob, vas a ser mucho más fuerte que yo». O: «Jacob, espero que algún día me perdones».

En términos prácticos, la única ventaja que le reportó el embarazo fue la reducción de su condena, previo pago de una sustanciosa fianza, asumida por Jennifer, que le permitió quedar libre justo a tiempo para el alumbramiento. Desafiando el consejo de su hermana, se rehusó a viajar a las opulentas clínicas de Filadelfia o Nueva York. Jacob había sido engendrado en el desierto y habría de nacer en el desierto. El rijoso ginecólogo del Hospital Comunitario dictaminó que se trataba de un embarazo de alto riesgo (ella estaba por cumplir cuarenta y dos) y le practicó una cesárea.

Allison bebió un poco de agua y apretó el botón al lado de la cama; una enfermera acudió a su llamado.

«¿Cómo se siente, señora Moore?»

«Como los conejos que destazábamos en clase de biología», respondió. «¿Y mi hijo?»

«¿Quiere verlo?»

Antes de que Allison pudiese responder, la joven salió a buscarlo y volvió con un bulto entre sus manos. «Tan lindo», volvió a decir, y a Allison le pareció que sus palabras rezumaban un tono perverso o amenazante. Al adivinar el cuerpecito de su hijo estuvo a punto de desvanecerse. «Mírelo, mírelo», insistió la enfermera, descubriéndole el rostro diminuto, monstruoso. Ella sintió una arcada.

«Lléveselo, enfermera», exclamó.

«A veces es normal el rechazo», la tranquilizó ésta, «ya se acostumbrará, mire cómo sonríe…»

«¡Que se lo lleve!», gritó Allison, «¡no quiero verlo! ¡Por favor!»

La enfermera cubrió la cabecita de Jacob y se apresuró a salir del cuarto. Allison ni siquiera tuvo fuerzas para llorar.

2

Bakú, Azerbaiyán, Unión de Repúblicas Socialistas Soviéticas, 25 de enero

Un mes teñido de negro. Las señales ominosas se habían esparcido por semanas, pero ni siquiera los más pesimistas (yo incluido) imaginamos la magnitud de la barbarie. No habíamos acabado de festejar la caída del Muro de Berlín cuando los sectores más reaccionarios del país ya se movilizaban para que nada semejante ocurriese en el interior de nuestras fronteras. Los halcones del partido aún tenían mucho qué decir, sus redes se extendían por el Kremlin y su capacidad de acción opacaba la fe de los reformistas. Cada vez más acorralado (o, debo decirlo, aislándose a sí mismo entre sus adversarios), Gorbachov cedió a la tentación y se convirtió en un tirano, como sus predecesores. A diferencia de otros casos como Georgia o Lituania, esta vez Mijaíl Serguéievich ni siquiera podía justificarse aduciendo que las fuerzas de seguridad actuaron por su cuenta: él mismo dio la orden de disparar, él firmó el decreto, él fue responsable de las muertes.

Igual que los demás ciudadanos de Moscú, yo no me enteré de la tragedia hasta el día siguiente. Sin que mediase el estado de emergencia o un aviso público, la madrugada del 19 de enero numerosas unidades del ejército soviético, del Ministerio del Interior y de las fuerzas especiales se apoderaron de Bakú y otras ciudades de Azerbaiyán. Pertrechadas en la oscuridad, como en las peores épocas del estalinismo, las tropas no tuvieron clemencia. El eco de Afganistán y Tiananmen resonaba sin que nadie hiciese caso: a fin de cuentas Bakú no era Pekín, ni siquiera Riga o Vilnius, sino un olvidado villorrio industrial a orillas del mar Caspio, una acequia que había sido infectada, según los medios oficiales, por el odio islámico. Cien personas perdieron la vida en pocas horas, cien individuos que, tal como se demostraría en los años venideros, no cometieron otro delito que oponerse a la invasión de su patria; los cien fueron ejecutados sin clemencia, mientras otros tantos eran arrestados o heridos y sus casas destruidas por el fuego. Sólo al día siguiente el Soviet Supremo de la URSS impuso el estado de emergencia, aduciendo la violencia propia del Cáucaso. Los motivos eran otros: aplastar el nacionalismo azerí y terminar de una vez por todas con los movimientos independentistas.

Aunque hacía meses que no se comunicaba conmigo, Zarifa me llamó en la madrugada del sábado 20. Lloraba, gritaba, me injuriaba y también suplicaba mi ayuda.

«Esto no se parece a nada que hayas visto, Yuri Mijáilovich, hay sangre por doquier, el ejército se ha llevado a los sospechosos, incluso a miembros del Soviet Supremo de Azerbaiyán y a conocidos hombres del partido. Tienes que hacer algo, Yuri Mijáilovich, en el nombre de Dios, ayúdanos. Entre los desaparecidos está Ramiz, mi hermano.»

Le dije que esa misma noche intentaría viajar a Bakú, aunque suponía que las vías de acceso estarían bloqueadas por el ejército. Lo mejor sería tomar un tren, lo cual representaría cuando menos 48 horas de trayecto y detenerse en cada pueblo del camino, pero era una opción más segura que el avión o la carretera. Cuando llegué a la estación central de Bakú, el 22 de enero, un destacamento de soldados rusos, altos, blancos y rubios, vigilaba los andenes y detenía a cualquiera con pinta caucásica. Gracias a mi identidad rusa logré pasar inadvertido y al cabo de un larguísimo trayecto pude reunirme con Zarifa y los suyos. Había estado en Bakú apenas unos meses atrás, pero la ciudad parecía otra, gris, tensa, desolada; sus habitantes no entendían por qué los rusos, sus hermanos soviéticos, habían orquestado ese ataque, por qué habían asesinado y detenido a cientos de civiles. Para entonces Zarifa había recuperado su talante: ya no se lamentaba, sino que, en compañía de sus otros dos hermanos, vagaba por toda la ciudad tratando de averiguar el paradero de Ramiz.

«Tú no eres un mal hombre», me dijo Farman, el mayor.

Vagamos de una comisaría a otra y de un hospital a otro: había decenas de lesionados, los médicos apenas se daban abasto, nadie era capaz de informarnos sobre la suerte de los detenidos. En diversos puntos de la ciudad los tanques soviéticos permanecían amenazantes, como si la perestroika y la glásnost hubiesen sido un sueño y de pronto hubiésemos vuelto al Berlín de 1953, a la Budapest de 1956 o a la Praga de 1968. La única diferencia: entonces la Unión Soviética era una eficiente máquina de guerra, mientras que ahora, por más amenazas e infamias que cometiera su ejército, se trataba de una bestia moribunda.

Al final acudimos a la morgue. El edificio permanecía vigilado por los cuerpos de seguridad y sólo quienes buscaban a sus parientes tenían derecho a ingresar luego de ser cacheados y vejados. Gracias a mi credencial de periodista permitieron que Farman, en su calidad de primogénito, entrase a buscar a su hermano. Mientras lo esperábamos volví a sentirme parte de esa familia que había sido mía; ya no podía volver atrás, ya no podía recuperarla (y acaso tampoco lo deseaba) pero en ese momento me honraba ser uno de ellos. Farman salió al cabo de una hora. Ni siquiera necesitó hablar: el cuerpo de Ramiz estaba allí, en medio de otros cuerpos. Para colmo, lo habían obligado a llenar decenas de papeles: ser hermano de un rebelde convertía a toda la familia en sospechosa. Zarifa no lloró hasta que volvimos a casa, cuando estalló en un lamento profundo, terrorífico. A la mañana siguiente acompañé a toda la familia, abuelos, tíos, primos y sobrinos, a una manifestación en Shahidlar Hiyabani, el Cementerio de los Mártires. Miles de personas depositaban claveles rojos sobre las tumbas, símbolos de duelo y resistencia. Jamás había visto un espectáculo tan desolador y me sentí avergonzado de ser ruso. Si bien siempre había tenido diferencias con los nacionalistas azeríes (por eso me había separado de Zarifa, al menos en teoría), ahora la guerra unificaba a las víctimas, las volvía idénticas en su desaliento.

De vuelta en Moscú, me enteré de que Geidar Aliyev, el corrupto burócrata que había regido los destinos de Azerbaiyán en épocas de Brézhnev (en cada visita oficial le regalaba oro y joyas, e incluso le había construido un palacio para su uso exclusivo), y que había caído en desgracia con la perestroika, había declarado que Gorbachov había sido el culpable de la masacre; olfateando su resurrección, renunció al Partido Comunista y se proclamó defensor de la soberanía azerí. Daba asco: Gorbachov había aprobado el exterminio y ahora un cacique brutal y autoritario como Aliyev era visto como un héroe. Envié mi reportaje a *Ogoniok* aquella tarde, sin demasiadas esperanzas. Vitali Korotich prometió publicarlo. Pasaron varias semanas sin noticias. Al final no me quedó otra salida que contactar a un periodista alemán (ningún extranjero había sido autorizado a viajar a Bakú), quien prometió hacer gestiones para darlo a conocer en su país. En una semana apareció traducido al alemán en *Der Spiegel*. De la noche a la mañana me convertí en un periodista reconocido. Y en un disidente peligroso. Tuve que celebrarlo.

3

Moscú, Unión de Repúblicas Socialistas Soviéticas,
31 de enero

La familia Granin arribó a la Plaza Pushkin (qué ironía), donde miles de moscovitas se aglomeraban para atestiguar el gran acontecimiento, la prueba irreversible del triunfo de la economía de mercado o, en opinión de los viejos, el símbolo de la decadencia rusa y el fin del monótono paisaje urbano de la ciudad. Arkadi Ivánovich acudía por motivos contradictorios: su nuevo liberalismo a ultranza y su voluntad de cumplir, por una vez, el capricho de su hija Oksana; Irina Nikoláievna, en cambio, no sentía el menor entusiasmo por la inauguración del edificio, sino una especie de incomodidad o de vergüenza. No toleraba la estética *kitsch*, sentía una aversión natural hacia esa profusión de rojos y amarillos, e incluso rencor u odio hacia ese bizarro personaje, el siniestro payaso que hacía las veces de embajador de la riqueza occidental en Moscú.

Cada uno podía juzgar el espectáculo como trágico, glorioso o incluso patético según su orientación ideológica: por primera vez en sesenta años unos treinta mil moscovitas se reunían de forma espontánea, dispuestos a soportar horas de espera bajo el frío, como en los peores momentos del estalinismo, pero no por culpa de una hambruna y tampoco para protestar por la carestía o el autoritarismo, para oponerse a la vesania de Gorbachov, para ensalzar a Yeltsin, para enfrentar a la policía o exigir una rápida apertura democrática, y ni siquiera para expresar su solidaridad o su desacuerdo con el parlamento lituano que acababa de proclamar la independencia, sino para recibir una limosna de Estados Unidos, paladear un trozo de carne seca, una loncha de queso rancio y un pepinillo. Aquellos treinta mil moscovitas permanecían allí, helándose en una fila interminable, sólo para saborear (o, más bien, para *comprar*) una hamburguesa de McDonald's.

Rusia fue siempre un país estoico (o servil), una nación de hombres pacientes y mujeres impasibles: treinta mil personas esperando su turno para probar esa bazofia. A diferencia de los húngaros, los alemanes del Este, los checoslovacos e incluso los rumanos, nosotros aún no habíamos presenciado el desmoronamiento del comunismo, Gorbachov no había anunciado el fin del ideal soviético, los *apparátchiki* seguían en sus puestos y el partido se resistía a abjurar de sus privilegios, así que aquellos bocados agridulces representaban la única prueba de que las cosas habían cambiado, de que ya no habría retroceso, de que la economía dirigida y el Gulag habían quedado atrás.

«Cada hamburguesa representa un triunfo de la libertad», proclamó Arkadi, tan confuso como entusiasmado, al presenciar la serenidad democrática de su pueblo (la mayoría llevaba dos horas allí, y la fila crecía y crecía). Y, empeñado en darle una lección a su familia y a sus compatriotas (en conferirle un estatuto metafísico a la carne molida y al kétchup), añadió: «Es un ejemplo de coraje cívico, cada vez que alguien compra unas papas fritas está diciéndole al gobierno: *soy libre, tengo derecho a comprar lo que yo quiera*. ¡Asistimos al fin de la economía planificada, y por tanto al fin de la Unión Soviética misma!»

Oksana no compartía su punto de vista: si había insistido en asistir a la apertura del primer McDonald's en Moscú no era por civismo, ni para defender la libertad y mucho menos para mostrar su fe en la economía de mercado. Nada de eso le interesaba. Y por supuesto tampoco creía que las hamburguesas fuesen apetitosas. No, Oksana quería estar allí por otras razones: quería encontrarse con otros jóvenes que, como ella, también estaban hastiados de la política y se refugiaban en aquel símbolo de la banalidad occidental. Oksana estaba dispuesta a esperar horas para comer una hamburguesa de McDonald's del mismo modo que podía gastar todos sus ahorros en una cinta pirata de AC/DC o de Bob Dylan: buscaba identificarse con los demás jóvenes del planeta, no verse como paria, compartir un estilo de vida que no sólo se oponía al de la Unión Soviética, sino al de sus mayores.

La joven guardó silencio ante la retórica de su padre; Irina, en cambio, no resistió su grandilocuencia.

«¿De verdad este momento te parece memorable, Arkadi Ivánovich? ¿Por esto hemos peleado? ¿Por esto pasaste cinco años en la cárcel? ¿Para que los americanos nos inunden con su basura, para volvernos prisioneros de la publicidad y de las multinacionales?»

«Para cambiar de modelo necesitamos cambiar de mentalidad», le explicó Arkadi a su esposa en tono sombrío. «La gente debe aprender a convivir con el mercado, y lo hará, sólo hay que darle tiempo, pronto habrá muchos establecimientos como éste, y entonces cada uno podrá escoger lo que más le guste, hamburguesas o *hot-dogs* o *borsch* o blinis. Lo importante, Irina Nikoláievna, es que cada uno tenga derecho a elegir sus preferencias…»

Ella negó con la cabeza.

«Es indigno, hay que enseñarle a la gente a pelear por la libertad, no a sucumbir ante la moda.»

«No te entiendo, mujer, hablas como *ellos*; creen que no estamos preparados para la democracia, que no estamos preparados para el mercado, que no estamos preparados para la libertad. Pero esta gente es real, hoy compra una hamburguesa y mañana saldrá a defender la democracia.»

«¡Quiero irme!», gritó Oksana. «Regresemos a casa, ya no quiero estar aquí, por favor.»

«Si tú insististe en venir», la reprendió Arkadi. «No pienso tolerar tus caprichos, ya estamos aquí y no vamos a marcharnos.»

Arkadi ni siquiera la miró y permaneció en la fila, impertérrito. Al final pagó la maldita hamburguesa y se la entregó a Oksana con un ademán violento. Sin prisa, la joven le arrancó la cubierta de papel como si la deshojara, se la acercó a la nariz, hizo un mohín de asco y la arrojó al suelo con displicencia.

Irina apenas contuvo la risa.

4

Washington, D. C., Estados Unidos de América,
3 de marzo

Hacía más de tres meses que no sabía nada de él. Jennifer se había rehusado a llamarlo por teléfono y había rehuido las invitaciones de sus amigos comunes: no quería saber nada de Jack, se resistía a escuchar su nombre. Para olvidarlo se refugió en el trabajo, como de costumbre. Dejó de asistir a eventos sociales (recibía invitaciones cada semana y le costaba encontrar los pretextos necesarios), sólo salía a tiendas y centros comerciales (en esos meses almacenó toda clase de objetos inútiles: joyas, vestidos, bolsas, zapatos y un sinfín de adornos para su departamento de Washington, eje del cosmos), aunque no volvió a ir al cine sola; se esforzó por leer a los clásicos de la economía y procuraba desgranar su tedio en el Fondo, su hogar. Sus exabruptos no disminuyeron, pero al menos trató de mostrarse más cordial con sus colegas y subordinados, interesándose por sus vidas y frecuentando sus comidas y cenas. Emily era la única que seguía compadeciéndola; iba de compras con ella y un par de veces la acompañó a la ópera, sin que ello limase el desprecio que Jennifer le reservaba en horas hábiles. En su talante de madre serenísima, Emily aceptaba los regaños como las pataletas de una hija y, aunque sufría y lloraba a escondidas, prefería la tortuosa compañía de su jefa a sus habituales noches de soledad.

Jennifer comprendió que no podría continuar así: la curiosidad la devoraba. ¿Qué habría pasado con Jack, la extrañaría, se habría reconciliado con Christina, seguiría saliendo con Erin a escondidas, las vería a ambas? ¿O se habría buscado otra puta? Al principio supo controlar sus ansias; pronto el destino de Jack se transformó en una obsesión y luego en su único objetivo. Tenía que averiguar qué vida podía tener sin ella. De un día para otro empezó a asistir a cuanta fiesta, coctel o recepción era invitada y, si bien procuraba mostrarse altiva y distante, escudriñaba a sus conocidos para recabar noticias frescas de su esposo. Los rumores eran contradictorios: Jacqueline le dijo que Jack había terminado con Christina y que ahora salía con una secretaria de DNAW; Bob Winger, quien formaba parte del consejo de administración de la empresa, negó esta versión y le dijo que Jack seguía solo; Debra Wright confirmó la primera versión, aunque aclarando que el affaire no era serio; y Dick Reynolds le confesó que veía a Jack muy deprimido.

Si Jennifer no soportaba la incertidumbre financiera, menos la sentimental. No podía dormir pensando en las frases precisas que le dirigiría a su esposo cuando al fin lo llamara (porque había decidido llamarle), cómo lograría mostrarse impávida y al mismo tiempo interesada, serena y feliz, un poco cáustica. Incluso escribió su parlamento en un papel y lo hizo circular por la oficina para que cada uno de sus colaboradores le diese su opinión. Incorporadas las correcciones, Jennifer se ciñó a su guión con habilidad de gran actriz: quería gritar y berrear, pero sonó confiada y tranquila. A Wells no sólo le sorprendió el telefonema, sino el tono de su esposa.

«Todo va bien», le dijo, «los números de DNAW van mejor que nunca, ¿y tú?»

Jennifer evadió la pregunta y volvió al ataque.

«Sí, claro que me gustaría verte, Jen, perfecto, en Dorian's, a las ocho.»

Lo había hecho muy bien. ¿Y Jack? Su nerviosismo era tan obvio que opacaba la culpa, las mentiras, el miedo o el arrepentimiento; tendría que esperar a verlo en persona para emitir un juicio. Jennifer fue la primera en llegar al restaurante y prefirió dar un paseo para no lucir ansiosa; cuando volvió, él la esperaba con un vaso de whisky. Wells se levantó con cortesía. No la besó. Tras intercambiar nimiedades sobre el clima, Jack tuvo la peregrina idea de hablar de política.

«¿Cómo se ven las cosas desde el Fondo Monetario?», le preguntó.

Hasta entonces él nunca se había interesado por la macroeconomía o la política internacional, o sólo en la medida en que éstas pudiesen influir en sus negocios. Esta vez, en cambio, se mostraba al tanto de la situación en el mundo, de la caída del Muro y de las posibles consecuencias que la inestabilidad en Europa del Este provocaría en los mercados.

«Creo que el siguiente paso es inevitable», le explicó Jennifer con desgano, «o la Unión Soviética se reforma a velocidad acelerada, o sus pugnas internas terminarán por destruirla.»

«Sí, sí, eso lo entiendo», la atajó él, «lo que me interesa saber es qué pasará con nuestra economía, y con la de esos países…»

«De una u otra forma, el libre mercado ya ha ganado, es algo que no se puede detener. Hemos ganado la Guerra Fría, Jack, sin necesidad de disparar un tiro, y ahora los rusos están a nuestra merced. Gorbachov casi me da pena. No tardará ni un año en solicitar el ingreso de la Unión Soviética al Fondo Monetario; la URSS está en la ruina, hoy en día es un país del Tercer Mundo con armas atómicas, sólo eso…»

Wells apuró su vaso y pidió otro.

«A ver, piensa en esto», dijo, «doscientos millones de personas, doscientos millones de consumidores que se incorporan de pronto al mercado mundial. ¿No te parece que todos estos países son espléndidos lugares para invertir?»

Jennifer lo pensó unos segundos.

«Maravillosos, Jack, siempre y cuando estés dispuesto a pagar el precio: la corrupción y el caos. La Unión Soviética está al borde del colapso, basta empujarla un poco, unos centímetros, para que se desplome sin remedio. Claro que, a río revuelto, ganancia de pescadores.»

Y con eso ella quiso dar por zanjada esta parte de su charla; ahora quería que hablasen de ellos. Wells pidió otra ronda y se puso a perorar sobre sus inversiones más recientes, el renovado auge de la biotecnología, sus proyectos futuros, sus contratos y la vida nocturna neoyorquina. Al cabo de una hora Jennifer estaba casi tan borracha como él, la luz se había tornado borrosa a su alrededor y sentía urgencia por besarlo o más bien por que Jack la besara a ella.

«Dime, Jack», le murmuró al oído, «¿quieres que regrese contigo?»

«Tu lugar está a mi lado», mintió él.

Jennifer lo besó con desesperación. Luego ambos tomaron un taxi.

«Llévame a un motel, quiero que me cojas», le dijo ella, «como a una de tus putas.»

Wells rio ante la desorbitada petición de su esposa y le dio al chofer la dirección de un sitio en Maryland.

«¿Aquí las traes?», insistió Jennifer.

Wells volvió a reír.

«Basta ya, Jen, entremos y punto.»

«¿Estás loco? ¿Cómo te atreves a tratarme así?»

«Tú me lo pediste…»

«Pues ya no quiero, ¡suéltame! Cómo pude ser tan estúpida, déjame en paz…»

Jennifer volvió al taxi y le ordenó ponerse en marcha. Al verla alejarse, Wells golpeó el suelo hasta hacerse daño.

5

Berlín Este, República Democrática Alemana, 24 de abril

Somos el pueblo, somos *un* pueblo. A lo largo de aquellos meses, luego de esa callada revolución que preferían llamar *die Wande* (el giro), Éva había apreciado la sutil variación que el lema había sufrido en boca de berlineses del Este. Tal como le narró a Klára en otro telefonema, mientras paseaba por las calles de Prenzlauer Berg, el barrio donde se congregaba la escena alternativa del Este, ella no era capaz de definir sus sentimientos, discernir si la vencía la emoción, la nostalgia o la tristeza al contemplar el contraste entre los dos lados del Muro.

La guiaba Edwin Öhlander, un matemático del Instituto Zuse que había nacido y crecido en esa parte de la ciudad y se había refugiado en el Oeste poco antes de la crisis de 1961. Llevaban más de tres horas caminando sin rumbo, deteniéndose para que él le narrarse distintos episodios de la historia de la ciudad. La tarde era brumosa y apacible, sin rastros de la conmoción de los días previos; las construcciones que sobrevivieron a la guerra y la desidia no parecían inmutarse ante su repentino cambio de estatus. No hacía ni un mes que las primeras elecciones libres en Alemania Democrática habían conferido la victoria a Lothar de Maizières, el candidato del nuevo Partido Demócrata Cristiano (copia de la CDU de Helmut Kohl) y, pese a la resistencia inicial de los soviéticos, la reunificación se había convertido en una meta irrenunciable. Pero, como le señaló a Klára aquella noche, no todos los alemanes parecían entusiasmados con la idea. En ambos lados la maniobra provocaba reacciones de rabia o escepticismo. Los intelectuales progresistas eran los críticos más severos, pensaban que Alemania del Este se había vendido, que no había sabido mantener su integridad y sus principios, que se había dejado corromper por el dinero y las promesas de Kohl.

«Lo que más me llama la atención, madre, es que muchos intelectuales del Este opinan lo mismo.»

Según había leído en la prensa (Edwin le confirmó la veracidad de estos datos), la Unión Soviética había bendecido la reunificación sólo después de que Kohl aceptase enviarle a Gorbachov 52 mil toneladas de carne de res, 50 mil de carne de puerco, 20 mil de mantequilla, 10 mil de leche en polvo y 5 mil de queso por la irrisoria suma de 220 millones de marcos.

«No faltan quienes afirman, en ambos sectores de la ciudad, que la reunificación alemana es producto de este bochornoso chantaje alimenticio», le dijo a Klára.

El propio Günter Grass llegó a escribir en el *New York Times* que, con todos sus crímenes a cuestas, Alemania no merecía convertirse en una nación unificada.

Nada perturbó tanto a Éva durante su paseo en compañía de Öhlander como el episodio que le tocó observar cerca del Muro. En Alemania del Este, los plátanos siempre habían sido artículos de lujo, un privilegio de los jerarcas del partido, mientras que los ciudadanos comunes debían conformarse con verlos por televisión. El embrujo que despertaba la exótica fruta era tan poderoso que, como le refirió Éva a su madre, incluso había un chiste al respecto. Dos niños se encuentran en uno de los huecos del Muro; el del lado occidental le dice al otro: de tu lado no hay plátanos; el niño del Este responde: pero nosotros tenemos socialismo; el primero revira: pues nosotros también podríamos tener socialismo; y el del Este concluye: sólo que dejarían de tener plátanos.

«Sé que la historieta suena patética, madre, pero no se compara con lo que vi esa tarde: varios jóvenes del Oeste lanzándoles cáscaras de plátanos a los ciudadanos del Este que se atrevían a cruzar el Muro.»

«Esto no va a resultar tan fácil como se piensa», le explicó Öhlander a Éva, «podemos borrar la frontera física en unos meses, pero cincuenta años de barreras psicológicas, sociales y económicas llevará años.»

Éva no estaba de acuerdo, no quería estarlo: había que ser optimistas, pensar que todo era posible, que la reunificación también era una reconciliación, una forma de borrar la Guerra Fría y de reescribir la historia de Europa.

«No me malinterpretes», matizó Öhlander, «yo estoy a favor de la reunificación, éste también es mi país, sólo digo que representará el fin del milagro alemán. Se necesitarán muchos años, mucho esfuerzo y todas nuestras reservas para que los ciudadanos del Este adquieran nuestro nivel de vida. Kohl no deja de hacer promesas, anuncia que todo será tan fácil y rápido. Todos sabemos que no es cierto. Y eso provocará decepción y amargura.»

«Tal vez no, Edwin, mira a tu alrededor, ¿quién hubiese imaginado que esto era posible? Los más optimistas creían que la reunificación se lograría al cabo de cincuenta años.»

«Lo sé», admitió Öhlander, «pero tanta precipitación provocará un sinfín de conflictos. Mira lo que Kohl ha hecho con el marco: la reunificación monetaria suena de maravilla, pero ¿a quién se le ocurre igualar el valor de las dos monedas? Es una idiotez. La gente está feliz, piensa en todo lo que podrá comprar con sus ahorros, pero será el fin de las empresas del Este. Ahora les damos limosnas, pero a mediano plazo nos iremos todos a la ruina.»

«No lo entiendo, madre», le resumió Éva esa noche, «a veces siento que soy la única que continúa entusiasmada por la caída del Muro, la reunificación, el tránsito de Europa en las últimas semanas. Ya habría tiempo para los análisis sesudos, para la frustración y el desánimo, pero quiero conservar la ilusión hasta el final. Porque ni siquiera me atrevo a imaginar la resaca que vendrá después de esta borrachera.»

6

Washington, D. C., Estados Unidos de América,
31 de mayo

Justo cuando estaban a punto de entrar en la Casa Blanca, Jennifer tomó a Jack de la mano: fue un movimiento tan sutil, tan natural (tantos años de matrimonio no se olvidan de un día para otro), que ninguno de los dos se percató de su importancia. Tras un año de separación, de ríspidas citas e interminables discusiones telefónicas, volvían a aparecer en público como marido y mujer. Jennifer había sido invitada a la cena de Estado que el presidente Bush ofrecía a Mijaíl Gorbachov y, como no soportaba la idea de ir sola, le había pedido a Wells que la acompañase. Éste aceptó de inmediato, feliz de codearse con la élite política de Washington.

Atravesaron el pasillo bordeado con los rostros altivos, sonrientes o pensativos de los distintos presidentes, y por fin llegaron al salón de banquetes, un cubo decorado con fastuosos candelabros, y se apresuraron a buscar el lugar que les correspondía, demasiado alejado, en opinión de ambos, de la mesa de honor. La tapicería, las cortinas, las sillas y la cubertería eran todas de color dorado, y Jennifer pensó con malicia que ese esplendor resultaba vulgar. «Si yo viviese aquí», le dijo a su marido, «buscaría matices menos ampulosos, minimalistas, quizá un verde seco o un azul templado.»

Poco a poco todos los invitados ocuparon sus lugares: eran ya las seis de la tarde y los anfitriones no tardarían en hacer su aparición. Había sido un largo día para Gorbachov: por la mañana se había reunido con Bush en la Casa Blanca, luego ambos se habían trasladado a la embajada soviética para un almuerzo informal y habían dedicado la tarde a la firma de una larga lista de convenios, entre los que destacaba el Tratado sobre la destrucción y no producción de armas químicas y bacteriológicas. De pronto estallaron los aplausos y los invitados se levantaron al unísono. Los extravagantes peinados de las señoras le impedían a Jennifer distinguir la parte delantera del salón. Gorbachov y su esposa Raísa entraron acompañados de George y Barbara Bush, y por una vez la explosión de júbilo no parecía amañada: aquellos hombres habían cambiado la Historia. Wells, mezquino como siempre, trataba de identificar al resto de la comitiva; en alguna ocasión había tenido oportunidad de saludar al vicepresidente Dan Quayle y al secretario de Defensa Dick Cheney, y sólo pensaba en hallar un momento para presentarse con ellos.

«Es menos guapa de lo que dicen», susurró Jen al oído de su esposo.

«¿Quién?»

«Raísa Gorbachova», murmuró ella, «quizás sea distinguida, pero nada más. Y Barbara Bush, pobre mujer, no sé quién diablos diseña los vestidos de la primera dama.»

Una vez sentados, Wells aprovechó la ocasión para intimar con sus compañeros de mesa, un subsecretario de Comericio y su esposa. Olvidando su experiencia diplomática, Jennifer dijo en voz alta: «¿Será cierto que la esposa de Gorbachov gasta millones en ropa? A mí no me parece…»

Para tranquilidad de todos, el presidente soviético se dirigió hacia el pódium e interrumpió las impertinencias de Jennifer. Gorbachov habló durante varios minutos, aunque nadie podía negar que el líder soviético irradiara un aura de seguridad y energía poco usuales. En sus palabras no sólo hizo un elogio del nuevo cariz de la Unión Soviética, sino que se refirió a la reunificación alemana, insistiendo en que todavía era necesario pensar la cuestión desde múltiples puntos de vista (una manera de esconder la urgencia soviética por préstamos, comentó Jennifer). Un poco más adelante, con el afán de congraciarse con sus anfitriones, el líder soviético se atrevió a hacer un elogio de Andréi Sájarov, con quien tantas diferencias tuvo en el pasado. Tras exaltar la nueva relación entre los dos países, Gorbachov propuso un brindis: por el idealismo y los idealistas, dijo.

Cuando Gorbachov regresó a la mesa de honor, Bush ocupó su lugar en la tribuna y su discurso se prolongó hasta las nueve de la noche. Palabras, palabras y más palabras. Por eso a Jennifer le irritaban tanto los políticos: las decisiones se tomaban a partir de números y estadísticas, en el frío universo de la economía, pero ellos necesitaban maquillarlas con frases ingeniosas o brillantes. Aun así, le fascinaba contemplar las arrugas de Raísa, las ojeras de Barbara Bush, el rostro inexpresivo de Cheney, la amargura de Marilyn Quayle, los infinitos defectos de esa aristocracia que dirigía la Tierra. Y ni qué decir de Wells: en cuanto los Bush y los Gorbachov se levantaron, se apresuró a ir de mesa en mesa a fin de estrechar el mayor número de manos posible, de esas manos que valían su peso en oro. No pudo saludar a Quayle, aunque sí llegó a intercambiar unas palabras con Cheney, quien lo premió con un abrazo: una noche redonda. Los esposos Wells salieron de la Casa Blanca con las manos entrelazadas. Su fascinación por el lujo, los sobreentendidos y los guiños del poder habría de reconciliarlos.

7

Moscú, Unión de Repúblicas Socialistas Soviéticas,
3 de agosto

«Querida Ánniushka», volvió a escribir Oksana en su cuaderno de pastas azules, «otra vez estoy contigo. Supongo que dejarías escapar una de tus estentóreas carcajadas si contemplaras lo que sucede aquí, en el presente, en este mundo que te ha sobrevivido. ¡La cárcel se desmorona! Como lo oyes, Ánniushka, los ladrillos se convierten en polvo, mohosas grúas desmontan sus fragmentos y los llevan a los cementerios, poco a poco desaparecen las cadenas, los yugos, los potros de tortura (y las estatuas de Lenin y Stalin). Basta salir a la calle en Moscú, aunque supongo que debe ocurrir lo mismo en tu amada Leningrado, para contemplar el ocaso de los verdugos: las grandes ideas se descarapelan como los antiguos afiches comunistas, el mundo que tanto te oprimió, que asesinó a los tuyos, se viene abajo. ¡Cuánto reirías, Ánniushka, al leer los periódicos o escuchar los rumores que circulan! Y, pese al regocijo producido por esta venganza, adivino que también te abatirías: es tarde, demasiado tarde, ya nada puede hacerse para reparar los daños, para revivir a los cadáveres. La memoria está hecha de un material esponjoso, creemos que somos capaces de volver atrás, de subsanar los errores y devolverte lo que era tuyo: mentira. Esta revolución es una involución, un salto hacia atrás, un retroceso. ¡Y la única manera de hacerte justicia, de reconstruir el pasado, sería corriendo hacia el futuro! Sólo que aquí no hay futuro, Ánniushka querida. Los reformistas son malas copias de mi padre: conejillos resentidos, ratones de laboratorio con sed de sangre o de dinero, sabandijas dispuestas a ocupar el lugar de los comunistas. Esto es, en esencia, lo que pasa: los débiles, los desheredados, las víctimas y los vencidos derriban las estatuas de sus opresores, pero sólo para colocar figuras de plástico que los representan a ellos. Ya nadie teme enumerar los crímenes de Stalin, tu verdugo, e incluso algunos señalan los vicios de Lenin; dentro de poco ningún prócer estará a salvo. Hemos perdido incluso a nuestros enemigos, Ánniushka, y nos quedamos más solos y más desesperados. ¿Cómo hiciste tú para soportar tanta estupidez, tanta perfidia?

Leí otra anécdota que te involucra, dime si es auténtica: poco antes de que se iniciase la gran guerra patriótica, a Stalin se le ocurrió preguntar por ti: "¿Qué ha sido de Anna Ajmátova, nuestra monja, es que ya no escribe?" El miserable siempre había albergado inclinaciones intelectuales, se creía experto en lingüística y en historia, no quería limitarse a decidir la vida y la muerte de millones, sino que además se creía capaz de dictar las normas del buen gusto. Un académico le respondió: "Hace mucho que ella no publica nada, la Ajmátova es como una pieza de museo, una reliquia, aunque he leído dos o tres poemas suyos que circulan en *samizdat* y debo decir que no son malos". Stalin se veía como árbitro literario y ordenó que te permitieran publicar de nuevo. ¡Qué amable, qué magnánimo! Y entonces armaste un nuevo libro, una recopilación que te permitiría olvidar los años de silencio y de agonía, un libro que sería como un grito, como un rayo. A mediados de 1939 tenías listas las pruebas y sólo se requería el visto bueno de los censores para enviarlo a la imprenta. Entonces alguien golpeó a tu puerta. Como de costumbre, el mensajero traía malas noticias: mientras ojeaba tus textos, Stalin había reparado en uno de tus poemas, una velada crítica al horror y a la barbarie, y se había sentido traicionado. Ni siquiera se dio cuenta de que ese poema databa de 1922, cuando él aún no estaba en el poder: tus poemas jamás serían publicados. Por una razón que desconozco, Stalin sentía una atracción especial por ti, cierta debilidad hacia tu figura hierática, tu dignidad o tu dolor. Cuando los alemanes sitiaron Leningrado, envió uno de sus aviones para que Dmitri Shostakóvich y tú fuesen evacuados de la ciudad en llamas y acogidos en Tashkent. ¿Por qué lo hizo, Ánniushka? ¿Por qué no te permitió quedarte en Leningrado, tu amada San Petersburgo, clamando por tus muertos? ¿Por qué te arrancó de la tumba? ¿Acaso te quería? ¿Te deseaba en secreto? Imposible adivinar las fijaciones de las bestias. Yo temo que en efecto había una especie de infatuación de su parte, te concedía la vida como un turbio cortejo: quería que dejaras testimonio de su bondad y su grandeza, quería que te enamorases de él. Ay, Ánniushka, ¿qué habremos hecho para caer en este infierno o en este limbo que es Rusia? Aquí sólo habitan espectros. Si pudieses ver a Gorbachov, un leñador en traje de burócrata, o a Yeltsin, un campesino alcohólico y violento, tu risa se trocaría en llanto. Pero al menos puedo decirte una cosa: Stalin, tu demente enamorado, ya no provoca miedo, su nombre ya no asusta a los niños, su perfil ya no genera escalofríos. Muy pronto su nombre desaparecerá de calles, puentes, escuelas, plazas, ríos, montañas, edificios y ciudades. Y con Lenin, su escuálido predecesor, ocurrirá lo mismo. Y entonces habrás triunfado, Ánniushka. Tuya, Oksana Gorenko.»

Moscú, Unión de Repúblicas Socialistas Soviéticas,
13 de octubre

Irina Nikoláievna se descubría cada vez más impotente: a diferencia de Arkadi, a ella no le satisfacía el caos, no la aliviaba la erosión de Gorbachov ni el ascenso de Yeltsin y era incapaz de entusiasmarse con la demolición de su patria. La Unión Soviética había sido una pesadilla, una fuente de opresión y de tortura, sí, pero a Irina le resultaba imposible imaginarse en el desierto: no toleraba la ciega voluntad de borrar el pasado que animaba a los reformistas. ¿Cómo podrían construir un futuro de la nada, cómo pretendían borrar un siglo de historia de un plumazo? Arkadi y ella habían intercambiado posiciones: en el escenario de 1990, él se consideraba un demócrata iracundo (un huracán, una avalancha), mientras que ella era una indecisa que, como Gorbachov, le temía tanto a la voracidad del mercado como a los viejos comunistas.

En el *18 Brumario de Luis Bonaparte*, Marx escribió que los grandes hechos de la historia universal aparecen dos veces, una vez como tragedia y la otra como farsa. Eso era justo lo que ocurría con la Unión Soviética: los peores vicios de la autocracia eran resucitados por los nuevos nacionalistas rusos. A Irina le parecía burdo y escandaloso que volviesen a celebrarse ceremonias religiosas en la catedral de San Basilio. Como científica, Dios le tenía sin cuidado, pero no toleraba que hombres inteligentes como Gorbachov o Yeltsin festejasen el hecho como un símbolo del cambio. Pocas instituciones habían sojuzgado tanto al pueblo ruso como la Iglesia Ortodoxa, culpable de la resignación y mansedumbre de los creyentes. Nada justificaba que el Partido Comunista hubiese encarcelado a sus popes y a sus teólogos, pero restituirle un lugar de privilegio en la vida pública era un atentado contra la razón. Otorgarle poder a esos ancianos incultos y anacrónicos le parecía un síntoma inequívoco de la demagogia imperante; se llenaba el vacío ideológico dejado por el comunismo con otra fe absurda: antes Lenin, ahora Cristo.

En los últimos años Irina se había alejado de la ciencia, pero la biología era su única fe. Consideraba su labor en pro de los derechos humanos como un mal necesario, una obligación que cumplir, pero confiaba en que, cuando la situación política mejorase (cuando Rusia fuese una sociedad abierta), podría regresar a sus células y sus cultivos. Añoraba ese mundo y quería regresar a él lo antes posible; su deseo aún parecía lejano: todo su tiempo se iba en acompañar a Arkadi, en ayudarlo a realizar su trabajo, en forjar su estatura de demócrata. Detrás de cada movimiento de su marido estaba la mano de ella: hacía meses o años que no vivía para sí misma. Al final no le quedaba tiempo para meditar sobre ningún tema científico, ni siquiera para ojear las revistas occidentales que era cada vez más fácil adquirir. En sus peores momentos pensaba que ya nunca recuperaría el tiempo perdido, que su carrera científica se hallaba clausurada, que en el mejor de los casos se convertiría en una bióloga de segunda fila.

Irina Nikoláievna confirmó sus temores cuando, al leer un ejemplar atrasado del *New York Times* para recortar una entrevista concedida por Yeltsin, comprobó la superioridad científica de Occidente. Mientras ella no hacía otra cosa sino transcribir las cartas y discursos de su marido, en Estados Unidos el gobierno había puesto en marcha un gigantesco programa para obtener una secuencia completa del ADN humano; el avance en las técnicas para cartografiar genes había avanzado a tal velocidad que el proyecto había dejado de ser una entelequia. Según relataba el diario, en enero de 1990 el Ministerio de Energía y el Instituto Nacional de Salud de Estados Unidos habían presentado un programa titulado *Comprendiendo nuestra herencia genética, el Proyecto Genoma Humano estadounidense: los primeros cinco años (1991-1995)*, donde se establecía que su desciframiento concluiría en el año 2005. El Proyecto Genoma Humano, cuya fecha de inicio quedó fijada para el 13 de octubre de 1990, no sólo trazaría un mapa de los cien mil genes que debía tener el ADN humano, sino que también definiría el de otros organismos, empezando por las adoradas bacterias de Irina. Como responsable del nuevo Centro Nacional para la Investigación del Genoma Humano, concluía el *Times*, el Congreso había nombrado a James Watson, descubridor de la estructura del ADN junto con el británico Francis Crick.

Al leer esta noticia, Irina sintió rabia. A diferencia de lo que ocurría con las matemáticas o la física, parecía como si una maldición hubiese privado a la Unión Soviética de una sólida tradición en biología. Primero a causa del infame Lysenko, y ahora por el descuido y la falta de recursos, la genética en la URSS se hallaba a años luz de lo que ocurría en otras partes. Los burócratas de los ministerios de Defensa y de Salud sólo se habían interesado por producir armas biológicas, y ni siquiera ahora que Gorbachov las había prohibido se preocupaban por transformar los obsoletos laboratorios militares en modernos centros de investigación. La ciencia en la Unión Soviética se hundía con la misma rapidez que sus estructuras económicas y el caos arrastraba consigo los avances que sus científicos habían logrado durante décadas. Así, mientras sus pares se aprestaban a descifrar la esencia de lo humano, los biólogos soviéticos debían conformarse con sobrevivir, con buscar comida y ropa para sus hijos, con batirse a diario en la arena política para conservar sus magros recursos. El desasosiego de Irina no tenía límites: Arkadi se había convertido en un liberal tan autoritario como sus enemigos, Oksana se rebelaba contra ambos, el país hacía agua y ella ni siquiera podía imaginarse otra vez en su laboratorio.

Nueva York, Estados Unidos de América,
12 de noviembre

A Jack Wells el anuncio de la puesta en marcha del Proyecto Genoma Humano también le provocó un sobresalto, aunque muy distinto al de Irina. Había algo febril y excitante en la posibilidad de analizar la estructura completa del ADN. Nunca se había emprendido una tarea tan vasta, tan ambiciosa: los seres humanos llevaban millones de años sobre la faz de la Tierra, pero sólo ahora serían capaces de comprender las reglas que los animaban. Wells se apresuró a consultar las cifras económicas del proyecto y sintió un escalofrío: el Instituto Nacional de Salud le había asignado 88 millones de dólares, el Ministerio de Energía (donde se había originado), 44 millones, y el Ministerio de Agricultura, 15 millones, lo cual sumaba 147 millones de dólares. ¡Y eso sólo para el año fiscal 1991, pues la cantidad total podría llegar a los 3 mil millones!

Aquella danza de números sólo significaba una cosa: aunque quizás fuese pronto para determinar las cantidades, el genoma podría convertirse en la base de datos más lucrativa jamás concebida por el hombre. Tras más de un lustro de dedicarse con éxito variable a la biotecnología, Wells sabía que los resultados del proyecto podrían convertirse en un instrumento central para la medicina, capaces de ayudar en el tratamiento o cura de las más de cuatro mil enfermedades genéticas registradas en los manuales. Sus competidores de seguro pensarían en lo mismo: las empresas biotecnológicas como DNAW debían sumarse cuanto antes a ese esfuerzo, de otro modo se arriesgaban a perder los infinitos beneficios derivados de su éxito. A partir de ese día Wells pensó en el genoma como en el mapa de un tesoro.

Berlín, República Federal Alemana, 20 de noviembre

Ahora que Alemania era de nuevo una (el 3 de octubre el territorio de la antigua República Democrática se incorporó a la República Federal), y la euforia daba paso al desconcierto e incluso al desencanto, Éva al fin encontró tiempo para volver a su trabajo. Arrancada de sus cavilaciones por el vendaval de la Historia, imaginaba sus nuevos objetivos; su trabajo con los autómatas celulares empezaba a fatigarla (los resultados se volvían cada vez más predecibles) y necesitaba encontrar una nueva área de interés. Fue entonces cuando recibió la llamada de Jeremy Fuller, uno de sus compañeros en el MIT. Aunque hacía tiempo que no lo veía, habían seguido caminos paralelos: matemático de profesión como ella, a últimas fechas se había acercado a la biología y había intervenido en la creación del programa informático que permitió obtener la secuencia genética del Fago Φ-X-174 (un diminuto virus que sólo infecta cierta clase de bacterias) y desde entonces se había mantenido en la primera línea en el terreno de la bioinformática.

Sin detenerse en preámbulos, Fuller, hombretón de cincuenta y cinco años con apariencia de jugador de rugby, le dijo a Éva que había comenzado a desarrollar un programa que permitiría acelerar la cartografía y secuenciación de los genes como parte del Proyecto Genoma Humano y que, dado el interés que su trabajo había despertado en James Watson, quería invitarla a formar parte de su equipo.

«Estoy muy feliz en Berlín», le respondió Éva.

«¿De verdad piensas desperdiciar una oportunidad como ésta?», le riñó Jeremy. «Berlín seguirá allí por siempre, podrás volver cuando quieras, en cambio el genoma es una carrera contra el tiempo. Piensa en esto, Éva: serás parte del mayor proyecto científico puesto en marcha por nuestra especie.»

«¿Cuánto tiempo me das para pensarlo?»

«Un minuto», contestó Jeremy.

«Muy bien, cuenta conmigo.»

Sólo cuando Éva colgó el teléfono se dio cuenta de que eso significaría no volver a ver a İsmet.

1991

1

*Moscú, Unión de Repúblicas Socialistas Soviéticas,
15 de marzo*

En cuanto lo vio aparecer en el restaurante, uno de esos nuevos y lujosos salones que comenzaban a reproducirse como hongos en los viejos edificios de Moscú, Arkadi reconoció a su anfitrión: igual que millones de rusos, había visto cientos de veces su rostro de niño tímido o aplicado en sus omnipresentes anuncios de televisión. Vestido con la propiedad de un miembro del partido (a fin de cuentas había pertenecido a él desde su infancia), se presentaba ante las cámaras sin los recursos de la publicidad occidental; sobrio y firme, estrellaba su puño contra la mesa y exclamaba: «Me llamo Mijaíl Jodorkovski y le invito a asegurar su futuro comprando acciones de Banca Menatep». Arkadi soñaba con conocerlo, pero fue el propio Jodorkovski quien lo invitó a cenar; a sus ojos, el empresario era el prototipo de los *novü ruski*, aunque para él estas palabras nada tenían de despectivo: esos muchachos irredentos, decididos a prosperar y enriquecerse, eran los únicos que podrían salvar al país de la miseria.

Cuando Gorbachov llegó al poder, Jodorkovski era un chico de veintitrés años que había crecido en un edificio comunal de Moscú y acababa de ingresar al Instituto de Tecnología Química Mendeléiev donde, gracias a su talento para las relaciones públicas, se había convertido en uno de los líderes más carismáticos del Komsomol. En su calidad de vicepresidente del grupo de jóvenes comunistas del Instituto, había aprovechado las nuevas disposiciones del gobierno que permitían el autofinanciamiento de las organizaciones sociales (la llamada *jozrachot*) para su meteórico ascenso. Entreviendo esta legislación como una puerta para la propiedad privada, Jodorkovski fundó su primer negocio, un pequeño café en el Instituto Mendeléiev, sin mucha fortuna. Después tuvo una mejor idea: bajo la tutela formal del Komsomol estableció una asociación de científicos que, con el nombre de Fundación de Iniciativa Juvenil, vendía sus servicios de asesoría a las industrias estatales; de este modo no sólo amasó recursos propios, sino que entró en contacto con sus directores. La Fundación se transformó así en un Centro de Creatividad Científico-Técnica para la Juventud, su primera iniciativa rentable.

Según rumores que pude confirmar años después para mi novela *En busca de Kaminski*, Jodorkovski encontró el modo de convertir enormes cantidades de *beznalíchniye*, el capital contable entregado a las empresas como parte de su subsidio estatal, en *nalíchniye*, dinero contante y sonante; luego, mediante un complejo sistema financiero, lo transformaba en monedas fuertes, obteniendo enormes ganancias en el proceso. Instalado en un lúgubre apartamento en el número 1 de la calle Tverskaia-Yámskaia, diversificó las funciones del Centro y comenzó a distribuir computadoras y otros insumos tecnológicos, así como cargamentos clandestinos de coñac. Las transacciones de su naciente negocio se hicieron cada día más complejas (y los sobornos más onerosos) y Jodorkovski pensó que el único modo de salvar los escollos burocráticos sería con un banco de su propiedad. Sin que las autoridades le pusiesen trabas, a fines de 1988 registró Menatep y, de ser un simple estudiante de ciencias químicas, se convirtió en uno de los empresarios más celebrados de la URSS. Mijaíl Gorbachov lo invitó al Kremlin a mediados de 1990 como ejemplo de la perestroika.

Jodorkovski estrechó la mano de Arkadi con parsimonia y se sentó a la mesa. Bajo la luz mortecina de aquel lugar (un cajón recamado en oro, sin ventanas, escondido en el quinto piso de un antiguo edificio de viviendas), lucía más joven y retraído que en televisión. Arkadi se vio obligado a iniciar la charla, aunque sin saber muy bien qué decir. Mientras pedían los platos (hacía mucho que Arkadi no veía un menú en el que hubiese tantas opciones, ni precios tan altos) divagaron sobre el clima, sus respectivas infancias y los recientes acontecimientos en los países bálticos («Gorbachov ha perdido el control sobre los cuerpos de seguridad», aseveró Arkadi), hasta que el empresario se relajó y se atrevió a expresar sus puntos de vista; en lo esencial, coincidía con su interlocutor: la Unión Soviética estaba condenada a la extinción, incapaz de adaptarse a los desafíos de la modernidad.

Entonces dio inicio la parte relevante del encuentro: dado que los días de Gorbachov estaban contados, a Jodorkovski le parecía urgente establecer una alianza con Yeltsin a fin de campear el vendaval financiero que podría abatirse sobre Rusia. En pocas palabras, buscaba que Arkadi le sirviese de intermediario con el presidente ruso: ambos estaban interesados en que el país se abriese cuanto antes a la economía de mercado. Una vez que se decidía a hablar, Jodorkovski era claro y directo: estaba dispuesto a financiar la campaña de Yeltsin contra Gorbachov siempre y cuando el nuevo gobierno le otorgase facilidades para adquirir las depauperadas industrias estatales que se pondrían a la venta. Arkadi admiró su franqueza. Mientras devoraba un plato de *foie gras* (¡*foie gras* en Moscú!), sentía que el futuro de Rusia radicaba en hombres como aquél. Si en el pasado pudo albergar reservas morales frente a una propuesta semejante, en las presentes circunstancias le parecía un justo *quid pro quo*. Arkadi creía que la democracia liberal de Estados Unidos dependía de hombres arriesgados y ambiciosos como aquél, criaturas sin escrúpulos que, con las condiciones legales y financieras necesarias, podían transformar su riqueza personal en una fuente de prosperidad para el resto de la población. El mal absoluto era el Estado, ese Estado que devoraba lo mejor de cada uno: había que reducirlo al máximo y permitir que los individuos creativos y enérgicos tomasen el control de la economía. Con el elusivo lenguaje político que tanto detestaba, prometió hacer llegar la propuesta a Yeltsin.

«Me alegra que estemos de acuerdo, Arkadi Ivánovich», celebró Jodorkovski en los postres (¡*mousse* de piña!). «A veces es difícil hallar interlocutores tan abiertos y comprensivos, le aseguro que no me olvidaré de usted en el futuro.»

Arkadi sonrió.

«Mi fe en la democracia es idéntica a mi fe en la libre empresa.»

«Antes de irnos, permítame obsequiarle esta pequeña guía que acabamos de editar», lo detuvo Jodorkovski. «En ella explicamos cuál es la filosofía de Menatep, estoy seguro de que podrá interesarle.»

Arkadi miró la cubierta de *El hombre del rublo* y leyó al azar: «Nuestra brújula es el beneficio y nuestro ídolo es su majestad financiera, el capital». Y más adelante: «Un hombre capaz de convertir un dólar en un billón es un genio». Luego: «Ser rico es una forma de ser». Y por fin: «Somos los defensores del derecho de todos a ser ricos». Arkadi por fin había encontrado a alguien que pensaba como él. Propuso un brindis: «Por la libertad». Alzando su copa de champaña, el empresario lo secundó: «Por la libertad».

2

Nueva York, Estados Unidos de América,
17 de marzo

Eran las ocho de la mañana cuando sonó el timbre; la sorpresa de Jennifer fue mayúscula al entrever a su hermana por la mirilla. Como de costumbre, no se había tomado la molestia de anunciarse. Abrió la puerta y Allison se apresuró a entrar empujando una espantosa carriola color celeste. Jacob tenía ya más de un año, pero las diferencias entre las hermanas habían postergado la visita una y otra vez.

«¿Qué haces aquí?», le espetó Jennifer a rajatabla.

«Quería que conocieras a mi hijo», repuso Allison, «¿y Jack?»

«En una reunión de trabajo», le respondió su hermana, sin acercarse al niño.

Allison lo sacó de su cochecito y lo colocó en brazos de Jennifer.

«¡Le gustas!»

Desde que los médicos diagnosticaron su infertilidad, Jennifer había desarrollado una sincera aversión hacia los recién nacidos. Era falso que las mujeres estuviesen preparadas por sus genes para la maternidad: Jennifer no se acomodaba, pasaba al niño de un brazo a otro, ayudándose con el pecho y la barbilla, asustada con dejarlo caer. De pronto, sin que ella hiciera nada, Jacob se puso a llorar; un quejido apagado, casi tímido, dio lugar a un berrido insoportable.

«Yo no hice nada», se excusó.

«Por supuesto que no, Jen, los niños lloran sin motivo, o por motivos que nunca entenderemos, quizás sólo para molestarnos. Acarícialo, a ver si se calma.»

Jennifer trató de mimarlo, pero sus aullidos la enervaban.

«Déjame a mí.»

Jennifer le entregó al pequeño como si fuese un jarrón chino y corrió a lavarse las manos; más que incomodidad, Jacob le inspiraba miedo. Allison arrulló a su hijo y en un par de minutos logró tranquilizarlo.

«¿Ves? Sólo se necesita un poco de paciencia.»

¡Paciencia!, pensó Jennifer, justo lo que yo no tengo. Una vez que Jacob se durmió, Jennifer le dijo a su hermana: «Dime la verdad, Allison, ¿a qué has venido? No me malentiendas, me alegra conocer a mi sobrino, pero hubieses podido hacer una presentación formal hace meses. Te conozco».

Allison odiaba que su hermana adivinase sus pensamientos.

«Tienes razón, Jen, siempre vengo a pedirte favores.»

«¿Necesitas dinero?»

«No esta vez. Es algo más importante. Necesito que cuides a Jacob este fin de semana, no tengo con quién dejarlo y tampoco puedo llevarlo conmigo.»

«¡Estás loca!», saltó Jennifer. «¿Cómo crees que yo voy a hacerme cargo de esta criatura? No estoy capacitada, ya lo has visto. ¿Adónde tienes que ir? ¿Qué puede ser más importante que tu hijo?»

«No he venido para que me regañes», le aclaró Allison, «sino a pedirte un favor. Te lo suplico, Jen, sólo por esta noche. Necesito reunirme con unas personas en Manhattan, ahora no puedo decirte para qué, y no puedo ir con Jacob.»

«Espero que no estés metida en líos otra vez. Por Dios, Alli, ¿por qué no consigues un trabajo común y corriente y cuidas al hijo que tanto te empeñaste en tener? No quiero sermonearte, pero tienes cuarenta y cuatro años, no puedes seguir con esa vida nómada, tienes que velar por Jacob, ésa debería ser tu única meta, deja de salvar al mundo y ocúpate de la única persona que de verdad te necesita.»

Allison ni siquiera esperó a que su hermana concluyese; colocó a Jacob en su carriola y se dispuso a marcharse.

«¡Estoy harta, Jen! ¡Siempre es lo mismo! No vine a que me digas qué hacer con mi vida; si no puedes o no quieres ayudarme, yo veré cómo me las arreglo, pero no sigas regañándome, ya no.»

Jennifer la retuvo por la fuerza.

«De acuerdo, Alli, perdóname. Tú sabes cuánto te quiero, me preocupas, ésa es la única razón de mi enojo, eres una mujer extraordinaria que…»

«Ya sé, ya sé, una mujer extraordinaria que ha desperdiciado su vida, ¿verdad?»

«Alli, no peleemos más, sólo nos tenemos una a la otra; con gusto cuidaré de Jacob esta noche.»

«¿De verdad?», el semblante de Allison se iluminó. «¿Harías eso por mí?»

«Sólo por esta vez», le advirtió Jen, «este fin de semana no tenemos compromisos, Jack y yo podemos experimentar qué significa ser padres por un día. No te preocupes, estará bien con nosotros.»

«Gracias, gracias de verdad. Y ahora debo irme. Te dejo su comida, está todo preparado, y una hoja con las instrucciones.»

«¡Instrucciones!», rio Jennifer, «¡como si fuera un electrodoméstico! Anda, vete ya, sólo te pido que me llames mañana para saber que estás bien, ¿de acuerdo? ¿Lo prometes?»

Se abrazaron.

«Por cierto, ¿me podrías prestar mil dólares?»

Jennifer le entregó el dinero sin rechistar. Allison tomó su chaqueta, le dio un beso a su hijo y desapareció a toda prisa.

Sólo entonces Jennifer se dio cuenta de lo que había hecho: frente a ella permanecía ese ser indefenso y extraño que esperaba sus cuidados y su afecto. Por un momento pensó en ir en busca de su hermana para explicarle que no iba a ser capaz de cumplir esa tarea: demasiado tarde. Se acercó a Jacob con cautela, como si fuese un bicho peligroso: el pequeño dormía con placidez, indiferente a sus temores. Veinticuatro horas pasan rápido, se consoló. Acarició la cabeza de su sobrino y se sintió en paz.

Dos horas después, Wells se encontró con el insólito espectáculo de Jennifer tratando de cambiar los pañales de su sobrino mientras éste gemía como si lo torturasen. Jennifer le contó lo que había pasado. Su marido movió la cabeza y murmuró: «Tu hermana siempre se sale con la suya, hace lo que le da la gana, tú eres la culpable de que nunca haya aprendido a valerse por sí misma. En fin, sólo te pido que lo mantengas en silencio, tengo que trabajar un rato todavía».

Al cabo de unas horas los dos comprendieron que no habría modo de escapar: los niños son tiranos y los adultos no tienen más remedio que someterse a sus caprichos, de modo que pasaron el resto del día alternándose su cuidado, alimentándolo, limpiándolo, haciéndole monerías o induciéndolo al sueño. La noche no fue mejor: Jacob se despertó a las tres y a las cinco de la madrugada, causando un escándalo imposible de acallar.

«Sólo espero que tu hermana venga pronto», se quejó Jack.

Como si hubiese lanzado una señal de mal agüero, a las siete de la noche del domingo aún no había señales de Allison. Jennifer imaginó lo peor. Trató de localizar a su hermana por todos los medios, en vano; no le quedó otro remedio que contratar una niñera y, rebasada por la culpa, pidió unos días de permiso en el Fondo para ocuparse de su sobrino. Su hermana no dio señales de vida hasta la semana siguiente; para entonces Jennifer ya había pasado de la furia a la impotencia y del miedo a la resignación. Pero al término de aquella aventura (de aquella prueba) no se sentía del todo mal: Jacob no sólo había sobrevivido a su impericia, sino que se había acostumbrado a sus cuidados e incluso había desarrollado cierto apego hacia ella, o al menos así lo creyó, entristecida, cuando Allison por fin se lo llevó.

Moscú, Unión de Repúblicas Socialistas Soviéticas,
17 de junio

El incidente, como comencé a llamarlo luego, ocurrió horas después de que Borís Yeltsin fuese elegido primer presidente democrático de la Federación Rusa. Eran cerca de las ocho de la noche y yo caminaba por la calle Znamierka rumbo a la estación de metro Borovítskaia cuando sentí que alguien me abrazaba por la espalda; al principio pensé en alguno de mis colegas de *Ogoniok*, pero no tardé en apreciar la punta helada de una navaja encajándose en mi cuello. «Sigue como si nada», me dijo una voz ronca con acento del Cáucaso, «si cooperas nada te pasará.» Seguí sus órdenes, tratando de no mirar su rostro, aunque sí atisbé su perfil rocoso y las sombras de dos individuos un poco más atrás. Me obligaron a dar vuelta en una esquina, me introdujeron en un automóvil (un destartalado Lada negro) y me vendaron los ojos; a mi lado se acomodaron dos cuerpos tan voluminosos como malolientes: el tufo a alcohol barato acentuó mi miedo.

Había escuchado que este tipo de escenas se habían vuelto frecuentes en Moscú y Leningrado. ¿Se trataría de un secuestro o, como era más probable, de una represalia? No sé cuánto tiempo dimos vueltas por la ciudad, con el pesado tráfico del atardecer; supongo que querían desorientarme. Por un momento pensé que conducían hacia la periferia (de ser así, presagiaba lo peor). Al cabo de tres o cuatro horas nos detuvimos en un lote que, atendiendo al nivel de ruido, aún debía ser urbano. Durante el trayecto mis captores se mantuvieron en silencio y se rehusaron a responder mis preguntas, golpeándome en los riñones cada vez que abría la boca. Una parte de mí insistía en hablar, si era capaz de iniciar un mínimo contacto con ellos tal vez no me pegasen un tiro, pero mi esfuerzo sólo logró sulfurarlos.

Me empujaron fuera del coche, me arrastraron por un pasillo y luego por unas largas escaleras, hasta arrojarme en un sótano. Me imaginé en los lindes de la muerte; no sentía pánico ni angustia, como cuando combatía en Afganistán, sólo rabia. Me abandonaron allí, solo e incomunicado, durante largo rato. El tiempo muerto me ayudó a recobrar la serenidad: si se tomaban tantas molestias quizás no pensaban matarme, o al menos no entonces. Durante esa inmersión en las tinieblas no me dediqué a rememorar mi vida, no realicé un balance de mis aciertos y mis errores, no me arrepentí ni busqué consuelo en la divinidad y ni siquiera traté de comprender la psicología de mis captores; mi mente saltaba de un tema a otro, hiperactiva, de un recuerdo lejano al reconocimiento del dolor presente, de las imágenes de Bakú a los cadáveres que había contemplado en Vilna días atrás, de Zarifa y su hermano asesinado a mis deseos de contar todo aquello, de no resguardarme en el silencio, de no colaborar con el olvido.

Un par de hombres interrumpió mi flujo de conciencia. Los oí arrojar cosas al suelo (objetos de cristal, sillas, herramientas), preparando el escenario para la tortura. Escuché el sonido de un látigo, o tal vez sólo lo imaginé, y luego el vaivén de pinzas y martillos. ¿Qué harían conmigo? Sólo una cosa me quedaba clara: si no eran miembros del KGB, mi suerte estaba echada. Percibí en su vaivén una rutina coreográfica, ciertos sobreentendidos que sólo se adquieren con años de práctica en doblegar almas y cuerpos. De pronto sentí una bofetada y un ardor casi placentero se extendió por mi rostro. El *impasse* había llegado a su término y al fin sabría qué harían conmigo. Los miserables se mantuvieron callados, sin pronunciar una palabra, mientras me molían a golpes, descargando su coraje y su bien remunerado desdén. No me preguntaron nada, no me insultaron ni me vejaron, se limitaron a cumplir su trabajo con la fría eficiencia del burócrata. No era nada personal: de seguro alguien les había pagado para darme una lección, quizás ni siquiera conocían el motivo, no eran tipos que leyeran los periódicos ni viesen las noticias, acaso suponían que yo era otro de esos deudores insolventes que proliferaban en Moscú y Leningrado, otro de esos apostadores tramposos que debían responder por su codicia.

El dolor se volvió tan constante, tan insoportable, que casi no dolía; tuvieron que echarme un balde de agua para que recuperase la conciencia y la capacidad de sufrir. Allí comprobé que no tenía alma ni espíritu, que sólo era esa masa de huesos rotos y tejidos lacerados, de sangre y lágrimas, que yo sólo era mi cuerpo. Al terminar me cargaron en hombros y me depositaron en el cofre del Lada. Oí cómo me encerraban y pensé, entre delirios, que así debía cerrarse la vida.

Cuando desperté me hallaba en una calle vacía, veinte horas después del inicio del secuestro. El ardor y las manchas rojizas que me cubrían la camisa me hacían imaginarme desfigurado. Me arrastré hasta una zona habitacional y toqué en varias puertas hasta que una anciana accediera a llamar a una ambulancia. En sus ojos leí el horror. No me equivocaba: había sido un aviso, una pequeña advertencia; si insistía en escribir sobre Azerbaiyán y Armenia, los países bálticos y Moldova, si me empeñaba en glosar la ruina del ejército, me esperaban más sesiones como aquella, o acaso peores. Todo estaba claro. Yo había roto las reglas no escritas del sistema, había sido incapaz de distinguir la frontera entre lo que podía decirse y lo que no. Lo peor, lo más terrible, lo más espantoso (ay) es que esos hombres sin identidad y sin rostro cumplieron su objetivo; no me intimidaron, pero sí acentuaron lo peor de mí mismo; sin darme cuenta, en mi interior se almacenó una cólera irreprimible. Esos hombres me volvieron aún más violento y vengativo, me despojaron de la poca humanidad que me quedaba desde Afganistán. Me hicieron uno de los suyos, me infectaron con su odio y me transformaron en la criatura amarga y cruel que continúo siendo hasta el día de hoy.

4

Londres, Reino Unido, 17 de julio

Cuando Michel Camdessus le comunicó la noticia a principios de abril, Jennifer no supo si se trataba de un ascenso o un castigo: llevaba tanto tiempo concentrada en los asuntos latinoamericanos que había imaginado el resto de su vida aprendiendo español y portugués y lidiando con los obsequiosos políticos de la región. De pronto le ordenaban dejar atrás ese mundo, olvidarse de sus ciudades bulliciosas y soleadas, de sus comidas grasientas y peligrosas, para concentrarse en temas de los que no sabía nada o casi nada. ¿Por qué el director-gerente la había elegido a ella? El Fondo contaba con reconocidos expertos en el campo socialista, hombres y mujeres que habían dedicado sus vidas a aprender ruso y otras lenguas eslavas, que se habían acostumbrado a los fríos polares, a la vodka y la sensibilidad extrema de esos pueblos, que se habían quebrado la cabeza para comprender el funcionamiento de la economía planificada, los planes quinquenales y su abstrusa organización social. ¿Por qué ella habría de desplazarlos? La habitual paranoia de Jennifer le impedía considerar el nombramiento como un premio: tenía que haber un lado oscuro, tal vez alguien quería apartarla del Departamento de las Américas, mucha gente la envidiaba, su traslado debía ser producto de una venganza personal.

El director-gerente no le dio oportunidad de reflexionar: «Necesitamos alguien con tu perfil, dinámico, dispuesto a aprender, no uno de esos viejos que llevan veinte años tratando de desentrañar la lógica soviética y ahora son incapaces de adaptarse a los cambios; a fuerza de estudiar por décadas a los burócratas comunistas han terminado por parecerse a ellos».

«Yo no sé ruso y nunca he estado en Rusia», apuntó Jennifer.

«Lo que importa es tu experiencia con casos complicados, y éste lo es. Quiero que elabores un estudio completo sobre las perspectivas actuales de la economía soviética; la idea es presentarlo durante la reunión del Grupo de los Siete en Londres, a la que asistirá Gorbachov…»

«¡Sólo faltan tres meses!»

«Jennifer, confío en ti.»

De la noche a la mañana Jennifer cambió de área geográfica, de equipo de trabajo e incluso de oficina. Con la excepción de Emily, nadie lamentó su partida, aunque todos se cuidaron de felicitarla. A partir de entonces no conoció una hora de descanso: no sólo debía familiarizarse con el tema, sino con una lógica distinta de la suya; no había tiempo para que impusiera sus criterios en los documentos que le presentaban y debía conformarse con corregirlos hasta el cansancio. Sus nuevos empleados le parecieron tan indolentes y acomodaticios como los anteriores, pero ya estaba tan acostumbrada a la pereza y la ineficacia que ni siquiera se preocupó por removerlos. Lo único que importaba era entregar el proyecto a tiempo, pues de sus recomendaciones dependería la acogida que los países industrializados le dispensaran a su antigua némesis.

Wells dejó de verla durante semanas; en vez de ir a Nueva York y cuidar a Jacob los fines de semana (se había convertido en su rutina), prefirió quedarse en Washington, dedicada a leer y releer comunicados, archivos, documentos, esquemas y bosquejos. Dominada por su ansia de perfección, de siete a nueve de la mañana tomaba clases de ruso, convencida de que sólo si lo dominaba o al menos descubría sus mecanismos sería capaz de entender a sus líderes. Tres meses después de iniciada su misión, Jennifer quedó satisfecha. Más pálida que de costumbre, le entregó a Camdessus doscientas fojas; en ellas no sólo se examinaba la economía soviética, sino que se ofrecía una explicación de su decadencia, se imaginaba su desarrollo futuro y aventuraban los motivos de su estancamiento. El diagnóstico era severísimo: nada en la organización social soviética permitía augurar una correcta implantación del libre mercado. Tras años de lidiar con los gobiernos de África y América Latina, Jennifer se había acostumbrado a la burocracia, pero jamás había imaginado cómo podría funcionar una sociedad en la que ésta ocupaba todos los espacios de la vida.

Desde el advenimiento de la perestroika, algunos ciudadanos habían tratado de introducir una primitiva economía liberal, existían unos cuantos bancos y unas cuantas cooperativas y microempresas, y las élites coincidían en que sólo una liberalización a ultranza salvaría al país: nada de ello aseguraba el fin del estatismo. El mayor problema consistía en que las industrias no se regían por las leyes de la oferta y la demanda, sino por la exigencia de cubrir cuotas establecidas de antemano. Según Jennifer, la única manera de acelerar la apertura sería mediante una drástica liberalización de los precios: la medida resultaría impopular, haría saltar la inflación por los cielos, pero era el precio que los rusos debían pagar por sus errores. Camdessus quedó muy impresionado con el dictamen; Jennifer tenía un carácter imposible (su fama en el Fondo la precedía), pero era cien por ciento confiable. Como premio a su labor, dejó que ella misma presentase sus conclusiones durante la reunión ministerial del Grupo de los Siete.

Obligada a tomar cada vez más pastillas para los nervios, con el semblante desencajado y sintiéndose más fea y gorda que nunca (ahora masticaba cacahuates todo el día), Jennifer viajó a la capital británica al frente de la misión del FMI. Aquellos días fueron para ella como un parpadeo o un vacío: las drogas la mantenían en un estado de lasitud que le impedía concentrarse, obligando a su subdirector de análisis a hacer frente a las preguntas y dudas de los funcionarios. Mientras tanto, ella permanecía en un silencio cauto, asediada por el temor al ridículo. Los ministros no percibían su inseguridad; algunos consideraban que la enviada de Camdessus era más obcecada (y guapa) que convincente. Jennifer regresó a Nueva York sin darse cuenta de que, en vez de salvarnos, había sido la responsable de fijar los criterios que determinarían nuestro fracaso y nuestra miseria.

5

Unión de Repúblicas Socialistas Soviéticas,
18 de agosto

Había sido un verano seco y árido para Mijaíl Gorbachov; la lista de problemas, reveses y obstáculos de su mandato no había hecho sino aumentar: la oposición de Yeltsin se había vuelto cada día más feroz, la mitad de las antiguas repúblicas soviéticas había decretado su independencia y los sectores más duros del partido burlaban su autoridad. Sólo a finales de julio había surgido una última esperanza de recomponer el desorden; tras una agitada y tormentosa serie de reuniones en Novo-Orgonovo, los presidentes de ocho repúblicas habían acordado suscribir un nuevo *Tratado de la Unión*; en un esquema salomónico, Gorbachov retendría la jefatura del Estado y el control sobre defensa y relaciones exteriores, mientras que Yeltsin y los dirigentes regionales se ocuparían de los asuntos internos. Era el mejor arreglo posible: así lo habían entendido todos los signatarios, incluido el tormentoso Borís Nikoláievich. El 20 de agosto se llevaría a cabo la ceremonia oficial para ponerlo en marcha.

Concluido el acuerdo, Gorbachov aún tuvo tiempo de recibir en Moscú al presidente George Bush, a quien comunicó la buena noticia: su entendimiento con Yeltsin garantizaba la supervivencia de la Unión. Animado por esta perspectiva, el 4 de agosto partió a su dacha de verano (una mansión valorada en veinte millones de dólares) en el cabo de Foros, en Crimea, acompañado por su esposa, su hija, su yerno y su pequeña nieta. Para Gorbachov, aquel lugar era un santuario: las grisáceas aguas del Mar Negro tonificarían sus músculos, el sol robustecía su cuerpo y las sobremesas familiares le inyectarían la energía necesaria para afrontar los desafíos del otoño.

La mañana del 18 de agosto había sido como cualquier otra; Gorbachov había desayunado con Raísa, luego había trotado por la playa, se había enfrascado en la revisión de algunos documentos oficiales e incluso se había dado el lujo de empezar a leer una novela. A las 16:50, horas su jefe de seguridad le informó que estaba por llegar una visita. «Yo no he convocado a nadie», aclaró, y quiso saber quién lo buscaba. Tomó el teléfono y lo descubrió muerto; lo intentó con otra línea y ocurrió lo mismo. No necesitó probar los demás aparatos para imaginar lo que ocurría. Congregó a su familia en el salón y les reveló el peligro. Su voz no delataba miedo ni angustia, sólo desasosiego. Abrazó a Raísa y a su hija. Ahora sólo podían esperar.

Una delegación de Moscú irrumpió entonces en la casa, formada por su propio asistente personal, el subdirector del Consejo de Defensa, el secretario del Comité Central, el jefe de las fuerzas de tierra del ejército y un representante del KGB.

«¿Quién los envía?», preguntó Gorbachov.

«El Comité nombrado para hacer frente al estado de emergencia», respondió el general Valentín Varénnikov.

«¿Y quién nombró a ese Comité?, porque no fui yo, ni tampoco el Soviet Supremo.»

«Me temo que sólo tiene dos opciones», lo reconvino Varénnikov, «aceptar nuestra autoridad o renunciar a la presidencia de la Unión.»

«Ustedes no son más que aventureros y traidores», exclamó Gorbachov, «y pagarán por ello. Poco importa lo que pase con ustedes, pero destruirán al país; sólo un suicida puede pensar en el regreso a un régimen totalitario. ¡Nos llevan a una guerra civil! El día 20 tenemos que firmar el nuevo *Tratado de la Unión*, es lo único que podría salvarnos.»

«No habrá ninguna firma, Mijaíl Seguéievich», intervino Óleg Baklánov, subdirector del Consejo de Defensa. «Yeltsin será arrestado. No queremos que usted haga nada, Mijaíl Serguéievich, excepto permanecer aquí; nosotros haremos el trabajo sucio en su lugar.»

A continuación, le reveló la identidad de los otros miembros del Comité Estatal para el estado de emergencia (hasta el nombre es idiota, pensó Gorbachov), entre los que figuraban otros de sus colaboradores, como el presidente del Soviet Supremo, su viejo amigo Anatoli Lukianov. En la conjura también participaban el director del KGB, el secretario de Defensa, el primer ministro y el ministro del Interior. Pero lo que a Gorbachov le provocó más repugnancia fue que los golpistas hubiesen elegido al vicepresidente Guennadi Yanaiev, un alcohólico redomado, como su líder. ¡Panda de advenedizos, junta de pacotilla, sórdida alianza de militares ambiciosos y funcionarios descerebrados! Gorbachov cerró los puños: ¡él los había nombrado, él les había otorgado su confianza, él había prescindido de sus antiguos camaradas para elevar a estos brutos, él y sólo él!

«¿Y qué harán tras implantar este absurdo estado de emergencia?», los retó.

«No podemos tolerar que separatistas y extremistas se hagan cargo del país», contestó Varénnikov.

«Eso ya lo he escuchado otras veces», concluyó el prisionero. Y añadió: «¿De verdad piensan que el pueblo está tan cansado como para hacer caso a un dictador?» Y, con una voz que surgió desde el fondo de sus entrañas, añadió: «¡Váyanse a la mierda!»

6

*Unión de Repúblicas Socialistas Soviéticas,
19 de agosto*

En punto de las seis de la mañana se escuchó una voz pastosa por la radio. El mismo mensaje, carente de lógica, sería repetido a partir de entonces cada hora:

> En relación con la incapacidad de Mijaíl Serguéievich Gorbachov para seguir desempeñando su labor como presidente de la URSS debido a su estado de salud, con base en el artículo 127.7 de la Constitución de la URSS yo he asumido el cargo de presidente en funciones de la URSS a partir del día 19 de agosto de 1991.
>
> G. I. YANAIEV, VICEPRESIDENTE DE LA URSS

Arkadi, Irina y Oksana se enteraron del golpe a las siete de la mañana, cuando el resuello telefónico de un miembro del Congreso de los Diputados les anunció la mala nueva. A esa misma hora Vitali Korotich, el editor de *Ogoniok*, llamó a mi casa y exclamó: «¡Estamos jodidos!» Mientras Arkadi intentaba tranquilizar a su familia («esos miserables no comprenden que el país ha cambiado, que un golpe jamás prosperará», les dijo), yo salí rumbo a la revista: quería reunirme con mis compañeros para urdir una estrategia para eludir la censura que pretendía imponer el Comité de Emergencia.

Borís Yeltsin se encontraba en su dacha de verano, en Usovo, preparándose para tomar su desayuno, cuando Anatoli Sobchiak apareció con la noticia; de camino hacia allí había observado el movimiento de tropas hacia Moscú. Con excepción de Arkadi Granin, el resto de su equipo se congregó a su lado, incluyendo al nuevo presidente del Soviet Supremo, Ruslán Jasbulátov, con quien luego tendría tantas diferencias.

Tras escuchar sus informes, Yeltsin tomó la resolución de dirigirse a la capital y oponerse al golpe con todos los medios a su alcance.

«Ahora todo depende de ti, papá», le advirtió Tatiana, su hija.

Yeltsin llamó su limusina y se dirigió a toda velocidad a la Casa Blanca, en el muelle Krasnopresnénskaya, a orillas del Moskova. Su séquito alcanzó su objetivo a las diez de la mañana; un pequeño grupo de oficiales, diputados y amigos, entre los que se contaba Arkadi Granin, lo recibió en la entrada del edificio. Para entonces yo había abandonado las oficinas de *Ogoniok* y también me había trasladado a la Casa Blanca, donde alcancé a escuchar la proclama en que Yeltsin desconocía al Comité de Emergencia y llamaba a una huelga general. En las afueras del parlamento ruso se congregaba una discreta multitud; se olía el miedo, pero también la voluntad de resistir: aquella gente no estaba dispuesta a perder la libertad ganada con tanto ahínco. Una misma pregunta circulaba de boca en boca: ¿y Mijaíl Gorbachov? Algunos partidarios de Yeltsin sospechaban que había pactado con los golpistas; la mayoría lo imaginaba bajo arresto o, peor aún, ejecutado a la vieja usanza.

Poco después del mediodía, Borís Nikoláievich se abrió camino entre sus seguidores y, para sorpresa de todos, se montó en un tanque T-72 leal a su gobierno. Su porte no resultaba marcial ni majestuoso: el hecho de salir de la Casa Blanca para arengar a sus seguidores lo transformó en un prócer (su fotografía en el tanque sería reproducida por los diarios de todo el mundo).

«Ciudadanos de Rusia», vociferó, «el presidente del país ha sido removido del poder, nos enfrentamos a un golpe de Estado derechista, reaccionario, inconstitucional…»

Los vítores cubrían sus palabras; en medio del barullo, por primera ocasión pude hablar con Arkadi Granin, a quien descubrí a mi lado.

«Este país ya es otro», me dijo, «y el mundo tiene que saberlo.» Cuando le revelé mi nombre y le dije que trabajaba para *Ogoniok*, Arkadi me pidió que lo siguiera. «Esta guerra no se ganará con las armas, sino con los medios de comunicación, necesitamos soldados como usted.»

En el interior del parlamento los asesores de Yeltsin coordinaban la resistencia sin ningún orden; salvo excepciones, eran funcionarios y académicos sin experiencia militar. Los asesoré cuanto pude, pero Granin insistió en encerrarme en una improvisada sala de prensa, donde sólo había dos teléfonos y un fax: mi tarea consistiría en coordinar los comunicados de prensa del gobierno legítimo de Rusia. A las cinco de la tarde Yanaiev compareció por televisión en su calidad de presidente en funciones de la URSS. Su imagen era patética: devorado por los remordimientos y el alcohol, improvisó un discurso lleno de deslices y tropiezos que hubiese bastado para augurar su fracaso; era increíble que un payaso como él se convirtiera en dueño del país.

A esa hora no era posible predecir el comportamiento del ejército y el KGB: ambos organismos se mantenían al acecho, en espera de averiguar qué bando tenía más posibilidades de triunfar. Arkadi apareció de nuevo en la sala de prensa: Yeltsin permanecerá en la Casa Blanca, me advirtió, y la orden es resistir hasta el final. La historia del país estaba llena de asedios, como si éstos formaran parte de nuestra identidad; igual que Leningrado durante la gran guerra patriótica, ahora la Casa Blanca se convertiría en el símbolo de la resistencia.

Si bien los golpistas se habían asegurado del apoyo de los sectores más conservadores del país, algunos medios de comunicación no habían sido clausurados y seguían emitiendo las proclamas de Yeltsin. «Son unos borrachos y unos imbéciles», resumió Arkadi a la medianoche, «pero unos borrachos y unos imbéciles que tienen el control de nuestro arsenal atómico.» Aún así, mantenía el optimismo: según le había informado el propio Yeltsin, más de cien mil personas se habían reunido en el centro de Sverdlovsk para protestar contra el golpe. «Vamos a derrotarlos», afirmó Arkadi mientras se acomodaba en una silla junto a mí. «Mañana será un día decisivo: si logramos resistir veinticuatro horas, habremos vencido.»

7

Unión de Repúblicas Socialistas Soviéticas,
20 de agosto

Arkadi Ivánovich me despertó a las cinco de la mañana, cuando apenas empezaba a clarear; llevaba en brazos dos AK-47, uno para él y el otro para mí.

«¿Cuánta gente queda afuera?», pregunté.

«Unos diez mil. Demasiado pocos para enfrentarnos a un batallón.»

Tomé mi kaláshnikov y le propuse realizar una inspección. Los alrededores de la Casa Blanca hacían pensar más en un camping que en un sitio; las barricadas no alteraban un ápice la calma del Moskova. Volvimos al interior, pues yo debía redactar el comunicado que anunciaba la creación del nuevo Ministerio de Defensa Ruso bajo control directo de Borís Yeltsin; si los golpistas no renunciaban o al menos aceptaban que un equipo médico de la OMS visitase a Gorbachov en Crimea, nosotros mismos desataríamos las hostilidades.

A las diez de la mañana un aliado inesperado, el gran Mstislav Rostropóvich, de gira por Moscú, hizo su aparición en la Casa Blanca, pero en lugar de su violonchelo también cargaba un AK-47. Media hora más tarde Yeltsin compareció ante a la multitud, cada vez más templado y seguro. Acusó a los golpistas de tener las manos manchadas de sangre (ellos eran los responsables de las masacres ocurridas en las repúblicas bálticas y en el Cáucaso) y asumió el mando de los cuerpos de seguridad en la Federación Rusa. Lo flanqueaban Rostropóvich y Yevgueni Yevtushenko, quien disponía de una rara habilidad para componer versos apropiados para cualquier situación:

¡No! Rusia no se hincará de nuevo por años interminables,
Están con nosotros Pushkin, Tolstói.
Está con nosotros todo el pueblo despierto.
Y el parlamento ruso, como un herido cisne de mármol de
la libertad,
defendido por el pueblo, nada en la inmortalidad.

Nadie reparó en la calidad del poema: la multitud lo recibió con aplausos y vivas. Aprovechando el fin del espectáculo, Arkadi me dijo que se ausentaría por unas horas para buscar a su esposa y a su hija; si, como sostenían los rumores, el ataque de los conjurados era inminente, quería despedirse de ellas. Yo me quedé en la Casa Blanca, redactando nuevos boletines y asegurándome de enviarlos a las agencias de prensa occidentales.

¿Qué hacían los golpistas entretanto? Yanaiev, ebrio y aislado, no sabía cómo había aceptado sumarse a unos conspiradores que ni siquiera estaban seguros de lo que harían. ¿Dónde quedaron los implacables dirigentes soviéticos del pasado?, pensó. La perestroika, o más bien el mercado y sus lujos, los habían corrompido y ahora ni siquiera se atrevían a dar una orden contundente. Para constatar la quiebra del comunismo bastaba con mirar a sus últimos soldados: ratas temerosas, serpientes sin veneno, marsopas alcoholizadas. Según los últimos rumores, el primer ministro Pávlov había ingresado en un hospital militar a causa de una intoxicación etílica, los líderes de Ucrania y Kazajistán no apoyaban a la junta, numerosos miembros del KGB se negaban a seguir las órdenes superiores e incluso el miserable Lukianov trataba de borrar su participación en la conjura… Aun así, era imposible olvidar lo ocurrido en Bakú o Vilna. ¿Y si esos dementes provocaban algo semejante?

Volví a encontrarme con Arkadi por la tarde, acompañado de su esposa y de su hija.

«¿Qué hacen ustedes aquí?», les pregunté.

«También tenemos derecho a defender nuestra libertad», me respondió Irina Nikoláievna.

Me sorprendió la lánguida belleza de su hija, su aparente lejanía del mundo, sus ojos negrísimos y vivaces (esos ojos que yo no volvería a ver y que se volverían tan importantes para mí). La presencia de aquella adolescente me devolvió la esperanza: a menos que el mundo se hubiese podrido, nuestros soldados jamás dispararían contra sus familias. Los golpistas habían perdido la razón si creían que los rusos estarían dispuestos a asesinar a otros rusos. Mientras tanto, la prensa continuaba rebelándose contra el Comité de Emergencia: tras unas horas de lucha, *Izvestia* quedó bajo control de los demócratas, e incluso en el noticiero estatal *Vremia* se confirmó el internamiento de Pávlov y la repentina enfermedad de Aleksandr Besmertinj, ministro de Exteriores de la URSS, otro arrepentido.

Yo me encontraba en uno de los despachos del primer piso de la Casa Blanca cuando se iniciaron los disparos. Bajé a toda prisa con mi AK-47; al parecer, Yanaiev había dado la orden de atacar. El espectáculo recordaba las revueltas de Praga o Budapest: los tanques enviados por los golpistas eran recibidos con una lluvia de cocteles molotov; los jóvenes gritaban: «Vergüenza, vergüenza», y luego: «Rusia, Rusia». Un olor acre impregnó Moscú: tres muchachos fueron arrollados por los carros de combate. Un grupo de mujeres formó una valla humana en torno al edificio y gritó: «Soldados soviéticos, ¡no disparen contra sus madres!»

Todo estaba listo para el ataque final, los distintos cuerpos del ejército y el KGB sólo aguardaban la orden para iniciar la *Operación Trueno*, en unas horas la Casa Blanca y sus defensores nos habríamos convertido en meras cifras, sumándonos a los millones de inocentes sacrificados por el comunismo.

Pero nada ocurrió. *Nada.* Yanaiev no estaba dispuesto a cargar con ese peso; tampoco los altos mandos militares. Varios generales, entre ellos el respetado Aleksandr Lebed, se rehusaron a disparar. Sin que nosotros lo supiéramos, la junta se desmoronaba: golpe de Estado de utilería, tiranuelos de juguete. La noche callada y lluviosa anunció nuestro triunfo.

8

Unión de Repúblicas Socialistas Soviéticas,
21 de agosto

Pasé la noche a la intemperie, entre los defensores de las barricadas. A las cinco de la mañana seguía respirándose ansiedad y sorpresa, la sensación de que la victoria no podía ser tan simple, de que los tres jóvenes acribillados en la intersección del Anillo del Jardín y Novy Arbat serían los primeros de una lista interminable. Pero también se percibía ya un hálito de esperanza, las sonrisas cómplices en los rostros; las botellas de vodka y de coñac circulaban de mano en mano, acompañadas de prudentes brindis que vaticinaban el amanecer. En lo alto del puente Kalininski, una manta rezaba: Хунтупа хуий: *A la mierda con la Junta.*

Agobiado por tanta calma, emprendí un nuevo recorrido por los pasillos de la Casa Blanca. La gente dormía o descansaba sobre las alfombras o los escritorios, confiriéndole al parlamento la imagen de un campo de acogida. Aunque no había dormido en cuarenta y ocho horas, no tenía sueño, el cansancio era un peso añadido, una carga en mis rodillas y mis articulaciones. Entonces descubrí que alguien me seguía: era Oksana, la hija de Arkadi Granin. Su cuerpo frágil y etéreo lucía como una aparición.

«¿Por qué no intentas dormir un poco?», le dije.

No respondió, como si no hubiese comprendido mis palabras.

«¿Cuántos años tienes?»

«Quince.»

Su voz tenía un pulso grave, imposible de reconciliar con su edad. Se acercó a mí. Me pareció que ocultaba algo, o quizás el cansancio me hacía pensar cosas absurdas.

«¿Tienes miedo?»

Me miró con intensidad, escrutándome.

«¿Miedo de qué?»

«No sé», balbucí, «de que esto no termine bien. Perdona, no sé ni lo que digo, tienes razón, no hay nada qué temer.»

Había algo en su forma de ladear el rostro, de parpadear o de entreabrir los labios que me perturbaba.

«Todos son iguales», dijo de pronto.

Oksana se limpió los labios con el dorso de la mano, como si quisiera borrar lo que acababa de decir.

«¿Iguales?»

«Sí, iguales.»

En esos momentos cualquier palabra resonaba en mis oídos como un presagio o una advertencia.

«¿Nosotros y ellos», me explicó, pronunciando cada sílaba como si yo fuese un extranjero o un idiota. «No hay diferencia entre los chacales de allá afuera y los lobos de aquí adentro.» Oksana volvió a parecerme una niña, una tonta niña rebelde. Debía demostrarle su error.

«Nosotros defendemos al legítimo gobierno de este país, la democracia y la libertad están de nuestra parte, tus padres se arriesgan ahora para que en el futuro vivas en un lugar mejor.»

«¿De verdad crees que lo hacen por mí?» La voz de Oksana desprendía un tufo macabro. «Tú estás habitado por la misma violencia que combates.»

Dio la vuelta y se marchó; pensé en seguirla, en convencerla de su error, en mostrarle la injusticia que cometía con sus padres, conmigo, con todos nosotros, pensé incluso en abofetearla; me quedé allí, atónito. Nunca volvería a encontrarme de nuevo con esa criatura sabia y desvalida, con esa sibila adolescente: su maldición no tardaría en alcanzarme.

El rumor de que los golpistas habían huido de Moscú me devolvió a la realidad. En cuanto vi el rostro de Arkadi en la sala de prensa supe que íbamos a sobrevivir. «Kriuchkov acaba de comunicarse con Borís Nikoláievich», me reveló, «y le ha propuesto viajar a Foros en busca de Gorbachov.»

«¿Eso quiere decir que hemos triunfado?»

Arkadi me abrazó.

«La democracia ha triunfado.»

Al mediodía comprobamos que el repliegue de los tanques que rodeaban la Casa Blanca era definitivo. La ciudad emergía del pantano. La gente salía a las calles y vitoreaba a las tropas, no habría más derramamiento de sangre, no habría más asonadas. Moscú, donde ni Napoleón ni Hitler pudieron vencer, volvía a escapar de la tragedia.

Tres aviones levantaron el vuelo hacia Crimea: en uno de ellos viajaban los enviados de Yeltsin; en el otro, los responsables de la conjura que aún se mantenían en pie; y, en el tercero, el tortuoso Lukianov, el amigo de Gorbachov, quien todavía esperaba distanciarse de sus cómplices.

Horas más tarde, en Foros, un oficial le anunció a Gorbachov el arribo de las dos delegaciones. Con un regusto acre, Mijaíl Serguéievich anunció que sólo recibiría a los rusos. Así dijo: a los rusos, como si los otros ya no lo fueran, como si en ese mismo instante la Unión Soviética hubiese dejado de existir. El presidente reunió a su familia y les comunicó el fin del golpe: todos se mostraron aliviados, menos él. Lo que vendría a continuación sería tan espantoso como su cautiverio: a partir de ahora ya no sería prisionero, pero tampoco sería libre, no podría ser libre nunca más.

En cuanto los rusos aparecieron frente a la residencia, Gorbachov les agradeció su intervención. Vestido con un suéter gris y unos pantalones color hueso (lucía como un jubilado), les explicó que él jamás pactó con los golpistas, que todo había sido una calumnia, que él se había mantenido firme y había exigido una reunión urgente del Congreso o del Soviet Supremo. Les dijo que incluso pensó en terminar con sus días. Aleksandr Rutskói, vicepresidente de Rusia, casi sintió pena, pero no tardó en recuperar la compostura y su papel de emisario de Borís Yeltsin, el enemigo de Gorbachov que ahora lo salvaba.

Raísa Maxímovna apareció en lo alto de la escalera; a diferencia de su esposo, lucía demacrada, con los nervios destrozados por el aislamiento, y no dudó en besar a cada miembro de la delegación rusa.

«¿Estás lista para viajar esta noche?», le preguntó Mijaíl Serguéievich.

«Sí», murmuró ella, «debemos irnos de inmediato.»

Antes de partir, Anatoli Lukianov, ya con esposas, insistió en hablar con Gorbachov. Trató de explicarle su posición, le dijo que no había querido participar en el golpe, que no había podido convocar al Soviet Supremo, que había creído la versión sobre su estado de salud. Mijaíl Serguéievich no le permitió terminar.

«Nos conocemos desde hace cuarenta años», le gritó, «¡basta de mentiras!»

Los otros conspiradores también fueron arrestados. En Moscú, sólo Borís Pugo, ministro del Interior de los golpistas, prefirió quitarse la vida.

9

Boston, Estados Unidos de América, 23 de diciembre

Cuando el avión en que viajaba Éva al fin aterrizó en el aeropuerto Logan de Boston, no había nadie para recibirla. Atrás quedaba Berlín, esa ciudad dual cuya resurrección había presenciado; atrás quedaba aquel año clamoroso, así como las dudas y los recelos provocados por la reunificación alemana; atrás quedaba también el Instituto Zuse, donde pasó tantas horas en compañía de sus autómatas celulares; y atrás quedaba Ismet, su juguete, esa figura desconocida, esa sombra que había permanecido fiel a ella, acompañándola y cuidándola, hasta que Éva lo desdeñó como desdeñaría a todos los hombres de su vida.

Aunque Éva apenas tenía treinta y cinco años, se sentía como una anciana: a sus espaldas se acumulaban demasiadas ciudades, demasiada información, demasiados hombres. Su existencia era un tránsito constante, una huida. Curiosa forma de expresarlo, pensó, pero quizás el único sentido de la vida consista en escapar a la desdicha, una meta en apariencia modesta, acaso mediocre, más sabia que la artificiosa búsqueda de la felicidad. Éva no poseía un hogar: era húngara y estadounidense y alemana (o más bien berlinesa), y no era nada de eso. Era una vagabunda o una nómada (una *homeless*, le gustaba repetir), portadora del gen trashumante de sus antepasados magiares.

Desde el aire, Boston le había parecido un yermo cubierto por la nieve; sólo cuando descendió del avión de Lufthansa, atravesó los largos pasillos del aeropuerto, pasó migración y se detuvo ante las cintas de equipaje empezó a sentirse menos angustiada. Siempre que llegaba le ocurría lo mismo: al principio la invadía el desasosiego, que al cabo de unos días todo se volvía natural, cotidiano y anodino. Éva vio pasar un sinfín de bultos y maletas hasta que se quedó sola en el galerón iluminado por el halógeno: su equipaje se había quedado en Frankfurt. Mientras realizaba los trámites para reportar el extravío, pensó que aquella pérdida era previsible, una metáfora perfecta de su vida: sólo se tenía a sí misma.

Libre de peso, tomó un taxi y le pidió al conductor que la llevase a un hotel.

«¿A cuál?»

«Al que sea, donde usted crea que dispongan de habitaciones libres.»

«¿En qué zona?»

«Usted decida», musitó Éva sin convicción.

Pasaría la Navidad en su cuarto, sola. Vería televisión, pediría una botella de champaña y se dormiría en paz. Estaba por iniciar una nueva etapa y por primera vez no tenía miedo de sí misma.

10

Unión de Repúblicas Socialistas Soviéticas,
31 de diciembre

«Querida Ánniushka», escribió Oksana poco antes de medianoche, «te escribo con urgencia para comunicarte la más enloquecida, perturbadora y demencial de las noticias: hoy es el último día. Sé que te resultará difícil creerlo, aceptar que el eco de los millones de cadáveres, la memoria de la privación y del exilio, los mugidos de los dictadores, las diatribas de los burócratas, el espeluznante sueño de igualdad y justicia que tantos albergaron va a desvanecerse así, de la noche a la mañana, en unas horas, y no por culpa de una invasión o un bombardeo atómico, ni siquiera de una revolución como la de 1917, sino por el silencioso decreto de tres miserables. ¡Así, puf! Ahora lo ves, ahora ya no lo ves. Como un acto de prestidigitación, como una pesadilla. ¡Qué simple, Ánniushka mía! ¡Unos cuantos papeles bastan para cancelar el pasado, para borrar los recuerdos, para inventar un nuevo país! ¿Y ahora qué seremos, amiga mía? ¿Rusos? Te confieso algo: desde hoy me considero apátrida. Nací en una nación muerta, en un territorio que perderá su nombre, en un tiempo vacío que el mundo se obstina en olvidar. Me considero ciudadana de la Nada, ostento un pasaporte de Ninguna Parte, tal vez yo ya tampoco existo, soy una ilusión o un error de cálculo, un daño colateral (así los llaman), una ruina. ¡No, ya lo tengo! Soy un *anacronismo*. Tengo quince años y mi nombre es Nadie. Aquí, mientras tanto, todos enloquecen: se ha desatado la manía por ser otro, por salir de uno mismo, por *transformarse*. He oído de gente que ha quemado sus fotografías, sus insignias y documentos, su credencial de los pioneros, su afiliación al Komsomol y al partido. Por increíble que suene, Ánniushka, descubro que he vivido en un lugar donde nunca hubo comunistas. ¿Te acuerdas de los cientos o miles de páginas de Lenin, Marx y Engels que aprendimos de memoria? ¿De las infinitas discusiones teóricas, de las sutilezas dogmáticas, de los vericuetos de la dialéctica, de la dictadura del proletariado, de la lucha de clases, del ciego poder de la Historia? Pues ya nadie lo recuerda, qué desperdicio. A mí toda esta algarabía me aburre: no me interesa reinventar mi vida, presumir que siempre creí en lo que ahora creo, como mi padre, ni tampoco lamentarme de lo que hemos perdido o nos han arrebatado, como mi madre. No soy optimista ni nostálgica, no pienso en el pasado ni en el futuro, sólo me importa este maldito presente en donde ellos me han encapsulado. Como dice una canción de Yanka Diaguileva, una punk depresiva y loca que se suicidó hace unas semanas: *mi pena es radiante*. (Aunque no lo creas, la única poesía que vale la pena en este país de mierda es la que componen los grupos de rock; si vivieras, tú también cantarías tus poemas.) En fin: no sé si esta historia es triste o alegre o sólo indiferente; a mí lo que ocurre allá, en el vulgar universo de los políticos, en eso que llaman *mundo real*, me tiene sin cuidado. Pero necesitaba contarte esta historia a ti, Ánniushka, justo a ti, porque sólo tú eres capaz de entender sus absurdos ciclos. A fin de cuentas tú fuiste quien inició la Guerra Fría, ¿no?, así que mereces conocer su final. Recuerdo tus palabras (ya te dije que me sé *Poema sin héroe* y *Réquiem* de memoria), tu elíptica narración de ese momento.

¿Te acuerdas? ¡Y cómo no habrías de hacerlo! Esa visita cambió tu vida: gracias a ella te convertiste en rehén y enemiga del pueblo, en mártir y en sacerdotisa. La gran guerra patriótica había concluido y tú acababas de regresar a Leningrado, a tu casa en el Palacio Shereméteiev, esa tumba. En medio de la euforia desatada por el triunfo, Stalin volvió a permitir que la gente te demostrase su admiración y su cariño. Eras el alma de la ciudad, una de sus más ilustres supervivientes. Entonces, una helada tarde de noviembre de 1945, el portero te indicó que un caballero (un *extranjero*, precisó) quería entrevistarse contigo. ¿Quién podía ser a esas horas? ¿Quién osaría aventurarse en el cementerio en que se había convertido tu ciudad? Era él: tu huésped del futuro. Lo recibiste con sorpresa: un joven miembro del servicio exterior británico acreditado en la embajada en Moscú (aunque nacido en Letonia y criado en San Petersburgo), de nombre Isaiah Berlin. Eran cerca de las cinco de la tarde y tu casa era un ir y venir de gente. Desde el primer instante te sorprendió la luminosidad de su semblante, su ruso perfecto y anacrónico, su lucidez y cortesía (no te demostraba admiración, sino reverencia), aunque al principio la intrusión de los demás visitantes, en especial de esa incómoda estudiante de asiriología alumna de Vladímir Shilenko, te distrajo de sus palabras. Embriagada por las palabras de ese desconocido que tan bien te conocía, comenzaste a leer tus poemas en voz alta, era el regalo que le hacías por haber venido de tan lejos. Él te agradecía en silencio, embelesado, mientras tú te aventurabas con algunas estrofas de *Poema sin héroe* y le explicabas la persecución sufrida por tu hijo. Y así pasaron las horas, hasta que la muchachita entendió que debía irse, y tú te ofreciste a cocinarle algo al británico, una muestra más de tu entusiasmo hacia él. Cerca de las tres de la mañana (ya estabas un poco ebria, no de alcohol sino de recuerdos) apareció tu hijo Liev, y los tres cenaron las papas cocidas que preparaste, un tributo terrestre y prosaico a tu huésped del futuro. Poco después Liev anunció que se iba a dormir; había sido un día largo y fatigoso, como todos los días en tu ciudad moribunda. Isaiah Berlin hizo el intento de marcharse, pero tú le dijiste que no, que esperara, que aún había otras historias que compartir, otras memorias que evocar. ¿Qué ocurrió durante esas horas, Ánniushka? ¿Sólo hablaste con él, lo amaste en silencio, te enamoraste de su figura y de su mente o hubo algo más, un roce, una caricia, un beso? ¿Por qué nunca has querido contármelo? ¿O por qué me lo has contado así?

> *Ya basta de helarme de miedo,*
> *invocaré la Chacona de Bach*
> *y entrará un hombre tras ella*
> *que no será mi esposo amado,*
> *pero seremos juntos tan temibles*
> *que el siglo veinte se conmoverá de raíz.*
> *Le confundí sin querer*
> *con el misterioso enviado del destino,*
> *aquél con quien llegarían acerbos sufrimientos.*
> *Hasta mi palacio del Fontanka vendrá,*
> *ya muy tarde, en esta noche de niebla,*
> *a brindar con el vino de Año Nuevo.*
> *Y guardará en su recuerdo la noche de Reyes,*
> *el arce en la ventana, los cirios nupciales*
> *y el vuelo mortal del poema...*
> *Pero no es la primera rama de lilas,*
> *ni el anillo, ni las dulces plegarias:*
> *sino la muerte, lo que él me trae.*

»¿Lo amaste, Ánniushka? ¿Te enamoraste como una adolescente de ese muchachito de treinta y cinco años cuando tú tenías veinte más? ¿Qué es el amor? ¡Dímelo, Ánniushka, te lo ruego! ¡Tú lo sabes mejor que nadie! De acuerdo, amiga, respeto tu silencio. Otros, en cambio, no lo respetaron. Stalin, convertido en celoso amante, mantenía vigilada tu casa y no tardó en saber que un hombre, un extranjero, un filósofo británico, ¡un maldito espía!, había pasado la noche contigo. '¡Nuestra monja se ha vuelto puta!', exclamó, rabioso como un perro. A partir de ese instante se acabó su misericordia, lo habías traicionado como todas, como todos. Al año siguiente fuiste expulsada de la Unión de Escritores, el marrano de Andréi Zhdánov escupió sobre tus poemas, la ignominia y la vergüenza cayeron por decreto sobre tu obra. Y el tirano ordenó arrestar de nuevo a Liev. Entonces no te quedó sino arrodillarte ante el tirano, implorar su clemencia; escribiste horribles poemas para halagarlo, para rogar su perdón, para encomendarle la vida de tu hijo. En vano. Nosotros iniciamos la Guerra Fría, le dijiste a Isaiah Berlin veinte años más tarde, cuando volviste a verlo en Oxford, poco antes de tu muerte. Hoy, cuarenta y seis años después, el enfrentamiento que ustedes desataron esa gélida madrugada de 1945 ha concluido. Hoy es el último día de la Unión de Repúblicas Socialistas Soviéticas, el último día del comunismo, el último día de nuestra era. Sólo faltan unos segundos para que concluya, con casi una década de antelación, nuestro brutal y estéril siglo veinte. El pasado ha muerto. Descanse en paz. Tuya, Oksana Gorenko.»

TERCER ACTO

LA ESENCIA DE LO HUMANO
(1991-2000)

LA MANO INVISIBLE

Federación Rusa, 1991-1994

Yo contemplé el fin del mundo antiguo. No fue invadido por los bárbaros, sus generales no cayeron en el campo de batalla, sus espías nunca fueron capturados, ningún arma secreta devastó sus ciudades o sus fábricas, las intrigas y amenazas jamás le hicieron mella: dejó de existir de un día para otro, como se desmorona un tronco viejo, devorado por su podredumbre. No quedó de él piedra sobre piedra. Bastó una sacudida (una última estocada) para que el ogro se extinguiese. ¿Un suicidio? Más bien una drástica eutanasia: en los bosques de Belavézhskaia Pushcha, los ambiciosos Yeltsin, Kravchuk y Shushkiévich le dieron el tiro de gracia a una entelequia agonizante.

«¿Y ahora, Arkadi Ivánovich?», le preguntó Irina.

«Ahora nos corresponde gobernar este país.»

Ella lo había acompañado en las barricadas de la Casa Blanca, le había servido de portavoz y de escudero, había presentido una masacre y al final se había descubierto en el bando victorioso. Pero Rusia no era entonces más que un erial, un nombre arrumbado en el congelador de la Historia. ¿Cómo resucitarla, como habitarla de nuevo? Irina no festejaba: sin duda los golpistas eran criminales y espantajos, pero los vencedores, Yeltsin y quienes se pavoneaban a su lado, no eran mejores. Ella había aprendido a conocerlos: la corte del zar Borís estaba formada por advenedizos sin escrúpulos (falsos demócratas que sólo pensaban en enriquecerse) y muchachitos altaneros, recién salidos de las aulas, idealistas de escritorio. Irina les temía más que a los *apparátchiki*; acostumbrada a la voracidad de los lobos, no se permitía confiar en esos cachorros insumisos. Arkadi Granin, en cambio, los había adoptado como un padre, el padre que nunca fue para su hija. O más bien ellos lo adoptaron a él, único en el círculo íntimo de Yeltsin con más de cuarenta años. Ellos lo veían como el más violento y arriesgado de los suyos: la defensa de la Casa Blanca lo había vuelto adolescente.

Aquellos jóvenes se conocían desde 1986. A instancias de Anatoli Chubáis, recién integrado en el Instituto de Ingeniería y Economía, solían reunirse en la Colina de la Serpiente, un reducto vacacional en las afueras de Leningrado. Allí, cuidándose las espaldas y desconfiando de sus sombras, fraguaban su conjura: la economía soviética, reconocían en voz baja, se dirigía hacia el colapso. En aquellos días no podían imaginar que el comunismo se vendría abajo en menos de cinco años y se limitaban a hacer cálculos, a revelar fallas e incertezas, a cuestionar los indicadores económicos y a leer a Friedman y a Hayek. La economía de la URSS ya les parecía una engañifa: nadie conocía el verdadero valor de las cosas, los precios artificiales arruinaban a las fábricas y al cabo también a los trabajadores. El Estado se comportaba como una quimera estúpida e insaciable, incapaz de tomar las decisiones que en una sociedad libre estaban a cargo de miles o millones. Aún era pronto para decirlo, tendrían que esperar hasta 1991 para que sus intuiciones alcanzasen el rango de programa de gobierno.

El líder de los reformistas era Yegor Gaidar, un tecnócrata delgaducho y frágil, de sobrios espejuelos y mirada de buitre; antiguo miembro del Instituto Pansoviético de Investigación de Sistemas, había sido elegido por Yeltsin para planear la inmersión de Rusia en la economía de mercado. Gaidar no tardó en llamar a su lado a Chubáis, quien en una sola noche condujo su destartalado Zaporózhets amarillo hasta Moscú. Entre septiembre y octubre de 1991, mientras la Unión Soviética fenecía, Gaidar, Chubáis y los otros conjurados de la Colina de la Serpiente se reunían en un lugar secreto, la dacha número 15, para fraguar la política económica de Yeltsin.

Arkadi Ivánovich asistía con regularidad a las sesiones; no era especialista, pero compartía el diagnóstico de los muchachos: había que demoler, con un solo golpe y sin reservas, los cimientos del antiguo régimen. Y había que hacerlo cuanto antes. Las medidas no serían populares (lo sabían), así que sería necesario tomar a los ciudadanos por sorpresa y aprovechar el aura heroica de Yeltsin para minimizar las resistencias y las críticas. Rusia jamás podría integrarse al concierto mundial si no se eliminaban de tajo siete décadas de negligencia y estatismo. Dos eran las propuestas de los jóvenes: liberar los precios y privatizar la industria. Las consecuencias de ambas disposiciones resultarían dolorosas o terribles: era el precio que los rusos tendrían que pagar para salir de su atraso.

Un día antes de anunciar su nuevo equipo, Borís Yeltsin se reunió con Arkadi Granin para convencerlo de aceptar una posición en su gobierno. Éste se rehusó.

«Soy un científico, no un administrador», adujo, «hay gente más preparada para cumplir esta encomienda.»

«¿Cuál es tu opinión de Gaidar?», le preguntó Yeltsin a continuación.

«Lo veo como al mejor de todos. ¿Ya ha decidido cuál será su puesto, Borís Nikoláievich?»

«El único que cuenta», repuso el presidente: «responsable de la reforma económica.»

Arkadi sonrió: parecía una locura permitir que un joven de treinta y dos años rigiera los destinos de todas las Rusias: sólo alguien ajeno a los rencores del pasado tendría la fuerza para acometer el desafío. Si Gaidar carecía de experiencia y de carisma, no tenía otro compromiso que con Yeltsin.

«Es nuestro hombre», confirmó Arkadi.

Al día siguiente, el imberbe Yegor Gaidar se convirtió en primer ministro en funciones, Anatoli Chubáis en encargado de la privatización de la industria soviética y Arkadi Granin en asesor de la presidencia. Su misión: inventar un país a partir de las ruinas del pasado.

«¿Sabes lo que ocurrirá si se liberan los precios en enero?» La voz de Irina Nikoláievna era un viento helado.

«Lo sé.»

«La inflación será incontenible.»

«Lo sé.»

«Millones de personas se hundirán en la miseria.»

«Lo sé.»

«¿Y entonces? ¿No tienen compasión, Arkadi Ivánovich? ¿No piensas en los ciudadanos comunes, en sus necesidades, en sus esperanzas?»

«Liberaremos los precios justo porque pensamos en ellos, Irina Nikoláievna. Yeltsin lo ha dicho: será duro, pero no hay otro camino.»

El 28 de octubre de 1991, durante uno de sus últimos discursos televisivos de ese año, Borís Yeltsin se dirigió al heroico pueblo ruso balbuciendo las palabras de sus retoños: «Necesitamos un avance reformista a gran escala. Al principio será arduo, pero la vida de la gente mejorará poco a poco a partir del año próximo».

E, ignorando la pobreza de millones, anunció el inmediato desbloqueo de los precios. Así, de un plumazo (como yo habría de escribirlo en uno de mis artículos), los rusos pasamos a engrosar las filas del Tercer Mundo.

Encabezando el Grupo Europeo II (EU2) del Fondo Monetario Internacional, Jennifer Wells aterrizó en el aeropuerto de Moscú el 10 de noviembre de 1991. Menos de un año antes, en diciembre de 1990, había coordinado la publicación de *La economía de la URSS*, un detallado estudio elaborado en colaboración con diversos especialistas del Banco Mundial, donde ella misma había prescrito: «Nada será más importante para lograr la transición exitosa a una economía de mercado que la liberación de los precios». Acostumbrada a las turbulencias de África y América Latina, no esperaba encontrar un paraíso pero tampoco una zona de desastre: durante medio siglo la URSS había sido el gran enemigo de su patria, un rival capaz de mantenerla en vilo, y al menos su nivel educativo y sanitario era muy superior al de Zaire o México.

En la plataforma la recibió el propio Anatoli Chubáis, responsable de la privatización; la presencia de un funcionario de primer nivel no pudo sino halagarla. Alto, rubio, correoso, Chubáis no tenía ni treinta y cinco años; al contemplarlo, Jennifer comprendió por primera vez que ella ya era una veterana de las finanzas internacionales. Saludó a su anfitrión en un esmerado ruso (estaba lejos de dominar la lengua, pero quería devolver la cortesía), y éste se inclinó a besar su mano: aquel hombretón de casi dos metros necesitaba conquistarla.

Durante el largo trayecto hacia Moscú, Jennifer se entusiasmó ante la profusión de automóviles de lujo (BMW, Lincolns, Mercedes, Grand Cherokees, Toyotas, Mitsubishis, Buicks y Continentals) y los anuncios comerciales que invadían el paisaje, y se apresuró a felicitar a Chubáis y su equipo por su valentía a la hora de abrir el país.

«Las resistencias del pasado aún son poderosas», le dijo Chubáis, «pero habremos de llegar hasta el final, tenemos que sacudirnos las cadenas del gigantesco, omnipresente, burocrático, ruinoso e ineficaz Estado soviético.»

Jennifer sonrió: aquel hombre tenía agallas.

«¿Y cuándo piensan iniciar las privatizaciones?»

«Lo antes posible; si no lo hacemos nosotros, nos superará la realidad. Desde la época de Gorbachov miles de personas se dedican a robar a las industrias estatales, las desmantelan y las venden en trozos. Esos robos son, hay que decirlo, formas primitivas de privatización. Nos corresponde a nosotros reglamentar esa fuerza caótica pero positiva.»

¡Nunca antes se ha vendido la infraestructura completa de un Estado, y menos con las dimensiones de la Unión Soviética!, pensó Jennifer.

«La privatización tendrá que alcanzar la máxima amplitud, doctora», continuó su anfitrión. «La propiedad privada es una condición indispensable de la libertad individual.»

Desde que Gaidar lo recomendó para el puesto, Chubáis y sus hombres habían diseñado las políticas para desmantelar el Estado de la manera más rápida posible; después de analizar varias propuestas, se decantaron por la más sencilla: vender las empresas al mejor postor.

«Pero, dadas las actuales condiciones de Rusia, ¿quién tiene dinero para adquirir una peluquería o una tienda de alimentos, por no hablar de un telar o una fábrica?», preguntó Jennifer.

«A pequeña escala, el capitalismo apareció en la Unión Soviética desde los primeros años de la perestroika, doctora. Suponemos que así debió ser el inicio del capitalismo en Inglaterra o en América. La acumulación inicial de capital en una economía de mercado es de naturaleza casi criminal. Siempre hay unos cuantos individuos dispuestos a arriesgarse y aprovechar las ventajas: ésos son los emprendedores que buscamos.»

En los días siguientes Jennifer se entrevistó con Gaidar y con otros de los *jóvenes turcos* que rodeaban a Yeltsin, y en todos admiró la misma determinación. Sus ideas eran tan radicales como las de ellos: la economía soviética era una patraña, los ciudadanos rusos vivían en un país imaginario y no quedaba sino expulsarlos a la vida real. A partir de ahora tendrían que ganarse el pan con el sudor de su frente.

«No me hago ilusiones», le confesó Chubáis al término de su reunión de trabajo. «La gente me odiará por ser el hombre que vendió Rusia. Es el cáliz envenenado que debemos beber.»

Tal como Yeltsin había ordenado, el 2 de enero de 1992 se liberaron los precios de los bienes de consumo. En el lapso de unas cuantas semanas, el 99 por ciento de los ciudadanos rusos perdimos nuestros ahorros. El pánico, el llanto, el dolor y la rabia (el anuncio de un invierno de miseria) inundaron las ciudades, pueblos y aldeas del país. En tanto, el equipo del FMI celebró la medida como un gran acontecimiento.

Enviado por *Ogoniok*, logré interceptar a Jennifer Wells cuando salía de las oficinas de Chubáis, instaladas en un destartalado edificio en Novi Arbat, poco después de que se anunciase la medida. Había escuchado su nombre semanas atrás, en una de las mesas de redacción de la revista, y de inmediato me interesé por su carrera. El editor Vitali Korotich me la describió como la todopoderosa e implacable enviada del Fondo Monetario Internacional y, por tanto, como la responsable de transformar al país, o lo que quedaba del país, en una economía de corte liberal. Mis investigaciones me permitieron descubrir su impresionante currículum (la prensa no vacilaba en calificarla de hechicera de las finanzas), constatar la rudeza de su estilo y entrever su oculta vulnerabilidad. Una cosa era cierta: las fotografías no le hacían justicia (su rostro aparecía siempre avinagrado), porque a sus cuarenta y seis años aún poseía una belleza cruel, asentada con el tiempo.

Cuando la detuve por la calle (la acompañaba un chofer o guardaespaldas del Ministerio, de seguro encargado tanto de vigilarla como de protegerla) se apartó de mí con aire desconfiado y me dijo que sólo disponía de unos segundos, pues debía partir de vuelta a Washington. Se notaba que los periodistas la intimidaban y procuró mostrarse no sólo agresiva, sino sardónica.

«¿Puedo hacerle unas preguntas, doctora Wells?»

Me impresionó que a lo largo de la entrevista nunca me mirase a los ojos y se limitase a repetirme su programa de trabajo sin escuchar mis réplicas o mis inquietudes, como si se dirigiese a una masa anónima y no a un ser de carne y hueso.

«Además de la inmediata liberación de los precios y la privatización de empresas medianas y pequeñas», resumió, «el

FMI recomienda un aumento en el precio de los bienes de consumo, el alza de tasas e impuestos, una férrea austeridad fiscal y una drástica reforma monetaria.»

Para Jennifer el punto esencial era la creación de un auténtico mercado. Si los ciudadanos rusos lográbamos controlar la economía de modo directo, sometidos a las leyes de la oferta y la demanda, lo demás vendría por añadidura. Quizás al principio hubiese desequilibrios, unos cuantos se volverían millonarios mientras otros se sumirían en la pobreza («así es la competencia en las sociedades libres y en la selva», puntualizó), habría un periodo de inflación y desempleo, pero la mano invisible del mercado restañaría las heridas y haría llegar los beneficios a los desamparados.

«¿Y el sufrimiento de la gente? ¿Eso no les importa?», me atreví a interrumpirla, perturbado por su dogmatismo.

Era la misma pregunta que Irina le había formulado a Arkadi días atrás. Con su semblante adusto y orgulloso, Jennifer no se inmutó.

«El dinero que ustedes tenían no era real.»

Eso fue lo único que dijo. Sin mirarme a los ojos.

La impresión que Vladímir Guzinski le causó a Jack Wells en 1988 fue la de un provinciano *naïf*, un judío nervioso del que no podrían esperarse grandes cosas. Era la primera vez que éste viajaba a Occidente, acompañado por un oscuro burócrata moscovita, Yuri Luzhkov, y todo le maravillaba: los rascacielos, las tiendas bien surtidas, las frutas tropicales, las boutiques de ropa, el atuendo de los adolescentes, la forma en que cada quien hacía lo que se le venía en gana. A Wells los dos personajes (uno quisquilloso, el otro obtuso) le parecieron salidos de una vieja comedia, la pareja de aldeanos que de pronto se enfrenta a la gran ciudad.

Proveniente de una familia pobre (su abuelo había sido fusilado por los bolcheviques), Guzinski había estudiado actuación y durante años se había dedicado a montar una pieza tras otra hasta convencerse de que su talento histriónico no estaba a la altura de sus ambiciones. Una noche, al término de una función tan sosa y deprimente como las anteriores, se topó con una mina de oro: una enorme bobina de madera recubierta con decenas de metros de hilo de cobre. *¡Eureka!* Olvidándose del teatro, se dedicó a cortar y ensamblar aquel material caído del cielo, convirtiéndolo en miles de pulseras que los jóvenes de Moscú se precipitaron a adquirir, convencidos de sus propiedades místicas o terapéuticas.

Con las ganancias obtenidas, Guzinski alquiló una destartalada fábrica en las afueras de Moscú, donde seis máquinas de estampado imprimían le etiqueta METAL en sus cada vez más populares joyas de cobre, de las cuales ahora podía fabricar más de cincuenta mil al día, lo cual representaba una ganancia diaria de 259,000 rublos (el sueldo de una cuadrilla). En 1988 fundó una consultoría que le permitió entrar en contacto con una sociedad de inversión con base en Washington. Gracias a ésta, Guzinski y Luzhkov viajaron a Estados Unidos a fines de ese año para trabar contacto con posibles inversores.

Bien relacionada con los círculos financieros de la capital, Marjorie Kraus organizó una cena en honor de los rusos a la que asistieron empresarios y políticos, incluidos Jack y Jennifer Wells. Para entonces Guzinski ya había elegido el nombre que habría de darle a su empresa: Most (había reconocido esta palabra, que en ruso significa *puente*, en un cajero automático, un artilugio que el ruso nunca antes había visto).

«Most será nuestro cajero automático de moneda fuerte», le prometió a Marjorie.

Wells jamás pensó que ese hombrecito deshilvanado iba a convertirse en uno de los empresarios más poderosos de Rusia. (Cuatro años después, Most era un gigantesco banco de inversión y Yuri Luzhkov, el todopoderoso alcalde de Moscú.)

«¿Cuándo tienes que volver a Rusia?», le preguntó Wells a su esposa en febrero de 1992.

«En un par de semanas, tenemos que hacer algo para contener la hiperinflación y el descontento, de otro modo las reformas podrían malograrse, ¿por qué lo preguntas?»

«¿Te acuerdas de Vladímir Guzinski?», le preguntó Wells. «Me ha pedido que lo visite en Moscú.»

«Tendrías que haber ido, ¡no te imaginas lo que era aquello!»

Zhenia Alexándrovna era alta y corpulenta, de labios abultados, mechones teñidos de rojizo, botas hasta los muslos y lenguaje de campesina; Oksana nunca había escuchado tantas maldiciones como en sus labios. Hija del director de una fábrica de plásticos (y por ello siempre bien provista de dinero), Zhenia aparentaba veintiún o veintidós años aunque no tendría más de diecisiete. Oksana la había conocido en una fiesta clandestina a la que había asistido a escondidas de su padre y de inmediato se prendó de aquel torbellino.

Zhenia bailaba sola, ensimismada, con movimientos provocativos y obscenos. Embutida en una ceñida minifalda, con las largas piernas descubiertas y unos senos rotundos que no se cansaba de exhibir, a Zhenia le fascinaba sentirse deseada y admirada, intocado centro del mundo. Pese al brusco erotismo que desprendía su cuerpo adolescente, al final rechazaba todas las propuestas y regresaba sola a casa, manteniéndose como la intocable virgen negra de los *reiveri* moscovitas.

A Oksana le impresionaban sus relatos de fiestas infinitas, tráfico de alcohol y *hash* (la última moda), sexo indiscriminado o *diyéis* enloquecidos, y no podía quitarle los ojos de encima. Zhenia ejercía sobre ella un magnetismo irresistible: saberla cerca le provocaba un revuelo en el estómago. Indiferente a su deseo, ésta le hacía la crónica de la *Gagarin Party*, el mayor *reivi* de la historia, celebrado en el Pabellón Cosmos de Moscú el 14 de diciembre de 1991.

«Demente, demente», murmuraba Zhenia (sus blanquísimas manos danzaban), «¿te imaginas? Tenían allí colgada la nave de Yuri Gagarin, te lo juro, la verdadera la verdadera.»

Zhenia tenía la costumbre de repetir dos veces cada palabra. «No sufras, no está todo perdido, en primavera habrá otra, la *Gagarin Party II*, ¡qué locura qué locura!»

Los colgantes que Zhenia llevaba al cuello, su largo y firme cuello, eran claro síntoma de los tiempos: al lado de una medalla con la sempiterna hoz y el martillo, acaso subastada por un héroe de la URSS, lucía un símbolo hippy de la paz, una medalla de san Jorge con dragón incluido y una calavera que un par de años atrás habría sido imposible de ver en Moscú. Cuando a Oksana se le ocurrió preguntar por el significado de aquellos dijes, Zhenia le respondió que no tenía la más puta idea.

«¿Y tú qué carajos me ves, niñita estúpida?», le dijo la primera vez que se encontraron.

Zhenia estaba acostumbrada a las miradas de admiración o envidia: la de Oksana había llegado a perturbarla.

«Perdón.»

«Nunca pidas perdón, niñita, nunca nunca. Ya no se estila.»

Oksana se retiró, avergonzada, y Zhenia la detuvo del brazo; su contacto se prolongó una eternidad.

«¿Y tú qué demonios haces en la vida, se puede saber? No bailas, no cantas, sólo te quedas allí, observándome como un bicho raro.

«No, un bicho raro, no...», balbució Oksana. «Yo escribo.»

Oksana nunca había contado su secreto, era la parte mejor guardada de su intimidad, y no entendía por qué se lo había revelado a esa desconocida. Al oírla Zhenia cambió de actitud, hizo a un lado su histrionismo volcánico (su disfraz favorito) y repasó a su nueva amiga de arriba abajo.

«¿Y qué escribes?»

«Nada, olvídalo.»

«Me gustaría leerlo, en serio en serio.»

«No vale la pena.»

«*Quiero* verlo. ¿Y cómo te llamas, niñita?»

«Oksana Gorenko.»

«Pues yo soy Zhenia, aunque creo que eso ya lo sabes. Anda, salgamos de aquí, estos imbéciles me vuelven loca loca.»

Zhenia acompañó a Oksana a su casa; caminaron juntas bajo la nieve, sin parar de contarse historias. Hacía mucho que Oksana no compartía tantas horas con alguien (llevaba años huyendo de los otros), recluida en su soledad y la gélida convivencia con sus padres.

«Ahora yo te voy a contar mi secreto», le dijo Zhenia al despedirse: «yo compongo. ¿Entiendes? Tú y yo formaremos una banda una banda. Yo pongo la música y tú las palabras, ¿qué dices?»

«Ni siquiera has leído lo que escribo.»

«Me gustará me gustará», sentenció, y le dio un beso en la comisura de los labios.

Al día siguiente Zhenia pasó por Oksana y la llevó a un galerón vacío en las afueras de la ciudad («antes era parte de la fábrica de mi padre, ahora está vacío, listo para nosotras», le explicó), su nuevo cuartel general. Zhenia pasaba muchas horas allí: había restos de comida, ropa, discos y cintas piratas, enormes fotografías de Víktor Tsoi, el líder de Kino, de Borís Grebénshikov, el fundador de Akvárium, y de Yuri Shevchuk, de DDT.

«¿Los has escuchado? Son geniales geniales, ¿verdad?»

Los conocimientos de Oksana en materia musical eran raquíticos comparados con los de Zhenia: enciclopedia viva del rock ruso, como ella misma se calificaba. Ésta rebuscó entre sus cintas, escogió su favorita y la colocó en una lujosa grabadora japonesa que contrastaba con la suciedad del suelo.

«A Tsoi sí lo conoces, ¿verdad? Una pena una pena.» Zhenia fingió que lloraba. «Se mató hace dos años, luego de grabar su último álbum. El gran problema con Kino es que todo el mundo los ama, hasta yo. Vi a Tsoi en su último concierto, en el estadio Luzhniki. No sé cuántos éramos, digamos que cincuenta mil, o cien mil, da lo mismo. Pobrecito pobrecito.»

Oksana reconoció algunas de las canciones con dificultad.

«Basta basta, ahora escuchemos algo de Akvárium, muy occidental, muy *stilagi*, no sé, no sé…» Zhenia volvió a cambiar la cinta antes de que concluyese la primera canción: «Y ahora ésta de Sevchuk…»

«A él sí lo conozco», se entusiasmó Oksana, «durante un tiempo vivió en mi ciudad, en Sverdlovsk, tocaba con una banda que se llamaba Urfin Juis.»

«Vaya vaya, no dejas de sorprenderme, niñita. Esta canción es de su último álbum, *Aktrisa Visná*. Al parecer van a hacer una gira este año, tenemos que ir a verlos. En fin, basta de diversión, pongámonos a trabajar. Enséñame lo tuyo.»

Oksana hurgó su mochila y extrajo unas hojas manuscritas; su amiga se las arrebató.

«No valen nada, no sé por qué te dejo verlas.»

Zhenia leyó en voz alta:

Rosa de la nación rusa
eres fría y caprichosa
como poesía y prosa
en el horno de una locomotora
como
un desastre bajo la cumbre
rosa abierta
rosa de la nación rusa
espina del corazón
rosa de la nación rusa
no debo arrancarte con las manos
aplastarte bajo los pies
estás armada hasta los dientes
estás hecha de carne rosa
todos los silencios y amenazas
no hay metempsicosis en ti
eres la vía directa hacia los cielos
de la neurosis del amanecer
llena de una fosforescencia íntima

*(como el maravilloso y embriagante
momento): Rosa*

Cuando terminó de leer, Zhenia se enjugó unas lágrimas; luego, sin decir nada (Oksana permanecía en vilo), salió de la habitación y volvió con una guitarra. Improvisó una melodía lenta y predecible; su voz hosca, tensa y desafinada le pareció a Oksana el complemento perfecto a sus palabras. Sólo entonces descubrió en ellas algún valor. Zhenia las pulía, Zhenia las vivificaba. Zhenia las transformaba, por primera vez, en poesía. Al final, Oksana también lloró.

Jennifer se prometió que jamás volvería a tomar una avioneta de Aeroflot, sometida a las turbulencias y los cambios de presión, metáforas perfectas de la nueva Rusia. Anatoli Chubáis se lo había pedido como un favor especial («así podrá comprobar *in situ* el aliento de la privatización», le explicó), y para entonces ella no podía negarle nada al gigante rubio. Desde su primer encuentro se había establecido entre ambos una relación franca y directa; no podría hablarse de camaradería (ninguno se distinguía por su disposición a hacer amigos), pero sí de una confluencia de estilos. Ambos estaban convencidos de sus ideas y estaban dispuestos a llevarlas a la práctica a cualquier costo, pero también sabían retroceder en el último momento. Eran empecinados, jamás estúpidos.

Al aterrizar en el aeródromo de Nizhni Novgorod (la antigua Gorki, donde Andréi Sájarov pasó largos años de exilio), Jennifer Wells fue obligada a trepar a un ruinoso autobús que la llevó a la Casa de Alfabetización, donde se llevaría a cabo la histórica subasta. La idea había sido del alcalde Borís Nemtsov, empeñado en convertir su ciudad (esa ciudad lúgubre y moribunda) en punta de lanza de la moderna Rusia. La idea era subastar toda clase de comercios: talleres, telares, colmados, peluquerías, zapaterías, talabarterías, papelerías y tiendas de ropa y accesorios. Si se le daba suficiente publicidad al acto, aseguraba Nemtsov, el ejemplo cundirá por todo la nación. Jennifer reconocía que la propuesta no era mala, pues permitiría que ciudadanos sin ningún contacto con la cultura empresarial iniciasen su andadura desde abajo.

Cuando la delegación moscovita se presentó en la antigua Casa de Alfabetización (yo estaba allí desde hacía horas, como decenas de periodistas acarreados desde Moscú), no había rastros del recibimiento idílico que Nemtsov les había prometido. Por el contrario, cientos de manifestantes coreaban consignas contra la privatización y las reformas. La terapia de choque había producido sus primeras víctimas y obreros de todas las edades empuñaban carteles con lemas como: ¡GAIDAR Y CHUBÁIS, VÁYANSE CON SUS EXPERIMENTOS A OTRO LADO! O ¡DEMÓCRATAS, TODOS UNOS ESPECULADORES, UNOS PILLOS!

Gaidar no controlaba su nerviosismo, cercado por sus guardaespaldas como un antiguo *apparátchik*.

«No se separe de mí», le ordenó Chubáis a Jennifer, protegiéndola de los empujones.

«¿Éste es el comité de bienvenida que nos tenían preparado?», bromeó ella para ocultar su miedo.

«Sígame, doctora, cumpliremos nuestro encargo pase lo que pase.»

La comitiva se dirigió a la puerta trasera de la Casa, donde se toparon con otro grupo de manifestantes, todavía más coléricos. Chubáis perdió la paciencia y comenzó a dar manotazos; Jennifer se escudaba como podía y Gaidar, receloso, se mantenía a la distancia. Por un momento creí que ése sería el fin de los responsables de la privatización rusa. Y el fin de aquella guapa e insoportable funcionaria del Fondo Monetario.

«¿Subastas? ¡Al diablo con las subastas!», les gritaban los obreros, «¿acaso vienen ustedes de otro país?»

Así era: Gaidar y Chubáis querían convertir a Rusia en *otro país*. Cuando llegaron a la sala principal de la Casa de Alfabetización, los periodistas comprobamos que el ambiente había cambiado: si bien era posible percibir la desconfianza y el recelo entre la mayor parte de los asistentes, también se palpaba cierta expectación y, sí, tal vez una dosis de esperanza. En el estrado apareció un sujeto magro y pálido, de enormes bigotes, vestido con una camisa de seda y una pajarita roja. Sin esperar a que la delegación de Moscú ocupase sus lugares, inició su arenga: «Se abre la puja por la peluquería número 19, sita en la calle Púshkina, 47», anunció. El silencio en la sala se prolongó un siglo; luego, un anciano de cabellos ralos y amarillentos levantó la mano. Cien mil rublos. Ciento cincuenta mil. Ciento ochenta mil.

A Jennifer se le salía el corazón: presenciaba un momento histórico, la instauración del capitalismo en Rusia.

«Una gran victoria», confirmó Jennifer horas después, de vuelta en Moscú.

Había citado a su marido en un lujoso restaurante del centro, no lejos de la Lubianka, la antigua prisión del KGB, donde hacía poco un grupo de jóvenes había derribado la estatua de Felix Dzierżhiński.

«Es increíble lo que está pasando en este país», le dijo Wells, «en un día puedes pasar de la Edad Media al siglo XXI. ¡Mira este sitio! ¡En Nueva York no cenaríamos mejor!»

A Jennifer no le había gustado la idea de que su esposo la acompañase a Rusia (le temía, además, a la célebre belleza de nuestras mujeres), pero cuando Wells le detalló su abigarrada agenda de entrevistas pensó que quizás ambos podrían conjuntar esfuerzos. Quién mejor que su marido para auxiliar a los empresarios locales; en el actual estado de cosas, cualquier transacción era una buena noticia.

Mientras Jennifer acompañaba a Chubáis y Gaidar en Nizhni Novgorod, Wells se había entrevistado en la capital con un estadounidense de origen ruso, de nombre Boris Jordan. Descendiente de una antigua familia aristocrática emigrada a Nueva York, Jordan trabajaba para Crédit Suisse-First Boston en busca de oportunidades para invertir.

«Todo está aún muy descontrolado», le reveló a Wells en su primera cita, «en pocos años éste será un lugar ideal para invertir. En el Banco todavía tienen reservas, el mercado aún no se ha afianzado, pero cuando eso ocurra debemos aprovecharlo.»

A continuación, le contó que a diario hacía una visita al Comité de Propiedades Estatales, el feudo de Chubáis.

«¿Y qué haces allí?», preguntó Wells.

«Nada. O mucho, depende cómo lo veas. Preparar el camino, conocer a la gente. No sabes lo que puedes conseguir con un piropo, un consejo o un pequeño regalo. La inversión es mínima y los resultados pueden ser portentosos.» Al hablar, Jordan exhibía su dentadura como una joya. «Por ahora Crédit Suisse-First Boston se limita a asesorar las privatizaciones, ése es el trato con Chubáis. Y lo hacemos gratis. No cobramos un maldito rublo. De este modo, si algo sale mal, nadie podrá acusarnos de nada. Pero si todo funciona como esperamos…»

«Entiendo», musitó Wells, «y me interesa. Me interesa mucho.»

«El gran problema está en la información», prosiguió Jordan. «Si careces de contactos de alto nivel no te enteras de nada, ¿cómo saber qué conviene comprar en este gigantesco baratillo? No hay índices confiables, no hay indicadores, nada, mi amigo, nada. Por eso se necesita tanto trabajo previo, averiguar dónde está el tesoro; sabemos que existe, pero no es fácil reconocerlo.»

Jordan se bebió el fondo de su whisky.

«¿Y cuál es tu campo, Jack, qué te interesa?»

«La biotecnología.»

«¡Estás loco, amigo mío! Aquí apenas están vendiendo fábricas de chocolates, falta mucho para llegar a esos niveles. Pero se llegará… Sí, hombre, se llegará. Déjame decirte un secreto: en Rusia es posible comprar lo que sea; si tienes el dinero suficiente consigues desde un portaaviones hasta un misil nuclear, créeme. Pero necesitas contar con alguien *de adentro*, alguien que tenga la información que buscas, de otro modo estás perdido.»

«¿Y tú puedes recomendarme a alguien, Boris?»

Jordan guardó silencio unos segundos, más para acentuar su importancia que para cavilar.

«Tal vez, no lo sé. Siempre es posible… Aquí *todo* es posible.»

«¡Salud!», brindaba Wells con su esposa horas más tarde. «Me gusta este país, Jen. Hay algo mágico, es un terreno virgen, las posibilidades son infinitas. Boris Jordan es un auténtico gañán, pero sabe de lo que habla.»

Jennifer sonrió. Hacía años que su esposo no se mostraba tan entusiasta, tan empático: en Rusia vivían una segunda luna de miel.

«Te aconsejo que no te emociones demasiado», lo previno. «Sé por Chubáis que la resistencia de los *directores rojos* sigue siendo enorme. Ellos quieren apoderarse de las empresas que dirigen y no desean que los extranjeros se mezclen en sus asuntos. Chubáis los combate, piensa que cualquier comprador externo es mejor que esos parásitos, pero no sé si logrará apartarlos.»

Wells le dio otro bocado a su salmón y se limpió el paladar con el champaña.

«Ya oíste lo que dijo Yeltsin», insistió ella, «se necesitan millones de propietarios, no cientos de millonarios. La gente desconfía, Jack, cree que las privatizaciones sólo benefician a unos cuantos, eso puede lastimar todo el proceso.»

«Exageras, Jen», la contradijo su esposo. «Por lo que yo he podido ver, la gente está chiflada por el capitalismo. Sal a la calle nada más: las tiendas están llenas, todo el mundo quiere vender algo, las plazas están atestadas de comercios ambulantes. Es la fuerza más poderosa del universo, Jen, la codicia. Nada podrá detenerla.»

«Espero que tengas razón», apuntó su esposa. «¿Cuándo es tu cita con Guzinski?»

«Mañana.»

«Mientras tanto, yo estaré con Gaidar, y tal vez vea a Yeltsin.»

Jack Wells levantó su copa.

«¡Por Rusia!»

Jennifer lo secundó: «¡Por Rusia!»

Una segunda luna de miel.

La frustración de Irina era como un cáncer que invadía sus órganos, primero su vista y sus oídos, luego su garganta y por fin sus vísceras. Quizás los jóvenes tecnócratas fuesen menos corruptos y cínicos que sus predecesores: habían heredado su ceguera. Lo peor de la Unión Soviética era que jamás había existido: la distancia entre el discurso de sus dirigentes y la realidad cotidiana era abismal. Los hombres del partido hablaban de una nación rica y poderosa, un país lleno de posibilidades donde la miseria había sido erradicada y los trabajadores eran dueños de las fábricas, donde el comunismo borraba las injusticias y la única pasión de sus habitantes era la solidaridad: mentiras y más mentiras. En los hechos, el ciudadano común no poseía nada (ni siquiera libertad), la economía era un desbarajuste, la *nomenklatura* acaparaba los privilegios y la podredumbre ahogaba cualquier esperanza de mejora. Ahora esa fachada había caído: el rostro que había quedado en su lugar era todavía más insoportable.

Irina no había luchado para esto, no había abandonado la biología, su única fe, e incluso a su propia hija, a Oksana, para que nada cambiase. Arkadi y sus amigos, esos muchachitos de calzoncillos rosados, como los llamaba el vicepresidente Rutskói, también fundaban un país irreal. En vez de ayudar a los ciudadanos comunes, beneficiaban a unos cuantos. Irina se topaba por doquier con esos *novi russki* y no podía dejar de despreciarlos. Mientras Arkadi los veía como ejemplos de la mentalidad capitalista y alababa su ambición, para ella eran palurdos sin cultura, máquinas de consumo que sólo vivían para exhibir sus lujos. La variedad de chistes que proliferaban en torno a ellos apenas les hacía justicia. Un *nuevo ruso* presume con otro: mira, compré esta corbata en París y me costó cuatrocientos dólares. El otro responde: pues yo compré esa misma corbata y *a mí* me costó quinientos dólares. Ésa era su moral y ésa su inteligencia. Venderían sus almas al diablo, pero no a cambio de la inmortalidad, sino de un traje de Armani o un bolso de Louis Vuitton.

Como la mayor parte de la gente, Irina celebró la caída de Yegor Gaidar en diciembre de 1992; no se sintió aliviada, en cambio, ante el ascenso de Víktor Chernomirdin, antiguo ministro soviético de Gas Natural, un oscuro administrador que había escalado una posición tras otra desde tiempos de Brézhnev. Arkadi seguía embelezado con Yeltsin y celebraba cada uno de sus movimientos. Poco le importaban su alcoholismo, sus cambios de humor o su vena autoritaria; a sus ojos, su heroico comportamiento en la Casa Blanca lo salvaba de cualquier crítica.

A fin de conseguir el apoyo necesario para proseguir su política económica, en abril de 1993 Yeltsin obligó al Congreso a celebrar un referéndum; luego de una campaña febril (y de millones de rublos distribuidos por doquier), el pueblo volvió a otorgarle su confianza. Hastiada, Irina decidió apartarse de la política: no dejaría de colaborar con el movimiento por los derechos humanos, pero ya no se sentía con fuerzas para encarar la debacle rusa. Gracias a Yelena Bonner encontró trabajo en un laboratorio farmacéutico y, por más aburridas que fuesen sus tareas (lejos quedaba la época en que desarrollaba su proyecto de vida artificial), al menos podía escaparse del presente. Haciéndose a un lado, apartándose de los diarios y de la televisión (el país sólo parecía pendiente de la enésima repetición de *Los ricos también lloran*), quizás recuperaría esa vida plácida y anónima, centrada en la ciencia, que la Historia le había arrebatado.

Pero la Historia volvió a sacudir a Irina cuando se enteró de los resultados de la segunda etapa de privatización puesta en marcha por el gobierno. Tras una primera fase regida por las subastas públicas (una medida que a Irina no le fascinaba pero consideraba necesaria), el Comité de Propiedades Estatales aceleró el mecanismo que convertiría a todos los ciudadanos en dueños (teóricos) de los bienes del Estado. Para lograrlo, Anatoli Chubáis había emitido 148 millones de vales, con un valor nominal de 10,000 rublos (y real de 25), que serían repartidos a lo largo y ancho del país y con los cuales cualquier ciudadano podría adquirir una parte de las industrias subastadas. Yeltsin anunció la medida en agosto de 1992. Según sus palabras, aquél sería el fin de la economía planificada. En cuanto Irina recibió los vales que le correspondían, unos fajos de color sepia no muy distintos de los billetes bancarios, impresos con la leyenda «cheques de privatización», los guardó en un cajón y se olvidó de ellos sin más. No volvió a tocarlos hasta que el escándalo estalló en Moscú.

¿Qué había ocurrido entretanto? Por doquier, en las estaciones de metro y las paradas de autobús, en los quioscos y las tiendas de alimentos podían verse grandes letreros con la inscripción SE COMPRAN VALES, mientras que en las principales plazas de la ciudad había gente con altavoces que preguntaba «¿qué va a hacer usted con sus vales?» Los muchachitos de calzoncillos rosados no calcularon que su precio de mercado terminaría rigiéndose por las leyes de la oferta y la demanda, lo cual significaba que quienes tuviesen dinero líquido podrían comprar vales baratos y venderlos caros. Su impericia había alentado una borrascosa especulación. Como de costumbre, unos pocos se apoderarían de las empresas, mientras que la mayoría tendría que conformarse con las migajas. Para muestra: un solo hombre, Mijaíl Jodorkovski (el *Kaminski* de mi novela), se apoderó de millones de vales y más de cien industrias. ¿Dónde quedaba la equidad? ¿Y la justicia? El ya de por sí depauperado pueblo ruso se quedaría sin vales, sin propiedades y sin dinero.

«¡Canallas!», estalló Irina, «¿es que los malditos tecnócratas no podían haberlo previsto?» Aunque no comulgaba con las ideas del vicepresidente Rutskói y del presidente del Congreso de los Diputados del Pueblo, Ruslán Jasbulátov, los principales enemigos de Yeltsin, Irina pensaba que en este caso tenían la razón. ¡Los comunistas no habían podido acabar con Rusia en setenta años y los demócratas estaban a punto de lograrlo en dos!

En junio de 1993 Jack Wells realizó un nuevo viaje a Moscú (lo tengo todo documentado), esta vez sin su esposa. A diferencia de Jennifer, cada día más irritada con sus contrapartes, para él las reformas rusas eran un éxito absoluto. Sin duda el país vivía una era de sobresaltos, causada por la voracidad del capitalismo primitivo, pero gracias a las medidas de choque Rusia no tardaría en integrarse a la economía global. Y, si bien la inflación se mantenía en niveles muy altos (contra los pronósticos del FMI, las autoridades no habían logrado controlarla), para los inversores extranjeros la caída del rublo sólo constituía un aliciente. La única desventaja que Wells veía en Rusia era la creciente inseguridad de su capital.

Cuando llegó a la ciudad fue recibido por un chofer armado al volante de un Mercedes S-600 y una escolta de tres gorilas a bordo de un enorme Land Cruiser negro (todo ello cortesía de Banca Most, como constaté más adelante), y sus socios no dejaban de lamentarse de los secuestros, robos y asesinatos que ponían en peligro sus negocios. Moscú se parecía cada vez más al Chicago de los treinta, e incluso había surgido ya un equivalente de la mafia: la hermandad Solntsevo. Según los socios de Arkadi, ésta se había convertido en dueña absoluta del suroeste de la capital, donde sus miembros extorsionaban a los comerciantes y se beneficiaban de la prostitución, el juego y el tráfico de automóviles robados; la policía ni siquiera se atrevía a enfrentarse a ellos y se decía que sus líderes, *Mijas* y *Avería Sr.* (los *Lucky* Luciano y Al Capone locales) poseían una amplia red de bancos y empresas legales en Moscú y otras ciudades de la periferia. Los enfrentamientos entre las bandas rivales, en especial entre Solntsevo y los chechenos, habían producido ya miles de cadáveres: en lo que iba de 1993 se habían cometido veintitrés mil homicidios, sin contar veinticinco mil desaparecidos.

Para compensar las amenazas, Guzinski le ofreció a Wells su primera aproximación a la delirante vida nocturna que había surgido en la capital. Si en la URSS el sexo era tabú (Brézhnev era tan pudibundo como un pope ortodoxo), la perestroika no sólo había liberado las ataduras de la economía sino también las de la carne. Gracias a la presencia de esa multitud de solitarios hombres de negocios que de pronto se veían a miles de kilómetros de sus esposas (como Wells), los espectáculos eróticos, los *american bars*, las *sex-shops*, los masajes, los saunas y *hamams*, los *peep-shows* y los clubes de *steap-tease*, las *call-girls* y los antros *gays*, por no hablar de los anuncios clasificados de revistas y periódicos, e incluso de las agencias matrimoniales, se habían reproducido sin cesar. Era el capitalismo en su máxima expresión: uno podía cumplir todas sus fantasías siempre y cuando pagase el precio de mercado. En cuanto franqueó la puerta de su suite, Wells recibió la visita de dos jóvenes de piernas infinitas y ojos traslúcidos, recién salidas de *Andréi*, la versión rusa de *Playboy*, cortesía de Banca Most.

Con semejantes incentivos, Wells se entusiasmó todavía más por el pujante mercado ruso. Boris Jordan le había dicho que era cuestión de tiempo para que el país se convirtiera en una mina de oro, y ese momento había llegado. El mejor ejemplo de cómo alguien podía hacerse rico de la noche a la mañana era Bill Browder, otro estadounidense afincado en Moscú, el cual había fundado un gigantesco fondo de inversión. Su historia era apasionante y paradójica: nieto de Earl Browder, el célebre dirigente del Partido Comunista de Estados Unidos hasta 1945, había adquirido activos de las antiguas fábricas soviéticas a precios irrisorios.

Para entonces Wells ya tenía participaciones en distintas empresas (su rango iba de los cosméticos al sector alimentario), aunque su principal objetivo todavía era dominar la industria biomédica. Las multinacionales no tardarían en aparecer y sus únicas ventajas eran el tiempo y la calidad de sus contactos. Tras muchos ruegos, Boris Jordan al fin encontró a la persona idónea para aconsejarlo: un científico del entorno de Yeltsin que, según le habían informado, conocía de primera mano el sector farmacéutico ruso, o lo que quedaba de él, y se movía como nadie en los entresijos del poder.

Cuando Arkadi Ivánovich Granin hizo su aparición en el Café Aist, Wells no se descubrió muy impresionado pese a que, según Jordan, aquel hombre de cabellos blanquísimos y mirada de hierro era un símbolo de la Nueva Rusia. En cambio Arkadi reconoció en Wells al prototipo del empresario occidental, directo y ambicioso, y alabó que estuviese dispuesto a arriesgar su dinero en una industria que, al cabo de un tiempo razonable, acabaría por beneficiar a la gente común.

«La biología nunca fue una prioridad de la ciencia soviética», le dijo Arkadi a Wells, «sobre todo comparada con las matemáticas o la física, pero aun así se construyeron cientos de instalaciones y laboratorios a lo largo del país. Hay plantas en los lugares más inverosímiles: a nuestros burócratas les fascinaba confinar a los hombres de ciencia en las regiones más remotas, como Akademgorodok o Novosibirsk.»

A continuación, le refirió a Wells el trágico destino de la biología desde la época de Stalin, le hizo un retrato del pérfido Lysenko, le refirió el arresto y la tortura de Vávilov, le habló de Biopreparat y el programa de armas bacteriológicas (sin entrar en detalles, por supuesto), resumió su infortunio, su toma de conciencia, su rebelión, su captura y su internamiento psiquiátrico, y cerró su discurso con una vehemente defensa de la iniciativa privada: el Estado lo echa todo a perder, los grandes descubrimientos científicos han sido realizados por seres excepcionales, dotados de un talento y un tesón infatigables, no por las grandes estructuras burocráticas. En la ciencia, como en la economía, la privatización es indispensable. A Wells le interesaba muy poco la jeremiada de su interlocutor, pero Jordan no había errado al escogerlo: pese a su fascinación por los sermones, Granin podía convertirse en el socio ideal.

«La situación actual de la ciencia en Rusia es lamentable», prosiguió Arkadi, sin respiro. «Investigadores que en cualquier otra parte estarían encumbrados aquí apenas pueden alimentar a sus familias. Algunos, los mejores, emigran a las universidades estadounidenses o europeas; otros se convierten en taxistas o en comerciantes. Es indigno. De no ser por el programa que ha financiado George Soros, la catástrofe sería total. Pero no se equivoque, señor Wells: Rusia es una gran nación, lo ha sido antes y volverá a serlo en el futuro. Pero tenemos que permitir que los individuos alcancen su potencial, asegurar su sustento para que sean libres de investigar y de crear.»

«Es justo lo que busco», lo interrumpió Jack: «hacer rentable la investigación científica en su país. Ustedes cuentan con el capital humano y la infraestructura, yo puedo aportar los recursos y el *know-how*.»

Arkadi se serenó y por fin le dio un trago a su vodka.

«Dígame cómo puedo serle útil, señor Wells.»

Éste le hizo un compendio de sus planes, le habló de DNAW, del Proyecto Genoma Humano y de las infinitas posibilidades que se abrirían con la cartografía de los genes. Arkadi lo escuchaba con embeleso, feliz de regresar por un instante a la ciencia, ese mundo que había abandonado para consagrarse a la política. No tenía dudas: haría todo lo posible para ayudar a ese estadounidense frío y ambicioso.

«Dígame por dónde empezar», le solicitó Wells.

«Se me ocurre una idea. Muchas de las antiguas fábricas de armas biológicas han sido reconvertidas en instalaciones civiles. Hay un pequeño laboratorio, aquí mismo en Moscú, no muy grande pero sí muy especializado, que quizás sea de su interés. Puedo arreglarle una visita esta misma semana.»

«Magnífico. ¿Y cómo podré agradecer su ayuda, doctor Granin?»

«Esto no lo hago ni por usted ni por mí, sino por mi patria. Por cierto, déjeme decirle que disponemos de un contacto inmejorable en ese laboratorio, pues allí trabaja Irina Nikoláievna, mi mujer.»

Un mismo edificio, la Casa Blanca, orgullosa sede del parlamento ruso a orillas del Moskova, símbolo de la resistencia contra la brutalidad comunista, devenía ahora emblema del desencanto. Borís Yeltsin demostraba que la democracia era una máscara capaz de justificar cualquier exceso. Los enemigos del presidente, el torvo Aleksandr Rutskói y el advenedizo Ruslán Jasbulátov, tampoco eran modelos de liberalismo (al contrario, es casi seguro que fuesen más despóticos que Yeltsin) pero, al menos de manera formal (y la democracia es sobre todo una cuestión de formas), habían sido elegidos por el pueblo. Nada justificaba que fuesen arrestados como criminales. En resumen: en el vano y lamentable enfrentamiento entre Yeltsin y el parlamento sólo hubo perdedores.

Mi reportaje sobre los sucesos de octubre de 1993 fue el último que escribí para *Ogoniok*. Como otras revistas, ésta también había comenzado a agrietarse; poco quedaba en sus páginas del espíritu que la animó durante la perestroika y había terminado por llenarse de anuncios, fotografías baratas y artículos frívolos. En una época en la que podía decirse casi cualquier cosa (excepto atacar al presidente), los medios se tornaban intrascendentes o banales. La mejor prueba de nuestra decadencia eran las chicas desnudas que ahora engalanaban las contraportadas. Aun así, me empeñé en relatar allí la riña entre el presidente y el parlamento con la mayor objetividad posible.

En mi crónica traté de reflejar la frustración y el encono que me provocaba lo ocurrido. Nadie podría acusarme de simpatizar con los rivales de Yeltsin, pero deploraba la actuación del gobierno y la policía. Aun si el presidente era el menor de los males, ello no borraba su infamia. Cuando Yeltsin ordenó el asalto a la Casa Blanca el 4 de octubre de 1993, se canceló nuestra oportunidad de ser una nación civilizada. Atrapados entre la barbarie, la corrupción, la mafia y la miseria, sólo nos animaba la idea de consolidar nuestras incipientes libertades. Y ahora hasta esta última fe se había desvanecido. Cerca de veinte mil personas fueron detenidas por la policía sin órdenes de arresto; los diarios que apoyaron a Rutskói y Jasbulátov, o que mantenían posiciones contrarias al presidente, fueron clausurados.

Ogoniok publicó mi reportaje, pero censuró mis opiniones personales; al final, mi texto sonaba como un encendido elogio de Yeltsin y las «fuerzas democráticas». Renuncié a la revista y me incorporé a la redacción de NTV, la primera televisora privada del país, recién adquirida por Vladímir Guzinski, quien prometió defender la libertad de expresión a toda costa.

Lenia Golúbkov era regordete, tenía el cabello astroso y lucía un opaco diente de metal, producto de la seguridad social rusa. Lo único que diferenciaba a Lenia Golúbkov de cualquier otro ciudadano es que no existía, o sólo existía para los millones de espectadores que, como Irina, lo veían aparecer a diario en televisión. Bueno, tal vez hubiese otra diferencia entre el desaliñado personaje y el resto de sus compatriotas: Lenia Golúbkov se había vuelto rico de la noche a la mañana y se había convertido en la encarnación del *Russian way of life*.

Irina detestaba su vulgaridad y su torpeza, la forma como sus creadores lucraban con la credulidad del pueblo. Porque Lenia Golúbkov, igual que su estúpida familia, era sólo el último y más irresponsable ardid publicitario de Serguéi Mavrodi, el dueño de MMM. ¿Y qué diablos era MMM? Irina lo ignoraba, igual que la mayor parte de los televidentes: allí radicaba, quizás, el fulgurante éxito de la empresa.

Los comerciales de MMM habían comenzado a aparecer años atrás, cuando la hiperinflación alcanzó su fase crítica, y no tardaron en acaparar la atención de mis compatriotas. En su primer anuncio, un grupo de gente veía en el cielo las iniciales MMM como si se tratase de una señal divina; luego, un locutor exclamaba: «Todo el mundo nos conoce». En el segundo, aún más grotesco, una mariposa se acercaba a las siglas MMM mientras una voz balbucía *Volamos de la oscuridad a la luz*. En el más reciente, Lenia Golúbkov aparecía en compañía de su hermano, un minero de carbón lleno de tatuajes, sentado frente a una botella de vodka y un jarrón de pepinillos. «¿No te acuerdas de los consejos de nuestros padres?», preguntaba Iván. «Nos enseñaron a trabajar de modo honrado. Tú sólo vas de un lado a otro con tus acciones, ¡eres un parásito!» Y Lenia le replicaba: «Te equivocas, hermano, no soy un parásito, con mi excavadora gano dinero con honradez y compro acciones que me dan dividendos. Tú soñabas con una fábrica, pero no puedes construirla solo; en cambio, si todos contribuimos podemos construir una que nos dé ganancias y nos alimente. No soy un parásito, soy un socio». Entonces un locutor intervenía: «Es verdad, somos socios. MMM».

Según el comercial, gracias a MMM Lenia Golúbkov había podido comprarle unas botas de cuero a su esposa, luego un abrigo de pieles y por fin la había llevado a San Francisco para apoyar a la selección nacional en la Copa del Mundo. Si Lenia Golúbkov, un pelmazo sin suerte, podía prosperar, ¿por qué no habrían de enriquecerse otros muchos? Lo único que tenían que hacer era invertir en MMM, cuyas acciones prometían un rendimiento del tres mil por ciento anual.

En junio de 1993, Mavrodi consiguió que el gobierno autorizara la emisión de 991,000 acciones de su empresa, con un valor nominal de 1,000 rublos cada una (en realidad emitió millones de acciones sin decirlo). Hasta aquí, todo parecía de una nitidez admirable: en cualquier país civilizado una empresa emite acciones y las somete al juego de la oferta y la demanda. Sólo que en Rusia nadie sabía cómo diablos funcionaba la bolsa. A Irina se le subía la sangre a la cabeza: ¡el miserable vendía acciones de una empresa que sólo se dedicaba a emitir acciones! ¡El capitalismo en su máxima expresión! ¡MMM sólo producía sus anuncios!

En febrero de 1993 los títulos de MMM alcanzaron los 1,600 rublos y en julio se habían elevado a 105,600. ¿Por qué nadie reparó en el engaño? ¿Y por qué las autoridades rusas tardaron tanto en reaccionar? Quizás los reformistas estaban demasiado ocupados preparando el asalto a la Casa Blanca para velar por los intereses de los ciudadanos. El 26 de julio de 1994, Irina se sumó a los treinta mil manifestantes que se congregaron frente a las oficinas de MMM en el número 26 de la calle Varshavska para exigir la devolución de su dinero. Acosado por las autoridades fiscales, Mavrodi había anunciado que el valor de las acciones disminuiría de 100,000 rublos a 1000. Al cabo de unas horas la policía antidisturbios cargó contra la multitud; Irina recibió un fuerte golpe en la espalda que le provocó molestias durante varios meses.

«¿Qué te ha pasado?», le preguntó Arkadi.

Fuera de los asuntos domésticos, apenas se hablaban. Ella no le perdonaba haberse asociado con Jack Wells para apoderarse de su laboratorio; gracias a las espurias leyes aprobadas por Yeltsin, éste había pagado apenas unos pocos miles de dólares por una instalación que debía de valer diez veces más. Como me contaría Irina poco después, aquel trato le había parecido una traición imperdonable.

«Cortesía de las fuerzas de seguridad de *tu* gobierno, Arkadi Ivánovich. El capitalismo que tanto deseábamos. Primero un capitalista exitoso le arranca sus ahorros a la gente y luego la policía muele a palos a quienes protestan. ¡Bendita economía de mercado!»

«Tranquilízate, mujer.»

«¿Por esto luchamos? Odio reconocerlo, pero antes estábamos mejor.»

«¿Cómo puedes decir eso? ¿Cómo puedes decir esto tú?»

«Estás ciego, Arkadi Ivánovich. Ciego y sordo, como Yeltsin y sus ministros. No se preocupan por los ciudadanos ni por la democracia ni por la libertad, lo único que les importa es malbaratar el país. Lo que ustedes hacen es vil, Arkadi Ivánovich, vil. ¿O vas a decirme que has intervenido a favor de ese Jack Wells por el bien de Rusia?»

Arkadi se dio la vuelta.

«¡Qué injusta eres mujer, qué irresponsable!»

En efecto, no tenían nada más que hablar.

Tras la manifestación de julio, el nuevo primer ministro, Víktor Chernomirdin apareció en televisión para tranquilizar a la gente y, como si fuesen personas de carne y hueso, se dirigió a Lenia Golúbkov y a su familia, advirtiéndoles de los peligros de invertir en MMM. Mientras tanto, Mavrodi incrementaba sus anuncios. «A diferencia del Estado, nosotros nunca los hemos engañado», afirmaba en uno, «y nunca lo haremos.»

«¡Basura y más basura!», se lamentaba Irina.

No era más que el principio de la contraofensiva de Mavrodi, quien el 19 de agosto organizó un mitin en el cual participaron miles de personas (de seguro los primeros beneficiaros de la pirámide). Ante la multitud que lo vitoreaba, Mavrodi anunció que se presentaría como candidato a la presidencia de Rusia. «El Estado es incapaz de cumplir con sus funciones», declaró, «es hora de que la empresa privada lo supla. El Estado nos envidia porque MMM hace las cosas mejor.»

El 31 de octubre, Mavrodi se presentó como candidato a la Duma por su nuevo Partido del Capital del Pueblo (otro negocio) y ganó con relativa facilidad. Irina no podía creerlo: acompañado por su estúpida esposa, miss Zaporózhoie 1992, el infeliz festejaba su inmunidad judicial.

Poco antes de que éste tomase posesión de su cargo, el gobierno al fin se decidió a actuar en su contra y lo arrestó por fraude y evasión de impuestos. Hombre de infinitos recursos, Mavrodi siguió manipulando a los medios desde la cárcel, presentándose como un mártir de la libre empresa e incluso contrató a la actriz mexicana Victoria Ruffo, la estrella de *Simplemente María*, para que denunciase su reclusión. El encierro de Mavrodi no alivió los resquemores (ni la culpa) de Irina: ese maldito embaucador no era la causa del problema, sólo una de sus consecuencias. Los demócratas habían liberado el monstruo y ya nada podían hacer para frenarlo.

«¡Mañana es el gran día, mañana mañana!»

Zhenia la besó en los labios y Oksana se sonrojó; llevaban más de ocho meses viéndose a diario, compartiéndolo todo (pasaba más tiempo en su covacha que en la universidad o en casa de sus padres), dedicándose a componer y ensayar hasta que las sorprendía el amanecer. Zhenia no tenía empacho en besarla y manosearla (era parte del atractivo de Fontanka, el grupo de *punk-lírico* que acababan de fundar) y muchas veces le proponía dormir e incluso bañarse juntas, pero su contacto físico jamás pasaba de allí, quizás porque Zhenia no se había sentido conmovida sino horrorizada cuando Oksana le mostró las cicatrices que se acumulaban en su piel. Zhenia la provocaba, jugueteaba con ella, sólo eso. Oksana sabía que su amiga no la deseaba o no se atrevía a desearla; sólo fingía ser andrógina, otra de las máscaras con que se enfrentaba al mundo y, como pudieron comprobar, una de las más redituables, pues les confería un aire misterioso y perverso, acentuaba su rareza y las protegía de los hombres.

Oksana intentaba seducir poco a poco a su amiga, en vano. Una noche, mientras dormían abrazadas, deslizó la mano bajo su camisola y apresó su pezón con suavidad; Zhenia fingió dormir y se dejó acariciar hasta que cambió de posición. Por la mañana no hizo la menor referencia a lo ocurrido. Otra vez, bajo la ducha, Oksana enjabonó las nalgas de su compañera; de nuevo Zhenia se dejó consentir, pero la detuvo en cuanto el masaje se aproximó a su sexo. Oksana no volvió a intentar nada y trató de conformarse con la difusa sensualidad de su amiga.

«¡Debemos celebrarlo!», insistía Zhenia, expansiva. «Acompáñame.»

Tomó a Oksana del brazo y la arrastró por el metro de Moscú hasta llevarla a un barrio marginal, muy de su gusto.

«Cierra los ojos», le dijo.

Zhenia condujo a su amiga hasta un local iluminado con neón, lleno de imágenes de motocicletas y diseños de serpientes, dragones y calaveras.

«Ya puedes abrirlos.»

«¿Dónde estamos?»

Zhenia arrastró a Oksana al interior, donde las recibió un tipo alto y calvo, vestido de negro, con los brazos, hombros y cuello cubiertos de tatuajes.

«Vamos a hacer que este día sea imborrable imborrable.»

Acostumbrada al dolor físico, Oksana no le temía a las pinchaduras de aquel hombre.

«¿Qué te gustaría, preciosa?», preguntó el hombretón.

«No sé, Roy, tú eres el artista», respondió Zhenia. «Algo especial, idéntico para mi amiga y para mí. Mañana damos nuestro primer concierto en Beli Tarakan, así que debe ser único.»

«¿En Beli Tarakan? Ustedes sí que son sofisticadas, ángeles. Bueno, díganme, ¿dónde?»

«Si vamos a hacer esto, tiene que ser en un lugar visible. En el antebrazo, Zhenia, en el antebrazo.»

Roy soltó una carcajada.

«Creo que la pequeña ha tomado su decisión, Zhenia, les prometo que no se van a arrepentir.»

Zhenia y Oksana pasaron todo el día en manos de Roy, quien trazó para ellas un diseño especial, como le habían exigido: un par de criaturas aéreas, de lánguidos rostros femeninos, entrelazadas por los cabellos; un par de brujas o sibilas de ojos enormes y tristes, unidas para siempre. Las dos amigas lloraron un poco y, al descubrir aquellas imágenes temibles y etéreas en sus pieles, lloraron todavía más. Se habían convertido en hermanas: ahora nada podría separarlas.

Esa noche, todavía doloridas, concluyeron su concierto en Beli Tarakan con uno de los poemas favoritos de Oksana, musicalizado por Zhenia:

Veo
tus manos en mis pesadillas
me producen un dolor insoportable…
y sin embargo sólo están limpiando el polvo
del pálido espejo de mi alma.

Al terminar, entre los aplausos y los aullidos del público, las dos se besaron en la boca. Para Oksana era el éxtasis, su momento de mayor felicidad; Zhenia, desatada, tampoco contenía su emoción. Habían triunfado y ahora les esperaba una larga carrera. Siguieron bailando y bebiendo hasta volver a su covacha con los primeros resplandores del alba. Zhenia se desnudó como de costumbre, ebria y desinhibida; esta vez Oksana no sintió ni pudor ni vergüenza ni esa inquietud (esa parálisis) que la exaltaba ante su sexo. Se arrancó la ropa y abrazó a su amiga, quien la recibió con caricias y susurros inconexos. Volvieron a besarse, sólo que esta vez Oksana introdujo su lengua en la boca de Zhenia; demasiado alterada, ésta permaneció impávida, sin reaccionar. Entonces Oksana la besó en el cuello, en el pecho, en los senos; se detuvo largo rato en sus pezones (para entonces las dos estaban extendidas en el suelo) y hundió el rostro en su sexo. Zhenia comenzó a revolverse, recuperando poco a poco la conciencia, hasta que logró apartar a Oksana con un puntapié.

«¿Te has vuelto loca?», le gritó.

Oksana no cedió y tomó a Zhenia por los muslos.

«¡Déjame en paz, puta! Eres asquerosa. ¡Suéltame!»

«¡La puta eres tú!»

Zhenia se abalanzó contra su amiga. Las dos pelearon, se arañaron, se golpearon. Oksana le dio una bofetada que la derribó con los labios y la nariz ensangrentados.

«¡No quiero volver a verte!»

Oksana se vistió y salió corriendo de la habitación, huyendo de sí misma, derruida, desmoronada. Zhenia no volvería a saber de ella nunca más.

El 27 de noviembre de 1994 Borís Yeltsin y el Consejo de Seguridad Nacional de la Federación Rusa se reunieron en secreto y aprobaron un decreto que ordenaba la restauración del orden constitucional en Chechenia, gobernada desde 1991 por el antiguo general soviético Dzhojar Dudáiev de modo criminal, al margen de Moscú. El 11 de diciembre Yeltsin envió cuarenta mil soldados a la república rebelde; el 31 de ese mes, como siniestro regalo de año nuevo, se inició el asalto contra Grozni, ciudad fantasma.

Cuando yo me trasladé a la zona de conflicto como parte del grupo especial de reporteros enviados por NTV, me topé con una montaña de cadáveres. Permanecí en Chechenia varias semanas, las peores de mi vida. Lo que vi allí no se comparaba con nada, ni siquiera con Afganistán o con Bakú; era un horror sórdido y caótico, ancestral, anuncio claro del tiempo que se abría. Cuando regresé a Moscú, mi cuerpo se había vaciado por completo, era sólo un pellejo abotagado por el alcohol y la violencia, un residuo de mí mismo. Aunque por fuera siguiera comportándome como un hombre normal (como el agudo y comprometido periodista que todos querían ver en mí), yo también era un cadáver.

DOBLE ESPIRAL

Estados Unidos de América, 1993-1997

Jack Wells echó un vistazo y comprobó que todos los grandes nombres de la genética se hallaban presentes aquel 1° de abril de 1993 en el coctel organizado con motivo del lanzamiento de *Nature Genetics*; sus editores, sir John Maddox y Kevin Davis, habían congregado a la crema y nata de la especialidad en uno de los hoteles más lujosos de Washington. Igual que otros zares de la biotecnología (le fascinaba el término), Wells tampoco podía perderse la oportunidad de encontrarse con tantos colegas y enemigos.

«Ésa es Marie-Claire King, de Berkeley», le susurró a su esposa, «ella identificó el gen del cáncer de mama, y ése de allá, Roy Crystal, se especializa en terapias génicas para combatir la fibrosis quística.»

A Jennifer le fascinaba codearse con esos prometeos. Wells, en cambio, sólo parecía interesado en dos de ellos, los últimos oradores de la noche, guerreros destinados a batirse en duelo: el cristiano renacido Francis Collins, de la Universidad de Michigan, responsable de aislar el gen de la neurofibratomatosis (una especie de cáncer deformante) e identificar el de la corea de Huntington, y su nuevo amigo J. Craig Venter, antiguo investigador de los Institutos Nacionales de Salud, quizás el biólogo que más información genética había revelado y ahora director del Instituto de Investigaciones Genómicas, mejor conocido como TIGR (sus críticos insistían en llamarlo *tigger*, como el personaje de *Winnie the Pooh*).

«Son las dos estrellas del momento», le explicó Wells a su mujer. «Francis representa al *establishment*, Craig a los rebeldes. Y créeme que, por más corteses que se muestren ahora, no tardarán en chocar.»

«¿Y quién prevalecerá?», preguntó ella.

«Quien mejor sepa adaptarse… Craig, por supuesto.»

Los adversarios velaban sus armas: se estrechaban las manos, sonreían ante las cámaras, hacían chocar sus copas y murmuraban brindis incomprensibles como si no entrevieran sus destinos, como si no presintiesen la guerra que habría de enfrentar a sus ejércitos. Collins y Venter no podían ser más opuestos: el primero era afable y sincero, y estaba convencido de que sus investigaciones obedecían a una misión divina; el segundo, calvo y altanero, un poco petulante, *surfista* en su juventud y ahora apasionado de los veleros, quería salvar al género humano aunque fuese un dios que sólo se reverenciaba a sí mismo. Wells admiraba la dedicación de Francis Collins, pero se sentía mucho más cómodo con Venter, en quien veía, más que a un amigo, a un alma gemela. Lo había conocido cuando formaba parte del Instituto Nacional de Enfermedades Neurológicas e Infartos Cerebrales: luego de investigar durante varios años el sensor de la adrenalina, Venter había secuenciado grandes regiones de ADN cromosómico con el objetivo de hallar genes interesantes (conectados con algún tipo de patología). Venter era, si cabe, aún más ambicioso e impaciente que Wells y el sistema empleado entonces le parecía demasiado lento: si invertía años en secuenciar un solo gen, ¿cuánto necesitaría para los más de 100,000 genes que debía de tener el ser humano?

Un día, mientras se hallaba en un avión de vuelta a Estados Unidos, Venter tuvo una iluminación: ¿y si en vez de emplear el método tradicional secuenciaba el llamado ADN complementario (o CADN) que sus colegas tanto despreciaban? La idea era tan simple que le pareció increíble que nadie la hubiese puesto en práctica antes. De inmediato puso manos a la obra: almacenó una biblioteca de CADN cerebral, seleccionó unas cuantas colonias bacterianas, purificó los resultados y los introdujo en sus máquinas, produciendo decenas de secuencias, a las que dio el nombre de etiquetas de secuencia expresada o EST. A mediados de 1991 anunció su sistema en la revista *Science* y provocó una conmoción. En un solo artículo había descubierto la identidad de 330 genes, más que nadie. Poco después, develó en *Nature* la identidad de otros 2,375 genes humanos expresados en el cerebro. Sus propios genes, esa parte de sí mismo que tanto le intrigaba, lo convertían en un cazador indomable.

Jack Wells no tardó en comprender la relevancia de su método: si en el futuro la oficina de patentes cambiaba de criterio y aceptaba registrar cada EST, las implicaciones para la industria farmacéutica serían formidables. Igual que otros zares de la biotecnología, visitó a Venter en sus oficinas de TIGR y, si bien no logró sumarlo a DNAW (su oferta había sido de 30 millones, frente a los 70 que le había prometido Amgen y que Craig también había rechazado), surgió entre ellos una camaradería instantánea: ambos amaban el lujo y los riesgos. Comenzaron a verse con regularidad, los Wells se embarcaron varias veces en el *Sorcerer*, el yate de ochenta y dos pies de eslora de Venter, mientras que éste y Claire Fraser, su colega y esposa, se convirtieron en asiduos invitados de las fiestas de Wells en Nueva York.

Cuando Venter concluyó su intervención, en la cual se refirió con orgullo a los últimos avances de TIGR, sus amigos se apresuraron a rodearlo.

«Felicidades, Craig», lo besó Jennifer.

Fue entonces cuando sir John Maddox, eterno editor de *Nature*, se acercó a ellos con una sonrisa entre labios y les comunicó la noticia que habría de trastocar su futuro (y el futuro de la genética) de modo definitivo.

«Supongo que ya estarán al tanto, Francis Collins ha aceptado el puesto.»

«¡Cómo!», exclamó Craig.

«Los rumores son ciertos», apuntó Maddox con un dejo de ironía, «Francis será el nuevo director del Proyecto Genoma Humano. ¡Se necesita ser osado para dirigir ese mastodonte!»

Venter cerró los puños.

«Habrá que desearle suerte», masculló, «porque va a necesitarla.»

El duelo entre los dos colosos (habría que matizar: entre los genes de los dos colosos) acababa de empezar.

¿Qué clase de criaturas somos los humanos? Por siglos nos dibujamos como piezas centrales del universo, prole de un Dios esquivo que nos entregó el control de la Tierra y sus recursos, única especie con la inteligencia necesaria para desentrañar los misterios de la vida. Entonces pensábamos que nuestro planeta era el ombligo del cosmos y, tras incontables disputas, sólo nos atrevimos a traspasarle este privilegio al Sol, una estrella entre millones. Nuestro orgullo no tiene límites: la idea de ser organismos periféricos, producto del azar o la fortuna (meros accidentes), aún suena a herejía. Irritados ante la falta de sentido, imaginamos que nuestra existencia obedece a una causa suprema y que merece ser justificada y reproducida. Pero ni la Tierra ni el Sol tutelan el universo, nuestras desventuras no responden a un plan preestablecido ni a los designios de una Inteligencia Superior (vano consuelo) y, en términos biológicos, apenas nos distinguimos de los nematodos, por no hablar de los simios.

Como el resto de los seres vivos, somos simples máquinas de supervivencia, efímeros reductos contra el caos, dóciles guardianes de nuestros genes. *Sólo eso.* Polvo y sombra. Tuvieron que pasar millones de años antes de que pudiésemos entenderlo. ¿Cuál es, entonces, nuestra esencia? ¿Cuál es la esencia de lo humano? ¿Qué nos hace ciegos, soberbios, timoratos, crueles, mezquinos, astutos, ambiciosos, enfermizos, torvos, compasivos, deshonestos? Averiguarlo está al alcance de la mano: las respuestas se ocultan en nuestro genoma, esa enloquecida base de datos que, al menos en teoría, permitiría reconstruirnos. Como sospechaban James Watson y Francis Crick, bastaría saber leerlo o descifrarlo para revelar nuestros secretos. Una enciclopedia, sí, aunque bastante soporífera; millones de letras sucesivas, absurdas:

AGCTCGCTGA GACTTCTGG ACCCCGCACC AGGCTGTGGG GTTTCT-
CAGA TAACTGGGCC

¿Por dónde empezar? Cada una de nuestras células cuenta con veintitrés pares de cromosomas: veintidós numerados del 1 al 22, y un último par, encargado de definir el sexo de cada individuo (y de condenarlo para siempre), representado en las mujeres como xx y en los hombres como xy. A su vez, los cromosomas están compuestos por una masa de proteínas y ácido desoxirribonucleico, una nerviosa sustancia que se enrolla una y otra vez sobre sí misma. En estos extraños libros, los genes ocupan el lugar de las definiciones, aunque los términos que las modelan, aquí llamados *codones*, sólo contienen tres letras. Por su parte, el alfabeto de los genes (el alfabeto de nuestra perdición) sólo posee cuatro letras, A, C, G y T, correspondientes a la *adenina*, *citosina*, *guanina* y *timina*. Nuestra gramática interna ofrece otra particularidad: como si se tratase de castas inviolables, la A sólo puede combinarse con la T, y la C con la G. Utilizando la típica metáfora ideada por Watson y Crick en 1953, estos peldaños unen la doble espiral del ADN. Cada codón contiene el código de alguno de los veinte aminoácidos existentes, los cuales se entrelazan para producir las miles de proteínas que sustentan nuestro cuerpo.

¿Qué quiere decir esto? Que quien obtenga un esquema completo del genoma se convertiría en un héroe. El primero en secuenciar moléculas cortas de ácido ribonucleico fue el bioquímico inglés Fred Sanger, dos veces ganador del Nobel. Una década después, en colaboración con Walter Gilbert, encontró un sistema para examinar el ADN. En 1977 ambos presentaron el primer mapa de un genoma completo, el de un minúsculo adenovirus conocido como øX174. En ese momento quedó claro que, usando un mecanismo paralelo (y unas técnicas entonces inexistentes), sería posible secuenciar el genoma humano y atisbar las causas de múltiples desórdenes. Porque sucede que a veces, en el proceso de duplicación de una cadena de ADN, un codón puede ser escrito de manera errónea (por ejemplo GTG en vez de GAG), provocando que un aminoácido resulte defectuoso. Estas mutaciones han determinado la evolución de nuestra especie (nos han hecho lo que somos), y también son la causa de extrañas enfermedades y horribles malformaciones.

Una secuencia completa del genoma humano no sólo permitiría distinguir mejor nuestra naturaleza, sino atisbar las causas de numerosos padecimientos y aventurar su posible curación. Y eso, en términos reales, significa dinero. Mucho dinero. Era natural que, respondiendo a la ambición dictada por sus células, hombres como Francis Collins, Craig Venter, William Haseltine o Jack Wells estuviesen listos para despedazarse con tal de ser los primeros en develar nuestra esencia. Acaso los humanos no vivamos en el corazón del universo, el Sol sea un astro insignificante y nuestro ADN apenas nos separe de bacterias y gorilas, pero hay algo en nuestros genes, un egoísmo o una avidez irrefrenables, que nos convierte en las únicas criaturas que han ansiado enriquecerse con sus genes.

Una nueva vida. Al dejar Berlín, Éva Horváth decidió empezar de cero. Ya no era la niña prodigio de otras épocas, la joven promesa, la matemática genial, la experta incandescente: acababa de cumplir 38 años y no había satisfecho las expectativas que había despertado en su infancia. Sin duda era una científica respetada, cuyas contribuciones al campo de la inteligencia artificial y la informática aparecían citadas en incontables artículos académicos (unas líneas, a veces unos párrafos), pero en ninguna medida había trastocado el conocimiento de su materia ni había ingresado al selecto club de los revolucionarios. ¿De qué le había servido su maldita inteligencia, su IQ inalcanzable, el favor de los dioses? Su carrera era un gran fracaso. Un fracaso más doloroso y cruel que cualquier otro, porque sólo ella lo advertía. Hasta el momento su existencia no había sido más que una sucesión de episodios truncos, huidas y escapes, saltos de un lugar a otro (y de un hombre a otro), carentes de propósito. ¿Cómo iba a triunfar si era incapaz de concentrarse, si su mente perseguía la variedad y el desenfreno, si la calma y la estabilidad le estaban vetadas? Con razón sus profesores siempre le recomendaron seguir una carrera tradicional.

Alguien con un temple tan disperso como el tuyo necesita imponerse límites, se recriminaba a sí misma, de otro modo corres el riesgo de extraviarte sin remedio. Y así ocurrió. Éva odiaba ser etérea e inconstante, pero no podía evitarlo: un demonio interior (una legión) la arrancaba de cualquier sitio donde empezara a sentirse cómoda, obligándola a buscar nuevos horizontes y a perder, en consecuencia, lo ganado. Era como si no tolerase lo pretérito, como si apenas se sostuviese en el presente y sólo pensase en el futuro. Pero el futuro, ay, el futuro no existía.

«No puedo evitarlo», solía confesarle a Klára, llorando.

Su madre era la única que impulsaba su frenética carrera.

«Has hecho lo que has querido, Éva», la consolaba, «no hay nada peor que el aburrimiento, nada peor que la inmovilidad, te lo digo yo. Mi gran error fue establecerme con tu padre. Aprovecha tu libertad, no tienes lastres que te aten, mira hacia adelante, siempre hacia adelante.»

¿Por qué Éva no era como los demás? ¿Por qué no podía ser normal? ¿Por qué sus genes la condenaban a ser a un tiempo luminosa y oscura? Añoraba esa existencia monótona que su madre tanto desdeñaba: un día sin preocupaciones (ni pensamientos), sentada en la banca de un parque, sin hacer nada, contemplando los árboles y los prados, a salvo de sí misma. Imposible. Éva no recordaba un solo instante de calma, un solo instante sin esa absurda urgencia que la obligaba a resolver toda clase de problemas, sin esa sensación de culpa y ansiedad ante su falta de progresos. Asociada con su *búskomorság*, la pereza le estaba prohibida.

Ahora la maldición volvía a repetirse. No hacía siquiera tres años de su regreso a Estados Unidos, donde gracias a Jeremy Fuller se había incorporado al diseño de los programas informáticos del Proyecto Genoma Humano, y ya se disponía a moverse. ¿Por qué? Porque ya había aprendido lo suficiente sobre esta nueva disciplina, la bioinformática; porque la estructura jerárquica y burocrática del PGH frenaba su curiosidad y sus innovaciones; porque amaba los riesgos y los desafíos; y sobre todo (debía reconocerlo), sobre todo porque Jack Wells se lo había pedido. Porque el infame Jack Wells se lo había suplicado.

«¿Y quién es ese Jack Wells?», le preguntó Klára.

Éva no le ocultaba a su madre ni sus más turbulentas aventuras.

«Un empresario.»

«¿Un *qué*?» Klára se acarició la frente con un ademán teatral. «Me podías haber dicho ingeniero, incluso abogado... ¿Un empresario? Por Dios, Éva, no puedes caer más bajo.» Por una vez, su madre tenía razón. «¿Lo amas?»

Éva soltó una carcajada.

«Qué cosas dices, madre.»

«¿Entonces? ¿No puedes conseguirte un amante más atractivo, quizá un joven deportista? Ese turco no estaba tan mal...»

Si en teoría Klára aprobaba su desenfreno, en la práctica jamás aceptó a sus compañeros: ningún hombre le parecía a la altura de su hija, todos eran demasiado fatuos o apocados o vanidosos o tercos o estúpidos (sobre todo estúpidos) para ella. En sus peores momentos, Éva le concedía la razón: ¿cómo explicar, si no, que ninguno de ellos siguiese a su lado? ¿Por qué no había encontrado a la persona justa? ¿Por qué siempre se unía a los hombres equivocados? La respuesta era evidente: no sabía elegir, no reconocía sus deseos. Se dejaba llevar por la atracción inicial y luego, arrastrada por la inercia, se precipitaba en relaciones pasionales con desconocidos, se enamoraba como adolescente y sólo descubría su error cuando ya era demasiado tarde. Y entonces comenzaban el desencanto, los reproches, la lejanía, hasta que volvía a encontrarse como al principio, sólo que más insatisfecha. ¿Estaría condenada a la soledad? ¿O, peor aún, a esa forma de la soledad que eran los cuerpos intercambiables? ¿Por qué no logras detenerte, Éva? ¿Qué temor te impulsa, qué manía, qué delirio? ¿De dónde diablos sale esa fuerza que te obliga a acoplarte con un hombre tras otro y luego a desecharlos como si no valiesen nada, como si fuesen simples proveedores de esperma, machos de repuesto?

Éva había conocido a Wells en un congreso de bioingeniería en Baltimore; se lo topó en uno de los recesos, aceptó tomar una copa con él y esa misma noche compartió su cama. ¿Otra vez, Éva? Sí, otra vez. ¿Qué sabías de él? Nada. ¿Y entonces? No pude resistirme. ¿Es tanta tu vanidad, tanto tu miedo? No lo sé. ¿Y te gustó? Un poco, sí. Éva demente, Éva insegura, Éva desgraciada. ¿Y luego? Luego, lo de siempre… Encuentros furtivos, escapadas de fin de semana, correos electrónicos, sexo cibernético. ¿Y la realidad? ¡Qué realidad! Vivimos en un mundo virtual: amantes holográficos, personajes de videojuego, avatares informáticos. ¿La solución perfecta? No, no es perfecta, pero sí es una solución.

«¿Y cómo se llama la empresa de tu Jack Wells?», le preguntó Klára.

«DNAW.»

«¿Y eso qué es?»

«Bioindustria, fármacos de diseño.»

«¿Por lo menos será rico?»

«Muy rico, madre.»

«Supongo que es un síntoma de madurez.»

«No seas sarcástica, Klára. Sabes que el dinero nunca me importó.»

«Ya no eres una jovencita, lo único que lamento es que a este paso jamás tendré un nieto.»

Klára había tocado uno de los puntos más sensibles de la agenda: Éva juraba que los niños no le interesaban, que era incapaz de hacerse cargo de alguien. Sus genes la obligaban a miles de cosas, la hacían retorcerse de frustración o arrojarse en los abismos, acoplarse una y otra vez hasta la locura, hasta el desfallecimiento, pero al menos ella conservaba ese último reducto de libertad, quizás la única libertad auténtica que poseemos los humanos: la de no reproducirse, la de condenar a muerte a esos genes que nos han esclavizado toda la vida. Así lo pensaba Éva, o quizá sólo lo intuía.

Wells perdió la cabeza por Éva; desde el primer día reconoció que no sería otra de sus conquistas habituales, sino una mujer para muchas noches, acaso para todas las noches. Por una vez no jugó con ella, le advirtió que estaba casado, que no podía hacer nada al respecto: ésas eran sus condiciones. A Éva le dio igual: imaginaba que a la mañana siguiente ambos se habrían olvidado uno del otro, un sexo más en su nómina de sexo. Pero al despertar ella no lo olvidó, ni él a ella. ¿Qué diablos pudo encontrar en el cuerpo decadente de Jack Wells, en su olor rancio, en su cabello encanecido, en su vejez incipiente? Si ella nunca se interesó por los hombres con los que se acostaba, si para ella sólo eran aventuras (incluso si eran largas), ¿cómo pudo encapricharse de alguien tan fatuo y tan vulgar? ¿Qué debilidad la ató a él desde ese día, qué perversión o qué vicio la unió con Wells? Odio escribir esta parte de la historia sin comprender sus motivos. O acaso odio ver a Jack Wells porque es como si yo mismo me mirase en un espejo. Éva y él no se separaron durante los cuatro días que duró el congreso, dejaron de asistir a las ponencias, apenas vieron el sol.

«¿Cuánto tiempo llevas con él?», le preguntó su madre.

«Siete meses, nueve días, quince horas.»

«Menos mal que es sólo una aventura.»

«Menos mal.»Wells volaba a Boston cada vez que tenía una tarde libre (solía alquilar una avioneta). No le bastaba: quería más, mucho más. Quería poseerla. Poseerla toda para sí. ¿Tanto como para poner en riesgo su matrimonio con Jennifer? Quizás aún no, pero ¿quién podía prever el futuro? Al cabo de unos meses, Wells le planteó a Éva la solución a su dilema.

«Ven a trabajar conmigo, en DNAW. No por mí, por ti. De entrada te triplico el sueldo del MIT y en unos meses recibirás acciones de la empresa. Las posibilidades científicas son extraordinarias.»

Éva se resistió durante semanas: ¿cómo iba a abandonar de nuevo su puesto por culpa de un hombre? Wells no cejó. Cada vez que la veía mejoraba sus condiciones. E insistía: «Olvídate de nuestra relación, te hago una oferta profesional, te conviene y a DNAW también». Éva apenas dormía, arrollada por el conflicto entre su interés y su deber, entre su culpa y su deseo. ¿Otra vez, Éva? Sí: otra vez.

«Supongo que pediste una licencia», anticipó su madre.

«No, Klára, ya no puedo seguir jugando, debo hacerme responsable de mis actos. Renuncié al MIT, es definitivo.»

«¿Por ese empresario?»

«Sí, por Jack Wells.»

Mi némesis. Mi sombra.

Aquel fue el último viaje que Irina y Arkadi hicieron juntos: desde la huida de Oksana su relación era un espejismo (pura inercia), sólo mantenida porque, como habría de relatarme ella más tarde, ambos compartían la misma desesperanza. Para Arkadi, la misteriosa y repentina escapatoria de su hija demostraba su debilidad psíquica; para Irina, en cambio, sólo era una prueba de que habían sido pésimos padres.

«Nunca le enseñaste a ser mujer», le reprochaba él, «sus caprichos son los de una niña.»

Las amonestaciones de Arkadi se le clavaban en el cuerpo como agujas.

«Deberías comprenderla», se excusaba, «su mundo fue destruido dos veces, primero cuando te detuvieron, luego cuando te liberaron. De pronto se quedó sin asideros. Y ahora por primera vez quiere ser ella misma.»

Si Arkadi sufría por el comportamiento de su hija, lo disimulaba a la perfección; en lugar de verse como causa de los desarreglos anímicos de Oksana, prefería sentirse traicionado. Sus propios genes, esa mitad de ella que le pertenecía, lo despreciaban.

«Ya no tengo hija», solía decir.

Pese a sus desavenencias, Arkadi e Irina aceptaron viajar juntos a América. Hacía mucho que ambos soñaban con ver de cerca el país contra el que la URSS había luchado durante tantos años y que ahora le servía de modelo. No era la primera vez que salían de Rusia (en los últimos años Arkadi había dictado conferencias en media Europa), sí la primera que cruzaban el Atlántico. La circunstancia no podía resultar más favorable, pues Arkadi no sólo participaría en la reunión del comité científico de DNAW, al cual acababa de incorporarse, sino que aprovecharía la ocasión para recibir el doctorado *honoris causa* que le había concedido la Universidad de Cornell.

Irina y Arkadi aterrizaron en el aeropuerto John F. Kennedy el sábado 5 de febrero de 1994; una limusina los llevó a la suite en el Hotel Plaza que DNAW les había reservado. El lujo no les resultó apabullante: en sólo tres años la Nueva Rusia había alcanzado niveles parecidos de derroche y apenas se sintieron sorprendidos. A Irina le atraía más la prosperidad de la gente común que la abundancia de los grandes almacenes, aunque no resistió la tentación de comprar bolsas en Prada y zapatos en Gucci. Arkadi, en cambio, se mostraba indiferente a la fiebre comercial de los neoyorquinos; llevaba tanto tiempo imaginando ese paisaje y tratando de trasplantarlo a Moscú, que el original le resultaba burdo y soso. Su interés por las tiendas o los grandes espectáculos era mínimo (se resistió a ir a un musical de Broadway, como propuso su esposa) y sólo después de muchos ruegos aceptó ir al cine (y cabeceó durante toda la película). Para él, el capitalismo no era aquella obscena proliferación de productos, marcas, colores y sabores, sino algo superior, casi metafísico: una forma de vida abstracta, una metáfora de la libertad que apenas se correspondía con su encarnación real. Lo único que a él le interesaba de Estados Unidos eran los contactos científicos, políticos y empresariales que forjaría, no ese alud materialista apenas tolerable.

Wells pasó a recogerlos el lunes a las diez de la mañana; la reunión del consejo era a las cuatro; antes quería agasajar a sus visitantes con un paseo por la ciudad. Como cualquier guía de turistas, Wells los acompañó a los sitios emblemáticos de la urbe, al Empire State y las Torres Gemelas, a Times Square (el lugar más espantoso del planeta, en opinión de Arkadi) y Central Park, al edificio de Naciones Unidas y por fin a Wall Street y la Bolsa de Valores.

«Así que aquí se fragua el destino del planeta», fue el único comentario del científico.

Irina guardó silencio durante todo el paseo. Wells se sentía desconcertado ante la displicencia, por no decir hostilidad, de sus huéspedes rusos; los imaginó asombrados o estupefactos y él mismo se dedicó a cantar las glorias del *American way of life*. Al término de su arenga los invitó a almorzar al Russian Café («qué tonta ocurrencia», se dijo Arkadi), donde los hizo comer un desabrido pato con ciruelas.

«¿Han tenido noticias de su hija?», les preguntó Wells por cortesía.

«Nos envió otra carta hace un par de semanas», atajó Irina. «Se ha instalado en Vladivostok, en el extremo oriente ruso.»

«¡Ahora dice que es cantante!», refunfuñó Arkadi. «¿Se imagina, Jack, cantante en un puerto inmundo como Vladivostok? ¿Quién demonios va a pagar por escucharla? ¿Los marinos?»

El rictus de Arkadi pasó de la amargura a la violencia.

«No hay nada peor que un hijo. No sabe qué suerte ha tenido, Jack, la reproducción es sólo una urgencia instintiva, el absurdo deseo de nuestros genes de perpetuarse, por más miserables que nos hagan a nosotros.»

Poco acostumbrado a revelaciones tan pesimistas, Wells prefirió darle un giro a la conversación.

«Lamento que Jennifer no haya podido acompañarnos, les envía sus saludos. Como ustedes saben, ahora prepara otro viaje a Rusia. Según ella, las perspectivas económicas para este año son inmejorables.»

«¿Para quién, señor Wells? ¿Para los oligarcas?», saltó Irina.

Aquellos rusos eran de veras imposibles; era bueno hacer negocios con ellos, nada más. A las cuatro en punto de la tarde ya estaban en la sala de juntas de DNAW, en el SoHo, acompañados por la plana mayor de la empresa (Éva incluida) y la docena de científicos que conformaba su consejo asesor, con J. Craig Venter a la cabeza.

Tras instalar la sesión, Wells agradeció de manera especial la presencia del Dr. Granin, quien a partir de ese momento se incorporaba al consejo como miembro de pleno derecho. Arkadi fue recibido con un aplauso y a Irina le dolió ser ignorada, como si ella no fuese una científica sino su secretaria.

«No voy a andarme con rodeos», exclamó Wells, «es verdad que a últimas fechas DNAW ha sufrido los embates del mercado, pero ustedes saben que la investigación biomédica, en especial en temas tan delicados como el cáncer, requiere infinitos esfuerzos antes de proporcionar resultados concretos. Pero cuando eso ocurre, y está por ocurrir, los beneficios pueden ser incalculables.»

Wells improvisó una pausa teatral y luego añadió: «El día de hoy quiero anunciar que DNAW ha firmado un contrato exclusivo con el Dr. James Bartholdy y la Universidad del Sur de California que nos permite desarrollar y estudiar de manera exclusiva el anticuerpo monoclonal C225, tal vez el compuesto más efectivo para luchar contra el cáncer que se haya descubierto. Por razones que sólo pueden achacarse a la ineficacia de nuestro sistema de salud, el C225 ha sido relegado por las autoridades sanitarias durante casi veinte años, pese a que los estudios del Dr. Bartholdy demuestran su efectividad para tratar tumores malignos. Ahora voy a pedirle al Dr. Bartholdy que explique con mayor detenimiento las perspectivas de este compuesto».

Arkadi e Irina quedaron tan impresionados con la exposición de Bartholdy como el resto de los presentes: si estaba en lo cierto, el C225 podría ser el mejor tratamiento contra diversos tipos de cáncer inventado jamás, y por tanto DNAW tenía posibilidades de convertirse en una de las empresas biotecnológicas más poderosas del mundo. El camino aún era largo y espinoso, pues la Administración de Drogas y Alimentos podía tardar meses o años en aprobar un nuevo medicamento, pero las esperanzas del C225 resultaban más que alentadoras.

A la mañana siguiente, mientras viajaban rumbo a Ithaca, helada sede de la Universidad de Cornell, Arkadi se dio cuenta de que había recuperado su entusiasmo por el capitalismo; el Estado, con todos sus vericuetos burocráticos, jamás sería capaz de producir una droga como el C225. En cambio una pequeña empresa, guiada por un individuo decidido y ambicioso como Wells, podía generar milagros. Incluso Irina olvidó su amargura (¡cómo le hubiese gustado participar en las pruebas de laboratorio!) y por un instante volvió a confiar en el género humano.

«Los noventa serán prodigiosos. Lo que está pasando con los mercados es increíble: ni en sueños la economía de este país podría estar mejor, Éva, no sólo hemos dejado muy atrás la recesión del 91, sino que el crecimiento parece incontenible.»

Wells y ella permanecían tomados de las manos, respirando el aire fresco de abril. Él era cada vez menos prudente y había invitado a Éva a su nueva casa en los Hamptons, donde convivía con vecinos ricos y célebres, entre los que se contaba, por supuesto, su querida Christina Sanders. ¿Cómo Éva aceptaba semejante compañía, cómo toleraba sus monólogos, cómo *lo tocaba*? Debo aceptarlo: quizás le fascinase ese ambiente de lujo desmesurado, esos caprichos y esos placeres vacuos, no tanto por la desmesura, los caprichos o los placeres en sí mismos, sino por la novedad que significaban en su vida. Yo no sé qué creer, Éva, de verdad que no lo sé. ¿Cuántas veces discutimos por lo mismo, cuántas veces te reproché esta liviandad tan cercana a la desvergüenza, cuántas veces peleamos a causa de este error?

Jack Wells tenía motivos de optimismo: salvo el mínimo bache provocado por el alza de las tasas de interés decretada por Alan Greenspan en 1994, el índice S&P 500 no había hecho sino aumentar y a fines de ese año sus ganancias en la bolsa se habían elevado un 40 por ciento, sumado al 16 por ciento de 1993; el Dow Jones, mientras tanto, había superado la barrera de los 4,000 puntos, y se esperaba que a fines de 1995 rozara los 5,000.

«Puedes sentir el frenesí en las calles», continuó él. «Todo el mundo quiere volverse rico, como en los Fabulosos Veinte.»

«Los Veinte terminaron con el *Crash* del 29», contraatacó Éva.

Wells encajó el golpe con buen humor.

«Esta vez no habrá *crash* alguno, mi amor, hemos aprendido la lección. La riqueza está allí, al alcance de la mano. En estos cuatro años he acumulado más dinero que en toda mi vida, ¡soy rico hasta la náusea!»

«¡Más bien eres insoportable hasta la náusea!», replicó Éva, o al menos me hubiese gustado que ésa fuera su réplica.

«Como dice Gordon Gekko, el personaje de Michael Douglas en *Wall Street*», soltó Welles, «la avaricia es buena.»

Lo que Wells *no* le dijo a Éva aquella tarde en los Hamptons era que, si bien tenía a su disposición un enorme flujo de capital, su riqueza era un espejismo, más un concepto abstracto que una realidad tangible. Como yo habría de descubrir muy pronto, DNAW no ofrecía un rendimiento como el que Wells proclamaba. En términos reales, su empresa no había producido *ningún* resultado concreto: todos sus productos, incluido el C225, se hallaban en fase de experimentación y ninguno había sido presentado ante la Administración de Drogas y Alimentos.

¿Cómo Jack Wells podía gastar, pues, tanto dinero? Obteniendo recursos de aquí y de allá, en especial de los pactos de exclusividad que firmaba con las multinacionales farmacéuticas. Convenciendo a sus accionistas de que sus productos tenían grandes probabilidades de ser aprobados por la AFD, había elevado el precio de las acciones de DNAW de 18 a 28.5 dólares entre 1988 y 1994. Y, tras anunciar que el C225, ahora conocido como Erbitex, quizás fuese la droga más efectiva jamás descubierta contra el cáncer (el *New York Times* y el *Washington Post* incluyeron la noticia en sus primeras planas), éstas habían ascendido al doble, hasta alcanzar 56.4 dólares en abril de 1995.

Como se descubriría durante el juicio, Wells se embolsó miles de opciones (sus adoradas opciones) como premio por su magnífica gestión. En 1994 convenció al consejo de administración de DNAW de entregarle un paquete de 275,000. Ello significaba que, como le presumió a Éva en los Hamptons, en efecto era rico (y corrupto) hasta la náusea. Si todo salía según sus planes, sus opciones triplicarían su valor una vez que la AFD aprobase el Erbitex. Con este pretexto, diversificó su portafolio tanto en Estados Unidos como en el exterior. De manera directa ayudó a constituir otras tres bioindustrias: Merlin Pharmaceuticals Corp., Morgana Pharmaceuticals Corp. y

Arthur Pharmaceuticals Corp. (tenía debilidad por los caballeros de la mesa redonda), adquirió Moskvie Medical Lab (el laboratorio donde trabajaba Irina y que Arkadi Granin dirigía desde la sombra), se apoderó de Cadmus, una fábrica de implementos médicos en Suiza, y participó en negocios tan diversos como el restaurante Bello en Nueva York (su socio era nada menos que John Travolta), la productora cinematográfica Sunlight, la revista *W*, el gimnasio neoyorkino *Kya* y, asociado con su amiga Christina Sanders, era propietario del portal de venta de cosméticos por Internet iColors.com.

Esa tarde en los Hamptons, Wells tampoco le confesó a Éva que sus deudas (producto de negocios desafortunados, demandas perdidas y préstamos añejos) rondaban los 30 millones de dólares, una cantidad despreciable en vista de sus expectativas pero que no dejaría de preocupar a cualquier inversionista cauteloso. Gracias a Dios, Wells no lo era, y su descuido terminaría por sepultarlo.

En esa época sólo Allison parecía atisbar las maniobras de su cuñado; quizás ella no supiera mucho de números y no fuese capaz de explicar el funcionamiento de la bolsa, pero el desprecio que sentía hacia Jack y sus negocios le hacía pensar que algo olía a podrido en DNAW. Si bien pasaba la mayor parte del año en Palestina o asistiendo a foros alternativos en Europa, no perdía oportunidad de vigilarlo: Wells se había convertido para ella en el símbolo de la prepotencia y el pillaje imperial.

«¿De dónde viene su dinero?», le preguntaba una y otra vez a su hermana.

A Jennifer no le inquietaba la súbita riqueza de su esposo sino su infidelidad. Una vez más su pacto volvía a resquebrajarse. No entendía cómo había sido tan crédula: imaginaba que después de lo ocurrido con Erin Sanders él tendría más cuidado. Jamás creyó que sus deslices amorosos fuesen a cesar (ése era su maldito temperamento y ella había aprendido a tolerarlo) pero después de la buena época que habían pasado estaba convencida de que él extremaría las precauciones. ¡Y en vez de ello volvía a las andadas con el mayor cinismo y la mayor procacidad! Aún no sabía quién era su amante en turno, le habían dicho que una de sus empleadas en DNAW (Wells siempre las elegía jóvenes e imbéciles), pero esta vez él parecía hacer todo lo posible para que ella lo pillase in fraganti. ¿Cómo se le había ocurrido llevar a una mujerzuela a los Hamptons? ¡Con esos vecinos no pasarían ni diez minutos antes de que los rumores llegasen a Manhattan!

«La avidez se ha convertido en la regla de conducta de nuestro tiempo, Jennifer», le decía su hermana. «Los grandes ejecutivos como Jack están dispuestos a cualquier cosa con tal de enriquecerse. Les parece normal alterar los libros contables, ya viste lo que pasó con Nick Leeson en Tailandia, el idiota hizo quebrar a uno de los bancos más antiguos de Inglaterra.»

Mientras tanto Jacob saltaba de un lado a otro, indiferente a la discusión que sostenían su madre y su tía.

«Te estoy hablando de DNAW, te estoy hablando de Jack. No le importas tú, no le importan los pacientes de cáncer, no le importa nada más que el dinero. Su maldito dinero.»

«Muy bien, hermanita, ya te oí, muchas gracias, tendré en cuenta tus consejos, ¿contenta?»

Allison la miró sin comprender por qué se empeñaba en enmascarar las turbulencias de su esposo.

Para corresponder a la invitación que Wells le había formulado, Craig Venter le pidió que se integrase al consejo de administración de TIGR. Semejante *quid pro quo* era una práctica corriente en esos años: pese a que la endogamia debilitaba el papel de los consejeros como vigilantes de una empresa (en ocasiones se contrataba a socios e incluso a las parejas de tenis de sus directivos), entonces parecía normal que un CEO perteneciera a cinco o seis consejos, gracias a los cuales podía recibir emolumentos por cerca de 70,000 dólares al año. Acompañado por Éva, a quien presentó como jefa de informática de DNAW,

Wells visitó las instalaciones de TIGR en Rockville, Maryland, en abril de 1995. El edificio había sido diseñado para albergar una fábrica de cerámica pero, como Venter se apresuró a presumir, lo había transformado en el mayor laboratorio genético del mundo. Orgulloso, les enseñó sus treinta secuenciadores ABI 372 (las joyas de su imperio) así como las diecisiete estaciones ABI Catalyst. Éva se mostró muy asombrada ante la base de datos relacional instalada en un sistema Sun SPARC Center2000, el más avanzado de la época.

«Durante los últimos meses hemos creado una enorme biblioteca de EST humanos», explicó Venter, fascinado consigo mismo. «Ningún otro centro en el orbe posee tanta información como nosotros.»

Venter los condujo a su oficina, donde los esperaba Hamilton Smith, Premio Nobel de Medicina 1978 (él siempre afirmaba no haberlo merecido), quien se había incorporado a TIGR un par de años atrás. La maqueta a escala del *Sorcerer* se alzaba en el centro del despacho como un tótem, mientras que los muros se hallaban tapizados con recortes de periódicos y revistas. Éva se fijó en una cubierta de *Bussiness Week* donde aparecían Venter y Haseltine con la leyenda: «Los reyes del gen», en tanto Wells admiraba, no sin envidia, un artículo del *New York Times* de 1994 según el cual las acciones de Venter se elevaban a más de 13 millones de dólares.

Venter se apoltronó en un amplio sillón de piel color burdeos.

«Ham, ¿por qué no les cuentas a Jack y a su encantadora jefa de informática nuestros avances de estos meses?»

A diferencia de Venter, Smith era retraído, incluso un poco arisco (su lengua podía destrozar a alguien con una frase), y prefería concentrarse en la práctica. Antes de que pudiera decir algo, su jefe intervino.

«Hamilton ha sido el mago de TIGR. Sin él seríamos un centro de información genética como tantos. Él nos animó a dar el paso crucial, ¿verdad, Ham?»

Smith volvió a tartamudear y Venter le arrebató la palabra.

«Un día lo invité a una reunión del consejo de TIGR y le pregunté si se le ocurría algo innovador. Y entonces él dijo... ¿Qué dijiste, Ham? Que, si tan orgullosos estábamos de ser un Instituto de Investigaciones Genómicas, deberíamos secuenciar un genoma completo. ¡Qué perspicacia! Por evidente que parezca, a nadie se le había ocurrido algo semejante. *A nadie.* Y decidimos hacerlo, ¿verdad, Ham?»

«Así es, Craig.»

«¿Cuántos meses llevamos trabajando en el proyecto?»

«Desde finales de 1993.»

«Quizás lo normal hubiese sido escoger una bacteria típica, la *E. coli* por ejemplo, pero preferimos arriesgarnos con un organismo más divertido, y se dio la coincidencia de que Ham había trabajado con la *Haemaphilus influenzae*, el patógeno que provoca la otitis y la neumonía infantil. Una idea estupenda. Al único que no le gustó fue a ese mentecato de Haseltine.»

«¿Sigues teniendo problemas con él, Craig?», preguntó Wells.

«Está empeñado en destruirme, pero no se lo voy a permitir. ¿Verdad que no, Ham? Vivimos bajo fuego cruzado: por un lado ese imbécil y por el otro Francis Collins. ¿Saben que los Institutos Nacionales de Salud nos negaron una subvención por considerar que nuestro proyecto era inviable? ¡Papanatas! Cuando nos llegó su respuesta ya habíamos avanzado un noventa por ciento. Durante meses no hemos dormido, Ham se ha dejado los ojos en esta empresa. Al final un equipo de ocho personas, empleando catorce secuenciadores ABI 373, realizó unas veintiocho mil reacciones con unas quinientas letras de ADN cada una. En promedio cada letra fue secuenciada seis veces.»

«¡Vaya trabajo!»

«Así es, querida Éva. Bastaron tres meses para tener los resultados experimentales a punto. Sólo nos faltaba...»

«Un programa capaz de ensamblar los fragmentos sueltos», atajó Éva. «¿Y cuál utilizaron?»

«Nuestro jefe de informática no es tan atractivo como el de DNAW», le respondió Venter, «aunque hace bien su trabajo. Se llama Granger Sutton, de la Universidad de Maryland. Luego de resolver algunos problemas, logró agrupar las veintiocho mil secuencias individuales en ciento cuarenta tramos que luego pudimos unir, armados con un poco de fe y otro de paciencia. ¡Y por fin lo tenemos listo, queridos amigos! ¿No es así, Ham? No ha sido fácil, Haseltine insiste en que no podemos hacer pública la secuencia completa de este genoma. Desde luego, no pienso hacerle caso. Como quedará demostrado en el artículo que publicaremos en *Science*, los resultados son asombrosos. ¿Por qué no les das un adelanto, Ham?»

«El genoma del *H. Influenzae*», balbució Smith, «contiene 1,830,137 letras de ADN. Cada una de estas bases forma 1,749 genes, con una densidad media de mil bases por gen.»

«Eso quiere decir que casi no hay ADN basura y que todos los genes sirven para codificar alguna sustancia importante», aclaró Venter. «Ahora nuestro objetivo será secuenciar el *Mycoplasma genitalium*.»

«¿Y luego?»

«Luego, querida Éva», Venter se relamió, «luego estaremos listos para emprender la única tarea que en realidad vale la pena. ¿O no, Ham?»

Animada por lo que había visto en TIGR, Éva decidió que, si bien continuaría con su labor como jefa de informática de DNAW, a la vez intentaría desarrollar un nuevo programa para ensamblar secuencias de ADN. Sin duda Granger Sutton había realizado un buen trabajo al completar la secuencia del *H. influenzae*, pero su sistema resultaba demasiado rígido para abordar organismos más complejos, y desde luego jamás superaría la prueba de ensamblar las tres mil millones de letras que debería de tener el genoma humano. Sin siquiera consultarlo con Wells, Éva Horváth se puso en contacto con James Weber, director de la Fundación Médica Marshfield de Wisconsin, y con Eugene Myers, de la Universidad de Tucsón.

En febrero de 1996, Weber había acudido a un seminario organizado por el Proyecto Genoma Humano en Bermudas, donde propuso cambiar por completo el enfoque informático empleado hasta el momento para secuenciar el ADN; entonces sus ideas fueron rechazadas por los asistentes. En cambio a Éva le pareció que sus intuiciones eran las correctas. Como ellos decían, ordenar los fragmentos de cada cromosoma antes de secuenciarlos era un proceso lento y farragoso; en su lugar proponían trabajar sobre fragmentos sueltos de ADN elegidos al azar y luego reunirlos mediante una nueva herramienta informática.

La solución se presentía tersa y elegante: generar la mayor cantidad de información en el menor tiempo posible, dejando que luego los científicos rellenasen los huecos y resolviesen las regiones más problemáticas. Con esta perspectiva sería posible secuenciar el 99 por ciento del genoma humano mucho antes del 2005. Pocos expertos avalaban su propuesta, bien por considerarla inviable, bien porque la tarea de rellenar los huecos se antojaba una pesadilla. La llamada de Éva fue como un bálsamo para Weber y Myers: llevaban meses recibiendo críticas y les encantó saber que alguien más coincidía con ellos.

«Debemos reunirnos cuanto antes», le dijo Myers.

Muy pronto los tres se encontraron trabajando en un objetivo común: diseñar ese programa que reordenase el ADN secuenciado al azar o, como lo bautizó Jim Weber, *a disparos*. Sus simulaciones por computadora tenían una belleza prístina y etérea. Éva disfrutaba de manera especial las visitas de Myers; a diferencia de la mayor parte de los matemáticos que conocía, Gene (un nombre perfecto para su tarea) exhibía sus excentricidades sin complejos, solía usar un gazné amarillo y un arete en la oreja y no se dejaba guiar por ambiciones políticas o celos profesionales. Después de varios meses de trabajo, los tres dejaron listo el artículo donde exponían sus teorías:

«Secuenciación a disparos del genoma humano completo», el cual sería publicado en *Genome Reserch* a principios de 1997.

«La idea es brillante», exclamó Wells cuando Éva le confió sus resultados.

«Lástima que no todos piensen lo mismo, casi todos los expertos en bioinformática nos creen dementes.»

«Olvida lo que dicen, Éva. Como de costumbre, esos burócratas de la ciencia no ven más allá de sus narices. ¿Pero sabes quién estará muy interesado en hablar contigo? Venter. Ha llegado la hora de hacerle otra visita.»

La tarde era fría y luminosa, demasiado fría para fines de marzo: un sol vago e impreciso (apenas un disco blanquecino) iluminaba la pulcra fachada del edificio de DNAW, en el SoHo. El servicio meteorológico había anunciado una intempestiva tormenta de nieve; por ahora no se advertían otros signos del mal clima que el viento helado que golpeaba el rostro de Jennifer como si le propinase repetidas bofetadas. Vestida con un impecable abrigo negro y una bufanda Hermès color magenta (quería lucir despreocupada), cruzó el umbral de la empresa de su esposo y, sin permitir que la recepcionista la anunciase, subió las escaleras rumbo al tercer piso. Nadie trató de detenerla. A mitad del camino se topó con un bioquímico a quien había conocido en una de las fiestas de su esposo.

«Me temo que el señor Wells no está en este momento», le dijo éste, «creo que tenía una reunión con la gente de Bristol-Squibb.»

«Lo sé», repuso ella, y siguió su camino.

Jennifer no se detuvo hasta encontrar la oficina de la jefa de informática. Era inevitable que viniera aquí el día de hoy, se dijo. Y luego: no es culpa mía, es culpa de Jack. Abrió la puerta con un movimiento decidido (lo había ensayado mil veces) y se introdujo en el despacho con paso firme y un semblante que no reflejaba ni encono ni sorpresa (esto también lo había estudiado), sólo una indudable determinación.

«¿Sí?», la recibió Éva.

Bastó un segundo para que Jennifer la midiese con detenimiento, como si ella fuera la bióloga que observa una bacteria bajo el microscopio: su piel lozana y tersa, blanquísima, sus ojos casi amarillentos (nada espectaculares, apuntó), su cuello altivo, sus hombros un tanto desgarbados, el contorno de dos senos aún firmes y la evidente vulgaridad del conjunto.

«Éva Horváth, ¿verdad?»

«Y usted debe ser la señora Wells…»

Según me contó Éva después, Jennifer no se esperaba una reacción tan rápida y se esforzó por no perder su ventaja. Ambas se dieron un largo apretón de manos (firme el de Éva, más firme aún el de Jennifer) y calibraron sus fuerzas. Éva no tenía un pelo de tonta: experta en teoría de juegos, había previsto su encuentro con la esposa de Jack; a ella también le parecía la inevitable consecuencia de sus actos. Por eso quiso mostrarse aguerrida y poco cautelosa, no valía la pena fingir ni andarse con miramientos.

«Usted ya sabe que Jack se encuentra fuera del edificio», le espetó en un tono seco, nada sarcástico.

«Justo por eso he venido.»

«Muy bien, señora Wells, dígame qué se le ofrece.»

«Quería conocerte, Éva; porque puedo llamarte Éva, ¿verdad?»

«Siempre y cuando me permitas llamarte Jennifer.»

«¡Qué bien que estemos de acuerdo!» Jennifer tampoco iba a perder su tiempo en bagatelas. «Sólo he venido a decirte una cosa, no vuelvas a salir con Jack en público, o a visitar a sus amigos, o a humillarme de cualquier otra manera, ¿lo entiendes?»

«Eso es algo que debes discutir con tu marido.»

«¿Qué más quieres?», insistió ésta. «No te pido que dejes de verlo, acuéstate con él si se te antoja, pero limítate a ocupar tu parte en esta historia, y todos contentos. Yo soy la esposa, tú la amante.»

Éva sonrió. Aquella mujer rubia y nerviosa le gustaba: detrás de su vehemencia había una inseguridad casi enternecedora. ¿Cómo combatir contra alguien tan frágil?

«Las buenas esposas no suelen molestar a las amantes de sus maridos en horas de oficina», le dijo. «Si quieres hablar de asuntos íntimos, consúltalo con Jack y, si él acepta, podemos vernos los tres.»

Jennifer apretaba una mano contra otra, haciéndose daño; quizás esa mujerzuela fuese más lista que las anteriores, pero no era mejor. Ahora se creía invencible, dueña absoluta del corazón (más bien: de los huevos) de su marido. Al final ocurriría lo de siempre. Jack se aburriría de ella como se había hartado de las demás.

«Reconozco que se necesita valor para venir hasta aquí», le dijo Éva. «Ahora debo pedirte que te vayas, tengo mucho trabajo.»

Jennifer se levantó con un movimiento brusco, decidida a mostrar su superioridad hasta el final.

«Entiendo tus palabras como una declaración de guerra», exclamó.

«Una declaración de guerra», repitió Éva. «Me gustas, Jennifer, me gustas mucho.»

Durante las siguientes semanas, las dos mujeres no se dieron tregua, no escatimaron golpes bajos, traiciones. Wells se volvió un pretexto, una meta abstracta de su lucha. Jennifer no iba a permitir que esa advenediza le arrancase a su esposo y Éva, Éva estaba dispuesta a luchar sólo por el placer de arrebatárselo.

Como Jack Wells había previsto, en julio de 1997 la Human Genome Sciences de William Haseltine y el Instituto de Investigaciones Genómicas de J. Craig Venter anunciaron su separación: la feroz egolatría de sus fundadores impedía cualquier tregua. Casi al mismo tiempo, Wells tomó una determinación equivalente: se separaría de su mujer, esta vez de forma voluntaria, y cumpliría su capricho de apoderarse de Éva Horváth. La irrupción de Jennifer en sus oficinas del SoHo había sido el pretexto perfecto para desembarazarse de ella; pese a sus frecuentes ataques de celos, su mujer siempre había respetado su espacio, temerosa de protagonizar un escándalo público. Esta vez había traspasado la frontera y a partir de ese momento no había cesado de hostigar a Éva, y de paso a su marido, de todas las maneras posibles. Sin darse cuenta, la pobre había mordido el anzuelo.

«¿Has perdido la razón, Jennifer?», la recriminó. «Esta vez te has extralimitado, no tienes derecho a acosar a la gente que trabaja conmigo.»

Wells ni siquiera intentaba sonar verosímil: lo que buscaba, aconsejado por Éva, era que su esposa estallase de una vez y reventase como un globo. Ya no la soportaba, ya no la soportaba más. Pero aún así el cobarde necesitaba terminar su relación como una víctima. Tal como Éva había planeado, Jennifer lloró, gritó, volvió a llorar, volvió a gritar, incluso le dio un par de bofetadas que él encajó casi con regocijo, y por fin le exigió el divorcio, sí, el divorcio, hijo de puta, no quiero volver a verte en mi vida, nunca más, ¿me entiendes? Por primera vez Wells saboreaba aquellos insultos, no tanto porque le permitirían quedarse con Éva, como porque al fin le permitirían ser libre, rico y libre, tan rico y tan libre como jamás imaginó.

«¿Es eso lo que quieres, Jennifer?», continuó provocándola.

«Sí, es lo que quiero.»

Al final, Éva se salió con la suya: derrotó a Jennifer y se lo restregó en la cara día tras día acudiendo con Wells a todas las cenas, *openings*, conciertos, galas, reuniones sociales y académicas de la ciudad. ¡Valiente triunfo! Ambos se utilizaban uno al otro, confiados en su buena estrella, sin saber que al final, cuando la tragedia y el crimen se inmiscuyesen en sus vidas (cuando *yo* me entrometiese en sus vidas), ellos resultarían los perdedores y Jennifer Moore, en cambio, la única superviviente de su triángulo. Pero entonces Éva y Wells no le temían al futuro y se refocilaban como si dispusiesen de un tiempo inagotable.

A fines de año Éva abandonó su puesto como jefa de informática de DNAW y, con la entusiasta aprobación de Wells, en cuyo *loft* de la calle 58 pasaba los fines de semana, se incorporó al equipo que Gene Myers reunía en Celera, la empresa que Venter había fundado tras la disolución de TIGR. Su misión consistiría en obtener una secuencia completa del genoma humano antes que los científicos del proyecto público de Francis Collins. En todos los frentes, la guerra.

La maldita guerra.

EL TRIUNFO DE LA LIBERTAD

Federación Rusa, 1995-1998

Rusia era una ganga: un par de años después de asociarse, Arkadi Ivánovich Granin y Jack Wells se habían transformado en los terceros mayores inversionistas farmacéuticos del país. Tras la adquisición de Moskvie Medical Lab en 1993, el laboratorio donde trabajaba Irina, ambos emprendieron una campaña de adquisiciones que incluía fábricas de medicamentos y tintes de cabello, productos de limpieza y sustancias para la industria petrolífera, perfumes y cremas corporales e incluso, iniciando una prometedora etapa de diversificación, juguetes y contenedores de plástico. En términos legales Arkadi sólo aparecía como asesor de DNAW-Rus, el nuevo *holding*, pero, como pude descubrir en los meses subsecuentes, el biólogo y luchador por los derechos humanos poseía acciones de casi todas aquellas firmas. Y, gracias a ellas, ahora era un hombre rico.

La apropiación de las destartaladas plantas estatales se había acelerado con el programa de Créditos por Acciones. A principios de 1995, el gobierno ruso se hallaba al borde de la bancarrota y necesitaba capital fresco con urgencia. Vladímir Potanin, dueño de Uneximbank, comprendió que él contaba con ese dinero (al menos de forma nominal, pues buena parte se hallaba en bonos del propio gobierno) y pensó en prestárselo a Yeltsin a cambio de una contraprestación satisfactoria.

439

Potanin les propuso la idea a Boris Jordan y a Steve Jennings, los socios de Wells, quienes acababan de fundar Renaissance Capital, una sociedad de inversión con una amplia red de contactos oficiales. Éstos le entregaron un proyecto a Potanin: los bancos prestarían dinero al gobierno, el cual garantizaría su pago con acciones de las empresas que aún mantenía en su poder; si no lo devolvía en el término pactado, los bancos podrían vender las acciones y obtener una fuerte comisión. ¡Un plan perfecto!

Cuando Potanin presentó el plan ante el gabinete económico de Yeltsin (lo respaldaban Jodorkovski y otros oligarcas) el concepto había variado un poco: un consorcio de bancos comerciales entregaría 9.1 billones de rublos al gobierno ruso a cambio de acciones; si el gobierno no devolvía los créditos, los propios bancos podrían subastarlas. Además, la oferta quedaría limitada a los ciudadanos rusos. El mensaje era claro: en caso de incumplimiento, las instituciones crediticias se quedarían con las empresas. Pese al tufo a corrupción, el primer ministro Chernomirdin y el viceprimer ministro Chubáis sancionaron el plan. Y Yeltsin le concedió su aprobación.

¿Cómo se asignaron los préstamos y se repartieron las acciones? Nadie lo sabe con certeza: sin duda la hija de Yeltsin, la ambiciosa Tatiana Diachenko, desempeñó un papel central en las asignaciones. El 17 de octubre de 1995 fue publicado el decreto mediante el cual el presidente colocaba dieciséis de las mayores empresas de país en el programa de Créditos por Acciones. Cumpliendo su sueño, Potanin obtuvo así el 38 por ciento de Norílsk Níkel, la mayor extractora del mundo; Borís Berezovski obtuvo el control del 51 por ciento de Sibneft; y Mijaíl Jodorkovski se apoderó del 45 por ciento de la petrolera YUKOS. ¿Y quién intervino a su favor? Yo no tardaría en descubrirlo: el célebre e incorruptible Arkadi Granin, quien acababa de ser propuesto para el Nobel de la Paz.

«Es escandaloso, Arkadi Ivánovich», le reclamó Irina. «¿Qué estamos haciendo con Rusia?»

«¿Preferirías que los comunistas volviesen al poder, que Ziugánov nos devuelva a la edad de las cavernas? Cualquier cosa es mejor que eso, Irina Nikoláievna. Quizás el procedimiento no haya sido del todo limpio, pero te aseguro que los inversionistas gestionarán mejor esas empresas que el Estado.»

«¿De verdad crees que los oligarcas buscan el bienestar de Rusia?»

Hacía mucho que las discusiones entre ambos habían llegado a un punto muerto. Irina le volvió el rostro a su marido y se encerró en su habitación. Había llegado a su límite. Esa noche tomó una determinación inquebrantable: ya no se quedaría callada, ya no sería una prisionera, la gente debía saber lo que ocurría, enterarse del pacto entre los empresarios y el gobierno, conocer a los verdaderos amos del país. Aun si ello suponía destruir su matrimonio, necesitaba librarse de esa carga, denunciar las componendas y la corrupción. A la mañana siguiente consiguió el número de NTV y pidió que la comunicasen conmigo. Su voz poseía el timbre del metal.

A principios de 1996 Yeltsin era una bestia torpe y somnolienta: poco quedaba del espíritu colérico que había desafiado a Gorbachov, derrotado a los golpistas de 1991 o bombardeado el parlamento en 1993. Su salud mermaba (había sido internado de emergencia en el Sanatorio Barvija a causa de un ataque cardíaco), su capacidad mental disminuía y nadie daba un céntimo por su reelección. Según las últimas encuestas, sólo un 3 por ciento de la población pensaba votar por él, frente a un 40 por ciento a favor de Guennadi Ziugánov, el nuevo líder comunista.

Durante la reunión del Foro Económico Mundial de Davos de ese año, Borís Berezovski había apreciado en directo la encendida oratoria de Ziugánov, y por primera vez comprendió que su victoria significaría el fin del sistema que amparaba su riqueza. De inmediato se comunicó con Guzinski, quien también había acudido al poblado suizo.

«No hay otra salida», lo urgió, «debemos unirnos para apoyar a Yeltsin. Yo no puedo derrotarte y tú a mí tampoco, lo más sensato es trabajar juntos. Necesitamos a alguien capaz de despertar a Yeltsin de su letargo.»

«¿Chubáis?»

«Sí, Chubáis.»

El antiguo responsable de la privatización llevaba meses en el desempleo; Yeltsin se había visto obligado a despedirlo ante las presiones de la Duma. El propio Berezovski se entrevistó con él, le dijo que la élite empresarial confiaba en su capacidad y su talento, que era el único hombre que podría salvar a Yeltsin, y de paso a todos ellos. Chubáis aceptó con una condición: los empresarios debían patrocinar su nuevo Centro para la Protección de la Propiedad Privada con cinco millones de dólares. Sin que nadie lo intuyese, ocultos en las sombras, durante el oscuro invierno de 1996 los oligarcas decidieron invertir en Borís Yeltsin. Habían decidido que la mejor forma de controlar un gobierno corrupto e ineficiente era comprándolo.

A sus sesenta y cinco años, Irina Nikoláievna Gránina poseía una belleza intemporal, la mirada severa o más bien lánguida de una madre despechada y la vitalidad de una adolescente; las arrugas en torno a sus ojos o su boca realzaban su arresto, mientras que sus ademanes secos y morosos le conferían la distinción de una vestal. La había conocido en otro momento aciago (la historia rusa se resumía en una sucesión de calamidades), cuando los demócratas reunidos en el interior de la Casa Blanca defendíamos a Yeltsin de los golpistas en agosto de 1991. Habían pasado sólo cinco años y era como si esos días heroicos perteneciesen a una era remota. ¡Cuántas esperanzas se habían abierto con la derrota de los comunistas! ¡Y cuántas habían sido traicionadas en un lustro! Entonces creíamos que otro futuro era posible, que la historia rusa no volvería a repetirse, que aprenderíamos de nuestros errores y nos alejaríamos de la barbarie. ¿Y qué había ocurrido? Habíamos transitado de la dictadura del proletariado a la dictadura del capital. Irina y yo nos reunimos en un desolado café cerca de la Lubianka (qué lugar más apropiado) y pasamos horas desgranando nuestras frustraciones. Ella me hizo un resumen de su vida, me habló de Arkadi, de su pasión por la biología, de sus años en Sverdlovsk, de Biopreparat, de las dudas de su marido, de la lucha de éste contra el sistema, de su arresto y su internamiento psiquiátrico y de su liberación a principios de los noventa.

«Luchamos tantos años para que todo cambiara y al final ha sido peor», se disculpó. «Estoy tan triste, tan confundida.»

Irina lucía aún más vulnerable, más hermosa que antes: el vivo retrato de la matrona rusa. Entonces me habló de Oksana, del dolor de Oksana, de la vida al garete de Oksana, de la culpa por la pérdida de Oksana, aquella chica áspera y frágil cuyos ojos tanto me habían impresionado.

«Ella me necesitaba, me necesitaba más que Arkadi, pero no supe ayudarla. Tomé el camino más sencillo, luchar para salvar a mi marido de la cárcel, ¿quién podría reprochármelo? Concentré mi fuerza en Arkadi y la dejé sola. Dejé sola a mi pequeña. ¡No sabe usted cuántas veces me lo he reprochado!»

«Hizo lo que creyó conveniente, Irina Nikoláievna, no sea tan dura consigo misma.»

«Le agradezco sus palabras, Yuri Mijáilovich: no busco consuelo. Reconozco mis errores y lo que hice con ella es imperdonable. Arkadi me obligó a escoger entre ambos y, estúpida de mí, yo acepté sus condiciones. Jamás debí tolerar ese dilema. Si hubiera sido más firme, quizás Oksana no se habría marchado.»

«¿Tiene noticias de ella?»

«Nos envía alguna carta de vez en cuando.» Irina se restañó los ojos. «¡No sabe cómo extraño su voz! Perdóneme, Yuri Mijáilovich, no he venido a hablarle de mi hija.»

Esforzándose por mostrarse ecuánime, volvió a hablarme de su marido: su odio al comunismo lo había convertido en un fanático del mercado capaz de disculpar todos los errores de Yeltsin. Y de aprovecharse de ellos.

«Puedo comprender la lealtad incondicional, incluso admirarla, no la ceguera o la falta de principios. Arkadi Ivánovich justifica cualquier medida de Yeltsin por temor a los comunistas y mientras tanto su camarilla se apodera del país. Rusia se ha convertido en un bazar, usted puede comprar lo que sea, influencias, favores, prebendas. En una palabra, impunidad. Éste no es el capitalismo que buscábamos, Yuri Mijáilovich. La hija de Yeltsin reparte las empresas estatales entre sus favoritos.»

«¿Tiene pruebas de lo que dice, Irina Nikoláievna?»

«Yo le puedo proporcionar los indicios; usted tendrá que investigar por su cuenta. Sé que desde hace unos meses Arkadi Ivánovich y Jack Wells, su socio norteamericano, mantienen tratos con Mijaíl Jodorkovski. Mi marido conoce las maniobras ilegales que éste ha realizado para apoderarse de YUKOS y otras empresas estatales, tal vez yo pueda conseguirle algunos documentos.»

«Hay que tener cuidado, Irina Nikoláievna. ¿Está segura de que quiere seguir adelante con esto?»

«Es mi obligación.»

«¿Y su esposo?»

«Cada quien labra su destino.»

«Es usted muy valiente», le dije.

Ni siquiera esbozó una sonrisa, se levantó de su asiento y se marchó. Ya no quedaban mujeres como ella: la admiraba y la compadecía. De este modo abandoné mis reportajes sobre Chechenia y me concentré en rastrear las maniobras financieras de Mijaíl Jodorkovski y de Arkadi Ivánovich Granin, las cuales a la postre habrían de conducirme a Jack Wells y a Éva Horváth.

Borís Yeltsin lucía como un monigote. Faltaban menos de tres meses para las elecciones y nadie daba un rublo por su candidatura. Los oligarcas no descansaron hasta que el depauperado presidente aceptó reunirse con ellos a principios de marzo.

«La situación es muy complicada, Borís Nikoláievich», le advirtió Anatoli Chubáis. «¡Su índice de popularidad se sitúa en torno al cinco por ciento!»

La piel de Yeltsin se erizó.

«Nuestras encuestas nos conceden más del cincuenta por ciento.»

La sala se sumió en un silencio ominoso.

«Las encuestas que prepara su círculo están llenas de mentiras», intervino Guzinski, «tiene que escucharnos.»

«¿Y usted cómo diablos lo sabe?»

«Lo sé porque usted se comporta de manera imprudente.» El oligarca hizo una pausa. «Si los comunistas regresan al poder será responsabilidad suya. Todos nosotros estamos aquí para evitarlo.»

«Los comunistas nos colgarán de las farolas», apuntó Aleksandr Smolenski, «si no cambiamos la situación, dentro de un mes ya será tarde.»

«¿Qué quieren?», bufó Yeltsin.

«Nos necesita para ganar las elecciones», intervino Berezovski. «Le sugerimos que reincorpore a Chubáis a su equipo de campaña.»

Yeltsin permaneció silencioso y arisco. ¿Cómo era posible que esos miserables que habían lucrado a sus costillas pretendiesen darle órdenes? ¡Sabandijas! Al final, sabiéndose perdido, accedió a sus peticiones; no eliminó a sus antiguos colaboradores, pero sí creó una estructura paralela para Chubáis, quien instaló sus oficinas en el edificio de Banca Most. Este hecho constituyó el primer indicio público de la alianza entre empresarios y gobierno. El pacto se hizo aún más claro cuando los oligarcas publicaron un manifiesto con motivo de las elecciones.

Por si ello fuera poco, la hija de Yeltsin se presentó esa misma semana en las oficinas de la cadena NTV; su misión era convencer a Ígor Malashenko, director de la cadena y mi jefe inmediato, de dirigir las relaciones públicas de su padre. Cuando éste hubo aceptado, me pidió irme con él.

«La reputación de independencia que hemos ganado se perderá de un día para otro», le dije.

«A veces hay que sacrificar una cosa por otra, Yuri Mijáilovich. Si los comunistas llegan al poder ni siquiera podremos plantearnos la posibilidad de ser independientes, usted lo sabe.»

¿Lo sabía? ¿En verdad los comunistas de Ziugánov podrían comportarse como sus antecesores? ¿Era legítimo utilizar todos los recursos del Estado para destruir a un contendiente? Los demócratas enloquecían.

«Reconsidere mi oferta, Yuri Mijáilovich», insistió.

«Ya he tomado mi decisión.»

«Como quiera, sólo le recomiendo que tenga cuidado. Estamos en guerra y en la guerra las libertades quedan restringidas.»

Estuve a punto de renunciar a NTV en ese momento; me frenó el temor a los comunistas, la necesidad de medir los límites de nuestra endeble democracia, la inercia. Malashenko estaba convencido de que, si Yeltsin hacía caso a sus propuestas, podría alzarse con la victoria. Quería que el presidente se involucrase en una campaña a la manera occidental; no sólo tendría que aparecer en televisión, sino recorrer el país, pronunciar discursos, visitar fábricas y escuelas, recuperar el contacto con la gente. En unas palabras, copiar a Reagan.

Los comunistas, por su parte, no estaban dispuestos a perecer sin combatir. El 15 de marzo, la Duma aprobó una resolución no vinculante que repudiaba los acuerdos de Belavézhskaia Pushcha que disolvieron la Unión Soviética. Igual que en 1993, el parlamento se rebelaba contra el presidente. Yeltsin se sintió ultrajado. Para Aleksandr Korzhákov, su jefe de seguridad, aquella era una provocación inadmisible; la única salida consistía en posponer las elecciones o, en caso extremo, en disolver el parlamento.

Los oligarcas no estaban de acuerdo; el presidente no podía darse el lujo de violar el orden constitucional sin desatar una guerra civil, el peor aliciente para las inversiones. El Kremlin hervía: los dos bandos se torpedeaban y acusaban, cada uno dispuesto a conseguir el favor de Yeltsin. El presidente dudaba y se refugiaba en el mutismo. A la postre, las súplicas de Tania lo convencieron de que retrasar las elecciones sería un gran error y, contra todos los pronósticos, le otorgó su confianza a Chubáis y los oligarcas.

Como un oso que hubiera concluido su periodo de hibernación, Yeltsin abandonó el alcohol e incluso pareció recuperarse de sus afecciones; podía pasar meses vegetando, extraviado de sí mismo, pero cuando la situación se volvía desesperada era capaz de resurgir de las cenizas. Pronto se corrió la voz: Borís Yeltsin no sólo estaba vivo, sino que empezaba a remontar en las encuestas. Estaba decidido a vencer.

Jennifer viajó a Moscú a mediados de mayo de 1996 con buenas noticias para Yeltsin y su equipo. Tras seis meses de negociaciones, el Fondo Monetario Internacional y el Banco Mundial habían aprobado el programa de reformas estructurales para el bienio 1996-1998. Jennifer se había implicado en el trabajo como nunca antes, convencida de que el país saldría de la recesión y se convertiría en una economía estable. El programa diseñado por el FMI y el Banco Mundial contenía disposiciones en todos los órdenes: el punto medular consistía en introducir un sistema de legislación y supervisión modernas de la banca privada, del mercado de capitales y del comercio exterior; asimismo, proponía rediseñar el régimen fiscal, volver las privatizaciones transparentes y mejorar los sistemas escolar y de salud.

Tras incontables dilaciones y retrasos (Jennifer maldecía en secreto), los negociadores rusos se comprometieron a seguir el plan punto por punto. Pero, como los funcionarios de todos los países, los rusos mentían. Mentían con descaro, a sabiendas de que no contaban con los apoyos necesarios para ponerlo en práctica. A cambio de estas vagas promesas, la Junta Ejecutiva del FMI recompensó a Rusia con el préstamo más grande de su historia: 10,200 millones de dólares, pagaderos en tres años.

Como de costumbre, Anatoli Chubáis la invitó a cenar.

«El comunismo es el régimen más maligno jamás creado por los seres humanos», le espetó él de entrada. «Sólo funciona por medio de campos de concentración y el terror. Ésos son los enemigos que enfrentamos ahora, querida Jennifer (ahora se tuteaban). Yeltsin tiene que ser reelegido a cualquier costo.»

Jennifer adoraba a ese orangután rubio que se había convertido en pieza clave del entramado político y económico de Rusia.

«Eso esperamos», le dijo ésta, sin imaginar que en menos de seis meses el gigantesco préstamo del Fondo iba a evaporarse.

¿Cómo gastar esa cantidad de dinero en un lapso tan breve? Muy fácil, en Borís Yeltsin. La estrategia había sido ideada por Berezovski: en vez de que los oligarcas pagasen de sus bolsillos la reelección del presidente, utilizarían los recursos del Fondo. El fin justificaba los medios. Evitar la llegada del comunismo no tenía precio. ¿Sabrían los altos funcionarios del FMI y del Banco Mundial lo que sucedería con su dinero? Jennifer se había convertido en cómplice del presidente ruso y sus chacales.

Nada tan escandaloso como la televisión. Si en la URSS había sido el instrumento de propaganda del partido, ahora los canales privados monopolizaban la verdad: los ciudadanos rusos no tenían otro modo de enterarse de lo que sucedía sino a través de las pantallas, que favorecían por completo a Yeltsin. Sus asesores de imagen invertían millones en anuncios y entrevistas. Sin reparar en el daño que le harían al país, Berezovski y Guzinski pusieron sus canales al servicio del presidente;

mientras Ziugánov apenas recibía atención (sus *spots* eran prehistóricos), el abotagado rostro de Yeltsin colmaba el horario estelar. NTV, la televisora que presumía su libertad y su falta de compromisos, también sucumbió; en vez de aguerridos programas sobre Chechenia o feroces críticas al presidente, la cadena se dedicaba a alabar sus dotes o infundía pavor ante el eventual triunfo comunista. Ni siquiera *Kulki*, el programa cómico azote del gobierno, escapó a la complacencia que Guzinski le dispensaba a su nuevo aliado. Harto, abandoné mi puesto en NTV y me concentré por completo en Jodorkovski.

La pista que Irina me entregó no se refería tanto a las maniobras realizadas por el empresario para apoderarse de YUKOS, sino de una compañía mucho más pequeña e invisible pero que acaso sirviera para tirar el resto de la madeja. Se trataba de una fábrica de fertilizantes de nombre Apatit. En teoría cuatro empresas competían por el 20 por ciento de sus acciones pero, de acuerdo con los datos que Irina me proporcionó, las cuatro eran propiedad de Jodorkovski. El entramado financiero creado por el oligarca (con la anuencia de Arkadi Granin) resultaba casi imposible de desmenuzar; al parecer una de sus firmas había revendido las acciones de Apatit a otras empresas fantasma creadas en distintos paraísos fiscales, Chipre, la isla de Man, las Islas Vírgenes Británicas y las Turks y Caicos. Dediqué semanas a desmadejar su red, a indagar sus componendas con el sistema, a desentrañar su biografía.

De inmediato comprendí que no podría hacer públicos mis descubrimientos hasta después de las elecciones: ningún medio se arriesgaría a poner en jaque a uno de los principales aliados del presidente antes de conocer los resultados. Fue en esas semanas de pasmo, mientras el país volvía a rendirse a Yeltsin, de fuertes brazos, cuando se me ocurrió convertir mis pesquisas en una novela. Al principio se trató de una entretención o un juego para olvidar las horas; luego la tarea se volvió tan absorbente que los días se desvanecían mientras trazaba la historia de Jodorkovski que era también la historia del final de la

Unión Soviética y la historia del triunfo del capitalismo en Rusia. El tema y los personajes me absorbieron a tal grado que me convertí en su rehén. Mijaíl Borísovich Jodorkovski, a quien rebauticé como Vladímir Vladimírovich Kaminski (un perverso juego de palabras) se convirtió en mi desafío cotidiano. El carácter en apariencia fantasioso del texto me animaba a decir cosas que jamás me hubiese atrevido a incluir en un reportaje. Escribía para mí, indiferente a la destrucción que me deparaban esas páginas. En contra de toda lógica, una ficción, un burdo *thriller* político, podía resultar más poderoso que la verdad.

El 16 de junio se anunciaron los resultados de la primera ronda electoral. Borís Yeltsin obtuvo 35.28 por ciento de los votos; Guennadi Ziugánov, 32.03; el general Aleksandr Lebed, veterano de Afganistán, 14.52; y Grigori Yablinski, un político liberal de honestidad impecable, apenas 7.34. Tal como se había iniciado el proceso, se trataba de un gran triunfo para el presidente. Los oligarcas lo habían rescatado y se habían rescatado a sí mismos. Mientras Yeltsin festejaba su triunfo (y se sometía a un *by-pass* múltiple), éstos cobraban por sus servicios. Jodorkovski recibió inmensos beneficios fiscales y obtuvo el control absoluto de las empresas que su banco había manejado bajo el sistema de Créditos por Acciones. El mismo día que se anunciaron los resultados de la segunda vuelta (la diferencia a favor del presidente fue todavía mayor) yo concluí la primera versión de mi novela. Su título me pareció obvio: *En busca de Kaminski*.

El segundo periodo de Yeltsin constituyó un auténtico interregno; enfermo y solitario, gobernaba con la displicencia de los zares, mientras los oligarcas prosperaban como nunca. Sólo que, como era natural, ahora volvían a odiarse como antes. En el nuevo reacomodo de fuerzas, no pasó mucho antes de que los antiguos aliados comenzasen a intrigar unos contra otros. El botín era demasiado apetecible como para compartirlo. El más astuto fue Mijaíl Jodorkovski. Sin involucrarse en las tareas de gobierno como otros de sus colegas, obtuvo todo lo que quiso.

Fungiendo como su intermediario (así lo confirmaban los papeles que me dio Irina), Arkadi convenció a un lángui-do Borís Yeltsin de firmar un decreto que le permitía emitir nuevas acciones de YUKOS para pagar a sus acreedores. En la práctica, el gesto le aseguró el control absoluto de la empresa. En total, Jodorkovski desembolsó 350 millones de dólares por una compañía que pronto alcanzaría un valor de mercado de 6,200 millones. Por si fuese poco, a principios de 1998 anunció que YUKOS se fusionaría con Sibneft, la empresa de Berezovs-ki, para crear YUKSI, una de las petroleras más grandes de Rusia (controlaba el 22 por ciento de la producción), poseedora de las mayores reservas de crudo del mundo.

En busca de Kaminski fue publicada en septiembre de 1998 y provocó un escándalo inmediato. La medida de mi éxi-to no radicó en las diez ediciones agotadas en pocas semanas o en los innumerables artículos, reseñas y reportajes que se publicaron sobre ella (el más importante en *Der Spiegel*), sino en las incontables amenazas que recibí a partir de entonces. Yo creía estar acostumbrado a la presión, pero la fiebre de aque-llas semanas me sobrepasó. Atrapado en mi repentina fama, en mi triste y efímera fama, y atemorizado por las reaccio-nes de mi poderoso enemigo, volví a perderme en el alcohol. Gracias al artículo en *Der Spiegel*, una veintena de editoriales extranjeras se interesó en traducir la novela y comencé a reci-bir invitaciones para dictar conferencias en Europa y Estados Unidos. Durante meses mi existencia se redujo a hablar una y mil veces, en distintas ciudades y lenguas (a veces era inca-paz de reconocerlos) del infame Vladímir Kaminski, quien no sólo terminó por carcomer o suplantar a Jodorkovski, sino a mí mismo. Llegué a odiar a ese personaje obtuso y veleidoso tanto como a su encarnación real.

Para paliar este desencuentro conmigo mismo, y sanar una culpa irremediable, me involucré en toda suerte de campañas benéficas. Quería demostrar que ni la celebridad ni el dinero me habían transformado, que seguía siendo el mismo de siempre, que nadie podría acusarme de lucrar con mi compromiso político, que sería congruente hasta el final. Destiné buena parte de mis ingresos a organizaciones no gubernamentales, defendí en público todas las causas justas, me convertí en el mayor enemigo de la nueva *nomenklatura* rusa, suscribí manifiestos ecologistas (en especial contra la desecación del mar de Aral) y me convertí en azote de empresarios y políticos. Ninguno de los periodistas que entonces se debatían por entrevistarme, ninguna de las presentadoras de televisión que me sonreían ante las cámaras, ninguno de los académicos que me invitaban a sus universidades, ninguno de los activistas que solicitaban mi presencia en sus coloquios y ninguna de las estudiantes francesas que me dedicaban sus tesis doctorales podía imaginar que la gran promesa de la literatura eslava, el Solzhenitsin del poscomunismo, la conciencia de la Nueva Rusia, el admirado y celebrado Yuri Mijáilovich Chernishevski albergaba en su interior a un asesino.

«¿Cómo te atreviste?» Arkadi vociferaba con rabia, desesperado. «¿Cómo pudiste traicionarnos así?»

Irina permanecía cercada por el remordimiento. Le ardían los ojos y la garganta y los escalofríos la hacían temblar como si tuviese miedo. Acaso lo tuviese.

«Formábamos un equipo, Irina Nikoláievna. ¿Cuántos años llevamos juntos? La vida entera. ¡No entiendo, no te entiendo! ¿Por qué rompiste la lealtad de tantos años? Lo que has hecho es infame, Irina Nikoláievna. No merecía esto de ti. Quizás me equivoqué en algunas cosas, quizás fui testarudo o ingenuo, pero sabes que amo a Rusia, que he hecho lo posible por salvar a este país.»

La lectura de *En busca de Kaminski* habían resultado transparente para él: en sus páginas figuraba un científico (en este caso un físico nuclear), Arseni Vólkov, cuya existencia seguía paso a paso la suya. Como Granin, mi Vólkov había trabajado en el programa armamentístico soviético; como Granin, se había negado a colaborar con sus jefes; como Granin, había sido acusado de traición y enviado al exilio interno; como Granin, había recibido el indulto por parte de Gorbachov y se había integrado al movimiento por los derechos humanos; como Granin, se había acercado a Yeltsin; como Granin, se había vendido a Yeltsin; como Granin, se había vinculado con los oligarcas (en especial con Kaminski, por supuesto); como Granin, se había transformado en millonario, asociado a un cínico capitalista estadounidense. Lo que más le dolió a Arkadi era el retrato íntimo de Vólkov: mi personaje tenía un hijo, no una hija, que también huía de él. Vólkov aparecía como una roca, un ser ambicioso y torturado, egoísta absoluto, lleno de ideales y ambiciones, de rencor, de orgullo, de venganza. En una novela plagada de monstruos, si Vólkov no era el peor de ellos, sí se mostraba como una criatura torturada y ciega.

«No podía seguir callada», balbució Irina. «Si la novela te ha irritado tanto es porque te reconoces en ella. Es un espejo en el cual no te gusta contemplarte.»

«Revelaste nuestra intimidad, nuestros secretos», se quejó él, «me *expusiste*.»

«Sólo conté la verdad, la verdad que no quieres escuchar. Quizás seas un buen hombre, Arkadi Ivánovich, eso no me toca juzgarlo a mí. Pero te has equivocado. Con este país, con Oksana, conmigo. Contigo mismo.»

«¿Y acaso tú eres perfecta? Utilizaste a un mercenario para destruirme y de paso destruirás a Rusia.»

«Hace años que no escuchas a nadie, Arkadi Ivánovich. Desde que volviste del exilio sólo oyes tu propia voz. Cualquier intento de hablar contigo se resuelve con tu indiferencia o tu silencio.»

«Basta, Irina. Tu conducta ha roto lo poco que aún quedaba de nuestro matrimonio.»

Irina lloraba a su pesar: no quería terminar así, jamás se imaginó la vida sola, sin su esposo.

«Hace mucho que tú no existes más que para ti mismo, Arkadi Ivánovich», le dijo.

Y, sin dejar de sollozar, se dio la vuelta con un movimiento neutro, apenas violento. No volvería a ver a su marido sino tres años después, una noche de diciembre, en la morgue, los dos frente al cadáver de su hija.

OTROS MUNDOS

*Campo de refugiados de Yenín, Cisjordania-Birmingham,
Gran Bretaña-Seattle, Estados Unidos de América-Moscú,
Federación Rusa, 1997-2000*

Jerusalén, ciudad tres veces santa, cuna de las tres grandes religiones monoteístas, era una ciudad maldita. Siempre que Allison avistaba las colinas rocosas y secas que la rodeaban (un paisaje tan áspero y hostil como su historia) sentía la misma opresión en el pecho, el mismo sabor metálico en la boca, la misma palpitación en las sienes; tanta espiritualidad le provocaba náuseas, como si se tratase de un vino denso o un hedor reconcentrado. A diferencia de los peregrinos que visitaban la zona (turistas de lo divino, los llamaba con desprecio), ella prefería alejarse cuanto antes de la Ciudad Vieja: no toleraba su perfección sublime ni su pasado escalofriante. Sólo la primera vez, durante su viaje inaugural a Israel y Palestina en 1992, Allison se había atrevido a realizar el *tour* obligatorio, primero al Muro de las Lamentaciones, luego a la mezquita de Al-Aqsa y por fin a la iglesia del Santo Sepulcro. Los tres sitios le parecieron tan impresionantes como aciagos, tan evocadores como inicuos. ¡Si por ella fuera alguien debería destruirlos de una vez por todas, arrasarlos con la misma eficacia con que los buldóceres israelíes demolían las viviendas palestinas! ¡Ninguno contaba con los permisos de construcción correspondientes, ¡ninguno merecía alzarse en esa encrucijada para animar el rencor y decretar la muerte!

Allison se consideraba religiosa sin religión y cada vez sentía más desprecio (y temor) hacia los cultos oficiales. Aquellos sitios de peregrinación no eran más que eso: rocas y arenisca. Era absurdo que la gente estuviese dispuesta a entregar la vida para preservar esos derrelictos de épocas oscuras. Los Santos Lugares sólo atizaban la ira y servían como pretextos de la intolerancia. En contra de lo que indicaban las guías turísticas, Allison no percibió el menor atisbo de fe entre los custodios de los santuarios, sino una mezcla de orgullo, ignorancia y prejuicios. Pero lo más indecente (debía emplear esta palabra) era que los recelos y las peleas no se concentraban entre judíos, musulmanes y cristianos, sino que en el interior de cada confesión pululaba un sinfín de sectas enemistadas: judíos sefardíes, ashkenazis y ultraortodoxos; cristianos ortodoxos, católicos, armenios y coptos; musulmanes chiíes y suníes. Jerusalén era la Babel del odio, el juguete de un Dios malévolo que se burlaba de sus criaturas imponiéndoles tal variedad de dogmas absurdos. Como en ninguna otra parte del mundo, allí era posible observar a diario cómo seres humanos idénticos, dotados con el mismo código genético, podían verse como miembros de especies enfrentadas; los enemigos compartían una historia común e incluso se jactaban de venerar al mismo Ser Supremo: ello no les impedía abominarse. ¿Qué virus los hacía considerarse poseedores de lo cierto? Bastaba que una idea se incubase en sus cerebros (la convicción de ser los elegidos) para que se transformasen en rapaces. Llevaban tantos años de agraviarse, de acumular afrentas y venganzas, que no quedaba lugar para el perdón ni para el olvido. Allison lo expresaba sin orgullo: Jerusalén le escocía.

Cada vez que aterrizaba en Tel Aviv hacía lo posible por dirigirse sin escalas, después de atravesar un sinfín de retenes oficiales, hasta Yenín, en los Territorios Ocupados. Ahmad, el chofer de Coalición por los Niños que solía recogerla, era un hombretón amable y taciturno con el cual apenas cruzaba palabra a lo largo del trayecto. Una vez Allison insistió en preguntarle su historia; éste se negó a contársela y se limitó a decirle que los palestinos sólo tenían historias tristes. Por lo que averiguó después, Ahmad había nacido en el campo de refugiados, había vivido allí toda su vida (no debía tener más de treinta) y su rostro severo, quemado por el sol, denunciaba que no tenía esperanzas de abandonarlo.

Como muchas ciudades palestinas, Yenín no deparaba ninguna sorpresa al visitante. Se trataba de un enorme villorrio de 34,000 personas, a las que había que sumar los cerca de 13,000 refugiados contabilizados por la UNRWA, la Agencia de Naciones Unidas para la Ayuda y el Trabajo. Pese a que el horizonte ofrecía un perfil árido y accidentado (una sucesión de casuchas blanquecinas, flanqueadas por caminos terrosos y lacónicos arbustos, a pocos kilómetros del Valle del Jordán), Allison siempre experimentaba un rápido alivio al contemplarlo en lontananza. A diferencia de los asentamientos judíos que desde 1996 se multiplicaban como hongos en los Territorios Ocupados (sólidas construcciones de hormigón protegidas por inmensas alambradas), los poblados palestinos se plegaban a las estribaciones del paisaje de forma natural, casi espontánea.

El campo de refugiados, fundado en 1953 para recibir a los palestinos expulsados tras la guerra de 1948, se extendía a lo largo de un kilómetro cuadrado en las inmediaciones de la ciudad, y desde hacía unos meses se hallaba bajo el control nominal de la Autoridad Palestina. Desde la primera vez que lo vio Allison supo que ahora sí había encontrado un hogar. Nada le recordaba su aburrida existencia en Estados Unidos: el campo era una prisión gigantesca, un experimento humano odioso y terrible (un mundo en miniatura), no por ello menos energético y vital. ¡Qué darían sus compatriotas por albergar un poco de la fuerza y el encanto de ese pueblo que se resistía a la colonización israelí! Por paradójico que suene, Allison se sentía mucho más libre en la enorme cárcel que era Cisjordania que en el mall de Washington. Aquí cada uno de sus actos perdía su irrelevancia; aquí podía ser útil, aquí su vida adquiría sentido, aquí era capaz de combatir el imperialismo y ayudar a los demás.

Ante tantas carencias quedaba todo por hacer.

Durante su primera visita al campo, Allison se vio atrapada en una escena que habría de convertirse en parte de su rutina: decenas de niños la rodearon para pedirle limosnas, asediándola con sus gritos, sus sonrisas, sus abrazos y sus súplicas. «¡Yo, yo, por favor, por favor, yo, yo!» Ella jamás había experimentado una emoción tan poderosa: esos pequeños la necesitaban, requerían su atención y su cariño. Allison quería entregarse a ellos, no le importaban las privaciones que tuviese que sufrir con tal de aliviar su desesperanza. «¡Yo, yo, yo!»

De acuerdo con las cifras del último censo, el 47 por ciento de la población del campo tenía menos de quince años, mientras que el conjunto de niños y mujeres llegaba al 67 por ciento. Estas cifras la alarmaron (y la llenaron de secreta alegría): ahora sabía dónde concentrar sus energías. En marzo de 1995 Allison se afilió a Coalición por los Niños/Sección Palestina, una organización no gubernamental establecida en 1992 cuyo principal objetivo consistía en proteger los derechos de los niños en Gaza y Cisjordania, así como movilizar y equipar a la comunidad local e internacional para defender esos derechos, como rezaba su declaración de principios. Dos años después, Allison se había convertido en una presencia habitual en el campo; si bien continuaba pasando temporadas en Estados Unidos (solía compartir los veranos con Jacob, interno el resto del año en una pomposa escuela Montessori de Washington) y procuraba asistir a foros alternativos en todas partes del mundo, el centro de su vida se había trasladado a ese conjunto de casuchas en los yermos de Cisjordania. Amaba al pueblo palestino y amaba a la familia que había reunido a su alrededor. Si bien sus superiores de la Coalición le recomendaban no encariñarse demasiado con unos pocos niños, pues corría el riesgo de que los demás la mirasen con desconfianza, ella no había sido capaz de sustraerse al encanto de Salim, de Alaa, de Walid, de Yehya y del pequeño Rami.

Salim y Alaa eran hermanos, él tenía quince años y ella catorce, y poseían dos limpias sonrisas que derretían a Allison; Walid, de trece, resultaba más tímido e introvertido y ella apenas conseguía arrebatarle algunas palabras (al parecer sus dos padres habían sido asesinados en el campo de refugiados de Sabra, en Líbano); Yehya había cumplido doce y exhibía ya los contornos de una belleza oscura y cautivante, mientras que Rami, su consentido, emparentado de alguna manera con Walid, no tenía más que cinco (la misma edad de Jacob).

Los niños la seguían a todas horas y le servían como intermediarios con el resto de la comunidad. Allison los consideraba sus ángeles guardianes, como si fueran ellos los responsables de cuidarla y no al contrario. Los cinco se batían por conquistar su atención, la llenaban de besos y carantoñas y, salvo cuando sus parientes los obligaban a volver a casa, no la dejaban sola ni un minuto. A partir de su segundo año en Yenín, cuando su dominio del árabe le permitía hilvanar párrafos completos, Allison pasaba horas contándoles historias y cuentos de hadas; los niños la escuchaban fascinados y le pedían que se los repitiese una y otra vez.

De no ser por ellos, por Salim, Alaa, Walid, Yehya y el pequeño Rami, Allison no hubiese resistido las condiciones de vida en el campo. La miseria resultaba tan escandalosa, tan ofensiva, que cada mañana luchaba para no despertar entre sollozos; si bien un alto porcentaje de los varones adultos tenía un trabajo más o menos fijo, sus salarios apenas les permitían alimentar a sus familias. Casi todas las mujeres colaboraban en la economía doméstica, la mayoría preparaban pan en sus casas y lo vendían en los mercados, mientras que unas cuantas se especializaban en criar pollos, en preparar productos lácteos y dulces o en hornear pastelillos. En promedio, las mujeres se casaban (por obligación) al cumplir los quince años y, de acuerdo con las estadísticas de la UNRWA, casi la mitad había sufrido al menos un aborto, prueba suficiente de la falta de información y medicamentos que prevalecía en el campo. Allison había llegado a acostumbrarse a trabajar con pocos recursos; en cambio no toleraba los recelos, la desconfianza y la ingratitud de buena parte de los refugiados, ni la rivalidad y la envidia que le dispensaban otros cooperantes. A veces los trabajadores humanitarios tenían poco de humanistas.

La primera persona con quien trabó contacto al llegar a Yenín fue un médico francés llamado Henri Soldain, quien llevaba más de diez años trabajando con los refugiados palestinos.

«Son unos hijos de puta, Allison», le espetó a modo de saludo. «Ten cuidado con ellos. Tú dejas todo en tu país para ayudarlos y ellos jamás te lo agradecen.»

Allison se sintió ofendida al escuchar aquellas palabras: si Henri asumía esa actitud frente a las víctimas, lo mejor sería que se regresara de una vez a su añorado París y dejara que otros con más ánimo ocupasen su puesto. Pronto descubrió que la comunidad de expatriados estaba plagada de individuos excéntricos, amargados, tozudos y soberbios como ese médico. Muchos de los cooperantes se veían como salvadores o mesías, seres excepcionales que merecían el reconocimiento (y de paso la sumisión) de las víctimas; otros parecían tomarse su estancia en lugares tan miserables y exóticos como los Territorios Ocupados (sucedía lo mismo en África, en el sudeste asiático o en Haití) como si fuese una temporada vacacional que, además de proporcionarles entretenimiento, les permitía presumir su altruismo; unos más no se diferenciaban de otros burócratas y repartían la ayuda con la misma displicencia con que hubiesen llenado formularios en una aduana.

A Allison le escandalizaba la apariencia y la actitud de algunos de sus colegas: llegaban al campo de refugiados en *jeeps* último modelo, rodeados de choferes y asistentes, vestidos como si fuesen a un safari, luciendo sofisticados sistemas de radio; hablaban un idioma incomprensible, trufado de términos ambiguos o eufemísticos (beneficiarios, países en vías de desarrollo, personas con deficiencias nutricionales), atiborrado de siglas y abreviaciones ignotas. No era raro que los propios cooperantes se burlasen unos de otros y se inventasen nuevos nombres: SC (*Save the Children*) se volvía *Shave the Children* o *Save the Chicken*, MSF (Médicos sin Fronteras) devenía Médicos sin Futuro, ACF (*Action contre la Faim*) se transformaba en *Action contre les Femmes* o MDM (Médicos del Mundo) en Médicos de Mierda.

En medio de la penosa fauna humanitaria siempre había dos o tres individuos comprometidos y críticos que, sin dejar de percibir las contradicciones de su tarea, seguían considerándola valiosa e indispensable. Sven Sígurdsson, un gigante islandés de casi dos metros de alto y barba blanquecina, era uno de ellos.

«Los cooperantes no somos superhéroes», le dijo a Allison, «y tampoco somos especiales. Cumplimos un trabajo como cualquier otro, no somos más que distribuidores de ayuda. Y no lo hacemos gratis, nuestra filantropía no es tan grande, sólo que en vez de dinero preferimos sentirnos bien con nosotros mismos, que no es poco.»

Gesine Müller, una alemana experta en desarrollo, era más lúcida.

«Nuestra misión es muy ambigua. Trabajamos para aliviar a los desposeídos, pero si éstos desaparecieran nuestra labor dejaría de tener sentido. Nosotros los necesitamos a ellos tanto como ellos a nosotros.»

«Peor que eso», intervino Ruth Jenkins, la única judía que trabajaba en el campo como parte de la organización de derechos humanos B'Tselem, «nosotros queremos dar y que se sepa que damos; ellos no quieren recibir nuestra ayuda, pero no les queda más remedio, y prefieren que no se sepa: una típica relación mal correspondida.»

Allison detestaba ser la típica habitante acomplejada del Primer Mundo que, para sanar su sentimiento de culpa, se traslada a vivir en el Tercero, pero reconocía que muchas de sus actitudes correspondían con el estereotipo: vestía como las mujeres palestinas, tomaba lecciones de árabe, tenía su pequeño departamento decorado con artesanías locales y adoraba las hojas de parra, el aceite de oliva, el *hummus* y el *tabule*.

«¿Todo eso me vuelve una farsante?»

«Quizás no, Alli», la consoló Ruth, «pero algún día tendrás que reconocer que jamás te convertirás en una de ellas. Tú vienes aquí por un tiempo y sabes que puedes marcharte cuando quieras; ellos, no. Si te enfermas tendrás medicinas o en el peor de los casos te trasladarán a un hospital en Europa o Estados Unidos; ellos, no. Si un buen día te aburres de las privaciones y del color local, puedes irte a un centro comercial o a una discoteca en Tel Aviv; ellos, no. La gran diferencia radica en esto, Alli: nosotros estamos aquí por nuestra voluntad, en algún momento habremos de irnos, y ellos seguirán aquí por los siglos de los siglos. Y lo saben tan bien como nosotros.» Allison no se resignaba a ser prescindible, otra tonta rubia estadounidense en el hormiguero humanitario; su misión era única e importante, ella era imprescindible para Salim, para Alaa, para Walid, para Yehya y en especial para el pequeño Rami.

«No los engañes», la reprendió Gesine. «Hagas lo que hagas, jamás se convertirán en *tu* familia.»

Allison no tardó en descubrir, desencantada, que en efecto muchas de las personas a las que ayudaba o atendía sólo buscaban aprovecharse de ella. Los padres de Yehya, por ejemplo, no hacían más que narrarle sus penurias, sus enfermedades, sus privaciones; tras escuchar aquella retahíla de desventuras, ella era incapaz de no darles unos dólares (¿qué eran unos dólares para ella, rica burguesa de Filadelfia?), aunque a ellos apenas les sirviesen de algo. Pero había sujetos peores, víctimas profesionales expertas en el arte de saquear a las organizaciones no gubernamentales. Hacía apenas unos días se había enterado de la historia de dos jóvenes que se encargaban de destruir cada noche el camino hacia sus casas sólo para poder exigir dinero para repararlo cada día. Y eso no era más que un ejemplo: en el campo abundaban los fraudes y los engaños, aunque nada se comparaba con la sevicia y la corrupción de los funcionarios de la Autoridad Palestina; aprovechándose del caos y de la ausencia de leyes y mecanismos de supervisión, desviaban el dinero a sus propias cuentas, beneficiaban a sus parientes y amigos, y sólo auxiliaban a quienes se comprometían a entregarles un porcentaje de la ayuda. En una ocasión, harta de sobornos y chantajes, Allison se enfrentó a uno de esos burócratas.

«¡Por Dios!», le gritó, furiosa. «¿Cómo es posible que ustedes mismos lucren con la pobreza de sus hermanos? ¡Así nunca podrán salir de la miseria, nunca podrán convertirse en un Estado independiente!»

El representante de Al-Fatah en Yenín se encogió de hombros, como si él mismo ya se hubiese planteado esta pregunta en el pasado.

«Los judíos nunca nos dejarán ser independientes», dijo y se dio la vuelta.

La decepción enfebrecía a Allison. Al término de su primer año en el campo estuvo a punto de renunciar a la empresa. ¿De qué servían sus desvelos, su entusiasmo, su altruismo? ¿Qué sentido tenía luchar cuando todos los demás se daban por vencidos? El mundo era un sitio repugnante: un planeta miserable, perdido en los confines de la vía láctea, cuyos habitantes no habían sido capaces de vivir en paz, de suprimir las diferencias y la injusticia.

Las estadísticas de Coalición por los Niños y otras organizaciones no gubernamentales eran prueba suficiente de la estupidez de sus congéneres: cada año morían más de 30,000 niños en los países subdesarrollados a causa de enfermedades erradicadas en Occidente. ¡El costo de proveer con servicios de salud a quienes no los tenían se elevaba a 13 mil millones de dólares, 4 mil millones menos de lo que europeos y japoneses gastaban al año en alimento para mascotas! Las desigualdades eran tan monstruosas que erizaban la piel: los 900 millones de personas que habían tenido la suerte de nacer en las naciones desarrolladas acumulaban el 79 por ciento de los ingresos, el 89 por ciento de los gastos en bienes de consumo, el 47 por ciento de las emisiones de carbón, el 58 por ciento de la energía y el 74 por ciento de las líneas telefónicas. En comparación, los 1,200 millones que habitaban en los países más pobres compartían tan sólo el 1.3 por ciento de los gastos en bienes de consumo, el 4 por ciento de la energía, el 1.2 por ciento de las líneas telefónicas y el 5 por ciento del consumo de carne o pescado. ¿Cómo no indignarse y desesperarse, cómo no odiar a los políticos estadounidenses y europeos, verdaderos responsables de este infierno?

«¿Por qué estás triste?», le preguntó Rami, mostrándole sus profundos ojos negros. Allison se enjugó las lágrimas. «Nosotros te queremos.»

Esa frase bastó para salvarla. Allison tomó al pequeño en sus brazos y lo cubrió de besos. ¿Qué importaba lo que sucediese con el resto de la humanidad? Ella sola jamás lograría eliminar la brecha entre ricos y pobres, entre poderosos y desheredados, pero al menos podía ocuparse de que cinco o diez personas, acaso veinte o treinta, tomasen conciencia de su situación y aprendiesen a sobrevivir por sí mismas.

«Y yo los quiero a ustedes», remató.

Como cada semana, Allison se dispuso a escribirle una larga carta a Jacob, esta vez con motivo de su octavo cumpleaños. Había comenzado a hacerlo desde que el pequeño cumplió cinco, convencida de que pronto aprendería a descifrar su caligrafía por sí mismo; mientras tanto, le había pedido a Jennifer que le leyese sus misivas. ¿Qué le contaba? Todo. Procuraba ser precisa y explícita, como si un detallado retrato de su vida en el campo de refugiados, de los turbulentos paisajes de Cisjordania, el color púrpura de los atardeceres, la dulzura de los pastelillos, el olor de los jazmines y naranjos, el rostro desolado de los viejos o la belleza de las jóvenes pudiese atraerlo hacia sí, como si con esos cuadros y escenas pudiese transportarlo desde su inocua y frígida escuela en Washington hasta la fogosa precariedad de Palestina. Allison no era tonta ni malvada: sabía que cada una de sus palabras era testimonio de su culpa, que nada en el mundo la haría sentirse menos desgraciada ante la ausencia de su hijo. ¿Y entonces por qué no lo tenía a su lado? ¿Por qué lo dejaba en manos de su hermana?

Todavía es muy pequeño, en cuanto crezca un poco más lo llevaré conmigo a todas partes, se repetía a diario. Era su respuesta habitual, la que daba siempre que alguien le preguntaba por él. Pero habían pasado más de tres años desde la primera vez que pronunció esta disculpa y aún no había hecho nada para atraerse a Jacob. Una vez intentó llevárselo de Washington para alejarlo de Jennifer de una vez por todas. Estaba decidida a rechazar los chantajes de su hermana: iría a la escuela Montessori donde lo tenían prisionero, recogería sus juguetes y sus útiles (ella le había regalado una mochila que él siempre cargaba) y juntos tomarían el primer avión que los sacase de Estados Unidos.

«¿Qué haces aquí, mamá?», le preguntó Jacob al verla.

«¿No te da gusto verme, Jako?»

Allison le revolvió el cabello.

«Tú y yo vamos a irnos de viaje, va a ser muy divertido, te lo prometo.»

«¿La tía Jen no va a enfadarse?»

«Yo me encargo de hablar con la tía Jen.»

Tal como Jacob preveía, el encuentro entre las hermanas no resultó fácil. Recién separada de su insoportable marido, Jennifer no estaba de humor.

«¿Por qué no me avisaste que vendrías?»

«Es mi hijo, Jen, puedo pasar por él cuando me dé la gana.»

«Eres una inconsciente, Allison. Primero me pides que me encargue de tu hijo y luego me lo reprochas. ¿Cómo puedes ser tan egoísta?»

«Ya te lo dije: Jacob es mi hijo y he venido a llevármelo.»

«¿A dónde?»

«Conmigo. No te importa a dónde.»

«Tú nunca has sido capaz de hacerte responsable de ti misma», estalló Jennifer, «¿qué vas a hacer con un niño de siete años? ¿Quieres que se vuelva nómada como tú? ¿Que duerma en el suelo, que no tenga educación, que enferme de cólera? Alli, tienes que entrar en razón. Si tú quieres seguir con esa vida que llevas, allá tú, pero no obligues a un inocente a renunciar a todo lo que tiene.»

«¿Ah, sí, Jen? Y dime, ¿qué tiene?»

«La mejor educación, los mejores libros, el mejor sistema de salud, seguridad, protección, cariño.»

«*Tu* cariño, Jen.»

«Aquí no le falta nada, no te atrevas a hacerle daño a tu propio hijo, Allison. No permitas que un capricho le eche a perder la vida. Jacob no tiene la culpa, no puedes usarlo como rehén en nuestras disputas.»

Aunque ambas se habían preocupado de encerrar al niño en su habitación para que no presenciara la pelea, los gritos de Jennifer lo habían hecho llorar; sus sollozos llegaban hasta la cocina.

«¿Ves lo que has hecho?», exclamó ésta. «¿Cómo puedes ser tan insensible? Jacob jamás estará mejor que aquí, éste es su hogar.»

Al final, Allison cedió: no quería arrebatarle a su hijo la posibilidad de ser feliz. Tal vez Jennifer tuviese razón y no debiese exponerlo a los peligros de Palestina. Al menos no todavía. Jacob había nacido en un país desarrollado y estaba demasiado acostumbrado a sus beneficios; expulsarlo sería un castigo incomprensible. Allison no dejó de llorar hasta una semana después, cuando volvió a Yenín y pudo entregarse a los abrazos de Salim, de Alaa, de Walid, de Yehya y del pequeño Rami.

A diferencia de la mayor parte de sus compañeros de la Coalición y de los miembros de las demás ONG presentes en Yenín, Allison prefería no hablar de política con los niños; la situación de penuria en que vivía el pueblo palestino le parecía tan obvia, tan intolerable, que apenas sentía la necesidad de ponerla en evidencia. El Estado de Israel era sin duda el enemigo, el gran villano, la potencia colonizadora, el primer culpable de la opresión y la miseria de los campos; ella no creía necesario acentuar el odio, prolongar una guerra que resultaba catastrófica para todos. Muchos de sus amigos en el movimiento anticapitalista eran judíos y sentía la obligación de distinguir entre los ciudadanos comunes y el gobierno, sobre todo desde que se hallaba en el poder ese rinoceronte, Netanyahu, rodeado de serpientes como Rehavam Zeevi, quien no se cansaba de repetir que el pueblo palestino era un cáncer. Sus amigos más radicales, como Gesine Müller, consideraban que su actitud resultaba complaciente e hipócrita.

«¿No te parece obvio quiénes son los verdugos y quiénes las víctimas?», la amonestó la alemana. «¿Cuántas resoluciones de Naciones Unidas viola Israel cada día? ¿Y a quién le importa? Si un país árabe hiciera lo mismo, tu país lo bombardearía sin misericordia.»

Allison detestaba que la confundieran con *su* país, pero había tenido que acostumbrarse a recibir los sempiternos reproches de sus colegas humanitarios como si fuera la embajadora de Washington.

«Lo sé, lo sé», se disculpaba, «a mí también me indigna. Lo único que digo es que árabes y judíos tendrán que aprender a vivir juntos, no hay más remedio. Acentuar el odio no servirá de nada.»

«Si Israel se retirara de los Territorios Ocupados y reconociera la creación del Estado Palestino se acabarían los problemas, es la única solución válida, Allison. En vez de ello,

Netanyahu envía a sus colonos a apoderarse de Gaza y Cisjordania para construir el Gran Israel.»

«Pero los Acuerdos de Oslo...»

«Tú sabes tan bien como yo que los Acuerdos de Oslo están tan muertos como ese maldito mar salado.»

La acumulación de agravios era tan grande que no había espacio para la moderación. Gesine y quienes pensaban como ella no la comprendían; Allison no le quitaba un ápice de responsabilidad a Israel, Sharon, Netanyahu y el Likud encarnaban para ella el mal absoluto, pero jamás habría una solución mientras judíos y palestinos no se viesen como iguales, seres humanos obligados a convivir en ese infierno que unos y otros llamaban Tierra Santa. La discusión se tornaba aún más agria y dolorosa cuando intervenían los palestinos del campo; mientras que la rabia de los expatriados sólo respondía a un abstracto sentimiento de solidaridad, resultaba imposible dialogar con quienes habían padecido la injusticia, la discriminación, la violencia o la muerte en carne propia.

«Los nazis tendrían que haber hecho mejor su trabajo», le oyó decir un día a Walid.

«¡No puedes decir eso!», lo reprendió Allison. «Yo sé lo que has sufrido, Walid, pero justo por eso debes comprender el sufrimiento de los demás. Nada justifica la muerte de inocentes, *nada*.»

«Tú no entiendes.»

«Estás enojado y tienes motivos para estarlo, lo que hicieron con tus padres es terrible y los responsables tendrán que pagar por ello, pero hay miles de judíos que están de tu lado, que buscan la paz, que tratan de castigar a los culpables.»

«No descansarán hasta expulsarnos de nuestra tierra, tenemos que matarlos antes de que ellos nos maten a nosotros.»

«¡No, no!», insistió Allison, «ésa no es la salida, se vuelve una cadena de venganzas que no terminará nunca. Confía en mí, Walid, hay que encontrar otras opciones, dialogar con ellos, buscar la paz.»

«Nadie buscó la paz cuando asesinaron a mis padres.»

Allison trató de abrazarlo, en vano.

«No dejes que el odio te consuma, Walid. Yo...»

«Tú eres como ellos», la increpó el chico. «¿Por qué no te vas a cuidar a tu hijo en vez de venir aquí! ¡Lárgate, no te necesitamos!»

Sin contenerse, Allison le dio una bofetada. Nunca había golpeado a uno de sus niños, nunca se había dejado llevar por esa misma violencia que tanto decía repudiar. Walid se llevó la mano a la mejilla como si quisiera comprobar el tamaño de la afrenta, escupió a los pies de Allison y se marchó a la carrera. Ella se quedó allí, bajo el imperioso sol de Medio Oriente, llorando. Llorando por Walid, llorando por Palestina, llorando por ella misma. Y llorando por Jacob.

La lluvia obstinada e inagotable, imagen obvia de Seattle, no arredraba a los manifestantes; todos permanecían en sus puestos, listos para soportar la inclemencia y, dentro de poco, las cargas de la policía. Yo llevaba horas despierto, pero no sentía sueño ni cansancio, apenas una especie de mareo semejante al producido por el alcohol o el hachís. Eran las cinco de la mañana del 30 de noviembre de 1999 (para entonces yo llevaba meses yendo y viniendo a Estados Unidos, persiguiendo a Jack Wells y a Éva Horváth) y el cielo había adquirido un color rata: las inmensas nubes apenas se movían, paralizadas en el tiempo. A diferencia de Birmingham, esta vez asistía como parte de la Red de Acción Directa, el colectivo que coordinaba las protestas, de modo que mi tarea no sólo consistiría en observar el espectáculo y dar cuenta de él en mis artículos, sino en dirigir las operaciones (o al menos éste era el pretexto oficial de mi viaje).

Según el plan establecido semanas atrás, un contingente de estudiantes, obreros y activistas provenientes de los países desarrollados se desplazaría hacia el centro de Seattle desde el norte, mientras los representantes de los países pobres se movilizarían desde el sur. La idea ofrecía un simbolismo impecable: ambos grupos bloquearían las dos mitades de la ciudad y se reunirían en torno al Centro de Convenciones del estado de Washington, donde se celebraría la cumbre de la Organización Mundial de Comercio.

Cientos de grupos de todas las divisas y posiciones ideológicas se habían congregado allí no sólo para oponerse a la política económica dictada por los países ricos, sino para expresar su descontento en todas las áreas de la vida pública. Había estudiantes, miembros de innumerables ONG, obreros sindicalizados, amas de casa, políticos de izquierda, periodistas independientes, académicos e incluso grupos de extrema derecha que también se oponían al libre comercio. La multitud de activistas, sumada a una amplia masa de estudiantes de la Universidad de Washington, tenía como meta impedir que los delegados pudiesen salir de sus hoteles y acudir al acto inaugural programado en el Paramount Theater.

A las 9:15 de la mañana me aposté en la esquina de la Sexta y Pike, una de las intersecciones clave de la ciudad, cuando un pequeño grupo de manifestantes, vestidos de negro y con los rostros cubiertos con pasamontañas, comenzó a arrojar basura y latas vacías en las aceras. Preocupados ante la irrupción de provocadores, los miembros de la Red tratamos de detenerlos mientras la multitud coreaba: «No a la violencia, no a la violencia». Los alborotadores prefirieron retirarse; fue el primer signo de que algo no marchaba bien. No muy lejos de allí otra camarilla de rebeldes encapuchados (no serían más de cien, frente a los setenta y cinco mil manifestantes pacíficos) desobedecía las consignas de la Red, quebraba escaparates y pintaba con spray enormes letras *A* en los edificios públicos. Varios miembros de la Red intentamos convencerlos de adoptar una actitud más moderada, sin éxito. En cambio, con un orden espontáneo que no dejó de maravillarme, el resto del contingente logró bloquear los accesos al Paramount Theater y al Centro de Convenciones sin ocasionar disturbios.

Nuestro primer objetivo había sido alcanzado: a las diez de la mañana los directivos de la OMC tuvieron que posponer la inauguración.

Minutos más tarde comprobé cómo la policía desplegada en los costados del Centro de Convenciones lanzaba gases lacrimógenos contra los manifestantes desde sus carros de combate; el nítido orden alcanzado minutos antes se quebró de pronto, sumiendo el centro de la ciudad en una barahúnda incontrolable. Atrapadas entre la multitud, las fuerzas de seguridad eran incapaces de proteger a los delegados o de abrirse paso hacia los recintos oficiales. Numerosos activistas se encadenaron a las puertas del Centro de Convenciones y se resistían a marcharse pese a haber sido rociados con agentes tóxicos. Cubriéndome el rostro con un pañuelo, esquivé a los policías antidisturbios y les ofrecí a los resistentes un poco de agua. Mientras los provocadores continuaban quebrando los ventanales de McDonald's, Banana Republic, Nike, Planet Hollywood o Warner Brothers en la Sexta Avenida, la inauguración formal de la convención fue pospuesta una vez más. La secretaria de Estado, Madeleine Albright, y el representante de Comercio, Charles Barshefsky, ni siquiera pudieron salir de su hotel.

Pese a que el arribo de nuevos contingentes se volvía incontenible, la asamblea plenaria de la OMC al fin pudo iniciarse a las dos de la tarde. Mientras tanto, yo me encontré de vuelta en la Cuarta Avenida y Pike, donde un grupo de anarquistas provenientes del pequeño poblado de Eugene, Oregon, combatía cuerpo a cuerpo contra las fuerzas de seguridad. Viéndose sobrepasadas, éstas hicieron a un lado los lacrimógenos y rociaron a los jóvenes con gas pimienta e incluso les dispararon balas de goma. Yo recibí un impacto en un hombro y tuve que salir corriendo ante la nube tóxica que se aproximaba hacia mí. A las cuatro de la tarde Paul Schell, alcalde de Seattle, declaró el estado de emergencia e impuso un toque de queda para el centro de la ciudad. Previendo la inminente llegada del presidente Clinton, el gobernador ordenó que la Guardia

Nacional se sumase a la policía. Dolorido y fatigado, me retiré de la escena cerca de las ocho de la noche; entretanto, las escaramuzas entre las fuerzas de seguridad y los rebeldes (ya no sólo anarquistas, sino aquellos que habían sido gaseados o heridos) se prolongaron todavía unas horas, hasta que a las nueve la policía abandonó Capitol Hill.

El siguiente día no fue más apacible. Si bien la convención se llevó a cabo en medio de una seguridad nunca antes vista, las batallas callejeras se prolongaron a lo largo de toda la jornada. Con su proverbial zalamería, Clinton afirmó en una entrevista con el *Seattle Times* que condenaba las acciones de los violentos, pero que se alegraba de que los demás hubiésemos mostrado nuestro descontento de manera pacífica. El presidente siempre decía lo que tenía que decir, perfecto ejemplo del donjuán tramposo y lenguaraz. La liberalización del comercio mundial era el mayor engaño de la Historia: la OMC y sus aliados, el Banco Mundial y el FMI, obligaban a eliminar los subsidios a sus productos, así como los impuestos de exportación, mientras que las naciones industrializadas, con Estados Unidos, Japón y la Unión Europea a la cabeza, no hacían otra cosa que proteger los suyos. ¿Por qué ese doble rasero? ¿Por qué tanta impunidad? Las buenas intenciones no servirían de nada mientras el mundo no diese un giro definitivo y las naciones en vías de desarrollo pudiesen negociar en igualdad de condiciones con las grandes potencias. Las protestas de Seattle pusieron en evidencia esta desproporción y acaso por ello los delegados de los países del sur no sucumbieron a los chantajes, los sobornos y las presiones de las grandes potencias. Tras incontables horas de discusión, la OMC cerró sus puertas sin haber alcanzado acuerdos claros.

«Hemos ganado la batalla», le dije a una activista rubia y enérgica. «Unos pocos miles de activistas desarmados y pacíficos han echado abajo la Organización Mundial de Comercio. Es una gran fecha para el mundo. Quizás todavía haya lugar para la esperanza.»

Despeinada y sudorosa, ella me respondió con una sonrisa trunca: «Esto no es más que el principio».

Era Allison Moore.

Hacía unas semanas yo había descubierto que formaba parte del Red y, aprovechando uno de los viajes que hacía a Estados Unidos para visitar a su hijo (pasaba la mayor parte del tiempo en Palestina), viajaría a Seattle para participar en el gran mitin contra el capitalismo. Nuestro encuentro poco tenía de casual: no había nada sospechoso en el diálogo entre dos conspicuos militantes contra la globalización. En el ambiente húmedo y fosco de la tarde aún se percibían ecos de los combates, rescoldos del fuego que acabábamos de encender y que, según nuestras predicciones, ya no habría de apagarse. Por supuesto ella sabía quién era yo (nuestro microcosmos nos ligaba de modo indefectible) y apenas se asombró ante mi insistencia en invitarla a comer: un típico acto de camaradería entre revolucionarios.

Nos detuvimos en un minúsculo restaurante vietnamita y nos acomodamos en una mesas del fondo. La primera hora la dedicamos a repasar la furia y la entrega de aquella semana, la vertiginosa alegría de las protestas. Aunque los dos preferíamos mostrarnos escépticos, nuestro ánimo traslucía la sensación de una victoria compartida: sí, tal vez otro mundo fuera posible. Luego, en una larga caminata que nos llevó hasta los muelles y el acuario, ella me habló de su experiencia en Palestina (y sobre todo de sus niños), mientras yo, con algunas omisiones necesarias, me extendí sobre Rusia, Azerbaiyán y Chechenia, Yeltsin y los oligarcas, y también sobre mi novela, la cual ella había leído, me confesó, con enormes penalidades.

«La ficción nunca ha sido lo mío», me dijo, «quizás porque los hechos resultan siempre más espantosos y terribles.»

Cuatro horas después pudimos abordar, sin suspicacias ni sobresaltos, el único tema que me interesaba, el único tema que, dejando a un lado mi compromiso social, me había conducido a Seattle y a ella. Empezamos hablando de asuntos ambientales, luego de genética y por fin de biotecnología. Como era de esperarse, Allison sólo podía sentirse alarmada o indignada ante la comercialización del genoma. Le irritaban esos científicos que traficaban con los secretos de la vida, el desprecio que sentían hacia la naturaleza (sus épocas en Greenpeace y en EarthFirst! la habían marcado para siempre), su infinita arrogancia. Se empeñan en ser dioses, insistió, pero dioses millonarios. Compartí sus temores y ella no dudó en continuar su arenga.

«Somos como el doctor Frankenstein, perseguimos una sociedad de criaturas perfectas, no tardaremos en producir niños de diseño y en desechar a quienes nazcan con malformaciones, nos engulle la dictadura tecnológica, apenas sabemos lo que tenemos entre manos y ya nos aprestamos a venderlo, no respetamos nada, nada, y a la postre nos transformaremos en monstruos, sí, en monstruos.»

Tras semejante retahíla resultaba inevitable que acabase por mencionar el nombre de Jack Wells. No obvió ninguna crítica a su cuñado: el miserable no sólo engañaba a su hermana (a fin de cuentas eso era lo de menos) sino que se aprestaba a burlarse de todo el mundo. Wells juraba haber descubierto una droga maravillosa, una cura contra el cáncer, la panacea: Allison estaba convencida de que se trataba de una farsa, una mentira idéntica a las otras mentiras que él había propagado a lo largo de su vida.

«¿Por qué estás tan segura?», le pregunté.

«Conozco a Jack Wells como a mí misma, sé que algo no marcha bien con su empresa, su arrogancia jamás lo conducirá a ninguna parte.»

«¿Tienes pruebas concretas?»

«Si la estúpida de mi hermana se atreviese a hablar... Sé que sospecha algo, pero se resiste a confrontar la verdad.»

«Tu hermana es una mujer muy dura.»

«¿La conoces?»

«La entrevisté en Moscú, hace unos años. Como sabes, ella fue la responsable...»

«De llevar tu país a la ruina, lo sé.»

«¿Crees que debo hablar con ella una vez más? ¿Tú podrías convencerla de que se entreviste conmigo?»

«Nadie puede convencer a Jennifer de nada, ella es su única consejera.»

Continuamos paseando por las calles de Seattle hasta que la lluvia y el viento nos obligaron a buscar refugio. La noche se había extendido sobre nosotros, densa y etérea, cubriéndonos con su falta de certezas. Nos despedimos en una parada de autobús, helados hasta la médula. Al día siguiente ella volaría rumbo a Los Ángeles para encontrarse con su hermana y su hijo por última vez, y yo me dirigiría a Nueva York para seguir fraguando mi sombría batalla contra Jack Wells.

Tras unos meses de ominosa calma, el 28 de septiembre del año 2000, Ariel Sharon, dirigente del Likud y cerebro de la masacre de Sabra y Shatila, tuvo la ocurrencia de visitar al Monte del Templo, en la Ciudad Vieja de Jerusalén, acaso el sitio más cargado de religión (y perversidad) de todo el mundo a ojos de Allison. En un espacio de menos de un kilómetro cuadrado se concentraban el lugar más sagrado del judaísmo, el tercer lugar más sagrado del Islam y uno de los lugares santos del cristianismo. Sharon insistía en que los Acuerdos de Oslo garantizaban el paso de los ciudadanos judíos al Muro de las Lamentaciones y aseguró que acudiría a orar como cualquier creyente; su intención no era provocar al pueblo palestino, vociferó una y otra vez ante la prensa, sino enviar un mensaje de paz y reconciliación; además, se comprometía a realizar la peregrinación de la manera más cauta posible.

«¡Qué prudente, sí!», se lamentó Allison, «el miserable sabe que su presencia será vista como un sacrilegio. Su incursión jamás podrá pasar inadvertida, no sólo por su ostentoso volumen corporal, sino por el millar de escoltas armados hasta los dientes que habrán de acompañarlo. Su fe enterrará para siempre el proceso de paz.»

Y así ocurrió.

Cientos de palestinos se lanzaron a las calles de Jerusalén Este para protestar contra el impío; congregados en los alrededores de la explanada de las mezquitas, lanzaron piedras contra la valla humana que protegía a Sharon. Los combates entre la policía y los manifestantes se prolongaron a lo largo de todo ese día, al término del cual una docena de palestinos había muerto a causa de los disparos de las Fuerzas de Defensa Israelíes. Así se inicio la segunda Intifada o Intifada de Al-Aqsa, un nuevo periodo de revueltas callejeras semejante al ocurrido entre 1987 y 1993.

Allison seguía las noticias desde Yenín: otra vez la violencia, otra vez el horror, otra vez el ángel de la muerte. A los pocos días el campo se convirtió en un hervidero de venganzas y conspiraciones; los propios cooperantes se radicalizaban y compartían su irritación con los refugiados, quienes se declaraban listos para morir con tal de expulsar a los ocupantes. Las primeras estadísticas resultaban pavorosas: decenas de muertos y cientos de heridos, muchos de ellos menores de edad. En represalia por los ataques palestinos contra objetivos civiles, las Fuerzas de Seguridad Israelíes reocuparon las zonas bajo control de la Autoridad Palestina, impusieron controles en todas las carreteras y caminos e incluso en el interior de las ciudades (a veces había que esperar siete u ocho horas para pasar de un barrio a otro), e instauraron toques de queda que impedían a los palestinos asistir a sus trabajos o salir en busca de alimento. Tanto la ciudad como el campamento de Yenín fueron cercados por el ejército israelí con el argumento de que en su interior se fraguaban muchos de los atentados que segaban las vidas de civiles en Jerusalén y Tel Aviv.

Una tarde, Allison descubrió horrorizada que Salim, Walid y Rami habían desaparecido; nadie sabía nada de ellos, y Alaa y Yehya se negaban a revelarle adónde se habían marchado.

«Tienen que decirme dónde están», suplicaba Allison. «¡Son sólo unos niños!»

Hacía apenas unos días había visto a Walid acompañado por Mahdi Alí Zgohoul, un refugiado que encabezaba un grupo ligado a Hamas, una de las sectas más radicales del entorno palestino.

«Salim ya es mayor», le respondió Alaa, «sabe lo que hace.»

En Palestina la edad apenas importaba: según los reportes de Coalición por los Niños/Palestina, el Tsahal estaba autorizado para matar a cualquier sospechoso con más de doce años. Allison temía lo peor.

Y así ocurrió.

Como el resto del mundo, Allison vio por televisión, en directo, como si se tratase de un *western* o una serie de dibujos animados, el asesinato de un niño de doce años, Muhammad al-Durra. Como el resto del mundo, vio que él y su padre quedaban atrapados bajo el fuego cruzado entre los israelíes y los comandos palestinos; como el resto del mundo, vio los ojos de Muhammad cuando el pequeño recibió un impacto de bala en la mitad el pecho; como el resto del mundo, vio cómo éste aún trataba de tranquilizar a su padre mientras su ropa se teñía de sangre; como el resto del mundo, escuchó los aullidos de su padre; y, como el resto del mundo, vio a Muhammad desplomarse en el suelo, muerto, muerto.

En cambio Allison no vio morir al pequeño Rami (esa vez las cámaras de la televisión no estaban allí para atestiguar cómo era acribillado), Yehya y Alaa se lo hicieron saber, llorosas y enlutadas. Al parecer Walid lo había convencido de servir como correo entre dos destacamentos palestinos y un francotirador israelí le había disparado en el vientre. Un lamentable error, según el departamento de prensa de las Fuerzas de Defensa Israelíes. El pequeño aún no había cumplido doce años.

Al no correr con la fortuna de que la televisión lo convirtiese en otro símbolo de la Intifada, como a Muhammad al-Durra, su nombre sólo se integró en la lista compilada por

Coalición por los Niños/Palestina de menores de edad muertos o heridos por las fuerzas de seguridad de Israel. Sólo en las primeras semanas de la revuelta, noventa y cuatro palestinos menores de dieciocho años habían perdido la vida.

Fecha	Nombre	Edad	Causa de la muerte
30 de septiembre	Mohammad Al-Durra	11	Disparos en varias partes
30 de septiembre	Nizar Mohammad Eida	16	Disparo en el pecho
30 de septiembre	Khaled Adli Insooh Al-Bazyan	15	Disparo en la cabeza
1 de octubre	Samir Sidqi Tabanja	12	Disparo en el pecho
1 de octubre	Sarah 'Abdel Atheem 'Abdel Haq	18 meses	Disparo en la cabeza
1 de octubre	Hussam Bakhit	17	Disparo en la cabeza
1 de octubre	Iyad Ahmad Salim Al-Khoshashee	16	Disparos en varias partes
1 de octubre	Sami Fathi Mohammad Al-Taramsi	16	Disparo en el pecho
1 de octubre	Mohammad Nabeel Hamed Daoud	14	Disparo en la cabeza
2 de octubre	Wa'el Tayseer Mohammad Qatawi	16	Disparo en un ojo
2 de octubre	Muslih Hussein Ibrahim Jarad	17	Disparo en el pecho
2 de octubre	'Aseel Hassan 'Assalih	17	Disparo en el cuello
3 de octubre	Hussam Ismail Al-Hamshari	16	Disparo en la cabeza
3 de octubre	Ammar Khalil Al-Rafai'i	17	Alcanzado por un misil
4 de octubre	Mohammad Zayed Yousef Abu 'Assi	13	Disparo en el pecho
6 de octubre	Saleh Issa Yousef Al-Raiyati	17	Disparo en la cabeza
6 de octubre	Majdi Samir Maslamani	15	Disparo en la cabeza
6 de octubre	Mohammad Khaled Tammam	17	Disparo en el pecho
8 de octubre	Yousef Diab Yousef Khalaf	17	Esquirlas en la cabeza
11 de octubre	Karam Omar Ibrahim Qannan	17	Balas de goma en el pecho
11 de octubre	Sami Hassan Salim Al-Balduna	17	Disparo en el pecho
12 de octubre	Sami Fathi Abu Jezr	12	Disparo en la cabeza
16 de octubre	Mo'ayyad Osaama Al-Jawareesh	14	Bala de goma en la cabeza
20 de octubre	Mohammad 'Adil Abu Tahoun	15	Disparos en varias partes
20 de octubre	Samir Talal 'Oweisi	16	Disparo en el pecho

Fecha	Nombre	Edad	Causa de la muerte
20 de octubre	'Alaa Bassam Beni Nimra	16	Disparo en el pecho
21 de octubre	Omar Ismail Al-Abheisi	15	Disparo en el pecho
21 de octubre	Majed Ibrahim Hawamda	15	Disparo en la cabeza
22 de octubre	Wa'el Mahmoud Mohammad Imad	13	Disparo en la cabeza
22 de octubre	Salah Al-Din Fawzi Nejmi	16	Disparo en el pecho
23 de octubre	Ashraf Habayab	15	Disparo en la cabeza
24 de octubre	Iyad Osaama Tahir Sha'ath	12	Disparo en la cabeza
24 de octubre	Nidal Mohammad Zuhudi Al-Dubeiki	16	Disparo en el abdomen
26 de octubre	'Alaa Mohammad Mahfouth	14	Disparo en la cabeza
27 de octubre	Bashir Salah Musa Shelwit	16	Disparo en el pecho
29 de octubre	Husni Ibrahim Najjar	16	Disparo en la cabeza
31 de octubre	Shadi Awad Nimir Odeh	17	Disparo en la cabeza
1 de noviembre	Ahmad Suleiman Abu Tayeh	17	Disparos en varios lugares
1 de noviembre	Mohammad Ibrahim Hajaaj	14	Disparo en la cabeza
1 de noviembre	Ibrahim Riziq Mohammad Omar	14	Disparo en el pecho
2 de noviembre	Khaled Mohammad Ahmad Riziq	17	Disparos en varias partes
2 de noviembre	Yazen Mohammad Issa Al-Khalaiqa	14	Disparo en la espalda
4 de noviembre	Rami Ahmad Abdel Fatal	8	Disparos en varias partes
4 de noviembre	Hind Nidal Jameel Abu Quweider	23 días	Inhalación de gas lacrimógeno
5 de noviembre	Maher Mohammad Al-Sa'idi	15	Disparo en la cabeza
6 de noviembre	Wajdi Al-Lam Al-Hattab	15	Disparo en el pecho
6 de noviembre	Mohammad Nawwaf Al-Ta'aban	17	Disparo en el pecho
7 de noviembre	Ahmad Amin Al-Khufash	6	Asesinado por un colono israelí
8 de noviembre	Ibrahim Fouad Al-Qassas	15	Disparo en un ojo
8 de noviembre	Faris Fa'iq Odeh	15	Disparo en la cabeza
8 de noviembre	Mohammad Misbah Abu Ghali	16	Disparo en el pecho
8 de noviembre	Ra'ed Abdel Hamid Daoud	14	Disparos en varias partes
9 de noviembre	Mahmoud Kamel Khalil Sharab	17	Disparo en el pecho
10 de noviembre	Osaama Mazen Saleem 'Azouqah	14	Disparo en el pecho

Fecha	Nombre	Edad	Causa de la muerte
10 de noviembre	Osaama Samir Al-Jerjawee	17	Disparo en el pecho
11 de noviembre	Musa Ibrahim Al-Dibs	14	Disparo en el pecho
12 de noviembre	Mohammad Nafiz Abu Naji	16	Disparo en el pecho
13 de noviembre	Yahya Naif Abu Shemaali	17	Disparo en el pecho
14 de noviembre	Saber Khamis Brash	15	Disparo en el pecho
14 de noviembre	Mohammad Khatir Al 'Ajli	13	Disparo en la cabeza
15 de noviembre	Ibrahim Abdel Raouf Jaidi	15	Disparo en el pecho
15 de noviembre	Jadua Munia Mohammad Abu Kupashe	16	Disparos en varias partes
15 de noviembre	Ahmad Samir Basel	17	Disparo en el pecho
15 de noviembre	Mohammad Nasser Mohammad Al-Sharafe	17	Disparo en la cabeza
15 de noviembre	Jihad Suheil Abu Shahma	12	Disparo en la cabeza
15 de noviembre	Ahmad Said Ahmad Sha'aban	16	Disparo en el abdomen
16 de noviembre	Samir Mohammad Hassan Al-Khudour	17	Disparo en el pecho
17 de noviembre	Rami Imad Yassin	17	Disparo en el pecho
17 de noviembre	Mohammad Abdel Jalil Mohammad Abu Rayyan	16	Disparo en la cabeza
19 de noviembre	Abdel Rahman Ziad Dahshan	14	Disparo en la cabeza
20 de noviembre	Ibrahim Hassan Ahmad Uthman	17	Disparo en el pecho
21 de noviembre	Yasser Taleb Mohammad Tebatitti	16	Disparo en el pecho
22 de noviembre	Ibrahim Hussein Al-Muqannan	14	Disparo en la cabeza
23 de noviembre	Maram Imad Ahmad Saleh Hassouneh	3	Inhalación de gas lacrimógeno
24 de noviembre	Aysar Mohammad Sadiq Hassis	15	Disparo en un ojo
24 de noviembre	Majdi Ali Abed	15	Disparo en la cabeza
26 de noviembre	Ziad Ghaleb Zaid Selmi	17	Disparos en varias partes
26 de noviembre	Mahdi Qassem Jaber	16	Disparos en varias partes
28 de noviembre	Karam Fathi Al-Kurd	14	Disparo en la cabeza
29 de noviembre	Mohammad Abdullah Al-Mashharawi	14	Disparo en la cabeza
30 de noviembre	Walid Mohammad Ahmad Hamida	17	Disparo en el pecho

Fecha	Nombre	Edad	Causa de la muerte
30 de noviembre	Shadi Ahmad Hassan Zghoul	16	Asesinado por un colono israelí
1 de diciembre	Mohammed Salih Mohammad Al-Arjah	12	Disparo en la cabeza
5 de diciembre	Ramzi Adil Mohammed Bayatni	15	Disparo en un ojo
8 de diciembre	Mohammad Abdullah Mohammad Yahya	16	Alcanzado por un misil
8 de diciembre	'Alaa Abdelatif Mohammad Abu Jaber	17	Alcanzada por un misil
8 de diciembre	Ammar Samir Al-Mashni	17	Disparo en la cabeza
8 de diciembre	Mu'ataz Azmi Ismail Talakh	16	Disparo en la cabeza
9 de diciembre	Salim Mohammad Hamaideh	12	Disparo en la cabeza
11 de diciembre	Ahmad Ali Hassan Qawasmeh	15	Disparo en la cabeza
20 de diciembre	Hani Yusef Al-Sufi	14	Esquirlas en la cabeza
22 de diciembre	Arafat Mohammad Ali Al-Jabarin	17	Disparo en la cabeza
31 de diciembre	Mo'ath Ahmad Abu Hedwan	12	Disparo en la cabeza

Allison pensaba que la humanidad era una plaga, una especie maligna y perversa que ni siquiera era capaz de proteger a su progenie. Pero la locura estaba lejos de concluir. Para vengar la muerte de Rami, una mañana de diciembre Walid se colocó un cinturón lleno de explosivos y, burlando a la policía israelí y los distintos controles de seguridad, se introdujo en Dolphinarium, una discoteca en la zona costera de Tel Aviv, y se hizo explotar en mil pedazos. Veintiún israelíes, en su mayoría estudiantes de secundaria, perecieron al instante. Como represalia, las Fuerzas de Defensa Israelíes determinaron demoler la casa de los tíos de Rami, en Yenín. Cuando se enteró de la noticia Allison sufrió un ataque de nervios: ¿cómo podían castigar a inocentes por la culpa de sus familiares? ¿Qué clase de justicia era aquella? ¿Y cómo la comunidad internacional lo toleraba?

Furiosa, Allison habló con los dirigentes de Coalición por los Niños y los urgió a tomar medidas al respecto; sus superiores le respondieron que nada podían hacer. Ella no iba a quedarse con los brazos cruzados. Ya no. En Yenín se puso en contacto con miembros del Movimiento de Solidaridad Internacional, una nueva ONG cuya misión era impedir los castigos extremos contra los palestinos y cuyos activistas se prestaban a ser utilizados como escudos humanos. Allison jamás permitiría que los buldóceres israelíes arrasasen la vivienda de *su* familia.

GENES EGOÍSTAS

Estados Unidos de América, 1999-2000

«Los sentimientos son un rescoldo evolutivo», me dijo Éva, ebria y desnuda, «una patología de la inteligencia, en el mejor de los casos un manual de conservación. El amor es el engrudo de la reproducción, la ira un detonador frente al peligro, el miedo un sucedáneo del dolor y acaso de la muerte.»

No se cansaba de repetir estas frases como si fuesen afrodisíacos. Disfrutaba al importunarme así, irrumpiendo en mis zonas privadas, violentando mi pasividad o mi mutismo, y luego rio sin tregua y se lanzó sobre mis costillas y mi sexo, víctima de esa euforia que la arrebataba después de cada fase de melancolía. A través de la ventana el resplandor del amanecer convertía su piel en una hoguera y luego en una imagen subacuática: los haces rojos y azules entintaban sus muslos y caderas, arrebatándoles su condición humana, mientras su rostro permanecía entre las sombras, apenas visible. Posé mi cabeza en su vientre, al lado de su ombligo, y dejé que me acariciara en silencio. Dos cuerpos entrelazados sin arreglo, dos masas musculares apiladas. Máquinas de carbono gobernadas por células despóticas que sólo buscan alimentarse y reproducirse por su cuenta, indiferentes a nuestras pasiones, a nuestros cánones de proporción y de belleza. «Los genes nos gobiernan», concluyó Éva, «nos dejamos guiar por sus caprichos.»

Yo la escuchaba embelesado; su sexo emanaba un olor amargo, fascinante: una avalancha de reacciones químicas que provocaba repentinas descargas eléctricas en mi cerebro, según ella. «Nuestros genes se empeñan en sobrevivir a toda costa», continuó, «su único objetivo es permanecer sobre la Tierra a través de nuestros descendientes. Son ellos quienes necesitan el sexo, no nosotros. Si copulamos es sólo para mantenerlos satisfechos.» Entretanto yo besaba su pubis, ajeno a su discurso, como quien reconoce una salida del abismo; ella se estremeció, luego extendió sus piernas y me recibió con la aceptación de un condenado. ¿Un imperativo biológico, simple dictado de hormonas y de glándulas? Absurdo: era yo quien deseaba estar allí, no mis genes; era yo quien anhelaba hundirme entre sus pliegues; era yo quien, sin apenas conocerla, ya la imaginaba mía.

Dormimos por más de diez horas. Al despertar reconocí sus rasgos, ese perfil que había tocado y modelado pero apenas entrevisto. Abrió los ojos: sus pupilas negrísimas parecían enmarcadas en un contorno marrón claro, casi amarillo. Tanteé la mesa de noche hasta encontrar mi reloj. Mediodía. Ambos tendríamos que haber tomado nuestros respectivos vuelos tres horas atrás, ella rumbo a Washington y yo mucho más lejos, a Moscú.

«Creo que hoy no cenarás en casa», bromeó ella, besándome las manos. «¿Todavía te acuerdas de mi nombre?», jugueteó.

«Éva. Éva Horváth», musité.

«Y tú eres…», hizo una pausa, «ese fotógrafo rumano… No, no, ya lo sé, ese novelista ruso… Yuri… Yuri Algo.»

Me lancé sobre ella y la besé con fuerza; ella apresó mis muñecas y me mordió el labio.

«Eso dolió», me quejé.

«Y no es más que el principio.»

Su piel era un refugio frente al mundo, me protegía del frío y la intemperie. Su piel me salvaba. Pasamos todo el día en aquel lóbrego hotel de New Haven, y el siguiente, y el siguiente. Por la mañana nos decíamos que sería la última y por la noche retrasábamos la fecha de nuestra partida. Sin prestar demasiada atención la escuché balbucir torpes excusas al teléfono: aún no me sentía con derecho para reclamarle explicaciones. Lo único que me importaba era seguir a su lado.

A sugerencia suya ni siquiera intercambiamos historias pretéritas y tampoco nos concedimos esperanzas de futuro. Aquel encuentro (colisión, la llamó ella) sería único en ambos sentidos del término: inolvidable e irrepetible. ¿Una aventura? Sí, una aventura. Yo en cambio no tenía a quién mentirle: hacía meses que no tenía otro jefe que mi propia obsesión y las mujeres de mi vida eran simples estaciones de paso, nombres y direcciones que jamás se preocupaban por mis horarios.

Yo había viajado a Estados Unidos para profundizar mis pesquisas sobre DNAW (la madeja que ligaba a Arkadi Granin con América) sin imaginar que terminaría pasando tres noches con la amante de Jack Wells. Ella participaba en un congreso académico en la Universidad de Yale y, al término de su intervención, demasiado enrevesada para mi gusto, me acerqué a ella de modo deliberado. Me presenté, le dije que quería escribir un artículo de divulgación sobre la industria biotecnológica (no era mentira, aunque tampoco le revelé mis motivos), y le solicité una entrevista. Un tanto sorprendida, Éva me citó en el lobby de su hotel a las seis de la tarde, me habló de su carrera y del trabajo que realizaba en Celera en esos momentos, luego charlamos sobre un sinfín de temas, tomamos varias copas (yo no podía sustraerme a su mirada) y, sin ningún formalismo, me invitó a subir a su habitación.

Los siguientes días se repitió la misma fórmula.

Tal vez el enamoramiento o la infatuación sólo fuesen pretextos evolutivos, como aseguraba ella, emociones sin fundamento, justificaciones de un desorden bioquímico auspiciado por los genes (ansias de poseer los genes del otro): si era así, los efectos causados por este desarreglo no tardaron en aparecer en mi cuerpo. Quería seguirla viendo a como diese lugar.

«Tuvimos que mentirles a los demás para acostarnos», me advirtió Éva al despedirnos, «no es necesario que también nos engañemos entre nosotros.»

Y, en vez de besarme, me tendió la mano.

«Ha sido un placer, Yuri Chernishevski.»

Y se marchó sin más.

Éva.

Éva Horváth.

El edificio de Celera, construido sobre una superficie de 18,500 metros cuadrados en una desastrada zona industrial de Rockville, Maryland, ofrecía meses atrás el aspecto de una ruina, con la fachada ennegrecida por la contaminación y los ventanales clausurados por el polvo. El propio Craig Venter había supervisado su remodelación con el ardor con que mimaba al *Sorcerer II*, su nuevo yate. Su intención era dirigir un galeón estelar (una ciudad en miniatura, su Estrella de la Muerte) y arribar antes que nadie al siglo XXI. Había cuidado cada detalle para mostrar que Celera había aterrizado desde el futuro. Con sus acabados de acero inoxidable, su alfombrado azul metálico y el blasón que jugaba a evocar los haces entrelazados del DNA, el vestíbulo lanzaba a los visitantes en una dimensión paralela, regida por las quimeras y los delirios de la ciencia-ficción.

Asumiéndose como guerrero intergaláctico, Venter se había hecho construir un puente de mando semejante al empleado por el capitán Kirk en *Star Trek*. Frente a su enorme sillón de controles se extendían los monitores curvos donde cada nuevo dato sobre el genoma cintilaba en tiempo real. El cuarto piso estaba reservado al centro de secuenciación más grande del mundo: un vasto entramado de conexiones, cables y luces de halógeno donde poco a poco se acumulaban las trescientas máquinas ABI Prism 3700 que habrían de convertirse en el arma secreta de Celera. Cada vez que uno de estos armatostes se incorporaba a la empresa, los operadores de Venter (de Darth Venter) no dudaban en bautizarlos con nombres como princesa Lea, Han Solo o Luke Skywalker. Cada uno de esos monstruos cúbicos, con un valor de 300,000 dólares cada uno, estaba dotado con un brazo mecánico (una especie de R2-D2 en forma de cubo) y podía secuenciar hasta un millón de bases de ADN al día. Provista con este ejército de androides, Celera, una pequeña empresa privada, aplastaría a las orgullosas huestes del Proyecto Genoma Humano.

Si Celera era una nave espacial y Craig Venter su capitán, Gene Myers y Éva Horváth tendrían que ser vistos como sus navegantes. Ellos eran los amos del tercer piso de Celera, una extensión similar a la de una cancha de tenis donde Compaq había instalado una de las computadoras más potentes del planeta (sólo la Secretaría de Defensa contaba con una similar para calcular explosiones atómicas), la Alpha 8400, valuada en 80 millones de dólares. Quizás Éva no hubiese llegado a comprender los secretos de la inteligencia, como siempre había soñado, pero ahora podía contribuir a un objetivo superior: Myers y ella habían diseñado el programa, único en su género, que volvería a ensamblar el genoma una vez que las Prism 3700 hubiesen descompuesto cada una de sus bases. Éva se veía como la responsable de introducir orden e inteligibilidad en aquel caos. ¡Qué paradójica, y justa, resultaba su carrera! La misión de una desequilibrada como ella consistiría en combatir la anarquía y contemplar antes que nadie la esencia de lo humano.

Antes de lanzarse a tan alta meta y asegurar su paso a la Historia, Venter decidió probar sus autómatas (y el programa de ensamblaje) con un organismo más simple, la *Drosophila melanogaster*, la mosca de la fruta que hacía las delicias de los biólogos. Aun si su genoma no alcanzaba ni el cinco por ciento del humano, se calculaba que estaría compuesto por 120 millones de letras. Si las Prism 3700 producían secuencias de quinientos pares, el programa de Gene Myers y Éva Horváth estaría obligado a armar un rompecabezas de unas 240,000 piezas. Y, para que sus resultados fuesen confiables, tendrían que repetir el experimento por lo menos diez veces. En una entrevista, Venter afirmó que Celera lograría su propósito en un tiempo récord, mucho menor al que había necesitado el Instituto Sanger para secuenciar el *Caenorhabditis elegans*, el nematodo que constituía hasta el momento el mayor logro del programa público. ¡Una nueva bofetada a sus rivales! Ya antes había declarado, en un artículo del *New York Times* de 1998, que Celera concluiría el mapa del genoma humano cuando sus competidores aún estarían enfrascados en sus inicios, y les sugirió redirigir sus esfuerzos a desentrañar el genoma del ratón.

Las milicias del Proyecto Genoma Humano se sintieron agraviadas y, si bien al principio Francis Collins, su general, no quiso amarrar navajas y se limitó a dar la bienvenida a Celera a la competencia, sus colaboradores fueron menos prudentes y no dejaron de insultar a Venter (los más comedidos lo llamaban el Bill Gates de la biotecnología, pero la mayoría lo tachaba de mercachifle y fariseo), e incluso James Watson, padre del ADN, se atrevió a compararlo con Hitler. A ojos de todos ellos, Venter había vendido su alma a las multinacionales farmacéuticas.

«¡Abandonar el proyecto en manos de una empresa privada cuyo único objetivo es enriquecerse me parece una soberana estupidez!», vociferó Michael Morgan, director de la Fundación Wellcome, responsable de financiar la sección británica del PGH. «A partir del próximo mes incrementaremos al doble los recursos del Sanger Center. El objetivo es que pueda secuenciar por sí solo una tercera parte del genoma. Y humillar así a ese negociante de la ciencia.»

El anuncio de Morgan demostraba el nivel de la escalada: no se podía permitir que un solo hombre (y menos un villano como Venter) se llevase el crédito. Había que impedir por todos los medios que su ambición pervirtiese para siempre el sentido de la ciencia. Para responder a estas acusaciones, Craig publicó un artículo en *Science* donde afirmaba que los datos obtenidos por Celera se harían públicos en un plazo no mayor a tres meses (el PGH insistía en que fuese de inmediato) y aseguró que su empresa sólo se reservaría el uno por ciento de la información genética obtenida.

Sus declaraciones no bastaron para aplacar la desconfianza, el odio o la envidia. El propio Francis Collins perdió la compostura y sugirió que la secuencia a disparos propuesta por Venter estaría llena de huecos y terminaría por parecerse a un número de la revista satírica *Mad*. Por eso Venter necesitaba que Gene, Éva y el resto del equipo de bioinformática de Celera le entregasen los resultados de la *Drosophila* cuanto antes: sería la única forma de acallar a esos lenguaraces.

Mientras Éva convivía con la mosca de la fruta, Jack Wells tenía cosas más importantes que hacer: su voluntad de poseerla no había disminuido, pero nada podía compararse con la excitación que le producían los negocios. Y ahora estaba a punto de concretar el acuerdo más lucrativo de su carrera, acaso el más lucrativo de la historia farmacéutica. En abril de 1999 había recibido la intempestiva visita de James De Priest, un sujeto pulcro y comedido, responsable de promover los intereses de DNAW en la comunidad financiera, cuya ambición sólo se reflejaba en el incesante movimiento de sus párpados. «No me andaré con rodeos, Jack», le dijo. «Ayer recibí una llamada de Branford-Midway Stern». Las células de Wells descargaron ingentes dosis de adrenalina: ¿una oferta? Quieren los derechos exclusivos del C225 y un sustancioso paquete de acciones de DNAW.

Era el anuncio que había esperado durante décadas. Impaciente, Wells concretó una entrevista con los representantes del gigante farmacéutico en el bar del Hotel Plaza. Su nerviosismo quedó atrás: ahora estaba obligado a mostrarse asertivo y enérgico. En su carrera como empresario nunca se había sentido tan poderoso, tan seguro. Era el propietario de la droga más prometedora jamás creada (del elíxir de la vida), y el resto del mundo tendría que plegarse a sus exigencias. Wells lanzó la primera estocada.

«Me halaga que Branford-Midway Stern se muestre tan interesada en nuestra pequeña empresa», sonrió, «pero yo siempre he querido mantener la independencia de DNAW. Nos ha costado incontables sacrificios llegar a este lugar y no querríamos ser devorados sin garantías.»

Brian Markinson, negociador de la farmacéutica, aborreció de inmediato la vanidad de aquel hombre. Continuaron intercambiando nimiedades durante media hora hasta que, un par de bourbons más tarde, volvieron al punto de partida.

«Tal vez podríamos realizar un intercambio de acciones», propuso Markinson al final, «pero necesitaríamos tiempo para estudiarlo.»

«Como gusten, caballeros. Pero tiempo es justo lo que yo no tengo.»

Wells se marchó saboreando su triunfo: aquellos mequetrefes habían mordido el anzuelo. Una semana después, acompañado por Éva, asistió a la 37ª Reunión de la Sociedad Estadounidense de Oncología Clínica celebrada en San Francisco, donde se reunirían más de veinticinco mil expertos en la materia. Allí, ante la *crème de la crème* de la comunidad científica, anunció que el C225 sería la droga emblemática del siglo XXI. «Según revelan nuestros estudios más recientes», dijo, «la combinación de erbitex con irinotecán posee una efectividad del 22.5 por ciento de éxito en pacientes con cáncer rectal refractario, el mayor índice de recuperación jamás registrado.» Bastaron esas grandilocuentes palabras para que DNAW se convirtiese en la empresa más asediada y admirada del encuentro. En opinión de Wells, ahora esos pedantes de Branford-Midway Stern no tendrían otra salida que ceder a sus reclamos.

«Escucha esto, Éva, casi todos los analistas de Wall Street han calificado el desempeño de DNAW de sobresaliente.» Wells no se equivocaba: tras su paso por San Francisco, las acciones de DNAW habían subido 40 por ciento. Wall Street vivía otra época de euforia y el C225 se había convertido en la esperanza para decenas de pacientes desahuciados y en el mapa del tesoro para miles de inversionistas.

Volví a encontrarme con Éva Horváth en julio de 1999, dos meses después de nuestro primer encuentro, en un hotel de Washington. ¿Por qué se retractó de sus palabras y me buscó de nuevo? ¿Qué prolongaba nuestra historia? ¿Por qué perseverábamos? Entonces, atrapados en esos muros anodinos, sellamos nuestra suerte. Debimos entreverlo: dos criaturas que se entregan de antemano a la derrota. Apresé su cuerpo helado y besé sus párpados: nuestros genes que anhelaban ser eternos. Comenzaba el experimento, ese desgarro que ella se resistía a reconocer como pasión.

Éva se sentó sobre la cama y me miró sin piedad. Obedecí su orden y me desnudé frente a ella con la misma impaciencia de la primera vez, torpe y vulnerable. Su mirada no podía tener otro significado: sólo aquí soy tuya. Pronto estaría indefenso, a su merced. Allí estaba de nuevo, idéntica al personaje que yo había construido durante su ausencia: Éva Horváth. Su piel contrastaba con la oscuridad de las sábanas. Avanzó hacia mí, rozándome con los muslos, las caderas. Traté de besarla; ella cubrió mi boca con su palma. Obsesionado, hice un nuevo intento por alcanzar su cuello y rodé al suelo. Entonces ella saltó sobre mí, me inmovilizó y recorrió mi piel con su lengua. Se detuvo una eternidad en mi pecho hasta lograr su objetivo: una sombra encarnada, su marca.

Traté de soltarme, torpe y excitado; Éva no me dejó escapar. Cerré los ojos. Quería hundirme en ella y quería sus labios en mi sexo. ¿No hubo amor en nuestro encuentro? ¿Todo se había reducido a una burda reacción química, producto de la enloquecida avidez de nuestras células? Éva se vistió de prisa, como si en un segundo hubiese olvidado lo ocurrido entre nosotros, como si esas horas se hubiesen desvanecido, como si se hubiesen borrado mientras ella se limpiaba el semen de los labios.

«¿Cuándo volveré a verte?», le pregunté.

«No lo sé, Yuri Mijáilovich. No lo sé.»

Ensamblar una mosca no era un problema biológico sino matemático. Craig Venter y sus colaboradores, esos expertos en genética con sus máquinas secuenciadoras y sus premios Nobel, no eran sino artesanos, simples iniciadores de una obra cuya culminación sólo se alcanzaría gracias a la belleza de los números. Gene Myers y Éva Horváth, en cambio, se imaginaban como arquitectos huraños y explosivos; desde su cueva en el Edificio II de Celera, muy lejos de los pulcros abogados, los excéntricos biólogos, las espigadas secretarias y los atildados hombres de negocios, ellos definirían el éxito o el fracaso del proyecto. Si sus algoritmos funcionaban, el genoma de la *Drosophila* surgiría de un momento a otro en sus pantallas: un ser vivo digitalizado, una quimera compuesta sólo de guarismos.

«Imagina un programa para ensamblar rompecabezas», me había explicado Éva la tarde anterior. «El sistema empieza por reconocer la forma, el tamaño y los colores de una pieza, luego la compara con las otras y, a partir de las similitudes, las coloca en orden. Poco a poco se obtiene la imagen completa, si bien quedarán algunos huecos que será necesario llenar más adelante. Lo más peligroso es que a veces podemos creer que una pieza encaja con otra cuando no es así. ¡Debemos acertar en el noventa y nueve por ciento de los casos!»

El 25 de agosto de 1999 el proceso de ensamblaje estaba a punto de concluir.

«¡Jamás imaginé que, en vez de un hijo, terminaría concibiendo una mosca!», se burló Éva.

Ansioso de presumir los resultados cuanto antes, Craig Venter organizó una reunión urgente en el puente de mando de Celera.

«¿Y bien?»

«Me temo que hemos obtenido un número un tanto extraño», dijo Myers.

«802,000», musitó Éva.

«¿Qué significa eso?»

«Que el ensamblador no ha podido proporcionarnos una secuencia completa del genoma de la *Drosophila*, sino 802,000 fragmentos separados. Algo debe de haber ocurrido mientras corríamos el programa», se disculpó ella.

«No te preocupes, Craig, lo resolveremos», terminó Gene.

Venter ni siquiera los miró; si no lograban corregir el yerro antes de una semana, las acciones de Celera caerían en picada. Y sería el final de sus carreras. Éva pasó la noche en vela, tratando de identificar el fallo; cuando regresó a Celera por la mañana, con el rostro pálido y ojeras purpúreas, encontró a Myers sumido en el desánimo. Al final del día la situación no había mejorado. Ni al siguiente, ni al siguiente. Los dos se veían como reos condenados al patíbulo, incapaces de detener la marcha del tiempo. ¿Habrían fracasado?

«De verdad no lo comprendo», me confesó Éva.

El viernes por la mañana el equipo de ensamblaje se hallaba al borde de una crisis nerviosa. Myers sugirió que el personal se tomase la tarde libre. Todos recogieron sus cosas y se marcharon; Éva fingió hacer lo mismo. Al final, decidió revisar los cálculos por última vez. A la una de la mañana aún no había encontrado el desperfecto. A esa hora tomó la enésima llamada perdida que aparecía en su celular; era Wells, con quien había quedado de verse a las ocho.

«¿Dónde has estado? ¡Te he llamado mil veces!»

«Estoy ocupada.»

«¡No soporto que me dejes plantado!»

Éva jamás admitió reclamos semejantes; sin decir más, colgó el teléfono y lo apagó. Necesitaba dormir.

El sábado regresó a Celera, y también el domingo. Examinó el programa de ensamblaje una y otra vez. Wells volvió a llamarla y ella continuó sin responderle. A las once de la noche fijó su atención en la línea número 678 del programa. Miró arriba y abajo y volvió a la 678. Increíble: ¡un alumno de primer año habría descubierto la falla sin dificultades! Una línea mal construida de entre las 150,000 existentes lo había echado todo a perder. Cuando hubieron solucionado el error, Gene y ella no tardaron en dominar al insecto. A la mañana siguiente, el apoderado legal de Celera presentó una solicitud ante la Oficina de Patentes: «Secuencia primaria del ácido nucleico del genoma de la *Drosophila*, sistemas de descubrimiento que contienen la secuencia de la *Drosophila* y posibles aplicaciones». Gracias a Gene Myers y a Éva Horváth, J. Craig Venter estaba a punto de convertirse en el dueño de una mosca. Nada mal para empezar.

Las vacaciones de Navidad de 1999 servirían para reunirlas por última vez. Desde hacía meses Jennifer había organizado un viaje a Disney World y como de costumbre invitó a Allison en el último momento, cuando era demasiado tarde para cambiar los planes. Ésta detestaba la tiranía de su hermana. Jennifer sabía que el último lugar del mundo al cual hubiese su hermana querido llevar a su hijo era ese parque de diversiones, santuario de conformistas mansos e ingenuos.

«Qué pequeño el mundo es», entonaba un coro de muñecos de madera.

«Tan pequeño como para que Estados Unidos lo convierta en su coto de caza», murmuró Allison.

«Por Dios, Alli, relájate y disfruta, ¿no puedes dejar la política por un segundo?»

Las dos escoltaban a Jacob, quien contemplaba con azoro el falso castillo que se alzaba frente a él. Obligado a contentar a su madre y a su tía, el pequeño permanecía inmóvil, en espera de una señal.

«Quiero que Jacob se vuelva crítico desde ahora.»

«Míralo, Alli, está feliz, no le arrebates la ilusión. Tarde o temprano tendrá que enfrentarse con el mundo real.»

«Me resisto a educarlo como hizo nuestra madre. Cuando descubra que no vive en un lugar fantástico, que no habitamos un cuento de hadas con final feliz, nos reprochará que le hayamos mentido.»

«Al contrario, hermanita: nos agradecerá haberlo preservado un poco del horror. ¡Sólo tiene diez años! ¿Por qué te empeñas en convertirlo en adulto? Dale la oportunidad de crecer, de ser como los otros niños de su edad. Quizás la felicidad sea un engaño, pero no tenemos derecho a arrebatársela.»

Jacob se volvió hacia su madre y le dirigió una mirada de súplica; a Allison se le revolvió el estómago. ¿Cómo explicarle a su hijo que semana tras semana ella vivía cerca del peligro, del peligro real de Yenín, y que frente a ello el riesgo fingido de un parque de atracciones le parecía vulgar? Jacob la tomó de la mano y la arrastró a media docena de atracciones, algunas aburridas o tramposas, otras insoportables, alguna casi inteligente. Allison no deseaba que su hijo la recordase como un monstruo; por más tonta y superficial que se sintiese encaramada en un falso cohete o en un falso barco pirata, el entusiasmo de su hijo era auténtico.

«¿De verdad ha sido tan espantoso, Alli?»

Jacob jugueteaba con un falso ratón gigante mientras ellas discutían frente a sus alimentos: un par de ensaladas sin aliño, su único gusto compartido.

«No ha estado mal, pero tampoco he claudicado, Jennifer. Por la noche trataré de discutir con él algunos conceptos derivados de la experiencia de hoy.»

Jennifer soltó una carcajada y Allison no tuvo más remedio que imitarla. Después de tantas peleas y desencuentros, las dos hermanas aún eran capaces de pasar un buen rato juntas. Ambas se abrazaron. Jacob se acercó a ellas, agotado. Y, sin pensarlo, se echó en brazos de su madre.

«Ha sido el mejor día de mi vida», concluyó.

Cuando distinguí una vez más los torvos rascacielos de Nueva York alzándose por encima de la niebla, traté de convencerme de que aquel traslado era voluntario, un paso natural en mi carrera como activista y escritor, la consecuencia natural de mis pesquisas. Éva Horváth nada tiene que ver con este viaje, me repetí, sus ojos no guían mi camino, sus labios nunca me invocaron. Si vengo aquí es para continuar cercando a Arkadi Ivánovich Granin y a Jack Wells, no para cercarla. Habían pasado seis meses desde nuestro último encuentro (nuestra colisión) y ella apenas había respondido a mis mensajes. En teoría, mi idea era permanecer en Estados Unidos sólo unas semanas, el tiempo necesario para culminar mi investigación sobre DNAW, y luego regresar a Europa, el único sitio donde me sentía cómodo y a salvo.

No dejé pasar siquiera un día antes de buscarla. Al principio ella se mostró poco entusiasta (odiaba sentirse perseguida) y no dudó en citarme en un hotel en Gaithersburg, cerca de Rockville.

«No consigo hacer funcionar este maldito programa», se justificó, «así que sólo dispongo de unas horas.»

La excitación que me provocaba verla en las cercanías de Celera me hizo olvidar sus condiciones; lo único que me importaba era estar con ella cuanto antes. El lugar resultó ser un Holiday Inn glauco y limpio, y no dudé en registrarme. Éva llegó una hora más tarde de lo acordado; no alcanzó a balbucir una disculpa: nos arrojamos uno contra otro sin decirnos nada. Ella me había exigido que ahuyentase mis reclamaciones y yo la obedecí sin aspavientos. Casi me hubiera gustado que aquella cita hubiese sido desastrosa, que nuestras pieles hubiesen dejado de atraerse, que nuestros cuerpos hubiesen perdido la memoria, pero no ocurrió así: nos unía un ímpetu secreto, y también nos condenaba.

«Debo reconocerlo, Yuri Mijáilovich», me dijo Éva antes de marcharse, «a diferencia de mí, mis genes aún te necesitan.»

El anónimo Holiday Inn de Gaithersburg, Maryland, se convirtió en mi residencia durante las siguientes cinco semanas.

«Es una idiotez instalarse en este agujero por mi culpa, Yuri Mijáilovich.»

«Yo puedo escribir aquí o en cualquier parte», me justifiqué, «y al menos la decoración no me distrae.»

Y así fue: pasaba horas concentrado en mi computadora, ajeno a los estertores del mundo, como si me hubiese recogido en un monasterio. Hacía mucho que no gozaba de tanta calma y tanto silencio (al fin sentía que mi fama, mi vulgar y efímera fama, había quedado atrás) y pensé que tal vez podría iniciar una vida nueva, una vida distinta de la mía. Los primeros días ni siquiera necesité beber para inspirarme o cancelar los ecos de Afganistán o de Chechenia: disponía de un tiempo infinito y plácido, habitado sólo por mis palabras. Aunque jamás me prometió nada, Éva compareció en el Holiday Inn todos los días, sin falta, a la hora del almuerzo.

Aquellos fueron (lo sé ahora) nuestros únicos momentos de eso que, para no traicionar su escepticismo, no llamaré felicidad sino sosiego. ¿Hubiésemos podido continuar así de modo indefinido, sin preguntas ni compromisos, en la pura improvisación, sometidos al vaivén de nuestra carne? ¿Por qué los humanos no podemos reconocer el bienestar en el momento justo y anhelamos siempre más? ¿Por qué somos a un tiempo codiciosos e insaciables? Al cabo de esas tres semanas cuya perfección sólo vislumbro a la distancia, le dije a Éva que ya no soportaba aquel encierro, que el Holiday Inn de Gaithersburg, Maryland, se me hacía como una cárcel (cuando en realidad era el paraíso), y le revelé que me proponía alquilar una cabaña no lejos de allí.

«Vi un anuncio en el periódico local y ya me he puesto de acuerdo con el propietario», le anuncié.

«Si piensas que así estarás más cómodo…», musitó Éva; me pareció que sonreía.

« Ya lo verás, te gustará», le prometí.

Una cabaña junto al río.

En una conferencia de prensa que parecía más bien una fiesta de cumpleaños, Jack Wells y los representantes de Branford-Midway Stern hicieron pública su asociación: el gigante farmacéutico pagaría 1,000 millones de dólares por catorce mil acciones de DNAW, más otros mil millones para el desarrollo y la comercialización exclusiva del C225. Conforme a los términos del contrato, BMS adquiriría las acciones de DNAW a un valor nominal de 70 dólares, cuando en el mercado se cotizaban a 50. Como quedaría al descubierto gracias a mis investigaciones, en su calidad de presidente y director general de la empresa, Wells fue autorizado a comprar un nuevo lote de acciones al precio preferencial de 8 dólares. Al término del día, depositó en su cuenta bancaria el equivalente a 111 millones. La prensa celebró el pacto de manera casi unánime, convencida de las perspectivas de DNAW por la seriedad de BMS y el carácter fabuloso de la droga. Nunca antes un biofármaco había alcanzado un precio semejante.

Para celebrar el acontecimiento, Jack organizó una suntuosa fiesta en el Hotel Ritz-Carlton, donde convocó al *who is who* de Nueva York: financieros de Wall Street y artistas del Village, estrellas de Hollywood, presentadores de televisión, banqueros, corredores, científicos (incluidos seis o siete premios Nobel), aristócratas y empresarios, con Christina Sanders a la cabeza, y destacados miembros de la prensa. Le supliqué a Éva que me consiguiese una invitación: le juré que sería discreto, mi único interés consistiría en calibrar la magnitud del acuerdo. Al principio se negó, pues no quería continuar mezclando nuestros mundos y acaso temía mi imprudencia o mis celos, y sólo aceptó después de incontables peticiones.

Aquella noche atestigüé la alianza entre la frivolidad y el humanitarismo: la multitud festejaba por igual el avance científico más prometedor de los últimos años y la fortuna que Jack y sus socios habían amasado en una tarde. Pocos se preocupaban por la veracidad de sus declaraciones; ninguno de los melifluos invitados dudaba del éxito de DNAW. Ninguno, excepto yo. Disimulando un comedimiento que distaba de experimentar, me aproximé al anfitrión.

«Felicidades, señor Wells.»

Él me observó por un instante y fingió reconocerme.

«Muchas gracias. Espero que se esté divirtiendo.»

De pronto Éva se unió a nosotros, bellísima en un vestido rojo.

«Permítame presentarle a Éva Horváth.»

«Yuri Chernishevski, encantado.»

«Lo dejo en buenas manos, señor Chernishevski», terminó Wells, y se marchó. Ataviado con un sombrero de copa, montó en el escenario y tomó el micrófono. Lucía como el maestro de ceremonias de *Cabaret*.

«No se alarmen, no pienso dar más discursos. ¡Música, maestro!»

En las pantallas colocadas en las cuatro esquinas del salón apareció la imagen de Frank Sinatra y Wells se desgañitó con su particular versión de *My Way*. Cantaba para acallarme, para silenciar las dudas sobre su triunfo, las dudas sobre su riqueza, las dudas sobre su fama. Tras destrozar otras dos melodías, esta vez de Britney Spears, unas jóvenes disfrazadas como bailarinas de Las Vegas repartieron enormes cartelones entre los invitados para que pudiesen seguir la coreografía de YMCA.

«¿Cómo soportas esto?», le susurré a Éva al oído. «¡Vámonos de aquí!»

Contra mis pronósticos, ella no se negó, no me lanzó uno de sus sarcasmos ni me zahirió con su desprecio. Me miró, apacible y clara, como nunca antes, como nunca después. La tomé de la mano y, aprovechando la algarabía, la arrastré hasta el vestíbulo; recuperamos nuestros abrigos y nos escabullimos, felices e histéricos, como niños que cometen una travesura.

Ebrio por su triunfo y su riqueza, Wells no pareció advertir el momento en que Éva Horváth escapó conmigo.

Mi relación con Éva se torció poco a poco durante las siguientes semanas, como si de las profundidades de la cabaña junto al río emanase un tufo ponzoñoso, como si el rumor de sus aguas contuviese ya el anuncio de la muerte. En apariencia el emplazamiento era idílico: luminoso, cálido, apacible, enmarcado por una belleza natural casi pavorosa. Resultaba difícil creer que estuviese a sólo quince minutos de la autopista y a una hora de Washington, eje del cosmos. Desde su primera visita, Éva no se sintió cómoda: algo la perturbaba, el color de los muebles, la lluvia del atardecer o el sonido del viento al golpear los tejados, o acaso su humor se había vuelto más vacilante y errático desde que Venter ordenase el ensamblaje del genoma humano. Sus visitas se hicieron esporádicas y, sumido en aquella soledad y aquel vacío, yo me torné irritable y ciego.

Si antes nada me importaba excepto las horas que Éva pasaba conmigo (esas horas que se volvían infinitas), de pronto la quise toda para mí. Y, en vez de concentrarme en escribir contra Wells, su amante, empecé a preocuparme por el tiempo que Éva le dedicaba, por el tiempo que Éva no me dedicaba a mí. Mi situación me parecía no sólo lóbrega, sino injusta: yo me encontraba allí, varado en ese maldito bosque, a miles de kilómetros de mi patria, sólo por ella. ¿Era demasiado pedir que valorase el gesto, que compensase un poco mi sacrificio? Nuestros encuentros, cada vez más breves pero no menos abrasadores (ahora las diputas y los gritos hacían las veces de preliminares), concluían siempre en el mismo punto.

«¿Por qué no lo dejas?»

Mi voz sonaba como una advertencia y no como una pregunta. Si bien nuestra demencia común duraba semanas (una eternidad para ella), Éva se resistía a abandonar a Wells.

«¿No me amas?»

«¡Yuri!»

«Lo sé, lo sé», me mordía los labios, «el amor no existe. ¿Pero entonces qué diablos haces aquí?»

«Lo sabes, no necesito decírtelo: porque lo nuestro es absurdo, absurdo y cierto.»

«¿Y por qué regresas con él, qué puede darte alguien como Wells? Es *despreciable*.»

«Yuri, no es necesario que…»

«Lo sabes tan bien como yo, Éva: lo único que le importa es el dinero. Tú sólo eres otra de sus propiedades, la mejor pieza de su colección.»

No pudimos evitarlo: el alcohol, y luego también la cocaína, se transformaron en nuestra tabla de salvación.

«Te he contado mi vida una y mil veces, Yuri Mijáilovich», me dijo Éva, su piel desnuda sobre la mía. «Sabes lo que he vivido. Estoy harta de historias perfectas, amores románticos, entregas absolutas y pasiones inabarcables. Nada de eso sirve, nada de eso dura. Son engaños, cariño mío. ¿Qué necesidad tenemos de engañarnos? Tú y yo hemos edificado algo único e imposible. Allí radica su valor. Estamos aquí porque lo deseamos, porque nos deseamos, porque no resistiríamos estar en otra parte. Es grandioso, pero es todo. Y tú lo sabes, lo sabes tan bien como yo.»

Bebí otro vaso de vodka y hundí mi rostro en su sexo, mi antídoto contra el presente. Desde mi separación de Zarifa me creía ajeno a los celos y las sospechas, y acusaba a quienes pretendían apoderarse de las mujeres como si fuesen fincas o automóviles, pero frente a la ríspida libertad de Éva, frente a su osadía y su falta de respuestas, yo no pensaba más que en poseerla. Imaginarla en poder de Wells me resultaba insoportable.

«Todo lo que necesitamos está aquí, Yuri Mijáilovich», me apaciguaba ella. «Tú y yo somos esto, los humores de nuestros cuerpos, el olor ácido que nos envuelve, nuestras células, nuestra saliva. Nada más.»

La amaba y la odiaba. ¿Cómo se mantenía tan segura?

«¿De verdad quieres seguir así, Éva? ¿Teniendo que escondernos, descontando los minutos que nos quedan?»

«Sé lo que quiero, Yuri: la oportunidad de estar así, contigo, de vez en cuando. Pensar en ti como un aliciente. Echarte de menos. Perderte y reencontrarte, ¿lo entiendes?»

«Sí», mentía yo.

«Los seres humanos estamos solos, nacemos solos, amamos solos y morimos solos, no hay remedio», insistía ella. «Si lo aceptásemos desde el principio nos evitaríamos un sinfín de decepciones.»

La combinación de la vodka y la droga me hacía tambalear; estaba harto de sus racionalizaciones, harto de su ecuanimidad, harto de sus palabras.

Sólo quería su cuerpo.

«¡Déjame en paz!», le grité una tarde, «¿no dices que siempre estamos solos?»

Ella ni siquiera me miró. Me erguí, dispuesto a marcharme, a volver a Rusia, a olvidar esta historia. Ella me tomó del brazo. Entonces yo me desprendí de su cuerpo y me olvidé de mí mismo. Perdí la razón y golpeé su rostro. Su amado rostro. Un accidente. Se escuchó un ruido seco. Me ardía la mano, como si la hubiese colocado sobre una brasa. Éva no lloró, no gritó, no me insultó. Y tampoco se marchó. Resistió impertérrita, apenas sorprendida. Se acarició la mejilla con un gesto casi dulce. ¿Por qué no hizo nada? ¿Por qué permaneció en esa maldita cabaña, a mi lado, suave y etérea, triste, acaso resignada, en vez de huir, en vez de escapar hacia la libertad y hacia la vida? ¿Por qué demonios se quedó conmigo? ¡Estúpida, mil veces estúpida! Tendría que haberme expulsado de su existencia, tendría que haberme escupido. Pero fui yo quien lloró. Me arrodillé ante ella y me maldije, le pedí que no me abandonase, le prometí que jamás volvería a tocarla, le supliqué otra oportunidad. Éva me escuchó en silencio. Y tomó mi cara entre sus manos, y me perdonó, y me perdonó.

Jennifer se miró al espejo, escudriñó sus ojeras y las marcas de expresión en torno a sus labios, contó las arrugas de su frente y las manchas en la piel que habían aparecido en sus pómulos, y pensó: soy ridícula. Cubrió sus palmas con agua y se restregó el rostro como si quisiera borrarlo o despintarlo. Ridícula y vieja, repitió en voz baja, decidida a lastimarse. ¿Dónde habían quedado su juventud, su garbo, su belleza? Ella nunca había sido así, nunca se había dejado vencer, nunca se había doblegado ante la desventura, quizás porque el mundo jamás le pareció hospitalario, porque jamás creyó en una felicidad posible. Su padre la educó para cumplir órdenes, no para sentirse satisfecha. ¡El senador la condenó a una vida de terquedad, de contención, de suficiencia! ¿De qué le había servido medrar como una loca? Se había debatido día tras día para ser la mejor, y lo había conseguido. ¿Y luego? ¿Quién aplaudía sus sacrificios? ¿Quién celebraba sus triunfos?

No sólo era ridícula y vieja, sino inútil. ¿Su trabajo en el Fondo Monetario Internacional? Otra falacia: ninguno de sus esfuerzos había fructificado. Zaire seguía siendo un pudridero; América Latina, una cuna de chacales; Rusia, un cementerio. Los planes de ajuste, los préstamos millonarios, las reformas estructurales, las terapias de choque: nada valía la pena. La tierra era un lodazal hediondo y triste. Se enjugó el rostro con violencia: requería cierta dosis de dolor físico. Gracias al Cielo nadie podía verla en esos momentos; oculta en su desolado departamento de Washington, una fuerza desconocida la obligaba a moverse de un lado a otro sin respiro.

Caminó hacia la habitación de su sobrino, entreabrió la puerta y comprobó por enésima ocasión la placidez de su sueño. ¡Cómo envidiaba esa inocencia! Se apartó con sigilo y volvió a la cocina; se sirvió una taza de té y bebió un sorbo tibio y desabrido como su propia vida. Acababa de cumplir cincuenta y cinco años y no tenía nada. *Nada.* Un puesto en el FMI. Simple rutina. Un matrimonio quebrado o inexistente. Esterilidad genética. ¿Y Jacob? Jacob ni siquiera era suyo. Jacob era la carga con que su hermana le había hecho pagar por su éxito; en vez de odiarla o maldecirla, le había entregado a su único hijo para que estuviese obligada a verlo a diario, a encariñarse con él, a constatar su imposibilidad de ser madre, de ser madre de *ese* niño.

Jennifer miró el reloj: las ocho de la noche, aún le quedaban cinco o seis horas de insomnio. El timbre sonó como una señal.

«¿Puedo pasar?»

Tras varios meses de ausencia, Wells aparecía de nuevo, tan inconsciente y atrabiliario como siempre. ¿Cómo se atrevía a presentarse sin avisar? Jennifer abrió la puerta y lo dejó atravesar el salón y dirigirse a la estantería donde se alineaban las botellas; Wells se sirvió un vaso de bourbon, lo engulló y se sirvió otro. Era obvio que llevaba horas bebiendo.

«¿Qué quieres?»

«Wells se desplomó en un sillón: te tengo dos noticias, una buena y una mala. ¿Cuál quieres primero?»

«No te quiero en mi casa, Jack.»

«Primero la buena: Éva me engaña con otro.»

Las palabras de Wells no hicieron mella en Jennifer.

«No seré yo quien te consuele», le dijo.

«Pensé que te alegrarías», le dijo Jack, y apuró otro vaso de alcohol.

«¿Alegrarme? Para mí eres un extraño.»

Wells encajó el golpe con soltura; sabía que su mujer disfrutaba como nunca ese momento.

«Y ahora la mala: tienes que vender tus acciones de DNAW mañana mismo. La Administración de Drogas y Alimentos se ha negado a evaluar nuestro medicamento contra el cáncer. Ni siquiera aceptó la solicitud formal.»

«¡Jack, si apenas hace unas semanas...!»

«DNAW se encamina a la ruina, Jennifer. Un día somos la empresa biotecnológica más prometedora del mundo y al siguiente, basura.»

«¿Y tus socios? ¿Y la gente de BMS?»

Wells se llevó las manos a la frente; su gesto no era tanto de desesperación como de fatiga.

«Me cortarán el cuello. Tú los conoces, Jennifer, a nadie le gusta perder un millón de la noche a la mañana.»

«¿Cómo es posible?»

«Esos imbéciles piensan que nuestros resultados clínicos no son confiables. Que no contamos con el suficiente número de pacientes. Por primera vez en la vida hago algo correcto y todo se va a la mierda. El C225 es la mejor esperanza que tenemos contra el cáncer. Eso es cierto, te lo juro. ¡Y lo he jodido, Jen, lo he jodido!»

«Lo siento.» Ella apenas dulcificó su voz.

«Dile a tu corredor que venda mañana por la mañana.»

«¿Tan grave es?»

«Más de lo que imaginas. Y también quiero que hagas algo por mí, Jen, por los viejos tiempos.»

«No, Jack, te lo digo de una vez.»

«Ya di órdenes de transferir un paquete de acciones a tu cuenta, Jennifer. ¡Tienes que venderlo, a primera hora, antes de que la noticia se haga pública!»

«Eso es ilegal, Jack, no quiero verme involucrada en esto.»

«Lo perderé todo, y tú también. Al menos desde el punto de vista legal, seguimos siendo marido y mujer, tienes que hacerlo, Jen, te lo suplico.»

«¡No!»

«¿Quieres que me arrodille? Humíllame cuanto quieras, lo merezco. ¡Y luego da la orden de vender esas malditas acciones!»

Jennifer se levantó, impasible.

«Es hora de que te marches, Jack.»

Éste conocía bien a su esposa como para saber que no valía la pena insistir. Había echado los dados y ahora sólo le cabía esperar que la noche y sus demonios la ablandasen. Era su única esperanza. En cuanto se quedó sola, Jennifer sintió las lágrimas correr por sus mejillas. El imbécil ni siquiera le había concedido la oportunidad de regodearse con su derrota. Ahora pasaría la noche en vela, debatiéndose entre salvarlo o hundirse con él.

Éva confirmó mis sospechas como si nada, al final de otro de nuestros combates amorosos (nos dejábamos tentar por la violencia sin apenas darnos cuenta), una historia como tantas, un relato entre un sinfín de relatos paralelos, no una acusación ni una denuncia sino un comentario al margen, un desliz: la pista que yo seguía desde hacía meses, la pista que me había conducido a América, la pista que justificaba mis sospechas, la pista que había inoculado en mí Allison Moore, la pista que habría de enterrar a Jack Wells. Sin saberlo, inocente y plácida (también desnuda y achispada), Éva Horváth me confió la clave que me permitiría terminar con la carrera de su amante y tal vez sepultarlo en prisión.

El miserable se lo merecía: ésa era mi única coartada y mi único consuelo.

Fingí no dar importancia a las palabras de Éva (al desliz de Éva) y no desovillé la madeja frente a ella, no la obligué a agregar nada más, cambié de tema y me reservé su comentario como un tesoro o más bien como mi arma secreta. ¿Qué fue lo que Éva Horváth me dijo entonces? ¿Cuál fue su indiscreción?

La víspera Wells había hablado con ella por teléfono (el infeliz le seguía llamando a todas horas), una conversación fugaz y misteriosa, el empresario se oía abatido y tenso, o tal vez sólo asustado, y le confió a Éva que la Administración de Drogas y Alimentos le había jugado una mala pasada, el C225 tendría que esperar un mejor momento, nada más. Sólo alguien al tanto de los hechos, sólo alguien que hubiese seguido día a día, semana a semana y mes a mes los avances y retrocesos de DNAW, podría haber desentrañado el significado de sus frases: Wells se hundía. Y lo más grave: *sabía* que se hundía. Y al saberlo, al saberlo antes que nadie (al saberlo *antes* que el público), haría cuanto estuviese en sus manos para evitar su hundimiento. Estaba en su carácter. Yo lo estudiaba desde hacía meses, lo había perseguido con la misma constancia y el mismo denuedo con que perseguí a Kaminski, y adivinaba sus reacciones.

Después de tantos años de lucha, de tantos esfuerzos para hacerse rico y célebre, no estaba dispuesto a volver a la pobreza y al anonimato, a la mediocridad que le había pronosticado su padre, a la mediocridad que le correspondía. No, Jack Wells no se limitaría a contemplar la lenta extinción de DNAW, su criatura, sino que intentaría salvar lo que pudiese, aun si para ello debía burlar las leyes bursátiles.

Me bastó escuchar las inocentes palabras de Éva para atar los cabos. Ahora sabía dónde buscar. Y tenía que hacerlo cuanto antes: el tiempo era mi única ventaja. Tendría que rastrear las cuentas de Wells, y sobre todo las de su círculo íntimo. Y eso me llevaría, de modo inevitable, a Jennifer Moore.

«¿Por qué tendríamos que asociarnos con ellos?» El tono de Éva era más de repulsión que de enfado. «¿Qué ganamos nosotros?»

A Gene Myers no le sorprendió la agresividad de su compañera. Ambos se habían entregado en cuerpo y alma a Celera y a lo que Celera representaba (el desafío, el triunfo de la voluntad, la ausencia de apoyos oficiales) y no querían claudicar en el último momento. ¿Por qué diablos habrían de escuchar a Eric Lander, del Proyecto Genoma Humano, uno de sus enemigos? ¿Por qué pactar una tregua? Aun si por el momento el PGH llevaba la delantera, en unos meses la situación se revertiría y Celera se alzaría con la victoria. La prensa ya comparaba a los dos proyectos con la liebre y la tortuga: no había posibilidades de que Collins y los suyos los venciesen. ¿Por qué dialogar con ellos?

La plana mayor de Celera se hallaba concentrada en el Centro de Conferencias Wye River, donde meses atrás Yaser

Arafat y Benjamin Netanyahu se encontraron con Clinton en una nueva y vana iniciativa de paz para Medio Oriente. Comandaba la expedición el propio Venter, acompañado de Hamilton Smith y otros miembros de su escuadra. En una pantalla cuadrangular en el extremo del salón refulgía la imagen de Eric Lander, del Instituto Whitehead, uno de los centros más eficientes integrados en el proyecto público (y el cual hacía unas semanas había adquirido 125 máquinas Prism 3700, idénticas a las de Celera).

«Escuchemos su propuesta», remachó Venter.

Si había aceptado participar en esa videoconferencia no era por gusto; para concluir la secuenciación del genoma en 2001, como había prometido, Celera estaba obligada a utilizar los datos que el PGH colocaba día tras día en GenBank, su sitio de Internet, donde cualquiera podía consultarlos. Tal como detectaron los perros guardianes de Francis Collins, si Celera publicaba la secuencia completa del genoma tendría que citar como coautores a todos los miembros del programa público.

«Un saludo para el equipo científico que es más rápido que el rayo», dijo Eric Lander, del proyecto público, a modo de saludo.

Los ejecutivos de Celera encajaron la broma con frialdad.

«Te prometo que cuando descubramos el gen del humor tú serás el primero en saberlo, Eric», le respondió Venter.

«Antes de empezar, me gustaría saber quién en el programa público está al tanto de esta conversación», intervino Smith.

«Francis sabe de nuestra conversación, pero no estoy autorizado a hablar en su nombre. No todavía. Y aún no he hablado con ninguno de los demás miembros del PGH, invitarlos ahora sólo nos acarrearía problemas.»

«Creo que el único impedimento para llegar a un acuerdo es la publicación de los datos», intervino uno de los abogados de Celera. «¿Podríamos entregar el genoma en un DVD, como hicimos con la *Drosophila*?»

«Francis prefiere la publicación inmediata pero, sí, eso podríamos aceptarlo.»

Lander carraspeó.

«En cambio, hay una cuestión sobre la cual no transigiremos: si Celera utiliza datos del proyecto público, el artículo final tendrá que ser conjunto.»

«Un artículo o dos, da lo mismo», apuntó Venter.

«No, no da lo mismo, Craig. ¡Ni siquiera está *cerca* de dar lo mismo!»

«¡Yo no voy a producir datos para que ustedes los publiquen!»

«De acuerdo, Eric, no te sobresaltes. Lo pensaremos y te daremos una respuesta cuanto antes.»

Ambos se despidieron y la comunicación se interrumpió. Venter se acariciaba la mandíbula.

«¿Qué se creen esos patanes?», vociferó Éva. «¿Eric Lander dándonos lecciones de moral? ¡Si siguiéramos su criterio, también tendríamos que incluir como coautor a Gregor Mendel! No podemos ceder, Craig, quieren aprovecharse de nosotros. La comunidad científica piensa que somos los malos y ellos los buenos, pero no es verdad. Nosotros somos tan buenos como ellos: no los necesitamos.»

Venter compartía el enfado de Éva, pero intuía que a estas alturas un acuerdo era su única opción. Si el problema de autoría se complicaba, la guerra entre ambos proyectos podría llegar a los tribunales y causaría pánico entre los accionistas. A veces la única forma de vencer era claudicando. O fingiendo una claudicación. Porque, pasara lo que pasase, Venter pensaba ganar la carrera a como diese lugar y para ello se reservaba un último as bajo la manga.

Hacía un par de meses Jennifer había recuperado su apellido de soltera. La llamé a primera hora de la tarde y, en contra de lo que supuse, se acordó muy bien de mí.

«Sí, lo recuerdo, nos conocimos en Moscú hace unos años.»

«¿Podríamos reunirnos en alguna parte?»

«¿Con qué objetivo, señor Chernishevski?»

«Necesito hablar con usted, es un asunto personal.»

«No tengo por costumbre citarme con alguien si no conozco de antemano la razón, señor Chernishevski.»

«Serán unos minutos, prometo no perturbarla más.»

«Necesito saber qué espera de mí, señor Chernishevski, de otro modo podemos dar esta charla por terminada.»

«De acuerdo: quiero hablar sobre su marido.»

«Querrá decir de mi ex marido.»

«Exacto, del señor Wells.»

«No tengo nada que decir.»

«Por favor, señora Moore, estoy seguro de que le interesará lo que tengo que decirle.»

«Y yo estoy segura de que no tengo nada que decirle a usted, señor Chernishevski.»

Un diálogo de sordos: debía hacer que confiase en mí, obligarla a ser más explícita. Yo sabía que ella detestaba a Wells, pero no cuánto. ¿Estaría dispuesta a vengarse de él? ¿O lo protegería hasta el final? Me jugué mi última carta.

«Sé que algo no marcha bien con el C225.»

«Eso no es de mi incumbencia, señor Chernishevski.»

«¿Ha hablado con su ex marido en estos días?»

«Eso no es de *su* incumbencia, señor Chernishevski.»

«Creo que es un asunto que nos interesa a ambos», me violenté. «El señor Wells acaba de firmar el acuerdo más jugoso de la historia farmacéutica, ha prometido producir una cura contra el cáncer, y yo sospecho que todo es falso.»

«Sospeche lo que quiera, señor Chernishevski.»

«Doctora Moore, si sabe algo debe decírmelo, será mejor para usted.»

«¿Me está amenazando, señor Chernishevski?»

«¡Por supuesto que no!»

«Creo que esta conversación ha llegado demasiado lejos, señor Chernishevski.»

Maldita familia: pese al odio que se tenían, ninguno estaba dispuesto a hablar, atrapados en un férreo código de silencio. Yo no pensaba claudicar. Toda la tarde hice llamadas, pedí favores, hice promesas imposibles de cumplir, arriesgué mi prestigio (y acaso más que eso) sin obtener ningún resultado concluyente. Furioso, regresé a la cabaña del río para rumiar mi frustración hasta la llegada de Éva. Serían las nueve de la noche cuando sonó el teléfono. Tardé unos segundos en reconocer la voz metálica de Jennifer Moore. Había pasado toda la tarde reflexionando sus opciones y al final había decidido buscarme. Esta vez su tono no me intimidó: la situación estaba bajo mi control. Con su tono áspero me dijo que necesitaba hablar conmigo, en persona, para precisar algunos puntos de nuestra charla.

«Mañana, a las tres de la tarde, en el Promenade Café de Washington, ¿sabe dónde está?»

«Puedo averiguarlo», le dije.

No pude dormir en toda la noche, me hallaba cada vez más cerca de mi objetivo: el hundimiento de Jack Wells.

¿Qué la había hecho cambiar de opinión? ¿Por qué al principio guardó silencio y ahora me convocaba para relatarme lo que sabía? ¿Por qué tardó tanto en tramar su venganza? ¿O su vacilación obedecía a un plan calculado cuyo único fin era despertar aún más mi curiosidad? Pese a su aparente nerviosismo (no dejó de mover sus largos dedos mientras duró nuestro encuentro), la negociadora estrella del Fondo Monetario Internacional sabía lo que iba a hacer: si ahora hablaba conmigo no era por un súbito arrebato de confianza, sino porque había descubierto que yo era un enviado de la providencia, el perfecto instrumento de su ira. Yo no importaba en este juego, era un simple actor secundario en el desafío que mantenían los dos esposos: si Jennifer me confiaba su secreto (o al menos una parte de su secreto) no era tanto para protegerse a sí misma como para denunciar a Jack Wells.

No, ella no estaba al tanto de ningún mal manejo; no, ella jamás se había interesado por los negocios de su marido; no, ella no creía que él estuviese involucrado en una maniobra ilegal; no, ella no tenía nada que decirme a ese respecto. ¿Y entonces?

«Aunque Jack siempre ha sido un hombre muy intuitivo, es cierto que los últimos días ha estado muy nervioso, señor Chernishevski; creo que por eso piensa que las acciones de su empresa irán a la baja pese a su espectacular crecimiento de las últimas semanas.»

«¿Jack Wells le recomendó vender sus acciones de DNAW?», le pregunté.

«Sí, pero desde luego yo no he querido hacerlo, en mi opinión la empresa está en uno de sus mejores momentos y la economía del país no podría estar mejor. En cambio esa tonta de Christina Sanders...»

Allí estaba la clave.

«¿Ella ha vendido sus acciones de DNAW?», insistí.

Jennifer sonrió, sabiendo que sus palabras sellaban o más bien borraban el futuro de su marido, y de paso el de la célebre empresaria.

«¿Un empate?», preguntó Craig Venter.

Ari Patrinos, el director del programa genético del Departamento de Energía, había logrado reunir en su casa a los dos guerreros, Craig Venter y Francis Collins, en el más absoluto secreto. Las hostilidades entre Celera y el Proyecto Genoma Humano se habían vuelto más sangrientas en las últimas semanas; pese a los intentos de hallar un punto en común, ambas corporaciones habían hecho hasta lo imposible para dinamitarse, gastando en el proceso buena parte de sus energías.

Gracias a las Prism 3700 que, por una de esas paradojas de los negocios, el proyecto público había comprado a la compañía hermana de Celera, su capacidad de secuenciación se había acelerado a un ritmo vertiginoso; ésta, mientras tanto, había alcanzado su velocidad máxima, pero al mismo tiempo sufría un vendaval financiero que amenazaba con destruirla. Si todo resultaba conforme a los planes de Gene Myers y Éva Horváth, Celera podría tener una versión completa del genoma para septiembre del 2000, un año antes de la fecha programada. Por desgracia, los voceros del PGH habían anunciado que ellos dispondrían de un borrador final para abril.

¿Quién sería, pues, el ganador? Eso dependería de quién tuviese mayor capacidad para convencer al público, a los medios y a los inversionistas de cuál era el auténtico final de la carrera. Venter temía que, aun si su ejército obtenía la victoria en términos absolutos, ésta terminase diluida u opacada por el anuncio del PGH. Francis Collins, por su parte, se mostraba encantado con los resultados de la red de laboratorios oficiales, pero sabía que Celera seguiría utilizando sus datos. Los dos se encontraban en la misma trampa. A ninguno le gustaba la idea de colaborar con el otro (llevaban demasiado tiempo detestándose) pero era la única forma de salvarse.

«Llámalo como quieras», respondió Patrinos. «Lo importante será que Francis y tú declaren que, pese a sus diferencias, ahora prefieren trabajar juntos para descubrir qué significa en realidad el genoma humano.»

Después de años de competencia, de dudas y recelos, ataques por la espalda, escaramuzas y batallas, un maldito empate.

«¿Qué diablos quiere de mí? ¿Cuál es su urgencia?»

Wells me citó en una luminosa cafetería del SoHo, no muy lejos de DNAW; supongo que el límpido acabado de las mesas, el ocre y el plateado de los muros, los ventanales que daban a la calle y el frenético trasiego de jóvenes universitarios lo hacían sentirse seguro y anónimo. En un sitio así yo jamás me atrevería a amenazarlo o chantajearlo (lo primero que pensó tras mi llamada) o a desatar un escándalo. Cuando llegué él estaba sentado frente a una taza de café; me miró con suficiencia y una ostentosa muestra de desprecio. Su estrategia era sencilla: no hablaría, no claudicaría, esperaría a reconocer mis intenciones. Sus dotes histriónicas superaban el promedio, pero era evidente que no vivía sus mejores días. Bastaría con rozar un punto débil para sacarlo de sus cabales. Cuando me hube sentado, él le hizo una seña a la camarera para que también me sirviese una taza de café.

«¿Piensa que no sé quién es usted?», comenzó. «Yuri Mijáilovich Chernishevski, periodista, escritor, novelista mejor dicho (quizás por eso le gustan tanto las ficciones), protector de los desamparados y adalid de las causas justas. Y por si todo esto no fuese suficiente, el bastardo que se cepilla a Éva Horváth a mis espaldas.»

Hablaba con un tono comedido, como si me hablase del clima o del futbol, sin aspavientos, reconcentrando su odio para que sonase como indiferencia. Cada tanto le daba sorbos a su café, escociéndose los labios. No imaginé que la conversación fuese a tocar lo personal con tanta rapidez. Lo había subestimado.

«No he venido a hablar de eso, señor Wells, sino de los problemas de su empresa.»

«A usted mi empresa le importa un comino, lo que quiere es obtener algo de mí, como todos los de su calaña. A lo largo de mi vida he visto a decenas de hombres como usted, Chernishevski, en apariencia llenos de principios y buenas intenciones, que sólo esperan el momento justo para aprovecharse de los otros. Me repugnan: yo al menos no engaño a nadie.»

«¿A nadie?», contraataqué. «¿Y qué me dice de sus accionistas? ¿De los pacientes que confiaban en usted? ¿De la Administración de Drogas y Alimentos? ¿Del gobierno? Yo no estaría tan tranquilo si fuera usted, señor Moore.»

«¿Qué busca, Chernishevski? Hablemos claro. ¿Dinero?»

«El dinero no me importa.»

«Ya entiendo, lo que usted quiere es quedarse con Éva Horváth, ¿verdad? Adelante, se la regalo, Chernishevski, es toda suya. ¿Satisfecho? ¿Podemos irnos?»

Se empeñaba en desviar mi atención de lo único importante, de la información confidencial que había usado en su provecho, violando las normas de la Comisión de Valores.

«¿Puede decirme por qué se ha desecho de miles de acciones de su boyante empresa, poseedora de la droga más prometedora contra el cáncer jamás descubierta, sólo cinco días después de haber cerrado el acuerdo más lucrativo de la industria farmacéutica? ¿No le parece extraño?»

«Puedo hacer con mis acciones lo que se me antoje», exclamó.

«Desde luego, señor Wells, pero si por casualidad la AFD no aprobase el C225, entonces su transacción adquiriría una lógica macabra.»

El miserable estaba contra la pared.

«Déjeme que vuelva a preguntárselo, Chernishevski, ¿qué busca?»

Wells hizo el ademán de levantarse (puro fingimiento) y volvió a desplomarse sobre la silla. Me miró de arriba abajo, sonriente.

«Tanto le duele que Éva Horváth se disponga a abandonarlo?», sonrió. «¡Ah! ¿Ella aún no se lo ha dicho? Siento decepcionarlo, Chernishevski, Éva Horváth no está enamorada de usted. Ni de mí. Ni de nadie. Así es ella, a estas alturas ya tendría que haberlo descubierto. ¿Sorprendido? Déjeme ver si recuerdo sus palabras textuales: *ya no lo soporto*. Sí, se refería a usted, Chernishevski. Ya no tolero sus celos ni su rabia. *Pienso dejarlo esta misma semana, en cuanto se anuncie el genoma.*»

No creí sus mentiras. Qué estrategia tan patética: prueba clara de su desesperación. Éva jamás me abandonaría así. Ella podía ser voluble o irracional, pero siempre era directa. Era imposible que confiase en Wells más que en mí.

«Comprendo que no me crea, Chernishevski. ¿No se le ha ocurrido que quizás le tiene tanto miedo que prefiere irse así, sin más, antes de que usted intente detenerla? En mi opinión, los hombres violentos son las criaturas más despreciables del mundo, ¿no lo cree?»

«Usted no sabe nada de mí, Wells, nada», le dije sin sobresaltarme, con su mismo tono moroso y complaciente. «Al final usted terminará en la cárcel.»

Me erguí con calma, arrojé un par de dólares sobre la mesa y me escabullí con discreción de aquel infierno.

El 26 de junio de 2000, Craig Venter y Francis Collins sellaron su forzosa alianza en la Casa Blanca, en presencia del presidente Clinton, quien para entonces se acercaba al final de su mandato, empantanado por sus líos sexuales, y no veía mejor ocasión de limpiar su nombre que apadrinando el acontecimiento. Entre los invitados se hallaban todos los grandes nombres de la biología del siglo xx; en las primeras filas se concentraba la plana mayor de Celera, con Hamilton Smith, Gene Myers y Éva Horváth a la cabeza, al lado de los miembros del proyecto público, con quienes tantas veces se habían enfrentado. Un día memorable (uno de los días más importantes en la historia de la humanidad, según los voceros del PGH), aunque sus responsables en el fondo recelasen unos de otros. En la parte más alta de las escalinatas destacaba la figura hierática de James Watson, el patriarca del ADN, enfundado en un límpido traje blanco, vigilando a sus criaturas como el Moisés arisco que les había señalado a sus discípulos la tierra prometida. Lejos de los reflectores, yo tomaba notas en un cuaderno, sin quitarle de encima los ojos a Éva. Buena parte del triunfo se debía a ella, a su tesón y su denuedo, a aquellas semanas en que nos batimos a muerte por la noche sólo para resucitar cada mañana. Jack Wells también estaba allí. Y también la miraba.

Y Éva no me miraba a mí. Lo miraba a él.

«El día de hoy estamos aquí para celebrar el primer estudio completo del genoma humano; sin duda, éste es el más importante, más asombroso mapa jamás producido por la humanidad», declaró Clinton.

Pese a su grandilocuencia, tenía razón. Pero lo que entonces nadie sabía, lo que nadie sospechaba, era que la secuencia genética revelada por Celera no provenía de varios donantes anónimos, como ocurría con el proyecto público, sino de un solo individuo: el propio J. Craig Venter, el mejor ejemplo de lo humano.

Al final, la criatura que mejor había sabido adaptarse al medio, como preconizaba Darwin, había derrotado a sus rivales.

RÉQUIEM

Vladivostok, Federación Rusa, 2000

No soy yo, es otra la que sufre, se dijo Oksana cuando abrió los ojos. La madrugada se extendía sobre ella, turbia y lechosa, semejante al océano que devoraba el puerto. Se talló los ojos hasta hacerse daño; sólo el dolor le permitía tolerar el plenilunio que se filtraba a través de la ventana. Un día más, musitó. Al alba te llevaron, rezó luego, y se imaginó transformada en témpano, en iceberg. Por fin se incorporó. Aquel sitio no pertenecía al mundo, era la antesala del infierno, de un infierno frío y borrascoso. Caminó unos pasos y encendió las luces. Nada. Ésa era la peor época del año. En pleno invierno su barrio sólo disponía de electricidad y calefacción tres o cuatro horas al día y la temperatura apenas rebasaba los cero grados. No comprendía cómo los ancianos de Vladivostok, dársena fantasma, no morían congelados en sus casas, qué insana fortaleza (el alma rusa) les impedía extinguirse en invierno. Oksana se arrebujó, caminó hacia la cocina y encendió el brasero aun a riesgo de agotar su última ración de gas. El té le desgarró la garganta. La muerte planea sobre nosotros, se dijo.

Se sentó frente al escritorio (un hato de claveles secos en un extremo, una postal de Ánniushka en el centro, el resto tapizado con papeles de distintos colores y tamaños, todos sucios o llenos de borrones) y empuñó el lápiz como si fuera una daga. Podía pasar toda la mañana así, con la mente en blanco, entumecida (una boya en medio del océano), sin reparar en las horas transcurridas. Encendió un par de velas, el único resplandor que le estaba permitido, apretó los dientes y trató de no pensar en el coreano, de impedir que su recuerdo (su aroma rancio, su palidez, su indiferencia) la apartasen de su música.

Tras dos horas de pasmo, sus dedos al fin garabatearon unas líneas.

... si rima con sangre
envenena la sangre
y es lo más sangriento del mundo.

Nada más cierto ni preciso. Se miró los brazos cubiertos de cicatrices, esa rigurosa cuenta de sus días; cada marca representaba un triunfo, una señal de supervivencia. Le dio otro trago al té, ese líquido salobre, apenas tibio, buscó su guitarra y la acunó en su regazo. Rasgó las cuerdas con la misma precisión con que abría su piel: para ella la música era otra variedad de las lágrimas. Los sonidos estremecieron la penumbra. Ensayó una y otra vez las mismas notas, los mismos acordes, las mismas disonancias: si rima con sangre, si rima con sangre, si rima con sangre... Pronto la distrajeron los golpes al otro lado del muro. Los vecinos no compartían su pasión y ya habían amenazado con llamar a la policía o expulsarla del edificio. Ella no les hacía caso, aquel cochambroso piso en la décima planta de la calle Chasovítina era su hogar desde hacía cuatro años.

Sus dedos volvieron a dibujar una caligrafía insensata:

¿Qué acecha en el espejo? Dolor.
¿Qué se revuelve detrás de la pared? Calamidad.

La sombra del coreano volvió a su mente, sus manos largas y delicadas, su piel incolora, sus músculos suaves, apenas perceptibles, su silencio. Su fiero silencio. Oksana añoraba esa fatiga oriental, ese capricho que él parecía asumir tan bien. Sólo pensar en su tacto le revolvía las vísceras. El coreano se le figuraba un ídolo de jade, una estatua funeraria, un dios. Por eso no había opuesto resistencia y había aceptado convertirse en el tablero de su juego.

Como todas las noches desde hacía ya casi un año, Oksana cantaba en un tugurio del puerto cuando él irrumpió con la indolencia de quien se sabe dueño de vidas y destinos, rodeado por un séquito de rusos y mongoles. Ella supuso que sería otro de esos anacrónicos inversionistas extranjeros que aún confiaban en hacerse ricos en Vladivostok, dársena fantasma. Cuando ella arribó a la ciudad, japoneses con celulares y maletines repletos de dinero compraban todo lo que encontraban a su paso (hoteles, casinos, almacenes, lavanderías y prostíbulos); tras unos años de combate, habían sido barridos por los *vory-v-zakonie* y los mafiosos locales, y el sueño de convertir el extremo oriente ruso en un nuevo Hong Kong se desvaneció como humo. Desde entonces sólo unos cuantos chinos y coreanos sin memoria y sin escrúpulos se atrevían a incursionar en sus calles, protegidos por gorilas armados hasta los dientes.

Escudado entre sus hombres, el coreano le clavó una mirada como punta de alfiler; Oksana no la esquivó. Al terminar su canción, un estallido titulado «De vuelta a casa», uno de los esbirros le ordenó acercarse a la mesa del coreano. El jefe de la banda ni siquiera le dirigió la palabra (tal vez no hablaba ruso) y la contempló con morosidad de coleccionista. Oksana no distinguió lujuria alguna en sus modales, como si el coreano planease una mera transacción comercial. De cerca le pareció joven y extraviado, apenas mayor que ella (sus rasgos orientales resultaban engañosos), y lo imaginó como un adolescente perdido, un niño que se disfraza de gángster. El coreano tronó los dedos y sus guardaespaldas se levantaron al unísono. Un gigante ebrio y pelirrojo aferró a Oksana por el brazo, la sacó del bar y la metió en un coche negro.

«Voy a darte un consejo», le dijo, «no hables, no se te ocurra abrir la maldita boca; si sigues mi consejo, quizás sigas viva mañana por la mañana.»

Tras media hora de dar vueltas por la ciudad, el ruso la depositó en un hotel en el centro, no lejos de la plaza donde mineros y estudiantes solían protestar por los sempiternos cortes de electricidad.

El coreano la recibió vestido con una bata púrpura; sin preámbulos, le hizo una seña para que se desnudase. Oksana lo hizo con parsimonia, sin timidez, como si fuera a darse un baño. Apenas temblaba. El coreano se acercó a ella, olisqueó sus axilas y su sexo, luego acarició o más bien palpó sus muslos, sus pezones y sus nalgas como si examinara a un caballo. Sus dedos eran largos y fríos; el resto de su cuerpo poseía una tibieza dulce, casi femenina. Oksana no podía resistirse. Era la primera vez que iba a acostarse con un hombre. El coreano se detuvo a observar las cicatrices de sus muslos y sus antebrazos, sin comprender su significado. Medía las llagas con la punta de los dedos como si aún estuviesen abiertas. Sólo entonces la llevó a la cama.

Oksana ni siquiera protestó: lo hubiese seguido a cualquier parte. Trató de besarlo, pero él le cubrió la boca. ¿Qué querría? A continuación la colocó sobre las sábanas como si fuese una muñeca, se quitó la bata y se extendió sobre ella, sudoroso. Oksana intentó acariciarlo; él se negó. Apenas sentía el cuerpo del coreano sobre el suyo; carecía de peso como un espectro, como un recién nacido. Él se frotó contra su piel con torpeza, tratando en vano de excitarse; al final se apartó de un salto, volvió a ponerse la bata, le entregó a Oksana un billete de cien dólares (ella nunca había visto uno) y la dejó marcharse.

Esa noche Oksana soñó con un tigre sin garras.

Al día siguiente ella esperó que el coreano reapareciese en el tugurio del puerto. Lo buscó entre las sombras, cegada por las luces que iluminaban su rostro y su guitarra, e incluso trató de invocarlo con sus canciones.

Esperarlo me proporciona más placer
que festejar con otro.

Oksana permanecía arrebatada por el coreano: lo imaginaba encima de ella, solo y triste, mudo, vetado para el placer. ¿Quién sería esa desdichada criatura? ¿Por qué se habría fijado en ella, por qué la habría elegido, por qué había pagado su consuelo? Desde su llegada a Vladivostok, Oksana se había hundido en la piel de otras mujeres, hembras descoloridas y agónicas sin perfil y sin historia, habitantes típicas de la frontera. La mayoría eran artistas como ella (o eso decían), también había obreras y secretarias, madres y esposas e incluso una modelo casada con un célebre *mafiosi*. Todas habían colmado su deseo, todas la habían resucitado, todas le habían permitido descubrirse, pero ninguna la había obsesionado como él: un poderoso impotente, un varón que en la cama no era distinto de una hembra.

«¿Quién era ese coreano que vino hace unos días?», le preguntó a Kornei Ivánovich, dueño del tugurio del puerto.

«Será mejor que no preguntes», le respondió éste, tan obtuso como de costumbre.

«¿Sabes dónde puedo encontrarlo?»

«Será mejor que no lo busques.»

No eres tú quien me conforta,
No es a ti a quien pido perdón,
No es a tus pies donde caeré,
No es a ti a quien temo por la noche.

Vladivostok, dársena fantasma, es el último puerto del mundo, escribió Oksana en su cuaderno de pastas azules, el extremo de la civilización, el fin del mundo. Más que un diario, Oksana escribía un abigarrada serie de aforismos, poemas, canciones, relatos y fragmentos dispersos, todos dirigidos a su adorada Anna Ajmátova, cuya imagen (una desgastada postal del Museo Estatal Ruso de San Petersburgo con el retrato cubista que le hiciera Nathan Altman) presidía sus horas de trabajo. La poeta aún era su guía, su modelo. Una mujer capaz de resistir los vendavales de la Historia, de mantenerse en pie, como última muralla frente a la barbarie, cuando todos los demás caían. Oksana se consideraba su heredera e invocaba su protección todas las noches. Y ahora no sólo conocía sus poemas de memoria, sino que, apenas modificados, los hacía reaparecer en sus canciones.

Tres semanas después de su primer encuentro, el coreano volvió al tugurio del puerto con el mismo desparpajo de la primera vez.

Oksana le cantó los versos que le había dedicado.

No me des nada para recordarte:
sé cuán corta es la memoria.

El coreano no sonrió, no se inmutó, no hizo caso a sus palabras ni a los ecos de su guitarra y ni siquiera le clavó su mirada de punta de alfiler. Oksana quiso disculparlo: ahora poseía su secreto y él ya no podía verla como antes. Después de tres o cuatro canciones, ella misma se dirigió a su mesa. El gigante ruso le impidió acercarse a su jefe, como si fuese una asesina o una mendiga. Oksana no se dejó intimidar. El coreano detuvo los forcejeos, le susurró unas palabras al ruso y éste tradujo para Oksana: a la medianoche, mismos servicios, idéntica tarifa.

El coreano no esperó el final de su actuación para marcharse y ya no alcanzó a escuchar una de las mejores canciones de Oksana, la cual contaba la historia de una adolescente extraviada y de un tigre sin garras. Cuando terminó, el automóvil negro la esperaba a la salida. El ruso la miró con desdén, casi con pena. «Eres una loca o una estúpida», le dijo entre dientes. Oksana no hizo caso y se mantuvo en silencio a lo largo del trayecto, concentrada en las aceras nevadas y los edificios en penumbra. El viento que llegaba del Mar del Japón azotaba las farolas y los árboles como si quisiera arrancarlos de cuajo. El cielo era negro, negro.

El coreano volvió a recibir a Oksana con su bata púrpura. Ella se desnudó con diligencia, siguiendo el ritual preestablecido, y dejó que él la tocase y la olisquease. Le pareció aún más desvalido que antes. Luego Oksana se extendió sobre la cama y se preparó para recibirlo sobre su vientre. Ahora éste trató de excitarse por su cuenta antes de acostarse sobre ella: su erección no duró más de unos segundos. Se apartó y se sentó sobre la cama. Oksana se aproximó a él con sigilo (le pareció que podía desmoronarse) y le acarició la mejilla.

Fingiendo una transacción como cualquier otra, el gángster buscó su cartera, sacó dos billetes de cien dólares y se los entregó a Oksana. Ella negó con la cabeza y él la obligó a tomarlos; en sus ojos no había emoción, ni siquiera un atisbo de pesar o de vergüenza. Nada. Oksana se vistió deprisa y no fue sino cuando salió a la calle, azotada por las ráfagas del Mar del Japón, que sintió la dolorosa necesidad de gritar.

Al llegar a casa descubrió que sus pulmones no habían resistido las corrientes; la fiebre incendió su piel. Esta vez la calefacción sí funcionaba (afuera debía haber diez o doce grados bajo cero), pero su cuerpo tiritaba como si estuviese a la intemperie. Le ardían las articulaciones, el pecho, la garganta. Deliraba. Por un momento se creyó en una habitación en el palacio del Fontanka, y pensó que ella también había precipitado el final de una época. Luego soñó que el tigre sin garras se abalanzaba contra ella para devorarla.

Cuando despertó por la mañana (el cielo permanecía gris e inconmovible) se descubrió empapada en sudor. Ya no tenía fiebre, pero tosía como si sus bronquios estuviesen habitados por gusanos. Se lavó la cara, se miró al espejo y pensó que moriría. Se apresuró a preparar un poco de té y se sentó frente al escritorio. Ánniushka la aguardaba allí, sobria y valiente, con su vestido azul y su chal anaranjado cubriéndole los brazos. Cada vez se parecía más a ella, pensó Oksana.

Sus dedos resucitaron.

… Y me parecían fuegos
que volaban junto a mí hasta el alba,
y no llegué a saber de qué color eran
aquellos ojos extraños.

Alrededor todo temblaba y cantaba,
y yo ignoraba si eras adversario o amigo,
si era verano o invierno.

Durante dos semanas Oksana no pudo cantar. Los médicos de la clínica regional le dijeron que había escasez de antibióticos y sólo le entregaron la dosis suficiente para un par de días. Su voz sonaba como el berrido de un animal agonizante. Quizás lo fuera. Los días que pasó en cama, encerrada entre las sombras y la humedad de su apartamento de la calle Chasovítina, Oksana lamentó no poder asistir a su cita con el coreano. Por absurdo que pareciese, sentía que lo traicionaba.

Escribió como si estuviese poseída. El cuaderno de pastas azules le resultó insuficiente y comenzó a utilizar el reverso de las hojas usadas. Ahora ya no escribía sobre el amor perdido o sobre Vladivostok, o sobre el coreano, sino sobre una idea que se deslizó de pronto entre sus versos. ¿Y si ella fuera la última superviviente de su especie? ¿La última mujer sobre la Tierra? ¿Qué significaría atisbar la extinción absoluta de su raza? La idea le resultaba tan inquietante y perturbadora que apenas lograba apaciguarse. ¿Qué escondería ese silencio?

Sus dedos se apoderaron del lápiz una vez más.

Pero no hay poder más formidable, más terrible en el mundo,
que la palabra profética del poeta.

Al décimo tercer día de convalecencia, Oksana regresó al tugurio del puerto. El coreano y su séquito llegaron con puntualidad, aunque ella no podía saber si él también había acudido las noches anteriores. La temperatura había descendido hasta los veintiocho bajo cero y el cielo ofrecía una luminosidad inusitada. Era como si el tiempo se hubiese petrificado, como si el universo hubiese agotado sus minutos. Incluso los vendavales del Mar del Japón se habían detenido.

Fuera del coreano y sus guardaespaldas sólo quedaban otros dos consumidores en el tugurio del puerto, un hombre calvo y desdentado y un estibador grueso y aceitoso, atraídos por la calefacción y el alcohol, no por su música. A Oksana apenas le importó el número o la calidad de los presentes. Aquélla sería la mejor actuación de su vida (lo había decidido) y nada podría a cambiarlo. Antes de comenzar buscó al coreano y le clavó una mirada como la punta de un alfiler. Las luces de halógeno hacían que la piel de Oksana pasase del azul al rojo sangre. Su voz aún sonaba ríspida y cavernosa. Interpretó algunos de los poemas escritos durante su convalecencia: era el regalo que se disponía a ofrecerle al coreano.

Oksana apresó la guitarra como un salvavidas y aulló con todas sus fuerzas.

Y eso será para los otros
como los tiempos de Vespasiano.
Y eso fue una herida
y una nube, encima, de tormento.

Esta vez ni siquiera hubo necesidad de ponerse de acuerdo sobre el precio. El coreano se marchó a la mitad del recital y el gigante ruso esperó a Oksana a la salida en su automóvil negro. El cielo seguía encendido por un resplandor blanquecino. Vladivostok nunca pareció tan apacible. Las ramas de los árboles no debían moverse y no se movieron. Las aves nocturnas no debían revolotear y no revolotearon. La noche debía parecer eterna y lo era. «¿Por qué lo haces?», le preguntó el ruso mientras la conducía hacia el destartalado hotel del centro. Ella alzó los hombros y se fijó en las calles vacías y los resplandores lejanos.

El coreano la recibió con su bata púrpura. Oksana se desnudó con parsimonia. El coreano olisqueó sus axilas y su sexo. Oksana se recostó sobre la cama. El coreano se quitó la bata y se echó encima de ella. Oksana le acarició la espalda y la nuca. El coreano la sostenía. Por un instante sus ojos se cruzaron y ambos supieron lo que ocurriría a continuación. El coreano se dirigió al baño.

Al volver empuñaba una navaja. Oksana admiró su resplandor.

> *Como presos que salen de la cárcel,*
> *sabemos algo del otro,*
> *algo terrible. Nos hallamos en un círculo infernal*
> *tal vez ni siquiera somos nosotros.*

Y pensó en Zhenia, y en su madre, y en Ánniushka, y en el mundo como un yermo. Y pensó en *Tiempo de cenizas*.

TRES MUJERES

1

Moscú, Federación Rusa, 31 de diciembre, 2000

«No son sus ojos.»

Irina Nikoláievna Sudáieva musita estas palabras para sí, ajena a lo que ocurre a su alrededor; sus manos apenas tiemblan, el dolor es tan denso que ni siquiera lo padece: se revela más como mareo que como opresión, más como náusea que como herida, más como asco que como pena. Quisiera enfurecerse (contra Arkadi, contra ella misma, contra su patria, contra su hija), reventar en insultos o en pataleos histéricos, lanzarse sobre el ataúd como ha visto hacer en las películas, maldecir al cielo y al infierno; en vez de ello permanece en su sitio, trasmutada en piedra. La nieve que enfanga el cementerio no lo vuelve más triste ni más patético, sólo más sucio. El aire de diciembre permanece impregnado por el azufre de las fábricas vecinas, su hedor contamina los cuerpos de los vivos y también los de los muertos. Cuánta fatiga. Cuánto desperdicio. Irina sólo desea marcharse de una vez por todas, concluir con la ceremonia, refugiarse en la soledad y el sueño. Horas atrás Arkadi la obligó a tomar un tranquilizante y ahora el cuerpo de Oksana ya no le pertenece, lo contempla en lontananza como si ya formase parte de otro mundo.

Un absurdo pope ortodoxo (Arkadi lo llamó en contra de sus deseos) desgrana una letanía enmarañada. A ella también le gustaría rezar, tener el valor de engañarse con la vida ultraterrena, consolarse con la idea de que Oksana transita en el empíreo, convertida en ángel o en espíritu. Su desesperación la torna vulnerable, no estúpida: ella es una científica, una desdichada bióloga soviética (sí, soviética) y ni siquiera la muerte de su hija la convencerá de renunciar a la razón. Éste es el final: nada hay tras la muerte de las células, Oksana ya no existe y no existirá nunca más. Así de simple.

Mientras tanto Arkadi Ivánovich Granin se santigua. Él mismo no sabe si lo hace por costumbre, por inercia o por miedo: Dios siempre le pareció un problema irresoluble, una pregunta que no valía la pena plantearse, una cuestión ajena al pensamiento. Aun así, invoca su misericordia, se muestra desprotegido y al garete, aunque quizás su dolor también tenga algo de oficial. A diferencia de Irina, de vez en cuando enjuga unas lágrimas, su rostro apergaminado se contrae por la angustia, sus ademanes son los de un hombre enfermo, los de un padre que al fin ha sido abatido por la culpa. ¿Sufre? Quizás sólo necesita que los demás lo perciban así, vencido. ¿Es acaso responsable de esa muerte? ¿Fue él quien obligó a su hija a vivir en peligro? Se resiste a creerlo, pero duda. Y la duda lo corroe. Habrá de corroerlo para siempre.

El pope profundiza, obcecado, sus plegarias.

Siguiendo los deseos de Arkadi Ivánovich, al entierro no han asistido más que unos cuantos invitados: un representante de Borís Yeltsin (éste le dio sus condolencias por teléfono), dos o tres miembros del movimiento por los derechos civiles y el administrador de DNAW-Rus, todos los cuales guardan un silencio que a Irina le parece irreverente. Nada tienen que hacer allí. Su pérdida les tiene sin cuidado, sería mejor que se marchasen. Sin imaginar lo que ella piensa, esos seres anónimos se acercan a ella, la toman de la mano, la besan con descaro o le susurran palabras engañosas. Irina los tolera como insectos o alimañas y en secreto les desea sufrimientos atroces, semejantes a los suyos. En cambio Arkadi agradece las muestras de simpatía, inclina la cabeza con resignación cada vez que uno de aquellos hombres lo abraza o lo conforta. Allí está la gran diferencia entre ambos, la línea que dividía sus destinos: él se empeñó siempre en quedar bien con los demás, siempre se sometió gustoso a la mirada de los otros, incluso en sus épocas de rebeldía no dejó de buscar la aprobación ajena; por su parte, Irina jamás toleró los compromisos, su lucha no tenía como objetivo alcanzar la fama: si perseveró durante tantos años fue porque no le quedaba otra salida.

Cuando el pope concluye su cantinela, dos hombres bajan el féretro al fondo de la tumba. A Irina los enterradores le parecen perfectos habitantes de su siglo. La nieve se mezcla con la tierra formando una masa turbia. Éstos la acumulan en sus bordes y luego la arrojan sobre la caja con paletadas arduas y violentas. Ha sido la noche más larga de sus vidas, se inició cuando Irina y Arkadi se reunieron en la morgue y concluye sólo ahora, treinta y cinco horas más tarde.

Los resultados de la autopsia revelaron una muerte dolorosa provocada por diez o veinte heridas de cuchillo. Ni una sola parte del cuerpo de la joven escapó a la brutalidad de su atacante. Las hendiduras alcanzaron sus muslos y sus brazos, sus senos y su vientre, su rostro y su sexo.

«¿Quién pudo hacer algo semejante?», preguntó Arkadi.

«Un criminal o un loco, le respondió el patólogo. La mafia controla Vladivostok, doctor Granin, usted debería saberlo.»

Aquella respuesta no le satisfizo, pero no había otra. Ni siquiera tenía sentido especular sobre un posible arresto o una venganza: cada año se producen en Rusia cientos de crímenes como ése, y sólo uno de diez o veinte casos llega a los tribunales. Inútil exigir una investigación rigurosa o una respuesta clara.

«No todas las cicatrices en el cuerpo de su hija provienen de este ataque. Ella misma se las producía.» El patólogo le mostró los brazos y los muslos de Oksana. «Son decenas de pequeños cortes, doctor Granin. Su hija debió comenzar a lastimarse desde que era una niña.»

«No quiero que mi esposa sepa esto, ni que aparezca en el informe, ¿me entiende?»

Arkadi no logra quitarse de la cabeza a su hija de diez o doce años hiriéndose a sí misma. ¿Cómo pudo hacerlo? ¿Y cómo Irina y él no lo impidieron? ¡Qué estúpidos, qué ciegos pueden ser los padres! La imagen le resulta casi pornográfica. Obscena. ¿Qué hizo él para provocar esto?

Durante las largas horas que mediaron entre la autopsia y el entierro, Irina se negó a aceptar los hechos. No son sus ojos, no son sus ojos, repetía una y otra vez. Es antinatural que una hija muera antes que sus padres; peor aún: es perverso. Oksana no ha podido castigarlos de esa manera, no. Sólo al ver su rostro en el ataúd (su rostro inmaculado, su rostro de niña), Irina comprende. Y descubre que ya nada le queda por delante. Acaba de cumplir sesenta y tres años y no puede más. Nació y creció en un país que ya no existe, se casó con un hombre al que ya no ama y acaba de perder a su única hija. Su fracaso es triple: como científica, como esposa y como madre. ¿Qué sentido tendría continuar? A pesar de todo, Irina sabe que no habrá de suicidarse. No tiene el valor ni las fuerzas. La vida que aún queda en ella, esa vida gobernada por sus células y sus genes, se resiste a extinguirse.

Cuando los enterradores terminan de apisonar el lodo sobre la tumba de su hija, Arkadi Ivánovich experimenta un alivio repentino. Por fin ha terminado. Ahora lo único que desea es darse un baño, quedarse largo rato bajo el chorro caliente, lavarse sin prisas y luego dormir, dormir todo lo que pueda. A diferencia de su esposa, él sí tiene otras cosas de qué preocuparse. La muerte de su hija le ha arrebatado la fe que le quedaba, pero no ha clausurado su existencia.

Todavía hay asuntos que debe resolver, aún le quedan otras batallas.

La existencia misma de DNAW-Rus se halla amenazada por las denuncias lanzadas en América contra Jack Wells, y su honestidad también ha sido puesta en entredicho. Poco a poco se ha extendido el rumor: Arkadi Ivánovich Granin, biólogo de primer orden, antiguo disidente soviético y reconocido defensor de los derechos humanos, se ha vendido al capital extranjero. Arkadi Ivánovich Granin se ha enriquecido de manera ilegítima. Arkadi Ivánovich Granin enfrenta una acusación penal en Estados Unidos. Arkadi Ivánovich Granin se ha corrompido como tantos. La muerte de Oksana ha venido en el peor momento: sus enemigos la usarán en su contra, sus detractores la aprovecharán para envilecerlo. ¡Después de todo lo que ha sufrido, de todo lo que ha soportado, nadie tiene derecho a acusarlo a él! ¡Nadie tiene derecho a manchar su nombre!

Al terminar la ceremonia, los invitados se retiran poco a poco hasta perderse en medio de la nieve. Frente a la tumba de Oksana sólo permanecen sus padres. Ambos se miran a los ojos: tal vez aún puedan consolarse uno al otro, tal vez aún les esté permitida la reconciliación. Se engañan. Hace mucho que se volvieron desconocidos. Fingiendo una deferencia que no siente de corazón, Arkadi se aproxima a Irina y hace el intento de abrazarla. Sería lo natural: acaban de perder a su hija. La frialdad de su esposa le impide completar el movimiento. Sus brazos se quedan extendidos en el aire. Qué ridículo, piensa ella con crueldad.

«¿Te llevo a casa?»

Irina lo contempla de arriba abajo. Yo amé a este hombre, piensa. Y luego: no sé quién es, no lo conozco, no lo conocí nunca, para mí fue siempre un extraño.

«Gracias, tomaré un taxi.»

Arkadi levanta los hombros. A los dos les gustaría perderse de vista de inmediato, para siempre, pero aún deben recorrer juntos el camino hasta la entrada del cementerio. Sus pasos son cortos y secos; apenas se miran, apenas se toleran. Ninguno se atrasa o adelanta, como si hubiesen sincronizado sus pasos por los siglos de los siglos. Sus huellas en la nieve registran su último encuentro. Arkadi le hace una señal a su chofer para que lo alcance ante las puertas del cementerio. A Irina no le sorprende que sea una enorme limusina negra, como la que empleaban los antiguos *apparátchiki*.

«¿En verdad no quieres que te lleve?»

«No.»

No se besan, no se abrazan, no se toman de la mano. Arkadi sube al coche y la pierde de vista en un segundo. Ella se queda allí unos minutos, indiferente al frío de la tarde. Detiene un taxi y le da su dirección. Sólo ahora, sentada en el sillón trasero, con las ventanillas cubiertas por el vaho, Irina cobra conciencia de sus actos. Sólo ahora tiembla, sólo ahora se estremece. Intenta recordar los ojos de Oksana, en vano. Ni siquiera está segura de su color, no sabe si eran negros o pardos o cobrizos. El pecho le estalla.

«¿Está usted bien, señora?», le pregunta el taxista.

Cuando éste la deposita en su casa, Irina ya no es la misma de antes. ¡Qué error tan grande!, murmura. Sube las escaleras con dificultad, como si trepara una montaña. La respiración se le quiebra. Se quita los zapatos y los abandona en un descansillo, agobiada por la prisa. Las llaves resbalan de sus manos y caen al suelo. Apenas reconoce su casa, como si nunca hubiese estado allí. Con el aliento entrecortado, extrae un paquete de su bolso y lo extiende sobre la mesa de la cocina: un hato con las últimas pertenencias de Oksana.

Irina desata los lazos y extrae tres cuadernos de pastas azules. *Tiempo de cenizas. Por Oksana Gorenko*.

¿Oksana Gorenko?

Irina pasa las siguientes noches sumergida en la lectura de esos manuscritos. Es cuanto queda de su hija.

Con los ojos estragados por el llanto, devuelve los cuadernos a su envoltura original y los guarda en una caja.

A la mañana siguiente acude a la oficina de correos y los envía al apartado postal que el escritor Yuri Mijáilovich Chernishevski mantiene en Estados Unidos. Ahora esos cuadernos se hallan aquí, a mi lado. Tras infinitas gestiones, los celadores me han permitido conservarlos.

2

Nueva York, Estados Unidos de América,
31 de diciembre, 2000

Sus ojillos azules irradian la promesa de otra vida, de otro mundo. De vez en cuando abandonan su medioevo en miniatura (las torres, almenas, castillos y puentes levadizos que construye desde las seis de la mañana) y se alzan hacia ella para cerciorarse de que permanece a su lado. La pericia de sus manos es casi adulta: danzan en medio del campo de batalla con la agilidad de garzas, recogen con delicadeza los cuerpos de los heridos y los muertos, manipulan las catapultas y las máquinas de combate, apenas interfieren en los infaustos destinos de los defensores. ¿Cómo pudo aprender tan pronto que el mundo es una acumulación de guerras y batallas? Jennifer se lo pregunta con una mezcla de asombro y aprensión; el pequeño no sabría contestarle, no imagina que exista algo más emocionante y divertido. Aunque Allison trató de prohibirle los juguetes bélicos, ella siempre acabó por ceder a los caprichos de su sobrino; ahora Jacob atesora pistolas de salva y rifles de perdigones, y mantiene al día ejércitos de todas las épocas, legiones romanas, hordas bárbaras, flotas vikingas, piqueteros renacentistas, dragones napoleónicos, ametralladoras y biplanos de la Primera Guerra Mundial, portaviones y bombarderos de la Segunda, aunque sus favoritos (ha acumulado más de dos centenares de figuras diferentes) sean los caballeros medievales.

Para asegurarse su fidelidad y su cariño, y para hacer rabiar de celos a su hermana, Jennifer lo ha mimado hasta extremos inauditos; además de su colección de soldados y armas, Jacob también se ha convertido en la envidia de sus compañeros de escuela por sus juegos de video. A sus diez años se considera un estratega experto y derrota a adversarios que le doblan la edad. Por si no fuera suficiente, después de uno de sus viajes a Rusia, Jennifer le trajo una armadura completa de su tamaño, con malla, espada y yelmo incluidos, así como un cargamento de parafernalia militar de la era soviética: medallas y condecoraciones, cantimploras con las efigies de Bréznev y Gorbachov, fundas de pistolas adornadas con estrellas solitarias e incluso un gorra de capitán del Ejército Rojo.

Pese a su fascinación por la violencia (pósteres gigantes de Sylvester Stallone y de Bruce Willis adornan su recámara), Jacob es el niño más pacífico del mundo, Jennifer jamás ha recibido una queja o un reproche de sus profesores, quienes lo consideran quizás demasiado introvertido. Jacob no es terco ni impetuoso y no se lleva mal con nadie, aunque apenas tiene amigos y pasa la mayor parte del tiempo acompañado por sus generales y soldados. Tan retraído como su madre y tan nervioso como su tía, aún no ha desarrollado la irascibilidad y la rebeldía de ninguna. A veces Jennifer olvida su presencia: él apenas hace ruido, concentrado en su computadora o en sus batallas simuladas. Cuando Jennifer lo anima a invitar a casa a sus condiscípulos, Jacob esboza una mueca de fastidio: «Son muy aburridos, siempre les gano». La típica soberbia de los Moore fluye en sus venas; su soledad no responde tanto a su timidez cuanto a la conciencia de su superioridad.

«Lo estás convirtiendo en un monstruo», le reñía Allison cada vez que regresaba de Israel. «No quiero que mi hijo sea uno de esos conejos esponjosos de Park Avenue que sólo se preocupan por acumular cosas y más cosas. Y tampoco quiero que sea un *freak* malcriado o pusilánime. No puedes cumplir todos sus deseos, así jamás tendrá autocrítica.»

Jennifer había aprendido a callar frente a los reclamos de su hermana: a fin de cuentas ésta aparecía una vez cada dos meses, en el mejor de los casos, y no podía saber cuáles eran las verdaderas necesidades de su hijo.

Ahora Jennifer lo contempla horrorizada: el pequeño le sonríe y ella siente un escalofrío. Jacob no sospecha nada, no imagina que hoy, el último día del año, del siglo y del milenio, está a punto de perder la inocencia. Ella también le sonríe, carcomida por dentro; sabe que muy pronto tendrá que pronunciar las palabras malditas, que muy pronto tendrá que lastimarlo, que muy pronto se verá enfrentada a su rabia. Y por encima de todo sabe (no, no lo sabe: lo palpa) que lo ama. Jennifer ama a ese niño como nunca ha amado a nadie, haría cualquier cosa por él, incluso está dispuesta a renunciar a su carrera para dedicarse a él en cuerpo y alma.

Y en cambio ahora se apresta a mentirle. Le dirá que su madre ha muerto por sus ideales. Se verá forzada a inventar una Allison distinta de la Allison real. Tendrá que hacer a un lado su egoísmo, su inestabilidad y su lejanía. Y, a pesar de sí misma, convertirá a su hermana en una santa. ¿Por qué no puede decirle a Jacob que su madre lo abandonó desde el principio, por qué no puede revelarle que la infeliz prefería salvar a los niños palestinos antes que a él? ¿Por qué es incapaz de contarle la verdad? La razón es simple: porque Jennifer ha ganado la partida y se siente obligada a concederle esta reparación póstuma a su hermana. Así Jacob podrá conservarla en la memoria sin odiarla, así Jacob podrá aceptar su ausencia, así Jacob no hará más preguntas, al menos por unos años. La decisión de Jennifer nada tiene de altruista, defenderá el recuerdo de su hermana sólo para no sentirse culpable por haberlo ensuciado, para apoderarse del niño sin remordimientos.

Por enésima vez en la mañana (son más de las once) Jennifer piensa que ha llegado el momento de lanzarse al vacío y hablar con él. Conoce la firmeza de su carácter y adivina que no se desmoronará. Si no se ha atrevido a decírselo hasta ahora ha sido por temor a equivocarse, a no hallar las palabras justas o la explicación más convincente. Sentada en la sala, Jennifer vuelve a mascullar esa historia que en nada se parece a los cuentos de hadas que de vez en cuando le susurra a Jacob por las noches, aunque tal vez debiera comenzar así: *Había una vez dos hermanas...*

El timbre de la puerta la arranca de estos pensamientos. Es Jack Wells, no puede ser nadie más.

«¿Y ahora qué ocurre?», lo recibe ella, destemplada.

«Vengo a despedirme», Jennifer. Las ojeras de su ex marido se han convertido en dos surcos violáceos.

«Hola, tío», lo saluda Jacob desde el suelo.

Éste se acerca y le revuelve el cabello.

«¿Cómo vas, campeón? ¿Quién gana?»

«Los francos, como siempre.»

«Te ves fatal, Jack querido», interrumpe Jennifer, «vamos a la otra habitación.»

Ambos fingen una tranquilidad imposible.

«¿Y bien, ya sabes qué fue lo que pasó?»

«La aplastó un buldócer cuando intentaba proteger las viviendas de unos palestinos.»

«Vaya mierda, Jennifer. ¿Sabes cuándo llegará el cadáver?»

«Aún no.»

Wells tartamudea.

«Ahora no he venido a hablarte de eso, Jen, sino de algo más grave.»

«¿Más grave que la muerte de mi hermana?»

«Un juez acaba de librar una orden de aprehensión en mi contra. Y otra en contra de Christina Sanders.»

Jennifer no reprime una sonrisa.

«¿Christina Sanders en la cárcel?»

«Contamos con los mejores abogados del país: ni siquiera ellos nos aseguran que podrán librarnos.»

«No lo dirás en serio, Jack.»

«Nunca te he hablado con mayor seriedad en mi vida, Jennifer.»

Una pausa tensa, ominosa.

«¿Puedo hacer algo por ti?»

Ella jamás lo ha visto tan abatido, tan miserable. Y, en contra de lo que hubiese creído, no lo disfruta. No lo disfruta en absoluto.

«Vuelve conmigo», le pide él.

«¡Si estás a punto de ir a prisión!»

No hay ironía en sus palabras.

«Por eso mismo, Jennifer. Confieso que cometí muchos errores, pero siempre pensé que tú y yo terminaríamos juntos, siempre juntos. Está en nuestra naturaleza. Después de lo ocurrido con Éva...»

A Wells se le quiebra la voz.

«Lo lamento, Jack, de veras. Lo que ocurrió con esa mujer ha sido espantoso, jamás me alegré por ello. Y lamento lo que te sucede a ti, e incluso a Christina. Pero es demasiado tarde para nosotros. Demasiado tarde.»

«¡Sólo nos tenemos el uno al otro, Jennifer! ¡Así fue desde el principio y así vuelve a ser ahora!»

«Te equivocas, Jack. Así fue antes, pero eso ha cambiado: Allison está muerta y yo tengo que ocuparme de Jacob.»

«Podríamos estar los tres juntos, ser una familia.»

Jennifer niega con la cabeza.

«¡Por favor, Jen!»

Ella le acaricia la mejilla, un gesto que nunca antes hubiese imaginado, y luego lo toma de la mano.

«Es hora de que te marches.»

Wells ha perdido la batalla. Le da un último abrazo a Jacob, toma su abrigo y se marcha sin volver la vista atrás. Cuando al fin cierra la puerta, Jennifer sabe que su tiempo se ha agotado. Ha llegado el momento de encarar a Jacob. Éste la mira con sus ojillos azules, casi transparentes. En ellos parece ocultarse el secreto de la vida. O una vida nueva. Jennifer se aproxima a él, en silencio, y lo toma entre sus brazos. Acaricia su rostro con impaciencia. Besa sus párpados.

Y piensa: ahora yo soy tu madre.

3

Nueva Jersey, Estados Unidos de América,
31 de diciembre, 2000

En esta fosa no reinan las tinieblas: un incisivo haz amarillento permanece encendido todo el día, certificación de que en las sombras no se tramarán engaños ni asonadas. Las siluetas deforman. Uno podría confundir sus propias manos con garras y sus pies con cascos o pezuñas. Poco a poco nos transformamos en bestias cuyo único objetivo es dormir y alimentarse. Quizás esté bien que así sea: a fin de cuentas, tal como demostraron Francis Collins y Craig Venter, nuestro genoma apenas nos separa de las ratas. Por fin estoy en paz. Jeffrey, un latino de cien kilos y dentadura de camello, condenado por violar y asesinar a tres adolescentes, ronca sin pudor en medio de la noche. Me ha obligado a escuchar sus anécdotas hasta la madrugada y sólo ahora ha caído vencido por el aburrimiento. Yo apenas festejé sus chistes: que estemos obligados a convivir como si formásemos un matrimonio mal avenido es una calamidad que procuro desterrar de mi mente. Jeffrey parece buena persona, al menos hasta donde puede serlo un homicida, pero no tolero su curiosidad ni sus modales.

Al regresar de nuestra hora de ejercicio (nos obligan a dar vueltas y vueltas como asnos), lo descubrí husmeando en mis papeles. Se los arrebaté con furia y le prohibí inmiscuirse en mis asuntos. Aunque podría matarme de un puñetazo, Jeffrey pareció tomar en serio mis amenazas y sus dedos del tamaño de salchichas soltaron mis cuadernos. Masculló una disculpa y dejó de importunarme. Ahora los barrotes adquieren una tonalidad anaranjada: hace más de cincuenta horas que no duermo. El silencio sólo se quiebra por las exhalaciones de Jeffrey, que son como rugidos. Los demás prisioneros también duermen. Soy el único hombre despierto en este pudridero. Vigilo el alba. Mi misión es mantenerme alerta. Escribir, ya lo he dicho, *Tiempo de cenizas*. Y recordar, hasta la extenuación, aquella noche.

Una vez concluida la proclama del presidente Clinton, la multitud se dispersa a toda prisa. Legiones de periodistas, camarógrafos y reporteros abandonan los jardines de la Casa Blanca, prestos a transmitir la buena nueva. Los científicos y los invitados especiales, con excepción de Francis Collins, Craig Venter, James Watson y unos cuantos, también se marchan con premura, felices, excitados o molestos (cada uno tiene sus razones), tratando de asimilar las consecuencias del anuncio. Por más que se trate de un borrador, de un esbozo o una sospecha, la primera secuencia completa del genoma humano representa un parteaguas. No es exagerado hablar de un hito, como ha hecho el presidente, o incluso mencionar, ahora sí, el fin de la Historia. Ningún descubrimiento se compara con éste: es la primera vez que una forma de vida conoce la sustancia de la vida.

Al concluir la ceremonia te acercas a mí, incandescente, y me besas en la mejilla, embriagada por tu triunfo, por el triunfo de Celera, por el triunfo de Craig Venter, por el triunfo de nuestra especie. Quizás aún podamos salvarnos, pienso.

«Celebremos tú y yo», te susurro, «tú y yo solos, en la cabaña del río.»

Tomo tus manos y las beso una y otra vez.

«Debo marcharme con el equipo», te disculpas.

«Entonces ven a mi casa a eso de las cinco. Podríamos llegar a la casa del río antes de la cena.»

«De acuerdo», murmuras sin entusiasmo, «a las cinco.»

Almuerzo un sándwich y empleo el resto de la tarde en comprar botellas de vino y de vodka, caviar, blinis y crema ácida. Quiero que festejemos con una auténtica cena rusa. Después le llamo a Jason y le pido la mejor mercancía disponible, todo debe ser perfecto. Dedico las siguientes horas a concluir mi reportaje sobre DNAW (la acusación definitiva contra Wells). No logro concentrarme. El alcohol apenas me ayuda a recuperar la serenidad y no tengo más remedio que auxiliarme con la cocaína. Emborrono tres o cuatro páginas y las tiro a la basura.

Miro el reloj: es casi la hora, no tardarás en llegar.

Abandono el trabajo y, tras servirme otro vaso de vodka, me traslado al estudio y enciendo el televisor. Busco el canal de noticias: aparece la imagen de Clinton con Francis Collins y Craig Venter a su lado. La conductora repite las frases habituales, resume la competencia entre Celera y el Proyecto Genoma Humano, detalla los avances, glosa las palabras del presidente y los científicos… En un barrido general, creo distinguir tu perfil, tu efímera sonrisa. Después de los comerciales, la mujer da otra noticia, la noticia que he esperado durante semanas, la noticia que yo mismo he provocado: luego de que la Administración de Drogas y Alimentos rechazara el medicamento contra el cáncer producido por DNAW, el Congreso ha creado una subcomisión encargada de investigar a su director general, John H. Wells, quien podría haberse beneficiado de información interna ante el repentino desplome de su empresa.

Vuelvo a mirar el reloj. Comienzo a cambiar los canales, cada vez más inquieto. Ante mí desfilan partidos de hockey y futbol americano, los colores estridentes de un video de MTV, las pieles amarillas de los Simpson, un *reality show* en el cual dos mujeres se golpean frente a un presentador que las azuza, y al fin me detengo en una serie cómica, todavía intrigado por el humor de los estadounidenses. Cuando vuelvo a mirar el reloj son las seis y tú sigues sin dar señales de vida. Un simple retraso, me apaciguo. Supongo que estarás festejando con Venter y tus compañeros de Celera o respondiendo a otras entrevistas. Harto del programa, prosigo mi exploración televisiva hasta detenerme en una vieja película de Hollywood. Me entretengo un rato. A las siete marco tu teléfono celular. Timbra. Y timbra. Y timbra. Por fin oigo tu voz: «Deje su mensaje después de la señal». Tu voz, congelada para siempre.

Ya no tolero la pantalla y me encamino a la cocina: otro vodka, una cucharada de caviar y más cocaína. Recorro la casa de un extremo a otro, aprisionado. Comprendo que te retrases pero ¿por qué diablos no me llamas? El reloj de la cocina me escarnece. Escucho el motor de tu automóvil cerca de las nueve, cuatro horas después de lo convenido. Es obvio que también has bebido, tus ojos centellean y tu piel ha adquirido un tono bermellón.

«Ha sido un día maravilloso, maravilloso e imposible, Yuri Mijáilovich», me dices a modo de disculpa.

Me das un beso y yo te lo devuelvo, excitado. Te acaricio la nuca e intento desabotonarte la blusa.

«Tal vez sea mejor que nos quedemos, ya es muy tarde», sugieres.

No te reprocho la tardanza, mi deseo es superior a mi enfado. Me acaricias pero sin permitirme desnudarte.

«Vamos a la cabaña del río», insisto, «mañana no trabajas, no tenemos prisa.»

Percibo el alcohol en tu boca y me excito aún más. «Será perfecto, lo prometo.»

La noche sin estrellas nos hace imaginarnos en el interior de una galería. Pones un CD a todo volumen que nos impide hablar y nos sumerge en la demencia. La carretera vacía, apenas iluminada por los faros del automóvil, me provoca una sensación de hastío, reflejo de mí mismo. En el exterior cae una llovizna incómoda que opaca el parabrisas. Qué clima de mierda, me irrito. Tú te arreglas el cabello con languidez y te entregas a tu música, ajena a la turbulencia del paisaje y a mi resentimiento. Llegamos a la cabaña mucho antes de la medianoche, como predije. No debe llover, y no llueve; el interior debe resultar árido y hostil, y lo es.

«¿Hueles eso?», me preguntas.

«Ha de ser un animal muerto.»

Ni siquiera permito que enciendas las luces y me abalanzo sobre ti. Te arranco la ropa, hago jirones la blusa y las medias que usaste en la Casa Blanca, y te beso como si quisiera asfixiarte. No quiero amarte, sólo poseerte, poseerte por completo. Paso mi lengua por tu vientre y tus senos y busco tu sexo. Tú soportas mis embates con resignación o con prudencia. No logro excitarte. Pasa una eternidad antes de que al fin pueda introducirme en tu cuerpo. No distingo placer en tu mirada.

Nos derrumbamos en el piso, agotados, y permanecemos así quién sabe cuánto tiempo, escombros después de un terremoto, ruinas de una civilización extinta. Dejamos de ser nosotros mismos, convertidos en dos cuerpos exangües y anónimos. ¿Por qué la sinrazón y la distancia? Mi cabeza reposa sobre tu pubis. Examino tu vientre bajo el haz maciliento que se filtra del exterior; advierto las diminutas estrías en tus muslos, la suave perfección de tu ombligo. Pienso: eres mía. Y me pregunto: ¿por qué este dolor, por qué? Tú me acaricias con indolencia. El frío nos obliga a ovillarnos. No nos reconocemos.

Te levantas y te diriges al baño; escucho el ruido del agua mientras cae sobre tu piel. Yo enciendo la chimenea: el fuego repentino me arranca del letargo, recupero un instante de conciencia, el calor me recubre poco a poco. Abro otra botella de vodka y le doy un trago amplio, consistente; por primera vez en el día me siento lúcido y a salvo. Abandonas el baño con el cabello húmedo y la nariz con huellas blanquecinas. Ahora eres tú quien se lanza sobre mi sexo, ahora eres tú quien lo utiliza a su antojo: mi placer se desvanece en un segundo, inexistente. El resplandor de las llamas me permite distinguir las lágrimas apresadas en tus párpados. Te tomo entre mis brazos y trato de acunarte. Tienes razón: los dos estamos solos, no hay remedio.

«La *búskomorság*», musitas de pronto.

«¿De nuevo?»

«Siempre.»

Sé que nada puedo hacer por ti. No hay mayor desolación que haber concluido la labor de una vida. Te beso en los párpados y la frente, en vano. El lejano rumor del río no nos sirve de consuelo, sólo exacerba la angustia, la vuelve más intolerable. Bebemos más vodka. Un trago. Y otro. Y otro.

«¿Dónde estuviste toda la tarde?», pregunto al fin.

Tú te revuelves a mi lado, no soportas que te toque, te apartas de mí.

«En ninguna parte.»

Ahora soy yo quien me alejo, dos fuerzas idénticas que se repelen.

«En ninguna parte», repito.

«¿Qué quieres que te diga, Yuri Mijáilovich?»

Me llevo la mano a la cabeza o más bien contemplo, desde un lugar innominado, cómo una mano se acerca a una cabeza; no la mía, otra, allá, muy lejos, en un mundo paralelo.

«La verdad», te exijo.

Demasiada droga, demasiado alcohol, demasiada noche. ¿La verdad? Tú ríes, te ríes de mí, ya no me tocas, abres las palmas y las colocas ante del fuego.

«Pasé la tarde con Jack Wells», reconoces al fin. Tu tono ya no suena a broma ni a desdén. «Me utilizaste para llegar a él», me reclamas, «me utilizaste para destruirlo.»

«¿Eso te dijo el miserable? Es falso, Éva, una calumnia, él quiere separarnos, ¿no lo comprendes? Yo te amo.»

«Olvidaba que en tu mundo el amor lo justifica todo», me dices y te haces a un lado.

No logro controlarme.

«Te acostaste con él, ¿verdad?»

«Estás loco, Yuri Mijáilovich.»

Advierto tu miedo, pero te sientes obligada a confrontarme, lo dicta tu naturaleza, tus malditos genes rebeldes e insumisos.

«¡Respóndeme, Éva!»

Tú te yergues, desafiante. Miro tu cuerpo desnudo, los reflejos que te iluminan, la fragilidad de tu silueta. Tu belleza. Sonríes y me desprecias.

«El último deseo del condenado», me oigo decirte, «su última voluntad antes de ir a la cárcel: acostarse contigo por última vez.»

El olor a podredumbre se vuelve más intenso.

«De acuerdo, Yuri, ¿quieres saberlo? Sí, me acosté con Jack, una y otra vez, toda la puta tarde, tendrías que haber advertido su olor en mi piel, los restos de su semen en mi sexo.»

Una mentira, una torpe mentira para enardecerme. Pero yo, en un estallido de furia, de celos o de hastío, te aparto con violencia. Como ya no confío en ti, como ya no tolero tu pasado, como me ofuscan la droga y el alcohol, como te amo y ya no puedo contenerte, como te amo tanto como tú me amas a mí, te arrojo a las sombras y al silencio. Pierdes el equilibrio pero yo alcanzo a tomar tu mano.

Un instante. Y luego te abandono en el aire para siempre.

Un accidente, Éva. Un accidente.

Tu cabeza se precipita contra la mesa. La sangre mana de tu sien derecha y se extiende poco a poco sobre el suelo.

Luminosa y suave, perfecta, permaneces así varias horas hasta que yo salgo de mi pasmo y me precipito en busca de un médico.

Y esto es todo, el final absurdo e inevitable.

Si he contado esta historia, Éva, ha sido para retener tu mano otro segundo.

Roma-Ithaca-Cholula-San Sebastián, 2003-2006

NOTA FINAL

Los poemas que lee o escribe Oksana en el Segundo acto provienen de Valentina Polukhina (ed.), *Russian Women Poets*, Modern Poetry in Translation, No. 20, King's College, University of London, 2002. El poema de Oksana que luego se convierte en la primera canción de su grupo es una traducción libre del poema *Rosa salvaje* de Vitalina Tjorzhévskaia (Sverdlovsk, 1971), mientras que el segundo es *Veo*, de Yekaterina Vlásova (Slatousk, 1976).

Para los poemas de Anna Ajmátova que cita o musicaliza Oksana en el Tercer acto, así como para el poema «A Alia», de Marina Tsvetáieva, he empleado las traducciones de Monika Zugustova y Olvido García Valdés, incluidas en *El canto y la ceniza*, Galaxia Gutemberg/Círculo de Lectores, Barcelona, 2005, excepto en un par de casos, cuyas versiones libres a partir del ruso y del inglés han sido hechas por el autor basándose en los *Complete poems*.

AGRADECIMIENTOS

Esta obra se escribió gracias a una beca de la Fundación John S. Guggenheim y al apoyo del Sistema Nacional de Creadores de México. Edmundo Paz Soldán, quien me invitó a pasar un semestre entre libros y nieve en la Universidad de Cornell, y Pedro Ángel Palou, quien me secuestró otros seis meses en la Universidad de las Américas de Puebla, son los responsables de que concluyese este libro.

También debo agradecer la ayuda o el aliento que me proporcionaron las siguientes personas durante la escritura de estas páginas: Ximena Briceño, María José Bruña, Alejandra Costamagna, Svetlana Doubin, Marie-Pierre Ramouche, Amaya Elezcano, Yuri Fanjul, Indira García, Blanca Granados, Natalia Guzmán, Gabriel Iaculli, Elizabeth Hernández, Vicente Herrasti, Amelia Hinojosa, Héctor Hoyos, Maité Iracheta, Antonia Kerrigan y Ricardo Pérdigo, Gerardo Kleinburg, Paty Mazón, Gesine Müller, Luna Nájera, Guadalupe Nettel, Nacho Padilla, Martín Solares, Ana Pellicer, Marisol Schultz, Daniela Tarazona, Rafael Tovar y de Teresa, Eloy Urroz y Lety Barrera y, por supuesto, mis padres.